BASTEI
LÜBBE
TASCHENBUCH

Weitere Titel der Autorin:

Wenn das Glück dich sucht

Über die Autorin:

Erica James wurde 1960 in Surrey geboren. Heute lebt die Mutter zweier erwachsener Söhne in Cheshire und am Comer See.

ERICA JAMES

Tee mit Mrs Dallimore

ROMAN

Aus dem Englischen von
Ulrike Moreno

BASTEI LÜBBE
TASCHENBUCH

BASTEI LÜBBE TASCHENBUCH
Band 17704

Dieser Titel ist auch als E-Book erschienen

MIX
Papier aus verantwortungsvollen Quellen
FSC® C083411
FSC
www.fsc.org

Vollständige Taschenbuchausgabe

Deutsche Erstausgabe

Titel der englischen Originalausgabe: »Song of the Skylark«
Originalverlag: Orion Books, an imprint of
The Orion Publishing Group Ltd., London

Textredaktion: Dorothee Cabras, Grevenbroich
Titelillustration: © Ghosh/Photocuisine
Umschlaggestaltung: Manuela Städele-Monverde
Satz: two-up, Düsseldorf
Gesetzt aus der Minon
Druck und Verarbeitung: CPI books GmbH, Leck – Germany
Printed in Germany
ISBN 978-3-404-17704-2

1 3 5 4 2

Sie finden uns im Internet unter www.luebbe.de
Bitte beachten Sie auch: www.lesejury.de

Für Edward und Samuel, Rebecca und Ally
und einen gewissen kleinen Jungen, der unendlich
bewundernswert ist.

Ich möchte dieses Buch außerdem
der verlegerischen Naturgewalt Susan Lamb widmen.

Unsere Toten werden erst dann wirklich tot sein,
wenn wir sie vergessen haben.
GEORGE ELIOT

Jemand muss sterben, damit der Rest von uns
den Wert des Lebens mehr wertschätzen kann.
VIRGINIA WOOLF

Kapitel Eins

Radio Central
An: Lizzie@gmail.com
Antwort an: Tamsin_Hyde@RadioCentral.com
Betreff: Stellung als Forschungsassistentin

Sehr geehrte Miss Moran,
vielen Dank für Ihre Bewerbung um die Stellung als Research-Assistentin bei Radio Central. Da wir mit Bewerbungen jedoch förmlich überschwemmt wurden, muss ich Ihnen leider mitteilen, dass Sie nicht für ein Vorstellungsgespräch ausgewählt wurden.
Alles Gute und mehr Glück beim nächsten Mal!
Tamsin Hyde

Lizzie wusste, dass viele Leute der Ansicht waren, sie habe sich ihr Unglück selbst zuzuschreiben. Aber so war es nicht. Wirklich nicht. Oder zumindest diesmal nicht. Diesmal hatte man sie zum Sündenbock gemacht, und das war nicht fair. Alles andere als fair!

Sie konnte immer noch nicht glauben, was ihr widerfahren war. Gerade schwamm sie noch ganz oben auf einer Welle ekstatischen Glücks, und im nächsten Moment wurde ihr ohne Grund der Job gekündigt, den sie liebte. Als Folge davon wurde sie auch noch von dem Mann getrennt, in den sie sich verliebt hatte. Und als wäre das alles nicht schon schlimm genug, konnte sie mangels eines Einkommens natürlich auch die Miete ihres Apartments nicht mehr bezahlen. Da keiner ihrer sogenannten Freunde ihr vorübergehend ein Zimmer anbot, blieb Lizzie keine andere Wahl, als London zu verlassen und zu ihren Eltern nach Suffolk heimzukehren, bis sie beruflich wieder auf die Beine kam.

Von dem wahren Grund ihres Hinauswurfs bei Starlight Radio konnte sie ihren Eltern natürlich nichts erzählen. Selbst jetzt noch lief es ihr kalt den Rücken hinunter bei der Erinnerung an den peinlichen Moment, in dem ihre Affäre mit Curt ans Licht gekommen war. Um ihren Eltern die pikanten Einzelheiten zu ersparen, hatte sie zu einer kleinen Notlüge gegriffen und ihnen gesagt, die Eigentümer des Radiosenders hätten eine sehr drakonische Einstellung gegenüber Beziehungen am Arbeitsplatz, und da ohnehin umfassende Personalkürzungen bevorstanden, habe man sie der Einfachheit halber bereits jetzt entlassen. Der einzig wahre Teil der Geschichte, die sie ihren Eltern erzählt hatte, war die Sache mit dem rigorosen Verbot von Beziehungen am Arbeitsplatz.

Und so stand sie nun mit zweiunddreißig Jahren wieder hier in ihrem alten Schlafzimmer, umgeben von Stapeln prall gefüllter Müllsäcke und Kartons, und versuchte allen Ernstes das Unmögliche. Denn egal, wie sehr sie sich bemühte, es war einfach nicht genug Platz in den Regalen, Schränken oder Schubladen, um alles unterzubringen, was sie in den zehn Jahren seit dem Verlassen ihres Elternhauses angesammelt hatte.

Verständlicherweise hatte das Schlafzimmer kaum noch Ähnlichkeit mit dem Raum, den sie damals zurückgelassen hatte. Sowie ihre Mutter entschieden hatte, dass eine angemessene Zeit verstrichen war, hatte sie es renovieren lassen und es dann mit geblümten Vorhängen und dazu passender Bettwäsche, duftender Seife aus der Provence und ordentlich gefalteten Handtüchern, die kein Familienmitglied benutzen durfte, zu einem sehr hübschen Gästezimmer umgestaltet.

Lizzie war nun schon seit einer Woche zu Hause und hätte die Unordnung längst beseitigen müssen. Aber die meiste Zeit hatte sie mit manischem Selbstmitleid und dem Verschicken von Bewerbungen verbracht, die allesamt nur zu abschlägigen Antworten geführt hatten. Diese E-Mails waren sich alle irritierend ähnlich in der kumpelhaften Oberflächlichkeit, mit der man ihr Glück wünschte.

Glück? Das hätte sie ganz gern einmal, vielen Dank auch!

Für ihre armen Eltern war es bestimmt nicht leicht, sie wieder bei sich zu haben. Und nicht nur das – sie waren auch noch weit davon entfernt, zu verstehen, warum Lizzie ihre vierjährige Beziehung mit Simon für einen Mann beendet hatte, den sie bisher nicht einmal kannten und der noch dazu verheiratet war. Sie hatten in Simon quasi schon den zukünftigen Schwiegersohn gesehen, und Lizzie wusste, wie schwer es ihnen fiel, sich daran zu gewöhnen, dass er jetzt nicht mehr Teil ihres Lebens war.

Bei ihren Freunden und Familienangehörigen hatten sie als das Paar gegolten, bei dem eine Heirat am wahrscheinlichsten war, oder auch als das Paar, dem es bestimmt war, für immer zusammenzubleiben. Simon und sie hatten auch tatsächlich wie das ideale Paar gewirkt. Komisch war nur, dass sie, anders als alle ihre Freunde, die es mit dem Heiraten sehr eilig zu haben schienen, nicht auch diesen Schritt getan hatten. Am nächsten waren sie diesem Punkt gewesen, als Simon über seinen Fünfjahresplan und seine Vorstellungen von ihrer gemeinsamen Zukunft zu sprechen begonnen hatte. Doch während Lizzie noch über ihre nicht gerade begeisterte Reaktion auf Simons Hoffnungen und Träume nachsann, tauchte Curt Flynn als neuer Programmchef bei Starlight Radio auf, und alles, was Lizzie an Simon zu lieben geglaubt hatte, wurde mit einem Mal bedeutungslos.

Der zweiundvierzigjährige Curt war dynamisch und amüsant. Gefährlich amüsant. Er schien stets zu wissen, was sie dachte, und manchmal brauchte es nicht mehr als einen Blick aus seinen funkelnden Augen, denen nichts zu entgehen schien, um Lizzie in schallendes Gelächter ausbrechen zu lassen – und das sehr oft im ungeeignetsten Moment. Sein Witz war von vernichtender Schärfe und wurde in einem starken Manchester Dialekt geäußert, den Lizzie ursprünglich für nachgeahmt und eine Art Parodie auf die Gallagher-Brüder gehalten hatte.

»Ich wette, Sie haben noch nie von dem Ort gehört und sind auch noch niemals dort gewesen«, hatte er auf ihre Frage, wo er aufgewachsen war, geantwortet.

»Dann kann ich Ihnen nur sagen, dass der Planet Zog mir wohlbekannt ist«, hatte sie gewitzelt.

»Und was ist mit Levenshulme?«, hatte er gesagt. »Nein, das dachte ich mir schon, weil selbst ich zugeben müsste, dass es nicht gerade ein beliebtes Touristenziel ist.«

Lizzie hatte sich sofort darangemacht, Levenshulme zu googeln, denn immerhin war sie Rechercheurin. »Einige namhafte Leute kommen aus Levenshulme«, hatte sie beiläufig bemerkt, als sie am nächsten Morgen exakt zur selben Zeit wie er zur Arbeit gekommen war. »Der Architekt Norman Foster, der Schauspieler Arthur Lowe, die Komikerin Beryl Reid und der Schlagzeuger von Oasis.«

Als Curt den Aufzugknopf für das Studio im fünften Stock drückte, sagte er: »Von denen habe ich noch nie gehört.«

»Nicht mal von dem Schlagzeuger von Oasis?«

»Von dem schon gar nicht«, erwiderte er mit unbewegter Miene.

Allein mit ihr im Aufzug, wandte er sich ihr zu. »Ich bin beeindruckt, dass Sie sich bei mir die Mühe eines Background-Checks gemacht haben. Tun Sie das bei jedem, mit dem Sie arbeiten?«

Streng genommen arbeitete sie *für* ihn, aber da es ihr gefiel, dass er nicht den Chef herauskehrte, lächelte sie ihn an. »Ich lebe nach dem Motto: ›Gefahr erkannt, Gefahr gebannt.‹«

Daraufhin lachte er. Es war ein lautes, aber sexy Lachen, das von den verspiegelten Wänden des Lifts abzuprallen schien. Lizzie mochte seinen Klang, und im Stillen war sie froh darüber, Curt Flynn amüsiert zu haben.

»Wie ich sehe, werde ich bei Ihnen auf der Hut sein müssen«, sagte er, während er ihr eine Hand in den Rücken legte und ihr einen kleinen Schubs gab, als die Aufzugtüren sich öffneten. Seine Berührung durchzuckte Lizzie wie ein Blitzstrahl und löste ein Gefühl aus, wie sie es noch nie zuvor empfunden hatte. Böses Mädchen!, sagte sie sich an jenem Abend schuldbewusst, als sie auf dem Heimweg den Moment noch einmal Revue passieren ließ.

Einen Monat später – und obwohl sie wusste, dass Curt verheiratet war – stimmte sie eines Abends zu, nach der Arbeit noch etwas mit ihm trinken zu gehen. Sie wusste sehr gut, was sie tat, und er ebenso. »Es bringt doch nichts, so zu tun, als empfänden wir nichts füreinander«, sagte er freiheraus. Zu wissen, dass es ihm nicht anders erging als ihr, machte sie glauben, dass es Bestimmung war und seine Ehe ein klassisches

Beispiel dafür, die falsche Person aus den falschen Gründen geheiratet zu haben. Das geschah doch immer wieder, oder etwa nicht? Jede dritte Ehe endete mit Scheidung.

Nie war ihr etwas schwerer gefallen, als Simon zu sagen, dass sie ihn nicht mehr liebte. Er war am Boden zerstört, weil er es nicht einmal hatte kommen sehen. Aber sie ja auch nicht. Lizzie tat, was sie für das Anständigste hielt, und zog aus der gemeinsamen Wohnung aus, die sie vor zwei Jahren gemietet hatten. In Hackney fand sie ein kleines Apartment für sich, und dorthin würde Curt nun kommen und so viel Zeit mit ihr verbringen, wie er konnte.

Anfangs empfand Lizzie die Heimlichkeit ihrer Affäre noch als aufregend, aber es dauerte nicht allzu lange, bis sie zu einer Belastung wurde. Vor allem, weil sie ihr Glück und ihre Verliebtheit nicht länger verbergen wollte. Letztlich jedoch war der einzige Mensch, dem sie sich anvertrauen konnte – weil sie wusste, dass er es niemand anders erzählen würde –, ihr Zwillingsbruder Luke. Er war jedoch sehr schockiert über Lizzies Neuigkeiten und riet ihr, vorsichtig zu sein. Es war ein Rat, der typisch für ihren Bruder war. Nicht umsonst hatte sie ihm den Spitznamen »Mr Vorsichtig« gegeben, als sie noch Kinder waren. Und im Nachhinein betrachtet, war ihr inzwischen klar, dass sie seinen Rat hätte befolgen sollen.

Als die Affäre ans Licht gekommen war und ihr fristlos gekündigt wurde, hatte auch Curt riskiert, seine Arbeit zu verlieren, aber da er verheiratet war, ein kleines Kind hatte und zudem noch eine beträchtliche Hypothek abzahlen musste, hatten die Eigentümer des Radiosenders ihn ungeschoren davonkommen lassen. Es war eine bittere Pille für Lizzie gewesen, dass sie so ungerecht behandelt wurde. Curt hatte ihr allerdings versichert, dass dies nur ein kleiner Rückschlag war und sie wieder zusammen sein würden, sobald Gras über die Sache gewachsen war und er reinen Tisch mit seiner Frau gemacht hatte. Im Gegenzug dazu musste Lizzie ihm versprechen, sich nicht mit ihm in Verbindung zu setzen – vor allem nicht an seinem Arbeitsplatz. »Ich brauche diesen Job«, erklärte er, »das verstehst du doch, oder? Ich kann es mir nicht leisten, für noch mehr Aufregung zu sorgen.«

Es war Curts Versprechen, das Lizzie aufrecht hielt, weil es ihr die Hoffnung gab, dass die unangenehme Situation, in der sie sich befand, tatsächlich nur eine vorübergehende sein würde. Er beharrte darauf, dass in ein paar Monaten, sobald er die Dinge bei der Arbeit und zu Hause unter Kontrolle hatte, alles wieder in Ordnung kommen würde. »Wir müssen uns nur an die Spielregeln halten«, sagte er. »Kannst du das für mich tun, Lizzie? Kannst du das?«

Natürlich hatte sie bejaht, als er sie in den Armen gehalten hatte, doch heute – vierzehn Tage, seit sie ihn zuletzt gesehen hatte – geriet ihre Entschlossenheit ins Wanken. Mittlerweile war ihr ganz und gar nicht mehr danach, sich »an die Spielregeln zu halten«. Sie wollte ihren Job zurückhaben, ihren Job und ihr Apartment, aber am allermeisten wollte sie wieder mit Curt zusammen sein.

Als ihr schon Tränen der Wut und Frustration in die Augen stiegen, drang plötzlich durch das offene Fenster das hässliche Schnattern einer Elster herein, die in der Weißbirke des Nachbarn saß und sich so anhörte, als lachte sie sie aus. Aber zumindest gab der Vogel Lizzie die Kraft, die Tränen zurückzudrängen und zum Fenster hinüberzugehen, um hinauszuschauen. Die Ellbogen auf die Fensterbank gestützt, lehnte sie sich hinaus und atmete mit der stillen, warmen Juniluft den zitronigen Duft der gelben Kletterrosen ein, die ihr Vater an der Rückseite des Hauses hinaufwachsen ließ. An dem blassblauen Himmel über dem Rapsfeld am Ende des Gartens führte ein Schwalbenpärchen seine akrobatischen Tänze auf. Die Zeit der leuchtend gelben Rapsblüten war vorbei, und Anfang August würde die Ernte der Samen beginnen.

Wo werde ich dann sein?, dachte Lizzie. Zurück in London, hoffte sie, um dort mit Curt ein neues Leben zu beginnen.

Kapitel Zwei

Tess Moran war überzeugt davon, ihren Teil zum Gemeinwohl beitragen zu müssen. Diese Denkweise war ihr schon in ihrer Kindheit vorgelebt worden. Ihre Mutter war dafür verantwortlich. Sie hatte Tess dazu erzogen, ganz fest daran zu glauben, dass es jedermanns Pflicht war – und ganz besonders ihre –, die Welt zu einem besseren Ort zu machen. Heute, mit Anfang sechzig, kannte Tess keine andere Lebensweise mehr. Untätigkeit war ihr verhasst, und so etwas wie Freizeit gab es nicht für sie, da jede Minute des Tages gut genutzt werden musste. Das war auch der Grund dafür, dass sie, eine hochqualifizierte Krankenschwester, sich gleich nach ihrer Pensionierung erboten hatte, fortan als ehrenamtliche Betreuerin im Woodside-Seniorenheim zu arbeiten. Ihre dortige Aufgabe umfasste keine Pflege im eigentlichen Sinn, aber Tess tat, was immer sonst notwendig war. So spielte sie für die Heimbewohner Klavier, las ihnen etwas vor, brachte ihnen eine Tasse Tee oder plauderte einfach nur mit ihnen.

Heute war sie den größten Teil des Tages in Woodside auf den Beinen gewesen. Als sie nun in ihr Auto stieg, um die Heimfahrt anzutreten, war sie froh über die Möglichkeit, sich hinzusetzen. Im Wagen war es heiß und stickig, weil er in der Sonne gestanden hatte. Als Tess die Fenster öffnete, um frische Luft hereinzulassen, fragte sie sich, was sie wohl zu Hause erwarten und wie Lizzie ihre Neuigkeiten aufnehmen würde.

Natürlich liebten Tom und sie ihre beiden Kinder innig und würden alles tun, um ihnen zu helfen, aber sie hatten sich auch daran gewöhnt, das Haus für sich allein zu haben. Beide hatten sie sich einen Platz geschaffen, an dem sie ihren Hobbys nachgehen konnten – aus einer Abstellkammer war ein Nähzimmer für Tess geworden, und in dem Zimmer, das Luke früher bewohnt hatte, wenn er in den Semesterferien zu Hause gewesen war, hatte Tom sich einen Raum für seine Heimatforschung eingerichtet. Plötzlich wieder ihre Tochter im Haus zu haben erwies sich, gelinde gesagt, als größere Herausforderung, als sie vorausgesehen hatten. Aber eigentlich hätten sie es besser wissen müssen, da Lizzie auf die eine oder andere Art schon immer ein Händchen dafür gehabt hatte, die Pferde scheu zu machen.

Während Luke ein unkomplizierter Junge gewesen war, der mühelos vom Kind zum Mann herangewachsen war, war Lizzie auf fast jedem Schritt des Weges gestolpert und gefallen. Tess war immer wieder erstaunt darüber, dass zwei Lebewesen zusammen in ein und demselben Mutterleib heranwachsen und dann so völlig unterschiedlich zur Welt kommen konnten.

Als kleines Kind hatte Lizzie ihrer Mutter einmal gestanden, dass es ihr furchtbar schwerfiel, so wohlerzogen wie ihr Bruder zu sein. »Ich bin nicht so brav wie Luke, stimmt's, Mummy? Ich bin die ›böse Lizzie‹, nicht?«

Die Worte ihrer kleinen Tochter hatten Tess mitten ins Herz getroffen, besonders als Lizzie gefragt hatte, ob sie dennoch genauso geliebt wurde wie Luke. »Aber natürlich, Kind!«, hatte Tess ihr rasch versichert. »Dein Vater und ich haben euch beide gleich lieb.«

Diese Unsicherheit bei einem so kleinen Kind hatte dazu

geführt, dass die strikte elterliche Unparteilichkeit, von der Tess geglaubt hatte, sie würde ihr Fels und Anker sein, nicht immer Anwendung fand, wenn es um Lizzie ging. Immer wieder ertappte Tess sich dabei, dass sie ihre Tochter verteidigte, egal, was auch passierte.

»Das Problem bei Lizzie ist ihre hoffnungslose Flatterhaftigkeit«, pflegte Toms Mutter zu sagen. »Das Mädchen weiß einfach nicht, was es will, und fliegt wie ein Vögelchen von einem Baum zum anderen.«

Es war viel Wahres an dieser Feststellung, aber ob Flatterhaftigkeit für das jahrelange Drama, das sie ertragen hatten, verantwortlich zu machen war, hätte Tess nicht sagen können. Als Kleinkind hatte Lizzie sich regelmäßig auf den Boden geworfen, mit Armen und Beinen um sich geschlagen wie ein wild gewordener Oktopus und die ganze Zeit über geschrien, so laut sie konnte. Im gleichen Alter hatte sie auch schon den Atem so lange anhalten können, bis ihr Gesicht erst rot und dann buchstäblich blau anlief. Ihre Teenagerzeit war nicht viel leichter, aber mittlerweile hatten Tom und Tess gelernt, jede von ihrer Tochter verursachte Krise zu nehmen, wie sie kam – wie beispielsweise in den Ferien fast zu ertrinken. Oder dass sie bei ihrer ersten Fahrt nach Erhalt des Führerscheins den Wagen zu Schrott gefahren hatte oder ihre Handtasche samt Haustürschlüssel verloren oder den Toaster in Brand gesetzt hatte. Im Gegensatz zu ihrem Bruder Luke passierten ihr ständig solche Dinge. Sie zog das Pech geradezu magnetisch an.

Ebenso wie die meisten Eltern würde Tess alles dafür geben, ihren Kindern ein sorgenfreies Leben zu ermöglichen. Aber trotz ihrer beschützenden Art und Fürsorge ihren Zwillingen gegenüber war Tess nicht blind für ihre Fehler. Luke war wie Tom und gelassener, als ihm guttat, während Lizzie stets von ihrem Stolz geleitet wurde und daher auch niemals zugeben würde, dass sie je eine falsche Entscheidung gefällt hatte.

Dieser Stolz würde sich sehr wahrscheinlich auch jetzt als das Problem erweisen. Seinetwegen würde sie überhaupt nicht in der Lage sein, zu akzeptieren, dass ihr derzeitiges Dilemma durch eine schreckliche Fehleinschätzung ihrerseits entstanden war. Lizzie hätte Simon nie eines verheirateten Mannes wegen verlassen dürfen – eines verheirateten Mannes, der zudem auch noch ein kleines Kind hatte. Es war eine Riesendummheit gewesen. Wann immer Tess an die arme Ehefrau des Mannes dachte, die zu Hause saß, während ihr Ehemann mit Lizzie zusammen war, zog sich ihr Herz schmerzlich zusammen.

Tom und Tess wussten nicht genau, warum Lizzie ihren Job verloren hatte, denn da war etwas an ihrer Geschichte über angeblich freigestellte Arbeitskräfte, was nicht ganz glaubhaft klang. Als Tom ihr vorgeschlagen hatte, sich wegen ungerechtfertigter Kündigung juristisch beraten zu lassen, hatte Luke angedeutet, dass sie damit in ein Wespennest stechen könnte, das man besser in Ruhe ließ. Luke wusste anscheinend mehr über die Geschehnisse, als er aus Loyalität seiner Schwester gegenüber zugab – was Tess' Unruhe jedoch höchstens noch vergrößerte.

Das erste Mal, dass Tom und sie etwas von diesem Curt erfahren hatten, war bei einem Telefonat mit Lorna gewesen, die Tess' engste Freundin im Dorf und Simons Mutter war. »Wie lange wisst ihr es schon?«, hatte Lorna gefragt, und ihrer Stimme war deutlich anzuhören gewesen, wie gekränkt und angespannt sie war.

»Was sollen wir wissen?«, hatte Tess arglos erwidert.

»Ach komm, Tess, du bist ihre Mutter! Da wirst du ja wohl

wissen, dass Lizzie mit Simon Schluss gemacht und mit einem ihrer Kollegen etwas angefangen hat. Hab wenigstens den Anstand, ehrlich zu mir zu sein!«

Tess war sowohl über die Neuigkeit als auch über Lornas Tonfall so schockiert gewesen, dass es einen Moment dauerte, bevor sie antworten konnte. »Aber … aber das kann doch nicht sein«, gelang es ihr zu sagen. »Lizzie liebt Simon. Du weißt, dass sie ihn liebt.«

In dem unbehaglichen Schweigen, das darauf folgte, dachte Tess an all die Momente, in denen sie sich erlaubt hatte, im Stillen schon Simons und Lizzies Hochzeit zu planen – ein kleines Festzelt auf dem Rasen von Keeper's Nook, das Essen von der Cateringfirma, die auch das Büfett zu Toms und ihrem dreißigsten Hochzeitstag geliefert hatte, und Discomusik. Ein paar Mal hatte sie sogar mit Lorna gescherzt, dass sie ja praktisch schon Verwandte seien. Es erschien ihr geradezu unmöglich, dass nichts von alldem noch stattfinden würde.

Eine längere Pause entstand, bevor Lorna wieder sprach. »Du meinst, du hast es wirklich nicht gewusst?«

»Ich schwöre dir, dass ich es gerade zum ersten Mal gehört habe. Aber es ist doch sicherlich ein Irrtum. Bestimmt nichts weiter als ein kleiner Streit zwischen zwei Liebenden. Das wird vorübergehen. Natürlich wird es das. Ich werde mit Lizzie reden.«

Eine weitere von Tess' Eigenschaften war die feste Überzeugung, dass es kein Problem gab, das sie nicht lösen konnte. Aber im Augenblick konnte sie noch so viel mit Lizzie reden oder diskutieren, es nützte alles nichts. Lizzies Entschluss stand fest. Sie bedauerte es, alle vor den Kopf stoßen zu müssen, doch das ließ sich nicht verhindern, weil sie nun Curt und nicht mehr Simon liebte.

Der arme Simon war am Boden zerstört. Tess und Tom hatten selbst gesehen, in welch schlechter Verfassung er war, als er eines Abends unerwartet bei ihnen erschienen war. Er war über das Wochenende zu Besuch bei seinen Eltern gewesen und hatte in der Hoffnung, dass Lizzies Eltern sie vielleicht doch noch umstimmen könnten, bei ihnen vorbeigeschaut. Es hatte Tess zutiefst bekümmert, ihn so verzweifelt zu sehen und zu wissen, wie eigensinnig ihre Tochter sein konnte, wenn sie einmal einen Entschluss gefasst hatte. Und deshalb war alles, was sie für Simon tun konnten, ihm wiederholt zu versichern, wie sehr sie bedauerten, was passiert war, und den Jungen, von dem sie geglaubt hatten, er werde eines Tages ihr Schwiegersohn sein, in den Arm zu nehmen.

Seither hatten sich die Beziehungen zwischen den beiden Familien noch verschlechtert. Tess fühlte sich nicht mehr wohl in Lornas Gegenwart, weil sie den Verdacht hatte, dass ihre Freundin ihr in gewisser Weise die Schuld am Kummer ihres geliebten einzigen Kindes gab. Sie waren nicht mehr zusammen zum Essen ausgegangen wie früher so oft, und es hatte auch keine gegenseitigen Einladungen zu einem gemütlichen gemeinsamen Sonntagsessen mehr gegeben.

Tess war nie der Ansicht gewesen, dass Wut oder Schuldzuweisungen irgendeinen guten Zweck erfüllten. Aber als sie nun in das Dorf Great Magnus kam und an Orchard House vorbeifuhr, dessen gepflegten Vorgarten aus Buchsbaumhecken und Rosen sie schon seit Wochen nicht mehr betreten hatte, musste sie sich beherrschen, um nicht doch sehr böse auf ihre Tochter zu werden. Und nicht nur wegen des Herzschmerzes, den Simon ihretwegen litt, sondern auch wegen dem, was sie ihren Eltern und deren besten Freunden angetan hatte. Hatte Lizzie auch nur einen einzigen Gedanken an die

Konsequenzen ihres Handelns verschwendet? Tess war nicht stolz darauf, dass sie so dachte, aber sie konnte auch nicht die starken Gefühle ignorieren, die sie selbst wegen dieser Angelegenheit empfand.

Orchard House blieb hinter ihr zurück, als sie langsam zum Ortskern mit seinem länglichen, dreieckigen Dorfanger weiterfuhr, der auf allen Seiten von hübsch gestrichenen Fachwerkhäusern gesäumt war, deren Dächer aus einer Mischung aus Stroh, Schiefer und Tonziegeln bestanden. Vor nicht allzu langer Zeit hatte Great Magnus noch fünf Pubs und eine große Anzahl von Geschäften aufzuweisen gehabt. Heute jedoch gab es dort trotz der zunehmenden Bevölkerung nur noch zwei Pubs, ein Antiquitätengeschäft mit Teestube und einen kleinen Lebensmittelladen, der abwechselnd von freiwilligen Helfern geführt wurde, zu denen auch Tess gehörte.

Sie passierte den Ententeich zu ihrer Rechten und nahm die nächste Abzweigung, fuhr an der Kirche vorbei und setzte etwas weiter unten an der schmalen Straße den Blinker, um rechts nach Keeper's Nook abzubiegen.

Die frei stehende viktorianische Backsteinvilla, die im Laufe der Jahre mit einem Mischmasch von Anbauten versehen worden war, war nichts, was man als »Hingucker« bezeichnen würde. Aber es war der Ort, in den sich Tess und Tom verliebt hatten, und ganz besonders in den breiten Streifen offenen Ackerlands hinter dem Haus. Sie waren in dem Sommer, in dem Lizzie und Luke gerade ihr Abitur gemacht hatten, aus Essex hierhergezogen, und wenn Tess an diesen Sommer dachte, hatte sie ihn immer als einen sehr schönen in Erinnerung.

Sie war gerade aus dem Wagen ausgestiegen, als sie in ihrer Handtasche ihr Handy klingeln hörte.

Es war Ingrid, Lukes Frau, die Tess regelrecht einschüchterte, wenn sie ehrlich sein sollte. Die junge Frau war Anwältin für Medizinrecht und hatte ihre Arbeit wieder aufgenommen, als ihr Sohn Freddie acht Monate alt gewesen war. Sie strahlte eine Kompetenz aus, die Tess in ihrem ganzen Leben nie erreicht hatte, und sie hatte auch etwas Kühles, Distanziertes an sich. Nur selten sagte sie spontan etwas, und jedes ihrer Worte schien stets sorgfältig abgewogen zu sein, bevor sie sprach. Tess und Tom hatten das immer auf Ingrids skandinavischen Einfluss geschoben, da ihre Mutter Schwedin war. Ingrid war seit drei Jahren ihre Schwiegertochter, und obwohl sie Luke ganz offensichtlich glücklich machte und die Mutter ihres reizenden Enkels war, hatte Tess das Gefühl, Ingrid nicht besser zu kennen als bei jenem ersten Mal, als Luke sie mit nach Hause gebracht hatte, um sie ihnen vorzustellen.

»Hallo, Ingrid«, sagte Tess mit übertriebener Fröhlichkeit in der Stimme. Auch das war ein Effekt, den Ingrid auf sie hatte: Sie brachte Tess dazu, sich völlig untypisch zu verhalten, als wäre sie viel zu sehr bemüht, ihr zu gefallen. Das Ergebnis war, dass sie immer furchtbar unaufrichtig klang.

Kapitel Drei

Drüben in Cambridge hatte Ingrid während des Gesprächs mit ihrer Schwiegermutter durch ihre E-Mails gescrollt, alle markiert, die bis zum Morgen warten konnten, und dem Rest Priorität gegeben.

Als der Anruf beendet war, griff sie über ihren Schreibtisch nach dem Formular, das Liam, der Neueste in einer langen Reihe jüngerer Mitarbeiter, ihr dort hinterlassen hatte. An dem Formular klebte eine handgeschriebene Notiz. Ingrid wusste nicht, was schlimmer war – Liams grauenvolle Handschrift oder die lächerliche SMS-Sprache, die er zur Kommunikation mit ihr benutzte:

KEile. Ende nächster Woche ok.

Wie viel Zeit glaubte der Junge, mit dieser idiotischen Schreibweise zu sparen?

Trotz Liams Hinweis, dass keine Eile bestand, schraubte sie ihren Füllfederhalter auf und begann mit dem Ausfüllen des Formulars. Sie hasste es, Dinge unnötigerweise aufzuschieben, und brachte sie lieber so bald wie möglich hinter sich. So wie sie es auch vorzog, ehrlich und direkt zu ihren Mitmenschen zu sein. Natürlich schätzte nicht jeder ihre freimütige Art. Zweimal schon hatte sie Liam wegen seiner Grammatik und Schreibweise zurechtgewiesen, und beide Male hatte er sie angeschaut, als hätte er keine Ahnung, wovon sie sprach.

Lukes Familienangehörige waren Paradebeispiele für Menschen, die direkte Herangehensweisen scheuten und lieber um etwas herumredeten, das gesagt werden musste. Luke zuliebe hatte Ingrid gelernt, in ihrer Gegenwart den Mund zu halten, besonders bei seiner Zwillingsschwester, der ihrer Ansicht nach unbedingt einmal jemand die Augen öffnen müsste – schließlich war sie eine zweiunddreißigjährige Frau und kein dreizehnjähriges Kind, das glaubte, die ganze Welt drehte sich um sie. Es wurde höchste Zeit, dass dieses Kind erwachsen wurde und Verantwortung für sein Verhalten und sich selbst übernahm. Zu Mummy und Daddy heimzulaufen, wenn es hart auf hart kam, war in ihrem Alter schon geradezu pathetisch.

Nach all den Geschichten, die Ingrid über Lizzies Kindheit gehört hatte – die meist in einem heiteren Wie-haben-wir-das-nur-ausgehalten?-Ton erzählt wurden –, überraschte es sie dennoch immer wieder, wie verwöhnt Lizzie als Kind gewesen sein musste. Luke war der Meinung, seine Eltern verhielten sich nur wie alle liebevollen Eltern: mit viel Geduld, Toleranz und Liebe. »Würden wir das nicht auch bei Freddie tun?«, hatte er Ingrid gefragt.

Sie hatte jedoch geschwiegen und für sich behalten, dass sie Freddie nie erlauben würde, sich so aufzuführen wie Lizzie als Kind. Ihre Liebe zu ihrem Sohn war bedingungslos; Ingrid könnte ihn niemals mehr oder weniger lieben, aber sie würde ihn schnell zur Ordnung rufen, falls er je auch nur die kleinste Ähnlichkeit mit seiner nichtsnutzigen Tante zu zeigen begann …

Sie hatte niemandem, nicht einmal Luke, erzählt, wie

schmerzlich es für sie gewesen war, Freddie der Obhut anderer anvertrauen zu müssen, um ihre Arbeit wieder aufnehmen zu können. Die einzige Möglichkeit, mit dem Verlustgefühl zurechtzukommen, das sie auch heute noch quälte, war, sich ganz und gar in die Fälle zu vertiefen, die sie bearbeitete. Es diente auch dem Zweck, ihr keine Zeit zu lassen, sich zu fragen, ob Freddie in der Kita gut versorgt war; ob die Kindergärtnerinnen sich oft genug die Hände wuschen; ob sie wussten, was zu tun war, falls er keine Luft mehr bekam oder zu fiebern begann; ob sie ihn jederzeit im Auge behielten und ob er tagsüber genügend Wasser trank; ob er etwas lernte und Freunde fand – oder ob er gar unsittlich berührt wurde. Die Liste ihrer Sorgen war schier endlos.

Ein Kind zu bekommen war die größte gemeinsame Entscheidung gewesen, die Luke und sie in ihrer Beziehung getroffen hatten. Beide waren mit der bisherigen Situation vollkommen zufrieden gewesen und hatten ihr ganzes Glück aus dem anderen und ihren anspruchsvollen Berufen bezogen. Aber dann war ein Freund ihres Ehemanns gestorben, und wie aus dem Nichts war Ingrid von der Furcht ergriffen worden, dass ihr von Luke nichts bleiben würde, falls ihm etwas zustieß, und er restlos und für immer aus ihrem Leben verschwunden sein würde. Mit einem Kind dagegen würde sie einen einzigartig kostbaren Teil von Luke behalten, der ihr auch die Kraft geben würde, sich dem Leben ohne ihn zu stellen. Luke, der erstaunt war über ihren Sinneswandel und ihre plötzliche Besorgnis hinsichtlich seiner Sterblichkeit, brauchte zunächst ein wenig Überzeugungsarbeit. Aber es dauerte nicht lange, bis er genauso glücklich wie sie über das positive Ergebnis eines Schwangerschaftstests war.

Nach dem Ausfüllen des Formulars fügte Ingrid es den Akten hinzu, um deren weitere Bearbeitung sich Liam kümmern musste. Langsam und präzise, wie es ihre Art war, begradigte sie den Stapel Akten, bis sie in perfekter Ordnung aufeinanderlagen, und wünschte, dass der Rest ihres Lebens genauso leicht zu ordnen wäre.

Als sie von draußen laute Stimmen hörte, stand sie auf und ging zu dem Fenster, das auf den Hofgarten hinter dem eleganten Regency-Gebäude hinausging, das das zweite Zuhause der Cavendish Court Lawyers war. Sie hatte dieses Büro nach ihrer Rückkehr aus der Elternzeit erhalten, da nach der Pensionierung einer ihrer Partner eine Umstrukturierung erfolgt war. Man hatte ihr klargemacht, dass sie großes Glück gehabt habe, einen solch geschätzten Arbeitsplatz zu erlangen.

Von wegen Glück! Sie verdiente dieses Büro nicht weniger als jeder andere hier. Mehr sogar noch in einigen Fällen. Oder besser gesagt, in *vielen* Fällen.

Unten im Garten sah sie einen Mann mit Ohrenschützern, der mit einer Motorsäge herumhantierte, deren Lärm von den Mauern des nicht allzu großen Innenhofes abprallte. Über den zu fällenden Baum war viel diskutiert worden. Einige wollten den Nadelbaum behalten und beriefen sich auf seine Bedeutung zur Weihnachtszeit, wenn er mit Lichtern geschmückt war. Andere meinten, er sollte schnellstens entfernt werden, bevor er Schäden an dem Gebäude verursachte – die ihn umgebenden Steinplatten hoben sich an einigen Stellen bereits an.

Ingrid hatte nur zu gern zugestimmt, dass der Baum verschwinden sollte. Nicht nur, weil er ihr teilweise die Sicht aus ihrem Fenster nahm, sondern auch, weil es offensichtlich war, dass der Baum dem beschränkten Platz dort unten längst entwachsen war. Ihre Gedanken wurden von Logik und keiner unangebrachten Sentimentalität bestimmt. Diejenigen in der Kanzlei, die Weihnachten einen Baum zum Schmücken haben wollten, sollten sich zusammentun und einen kaufen, um damit zu spielen, wenn ihnen so viel daran lag!

Zum Glück war es noch lange hin bis zu dem ganzen Weihnachtswahnsinn, und im Augenblick hatte Ingrid ein sehr viel dringenderes Problem. Am Wochenende war es zu einer kolossalen Überschwemmung in Freddies Kindertagesstätte gekommen, die erst heute früh entdeckt worden war und große Schäden angerichtet hatte. Da dort sogar das Abwasser aus den Kanälen aufstieg, würden die Instandsetzungsarbeiten Wochen, wenn nicht sogar Monate in Anspruch nehmen. Wodurch Luke, Freddie und sie ganz gehörig in der Patsche saßen. Das war auch der Grund dafür, dass sie Tess angerufen hatte, um zu fragen, ob Tom und sie sich von montags bis freitags um Freddie kümmern könnten, bis ein geeignetes Kindermädchen gefunden worden war. Zum Glück hatte Luke sich den heutigen Tag freinehmen können, um den Kleinen zu beaufsichtigen. Luke hatte versprochen, seine Eltern anzurufen und um Hilfe zu bitten. Ingrid hatte jedoch darauf bestanden, das Telefonat selbst zu führen, weil es ihrer Ansicht nach mehr Respekt ihrer Schwiegermutter gegenüber zeigte, wenn sie Tess um diesen Gefallen bat.

In Wahrheit wollte sie jedoch persönlich mit ihr sprechen, um sich zu vergewissern, dass ihre Schwiegermutter die Grundregeln verstand, und zwar vor allem die, dass Lizzie sich zu keiner Zeit und nie allein um Freddie kümmern durfte. Dem Mädchen war ja nicht einmal zuzutrauen, auf sich selbst aufzupassen, geschweige denn auf Ingrids geliebtes zweijähriges Kind!

Unten im Hof hatte der Mann mit der Motorsäge Gas gegeben und setzte zum ersten vernichtenden Schnitt an. Der Baum war ein Symbol für beharrlichen, aber zwecklosen Widerstand gegen Veränderung, dachte Ingrid, als die Zweige draußen vor dem Fenster wie protestierend zu zittern begannen. Er hatte all die Jahre dort gestanden und nach und nach von einem Bereich Besitz ergriffen, an dem er nicht erwünscht war. Nun hatte er seinen Meister gefunden, und sein Ableben stand unmittelbar bevor.

In dem Eckfenster neben ihrem entdeckte Ingrid Julian Redman, der ein handgeschriebenes Plakat hochhielt: *RETTET DEN BAUM … für Feuerholz!* Als er sie sah, grinste er. Ingrid erwiderte das Lächeln ihres Kollegen, der wie sie die Stimme der Vernunft vertrat, und hob gerade aus Solidarität und Siegesfreude einen Daumen, als ein heftiges Beben den Baum durchlief und er, laut ächzend und besiegt, vom Fenster zurückfiel und mit einem dumpfen Aufschlag auf dem Boden landete.

Voller Triumph über den kleinen Sieg, den die Vernunft heute errungen hatte, wandte Ingrid sich vom Fenster ab und ging zu ihrem Tisch zurück.

Kapitel Vier

»Du könntest ruhig mal so entgegenkommend sein, nachzugeben und Mums Vorschlag anzunehmen«, sagte Luke, der zusah, wie seine Schwester auf allen vieren und mit Freddie auf dem Rücken im Garten herumkroch. Aus irgendeinem unerfindlichen Grund gab sie vor, ein Kamel zu sein, während jeder andere sich mit einem Pferd oder Esel und den entsprechenden Geräuschen begnügt hätte. Aber nicht Lizzie, sie musste immer alles anders machen.

»Wann war *ich* je einmal *entgegenkommend*?«, entgegnete sie und hielt inne, um ihn anzusehen.

»Du könntest mit einer lebenslangen Gewohnheit brechen und es wenigstens mal ausprobieren, um zu sehen, wie es ist.«

Lizzie heulte auf. »Hey, du da oben – das tut weh!«

Ohne ihren Ausruf zu beachten, kicherte Freddie und zerrte nur noch mehr an ihrem Haar, das sie extra zu Zöpfen geflochten hatte, damit sie dem Kleinen als Zügel dienten. »Schneller, Lizzie!«, jubelte er.

»Du willst schneller reiten, junger Mann? Na, dann halte dich besser fest, weil dieses Kamel sich nämlich gleich in ein Rennkamel verwandeln wird. Und du weißt ja, was Rennkamele tun, nicht wahr? Sie nehmen an Rennen in der Wüste teil!« Ihr Reiter kreischte vor Vergnügen, als sie auf das Ende des Gartens zuhielt, sich dann umdrehte und mit Freddie, der sich tapfer an ihr festhielt, schnell zu dem im Gras sitzenden

Luke zurückkrabbelte. Außer Atem ließ sie Freddie herab und setzte ihn Luke auf den Schoß. »Jetzt bist du dran«, keuchte sie, »denn ich bin vollkommen geschafft.«

»Aber du machst das doch wirklich großartig. Hab ich recht, Freddie? Tante Lizzie ist die beste Tante auf der ganzen Welt, nicht wahr?«

»Danke für die Blumen, doch da ich seine einzige Tante bin, ist seine Erfahrung in diesen Dingen sehr beschränkt.«

Statt Lukes Frage mit Worten zu beantworten, entzog sich Freddie seinen Händen und warf sich auf Lizzie, die nun auf dem Rücken im Gras lag. »Ich dachte, wir hätten uns zu einem ruhigen Plauderstündchen hinausgeschlichen«, sagte sie und verzog das Gesicht, als Freddie sich rittlings auf sie setzte und zungenschnalzend auf und ab zu hüpfen begann.

»Na, komm schon her, du«, sagte Luke und beugte sich vor, um seinen Sohn zu sich herüberzuziehen. »Du hast die arme Lizzie vollkommen geschafft.«

Freddie schüttelte jedoch abwehrend den Kopf und stieß Lukes Hände weg. »Nein, nein, nein, nein, nein!«, rief er entschieden.

»Hör mal, Schatz, bleib einfach nur ein Weilchen ruhig sitzen, damit dein Dad und ich uns unterhalten können, und wenn du dann ganz, ganz brav bist, spielen wir danach noch mal Kamelreiten. Kannst du mir zuliebe ein bisschen Ruhe geben?«

Nach kurzem Überlegen nickte der Kleine langsam und drückte einen seiner Finger sehr fest in die nackte Haut an Lizzies Bauch, wo ihr T-Shirt heraufgerutscht war.

»So, Luke, und jetzt sag mir, warum du es für eine gute Idee hältst, dass ich Mum den Gefallen tue, im Woodside-Pflegeheim zu arbeiten«, sagte Lizzie und ließ zu, dass Freddie sie auch weiterhin anstupste wie ein ungeschickter Arzt bei einer Untersuchung. »Weil ich mir nämlich überhaupt nichts vorstellen kann, bei dem es mir noch schlechter ginge.«

Lizzie lebte nun schon fast drei Wochen wieder zu Hause, und ohne das Wissen der anderen hatte ihre Mutter einen Plan für sie ausgeheckt und ihr vorgeschlagen, vorübergehend in dem Pflegeheim zu arbeiten, in dem sie selbst in den letzten Jahren ehrenamtlich ausgeholfen hatte. Ihr Plan hatte sich ganz unverhofft als geradezu perfekt erwiesen, als Luke und Ingrid angefragt hatten, ob Mum und Dad sich unter der Woche um Freddie kümmern könnten. Plötzlich erschien es auch allen anderen äußerst sinnvoll, dass Lizzie Mum im Woodside-Pflegeheim vertreten sollte, um ihr Zeit zu verschaffen, ihren Enkel zu beaufsichtigen.

»Tja«, sagte Luke, der wusste, dass er sich auf ein heikles Thema einließ, »dann muss ich dich zunächst mal fragen, ob du irgendetwas anderes mit deiner Zeit zu tun gedenkst? Abgesehen davon, den ganzen Tag lang vor dem Fernseher zu hocken?«

»Schön wär's! Sobald ich mich hinsetze oder es auch nur so aussieht, als wollte ich es tun, stürzt sich Mum auf mich. Ganz ehrlich, Luke, es ist, als wäre ich wieder ein Kind, so wie sie mich im Haus herumscheucht. Ich könnte schwören, dass sie Angst hat, ich würde Wurzeln schlagen, wenn ich zu lange stillsitze.«

Luke lachte. »Das ist wahrscheinlich genau das, was ihr Sorgen bereitet. Das Letzte, was Eltern wollen, ist, dass ihr erwachsenes Kind auf Dauer bei ihnen lebt.«

Lizzie runzelte die Stirn. »Das Letzte, was *ich* will, ist, auf Dauer hier zu leben.«

»Also solltest du in der Zwischenzeit etwas Positives tun,

während du darauf wartest, dass sich eine richtige Arbeitsgelegenheit ergibt.«

»Wenn sich überhaupt je was ergibt«, erwiderte sie mit ganz untypischem Pessimismus.

»Das wird es«, sagte er entschieden, obwohl es sehr selten vorkam, dass er versuchte, seiner Schwester Mut zu machen. Normalerweise war sie es, die mehr als genug davon besaß.

»Glaubst du nicht, dass ich eine Zeit lang bei euch wohnen könnte?«, fragte sie nachdenklich. »Dann könnte ich mich um dieses süße Äffchen kümmern, während ihr ein Kindermädchen sucht.« Freddie kicherte entzückt, als sie es ihm plötzlich mit gleicher Münze heimzahlte und auch ihn mit einem Finger in den Bauch pikte. »Ich wäre keine Belastung für euch. Und ihr würdet mich davor bewahren, im Woodside arbeiten zu müssen.«

Es war nicht das erste Mal, dass Lizzie diesen Vorschlag machte, seit ein Wasserrohrbruch katastrophale Schäden in Freddies Kindertagesstätte angerichtet hatte. Wenn es nach Luke ginge, würde er Ja sagen, weil es alles sehr vereinfachen würde. Eigentlich war es sogar sein erster Gedanke gewesen, Lizzie um Hilfe zu bitten. Aber Ingrid hatte gegen die Idee sehr schnell ein Veto eingelegt. »Das wäre ja, wie ein zweites Kind im Haus zu haben!«, hatte sie gesagt. »Und offen gestanden würde ich jede Wette eingehen, dass Freddie das vernünftigere der beiden wäre.«

Danach hatten sie kurz über die Möglichkeit gesprochen, täglich hin- und herzufahren und Freddie bei Mum und Dad abzuliefern und abzuholen. Doch da sie am Stadtrand von Cambridge lebten, war das einfach nicht machbar. Es war ihnen auch nicht fair erschienen, von seinen Eltern zu erwarten, dass sie die Strecke täglich zweimal fuhren. Aber bisher, eine

Woche nach Beginn ihres derzeitigen Arrangements, hatte alles gut geklappt, und Freddie war sehr gern bei seinen Großeltern und wurde natürlich auch gehörig von ihnen verwöhnt.

An diesem Sonntagnachmittag waren sie hier, um ihn für eine weitere Woche dazulassen. Bisher sah es auch noch nicht so aus, als würden sie auf die Schnelle ein geeignetes Kindermädchen finden. Luke war geneigt, sich dem Vorschlag seiner Mutter anzuschließen, sie sollten sich die Mühe sparen und Freddie könne sehr gern so lange bleiben, bis die Kindertagesstätte wieder öffnete.

»Du würdest es keine achtundvierzig Stunden aushalten, Lizzie«, sagte Luke zu seiner Schwester, um ihre Frage zu beantworten. »Freddie würde dich fix und fertig machen und dir keine Zeit lassen, dir einen neuen Job zu suchen.«

Sie warf ihm einen etwas schmerzlichen Blick zu, der besagte, dass sie wusste, dass er nicht ganz ehrlich zu ihr war.

In dem sich zwischen ihnen ausbreitenden Schweigen, das nur von dem Gesang der Vögel und Freddies Summen unterbrochen wurde, dachte Luke an den Mann, der die Schuld an der misslichen Lage seiner Schwester trug. Er war dieser angeblichen Liebe ihres Lebens noch nie begegnet, aber er hatte schon sehr viel über ihn gehört. Eigentlich sogar zu viel, wenn er ehrlich sein sollte. Lukes unmittelbare Reaktion auf Lizzies Geständnis, dass sie eine Affäre mit einem verheirateten Mann hatte, war Schock gewesen. Selbst für ihre üblichen unbesonnenen und eigenwilligen Maßstäbe ging *das* zu weit. Am liebsten hätte er ihr geraten, den Mann fallen zu lassen wie eine heiße Kartoffel, und das so schnell wie möglich. Es konnte einfach nichts Gutes dabei herauskommen, die Beziehung zu ihm fortzusetzen. Angesichts der Veränderung, die er an Lizzie wahrnahm, und ihrer offensichtlichen Verliebtheit wegen hatte er jedoch gewusst, dass sie weit darüber hinaus war, sich irgendetwas anzuhören, das ihrem Glück einen Dämpfer verpassen könnte. Daher hatte Luke sich darauf beschränkt, sie zur Vorsicht zu mahnen.

Aus persönlicher Sicht hatte ihr Bruch mit Simon ihn besonders hart getroffen, weil Simon und er sich so gut verstanden hatten. Und es noch immer taten. Luke hinterging Lizzie nicht gern, aber diesmal hatte er ihr verschwiegen, dass er sich einige Male mit Simon auf einen Drink getroffen hatte, wenn er in London gewesen war. Die Abende, die sie miteinander verbracht hatten, waren nicht leicht gewesen. Das Traurige war, dass Luke der gleichen Meinung wie ihre Eltern gewesen war, dass sie in Simon endlich einen Partner gefunden hatte, der ihr Halt geben würde. Endlich ein Mann, der mit seinem sanften, ausgeglichenen Wesen das perfekte Gegenstück zu Lizzies hochimpulsivem Temperament war. Doch all das hatte sich leider nicht bewahrheitet. Vielleicht war es ihr ja bestimmt, nie reifer und gefestigter zu werden, sondern immer ein bisschen zielloser und unbedachter als alle anderen zu sein.

Von all den unerhört leichtsinnigen Dingen, die Lizzie sich geleistet hatte, war diese Geschichte mit Curt der Gipfel. Sie übertraf sogar noch die denkwürdige Gelegenheit, bei der sie versucht hatte, Luke das Haar zu färben, und ein unverdünntes Bleichmittel dafür verwendet hatte, was zu einem katastrophalen Ergebnis geführt hatte. Oder als sie ihn an ihrem gemeinsamen einundzwanzigsten Geburtstag mit Tickets für das Musikfestival in Glastonbury überrascht hatte. Es war ein fantastisches Geschenk gewesen, und Luke hatte sich monatelang darauf gefreut, The Killers, The White Stripes und Interpol auftreten zu sehen. Als dann endlich der Tag kam, an dem sie, mit einem Zelt, Regenmänteln und vollgestopften Rucksäcken bewaffnet, nach Somerset aufgebrochen waren, mussten sie feststellen, dass Lizzie die Eintrittskarten vergessen hatte. Sie hatte geschworen, Luke habe gesagt, er werde sie mitbringen, und selbst als er ihr die SMS zeigte, in der sie ihm geschrieben hatte, sie habe die Tickets, wollte sie nicht nachgeben. Irgendwann entschuldigte sie sich dann doch und gestand, dass sie die Tickets mit Tesafilm an ihren Schminkspiegel geklebt gefunden hatte. Der sicheren Aufbewahrung wegen, sagte sie. Weil sie im Grunde das Herz am rechten Fleck hatte und er ihr ohnehin nie lange böse sein konnte, hatte Luke ihr natürlich verziehen.

Lizzie hatte ihm auch die wahren Umstände ihrer Entlassung anvertraut, und wäre es jemand anders gewesen, hätte er gelacht. Aber der Gedanke, dass seine eigene Schwester mit ihrem Lover *in flagranti* an ihrem Arbeitsplatz ertappt worden war, hatte ihm großes Unbehagen bereitet. Aus irgendeinem Grund hatte er den Fehler gemacht, es Ingrid zu erzählen, obwohl er normalerweise vorsichtiger war mit dem, was er seiner Frau über Lizzie anvertraute. Ingrids entsetzte Reaktion – die ihn keineswegs in seiner Gewissheit bestärkte, dass er zu Recht schockiert war – hatte genau den gegenteiligen Effekt. Sie sorgte dafür, dass er das »Vergehen« seiner Schwester auch noch herunterspielte, als wäre es etwas, das jedermann passieren könnte. Aber tief im Innersten drängte ihn ein sehr ursprünglicher Instinkt dazu, die Ehre seiner Schwester zu verteidigen und Curt Flynn grün und blau zu schlagen, weil er sie so bloßgestellt hatte.

Als Zwillinge standen Lizzie und er sich so nahe, wie es nur möglich war. Ingrid behauptete sogar, dass die Distanz zwischen Lizzie und ihr nur deshalb existierte, weil Lizzie eifersüchtig auf sie war, nachdem sie es gewagt hatte, ihr den kostbaren Bruder zu stehlen. Luke hatte keine Ahnung, ob das stimmte, aber es war traurig und enttäuschend für ihn, dass Ingrid und seine Schwester nicht besser miteinander auskamen. Er konnte nur hoffen, dass sich das mit der Zeit noch ändern würde.

Luke war fünf Minuten älter als Lizzie, und obwohl sie keine eineiigen Zwillinge waren, war deutlich zu erkennen, dass sie Geschwister waren – wie zwei sich sehr ähnliche Erbsen aus derselben Schote. Beide waren dunkelhaarig und hatten dunkelbraune Augen, fein gezeichnete Augenbrauen und eine breite Stirn. Doch während er einen Meter zweiundachtzig groß war und zu seinem Ärger wie sein Vater schon ein wenig füllig zu werden begann, war Lizzie nur knapp einen Meter sechzig groß und genauso schlank, wie sie es stets gewesen war.

Als er sie jetzt betrachtete und sah, wie unglücklich sie aussah, als sie Freddie an sich drückte, wünschte Luke von ganzem Herzen, dass dieser Curt Flynn die Reise von Manchester nach London niemals angetreten hätte. Lizzie hatte ihren Job bei Starlight Radio von Anfang an geliebt. Als der in Shoreditch ansässige Sender expandierte, um über die aktuellsten Tagesthemen sowie eine Anzahl schrullig-amüsanter Meldungen zu berichten, hatte Lizzie zeigen können, was sie draufhatte, und sich mit Vergnügen den nötigen Recherchen gewidmet. Aber dann war dieser verdammte Ehrgeizling Curt Flynn dahergekommen, um den Posten des Programmleiters zu übernehmen, und aus war es mit ihrem Job gewesen. Und war es nicht typisch, dass der Kerl ungeschoren davongekommen und es Lizzie war, die teuer bezahlt und alles verloren hatte?

Luke wollte sie gerade fragen, ob sie etwas von Curt gehört hatte, als er Ingrid in der offenen Terrassentür zur Küche stehen sah. Und während er die lässige Eleganz bewunderte, mit der seine Frau sich bewegte und die ihm schon bei ihrer ersten Begegnung aufgefallen war, dachte er wie so oft, dass Ingrid eine echte Schönheit war. Sie trug eine verblichene Bluejeans, die ihre langen schlanken Beine betonte, und eine schlichte weiße Baumwollbluse. Ihr skandinavisch blondes Haar, das sich mit den Jahren verdunkelte, wie sie sich oft beklagte, hatte sie mit einem großen Clip zusammengenommen, was den Blick auf ihren schlanken Nacken freigab.

Es war kaum zu glauben, aber das erste Mal waren sie sich bei einer Zusammenkunft von Anwälten auf der Pferderennbahn in Newmarket begegnet. Er hatte sich seinen Gewinn auszahlen lassen – einen Zufallstreffer auf ein Pferd, das als Erstes durch das Ziel gegangen war – und kehrte zu seinem Tisch mit Prozessanwaltskollegen zurück, als er Ingrid in einer Ecke des Raumes stehen sah. Er hatte sie schon während des Essens bemerkt und sie einfach umwerfend gefunden. Und das dachte er auch jetzt wieder, als er sie – eher unfreiwillig, wie es schien – einem großen, rotgesichtigen Mann in einem Nadelstreifenanzug mit einem auffallenden pinkfarbenen Seidentuch in der Brusttasche zuhören sah. Luke sah die tödliche Langeweile in ihren blauen Augen und kannte das Gefühl auch selbst nur allzu gut: Nichts ging über einen Tag mit ermüdendem VIP-Geschwafel, um einen wünschen zu lassen, man wäre ganz woanders. Sie bemerkte, dass er zu ihr hinübersah, für einen Sekundenbruchteil begegneten sich ihre Blicke, und schon war die Verbindung hergestellt. Ihr Gesichtsausdruck veränderte sich plötzlich, und mit einem strahlenden Lächeln legte sie eine Hand auf den Unterarm des Mannes und sagte etwas, das Luke aus der Entfernung nicht verstehen konnte. Als Nächstes sah er jedoch, wie sie sich anmutig einen Weg durch den dicht besetzten Raum bahnte und direkt auf ihn zukam.

»Spielen Sie um Himmels willen mit«, bat sie ihn leise und mit ausgestreckter Hand. »Tun Sie so, als würden wir uns kennen, und bewahren Sie mich davor, auch nur eine Sekunde länger mit diesem arroganten Mistkerl reden zu müssen. Ich habe ihm gesagt, ich müsste dringend etwas mit Ihnen besprechen.«

Luke spielte mit, begrüßte sie sehr herzlich und fragte sie, wie es ihr ging und warum er seit Ewigkeiten nichts mehr von ihr gehört hatte. Sie hatte gelächelt und sich auf die Farce eingelassen, und erst als die Luft rein gewesen war und der rotgesichtige Mann ein anderes Opfer gefunden hatte, hatte Luke sich nach ihrem Namen und dem der Anwaltskanzlei erkundigt, für die sie tätig war. Von da an war es nur noch ein sehr kleiner Schritt, bis er alles über sie erfahren wollte.

Ihr Name war Ingrid Vaughan, und sie war die einzige Tochter eines Briten, der eine Schwedin aus Stockholm geheiratet hatte. Ingrid hatte einen Teil ihrer Kindheit in Schweden verbracht, bevor sie nach London umgezogen waren. Die Ehe ihrer Eltern war nicht glücklich gewesen. Sie hatten sich oft und sehr heftig gestritten, und als Ingrids Vater starb, was ihrer Mutter nicht ungelegen kam, wurde er schnell von einer ganzen Reihe von Männern ersetzt. Das Highlight unter ihnen war ein reicher Diamantenhändler aus Antwerpen, der allerdings kein ermüdendes kleines Kind im Weg haben wollte. Und so wurde Ingrid auf ein Internat an der Südküste Englands geschickt, während ihre Mutter ihren Diamantenhändler heiratete und die Welt zu bereisen begann. Auf einem solch hohen und stilvollen Niveau, wie es ihr ihrer Meinung nach schon immer zugestanden hatte.

All das bewirkte, dass Ingrid zu einer starken, unabhängigen und intelligenten Frau heranwuchs. Wie Luke hatte sie nach dem Studium der Versuchung widerstanden, für eine große Londoner Kanzlei zu arbeiten, und stattdessen die Gelegenheit vorgezogen, eine gute Leistung in einem Umfeld zu erbringen, in dem sie nicht so sehr unter Druck stand. Hätten sie sich zu Beginn ihres Berufslebens nicht beide um Stellungen in Cambridge beworben, wären sie sich nie begegnet.

Als Freddie seine Mutter im Garten sah, kletterte er von Lizzie herunter und rannte zu Ingrid hinüber. Sie nahm ihn auf den Arm und küsste ihn zärtlich auf die Wange. Dann blickte sie zu Luke hinüber, schenkte ihm ein kurzes Lächeln und sagte: »Es wird Zeit, uns auf den Weg zu machen.«

Kapitel Fünf

Sie konnte sich nicht entsinnen, wer ihr von dieser Theorie erzählt hatte, aber mit ihren fünfundneunzig Jahren hatte Clarissa Dallimore genug vom Leben – und vom Tod – gesehen, um zu wissen, dass sehr viel Wahrheit darin lag. Die Theorie war folgende: Menschen entschieden oft selbst, wann sie starben, weil sie auf die richtige Person warten wollten, die im Moment des Todes bei ihnen sein sollte, oder um sich zu empfehlen, wenn die letzten Abschiedsworte alle gesprochen waren und es nichts anderes mehr zu sagen gab.

Clarissa wusste ohne den geringsten Zweifel, dass ihre Zeit zu gehen schon sehr nahe war – und wie Ellis ihr immer wieder in Erinnerung rief: Was hielt sie hier denn eigentlich noch? Warum blieb sie noch, obwohl sie niemanden mehr hatte, dem sie Lebewohl sagen könnte?

Als Ellis ihr zum ersten Mal erschienen war, hatte sie im Garten des Woodside-Seniorenheims gesessen, ein paar Tage nur nach ihrem Umzug hierher. Von der anderen Seite des Rasens und dem mit Rosen überwucherten Pavillon, hinter dem sich ein Teich befand, hatte er ihr zugewinkt. Ohne nachzudenken, hatte sie den Gruß erwidert, weil ihre Freude darüber, ihn wiederzusehen, ihre Überraschung überwog. Bei seinem nächsten Erscheinen hatte er eines Nachts am Fußende ihres Bettes gestanden, und bei einer anderen Gelegenheit hatte er sich während des Mittagessens im Speisesaal gezeigt. An jenem Tag war er nicht allein gewesen, sondern in Begleitung von Artie und Effie. Oh, was für eine Freude es gewesen war, sie alle drei zusammen zu sehen! Und wie sie ihr die Langeweile vertrieben hatten, diesem furchtbar ermüdenden Tischnachbarn zuhören zu müssen, der sich darüber aufregte, dass das Essen nicht kräftig genug gewürzt war. Effie hatte ihr verstehend zugezwinkert, um ihr zu zeigen, dass sie wusste, wie unendlich nervtötend Clarissa diesen Menschen fand. Dieses Augenzwinkern hatte in Clarissa Sehnsucht nach der Zeit geweckt, in der sie ein kleines Mädchen gewesen war, mit einem Kopf und einem Herzen voller Liebe, Hoffnung und Abenteuerlust, als noch alles möglich gewesen zu sein schien.

Heute dagegen war für sie das größte Abenteuer des Tages der Versuch, sich ohne Hilfe zu waschen und anzuziehen. An manchen Tagen frustrierte sie es ungemein, wie wenig sie noch selbst tun konnte. Aber im Großen und Ganzen hatte sie sich damit abgefunden und war zufrieden damit, in ihrem Kopf und ihren Erinnerungen zu leben und das Leben auf diese Weise auszukosten.

An manchen Tagen war sie versucht, jemandem – *irgendjemandem* – zu erklären, dass dies nicht ihr wahres Ich war, dass sie weitaus mehr war als diese gebrechliche alte Frau, die den letzten Abschnitt ihres Lebens in einem Pflegeheim verbrachte. Aber wer würde ihr glauben? Oder wichtiger noch – wer würde sich dafür interessieren oder Zeit haben, sich hinzusetzen und ihr zuzuhören? Das Pflegepersonal in Woodside war zwar sehr fürsorglich und geduldig, doch keiner von ihnen hatte Zeit, um mehr als nur ein paar Minuten still zu sitzen.

Und was die Gespräche mit ihren Mitbewohnern anging – und ohne kleinlich sein zu wollen –, so waren die anderen alten Damen und Herren meist nur an sich selbst und ihrem eigenen Leben interessiert. Was natürlich daran liegen mochte, dass es in einigen Fällen das Einzige war, das einem blieb, wenn man ein bestimmtes Alter erreicht hatte. In den Tagen und Wochen, die seit Clarissas Ankunft hier vergangen waren, hatte sie ihren Mitbewohnern höflich zugehört. Hin und wieder hatte sie zwar den Fauxpas begangen einzunicken, doch soweit sie das beurteilen konnte, machte das nichts, weil sie binnen kürzester Zeit ja ohnehin nur wieder die gleiche Geschichte hören würde.

Nach dem Mittagessen wartete Clarissa darauf, dass jemand kam und ihr half, den Speisesaal in dem Rollstuhl zu verlassen, der ihr das Leben eigentlich erleichtern sollte. Wie sehr sie wünschte, sie hätte die Kraft, sich selbst hinauszurollen!

Bis gegen Ende des vergangenen Jahres hatte sie sich noch bestens selbst versorgen können, aber dann war sie kurz vor Weihnachten in dem Schnee und Eis im Garten ausgerutscht und hingefallen. Sie war hinausgegangen, um die Vögel zu füttern und das gefrorene Wasser in der Vogeltränke mit kochendem Wasser aus dem Kessel aufzutauen – und nach ihrem Sturz hatte sie fast eine Stunde mit entsetzlichen Schmerzen im Schnee gelegen und den Kessel an sich gedrückt, um sich zu wärmen.

Es waren die Müllmänner gewesen, die sie gefunden hatten. Zum Glück holten sie stets ihre Mülltonne auf Rädern aus dem Garten hinter dem Haus, um sie zu leeren, anstatt Clarissa die Anstrengung zuzumuten, die Tonne durch das Eingangstor hinauszurollen. Ihr hätte wer weiß was passieren können, wenn die Männer nicht so rücksichtsvoll gewesen wären, diese Aufgabe zu übernehmen. Ihre Nachbarn waren nämlich den ganzen Tag außer Haus und bei der Arbeit, und

Clarissas Putzfrau kam erst am Wochenende. Trotz des Zustandes, in dem sie war, hatte sie noch mit den Müllmännern gescherzt. »Falls es Ihnen nichts ausmacht, können Sie mich auch einfach in den Müllwagen werfen und den Leuten die Mühe eines Begräbnisses ersparen«, hatte sie gesagt.

Zu ihrem außerordentlichen Bedauern war dieser Sturz das Ende ihrer Unabhängigkeit gewesen. Als sie endlich wieder aus dem Krankenhaus heimkehren durfte, um sich von ihrem Beckenbruch zu erholen, sah sie sich mit der unerfreulichen Tatsache konfrontiert, die Dienste einer Pflegerin oder Haushaltshilfe in Anspruch nehmen zu müssen. Ihr Hausarzt hatte es ihr schon seit einiger Zeit geraten, doch Clarissa hatte sich immer gegen die Vorstellung gesträubt, weil sie den Gedanken hasste, Fremde in ihr Leben eindringen und womöglich gar die Kontrolle darüber übernehmen zu lassen. Alle früheren Hilfen, die sie gehabt hatte, wie Gärtner, Handwerker oder Putzfrauen, waren zu ihren Bedingungen da gewesen. Aber jemanden im eigenen Haus zu haben, der sie wusch, badete und an- und auskleidete, war eine völlig andere Sache und furchtbar würdelos. Nichtsdestotrotz beugte sie sich der Notwendigkeit, bis sie nach einer ganzen Reihe unbefriedigender Erfahrungen mit verschiedenen Betreuerinnen eines Tages ihr Dilemma akzeptierte und beschloss, dass es an der Zeit war, vernünftig zu sein und sich einen Platz in einem Pflegeheim zu suchen.

Das Woodside-Seniorenheim war ihr als kleine, freundliche Residenz im Landhausstil mit Schwerpunkt auf persönlicher und erstklassiger Pflege empfohlen worden. Der Prospekt hatte ihr ein Leben frei von allen Alltagssorgen versprochen, die ihr – und natürlich auch ihren Angehörigen – abgenommen würden. Da Clarissa keine Familie mehr hatte, lag die ganze Last auf ihren eigenen Schultern, und das schon seit sehr langer Zeit. Woodside, wie die Broschüre sie weiterhin informierte, lag in den Randbezirken von Great Magnus im Herzen Suffolks und war ein echtes zweites Zuhause für vornehme ältere Herrschaften. All das summierte sich natürlich zu einem hohen Preis. Glücklicherweise verfügte Clarissa über die Mittel, die exorbitanten Gebühren zu bezahlen, ohne dafür ihr Haus sofort verkaufen zu müssen.

Sie blickte sich um und merkte, dass sie vollkommen allein war. Ob irgendwann mal jemand kommen würde, um ihr zu helfen? Sie hatte den Gedanken kaum zu Ende gedacht, als sie eine junge Frau im Eingang zum Speisesaal erscheinen sah. Clarissa hatte sie schon vorher beim Lunch bemerkt und gedacht, wie unübersehbar unwohl sie sich in dem rosafarbenen Kittel der ehrenamtlichen Helferinnen zu fühlen schien. Sie passte nicht in das Bild der anderen Frauen, die hier beschäftigt waren. Die meisten waren älter und hatten ein gewandtes, immer gut gelauntes Auftreten. Mr und Mrs Parks, die Eigentümer des Seniorenheims, waren sehr streng in der Auswahl ihrer Beschäftigten. Wer ihren Anforderungen nicht genügte, erhielt sehr schnell die Kündigung.

Mit der ernsten Miene sah die junge Frau in der Eingangstür nicht so aus, als würde sie sich sehr lange halten. Sie wies alle Merkmale eines Menschen auf, der wünschte, überall sonst zu sein, nur nicht hier. Aber hinter ihrem mürrischen Gesichtsausdruck entdeckte Clarissa eine recht hübsche Person, die älter war, als sie anfangs gedacht hatte, vielleicht so Ende zwanzig. Sie hatte eine makellose, erfreulicherweise ungeschminkte Haut und dichtes, dunkles Haar, das sie zu einem Pferdeschwanz zusammengebunden hatte. Sie ist nicht glücklich, dachte Clarissa, aber andererseits wäre sie selbst in diesem Alter genauso unglücklich gewesen, wenn sie sich gezwungen gesehen hätte, ein derart unvorteilhaftes Kleidungsstück wie diesen pinkfarbenen Kittel zu tragen.

Die junge Frau näherte sich ihr. »Mrs Danemore?«, fragte sie.

Clarissa konnte es sich nicht verkneifen, sie ein bisschen aufzuziehen, indem sie sich suchend in dem leeren Speisesaal umsah und den Kopf schüttelte. »Ich kenne hier niemanden, der so heißt.«

»Oh.« Die junge Frau zog verwirrt die Augenbrauen zusammen.

»Ich bin allerdings sehr gut mit einer Mrs Dallimore bekannt. Vielleicht«, fügte Clarissa verschmitzt hinzu, »ist sie es ja, die Sie suchen?«

Die Pflegerin zögerte. »Dallimore«, wiederholte sie, noch immer mit zusammengezogenen Augenbrauen. »Ja, das ist ihr Name. Wissen Sie, wo ich sie finden kann?«

Clarissa erbarmte sich ihrer. »Ich fürchte, ich war ein bisschen unaufrichtig – ich selbst bin Mrs Dallimore. Sie müssen neu hier sein.«

»Ja, heute ist mein erster Arbeitstag. Tut mir leid, dass ich Ihren Namen falsch verstanden hatte. Normalerweise bin ich ziemlich gut mit Namen.«

»Das macht gar nichts. Die ersten Tage sind immer schwierig. Wie kommen Sie zurecht?«

»Geht so. Möchten Sie, dass ich Sie zu einem Mittagsschläfchen auf Ihr Zimmer bringe?«

»Nein, danke. Ich möchte in den Garten, falls es Ihnen nicht zu viele Umstände bereitet.« Eigentlich wollte sie nur hinaus, weil sie hoffte, dass Ellis dort wieder in Erscheinung treten würde.

»Ach was, das macht doch keine Umstände«, erwiderte die junge Frau freundlich.

Ihre Antwort war allerdings ein bisschen unbedacht, da sich sehr schnell zeigte, dass sie keine Ahnung hatte, wie man mit einem Rollstuhl umging. Irgendwann erreichten sie den Garten, nachdem sie unterwegs gegen zahllose Stühle, Türen und das eine oder andere menschliche Bein gestoßen waren. Die Aktion gipfelte jedoch darin, dass Clarissa beinahe aus dem verflixten Rollstuhl gekippt wurde, als die junge Frau ihn um einen großen Terrakottatopf auf der Terrasse herumzumanövrieren versuchte. »Tut mir leid, dass ich noch so unerfahren damit bin«, sagte sie mit einem tief empfundenen Seufzer, als sie endlich ihr Ziel erreichten. »Aber bisher habe ich nur einen Kinderwagen geschoben, und diese kleinen Räder vorn an Ihrem Rollstuhl scheinen einen eigenen Willen zu besitzen.«

»Sie haben ein Kind?«, fragte Clarissa überrascht. Aufgrund dessen, was sie bisher gesehen hatte, würde sie dieser jungen Frau genauso wenig ein Kind anvertrauen, wie sie eine Gehirnoperation durch sie vornehmen lassen würde.

»Nein, aber einen Neffen, den kleinen Jungen meines Bruders. Möchten Sie, dass ich Ihnen etwas hole? Eine Tasse Tee oder vielleicht etwas zum Lesen?«

»Eigentlich wäre es mir am liebsten, glaube ich, wenn Sie mich wieder hineinschieben und ins Badezimmer bringen würden.«

Der Ausdruck des Entsetzens, der auf dem Gesicht der jungen Frau erschien, war köstlich, und wieder empfand Clarissa Mitleid mit ihr. »Sie müssen einer alten Frau ihren etwas boshaften Sinn für Humor verzeihen«, sagte sie. »Ich möchte nur in Ruhe hier sitzen und die Aussicht genießen. Im Übrigen wäre es sehr selbstsüchtig von mir, Sie davon abzuhalten, die anderen mit Ihrem Talent zu amüsieren, bei jedem Ihrer Schritte Unheil anzurichten.«

Die Pflegerin warf ihr einen scharfen Blick zu, doch als Clarissa sich schon fragte, ob sie zu weit gegangen war, erhellte ein Lächeln ihr Gesicht. »Mit etwas Glück und insbesondere einer offiziellen Beschwerde Ihrerseits wird man mich am Ende des Tages auffordern, nicht wieder herzukommen.«

Clarissa lachte. »Genau wie ich es mir schon dachte! Sie sind nicht freiwillig hier, oder? Aber da sind Sie wahrhaftig nicht die Einzige, meine Liebe.«

Kapitel Sechs

Angesichts der unerfreulichen Aussicht auf eine zweite Schicht im Woodside-Pflegeheim an diesem Nachmittag war Lizzie versucht, im Bett zu bleiben und sich krankzumelden. Als Kind hatte sie ihre Mutter sehr oft dazu gebracht zu glauben, sie liege buchstäblich in den letzten Zügen und könne unmöglich zur Schule gehen. Einmal hatte sie Luke dazu überredet, so zu tun, als hätte er sich bei ihr angesteckt, und sie hatten den Tag, warm eingepackt in ihre Federbetten, auf der Couch verbracht und sich eine *Simpsons*-Folge nach der anderen angesehen.

Aber ihre Mutter in diesem Fall zu beschwindeln würde nicht funktionieren, weil der Trick zu offensichtlich wäre. Abgesehen davon zwang Lizzies Stolz sie, zu beweisen, dass sie durchaus in der Lage war, fünf weitere Stunden ehrenamtlicher Arbeit in der Seniorenresidenz zu verrichten und es mit einem Lächeln im Gesicht zu tun. Und wenn auch nur, weil sie wusste, dass alle bezweifelten, dass sie durchhalten würde.

Natürlich war ihre Mutter durch nichts mehr aufzuhalten gewesen, nachdem sie sich erst einmal in den Kopf gesetzt hatte, dass Lizzie sie im Seniorenheim vertreten könnte. Obwohl es das Letzte war, was Lizzie wollte, glaubte sie, es ihrer Mum zu schulden, sich zu fügen. Und so war sie, ehe sie sich's versah, bei einem Vorstellungsgespräch bei Jennifer Hughes, der Leiterin des Hauses, gewesen und hatte die rigorosen Tests und Fragen über sich ergehen lassen, die von jedem verlangt wurden, der mit jungen, alten oder gebrechlichen Menschen arbeitete. Erst dann war Lizzie aufgenommen worden und hatte mit der Arbeit beginnen können.

Als sie jetzt leichte Schritte auf dem Flur hörte, drehte sie sich um und sah Freddie um ihre Schlafzimmertür herumspähen. In seinem blau-weiß gestreiften Pyjama und mit dem vom Schlaf zerzausten Haar und den rosigen Wangen hätte er nicht reizender aussehen können. »Hallo, Schatz«, sagte sie, »hast du mir ein Guten-Morgen-Küsschen mitgebracht?«

Er grinste und hüpfte drollig von einem Fuß auf den anderen, bevor er wieder davonflitzte, weil seine Großmutter ihn rief. Sekunden später klopfte es an ihrer Tür, und diesmal war es ihr Vater mit einem Becher Tee.

»Bist du schon seit Stunden mit Freddie auf?«, fragte sie und setzte sich im Bett auf.

»Nein, nein, er ist erst vor Kurzem aufgewacht.«

Ihr Vater stellte den Becher auf den Nachttisch und ging dann zum Fenster, um die Vorhänge aufzuziehen. Dabei musste er den Müllsäcken und Kartons mit ihren Sachen ausweichen. »Ich freue mich, dir mitteilen zu können, dass dies ein weiterer schöner Tag im Paradies ist«, sagte er. »Ich glaube, ich werde heute Morgen den Rasen mähen.«

Lizzie lächelte über die Worte ihres Vaters. Selbst wenn es draußen in Strömen regnete und stürmte, begrüßte er den Tag stets mit den gleichen Worten: »Es ist ein weiterer schöner Tag im Paradies!«

Jetzt wandte er sich vom Fenster ab. »Und was hast du heute vor, Lizzie?«

»Heute Morgen werde ich im Internet auf Arbeitssuche gehen, ein paar Leute anrufen und mich dann für einen weiteren lustigen Nachmittag in Woodside wappnen.«

Ihr Vater kam zu ihr. »Hast du es gestern sehr gehasst?«

»›Hassen‹ wäre ein zu starkes Wort, aber ich kann mir nicht vorstellen, dass ich eine große Hilfe war oder man mich bitten wird zu bleiben. Sag es Mum nicht, doch gestern habe ich es fast geschafft, eine reizende alte Dame aus ihrem Rollstuhl herauszukatapultieren.«

Er lächelte. »Du wirst es schon in den Griff bekommen, und es ist ja auch nicht so, als müsstest du es für immer tun. Bei deinen Fähigkeiten und deiner Berufserfahrung wird sich schon bald ein neuer Job für dich ergeben.«

Wie immer war sie gerührt von dem unerschütterlichen Optimismus und Glauben ihres Vaters an ihre Fähigkeiten. Sie wusste, dass er sich die größte Mühe gab, sie davon zu überzeugen, dass dies wirklich ein weiterer Tag im Paradies war und gleich an der nächsten Ecke ihr eigener Topf voll Gold am Ende des Regenbogens wartete – oder wie auch immer sonst das Sprichwort lautete.

»Trotzdem kann ich nicht umhin zu denken, dass ich nützlicher wäre, wenn ich mich um Freddie kümmern würde, statt zu riskieren, irgendeinem armen alten Menschen Schaden zuzufügen«, sagte sie.

Ihr Vater schüttelte den Kopf. »Du wirst doch nicht Tag für Tag nur zu Hause bleiben wollen. In deiner Lage ist es besser, unterwegs zu sein und Leute kennenzulernen. Um eine neue Perspektive zu gewinnen und so weiter.«

»Du fängst schon an, wie Mum zu klingen«, gab Lizzie stirnrunzelnd zurück.

»Sei nicht zu streng mit dir, die ersten Tage sind immer schwierig.«

»Das sagte die alte Dame gestern auch, bevor ich sie beinahe in ein Blumenbeet befördert hätte.«

Wieder lächelte er. »Aber die gute Nachricht ist, dass sie es überlebt hat und davon erzählen kann.«

»Oh ja, sie war auf jeden Fall am Leben, als ich wieder ging.«

Er lachte, und dann ging er auch und ließ sie ihren Tee trinken, weil er vermutlich glaubte, er habe ihr genügend Optimismus vermittelt, um darauf zu vertrauen, dass ihr Leben bald wieder seinen alten Glanz zurückgewinnen würde. Als sie ihn auf dem Weg ins Erdgeschoss *Oh, What a Beautiful Mornin'* pfeifen hörte, dachte sie, wie wundervoll es sein musste, zu sein wie ihr Vater. Dieser großherzige Mann, der außerstande war, einen Groll oder negative Gedanken zu hegen, kam mit allem spielend leicht zurecht, da seine Einstellung zum Leben von einem immer lockeren und unbeschwerten Frohsinn geprägt war. Was jedoch keineswegs bedeutete, dass er unempfänglich war für ihre Lage; er glaubte einfach nur ganz fest daran, dass die Zeiten sich für sie bessern und alles wieder gut werden würde.

Was er nicht wusste und was sie nicht übers Herz brachte, ihm zu sagen, war, dass sie in den freudlosen Abgrund eines weiteren Tages blickte, der wieder einmal ein Schlag ins Gesicht sein würde aufgrund der Erkenntnis, dass es keine guten Jobs zu finden gab und alle Anrufe, die sie tätigte, absolut nichts erbrachten.

Bei allen Kontakten, bei denen sie es bislang versucht hatte, hatte sie kein Glück gehabt. Kein einziger Radiosender in London suchte derzeit eine Rechercheurin. Und wenn sie doch in diesem Bereich Unterstützung brauchten, nahmen sie Praktikanten, die sie nicht bezahlen mussten.

Ironischerweise war ihr Job bei Starlight Radio einer dieser

Glücksfälle gewesen, von denen ihr Vater behauptete, sie kämen früher oder später immer. Vorher hatte Lizzie eine ganze Reihe von Stellen gehabt, die ihr nicht die Befriedigung verschafft hatten, die sie sich nach dem Studium erhofft hatte. Anders als Luke, der Jura studiert und bereits vor Beginn seines Studiums gewusst hatte, dass er Anwalt werden wollte, hatte Lizzie sich schon fast aufs Geratewohl für Amerikanische Geschichte entschieden und die nächsten drei Jahre als Zeit betrachtet, in der sie immer noch beschließen konnte, was sie nach ihrem Abschluss machen wollte. Doch ehe sie sich's versah, waren die drei Jahre wie im Flug vergangen, und sie hatte sich auf den Arbeitsmarkt begeben, ohne eine klarere Vorstellung von dem Beruf zu haben, den sie ergreifen wollte. Nach einem weiteren Jahr, das sie mit ihrer Freundin Rachel mit Reisen verbracht hatte, kehrte sie heim und begann, für eine Zeitarbeitsfirma in London zu arbeiten, die meiste Zeit als Büroangestellte oder am Empfang. Eine dieser Aushilfstätigkeiten führte zu einem Vollzeitjob in der Personalabteilung einer Schweizer Bank, der zwar alles andere als ihr Traumjob war, aber zumindest gut bezahlt wurde. Von dort wechselte sie zu einer Public-Relations-Agentur. Während sie an einer Kampagne für eine amerikanische Krimiautorin arbeitete, die ihr neuestes Buch herausbrachte, und Lizzie im Zuge ihrer Arbeit alle kommerziellen Radiosender Londons aufsuchte, erfuhr sie von einer freien Stelle für eine Rechercheurin bei Starlight Radio. Weil Lizzie Veränderung brauchte, bewarb sie sich um diesen Job und begann vier Wochen später, dort zu arbeiten. Da der Sender hartnäckig darauf aus war, mehr Hörer zu gewinnen, recherchierte Lizzie dort eine Vielzahl verschiedener Themen: In der einen Minute konnte sie eine Frau über ihre Kindheit in Indien interviewen, wo ihre Geschwister und sie auf einem Elefanten zur Schule geritten waren, und in der nächsten rief Lizzie vielleicht den Manager einer Boygroup an, die Ambitionen hatte, es bis an die Spitze der Charts zu schaffen. Lizzie liebte die energiegeladene Atmosphäre im Studio, und sie liebte es, zu einem Team zu gehören, das das dreistündige Programm erst möglich machte. Curt pflegte oft zu sagen: »Leute, wir wissen, dass alles nur Blendwerk ist, doch lasst uns hingehen und ein Wunder vollbringen, das ein echter Knaller ist!«

Er war großartig, wenn er so war. Er konnte das Team wirklich begeistern und alle dazu bringen, ihr Möglichstes zu geben, um ein hervorragendes Programm auf die Beine zu stellen. Natürlich ging es bei alldem nur um die Hörerzahlen und die Zufriedenheit der Eigentümer und der Werbeträger. Curts Prestige wuchs, als unter seiner Leitung die Hörerzahlen bis zu dreißig Prozent anstiegen.

»Ich würde jede Wette eingehen, dass in der Schule jeder dein bester Freund sein wollte«, hatte Lizzie ihn einmal aufgezogen.

»Nee, sie hassten mich alle.«

»Warum? Weil sie neidisch auf dich waren?«

Daraufhin hatte er gelacht. »Neidisch war das Letzte, was sie waren. Sie hatten Angst vor mir.«

»Warum?«

»Sagen wir einfach, dass ich von früher Jugend an ein großer, kräftiger Bursche war, der verdammt hart zuschlagen konnte, wenn man ihn provozierte.«

Lizzie, die an ihn geschmiegt mit ihm in der Bar saß, in der sie diese Unterhaltung führten, erwiderte darauf: »Wenn das so ist, werde ich wohl vorsichtig sein müssen, um dich nicht zu provozieren.«

»Ich und ein Mädchen schlagen?«, sagte er kopfschüttelnd. »Das tun nur Feiglinge.«

»Das freut mich zu hören!«

Als Lizzie sich an jenen Abend erinnerte und daran dachte, wie sicher und lebendig zugleich sie sich in Curts beruhigender Gegenwart gefühlt hatte, wurde sie von dem verzweifelten Verlangen erfasst, wieder bei ihm zu sein und ihn die magischen Worte sagen zu hören, die ihr Herz stets höherschlagen ließen: *Ich liebe dich.*

Wann immer er es sagte, kam es ihr so vor, als existierte der Rest der Welt nicht länger, als gäbe es nur noch ihn und sie, und dass sie alle Probleme zusammen meistern würden, welche auch immer sich ihnen in den Weg stellten. Curt war in dieser Hinsicht wie ein Hypnotiseur: Er brauchte ihr nur tief in die Augen zu sehen und konnte all ihre Zweifel auslöschen. »Ich bin kein Mann, der zweifelt«, bemerkte er oft, »wenn ich etwas will, setze ich es in die Tat um.«

Lizzie wünschte, er wäre jetzt bei ihr, um sie zu ermutigen, daran zu glauben, dass alles gut werden würde und sie bald wieder einen so tollen Job haben würde wie den, der ihr genommen worden war – wenn nicht sogar einen noch besseren.

Ihr einziger Kontakt mit Curt in den letzten paar Wochen war eine gelegentliche E-Mail gewesen, die er ihr aus dem Büro geschickt hatte. In Gedanken sah sie ihn dann an seinem Schreibtisch sitzen und verstohlen auf seinem Laptop schreiben, wobei er immer wieder über die Schulter blickte, um sich zu vergewissern, dass niemand sehen konnte, was er tat.

Es war schwer genug gewesen, nur so unregelmäßig von ihm zu hören. Jetzt aber musste sie auch noch eine totale Funkstille ertragen, während er mit seiner Frau und Tochter auf Kreta war. Dieser Urlaub sei seit Monaten geplant gewesen, und er habe keine andere Wahl, als die Sache über die Bühne zu bringen, hatte er gesagt. Der Gedanke, dass er faul an einem Hotelpool lag und Cocktails mit seiner Frau schlürfte, machte Lizzie rasend vor Eifersucht. Doch vielleicht würde Curt ja endlich den Mut finden, seiner ungeliebten Ehefrau reinen Wein einzuschenken, wenn er nun gezwungen war, rund um die Uhr mit ihr zusammen zu sein.

Ist es falsch von mir, darauf zu hoffen?, fragte Lizzie sich. Und ist es auch falsch von mir, so unbedingt Kontakt zu ihm zu wollen? Es war ein solch starkes Bedürfnis, dass allein schon der Gedanke sie nach ihrem Handy auf dem Nachttisch greifen ließ. Eine kleine Textnachricht dürfte doch eigentlich kein Problem sein, oder?

Lizzie zögerte. Sie hatte Curt versprochen, sich nicht bei ihm zu melden, sondern an das große Ganze zu denken und ihn die Sache auf seine Weise und in seinem Tempo regeln zu lassen. Schließlich hatte er ein Kind, an das er denken musste.

Bisher hatte Lizzie nur ein Foto seiner Tochter gesehen, auf dem ein reizendes vierjähriges Mädchen mit blonden Korkenzieherlocken und einem glücklich lächelnden Gesicht zu sehen war. Der Name der Kleinen war Layla, und obwohl es Lizzie ein bisschen Angst machte, dieses kleine Mädchen demnächst für sich gewinnen zu müssen, wusste sie, dass ihr gar nichts anderes übrig bleiben würde. Eigentlich war es sogar sehr wahrscheinlich, dass Layla letztendlich zu einer Spielgefährtin für Freddie werden würde.

Bevor jedoch irgendetwas von alldem geschah, blieb da noch die Kleinigkeit, Curt mit ihrer Familie bekannt zu machen. Sie hoffte, dass es bald sein würde, weil es sich dann wenigstens so anfühlen würde, als läge das Schlimmste dieses Wahnsinns schon hinter ihnen.

Ein Teil dieses Wahnsinns war die Auswirkung, die ihr Verhältnis mit Curt auf ihre Freundschaft mit Rachel gehabt hatte. Seit dem Studium waren Lizzie und Rachel allerbeste Freundinnen gewesen. Doch seit Lizzie ihr von Curt erzählt hatte, nachdem ihre Affäre aufgeflogen war, hatte sich sehr viel zwischen ihnen geändert. So viel, dass es nicht übertrieben wäre, zu behaupten, dass Rachel sie schon beinahe mied. Um fair zu sein, musste Lizzie jedoch zugeben, dass sie den Grund dafür verstand. Ehebruch war ein heikles Thema für ihre Freundin, seit Rachel herausgefunden hatte, dass Steve, mit dem sie seit zwei Jahren verheiratet war, eine Affäre gehabt hatte. Es war einer der Gründe, warum Lizzie ihr Curt verschwiegen hatte.

»Wie konntest du das tun?«, hatte Rachel sie wütend angefahren. »Hast du denn überhaupt nie an seine arme Frau gedacht?«

Die ehrliche Antwort darauf wäre ein Nein gewesen, doch stattdessen hatte Lizzie gesagt: »Seine Ehe war schon lange, bevor wir uns kennenlernten, keine richtige Ehe mehr.«

»Wie kann man nur so dumm sein?! Das behaupten die Männer doch alle.«

Lizzie hatte gewusst, dass es sinnlos wäre, das Thema weiterzuverfolgen, und so war ihr keine andere Wahl geblieben, als ihre Freundin über Curt denken zu lassen, was sie wollte.

Nachdem Steve Rachel geschworen hatte, sein Seitensprung sei nichts als ein aus dem Ruder gelaufenes Büroabenteuer gewesen, gaben die beiden sich nun alle Mühe, sich wieder zusammenzuraufen. Aber was Rachel nicht verstehen konnte oder wollte, war, dass Lizzies und Curts Beziehung sehr viel mehr als nur eine Affäre war. Es war wahre Liebe, wahr und dauerhaft, was sie miteinander verband.

Rachel war nicht die Einzige, die Lizzie verurteilte. Arbeitskollegen bei Starlight, die sie für Freunde gehalten hatte, waren plötzlich ungewöhnlich kritisch geworden und hatten sich von ihr abgewandt. Luke meinte, das sei nicht anders zu erwarten gewesen; wahrscheinlich befürchteten sie, ihr Ruf könnte befleckt werden, und hatten sich deshalb von ihr distanziert.

Lizzie trank ihren Tee, und als sie Freddie über den Flur laufen hörte, um seiner Großmutter zu entgehen, die darauf bestand, dass er sich für die Kita fertig machte, schlug sie ihr Federbett zurück. Freddie war leider nicht der Einzige, der sich anziehen musste.

Kapitel Sieben

In ihrem Zimmer im Erdgeschoss, das durch die offenen Terrassentüren einen schönen Ausblick auf den Garten bot, strengte Clarissa ihre Augen an, um zu der bewaldeten äußeren Grundstücksgrenze Woodsides hinüberzusehen. Sie war sicher, dort vor ein paar Minuten Artie und Ellis entdeckt zu haben. Wenn ihre Beine doch nur nicht so schwach und nutzlos wären, würde sie sich aus dem Sessel stemmen und sich auf die Suche nach ihnen machen.

Diese Angewohnheit von ihnen, immer dann zu erscheinen, wenn sie es am wenigsten erwartete, war so typisch für sie! Sie hatten das immer schon getan. Damals war Clarissa gut damit klargekommen, aber heute, wo sie gar nicht mehr gut aussah, könnten sie wirklich so freundlich sein, sich ein wenig vorher anzukündigen. Sie würde auch gar nicht lange brauchen, nur gerade so viel Zeit, um ein hübsches Kleid anzuziehen, etwas mit ihrem Haar zu machen und vielleicht noch ein, zwei Tröpfchen Parfum aufzutragen.

Es war natürlich lächerlich, in ihrem Alter noch so eitel zu sein, zumal Ellis jeden ihrer Versuche durchschauen würde, aus einem Kieselstein einen Diamanten zu machen. Sie lächelte. Der liebe Ellis! Er war so ein direkter, unverblümter Mann, aber wenn man an der Oberfläche kratzte, fand man unter diesem glatten, abgeklärten Äußeren eine empfindsame Seele, die ein geheimes Schuldgefühl verbarg.

Geheim … Das Wort echote ihr durch den Kopf und drängte sie, sich an irgendetwas zu erinnern. An etwas Wichtiges. Doch was war es nur? *Geheim* … Oh ja, jetzt wusste sie es wieder: Sie musste die Besuche ihrer Freunde geheim halten und durfte niemandem etwas davon erzählen.

Aber warum nicht?

Angestrengt dachte sie über die Frage nach und versuchte, die Fäden in ihrem Kopf zu ordnen, die angefangen hatten, sich zu verheddern. Wie ermüdend es doch war, wenn das geschah! Meistens konnte sie sich dessen, was sie dachte, völlig sicher sein, und dann wieder war es auf einmal so, als hätte jemand den Fernsehkanal gewechselt, ohne es ihr zu sagen, und sie ertappte sich dabei, dass sie über etwas völlig anderes nachdachte.

Clarissa zwang ihren Verstand zur Mithilfe und versuchte, dem Gedankengang zu folgen, doch es nützte nichts, denn er war für sie verloren. Na ja, was auch immer sie geheim halten sollte, war ziemlich sicher bei ihr, weil sie sich schließlich nicht mal mehr erinnern konnte, was es war.

Als ihre Augen zu tränen begannen von der Anstrengung, nach Ellis und Artie Ausschau zu halten, schloss sie sie und lehnte sich in ihrem so herrlich bequemen Sessel zurück. Er war ein altes Lieblingsmöbelstück von ihr, das sie mitgebracht hatte, als sie hierhergezogen war. Zu der Strategie des Woodside-Seniorenheims gehörte, seine Bewohner zu ermuntern, einige persönliche Besitztümer und Möbel aus ihrem alten Zuhause mitzubringen, weil es ihnen half, sich leichter einzuleben. Clarissa hatte ganz bewusst nicht zu viel mitgenommen, und wenn auch nur, um die Dinge zu vereinfachen, wenn sie starb – weil sie so wenig Unordnung wie möglich hinterlassen wollte, um die sich andere würden kümmern müssen. Sie hasste den Gedanken, irgendjemandem Unannehmlichkeiten zu bereiten, und zog es vor, so leise und spurlos zu verschwinden wie Fußabdrücke im Sand, die von der auflaufenden Flut hinweggespült wurden.

Ein Klopfen an der Tür schreckte sie auf. »Ja?«, rief sie. »Wer ist da?«

»Ich bin's, Lizzie.«

Lizzie, wiederholte Clarissa im Stillen. Kannte sie eine Lizzie? Lizzie … Moment mal, war das nicht die junge Frau, die gestern hier zu arbeiten begonnen hatte – und sich dann als Tochter dieser netten Dame entpuppt hatte, die manchmal herkam, um Klavier zu spielen? Na also, dachte sie, zufrieden mit sich selbst. Daran hatte sie sich doch noch sehr genau erinnert, nicht?

»Darf ich hereinkommen?«, fragte die Stimme von der anderen Seite der Tür.

»Bitte, gern«, sagte Clarissa. »Sie sind also wiedergekommen, um zu erledigen, was Ihnen gestern nicht gelungen ist?«, fügte sie hinzu, als die junge Frau namens Lizzie vor ihr stand.

»Um was zu erledigen?«, entgegnete Lizzie stirnrunzelnd.

»Na, mich natürlich. Was haben Sie denn heute für mich vorgesehen, ein Bad im Teich vielleicht?«

Das Gesicht der jungen Frau nahm fast die gleiche Farbe an wie ihr pinkfarbener Kittel. »Es tut mir leid, dass ich gestern so tollpatschig war«, sagte sie. »Ich hoffe, ich habe Ihnen nicht wehgetan.«

»Ich hätte dieses hohe Alter nicht erreicht, wenn ich nicht ein paar Prellungen oder blaue Flecken überleben könnte. Ich bin schließlich nicht aus Porzellan, meine Liebe. Aber ich nehme an, dass Sie zu einem bestimmten Zweck zu mir geschickt wurden, und wüsste gern, was es ist?«

»Ich stehe Ihnen zur Verfügung und bin hier, um zu tun, was immer Sie wollen. Es sei denn«, fügte sie mit einem kleinen Lächeln hinzu, »es wäre Ihnen lieber, wenn ich wieder ginge und jemand anders ärgerte?«

Clarissa, die von dem scherzhaften Ton der jungen Frau sehr angetan war, sagte schnell: »Du liebe Güte, nein! Ich könnte Sie unmöglich den anderen hier aufhalsen. Ich würde es mir nie verzeihen, wenn sie sich verletzen würden.«

»Ihr Wunsch ist mir Befehl, wenn dem so ist. Was würden Sie denn gern unternehmen?«

»Heute ist wieder so ein schöner Tag. Lassen Sie uns doch in den Garten hinausgehen, ja? Aber zuerst werden Sie mir helfen müssen, in dieses grässliche Ding hineinzukommen.« Clarissa zeigte auf den Rollstuhl am Fußende ihres Bettes. »Vielleicht sollten wir ein paar ›*Vorsicht, Anfänger!*‹-Schilder daran anbringen. Was meinen Sie?«

»Das wird nicht nötig sein, denke ich. Ich werde versuchen, es heute sehr viel besser zu machen als gestern.«

Zu Lizzies Erleichterung schafften sie es ohne erwähnenswerte Zwischenfälle in den Garten, und nachdem Mrs Dallimore darum gebeten hatte, zu dem Rosenpavillon gebracht zu werden, fragte Lizzie, ob sie noch irgendetwas anderes für sie tun könne.

»Warum setzen Sie sich nicht ein Weilchen zu mir?«

Überrascht über den Vorschlag, zögerte Lizzie. Sie wusste, dass ein wichtiger Teil ihrer Aufgabe im Woodside-Pflegeheim darin bestand, mit den Bewohnern zu plaudern und eine Beziehung zu ihnen herzustellen. Jeder von ihnen sollte als Individuum und nicht nur als ein weiterer austauschbarer alter Mensch betrachtet werden. Doch worüber konnte sie mit dieser alten Dame plaudern? Was hatten sie miteinander gemein?

Ihr Zögern blieb nicht unbemerkt. »Aber falls Sie zu beschäftigt sind«, sagte Mrs Dallimore, »können Sie auch ruhig gehen. Ich habe nichts dagegen, ein wenig allein gelassen zu werden.«

Plötzlich hatte Lizzie Mitleid mit dieser würdevollen alten Dame, die so schwach und zerbrechlich wirkte, dass ein Windstoß sie davontragen könnte. Die arme Frau, war sie so einsam, dass sie bereit war, sich mit Lizzies alles andere als spritzigen Gesellschaft zu begnügen? Aber dann dachte Lizzie, wie anders alles wäre, wenn sie in ihrer Eigenschaft als Rechercheurin hergeschickt worden wäre. Wenn das der Fall wäre, hätte sie jede Menge Fragen parat, doch vor allem wäre sie daran interessiert, der alten Dame zuzuhören. In ihrer Zeit beim Radio hatte Lizzie gelernt, dass man durch einfaches Zuhören am meisten über eine Person oder ein Thema erfahren konnte. Und war es nicht so, dass alte Leute, wenn sie Gelegenheit dazu bekamen, nichts lieber taten, als sich in Erinnerungen zu ergehen? Sie brauchte also nur die richtige Frage zu stellen, sich zurückzulehnen und zuzuhören.

Und so schnippte sie ein paar herabgefallene Rosenblüten von der hölzernen Bank neben Mrs Dallimores Rollstuhl und setzte sich zu ihr. Als sie dann einen längeren Moment über eine passende Eröffnungsfrage nachdachte, stellte Mrs Dallimore ihr selbst eine.

»Ich bin keine Expertin in diesen Dingen«, sagte sie, »aber gehe ich recht in der Annahme, dass diese Art von Tätigkeit etwas Neues für Sie ist?«

»Bin ich so offenkundig miserabel darin?«

»Keineswegs. Sie wirken nur ein bisschen … überfordert.«

Lizzie lächelte über diese Untertreibung. »Ich glaube, Sie bemühen sich nur, nett zu sein«, erwiderte sie höflich.

»Das mag sein, aber ich halte das nicht für etwas Schlechtes. Was für eine Tätigkeit hatten Sie, bevor Sie hierherkamen?«

Lizzie wandte den Kopf, um diese erstaunlich wissbegierige Frau genauer zu betrachten, die körperlich zwar sehr zart und fragil erschien, doch eine überaus starke Persönlichkeit war. »Sie stellen aber viele Fragen, nicht?«, sagte Lizzie.

»Würden Sie das nicht auch tun, wenn Sie an meiner Stelle wären und nichts Besseres vorhätten?«

Wieder lächelte Lizzie. »Wahrscheinlich schon. Und um Ihre Frage zu beantworten, ich habe vorher als Rechercheurin bei einem Londoner Radiosender gearbeitet.«

»Das klingt interessant. Warum haben Sie diese Stelle aufgegeben?«

»Das ist eine lange Geschichte.«

»Lange Geschichten sind immer die besten. Erzählen Sie sie mir.«

»Sagen wir einfach, dass ich etwas getan habe, das, im Nachhinein betrachtet, nicht das Klügste war.«

»Also wurden Sie gefeuert?«

Wie direkt und unverblümt sie ist!, dachte Lizzie amüsiert und nickte. »Leider ja. Meiner Meinung nach jedoch ungerechterweise.«

»Du liebe Güte, was haben Sie denn angestellt?«

»Sie wären zu schockiert, würde ich es Ihnen erzählen.«

Die alte Dame reagierte sichtlich gereizt auf diese Antwort. »Machen Sie bitte nicht den Fehler zu glauben, ich wäre schon immer so gewesen, wie Sie mich heute vor sich sehen. Ich habe mehr Schockierendes erlebt, als Sie sich vermutlich vorstellen können.«

Überrascht von der plötzlichen Nachdrücklichkeit in Mrs Dallimores Stimme, versuchte Lizzie, sich die alte Dame als viel jüngere Frau vorzustellen. Aber sosehr sie sich auch bemühte, es gelang ihr einfach nicht. Das Einzige, was sie sehen konnte, war diese kleine schwache Frau, deren gebrechlicher Körper sie im Stich ließ, deren knochige Hände mit einer so dünnen Haut bedeckt waren, dass sie durchsichtigem Pergament ähnelte, und deren blasses, ansonsten makelloses Gesicht von einem Filigranmuster aus Fältchen überzogen war.

Lizzie spürte, dass sie der alten Dame ungewollt einen Anlass zur Verärgerung gegeben hatte, und darum wechselte sie das Thema. Sie begann, ihr zu erklären, warum sie sich gezwungen gesehen hatte, nach Hause zurückzukehren, und dass ihre Mutter ihr daraufhin vorgeschlagen hatte, sich hier als freiwillige Aushilfe zu melden. »Mum ist der festen Überzeugung, dass es besser ist, mich zu beschäftigen, bis ich wieder eine richtige Stelle finde«, schloss sie.

»Das sollten Sie vielleicht anders formulieren, denn für viele Leute ist das, was Sie hier tun, eine richtige und sehr wertvolle Tätigkeit.«

Lizzie, die nun erkannte, wie ungeschickt sie sich ausgedrückt hatte, entschuldigte sich schnell. »Sie haben recht, aber dummerweise verfalle ich immer wieder in Selbstmitleid.«

»Soweit ich sehen kann, haben Sie noch alle Möglichkeiten dieser Welt, mein Fräulein, also lassen Sie uns mit dem Selbstmitleid aufhören. Immerhin könnten Sie auch sitzen, wo ich sitze, und bedenken Sie nur, wie unglücklich Sie *das* machen würde.«

Wieder wechselte Lizzie das Thema. »Würde es Sie stören, wenn ich frage, wie alt Sie sind?«

»Das stört mich überhaupt nicht. Für wie alt halten Sie mich denn?«

»Hm … fünfundachtzig?«

Die alte Dame lachte. »Versuchen Sie es mal mit zehn Jahren mehr.«

»Sie meinen, Sie sind fünfundneunzig? Nein. Das kann nicht sein.« Lizzie war aufrichtig überrascht und glaubte nicht, dass sie wissentlich schon einmal jemandem in einem so hohen Alter begegnet war.

»Ich versichere Ihnen, dass es so ist, und wissen Sie, vor nicht allzu langer Zeit vertrat ich noch die Auffassung, dass mir noch Zeit genug bliebe, um alt zu werden. Doch leider muss ich zugeben, dass das Schreckgespenst des Alters mich am Ende eingeholt hat.«

Während Lizzie schnell berechnete, wann Mrs Dallimore geboren sein musste, und an all die Veränderungen dachte, die diese Frau erlebt hatte, erwachte in ihr die Rechercheurin. Was für ein Leben hatte Mrs Dallimore geführt? War es ein glückliches und erfülltes Leben gewesen? Bereute sie irgendetwas, was sie getan hatte? Und gab es etwas, von dem sie wünschte, sie *hätte* es getan?

Ihre Neugier war geweckt, und so griff sie auf eine Frage zurück, die ihrer Erfahrung nach nicht nur ein Eisbrecher, sondern auch sehr aufschlussreich war, wenn sie ein Interview führte. »Darf ich Ihnen eine persönliche Frage stellen, Mrs Dallimore?«

»Sie dürfen.«

»Würden Sie sagen, dass es einen alles verändernden Moment in Ihrem Leben gab, einen Moment, in dem Sie erkannten, dass Ihr Leben nie wieder dasselbe sein würde?«

Die alte Dame bedachte Lizzie mit einem langen, scharfen Blick aus ihren verblassten blauen Augen. Aber dann, als hätte sie aus dem Augenwinkel etwas gesehen, was sie abgelenkt hatte, wandte sie den Kopf, um zu den Bäumen in der Ferne hinüberzublicken. Sekunden verstrichen, in denen ein strahlendes Lächeln das Gesicht der alten Dame erhellte – ein Lächeln, das auf wundersame Weise ihre Gesichtszüge veränderte. Es nahm ihr die Jahre und erlaubte Lizzie einen kurzen Blick auf das, was sie sich vorher nicht hatte vorstellen können.

Doch dann, als erinnerte sie sich plötzlich daran, dass Lizzie noch da war, wandte Mrs Dallimore sich ihr langsam wieder zu. »Ich war neunzehn Jahre alt, als mein Leben sich für immer veränderte«, sagte sie. »Möchten Sie wissen, wie?«

»Ja«, sagte Lizzie schnell. »Das wüsste ich sehr gern, Mrs Dallimore.«

Kapitel Acht

Boston, Amerika
1939

An einem kühlen Frühlingsmorgen stand Clarissa in ihrem roten Lieblingsmantel, einer cremefarbenen Baskenmütze und einem Seidenschal um den Hals vor der Grabstätte ihrer Eltern, um Abschied von ihnen zu nehmen.

Es war das Jahr 1939, und im Alter von neunzehn Jahren war sie im Begriff, sich auf eine Reise ins Ungewisse zu begeben. Die stillschweigende Zustimmung ihrer Mutter hatte sie; Fran hatte sie immer dazu angehalten, couragiert zu sein und nichts zu fürchten. »Unsicherheit sieht nur Hindernisse«, hatte sie ihr von frühester Jugend an gesagt. »Hoffnung und Mut dagegen werden dir helfen, auf den Schwingen deines Selbstvertrauens emporzusteigen.«

Es war ein guter Rat, den Clarissa zu beherzigen gedachte, wenn sie am übernächsten Tag an Bord der *SS Belle Étoile* gehen würde, um auf ihr die Fahrt über den Atlantik nach England anzutreten. Sie unternahm die Reise einerseits, um ein schlimmes Unrecht zu beheben, aber auch, weil ihr Leben in Boston vorbei war und sie hier nichts mehr hielt. Sie hatte stets gewusst, dass es so kommen würde. Dass sie eines Tages Amerika verlassen würde, um ihre Wurzeln in einem Land zu suchen, von dem sie bisher immer nur gehört hatte, wenn ihre Mutter es ihr sehr liebevoll und bis ins kleinste Detail beschrieben hatte. »Vergiss nicht«, pflegte Fran zu sagen, »dass du ebenso sehr Engländerin wie Amerikanerin bist.« Tatsächlich fühlte Clarissa sich mehr als Engländerin denn als Amerikanerin, weil ihre Mutter einen so enormen Einfluss auf sie gehabt und sogar darauf bestanden hatte, dass sie mit englischem Akzent sprach.

Fran war in England aufgewachsen, als einziges Kind von Charles und Lavinia Upwood aus Shillingbury in Suffolk, wo es schon seit den Zeiten der Kreuzzüge Upwoods gegeben hatte. Sie waren eine Familie der oberen Mittelschicht, die großen Wert auf Äußerlichkeiten und ihre Stellung in der Gesellschaft legte. Und so waren Charles und Lavinia erwartungsgemäß ungemein erbost, als Fran mit Nicholas Allerton, einem amerikanischen Soldaten, den sie gegen Ende des Ersten Weltkriegs durch ihre Arbeit als Krankenschwester kennengelernt hatte, nach Frankreich durchbrannte. Sie waren so empört über Frans skandalöses Verhalten, dass sie ihr sogar mit Enterbung drohten, sofern sie nicht zur Vernunft kam. Doch ihres Lebens voller Zwänge überdrüssig, die ihre repressive Erziehung mit sich brachte, und vor allem der Beschränkungen müde, die ihr strenger Vater ihr auferlegte, blieb Fran, wo sie war. Sie genoss ihr unkonventionelles Leben an der Côte d'Azur in Frankreich viel zu sehr, wo Nick mit der Arbeit an dem Buch begann, das er schreiben wollte.

Als einziger Sohn eines prominenten Bostoner Bankiers konnte er ihnen aus den Einkünften aus einem Treuhandvermögen ein bequemes Leben bieten. Zu ihrem Freundeskreis gehörten andere Autoren und Künstler, die in Scharen an die Riviera kamen und sich keinen Deut um ihren Bruch mit den Konventionen scherten. Sie dachten ähnlich wie Fran und

Nick und hatten ebenfalls alle Regeln und Vorschriften mit Freuden hinter sich zurückgelassen. Es war eine sehr unbeschwerte, glückliche Zeit für das junge Paar.

Gar nicht so glücklich waren die Upwoods daheim in England. Und sie waren nicht allein mit ihrer Entrüstung über die Geschehnisse. Auch Franklin Allerton und seine Gattin Ethel in Boston waren entsetzt, als sie einen Brief von ihrem einzigen Kind erhielten, in dem Nicholas ankündigte, dass er bald Vater werden und heiraten würde. Es war enttäuschend genug, dass ihr Sohn den Schriftsteller spielte, statt in der Bank zu arbeiten, wie es von ihm erwartet wurde, nachdem er seinen Dienst in der Armee quittiert hatte. Aber sich jetzt auch noch mit einem außerehelichen Kind zu brüsten war zu viel für die römisch-katholischen Empfindlichkeiten der Allertons. Ein Telegramm wurde aufgegeben, in dem Nicholas' sofortige Rückkehr nach Boston verlangt wurde – sofortig und vor allem, bevor er etwas Übereiltes tat.

Du wirst auf gar keinen Fall heiraten!, schrieb sein Vater, aber Nick ignorierte seine Anweisungen und teilte seinen Eltern mit, dass Fran und er inzwischen ohnehin schon verheiratet waren. In der Woche darauf, als er seiner Bank in Nizza einen Besuch abstattete, erfuhr er, dass sein Konto tief in den roten Zahlen steckte, da sein monatlicher Unterhaltszuschuss eingestellt worden war. Außer sich vor Wut über das Verhalten seiner Eltern, schwor er, nie wieder mit ihnen zu sprechen.

Es war jedoch ein Versprechen, das er dann doch nicht hielt. Seine Hoffnung, dass sein Roman veröffentlicht würde und er seine Frau und seinen Sohn mit dem Verdienst daran ernähren könnte, erfüllte sich nie, sodass er letztendlich gezwungen war, sich mit dem Verfassen von Artikeln für Zeitschriften zu begnügen, die in seinen Augen nur drittklassig waren.

Eine Woche, bevor das Baby kommen sollte, und weil Fran wusste, dass etwas unternommen werden musste, um ihre finanzielle Lage zu verbessern, schrieb sie ihren Eltern und bat sie um Verzeihung.

Ich gebe zu, dass ich unüberlegt gehandelt habe und zu wenig Rücksicht auf eure Liebe zu mir oder den guten Ruf der Familie genommen habe. Aber ich hoffe inständig, dass die bevorstehende Geburt eures ersten Enkelkindes eure schlechte Meinung von mir ändern wird, schrieb sie.

Ihr Brief kam ungeöffnet zurück, und das auch noch am selben Tag, an dem Clarissa das Licht der Welt erblickte.

Fran gab jedoch nicht auf, weil das nicht ihrer Natur entsprach, und schrieb jeden Monat einen Brief an ihre Eltern, um ihnen von ihrer entzückenden Enkelin zu erzählen und sie daran zu erinnern, dass sie immer noch sehr auf eine Versöhnung mit ihrer Familie hoffte. Doch mit der Präzision eines Uhrwerks kamen all ihre Briefe ungeöffnet zurück, bis sie schließlich überhaupt nicht mehr in der Post erschienen, weil es ihren Eltern offenbar zu mühsam geworden war, sie immer wieder zurückzuschicken. Fran konnte also nicht einmal mehr wissen, ob ihre Mitteilungen jetzt gelesen oder ungeöffnet weggeworfen wurden. Dennoch hielt sie es für ein gutes Zeichen, dass in der Entschlossenheit ihrer Eltern so etwas wie ein kleiner Riss entstanden war.

Als Clarissa fünf Jahre alt war, erhielt Nick einen Brief von seiner Mutter, in dem sie ihm mitteilte, dass sein Vater verstorben war. Der kalte, anklagende Ton ihres Schreibens schien anzudeuten, dass Nicholas in gewisser Weise die Schuld am Tode seines Vaters trug. Nick, der nicht völlig ohne Pflichtgefühl war, sah ein, dass für ihn die Zeit gekommen war, seine Träume aufzugeben und nach Boston zurückzukehren, um seinen Verpflichtungen nachzukommen. Es war eine bittere Pille für ihn. Andererseits jedoch war er auch des täglichen Kampfes müde, mit seiner Schreiberei ihren Lebensunterhalt nur unzureichend verdienen zu können. Außerdem beschämte es ihn, dass sein Verdienst gerade mal für das Nötigste wie ein Dach über dem Kopf und sehr dürftige Mahlzeiten ausreichte, die Fran mit Gemüse ergänzte, das sie in dem terrassierten Garten hinter dem Haus anpflanzte, und mit den Eiern der Hühner, die sie hielt.

Schweren Herzens telegrafierte er seiner Mutter und bat sie, ihm genügend Geld zu schicken, um heimkehren zu können. Sie kam seiner Bitte nach, und einen Monat später überquerten er, ein gescheiterter Mann, und seine Frau und Tochter an Bord der *SS France* den Atlantik.

Deprimiert von der Last der ihm nun aufgebürdeten Verantwortung, wurde Nick von dem Moment an, als sie in Amerika eintrafen, zu einem anderen Menschen. Er begann, in der Bank zu arbeiten, die sein Großvater gegründet hatte, und stürzte sich wider besseres Wissen in die Rolle, die seit seiner Geburt schon für ihn vorgesehen war.

Im Laufe der nächsten Monate und Jahre war es für Fran nicht zu übersehen, wie zutiefst unglücklich er war und dass ihm kaum noch etwas Trost verschaffte, nicht einmal seine geliebte Clarissa, die er vergötterte. Zunehmend besorgt um seine seelische und geistige Verfassung, entschloss sich Fran schließlich zu dem ungewöhnlichen Schritt, mit Ethel, ihrer schwierigen und ungeliebten Schwiegermutter, zu sprechen. Es war ein tapferer Versuch, da sie bis zu diesem Augenblick für Ethel so gut wie nicht existiert hatte.

Und so wurde Fran dann auch unmissverständlich zu verstehen gegeben, dass *sie* der Grund für Nicks Freudlosigkeit war. Schließlich habe *sie*, eine *Protestantin*, ihn dazu verleitet, sie zu heiraten, und dies sei die Folge: ein Mann, der wusste, dass er hereingelegt worden war. Dieses Wissen sei es, das ihn krank gemacht hatte, behauptete Ethel.

Tief betrübt, dass eine Mutter so gefühllos und verblendet in Bezug auf ihren Sohn sein konnte, sollte Fran auf tragische Weise jedoch recht behalten, was die Gemütsverfassung ihres Ehemannes betraf. Am Tag nach dem Börsencrash im Oktober 1929 setzte Nick sich in seinem Büro in der Bank an den Schreibtisch und schoss sich eine Kugel in den Kopf. Fran hinterließ er einen Brief, in dem er sich für seine Feigheit entschuldigte und sie bat, ihm zu vergeben.

… aber ich kann einfach nicht mehr, schrieb er. *Clarissa und du verdient jemand Besseres als mich, um für euch zu sorgen.*

Clarissa war neun Jahre alt gewesen, als ihr Vater starb, und obwohl er distanziert und verschlossen geworden war und auch zu müde und geistesabwesend, um mit ihr zu spielen wie früher, hatte sie ihn inniglich geliebt. Nach der Beerdigung, an der außer Fran und ihr Freunde ihres Vaters und seine wie versteinert aussehende Mutter teilgenommen hatten, zeigte sich, dass Ethel einen Sinneswandel durchgemacht hatte. Es war, als wäre ihr plötzlich klar geworden, dass Clarissa ihre einzige Verbindung zu dem Sohn war, den sie verloren hatte. Ethel begann, mehr Interesse an ihrer Enkelin zu zeigen. Sie überschüttete Clarissa mit Geschenken wie Spielzeug, Büchern und Kleidungsstücken und zitierte sie zu Besuchen in ihr Haus, wo sie ganz allein in königlichem Luxus lebte und ihr eine ganze Armee von Dienstboten zur Verfügung stand.

Jeden Samstagnachmittag wurde ein Wagen mit Chauffeur geschickt, um Clarissa zu Hause abzuholen. Sie fuhr bereitwillig mit, weil Fran es für das Beste hielt. Dennoch war sie auf der Hut vor dieser fremden Frau, die von Kopf bis Fuß in Schwarz gekleidet war und von ihr erwartete, regungslos wie eine Statue dazusitzen und aus einer feinen Porzellantasse mit Untertasse Tee zu trinken – in einem Raum, der mit seinen schweren, zugezogenen Vorhängen an den Fenstern genauso düster wie kalt war.

Eines Tages, als ihre Großmutter nicht im Raum war, öffnete Clarissa die Vorhänge einen Spalt und erblickte einen wunderschönen Garten, in dem sie liebend gern gespielt hätte. Aber das war ihr nicht vergönnt, da das einzige Bestreben ihrer Großmutter war, eine Dame aus ihr zu machen, was Clarissas Mutter in ihren Augen nicht war, wie sie stets betonte.

Als Clarissa zwölf Jahre alt war, teilte Ethel ihr mit, dass sie nun zur Schule geschickt würde. »Du wirst auf die Herz-Jesu-Klosterschule in Norton gehen«, erklärte ihre Großmutter. »Es ist die Schule, die ich auch besucht habe, als ich in deinem Alter war. Deine Erziehung«, fuhr sie fort, »einschließlich der notwendigen religiösen Unterweisung ist bedauerlicherweise äußerst mangelhaft, und ich halte es für meine gottgegebene Pflicht, den Schaden wiedergutzumachen, der dir bisher zugefügt wurde.«

Als Clarissa heimkam und ihrer Mutter von Grandma Ethels Bestrebungen erzählte, ihre Seele zu retten, wurde Fran fuchsteufelswild. Es war das einzige Mal, soweit Clarissa sich erinnern konnte, dass sie ihre Mutter so aufgebracht erlebte.

»Nur über meine Leiche wirst du in diese Schule gehen!«,

fauchte sie. »Und die einzige Seele, die in Gefahr ist, ist die deiner Großmutter!«

Danach folgte eine längere Zeitspanne, in der Clarissa das düstere Haus ihrer Großmutter nicht mehr aufsuchte. Stattdessen war sie an ihren Samstagen jetzt vollauf damit ausgelastet, mit einer Gruppe von Schulfreundinnen Tennis zu spielen und Klavierunterricht zu nehmen. Aber eines Sonntagnachmittags tauchte Grandma Ethel ganz ohne Ankündigung vor ihrer Wohnung auf. Der Anblick dieser gebieterischen Frau, die voller Unbehagen in dem kleinen Wohnzimmer stand und alle Angebote, Platz zu nehmen oder etwas zu trinken, ablehnte, machte Clarissa deutlich, dass der Entschluss, sie zu besuchen, ihr nicht leichtgefallen war. Clarissa beobachtete ihre Mutter, die höflich Konversation zu treiben versuchte, und wartete darauf, den Zweck dieses Besuches zu erfahren. Würde sie jetzt dazu gezwungen werden, die Schule zu besuchen, von der ihre Großmutter glaubte, sie würde sie vor den Feuern der Hölle retten?

Wie sich jedoch herausstellte, blieb ihr eine Erziehung in den Händen von Nonnen erspart, die sich der Rettung verlorener Seelen widmeten. Ihre Großmutter versprach, die ganze Sache zu vergessen, wenn sie nur wieder Zeit mit ihrer Enkelin verbringen dürfe. Sie behauptete, die Gesellschaft des jungen Mädchens zu vermissen. Um ihre Liebe zu dem Kind zu beweisen, erzählte sie ihnen, dass sie einen Treuhandfonds für Clarissa eingerichtet hatte und sie mit einundzwanzig Jahren eine reiche junge Frau sein würde.

Nachdem sie diese neue Ebene gegenseitigen Respekts erlangt hatten, beschloss Fran, dass es an der Zeit sei, es noch einmal bei ihren eigenen Eltern zu versuchen. Zu ihrer Enttäuschung erhielt sie jedoch keine Antwort auf ihre Briefe, sodass ihr nichts anderes übrig blieb, als sich wieder einmal mit dem gegenwärtigen Stand der Dinge abzufinden.

Im gleichen Jahr noch und nicht lange vor Clarissas dreizehntem Geburtstag erhielten ihre Mutter und sie eine Einladung von Grandma Ethel, den Sommer mit ihr in ihrem Ferienhaus in Hyannis Port auf Cape Cod zu verbringen. Nick hatte oft von seinen Kindheitserinnerungen an die Ferien dort am Strand gesprochen. Obwohl Fran zu gern gesehen hätte, wo er als kleiner Junge gespielt hatte, musste sie die Einladung ablehnen, weil sie unmöglich so viel Urlaub von der Arbeit nehmen konnte. Als Nick starb, hatte er ihr zwar eine kleine Jahresrente hinterlassen, mit der sie sich gerade so über Wasser halten konnten. Aber ihrer geistigen Betätigung wegen hatte sie sich einen Job gesucht und schrieb seither eine wöchentliche Kolumne für ein Magazin. Auf Ethels Empörung, die der Meinung war, dass eine Dame von Stand sich nichts anderem als Wohltätigkeitsarbeit widmen sollte, hatte Fran keine Rücksicht genommen.

Ihr Beitrag war eine heitere Betrachtung des Familienlebens aus der Sichtweise einer in Amerika lebenden Engländerin der Oberschicht. Die kleine Serie trug den Titel *Die Wechselfälle des Lebens von Lady Cordelia Fanshawe* und wurde zunehmend beliebter.

Aber Ethel bestand darauf, dass Fran mit in das Ferienhaus kam. »Du kannst deine Schreibmaschine mitnehmen und so viel arbeiten, wie du möchtest. Deine Kolumne wird von Brodie, dem Chauffeur, persönlich in der Redaktion abgegeben«, versprach Ethel.

Da es unhöflich gewesen wäre, das Angebot abzulehnen, packten Fran und Clarissa ihre Koffer und verbrachten den August mit Ethel. Das Gleiche geschah im nächsten Jahr und wurde von da an zu einer Tradition. Frans einzige Sorge war ihr Verdacht, dass Ethel diese Sommerferien nun als Möglichkeit betrachtete, Clarissa in eine Welt hineinzuziehen, in der sie einem passenden zukünftigen Ehemann begegnen würde, den Ethel unter den Söhnen ihrer feinen, ach so aufrechten Freunde auswählen würde. Allerdings gab es eine Familie, mit der Ethel nichts zu tun haben wollte – die Kennedys. Daher stellte sie sehr deutlich klar, dass Clarissa jeglichen Kontakt mit irgendeinem Mitglied der Familie vermeiden solle, die ihrer Meinung nach allesamt die falschen Leute waren und der Nachbarschaft nichts als Ärger eingebracht hatten, seit sie dort ein Haus besaßen.

Es geschah kurz nach Clarissas siebzehntem Geburtstag und während ihres Aufenthalts in Hyannis Port, dass Fran erkrankte – oder vielmehr endlich zugab, dass sie sich seit geraumer Zeit wegen grauenvoller Kopfschmerzen sehr unwohl fühlte. Ethel ließ ihren eigenen Hausarzt kommen, der Fran sofort zu Untersuchungen ins Krankenhaus einwies. Die darauf folgende Diagnose war nicht gut: Fran hatte einen Tumor im Kopf, der Druck auf ihr Gehirn ausübte. Eine Operation war ausgeschlossen, und aller Voraussicht nach würde sie Weihnachten nicht mehr erleben.

Und so war es dann auch. In den letzten Wochen ihres Lebens, als Fran enorme Schmerzen hatte und ständig zwischen Ohnmacht und Bewusstsein schwankte, brachten ihre Erinnerungen sie wiederholt zu ihrer Kindheit in England zurück, vor allem zu den simplen Vergnügungen, an denen sie sich damals erfreut hatte: an Herbstspaziergängen und dem Geruch nach brennendem Laub, an den glänzenden Rosskastanien, mit denen sie ihre Taschen füllte, an den Brombeeren, die sie von der Hecke pflückte, an sommerlichen Picknicks, bei denen sie im Gras lag und dem Gesang einer Lerche lauschte oder bei windigem Wetter einen Drachen steigen ließ. All das waren Dinge, von denen Fran wünschte, sie hätte sie einmal mit Clarissa tun können.

Und dann, aus heiterem Himmel, nahm sie ihrer Tochter das Versprechen ab, nach England zu gehen. »Bring die Dinge mit deinen Großeltern in Ordnung«, sagte sie, »und tu es, bevor es zu spät ist. Versuche zu erreichen, was mir nicht gelungen ist. Versprich mir, dass du das tun wirst.«

Clarissa versprach es ihr bereitwillig.

Der Tod ihrer Mutter traf sie tief. Er bedeutete auch, dass sie von nun an in Grandma Ethels tristem, düsterem Haus würde leben müssen. Obwohl Clarissa eine gewisse Zuneigung zu ihr gefasst hatte, lebte sie nicht gern bei ihr. Sie hasste das Haus, das sie trotz seiner Größe als Gefängnis betrachtete, und sehnte sich danach, ihm zu entkommen.

An ihrem neunzehnten Geburtstag kündigte sie ihre Absicht an, nach England zu reisen, um ihre Großeltern mütterlicherseits kennenzulernen.

Ethel war ganz und gar dagegen. »Das verbiete ich!«

»Du kannst mir nicht verbieten hinzufahren«, erwiderte Clarissa trotzig.

»Du bist viel zu sehr wie deine Mutter«, wandte Ethel ein. »Eigenwillig und trotzköpfig.«

Clarissa, die kein Wort der Kritik an ihrer geliebten Mutter duldete, entgegnete scharf: »Wenn ich wie sie bin, müsstest du eigentlich wissen, dass ich mich über dein Verbot hinwegsetzen und durchbrennen werde.«

Je mehr ihre Großmutter sich ihrem Wunsch, nach England zu reisen, widersetzte, desto unnachgiebiger beharrte Clarissa darauf, selbst als sie in den Zeitungen las, dass sich in Europa offenbar ein Krieg zusammenbraute. Was als vager Plan begonnen hatte, um das Versprechen zu erfüllen, das sie ihrer Mutter gegeben hatte, wurde nun zu einer zwingenden Mission.

Am Ende gab Ethel nach und nahm die Sache sogar persönlich in die Hand. Sie buchte eine Passage erster Klasse auf der *SS Belle Étoile* und bestand darauf, dass Clarissa mit einer Anstandsdame reiste – nicht mit ihr selbst zum Glück, aber mit einer Freundin von ihr, die zufällig eine Reise nach London unternahm, bevor sie zu einer Europa-Tour aufbrach.

Ethels Abschiedsworte an Clarissa waren: »Du musst stets auf der Hut sein vor jenen, die dich ausnutzen wollen, weil sie dir in deinem jungen Alter noch kein gesellschaftliches Gespür zutrauen. Enttäusch mich also nicht, was du auch tust.«

Clarissa, die noch immer vor der Grabstätte ihrer Eltern stand, sagte ihnen ein letztes Mal Auf Wiedersehen. Als sie sich zum Gehen wandte, wusste sie, dass eine lange Zeit vergehen würde, bevor sie zurückkehrte. Aber sie musste frei sein, und das konnte sie nicht, solange sie in Boston blieb und ihre Großmutter ihr vorschrieb, wie sie zu leben hatte. Ihr blieb gar nichts anderes übrig, als zu gehen.

Kapitel Neun

»Am Tag darauf brach ich an Bord der *SS Belle Étoile* von New York nach Southampton auf, und das, meine Liebe, war der alles verändernde Moment in meinem Leben, wie Sie es nannten.« Mrs Dallimore lächelte. »Und ich kann Ihnen versichern, dass von jenem Moment an nichts je wieder so wie vorher war.«

Lizzie rückte ein wenig zur Seite in den Schatten. Sie war so in Mrs Dallimores Geschichte vertieft gewesen, dass sie nicht bemerkt hatte, wie viel höher die Sonne schon am Himmel stand und wie heiß es geworden war. Nachdem sie sich vergewissert hatte, dass auch die alte Dame nicht zu viel Sonne abbekam, sagte sie: »Sie waren damals erst neunzehn und hatten schon so viel durchgemacht … Es war sehr viel, was Sie zu bewältigen hatten«, fügte sie nach kurzem Nachdenken hinzu.

»So habe ich es nie betrachtet, ich habe einfach weitergelebt, wie meine Mutter es nach Vaters Tod getan hatte. Aber dürfte ich Sie jetzt nach all meinem Gerede darum bitten, mir eine Tasse Tee zu holen?«

Lizzie, die lieber sitzen geblieben wäre, um noch mehr von den Erlebnissen der damals neunzehnjährigen Mrs Dallimore zu hören, erhob sich widerstrebend. »Natürlich«, sagte sie. »Wie wäre es mit ein paar Plätzchen dazu?«

»Vielen Dank, meine Liebe, ein paar Butterkekse wären wunderbar.«

Mit Freddie, der gut angeschnallt in seinem Buggy saß, eilte Tess über die Hauptstraße des Dorfes in Richtung Orchard House. Sie hatte Lornas Auto vorbeifahren sehen, als sie gerade ein Brot im Gemeindeladen gekauft hatte, und war von dem jähen Drang erfasst worden, das direkte Gespräch mit Lorna zu suchen. Es war absurd, dass ihre Freundschaft in Gefahr sein sollte, weil Lizzie und Simon sich getrennt hatten. Sie waren schon Freundinnen gewesen, bevor ihre Kinder sich begegnet waren, warum sollten sie also nicht auch weiterhin befreundet sein?

Doch während sie sich das noch sagte und den Buggy ratternd über die unebene, nicht ganz bis zum Ende asphaltierte Straße schob, befürchtete sie schon, dass Lorna die Sache anders sehen könnte. Und sie konnte sehr scharfzüngig sein, wenn sie wollte. Tess hatte einmal mit angehört, wie sie ihren Gärtner zusammenstauchte, weil ihr nicht gefiel, wie er die Glyzinien beschnitten hatte. Andererseits konnte sie auch unglaublich großzügig sein und hatte Tess im Laufe der Jahre einige wundervolle Geschenke gemacht, derentwegen sie sich, wenn sie ganz ehrlich war, ein bisschen unwohl gefühlt hatte. Sie selbst hatte sich ein solch extravagantes Gegengeschenk nicht leisten können. Die meisten Geschenke, mit denen sie Freunde und Bekannte bedachte, waren selbst gemachte Dinge wie Schals, die sie gestrickt oder gehäkelt hatte, Gläser mit Gelee, Marmelade oder Chutney, Backbleche mit Plätzchen oder Muffins, Patchwork-Kissenbezüge und ihr neuestes kreatives Projekt: Bezüge für Wärmflaschen. All das wirkte ein bisschen schäbig im Vergleich zu den wunderschön verpackten Präsenten, die Lorna für sie hatte. »Das ist doch unwichtig«, hatte Lorna gesagt, als Tess sie einmal auf die Ungleichheit ihrer jeweiligen Geschenke angesprochen hatte.

Orchard House, ein schöner, georgianischer Bau aus Naturstein mit einem fast achttausend Quadratmeter großen Garten, war eines der weitläufigsten und reizvollsten Anwesen in Great Magnus. Normalerweise würde Tess zur Hintertür herumgehen, aber heute klingelte sie vorne. Um ihre Nerven zu beruhigen – wie dumm von ihr, derart nervös zu sein! –, beugte sie sich zu Freddie hinunter und streichelte ihm über die Wange. Sofort wurde sie mit einem seiner liebenswerten Lächeln belohnt. Ihr reizender Enkel würde doch sicher Lornas Herz erweichen und zu ihrer Versöhnung beitragen? Wer könnte schon böse bleiben, wenn er ein so engelsgleiches Lächeln von dem kleinen Mann empfing?

Als sie hörte, wie die Tür hinter ihr geöffnet wurde, straffte Tess sich und versuchte, die beschämende Wahrheit ihres Handelns zu ignorieren. Dabei wusste sie nur zu gut, dass sie auf schändliche Weise ihren Enkel als Schutzschild benutzte, um sich dahinter zu verbergen, in der Hoffnung, Frieden zu schließen oder zumindest einen Waffenstillstand auszuhandeln.

Lornas Küche war ihr so vertraut wie ihre eigene. Sie war nie etwas anderes als perfekt – perfekt wie ein Schauraum. Alles war ordentlich weggeräumt oder so kunstvoll angeordnet, als wäre die Küche für ein Fotoshooting für eines dieser Hochglanzmagazine vorbereitet worden. Tess wusste besser als jeder andere, dass das kein Zufall war: Diese farblich zusammenpassenden Hand- und Geschirrtücher gruppierten sich genauso wenig selbst, wie diese glänzenden alten Kupferpfannen an dem Regal über dem Herd sich selbst polierten. Und sie wurden auch nie benutzt. Die Küche war ein Idyll dezenter häuslicher Pracht, in dem Tess sich früher immer gern aufgehalten hatte.

Als sie nun aber an dem gewachsten Landhaustisch mit Aussicht auf den Garten saß – vor einer von sündhaft teuren Vorhängen von Jane Churchill gerahmten Aussicht –, spürte sie, dass gerade diese Perfektion die Ungleichheit in ihrer Freundschaft nur wieder einmal unterstrich. Keeper's Nook mit all seinem wahllos herumstehenden Firlefanz wirkte fast schon wie eine arme Verwandte von Orchard House. Denn egal, wie sehr sie sich bemühte, gelang es Tess doch nie, eine solch beeindruckende Ordnung zu erlangen.

Mit Freddie auf dem Schoß saß sie da und beobachtete Lorna, die Milch in die Kaffeebecher gab, als sie plötzlich mit einem Anflug boshafter Zufriedenheit eine Spinnwebe an dem Strauß getrockneter Hortensienblüten bemerkte, der an einem Haken in dem Balken über dem Kopf ihrer Freundin hing.

»Ich habe leider keinen Saft für Freddie«, sagte Lorna, als sie sich umdrehte. »Wäre Wasser auch in Ordnung?«

»Ja, das wäre wunderbar, nicht wahr, Freddie?«, sagte Tess und drückte ihn an sich. Freddies Antwort war jedoch, sich aus ihren Armen zu winden und von ihrem Schoß zu rutschen, um sich das dreiteilige Hängekorb-Set für Gemüse anzusehen, dessen einzelne Körbe mit *Oignons, Pommes de Terre* und *Carottes* beschriftet waren. Tess, die sich ohne die Wärme seines kleinen Körpers hilflos und verwundbar fühlte, lachte angestrengt. »Er hat schon immer gern mit diesen Körben gespielt, nicht?«, sagte sie, als sie ihn in einem Korb mit vorgewaschenen jungen Kartoffeln in mundgerechter Größe herumstöbern sah. »Weißt du noch, wie er einmal eine rohe Zwiebel essen wollte?«

Ein sprödes Lächeln erschien auf Lornas Gesicht. »Er ist gewachsen, seit ich ihn zuletzt gesehen habe.«

»Ja«, stimmte Tess ihr enthusiastisch zu. »Er schießt empor

wie die sprichwörtlichen Pilze, und ehe wir's uns versehen, wird er zur Schule gehen.«

»Du kannst dich wirklich glücklich schätzen, ihn zu haben«, sagte Lorna und reichte Tess einen Kaffeebecher an.

Tess nahm den Becher und ignorierte den unausgesprochenen Vorwurf – *denn nun, da Lizzie sich von Simon getrennt hat, weiß der liebe Himmel, wann* ich *Großmutter sein werde!* Natürlich würde Tess es niemals zugeben, doch der Gedanke, dass Lizzie je verantwortungsbewusst genug sein würde, um ein eigenes Kind zu haben, ging über die Grenzen ihrer Vorstellungskraft hinaus. Und eigentlich war auch Simon nicht der Typ, der es eilig hatte, Vater zu werden. Es war eines der vielen Dinge, in denen er und Lizzie sich einig gewesen waren. Aber andererseits hatten ja auch Luke und Ingrid so gedacht, und Freddie war das beste Beispiel dafür, wie ihre Denkweise sich geändert hatte.

In mancherlei Hinsicht war es eher unwahrscheinlich gewesen, dass Lizzie und Simon ein Paar werden würden, doch als sie erst einmal zusammen gewesen waren, war es eine dieser Beziehungen gewesen, die anderen geradezu perfekt erschienen. Der Kern ihrer Liebe war ihr gemeinsamer Sinn für Humor gewesen; zumindest hatte Tess das immer gedacht. Sie waren sich auf einer Weihnachtsparty hier in Orchard House begegnet, die Lorna und Keith sechs Monate nach ihrem Einzug gegeben hatten. Auch die Freundschaft zwischen Tess und Lorna war in diesen ersten sechs Monaten entstanden.

Ein Teller mit feinen Ingwerplätzchen und ein *Peter-Rabbit*-Porzellanbecher mit Wasser wurden nun auf den Tisch gestellt. Lorna hatte den Becher speziell für Freddies Besuche mit seiner Großmutter gekauft – ihr kam kein schreiend buntes Plastikzeug ins Haus!

Mit ihrem molligen Bauch, der gegen den Bund ihrer Hose drückte, wusste Tess sehr wohl, dass sie die Plätzchen auf dem Teller nicht anrühren dürfte, aber sie brauchte eine Beschäftigung, und eines der Lieblingsplätzchen des zukünftigen Königs von England zu essen würde genügen müssen. Wie zu erwarten, verzichtete Lorna auf die zusätzlichen Kalorien. Ihr schlanker Körper, der angeblich auf gute Gene zurückzuführen war, war in Wahrheit jedoch das Ergebnis vieler Stunden im Fitnessstudio. Ebenso beneidenswert waren ihre glatte Haut und ihr schönes Haar, das sie einmal in der Woche vom Friseur verwöhnen ließ. Tess' eigenes Haar hatte Glück, wenn es alle drei Monate einen Salon von innen sah. Trotzdem färbte sie es selbst, wenn auch mit zugegebenermaßen recht unterschiedlichen Ergebnissen. *Tja, wir können eben nicht alle so perfekt wie Lorna sein*, wisperte eine Stimme in ihrem Ohr.

Schockiert über ihre garstigen Gedanken, trank sie einen Schluck Kaffee. »Hm … köstlich. Genau das, was ich brauchte. Es war ein anstrengender Tag heute. Was hast du so gemacht?«

Lorna zuckte mit den Schultern. »Ach, du weißt schon, das Übliche. Dies und das.«

Tess, die eine Gelegenheit suchte, etwas Nettes zu sagen, bemerkte: »Wusstest du, dass der Pfarrer eine karitative Essensausgabe organisiert?«

»Hier im Dorf?«

»Natürlich nicht nur für das Dorf. Davon sollen alle profitieren, die es nötig haben. Wir sprachen heute im Gemeindeladen darüber, und Suzy scherzte, nun würde jeder seine Schränke durchwühlen, um alles loszuwerden, das sein Haltbarkeitsdatum überschritten hat. Worauf ich erwiderte, dass in meinen Schränken nichts mehr übrig bleiben würde, wenn ich das täte«, schloss Tess mit einem bemühten Lachen.

Kommentarlos hob Lorna ihren Becher an die Lippen, hielt dann aber noch einmal inne, bevor sie daraus trank. »Freddie«, sagte sie, »steck das bitte nicht in den Mund!«

Tess blickte zu ihrem Enkel hinüber, der auf dem Boden saß und in eine Karotte biss. »Die wird ihm nicht schaden.«

»Sicher nicht«, erwiderte Lorna kühl. »Aber ich brauche die Karotten für das Abendessen heute.«

Fest entschlossen, sich nicht provozieren zu lassen, hob Tess den Teller mit den Plätzchen auf. »Freddie, möchtest du nicht lieber eins von diesen leckeren Ingwerplätzchen?«

Ein Lächeln erhellte sein Gesicht, und nachdem er die Karotte wieder in den Korb zurückgelegt hatte, kam er an den Tisch und nahm sich etwas von dem Gebäck.

Während er auf dem Weg zurück zu den Gemüsekörben in das Plätzchen biss und Krümel auf den makellos sauberen Eichenboden fallen ließ, hielt das Schweigen zwischen Tess und Lorna an. Schließlich war Tess so verzweifelt bemüht, etwas zu sagen, dass sie sich nach Simon erkundigte.

»Er arbeitet sehr viel«, antwortete Lorna. »Übrigens habe ich gehört, dass Lizzie wieder bei euch ist.«

»Das stimmt.« Tess nickte lächelnd. »Sie arbeitet ein paar Wochen unentgeltlich in Woodside, um mich zu vertreten, solange ich mich unter der Woche um Freddie kümmere. Seit Freddies Kita bei einem Wasserrohrbruch überflutet wurde und schließen musste, hatten wir alle Hände voll zu tun.«

Lornas Blick wurde schärfer, als sie über den Kaffeebecher hinweg Tess ansah. »Ich habe auch gehört, aus welchem Grund Lizzie wieder hier ist.«

»Ja, es hat sie schwer getroffen, im Rahmen von Personaleinsparungen freigestellt zu werden. Sie liebte ihre Arbeit bei dem Radiosender.«

»Ist es das, was sie dir erzählt hat? Dass sie wegen Personaleinsparungen entlassen wurde? Ich habe gehört, dass sie gefeuert wurde, nachdem sie beim Sex mit ihrem Chef auf seinem Schreibtisch erwischt worden war. Mit ihrem *verheirateten* Chef wohlgemerkt, mit dem sie eine Affäre hatte.«

Tess fiel fast die Kinnlade herunter.

»Du musst ja schrecklich stolz auf deine Tochter sein«, fügte Lorna hinzu, und ihre Worte trieften vor Bosheit.

»Ich weiß nicht, wo du so etwas Abscheuliches gehört hast«, murmelte Tess und kämpfte mit sich, um Lorna nicht mitten in das süffisant lächelnde Gesicht zu schlagen. »Aber ich kann dir versichern, dass das überhaupt nicht wahr ist, weil Lizzie so etwas nie tun würde.«

»Simon hat es uns erzählt«, entgegnete Lorna gleichmütig. »Und er hat es von einem von Lizzies ehemaligen Kollegen bei Starlight Radio gehört.«

»Und da Simon ja auch keinerlei persönliches Interesse hat«, gab Tess ärgerlich zurück, »wird er natürlich völlig unvoreingenommen in allem gewesen sein, was er dir über Lizzie erzählt hat.«

»Bezichtigst du meinen Sohn etwa der Lüge?«

»Immer noch besser, als meine Tochter zu beschuldigen, eine … eine …« Tess geriet ins Stocken.

»Eine Schlampe zu sein?«, warf Lorna ein. »Ist das das Wort, nach dem du suchst?«

Tess knallte den Becher auf den Tisch, ohne sich um den verspritzten Kaffee auf der liebevoll gewachsten Tischplatte zu scheren. »Nein! Nein, das ist es nicht.« Sie erhob sich schnell. »Freddie, mein Schatz, es wird Zeit, zu gehen. Wir sind hier ganz offensichtlich nicht willkommen. Ich weiß wirklich nicht, warum ich dachte, wir wären es.«

»Ich hätte es selbst nicht besser ausdrücken können«, versetzte Lorna, die sich ebenfalls erhoben hatte.

In ihrer Eile wegzukommen, verfiel Tess mit dem Buggy fast in einen Laufschritt. Wie hatte Lorna nur so etwas erbärmlich Niederträchtiges sagen können? War sie denn wirklich so spießig, dass sie mit etwas so Schmutzigem daherkommen musste?

Doch obwohl Tess sich fieberhaft einzureden versuchte, es sei nur eine bösartige Lüge, die Lorna für ihre eigenen Zwecke erfunden hatte, sagte ihr die quälende Stimme ihres Unterbewusstseins, dass es die Wahrheit war. Hatten Tom und sie nicht schon die ganze Zeit vermutet, dass mehr hinter Lizzies Entlassung steckte, als sie zugegeben hatte? Und hatte nicht sogar Luke gesagt, es sei besser, das Thema ruhen zu lassen, weil es kontraproduktiv sein könnte, einer ungerechtfertigten Entlassung wegen vor Gericht zu ziehen? Was nur bedeuten konnte, dass Luke wusste, was Lizzie getan hatte, und ihr geholfen hatte, die Sache zu vertuschen … Oh, wie hatte Lizzie sich bloß so etwas leisten können! Wie konnte das Mädchen nur so eine ungeheure Dummheit begehen!

»Schneller, Oma, schneller«, sang Freddie fröhlich und beugte sich in seinem Buggy vor. »Fahr schneller, Oma!«

»Das tue ich doch schon, Freddie«, erwiderte sie atemlos. »Das tue ich.«

Da Tess mit ihren Gedanken ganz woanders war, sah sie die Furche in der Straße nicht, und bevor sie sich's versah, flog Freddie in hohem Bogen aus dem Kinderwagen auf den Asphalt. Entsetzt merkte Tess erst jetzt, dass sie in ihrer wilden Wut und Hast, von Orchard House fortzukommen, vergessen hatte, den Kleinen in seinem Wagen anzuschnallen.

Bei ihrer Rückkehr nach Keeper's Nook war das Gesicht des armen Freddie mit Schrammen übersät und sein T-Shirt mit Blut und Schmutz beschmiert. »Wie konnte ich nur so unaufmerksam sein?«, schluchzte Tess, als Tom auf ihre Hilferufe herbeigelaufen kam. »Das werde ich mir nie verzeihen! Und wenn nun gerade ein Auto vorbeigefahren wäre?«

»So war es aber nicht«, entgegnete er entschieden und befreite den verwirrten Freddie aus ihrem eisernen Griff. »Und Freddie geht es gut, nicht wahr, alter Junge?«

Der Kleine zog die Augenbrauen zusammen und wackelte mit dem Kopf. Dann grinste er plötzlich. »Lizzie!«, rief er, als er sie um das Haus herumkommen sah. »Lizzie, Lizzie, Lizzie!« Jetzt sang er wieder fröhlich und klatschte in die Hände.

»Da siehst du es«, meinte Tom. »Ihm ist nichts passiert. Nichts, was ein Bad, saubere Kleider und ein paar Pflaster nicht in Ordnung bringen könnten.«

Einmal im Monat traf sich Tom mit einer Gruppe von Männern aus dem Dorf auf einen Drink im Pub *The Bell*. Von den zwei Pubs in Great Magnus bevorzugte er diesen, da es dort anständiges Bier gab und der Besitzer sich nicht schämte, Tüten mit Speckchips an der Bar zu verkaufen. Obwohl es ein erfreulich warmer Abend war, nahmen sie in der gemütlichen holzgetäfelten Ecke Platz, in der sie immer saßen. Keith war der Einzige, der bei dem Treffen fehlte. Niemand wusste, warum. Nach dem, was Tess Tom von ihrem Besuch in Orchard House erzählt hatte, vermutete er jedoch stark, dass Lorna ein Machtwort gesprochen und darauf bestanden hatte, dass Keith zu Hause blieb – keine Verbrüderung mit dem Feind!

Insgeheim hatte Tom Lornas etwas überheblicher Haltung Tess gegenüber schon immer argwöhnisch gegenübergestanden – als müsste Tess für die ihr entgegengebrachte Aufmerksamkeit dankbar sein. Er hätte jede Summe darauf verwettet, dass Lorna schon in der Schule diejenige gewesen war, die den Ton angab und von der alle anderen sich angezogen zu fühlen hatten. Um ehrlich zu sein, waren viele Freundschaften so unausgeglichen, weil eine Seite die andere nach ihrer Pfeife tanzen ließ.

Ohne dem Geplänkel am Tisch wirklich zuzuhören, trank Tom einen ordentlichen Schluck von seinem Bier und ließ seine Gedanken zu seiner Tochter abschweifen. Er würde lügen, wenn er behauptete, nicht schockiert über Lizzies Eingeständnis zu sein, dass Lorna Tess die Wahrheit gesagt hatte. Aber er wusste auch, dass da nichts zu machen war. Tess und er konnten nur das Gleiche tun wie Lizzie: Sie mussten die Sache hinter sich lassen und damit abschließen. In der langen Geschichte der von Lizzie begangenen Verrücktheiten hatte sie sich diesmal vielleicht sogar selbst übertroffen.

Die Herausforderung, die vor ihm lag, war für Tom die Frage, wie er es zustande bringen sollte, diesem Curt in die Augen zu sehen, wenn sie einander endlich kennenlernten. Aber alles zu seiner Zeit. Und er konnte dem Mann nur wünschen, dass er den Ärger wert war, den er verursacht hatte. Und nach wie vor verursachte.

Kapitel Zehn

Als Luke gestern Abend mit seiner Mutter telefoniert und dabei von Freddies Sturz aus dem Buggy erfahren hatte – »Aber keine Angst, es ist ihm nichts passiert!« –, war Ingrids erste Reaktion gewesen, auf der Stelle loszufahren und den Jungen nach Hause zu holen.

Doch hätte sie das getan, hätte Luke ihr mit Sicherheit vorgeworfen, zu heftig zu reagieren. Ingrid hatte diesen Weg erst gar nicht eingeschlagen, weil er ja doch nur dazu geführt hätte, dass Luke sie als überfürsorglich bezeichnet und ihr wieder einmal von all den Prellungen und Kratzern erzählt hätte, die Lizzie und er als Kinder davongetragen und bestens überstanden hatten. Stattdessen war sie also nur wütend zu Bett gegangen, hatte das Licht ausgeschaltet und sich schlafend gestellt, als Luke ins Schlafzimmer gekommen war.

Aber mal ganz im Ernst: War es wirklich übertrieben, so besorgt um ihren Sohn zu sein? War es nicht die Aufgabe liebender Eltern, sich um ihr Kind zu sorgen? Oder, genauer gesagt, die Aufgabe einer liebenden Mutter? Es war ihr völlig unverständlich, dass Luke so sorglos in Bezug auf ihren Sohn sein konnte. Aber das lag vermutlich daran, dass er ein Mann war und die Fähigkeit besaß, seine Emotionen abzuschalten, wenn es nicht anders ging. Außerdem hatte er, wie alle Morans, eine grundsätzlich entspanntere Lebenseinstellung als sie selbst.

Nicht einmal für eine Sekunde nahm Ingrid ihrer Schwiegermutter die lächerliche Geschichte ab, die sie Luke erzählt hatte: dass sie einfach vergessen habe, Freddie in seinem Buggy anzuschnallen. Tess mochte zwar ab und zu ein bisschen schusselig sein, doch wenn es um Freddie ging, vergaß sie nie etwas, sondern war so zuverlässig wie der Tag, der auf die Nacht folgte. Und genau das war der Grund, weshalb Ingrid ihren geliebten Sohn ihrer Schwiegermutter anvertraut hatte.

Nein, die wahre Geschichte – und das würde ihr niemand ausreden können – war, dass Freddie Lizzies Obhut überlassen worden war. Wenig überraschend war ihm prompt etwas zugestoßen. Und wie typisch, dass die Familie dieses zu nichts zu gebrauchende Mädchen auch noch deckte!

Ingrid bereute allmählich, dass sie sich mit Luke darauf geeinigt hatte, die Suche nach einem Kindermädchen aufzugeben. Sie hatte sich dazu bereiterklärt, weil Freddie sich bei seinen Großeltern so sichtlich wohlfühlte und sie ihm keine weitere Veränderung zumuten wollte.

Um nicht weiter über Freddie und den täglichen Kampf, ihn zu beschützen, nachzudenken, wandte Ingrid ihre Gedanken dem Schlachtfeld zu, über das sie viel effektiver das Kommando übernehmen konnte als über das häusliche.

Auf dem Schreibtisch vor ihr lagen ihre Notizen zu einer Fahrlässigkeits-Klage gegen einen praktischen Arzt, der es versäumt hatte, eine Patientin zu einem Spezialisten für Krebserkrankungen zu überweisen. In diesem Fall war die Patientin ein fünfjähriges Mädchen gewesen. Dessen Mutter, eine junge alleinstehende Frau Mitte zwanzig, hatte dem Allgemeinmediziner wiederholt gesagt, sie sei überzeugt davon, dass ihr Kind eine ernsthafte Erkrankung habe. Sie war als neurotische

Mutter eingestuft worden, und man hatte ihr nahegelegt, den Doktor, der ein sehr beschäftigter Mann sei, nicht länger zu belästigen. Das hatte dazu geführt, dass das Kind jetzt tot war.

Mir soll nur ja keiner erzählen, dass eine liebende Mutter es nicht am besten weiß, dachte Ingrid grimmig, als sie die Zähne zusammenbiss und sich an die Arbeit machte.

Kapitel Elf

Angesichts der angespannten Atmosphäre im Haus und wohl wissend, dass sie im Mittelpunkt des allgemeinen Ärgers stand, beschloss Lizzie, mit dem Rad nach Woodside zu fahren, anstatt sich von ihren Eltern bringen zu lassen. Sie holte ihr altes Fahrrad aus der Garage. Nachdem sie die Reifen aufgepumpt, die Kette geölt und den Sturzhelm aufgesetzt hatte, auf dem ihr Vater bestand, befand sie sich nun endlich auf dem Weg. Während sie die warme Brise an ihren nackten Armen und Beinen genoss, wurde sie plötzlich von jener Art von unbesorgtem Hochgefühl erfasst, das im Laufe der Jahre bei ihren Eltern für so viel Aufregung gesorgt hatte.

Lizzies Koordinationsschwierigkeiten waren immer das Problem gewesen, weil ihre linke Hand nie wusste, was die rechte tat. Mit dreizehn war sie mit dem Fahrrad kopfüber in einen Graben gestürzt. Die Folge waren eine ausgerenkte Schulter und eine Kopfverletzung gewesen, die mit fünf Stichen hatte genäht werden müssen. Der Sturz hatte ihre Eltern dazu veranlasst, ein Machtwort zu sprechen, und seither durfte Lizzie nur noch mit Helm Fahrrad fahren.

Während sie jetzt vergnügt über die Straße flitzte, lockerte sie den Gurt des Fahrradhelms, der ihr in das Kinn schnitt, und trat noch fester in die Pedale. Nachdem sie den Gemeindeladen zu ihrer Rechten passiert hatte, sah sie Lornas dunkelgraues Monster von einem Geländewagen auf sich zukommen. In dem sicheren Bewusstsein, dass sie Staatsfeind Nummer eins für Lorna war und quasi eine Zielscheibe auf Brust und Rücken trug, sah Lizzie auf die Straße hinunter, um die Gefahr eines Blickkontaktes zu vermeiden. Als weitere Vorsichtsmaßnahme fuhr sie näher am Bordstein, nur für den Fall, dass Lorna plötzlich rotsah und dem übermächtigen Impuls nachgab, ihren mütterlichen Rachedurst zu stillen.

Der Wagen glitt jedoch ohne Zwischenfall an Lizzie vorbei, und sie trat noch fester in die Pedale. Bald hatte sie den Ortsrand mit seinen Grünstreifen aus Wiesenkerbel und Weidenröschen hinter sich gelassen und befand sich auf der freien Landstraße mit den sonnengebleichten Weizenfeldern zu beiden Seiten. Die Schönheit des Tages passte so gar nicht zu der hässlichen Wut, die in ihr brodelte, nachdem sie Lorna gesehen hatte.

Lizzie hätte nie gedacht, dass Simons Mutter so rachsüchtig sein könnte. Ihr gestriges unverschämtes Verhalten Mum gegenüber war unglaublich und erfüllte Lizzie mit Erleichterung darüber, dass nun keine Gefahr mehr bestand, dass diese Frau je ihre Schwiegermutter werden würde. Aber was hoffte Lorna mit ihrer Boshaftigkeit der armen Mum gegenüber zu erreichen? Herrgott noch mal, man könnte meinen, Lizzie hätte Simon ermordet, so wie seine Mutter sich verhielt! Allerdings musste Lizzie sich eingestehen, dass sie versucht war, genau das zu tun, nach all der Unruhe, die er gestiftet hatte. Sie fragte sich nur, wer ihm all diese peinlichen Details verraten hatte. Sehr wahrscheinlich war es Cal vom Starlight Radio gewesen, dessen Freundin in derselben IT-Firma für technische Unterstützung arbeitete wie Simon.

Bis zum gestrigen Tag war Lizzie nicht bewusst gewesen, wie schlecht die Dinge zwischen ihrer Mutter und Lorna standen. Es war Lizzie nicht einmal in den Sinn gekommen, dass Lorna in einem solchen Ausmaß Anstoß nehmen könnte, wie es offenbar der Fall war, oder sich derart kleinkariert benehmen würde. Je mehr Lizzie darüber nachdachte, wie aufgewühlt Mum gewesen war, desto zorniger wurde sie. Besonders verärgert war sie, weil sie selbst ihr Bestes getan hatte, um ihre Eltern vor dem Wissen um den wahren Grund ihrer Entlassung zu beschützen. Sie verdienten es wirklich nicht, mit dieser Peinlichkeit konfrontiert zu werden und sich ihrer Tochter wegen schämen zu müssen.

Lizzie benutzte ihre Wut, indem sie noch kräftiger in die Pedale trat. Als sie Woodside erreichte, keuchte sie vor Anstrengung und schwitzte. Im Personalraum, wo sie den grässlichen pinkfarbenen Kittel überzog, blickte sie in den Spiegel und sah, dass ihr Gesicht beinahe die gleiche Farbe hatte. Es war kein schöner Anblick. Ganz und gar nicht.

Als sie ihre Sachen in den Spind legte, der ihr zugewiesen worden war, wurde die Tür des Raumes geöffnet, und ein Mann warf einen Blick herein. Er war mit einer verblichenen Jeans und einem T-Shirt bekleidet und hatte dichtes hellbraunes Haar, das entweder auf natürliche Weise von der Sonne aufgehellt oder goldblond gefärbt worden war. Er war ungefähr im gleichen Alter wie Lizzie selbst. Als er sie sah, blieb er zögernd im Eingang stehen.

»Kann ich Ihnen behilflich sein?«, fragte sie freundlich und klang dabei wie eine erfahrene Mitarbeiterin, die schon jahrelang hier arbeitete.

Es folgte ein etwas peinlicher Moment, als der Mann nichts erwiderte, sondern nur dort stand und den Eindruck eines Menschen machte, der eine ihm unangenehme Situation verarbeitete und überlegte, wie er am besten damit umgehen sollte. »Ich weiß nicht«, sagte er schließlich. »Können Sie es?«

»Das kommt wohl darauf an, wobei Sie Hilfe brauchen«, erwiderte sie.

»Wer hat gesagt, dass es so ist?«

»Dass was so ist?«

»Na, dass ich Hilfe brauche?«

Oh, du bist also einer von diesen ganz cleveren Typen, was?, dachte Lizzie. Ein Sprücheklopfer, der lieber Spielchen spielte, statt auf eine direkte Frage ebenso direkt zu antworten? Aber an sie war seine Munition vergeudet! »Sie sahen so aus«, erwiderte sie.

Er zog die Augenbrauen zusammen und kratzte sich an seinem unrasierten Kinn. »Dann muss ich schleunigst etwas dagegen tun. Ich kann ja nicht mit einem Gesicht herumlaufen, das mich hilflos wirken lässt.«

Lizzie ging um ihn herum, um zur Tür zu gelangen, und sagte: »Ja, vielleicht sollten Sie das tun. Es könnte Sie in der Tat vor weiteren gut gemeinten Hilfsangeboten schützen.« Und bevor er das letzte Wort behalten konnte, zog sie die Tür ganz auf, schlüpfte hinaus und stieß sie mit dem Fuß schnell wieder zu.

Nach zwei Stunden, die sie mit Bettenmachen, Teeservieren und dem Verteilen von Brettspielen in dem großen Aufenthaltsbereich verbracht hatte, hörte Lizzie von der Leiterin der Residenz, dass Mrs Dallimore sie sehen wollte.

Oh-oh, dachte sie, was hab ich wohl falsch gemacht? Nichts, sagte sie sich entschieden, als sie sich auf die Suche nach der alten Dame machte. Am vergangenen Tag hatten sie sich in perfektem Einvernehmen getrennt. Tatsächlich hatte Mrs Dallimore ihr sogar gesagt, welch großes Vergnügen ihr das Plaudern mit ihr bereitet hatte. Vielleicht wollte sie ihr ja noch ein bisschen mehr über ihr Leben nach ihrer Abreise aus Amerika erzählen? Lizzie hoffte es, weil sie sehr gespannt darauf war, mehr über die junge Frau zu erfahren, die Mrs Dallimore einst gewesen war. Bestimmt war sie ein ziemliches Original gewesen. Ähnlich wie Grandma Wendy, kam Lizzie plötzlich in den Sinn. Ihre Großeltern väterlicherseits hatte sie nicht wirklich gekannt, weil sie verstorben waren, als Luke und sie noch Kinder gewesen waren. Aber Mums Mutter war eine beeindruckende und äußerst unabhängige Persönlichkeit gewesen, bis sie vor vier Jahren auf einer Busreise durch Deutschland an einem Herzanfall gestorben war. Und obwohl Lizzie Mrs Dallimore kaum kannte, gab es definitiv Momente, in denen sie sie an Grandma Wendy erinnerte.

Sie fand die alte Dame auf der Terrasse im Garten, wo ihr Rollstuhl im Schatten eines großen Sonnenschirms an einem runden Holztisch stand. Noch zwei andere Damen saßen an dem Tisch; beide schliefen jedoch fest und schnarchten sogar leise vor sich hin. Eine von ihnen hatte sich offenbar gerade erst von dem regelmäßig erscheinenden Friseur die Haare machen lassen, denn ihr weißes Haar hatte etwas flaumig Weiches, das an einen Bichon Frisé erinnerte.

Sowie Mrs Dallimore Lizzie sah, ließ sie das Buch sinken, das sie gerade las, und legte einen Finger an ihre Lippen, während sie auf ihre schlafenden Mitbewohnerinnen zeigte. »Ich würde einen Szenenwechsel sehr begrüßen«, wisperte sie und tippte auf die Armlehne ihres Rollstuhls. »Möchten Sie noch mal versuchen, dieses verflixte Ding zu steuern?«

»Übung macht den Meister«, erwiderte Lizzie flüsternd und mit einem Lächeln. »Wohin möchten Sie denn gern?«

Mrs Dallimore zeigte über den Rasen hinweg auf den mit Rosen bewachsenen Pavillon, in dem sie tags zuvor gesessen hatten.

Entschlossen, ihren Schützling nicht zu Schaden kommen zu lassen, steuerte Lizzie den Rollstuhl mit konzentrierter Aufmerksamkeit über die Rasenfläche. Dank der anhaltenden Trockenheit und Hitze war der Boden hart und das Gras kurz.

Wenn sie von dem Pavillon zurückblickten, konnten sie den gesamten Garten und das Haus sehen, aber auch den modernen roten Backsteinanbau, den Personal und Bewohner der Residenz für einen Schandfleck hielten. In diesem Anbau befand sich die medizinische Abteilung des Seniorenheims, zu der die Bewohner laut Lizzies Mum lieber einen »gesunden« Abstand wahrten, aus Angst, sie vielleicht nie wieder in aufrechtem Zustand zu verlassen. Das ursprüngliche Haus war aus honigfarbenem Stein erbaut, aber die Mauern waren inzwischen mit solch dichtem Efeu überwachsen, dass sie fast vollständig verborgen waren. Es gab noch einen weiteren Anbau, ein großes Gewächshaus, das als »Orangerie« bezeichnet wurde und eine viel beliebtere Ergänzung war. Bewohner, die sich für das Gärtnern begeistern konnten, wurden dazu ermutigt, sich in dem Gewächshaus zu beschäftigen und die Pflanzen dort zu pflegen, wann immer ihnen der Sinn danach stand.

»Erzählen Sie mir etwas mehr über sich selbst«, sagte Mrs Dallimore und zeigte auf den Stuhl neben ihrem Rollstuhl. »Und machen Sie sich nur ja keine Sorgen, weil Sie denken, Sie vernachlässigten Ihre anderen Aufgaben. Ich habe das mit der Leiterin geklärt. Ihre genauen Worte waren: ›Wenn dadurch der Rest der Bewohner in Sicherheit ist, haben Sie meinen Segen, Lizzie so lange bei sich zu behalten, wie Sie können.‹«

Lizzie wollte schon protestieren – so schlimm war sie doch gar nicht! –, als sie den Anflug eines Lächelns in den Mundwinkeln der alten Dame sah. »Mrs Dallimore«, sagte sie mit strenger Miene, »mir kommt allmählich der Gedanke, dass Sie nicht halb so nett sind, wie ich dachte.«

»Dann waren Sie in einem großen Irrtum befangen, meine Liebe«, erwiderte die alte Dame lachend. »Na, kommen Sie schon – amüsieren Sie mich und erzählen Sie mir etwas furchtbar Interessantes über sich.«

»Ich wünschte, ich könnte, aber eigentlich …«

»Falls Sie es wagen, mir zu sagen, Sie hätten überhaupt nichts Interessantes in Ihrem Leben getan, werde ich sehr böse auf Sie und zutiefst enttäuscht von Ihnen sein«, spöttelte Mrs Dallimore.

»Aber so ist es leider.«

»Das nehme ich Ihnen nicht ab. Zum Beispiel bemerkten Sie gestern, es sei eine lange Geschichte, warum Sie Ihren letzten Arbeitsplatz verloren haben. Was ist dort passiert?«

Lizzie schüttelte den Kopf. »Das wollen Sie gar nicht wissen.«

»Was für eine absurde Feststellung! Warum hätte ich das Thema zur Sprache bringen sollen, wenn ich es gar nicht wissen wollte?«

»Das ist nur so eine Redensart.«

Mrs Dallimore schnalzte missbilligend mit der Zunge. »Wohl eher eine Ausflucht.«

»Lassen Sie eigentlich je ein Nein als Antwort gelten?«

»Tun Sie es?«

Diesmal musste Lizzie lachen. »Nicht, wenn ich es verhindern kann.«

»Und trotzdem erwarten Sie es von mir. Ich kann es nicht

ausstehen, wenn mit zweierlei Maß gemessen wird. Tun Sie es, weil ich so alt bin? Haben Sie mich als eine nette alte Tante abgeschrieben, die keine Ahnung von der Welt hat, in der Sie leben?«

Lizzie wollte nicht unfreundlich sein, aber es bestand wirklich nicht die kleinste Hoffnung, dass diese Frau sich auch nur vorstellen konnte, was bei Starlight Radio vorging. Und was das anging, beschlich Lizzie allmählich das Gefühl, dass auch sie keine Ahnung mehr von dieser Welt hatte. Sie lebte erst seit kurzer Zeit wieder zu Hause, doch schon jetzt begann ihr Londoner Leben, ja sogar Curt, von dem sie nichts mehr gehört hatte, weil er in Urlaub war, zu einer fernen, diffusen Erinnerung zu werden. Von einem Augenblick zum anderen war es plötzlich so, als gehörte sie in dem Dorf Great Magnus gewissermaßen schon zum Inventar. Keeper's Nook und das Woodside-Pflegeheim schienen zu dem alleinigen Fokus ihres Lebens geworden zu sein. Alles, was sie in London zurückgelassen hatte, schien heute eine weit entfernte, durch das falsche Ende eines Teleskops betrachtete Landschaft zu sein.

»Sie haben meine Frage nicht beantwortet«, riss Mrs Dallimores Stimme Lizzie aus ihren Überlegungen. »Versuchen Sie so vielleicht, mir auf taktvolle Art und Weise zuzustimmen, ohne meine Gefühle zu verletzen?«

»Wenn Sie mich besser kennen würden, wüssten Sie, dass Takt nicht gerade meine Stärke ist.«

»Mangelndes Taktgefühl ist das Privileg der Jugend. Seine Erlangung und Anwendung erfolgt erst später im Leben, und irgendwann kommt dann ein Punkt, an dem man erkennt, dass man einfach keine Zeit mehr hat, um den heißen Brei herumzureden.«

Die Bemerkung könnte von Oscar Wilde stammen, dachte

Lizzie, während sie dem Gurren einer Taube und den hämmernden Geräuschen eines Spechts in den Wäldern lauschte. Als sie sich der Stille um sie herum bewusst wurde, beschlich sie Unbehagen. Sie war Lärm gewohnt, viel Lärm. Das konstante, Energie spendende Stimmengemurmel im Hintergrund, das Tosen des vorbeirauschenden Verkehrs, die erhobenen Stimmen herein- und herausstürzender Menschen, die immerzu in Eile waren … Mit einem schmerzlichen Verlustgefühl dachte sie an London und daran, wie sehr sie es vermisste. Was natürlich dazu führte, dass ihre Gedanken wieder zu Curt wanderten. Ach, Curt, dachte sie unglücklich, ich vermisse dich so sehr! Das Warten auf Nachrichten von ihm war unerträglich. Einen solchen Kummer hatte sie noch nie gekannt.

Und noch immer wollte die Stille nicht aufhören, die das klopfende Geräusch des Spechts nur unterstrich. Lizzie stellte sich den Vogel vor, der offenbar wild entschlossen war, sich durch einen mächtigen, unnachgiebigen Baumstamm hindurchzukämpfen. Dann warf sie einen Blick auf Mrs Dallimore und fragte sich, ob sie eingeschlafen sein mochte. Aber sie war wach und starrte angestrengt in die Ferne und in den Schatten der belaubten Bäume, als hielte sie nach irgendetwas Ausschau. Oder nach irgendjemandem. Lizzie hoffte nur, dass sie nicht im Begriff stand, einen Waldspaziergang vorzuschlagen, was mit dem Rollstuhl ausgesprochen mühsam wäre.

»Möchten Sie mir nicht erzählen, wie es weiterging, als Sie Amerika verließen und nach all den Jahren nach England zurückkehrten?«, fragte Lizzie, um die alte Dame abzulenken, falls sie sich tatsächlich in den Kopf gesetzt haben sollte, eine Wanderung durch schwieriges Terrain zu machen.

Zunächst erhielt sie keine Antwort, doch dann wandte Mrs

Dallimore sich ihr zu, um sie mit ihren blassen, tränenden blauen Augen anzusehen. »Möchten Sie das wirklich wissen, oder wollen Sie mich nur bei Laune halten?«

»Ich möchte Sie nicht bei Laune halten«, erwiderte Lizzie entschieden. Ihr wurde bewusst, wie traurig es sein musste, zu glauben, man würde nicht ernst genommen und dass alles, was einem gesagt wurde, nicht mehr als ein schwacher Versuch war, Konversation zu machen. »Ich möchte wirklich gern wissen, wie es weiterging, als Sie in England ankamen«, fügte sie hinzu. »Aber erzählen Sie es mir bitte nur, wenn Sie es möchten.«

Die alte Dame schaute sie skeptisch an, als wäre sie sich immer noch nicht sicher, dass Lizzies Interesse echt war. »Ich möchte Sie nicht langweilen.«

Ihr Gesichtsausdruck hatte etwas so freudlos Stoisches und gleichzeitig Souveränes, dass Lizzie, ohne nachzudenken, eine Hand auf den schmalen Arm der alten Dame legte. »Bitte, Mrs Dallimore«, sagte sie. »Nach dem zu urteilen, was Sie mir gestern erzählt haben, könnten Sie mich niemals langweilen. Und als Mrs Hughes mir sagte, Sie hätten heute Nachmittag nach mir gefragt, hatte ich gehofft, Sie würden mir noch etwas mehr über Ihr Leben erzählen.«

Ein langsames und unsicheres Lächeln breitete sich auf Mrs Dallimores Gesicht aus. »Nun ja, wenn Sie sich auch wirklich sicher sind …«

»Das bin ich. Ehrlich.«

»Na schön, dann werde ich ganz zu Anfang beginnen, als ich an Bord der *Belle Étoile* ging.« Sie seufzte. »Oh, was für ein Schiff das war! So etwas hatte ich noch nie gesehen – und auch danach nie wieder.«

Kapitel Zwölf

Die SS Belle Étoile
April 1939

WESTERN UNION
TELEGRAMM

Miss Clarissa Allerton, SS Belle Étoile, Pier 88 NYK
Die besten Wünsche für eine angenehme Reise.
Deine Großmutter

Die *Belle Étoile* galt bei vielen als einer der spektakulärsten Ozeandampfer, die je erbaut worden waren, und von dem Moment an, als Clarissa sie erblickte, glaubte sie das gern.

Ihre Anstandsdame, für die ihre Großmutter gesorgt hatte, sah die Dinge allerdings ganz anders und meinte, das französische Schiff sei viel zu groß und seine Inneneinrichtung im Art-déco-Stil so modern und aufwendig, dass sie schon geschmacklos sei. »Aber was kann man von den Franzosen auch erwarten?«, verkündete sie dann so lautstark, dass ihre Stimme die Macht zu besitzen schien, von einem Ende des riesigen Schiffs zum anderen zu schallen. Darüber hinaus beharrte Mrs Boyd-Lambert darauf, dass sie es vorgezogen hätte, mit der Holland America Line oder Cunard zu reisen. »Bei der britischen Cunard White Star Line weiß man immer, woran man ist«, informierte sie Clarissa, die wusste, wo sie die ermüdende Frau gern sehen würde, nämlich vergessen am Pier stehend, nachdem das Schiff schon abgelegt hatte. Um es ganz krass zu sagen, war Marjorie Boyd-Lambert eine blasierte Wichtigtuerin, die entschlossen war, selbst nichts an dieser Reise zu genießen und auch allen anderen den Spaß daran zu verderben.

Kein Wunder, dass ihr Ehemann nicht zu einer ausgedehnten Verabschiedung geblieben war. Angeblich hatte er einen wichtigen Termin mit einem Kunden. Deshalb hatte er seine Frau und Clarissa am Pier abgesetzt, nachdem er einen Gepäckträger für sie gefunden hatte, und sich schnellstens auf den Weg zu seinem Büro gemacht. Clarissa argwöhnte im Stillen, dass er es kaum erwarten konnte, seine Frau loszuwerden, und sich schon auf ihre zweimonatige Abwesenheit freute.

Was Clarissas Großmutter anging, so hatte sie Furcht vor Menschenmengen und dem damit verbundenen Risiko ungewollten Körperkontakts mit Fremden vorgeschützt. Davor war sie auch von ihrer Freundin Marjorie gewarnt worden. »Diese Menschenmengen sind einfach grässlich, Ethel!«, hatte Marjorie gesagt, woraufhin Ethel es rundweg abgelehnt hatte, die Fahrt von Boston nach Manhattan auf sich zu nehmen, um Clarissa zu verabschieden.

Marjories schrille Stimme durchdrang die Wand zwischen ihren Erste-Klasse-Kabinen, als sie dem tadellos gekleideten *garçon de cabine* erklärte, wohin er die Blumen stellen sollte, die ihr Ehemann ihr geschenkt hatte, und wie er ihr Gepäck auspacken sollte. Da Marjorie mit insgesamt fünf Schrankkoffern reiste, von denen vier jedoch woanders untergebracht worden waren, hatte sie scheinheilig behauptet, sie reise mit extrem leichtem Gepäck und benötige für die Atlantiküberquerung nur diesen einen Schrankkoffer. Im Gegensatz dazu hatte der Steward, der Clarissa zugewiesen worden war, nur ein paar Minuten gebraucht, um ihre Sachen auszupacken, und das ohne irgendeine Anweisung. In ihrer Kabine gab es keine Blumen, aber immerhin ein Telegramm von ihrer Großmutter, die ihr alles Gute für die Reise wünschte.

Während ihre Anstandsdame anderweitig beschäftigt war und den armen Steward auch noch damit beauftragte, einen Tisch für das Abendessen und Liegestühle auf dem Sonnendeck zu reservieren, nutzte Clarissa die Gelegenheit, sich unbemerkt zu entfernen, um das beeindruckend große Schiff zu erkunden. Außerdem wollte sie sich nicht in Marjorie Boyd-Lamberts Gesellschaft von Amerika verabschieden, sondern den Moment allein auskosten, ohne von dem unaufhörlichen Geplapper dieser grässlichen Frau über die Gräuel einer Auslandsreise in ihren Gedanken unterbrochen zu werden. Wenn Marjorie Boyd-Lambert es so sehr hasste, Amerika zu verlassen, warum unternahm sie dann diese Reise?

Aber Ungestörtheit schien auf diesem Schiff fast unmöglich zu finden zu sein. An Deck wimmelte es nur so von aufgeregten Menschen, von denen viele noch Besucher waren, die an Bord hatten kommen dürfen, um Verwandte oder Freunde zu verabschieden. Durch offene Kabinentüren bekam Clarissa den Lärm lautstarker Abschiedspartys mit Cocktailhäppchen und Champagner mit, die unter Gelächter und Fröhlichkeit verzehrt wurden. All das sah sehr vergnüglich aus, doch es brachte ihr auch zu Bewusstsein, dass sie niemanden hatte, der für sie eine Party gab. Viel Spaß würde sie auf der Reise ohnehin nicht haben, vermutete sie – es sei denn, sie schaffte es, sich aus den Klauen ihrer Anstandsdame zu befreien.

Für den Moment war sie ihr jedoch entkommen, und während sie sich in der aufgeregten Menge von Passagieren und Besuchern verlor, erfreute sie sich an dem Wissen, dass Marjorie, um sie ausfindig zu machen, das Geschick besitzen müsste, eine sehr feine Nadel in einem sehr großen Heuhaufen zu finden.

Nachdem sie ziellos auf dem Schiff herumgeschlendert war und die prachtvolle Ausstattung – die alles andere als geschmacklos war – bewundert hatte, beschloss Clarissa, zum Sonnendeck hinaufzugehen. Viele andere hatten die gleiche Idee gehabt, aber schließlich fand sie doch ein freies Plätzchen an der Reling. Als sie jedoch auf den belebten Pier hinunterblickte und die im Nachmittagssonnenschein liegende Skyline von Manhattan bewunderte, wurde der Befehl gegeben, dass alle Besucher das Schiff nun zu verlassen hatten. Ein erwartungsvolles Gemurmel durchlief die um sie versammelte Menge – endlich würden sie in See stechen und die Fahrt beginnen! Es war unmöglich, nicht auch selbst von einer plötzlichen Vorfreude erfasst zu werden, und mit Vergnügen überließ sich Clarissa der prickelnden Erregung, nicht zu wissen, was sie in England erwartete. Ein anderes Mädchen in ihrem Alter und an ihrer Stelle hätte sich vielleicht geängstigt, aber so, wie Clarissa es sah, fuhr sie ihrer Freiheit entgegen. Nie wieder würde sie sich vor Grandma Ethel rechtfertigen müssen, und auch vor niemandem sonst.

Zuallererst würde sie nach Suffolk fahren. Sie hatte zwar keine Ahnung, ob die Familie ihrer Mutter den Brief, den sie ihnen geschickt hatte, gelesen hatte oder ob sie überhaupt gewillt sein würden, sie kennenzulernen. Aber Clarissa war fest entschlossen, alles zu tun, um zu sehen, wo ihre Mutter ihre Kindheit verbracht hatte. Nichts würde sie davon abhalten, es zu versuchen. Es war das, was ihre Mutter gewollt hatte, ihr letzter Wunsch an ihre Tochter.

Ein jäher Stoß von hinten ließ Clarissa schmerzhaft hart gegen die Reling prallen. Sie fuhr herum, um zu sehen, wer oder was die Ursache war. Gleichzeitig drückte sie ihre Handtasche an sich, da eine der vielen Warnungen Marjories gewesen war, vor Taschendieben auf der Hut zu sein, die sich nur Zutritt zu den Schiffen verschafften, um die reichen, unachtsamen Passagiere zu bestehlen. »Wir sind eine so leichte Beute für sie, wie Fische in einem Fass zu erschießen«, hatte Marjorie gesagt.

Ein hochgewachsener Mann in einem cremefarbenen Pullover und einer grauen Flanellhose stand hinter Clarissa und erwiderte ihren Blick – oder schaute vielmehr ziemlich hochmütig auf sie herab. Der herablassende Ausdruck in seinem Gesicht, besonders in seinen auffallend grünen Augen, signalisierte ihr, dass sie im Unrecht war und sich daher selbst entschuldigen müsste. Sie beschränkte sich jedoch darauf, den Blick des Mannes nur unfreundlich zu erwidern, bevor sie sich von ihm abwandte. Sie kannte diesen Typ von Mann. In den Sommern mit ihrer Großmutter in Hyannis Port war sie vielen seiner Art begegnet – den selbstherrlichen Söhnen vermögender Familien, die schon in frühem Alter lernten, ein kolossales Anspruchsdenken zu entwickeln. Aus dem Augenwinkel sah sie ihn weitergehen und war enttäuscht, dass er nichts gesagt hatte. Sie hätte ihn nur allzu gern in seine Schranken verwiesen und ihm klargemacht, was für ein ungehobelter Mensch er war.

Ein lautes Tuten der Schiffssirene ließ sie zusammenfahren, und wieder – diesmal allerdings mit größerem Nachdruck – wurden die Besucher aufgefordert, das Schiff zu verlassen.

Dreißig Minuten später ertönte die Sirene von Neuem, und mit den Schleppern, die gegen den Bug des Schiffes stießen, spürte Clarissa das erste Beben, das das großartige Schiff durchlief, als es sich langsam vom Pier entfernte. Überall um sie herum begannen die an der Reling lehnenden Passagiere, ihren Lieben zum Abschied zuzuwinken, und obwohl Lizzie niemanden hatte, dem sie zuwinken könnte, war sie versucht, die Hand zu heben und trotzdem mitzuwinken. Den Blick auf ein unbekanntes Paar gerichtet, das ihre Eltern hätten sein können, sah sie den Mann seinen Hut und die Frau ein Taschentuch schwenken, und bevor Clarissa sich's versah, hatte sie ihren eigenen Hut abgenommen und schwenkte ihn mit aller Kraft.

Nicht lange danach waren die Menschen am Pier nur noch verschwommen zu erkennen – nicht nur wegen der Entfernung zwischen dem Schiff und dem Land, sondern auch weil Clarissas Augen sich mit Tränen füllten.

»Auf Wiedersehen«, sagte sie leise. »Auf Wiedersehen, Amerika.«

Bei der Rückkehr in ihre Kabine sah Clarissa, dass die Verbindungstür zwischen ihren Kabinen weit geöffnet war und Marjorie schon auf sie wartete.

»Wo in aller Welt sind Sie gewesen?«, herrschte sie Clarissa an und erhob sich aus dem Sessel, der so platziert worden war, dass er ihr den besten Blick auf Clarissas Kabinentür zum Gang hin bot. »Ich war außer mir vor Sorge! Noch ein paar Minuten, und ich hätte den Zahlmeister gebeten, Ihren Namen ausrufen zu lassen.«

Wie kann man nur so überreagieren?, dachte Clarissa. »Ich war auf dem Sonnendeck und habe unsere Abfahrt beobachtet«, sagte sie. »Ich hätte Sie gefragt, ob Sie mitkommen wollten, aber ich wusste ja, dass Sie beschäftigt waren und über die Störung sicher nicht erfreut gewesen wären.«

»Ich lasse mich lieber stören, als hier zu sitzen und mich um Sie sorgen zu müssen«, erwiderte Marjorie steif. »Und wenn Sie nun über Bord gegangen wären?«

Clarissa lachte. »Das wäre ja wohl äußerst unwahrscheinlich, nicht?«

»Als Frau kann man nicht vorsichtig genug sein, wenn man eine Reise ins Ausland unternimmt«, sagte Marjorie grimmig.

»Ich werde daran denken«, versprach Clarissa. »Sollen wir jetzt den Nachmittagstee einnehmen?«, fragte sie mit einem versöhnlichen Lächeln.

»Zuerst werden Sie Ihr Haar in Ordnung bringen müssen«, sagte die Frau naserümpfend. »Und dieses Kleid können Sie auch nicht tragen. Sie müssen sich umziehen. Aber beeilen Sie sich bitte.«

Der Tee wurde im *Petit Salon* serviert, der schon so gut besetzt war, dass sie zu einem Seitentisch geführt wurden, der ihnen zu Clarissas großem Vergnügen einen guten Überblick über das Kommen und Gehen im Salon verschaffte. Marjorie dagegen gab der Sitzplatz die Gelegenheit, sich über die Zugluft zu beschweren, die durch die Lalique-Glastüren hereindrang, wann immer sie geöffnet wurden. Sie nörgelte auch darüber, dass sie zu weit entfernt von dem Quartett saßen, das auf der anderen Seite des Raumes spielte, um die Musik über die Geräuschkulisse von klapperndem Geschirr und zu lauten Gesprächen hinweg hören zu können. »Ich werde mit unserem Steward reden und dafür sorgen, dass wir morgen einen angemessenen Platz erhalten«, erklärte sie und scheuchte den Kellner mit einer Handbewegung fort, nachdem sie ihn darüber aufgeklärt hatte, dass das Wasser für ihren Tee heiß und die Sahne kalt sein musste.

Während sie darauf warteten, dass er zurückkam, blickte Clarissa sich in dem wunderschönen sechseckigen Raum um, der in jeder Ecke mit einer Säule und mehr oder weniger bekleideten Bronzestatuen versehen war. Topfpalmen und weiße Lilien vervollständigten die luxuriöse Ausstattung des Salons.

»Du liebe Güte! Schauen Sie, wer hereingekommen ist!«, sagte eine füllige, matronenhafte Frau am Nebentisch zu ihnen. Sie war mit einem Übermaß an Perlen behängt.

Clarissa wandte den Kopf, um zu sehen, wen die Frau meinte, was ihr sofort eine Rüge von Marjorie eintrug.

»Man starrt die Leute nicht an«, erklärte sie missbilligend.

Aber Clarissa tat es doch und stieß sogar einen entzückten kleinen Seufzer aus. »Es ist Elfin Effie!«, sagte sie bewundernd.

»*Bitte* nicht so laut, Clarissa! Muss ich Sie wieder einmal daran erinnern, dass vulgäre Neugierde Ihnen einen schlechten Dienst erweist?«

Die Frau neben ihnen lachte und beugte sich zu Clarissa vor. »Ich würde mir darüber keine Sorgen machen; Effie Chase ist es gewöhnt, von Leuten angestarrt zu werden. Immerhin geht das schon so, seit sie gerade mal zehn Jahre alt war.«

Clarissa lächelte. »Ich habe alle ihre Filme gesehen.«

»Ich auch«, erwiderte die Frau. »Sie ist eine richtige Schönheit, nicht? Schauen Sie sich nur diese samtige Haut an! Was ich nicht dafür geben würde in meinem Alter!«

»Mein Lieblingsfilm von ihr ist *You're My Gal*«, sagte Clarissa wehmütig. »Ich fand sie einfach wundervoll darin. Sie sang mit so viel Gefühl, dass sie mich zum Weinen brachte.«

»Es heißt, sie hätte das Filmen aufgegeben, um sich jetzt ganz der Bühne zu widmen.«

Clarissa und ihre Tischnachbarin, aber auch die meisten anderen im Raum beobachteten, wie der frühere Kinderstar – der heute mit seinen zwanzig Jahren als zu alt für jugendliche Rollen galt – zu einem Tisch geführt wurde. Effie Chase war nicht allein, ihr Vater und ihre Stiefmutter begleiteten sie. Anfang des Jahres hatte Clarissa in einer Zeitschrift Fotos von der Hochzeit des Vaters gesehen, die ein viel diskutiertes Ereignis war, vor allem deshalb, weil die Stiefmutter fünfundzwanzig und damit nur fünf Jahre älter war als Effie.

»Sie ist größer, als ich dachte«, flüsterte Clarissa ihrer Tischnachbarin zu.

»Das kommt daher, dass Elfin Effie jetzt erwachsen ist. Mein Name ist übrigens Betty. Betty Dolores Lowe, wenn wir förmlich sein wollen.«

Clarissa reichte ihr die Hand. »Clarissa. Clarissa Allerton. Und bitte lassen Sie uns auf Förmlichkeiten verzichten.«

»Das ist schön. Ich bin wirklich froh, Ihre Bekanntschaft gemacht zu haben, Clarissa. Und ist diese Dame bei Ihnen Ihre Großmutter?«

Marjorie, die bisher hartnäckig in eine andere Richtung geblickt hatte, schnaubte indigniert. »Das bin ich ganz gewiss nicht!«, erklärte sie. Nur gute Manieren hielten sie davon ab, noch mehr zu sagen, als ihr Kellner mit einem großen Tablett zurückkam. Mit weiß behandschuhten Händen stellte er alles behutsam auf den Tisch – eine Etagere mit feinen kleinen Sandwiches, Milchbrötchen und Teegebäck; eine silberne Teekanne mit dazu passendem Sahnekännchen und Zuckerdose sowie feinstes Porzellangeschirr, das mit dem Monogramm der *SS Belle Étoile* versehen war.

Während Marjorie den Kellner belehrte, wie ein Tisch sich besser decken ließ, zwinkerte Betty Clarissa zu. »Da haben Sie ja eine sehr lebendige Begleiterin dabei«, sagte sie leise.

Clarissa erwiderte ihr Lächeln und hoffte, dass diese fröhliche Frau sich für die Dauer der Reise als unterhaltsame Verbündete erweisen würde. »Vielleicht würden Sie heute Abend vor dem Abendessen ja gern einen Cocktail mit uns trinken?«, sagte sie.

»Oh, meine Liebe, das wäre einfach wunderbar.«

»Ich trinke keine Cocktails«, sagte Marjorie, da der Kellner wieder gegangen war, »und das sollten Sie auch nicht tun, mein Fräulein.« Dann warf sie einen Blick in Bettys Richtung und sagte, weil sie vielleicht glaubte, es sei an der Zeit, die Regie über das Gespräch zu übernehmen: »Ich bin Mrs Boyd-Lambert, Miss Allertons Begleiterin für die Dauer dieser Reise. Mir wurde die Aufgabe anvertraut, für ihre wohlbehaltene Ankunft in London zu sorgen, bevor ich von dort zu einer Europareise aufbreche.« Als sie das klargestellt hatte, griff sie nach der Silberzange und gab zwei Stück Zucker in ihren Tee.

Betty lächelte Clarissa wieder an, und mit einem weiteren Blick durch den Salon sagte sie: »Ich frage mich, wer sonst noch mit uns reisen mag. Als ich das letzte Mal auf der *Belle Étoile* war, waren der Herzog und die Herzogin von Windsor an Bord. Gott, Sie hätten den Berg von Gepäck sehen sollen, mit dem sie reisten! Wissen Sie, man erzählt sich, sie gingen nirgendwohin, ohne weniger als achtzig Gepäckstücke dabeizuhaben! Bei einer meiner anderen Reisen war Marlene Dietrich an Bord und …«

»Sie sind offenbar eine viel gereiste Frau und es sicherlich gewohnt, mit sich allein zu sein«, unterbrach Marjorie sie schroff. »Deshalb werden wir Sie auch nicht länger belästigen.«

Obwohl sie schockiert war über Marjories Unfreundlichkeit, wusste Clarissa es doch besser, als die Situation noch zu verschlimmern, und so warf sie Betty nur ein entschuldigendes Lächeln zu und nahm sich ein Lachs-und-Gurken-Sandwich. Sie war bereits bei ihrem zweiten, als sie jemand anders durch die Glastüren hereinkommen sah. Es war der Rüpel mit den smaragdgrünen Augen. Mit ihm trat ein blasser, überschlanker Mann mit einer Hornbrille und dichtem schwarzen Haar ein, das er sich aus der breiten Stirn gekämmt hatte. Seine Erscheinung hatte etwas Achtloses, Zerknittertes, als hätte er sich in aller Eile angezogen. Unter einem Arm trug er etwas, das wie ein großer Notizblock aussah, aus dem noch andere Papiere hervorschauten. Der Mann mit den smaragdgrünen Augen sagte leise etwas zu ihm und durchquerte dann zielstrebig den Salon, während der andere Mann ihm langsamer folgte.

Schließlich blieben sie an dem Tisch stehen, an dem Effie Chase saß. Als sie den Mann mit den auffallend grünen Augen sah, erhellte ein strahlendes Lächeln ihr Gesicht, und sie sprang auf und bot ihm ihre Wange zu einem Kuss. Nach einem kurzen Austausch mit ihrem Vater und ihrer Stiefmutter wurde ein Kellner herbeizitiert und ein anderer Tisch für Effie und ihre Freunde bereitgestellt.

All das verfolgte Clarissa mit schamloser Faszination. So wie es auch die meisten anderen Frauen taten, einschließlich Betty, die in gedämpftem Tonfall sagte: »*Quelle surprise!*«

»Wieso?«, fragte Clarissa genauso leise.

»Das werde ich Ihnen später bei den Cocktails erklären.«

Kapitel Dreizehn

Auf der Belle Étoile
April 1939

Das Dinner an jenem Abend wurde in dem größten Speisesaal serviert, den Clarissa je gesehen hatte. Auch dieser riesengroße Raum war außergewöhnlich prunkvoll eingerichtet. Wohin man auch schaute, gab es etwas, das als Blickfang diente – Marmorurnen, Bronzereliefs an goldlackierten Wänden, riesige schwarze Marmorstatuen halb nackter, muskulöser Männer, die das Gewicht der Kassettendecke zu tragen schienen. Lalique-Leuchtkörper an der Decke warfen wie Wasserfälle einen sanften Schein über die Tische. Anscheinend war das so erzeugte Licht dazu gedacht, der Haut der weiblichen Gäste zu schmeicheln.

Doch trotz all seiner Extravaganz war der Speisesaal von einer geradlinigen Schlichtheit. Was ihm eine etwas theatralische Atmosphäre gab, waren die Menschen in dem Raum, fand Clarissa – Kellner, die sich zwischen den Tischen hin und her bewegten wie geübte Schauspieler, und elegant gekleidete Speisende, die Herren in formeller Abendgarderobe und die Damen in hinreißenden Roben und mit exquisitem Schmuck verschönt. Clarissa trug eines der seidenen Abendkleider, die Grandma Ethel speziell für sie hatte anfertigen lassen. »Meine Enkelin«, hatte sie gesagt, »soll in feiner Gesellschaft in nichts anderem als hochwertiger Kleidung gesehen werden.« Von solch stilvoller Eleganz umgeben, war Clarissa nun froh, dass sie sich dem Wunsch ihrer Großmutter gebeugt hatte, zumindest wie eine Dame aufzutreten. Anfangs hatte sie sich hartnäckig geweigert, auch nur einen Gedanken daran zu verschwenden, etwas anderes als ihre übliche Garderobe zu tragen.

Während immer neue Gäste auf der breiten Treppe erschienen, die von dem großen Salon in den Speisesaal hinunterführte, vergnügte Clarissa sich damit, ihre Ankunft zu verfolgen. Plötzlich trat jedoch atemlose Stille ein, als Effie Chase am Kopf der Treppe in Erscheinung trat. In einem asymmetrisch geschnittenen, eng anliegenden Kleid aus apricotfarbener Seide, das ihren Körper wie eine zweite Haut umgab, sah sie wie eine griechische Göttin aus. Um ihre Schultern lag eine schneeweiße Fuchsstola, und um den Hals trug sie ein funkelndes Diamantcollier. Sie bot ein Bild der Vollkommenheit und hätte der burschikosen Waise Elfin Effie, die sie in so vielen ihrer Filme gespielt hatte, nicht weniger ähneln können. Filme, die Clarissa mit ihrer Mutter gesehen hatte und die sie oft beide zum Lachen oder Weinen gebracht hatten. Nie hätte Clarissa gedacht, dass sie sich eines Tages im selben Raum wie ihr Filmidol aufhalten würde.

Von Effies Vater und Stiefmutter war nichts zu sehen, aber rechts von ihr hatte sich der unhöfliche Mann mit den smaragdgrünen Augen bei ihr untergehakt, und zu ihrer Linken stand der Mann mit der Hornbrille, der sich sichtlich unbehaglich fühlte.

Einmal Schauspielerin, immer Schauspielerin, dachte Clarissa, während sie fasziniert und bewundernd beobachtete, wie Effie den Moment ihres Auftritts in die Länge zog, als wartete sie darauf, dass sich alle nach ihr umdrehten und sie bemerkten. Nur wollte der grünäugige Griesgram neben ihr, der Missmut und Gereiztheit ausstrahlte, offenbar nicht mitspielen und zog Effie mit sich zur Treppe und hinunter. Sie lachte jedoch nur und bemühte sich, mit ihm Schritt zu halten.

»Was habe ich Ihnen darüber gesagt, wie vulgär Neugierde ist?«, rügte Marjorie Clarissa. »Wenn Sie also unbedingt jemanden anstarren müssen, könnten Sie es dann nicht wenigstens etwas diskreter tun?«

»Tut mir leid«, erwiderte Clarissa aus Gewohnheit, ohne wirklich zuzuhören. Obwohl sie gerade mal sechs Stunden auf See waren, war sie schon zu dem Schluss gelangt, dass es das Beste war, sich einfach zu entschuldigen, wenn Marjorie sie wegen irgendeines imaginären Fehlverhaltens tadelte. Zumindest hielt sie es für den besten Weg, ein bisschen Frieden zu erlangen.

»Und wo bleibt der Kapitän, möchte ich wissen?«, fragte Marjorie pikiert. »Eigentlich müsste er doch wohl hier sein? Bei meiner letzten Atlantiküberfahrt habe ich am Tisch des Kapitäns diniert. Aber natürlich war das auf der *Queen Mary*, einer ganz anderen Kategorie von Schiff.« Sie ging wieder dazu über, die Gästeliste zu studieren, in der sie zweifelsohne nach Passagieren von Bedeutung suchte, mit denen sie gern Umgang pflegen würde.

»Er wird wohl noch damit beschäftigt sein, die Kessel zu befeuern«, murmelte Clarissa, ohne ihren Blick von Effie abzuwenden, die über die elegant geschwungene Treppe in ihre Richtung kam. »Oder tut, was auch immer Kapitäne sonst noch tun.«

»Seien Sie nicht albern, Kind, es ist nicht die Aufgabe des Kapitäns, die Kessel zu befeuern.«

»Ich weiß. Es war nur ein Scherz. Ein schwacher Versuch, wie ich zugeben muss.«

Marjorie gab einen missbilligenden Laut von sich und verdrehte die Augen, als sie Clarissas Blick folgte.

»Was ich nicht verstehe, ist, was der ganze Wirbel um sie soll«, sagte sie und widmete ihre Aufmerksamkeit wieder der Passagierliste. »Dieses Mädchen ist nichts weiter als ein zu auffallend gekleidetes Modepüppchen. Wer ist sie schon, um so viel Interesse zu verdienen?«

Da Marjorie nicht einmal versuchte, die Stimme zu dämpfen, waren ihre Worte klar und deutlich zu verstehen, als Effie und ihre Begleiter nur noch ein paar Schritte von ihrem Tisch entfernt waren. Clarissa war zutiefst beschämt – umso mehr, als sie merkte, dass Mr Smaragdauge seinen Schritt verlangsamt hatte und sie beide nicht nur böse ansah, sondern auch in einem Ausdruck vernichtender Geringschätzung den Mund verzog. Sofort wurden Clarissas Wangen feuerrot, und sie wünschte, der Boden möge sich auftun, um sie zu verschlingen! Oder falls das nicht klappen sollte, könnte immer noch das Schiff versinken!

Ein bisschen drastisch, sagte sie sich, als die drei zu ihrer großen Erleichterung weitergingen, ohne auch nur ein Wort zu sagen. Schnell verbarg sie die brennenden Wangen hinter der Menükarte, und weil sie ihrem Ärger Luft machen musste, zischte sie Marjorie zu: »Was war es noch gleich, was Sie über Diskretion sagten?«

»Ich sage, was ich will und wie ich es will«, versetzte Marjorie ungehalten.

»Aber hätten Sie das nicht tun können, als sie außer Hörweite waren?« So viel zu dem Versuch, den Frieden zu wahren!

Was auch immer für einen Verweis ihr diese grässliche Person erteilen wollte, wurde durch den Auftritt einer weiteren Frau unterbrochen. Diesmal war es Betty Dolores Lowe, die in einem weit geschnittenen hellgrauen Seidenkleid die Treppe hinunterschwebte wie eine sich aufbauschende graue Wolke.

Sie ließ den Blick durch den Speisesaal gleiten, sah Clarissa und kam mit einem freudestrahlenden Lächeln zu ihr herüber. »Tut mir schrecklich leid, meine Lieben«, sagte sie mit unbefangener Herzlichkeit. »Was müssen Sie jetzt von mir denken? Ich war schon drauf und dran, mich wie vereinbart auf einen Cocktail mit Ihnen zu treffen, doch dummerweise hatte ich glatt vergessen, dass ich bereits eine Einladung zu der Cocktailparty des Kapitäns hatte. Und er ist so ein reizender Mann, die absolute Verkörperung des französischen Charmes – da konnte ich ja wirklich nicht gut fehlen, nicht? Vor allem, nachdem er sich die Mühe gemacht hatte, mir vergangenes Weihnachten zu schreiben, um sich für die Spende zu bedanken, die ich … Ach, das tut nichts zur Sache. Bitte sagen Sie, dass Sie mir nicht böse sind!«

Clarissa hörte Marjories scharfes Einatmen und gab sich alle Mühe, nicht zu grinsen. Oh, was für ein Affront es für Marjorie sein musste, zu erfahren, wie gut Betty den Kapitän kannte! »Natürlich sind wir Ihnen nicht böse, Betty«, sagte Clarissa. »Haben Sie jemand Interessantes auf der Party kennengelernt?«

Betty beugte sich vor, bis ihr heiteres Gesicht nur noch Zentimeter von Clarissas entfernt war. »Oh ja, ich habe die Bekanntschaft der göttlichen Effie Chase gemacht. Sie hätte nicht reizender sein können. Ich muss sie Ihnen vorstellen; ich weiß ja, welch großer Fan Sie von ihr sind. Ich bin mir sicher, dass sie auch gern mal mit jemandem in ihrem eigenen Alter sprechen würde.«

Während Clarissa dachte, dass Effie kennenzulernen etwa so wahrscheinlich für sie war, wie den Atlantik schwimmend zu überqueren, besonders nach Marjories beleidigenden Kommentaren, lud sie Betty ein, mit ihnen zu Abend zu essen. »Es sei denn natürlich, Sie hätten schon etwas anderes vor?«

»Mein liebes Kind«, antwortete Betty, »es wäre mir eine Ehre, mit Ihnen zu speisen.« Wie durch Zauberhand erschien ein Kellner und zog einen Stuhl für Betty heraus. Als sie Platz genommen hatte, legte sie ihre mit Juwelen geschmückten Hände auf den Tisch. »Ich kann sehen, dass wir die besten Freundinnen sein werden. Ich schließe immer Freundschaften auf diesen Reisen. Und Sie, Marjorie? Gewinnen Sie auch jedes Mal Freunde, wenn Sie reisen?«

Marjories Gesicht war angespannt wie eine Trommel. »Das kommt darauf an, was Sie unter ›Freunden‹ verstehen.«

Was für eine Freude es war, den Abend in Bettys Gesellschaft zu verbringen! Und wenn auch nur, weil Clarissa wusste, dass der hochnäsigen Marjorie ein umfassender Dämpfer verpasst worden war. Tatsächlich war Marjorie sogar so verärgert, dass sie kaum etwas aß, über die Vichyssoise nörgelte, die nicht ihrem Geschmack entsprach, und an den Steinbutt-Filets und der Ente à l'orange nur herumstocherte. Erst als zum Abschluss des Essens ein heißes und wunderbar leichtes Soufflé serviert wurde, zeigte Marjorie sich ein wenig nachgiebiger.

»Ach, du lieber Himmel«, stöhnte Betty, als der Kellner die leeren Dessertteller entfernte und sie durch Kaffee und feines Kleingebäck ersetzte. »Ich werde einen Gepäckträger benötigen, der mich von Bord trägt, wenn wir in England ankommen.«

Clarissa lachte. »Bilde ich mir das nur ein, oder stampft das Boot jetzt mehr als vorher?«

»Dies ist ein Schiff, kein Boot«, berichtigte Marjorie sie mit einem müden Kopfschütteln.

»Ich glaube, Sie haben recht«, sagte Betty. »Der Kapitän erwähnte vorhin schon, dass wir heute Abend auf etwas stürmischeres Wetter zufahren.«

»Ach, du meine Güte! Ich hoffe nur, es wird nicht allzu stürmisch, da ich zum ersten Mal auf See bin und nicht weiß, ob ich seekrank werde oder nicht.«

»Dann hätten Sie das vielleicht bedenken sollen, bevor Sie so viel gegessen und getrunken haben, junge Dame.«

Clarissa, der keine höfliche Antwort für Marjorie einfiel, trank einen Schluck Kaffee und plante im Stillen ihre Vergeltung. Später in der Nacht, wenn alles still war, würde sie sich in Marjories Kabine schleichen, sie mit einem Kissen ersticken und ihren knochigen Körper dann – *platsch!* – auf Nimmerwiedersehen über Bord werfen.

Es war eine sehr befriedigende Vorstellung, nur war Clarissa nicht der Typ, der mordete. Im Gegensatz zu Mr Smaragdauge, der sie schon zweimal so angesehen hatte, als hätte er sie mit Vergnügen auf der Stelle umgebracht. Aber dann wiederum machte er ja auch nie den Eindruck, als hegte er überhaupt je freundlichere Gefühle. Sie blickte diskret zu dem Tisch hinüber, an dem er mit Effie Chase und seinem bebrillten Freund saß. Letzterer, bemerkte Clarissa, polierte seine Brillengläser mit einer Serviette. Neben seiner Kaffeetasse lag das Notizbuch, das sie vorher unter seinem Arm gesehen hatte. Ob er Schriftsteller ist?, fragte sie sich. Er sah so aus, als könnte er es sein; auf jeden Fall wirkte er wie ein Intellektueller. Ihm gegenüber, mit einem Ellbogen auf den Tisch gestützt und Effie so weit zugewandt, dass seine Schulter fast die ihre berührte, trank Mr Smaragdauge seinen Wein. Er lauschte Effie, die etwas sagte, während sie in dem Spiegel einer Puderdose ihr Aussehen überprüfte. Das Bild, das sie boten, erweckte den Anschein, dass die drei von allen anderen abgeschnitten waren, als wäre ihr Tisch von einer unsichtbaren Schutzwand umgeben.

Clarissa, die sich an Bettys Bemerkung erinnerte, die sie nachmittags beim Tee gemacht hatte, wandte sich ihr zu. Sie wollte sie nach der »Überraschung« fragen, die Betty erwähnt hatte, wurde jedoch von Marjorie daran gehindert, als diese sich von ihrem Platz erhob und verkündete, es sei ein langer Tag gewesen und Zeit, zu Bett zu gehen.

»Aber ich habe nicht einmal meinen Kaffee getrunken«, sagte Clarissa. »Und außerdem bin ich kein bisschen müde.« Müde war sie nur dieser grässlichen Frau, die sie wie ein Kind behandelte!

»Marjorie«, intervenierte Betty, »wenn Sie Ihren Schönheitsschlaf brauchen, würde ich gern ein Stündchen opfern, um Sie zu vertreten, und mich um Clarissa kümmern. Ich würde sie auch selbst zu ihrer Kabine zurückbringen. Was sagen Sie dazu?«

»Ich kann Ihnen unmöglich so viel Mühe machen«, erwiderte Marjorie steif.

»Ach was, das ist überhaupt keine Mühe! Ich habe jede Menge Nichten und Patentöchter und weiß, was es heißt, sich um sie zu sorgen. Also können Sie wirklich ruhig und in dem Wissen schlafen, dass Clarissa in den besten Händen ist.«

»Das ist eine gute Idee«, sagte Clarissa. »Und ich verspreche auch, nicht zu lange aufzubleiben oder Sie zu stören, wenn ich zu Bett gehe.«

»Das will ich aber auch hoffen«, erwiderte Marjorie. »Nun gut, doch ich erwarte, Sie morgen frisch und in aller Frühe beim Frühstück zu sehen.«

»Selbstverständlich.« Clarissa blickte ihrer Aufpasserin nach, und erst als Marjorie außer Hörweite war, bedankte sie sich bei Betty. »Aber Sie brauchen wirklich nicht das Kindermädchen für mich zu spielen.«

»Das weiß ich und habe es auch gar nicht vor. Doch diese Frau müsste wirklich etwas lockerer werden. Glauben Sie, dass sie sich je in ihrem Leben auch nur mal einen Moment lang amüsiert hat?«

»Wenn ja, muss es ein sehr flüchtiger Moment gewesen sein. Aber machen Sie sich keine Gedanken mehr über Marjorie. Erzählen Sie mir lieber etwas über Ihre Begegnung mit Effie Chase auf der Cocktailparty des Kapitäns. Wie ist Effie wirklich? Worüber haben Sie mit ihr gesprochen? Und was wissen Sie über ihre beiden Begleiter?«

Betty lachte. »Sie raffiniertes Mädchen, Sie! Sie haben ein Auge auf einen von ihnen geworfen, nicht?«

»Aber natürlich nicht!«, protestierte Clarissa.

»Nun ja, an Ihrer Stelle würde ich mich jedenfalls von Ellis Randall fernhalten. Er ist attraktiver, als ihm guttut, und mit einem äußerst überzogenen Bewusstsein seiner eigenen Klugheit aufgezogen worden.«

»Ist er derjenige mit den ungewöhnlich grünen Augen?«, fragte Clarissa, obwohl sie instinktiv schon wusste, dass die Antwort Ja sein würde.

Betty nickte. »Er ist der Erbe der Firma Randall's Paper Products und genau die Art von jungem Mann, vor dem jede Mutter ihre Tochter warnen würde – was seine Attraktivität jedoch natürlich nur erhöht.«

Nach einer Pause sagte Clarissa: »Sie meinen Randall's wie in dem Slogan *Das Toilettenpapier, das weich und fest ist und Ihnen Trockenheit und Frische gibt?*«

»Genau.«

Clarissa lachte, weil es nicht einer gewissen Ironie entbehrte, dass der hochnäsige Mr Smaragdauge der Erbe der größten Toilettenpapier-Fabrik der USA war und so aussah, als hätte er ständig einen schlechten Geruch vor der Nase. »Und wer ist der andere, immer so ernst aussehende Mann?«, fragte sie.

»Oh, der ist etwas völlig anderes. Er heißt Artemis Bloomberg und ist …«

»Sagen Sie mir, dass er Schriftsteller ist!«, fiel Clarissa ihr ins Wort.

»Wieso? Das ist er nämlich wirklich. Oder, besser gesagt, ein aufstrebender junger Autor, der erst einundzwanzig, also im gleichen Alter wie Ellis Randall ist. Sie waren zusammen auf der Schule, und er ist der weitaus Intelligentere der beiden.«

»Wieso wissen Sie so viel über sie?«

Betty zuckte mit den Schultern. »Weil ich sehr viele Leute kenne«, bemerkte sie wie nebenbei, »aber auch, weil ich mich für meine Mitmenschen interessiere. Und Sie, mein liebes Kind, sind jemand, der mich ganz besonders interessiert. Ich kann Ihnen jetzt schon prophezeien, dass Sie ein faszinierendes Leben vor sich haben.«

»Und wie kommen Sie darauf?«

»Sie sind willensstark, selbstständig und abenteuerlustig, nicht? Warum würden Sie wohl sonst diese Reise machen?«

Clarissa lachte und empfand plötzlich eine starke Verbundenheit mit dieser sympathischen Frau, die sie zwar erst ein paar Stunden kannte, bei der sie aber dennoch das Gefühl hatte, ganz offen reden zu können. »Ich bin so froh, dass wir uns kennengelernt haben!«, sagte sie.

Betty tätschelte ihr die Hand. »Ich auch. Und bevor unsere Reise zu Ende geht, müssen wir unbedingt unsere Adressen austauschen, weil ich gern mit Ihnen in Verbindung bleiben würde. Und wer weiß, ob Sie nicht eines Tages meine Hilfe brauchen könnten, die ich Ihnen mit Freuden geben würde.«

Ihre Freundlichkeit und Güte, die in solch krassem Widerspruch zu Marjories Kälte standen, war fast zu viel für Clarissa, und so wechselte sie schnell das Thema und sagte: »Warum waren Sie überrascht, Effie und ihre Begleiter heute Nachmittag zusammen beim Tee zu sehen?«

»War ich das?«

»Sie sagten: ›*Quelle surprise* – was für eine Überraschung‹, als sie sich setzten.«

»Ach, das«, erwiderte Betty lächelnd. »Sie haben offenbar schon länger keine Klatschmagazine gelesen. Denn hätten Sie es getan, wüssten Sie, dass Gerüchten zufolge Effie im Begriff war, ihre Verlobung mit dem Filmproduzenten Brodie Campbell bekanntzugeben.«

»Aber der ist doch uralt!«

»Etwa im gleichen Alter wie Daddy Chase.«

»Und was ist passiert? Warum hat sie es nicht getan?«

»Weil ihr Vater der Sache ein Ende setzte, indem er behauptete, Effie habe sich nur mit Brodie Campbell eingelassen, um ihm heimzuzahlen, dass er selbst eine so junge Frau geheiratet hat – und das auch noch so kurz nach dem Tod von Effies Mutter, die sie vergöttert hat. Und ganz abgesehen davon wäre es Daddy Chase natürlich sehr viel lieber, wenn seine Tochter einen reichen Erben ihres eigenen Alters heiraten würde. Jemanden wie Ellis Randall, den sie jetzt immerhin schon ein, zwei Jahre kennt. Ich nehme an, dass Daddy Chase dafür gesorgt hat, dass sie auf demselben Schiff nach Europa reisen.«

Zusammen blickten sie durch den Speisesaal zu Effie und ihren Begleitern hinüber, die inzwischen aufgestanden waren und sich anschickten zu gehen.

»Kommen Sie.« Betty ergriff Clarissas Hand. »Ich werde Sie ihnen vorstellen.«

Kapitel Vierzehn

»Tut mir leid, meine Liebe, aber es sieht ganz so aus, als würden Sie gebraucht.«

Lizzie war so gefesselt von den Ereignissen an Bord der *Belle Étoile*, die Mrs Dallimore ihr beschrieben hatte, dass sie einen Moment überlegen musste, wo sie war. Diese Frau war wirklich eine ganz erstaunliche Erzählerin. Als Lizzie sah, dass Jennifer Hughes ihr von der Terrasse oben am Haus Zeichen gab zu kommen, stand sie widerwillig auf. »Dann sollte ich jetzt wohl besser gehen«, sagte sie bedauernd. »Werden Sie mir bei der nächsten Gelegenheit erzählen, wie es weiterging?«

Die alte Dame lächelte. »Wenn Sie möchten, ja. Aber nicht, wenn Sie Schwierigkeiten bekommen, weil Sie zu viel Zeit mit mir verbringen. Und jetzt gehen Sie, bevor Ihre Chefin Verstärkung schickt, um Sie ins Haus zu schleppen.«

Mit dem Gedanken, dass sie Glück haben könnte und vielleicht nur eine schnelle und leichte Aufgabe zu erledigen hatte, bevor sie zu Mrs Dallimore und ihrer Geschichte zurückkehren könnte, lief Lizzie über den Rasen auf die Terrasse zu. Jennifer war bereits im Haus verschwunden. Lizzie umrundete gerade das größte der Blumenbeete, als sie urplötzlich von den Füßen gehoben wurde, durch die Luft flog und mit einem heftigen Aufprall auf die Nase fiel. Es gab einen Moment, in dem ihr schwarz vor Augen wurde, sie keine Luft mehr bekam und alle Kraft aus ihrem Körper wich, bis er schlaff wie der einer

Stoffpuppe wurde. Als sie die Augen wieder öffnete, sah sie ein Gesicht über sich gebeugt, das ihr bekannt vorkam, das sie aber nicht einordnen konnte.

»Alles in Ordnung mit Ihnen?«, fragte das Gesicht.

»Das werde ich Ihnen sagen, wenn ich meinen Körper befragt habe«, keuchte sie.

»Beruhigen Sie sich – wahrscheinlich sind Sie nur ein bisschen außer Atem.«

Um zu sehen, ob etwas gebrochen war, bewegte sie ihr Kinn von rechts nach links und strich sich mit einem Finger über die Nase. Dann rappelte sie sich in eine hockende Position auf und rieb an den Grasflecken an ihren Knien.

»Er war ganz schön beeindruckend, Ihr Sprung, richtig elegant sogar.«

Sie blickte zu der Person auf, die mit ihr sprach, und da nun wieder genug ihrer Gehirnzellen in Verbindung miteinander standen, sagte Lizzie: »Sie sind doch dieser Typ aus dem Personalraum.«

Er wackelte mit einer seiner Augenbrauen. »Das kommt darauf an, wie viele *Typen* Sie darin gesehen haben. Ich würde es hassen, mit jemand anders verwechselt zu werden.«

»Keine Chance«, erwiderte sie. »Sie sind eindeutig ein und derselbe. Was tun Sie hier im Garten?«

»Das schönere Geschlecht dazu bringen, mir zu Füßen zu liegen, natürlich.« Mit einem Lächeln reichte er ihr die Hand, um ihr aufzuhelfen.

Lizzie ignorierte sie jedoch und richtete sich ohne Hilfe auf. »Also ist dies alles Ihre Schuld, und Sie haben mich zu Boden gerissen?«

»Ich werde es Ihnen verraten, wenn Sie versprechen, es für sich zu behalten.« Nachdem er sich mit übertriebener Sorgfalt umgesehen hatte, als hielte er nach Lauschern in den Büschen Ausschau, flüsterte er: »Ich habe Sie mithilfe meiner Superkräfte in die Erdumlaufbahn geschossen.«

Sie warf ihm einen scharfen Blick zu und trat einen Schritt zurück. Ooo-*kaaay* … der Typ war völlig irre. Ein völlig irrer Gärtner, setzte sie hinzu, als sie die Schubkarre und die Gartenwerkzeuge auf dem Boden hinter ihm bemerkte. Ob er sie absichtlich zu Fall gebracht hatte? Aber dann fiel ihr wieder ein, dass Jennifer sie brauchte, und sie erklärte: »Ich muss gehen.«

»Bis demnächst dann«, rief er ihr nach. »Aber denken Sie daran, niemandem zu erzählen, was ich Ihnen gesagt habe.«

»Warum? Weil Sie Ihre Superkräfte verlieren würden, wenn ich darüber sprechen würde?«

Ihren Sarkasmus ignorierend, legte er einen Finger an seine Lippen. »Pst!«

Von wegen ›Pst‹! Dir werde ich's zeigen, dachte Lizzie, als sie humpelnd zur Terrasse hinaufging. Falls er sie absichtlich und einfach nur zum Spaß zu Fall gebracht hatte, würde es ihn noch teuer zu stehen kommen.

Sie machte sich auf die Suche nach der Heimleiterin und fand sie in ihrem Büro. »Entschuldigen Sie bitte, dass es so lange gedauert hat«, sagte sie.

»Das macht nichts«, erwiderte Jennifer Hughes. »Wollte Mrs Dallimore Sie nicht gehen lassen? Ich glaube, sie hat Sie bereits sehr ins Herz geschlossen.«

»Nein, das war es nicht, ich … ich bin nur im Garten über irgendwas gestolpert und gefallen. Wer ist der Gärtner? Ich hatte ihn hier noch nie gesehen.« Was sie wirklich fragen wollte, war, ob er tatsächlich völlig irre war und, wenn ja, ob man ihn dann vielleicht besser nicht in die Nähe der älteren und gebrechlichen Heimbewohner lassen sollte.

»Er heißt Jed und ist heute zum ersten Mal bei uns. Mr und Mrs Parks wollen es mit einem neuen Unternehmen versuchen, da die Gartenbaufirma, die wir vorher hatten, nicht zuverlässig genug war. Aber wie eine unserer Bewohnerinnen schon bemerkte, ist er ein ziemlich gut aussehender junger Mann, nicht wahr?« Jennifer lächelte und blickte aus dem Fenster zu dem Gegenstand ihres Gesprächs hinüber. Jed arbeitete fleißig an dem Blumenbeet, an dem Lizzie ihn zurückgelassen hatte.

Gut aussehend oder nicht, in Lizzies Augen war der Mann eine Gefahr. Sie fragte die Heimleiterin, warum sie sie gerufen hatte, und wünschte gleich darauf, es nicht getan zu haben.

»Eine der Putzfrauen ist nicht zu ihrer Schicht erschienen, und die Badezimmer reinigen sich leider nicht selbst«, antwortete Mrs Hughes.

Oje. Lizzie seufzte. Was würde sie nicht dafür geben, draußen im Garten zu sitzen und Mrs Dallimores Geschichte zu lauschen, während sie den süßen Duft der Rosen atmete! Doch stattdessen war sie hier, und ihr war schon ganz übel, wenn sie nur an den scharfen Gestank des Toilettenreinigers dachte …

Wie viel tiefer kann ich eigentlich noch sinken?, fragte sie sich grimmig.

Es dauerte nicht lange, bis die Wärme der Nachmittagssonne ihre Wirkung tat. Mrs Dallimore fielen die Augen zu, und sie gab ihrer Schläfrigkeit und dem Gefühl nach, dem Gefängnis ihres müden alten Körpers zu entkommen. Fröhlich wie eine vom Wind erfasste Feder schwebte sie zurück zu den Gedanken, die sie erfüllt hatten, als Lizzie noch bei ihr gewesen war.

Was für eine unerträgliche Frau diese Marjorie Boyd-Lambert doch gewesen war, und als was für ein Segen Betty Lowe sich erwiesen hatte! Und wie viel unglücklicher ihr Leben vielleicht gewesen wäre, wenn sich ihre Wege nicht gekreuzt hätten!

Komisch, wie scharf und klar die meisten ihrer Erinnerungen waren, während andere verblasst und dünn wie ein alter Wandteppich geworden waren. Clarissa konnte selbst nicht sagen, ob sie ihre Klarheit durch ständigen Gebrauch verloren oder ob sie sich so in den unzähligen Bildern in ihrem Kopf verstrickt hatten, dass sie nicht mehr daraus zu befreien waren.

Aber eine Erinnerung würde sie nie verlieren, und das war die an den Moment, in dem Betty sie Effie und ihren Begleitern vorgestellt hatte.

»Ich kann mich gar nicht genug für die unmöglichen Bemerkungen entschuldigen, die meine Tischnachbarin beim Essen über Sie gemacht hat«, hatte Clarissa zu Effie gesagt. »Ich kenne sie erst seit Kurzem, plane aber jetzt schon ihren Untergang, und das möglichst auf die jämmerlichste Art und Weise.«

»Ach, machen Sie sich nichts daraus!«, erwiderte Effie schulterzuckend. »Ich höre ständig solche Dinge. Und im Allgemeinen von unserem Ellis hier.« Sie lachte und zeigte auf den grünäugigen Mann neben ihr. Er machte keinen Versuch, die Bemerkung von sich zu weisen oder zu bestätigen, sondern starrte Clarissa nur sehr eindringlich an, während er ein Feuerzeug an die Zigarette in seinem Mund hielt.

Zu Clarissas Erstaunen hatte Betty recht damit gehabt, dass Effie sich bestimmt über die Gesellschaft eines Mädchens ihres Alters freuen würde. »Sie müssen unbedingt auf einen

Drink mitkommen«, hatte Effie Clarissa aufgefordert. »Sie können sich gar nicht vorstellen, wie ermüdend es ist, nur diese beiden Jungs zum Reden zu haben.« Dann wandte sie sich an den Mann mit der Hornbrille und sagte: »Wie wunderbar, Artie! Es könnte nicht besser sein, denn jetzt hast du die hinreißendste Partnerin, wenn wir später tanzen gehen. Sie tanzen doch sicher gern, Clarissa, oder nicht? Bitte sagen Sie Ja, denn sonst müsste ich mich zwischen den beiden aufteilen, und dazu habe ich bestimmt nicht mehr die Energie.«

»Natürlich tanzt sie«, warf Betty ein, bevor Clarissa sagen konnte, dass sie laut ihrer Tanzlehrerin in der Schule zwei linke Füße hatte.

»Gut! Dann ist es also abgemacht.« Und nachdem sie sich bei Clarissa untergehakt hatte, stolzierte Effie mit ihr zu der Treppe des Speisesaals. Als sie schließlich oben am Treppenabsatz standen, flüsterte sie Clarissa zu: »Nun müssen Sie sich umdrehen und zurückblicken, denn ein echter Schauspieler verlässt sein Publikum niemals, ohne ihm einen letzten Blick zu schenken. Na also«, sagte sie kichernd, als sie, gefolgt von Ellis und Artie, die Türen passiert hatten. »Sie sind der geborene Star, meine Liebe.«

Clarissa war schon immer der Meinung gewesen, dass Erinnerungen oft ein Eigenleben führten und selbst entschieden, wann sie an die Oberfläche kamen oder wann sie lieber weiterschlummerten. Ebenso real war die Gefahr, dass sich eine verworrene Erinnerung als wahr erweisen könnte. War es eine verworrene Erinnerung, wenn sie jetzt dachte, dass sie in jenen Tagen auf der *Belle Étoile* in ihrem Herzen schon gewusst hatte, dass sie Effie, Ellis und Artie derart lieb gewinnen würde? Das konnte doch bestimmt nicht so gewesen sein, und trotzdem würde Clarissa heute, über siebzig Jahre später, schwören, dass es so gewesen war.

Als Clarissa ein Rascheln in den Bäumen zu ihrer Rechten hörte, öffnete sie die Augen und lächelte. »Bist du das, Ellis? Bist du zurückgekommen, um mich zu korrigieren? Das hast du ja schon immer gern getan, nicht wahr? Aber an jenem ersten Abend hattest du mich genauso falsch beurteilt wie ich dich.«

Es war jedoch nicht Ellis, der erschienen war, sondern Artie, und beim Anblick seines warmherzigen Gesichts krampfte ein vertrauter Schmerz Clarissas Herz zusammen.

»Hallo, Artie«, sagte sie. »Warum kommst du nicht her und setzt dich zu mir?«

Doch kaum hatte sie die Worte ausgesprochen, hörte sie ein Geräusch, das sich wie das Knacken im Unterholz anhörte, und Artie löste sich auf wie eine Rauchwolke. Enttäuscht drehte Clarissa sich um, weil sie sehen wollte, was das Geräusch verursacht hatte, und erschrak. Ein paar Schritte entfernt von ihr stand ein Fremder und starrte sie an.

»Entschuldigen Sie«, bat der Mann, »ich wollte Sie nicht erschrecken.« Dann kniff er die Augen zusammen und spähte in die Dunkelheit der Bäume. Clarissa spürte, wie sie heiß errötete. Hatte er sie mit Artie sprechen gehört?

»Suchen Sie jemanden?«, fragte sie, verärgert über die Störung ihrer Privatsphäre.

»Nein, ich gehe hier nur meiner Arbeit nach.«

»Und was für eine Arbeit soll das sein?«

»Gartenpflege. Die Art von Arbeit, für die man diese Dinge braucht.« Er hielt eine Rosenschere und einen großen schwarzen Eimer in die Höhe, die Clarissa bis dahin nicht bemerkt hatte. »Ich wollte die Rosen an dem Pavillon zurückschneiden. Natürlich nur, wenn es Sie nicht stört. Ich könnte aber auch später wiederkommen, wenn es Ihnen lieber ist.«

»Nein, nein, das ist schon in Ordnung«, antwortete sie, da sie inzwischen ihre Fassung wiedergefunden hatte. »Vorausgesetzt natürlich, dass ich Ihnen hier nicht im Weg bin.«

»Ich kann um Sie herum arbeiten. Und wenn Sie möchten«, fügte er augenzwinkernd hinzu, »kann ich Ihnen auch gleich die Haare schneiden, wenn ich schon einmal dabei bin.«

Clarissa sah zu, wie er sich an die Arbeit machte, und fragte sich, wie lange es her sein mochte, dass ein junger Mann – und noch dazu ein höflicher und wortgewandter junger Mann – ihr zugezwinkert hatte.

Schnipp, schnipp, machte die Rosenschere.

»Lassen Sie sich von mir nicht stören«, sagte er ganz unvermittelt. »Wenn Sie mit Ihrem Freund im Wald dort weiterreden möchten, werde ich Sie nicht belauschen.«

Wieder errötete Clarissa. »Sie haben ihn verscheucht«, entfuhr es ihr, worauf sie augenblicklich wünschte, geschwiegen zu haben. Jetzt musste der junge Mann sie doch wirklich für übergeschnappt oder senil halten.

»Heute scheint mein Tag zu sein, die Leute zu erschrecken«, meinte er. *Schnipp, schnipp.* »Das kann nur an meiner hässlichen Visage liegen.«

Clarissa warf einen verstohlenen Blick auf sein Gesicht und dachte, dass er sehr bescheiden war, weil er nämlich alles andere als hässlich war. »Wen haben Sie denn heute sonst noch erschreckt?«

»Na ja, nicht wirklich erschreckt, aber auf jeden Fall verärgert. Sie arbeitet hier, die junge Dame. Fragen Sie mich nicht nach ihrem Namen, doch sie hat es geschafft, über mich zu stolpern, als ich gerade Unkraut jätete. Sie kam um die Ecke des Blumenbeets gerannt, wo ich kniete, und flog buchstäblich über meinen Rücken hinweg. Und dann war sie auch noch dreist genug, mir die Schuld daran zu geben.«

Clarissa dachte an Lizzie und daran, wie sie über den Rasen zum Haus hinübergelaufen war, als Jennifer sie gerufen hatte. »Ich glaube, ich weiß, wer das gewesen sein könnte«, bemerkte sie. »War sie ungefähr in Ihrem Alter und hatte dunkles, zu einem Pferdeschwarz gebundenes Haar?«

»Ja, das hört sich ganz nach ihr an. Eine etwas pampige junge Dame, unter uns gesprochen, die überhaupt keinen Humor besitzt.«

»Ich denke, Sie werden schon noch merken, dass Sie nur keinen guten Anfang mit ihr hatten«, sagte Clarissa zu Lizzies Verteidigung. »Es ist das Einfachste der Welt, voreilige Schlüsse über jemanden zu ziehen.«

Wieder einmal wurde sie an Ellis erinnert und an die starke Abneigung, die sie gegen ihn gefasst hatte, bevor sie den Mann kennenlernte, der er wirklich war.

Kapitel Fünfzehn

Auf der SS Belle Étoile
April 1939

»Ich fürchte, ich bin eine furchtbar schlechte Tänzerin.«

»Tatsächlich? Das ist mir noch gar nicht aufgefallen. Ich finde, Sie schlagen sich sehr gut.«

Clarissa lächelte über Arties Liebenswürdigkeit, während sie versuchte, nicht aus dem Takt zu kommen – *zurück, zurück, gemeinsam einen Schritt zur Seite, zurück, zurück, gemeinsam einen Schritt zur Seite.* Sie hatte noch nie mit einem Mann Foxtrott getanzt. Ihre früheren Partner waren ihre Schulfreundinnen oder die Respekt einflößende Madame Duval gewesen, die ungefähr so französisch war wie Abraham Lincoln. Und Clarissa hatte auch noch nie zuvor in einer Bar getanzt und mochte gar nicht daran denken, was Marjorie und Grandma Ethel sagen würden, wenn sie sie hier in dem glamourösen Ambiente der *Rhapsody Bar* sehen könnten.

Doch zumindest brauchten ihre Anstandsdame und ihre Großmutter sich nicht um irgendwelche Unschicklichkeiten zu sorgen, was Artie anging – sein Benehmen war ebenso tadellos wie sein tänzerisches Können.

»Wo haben Sie gelernt, so gut zu tanzen?«, fragte Clarissa, als er sie sanft, aber geschickt um ein anderes Paar herumlenkte, um einen Zusammenstoß zu vermeiden.

»Mein Bruder und ich hatten keine andere Wahl, als uns den Wünschen unserer Mutter zu beugen, deren oberstes Anliegen es war, uns zu perfekten Gentlemen auf gesellschaftlicher Ebene zu erziehen. Nicht zuletzt auch, weil sie glaubte, dass wir dann in der Lage wären, uns aus Schwierigkeiten herauszutanzen.«

Clarissa lachte. »Und? Haben Sie das schon einmal ausprobiert?«

»Bisher habe ich es geschafft, mich aus Schwierigkeiten herauszuhalten, aber wer weiß schon, was die Zukunft bringt?«

So ist es, dachte Clarissa und warf einen Blick zur Bar, an der Ellis stirnrunzelnd in ein Glas Whisky starrte, als suchte er darin etwas, das er verloren hatte. Seine geöffnete Smoking-Schleife trug er locker um den Hals, was ihm ein schon fast absurd verwegenes Aussehen verlieh. Von Effie war nichts zu sehen; vielleicht hatte sie sich zurückgezogen, um ihr Make-up aufzufrischen.

»Ich weiß, dass ich Sie alle gerade erst kennengelernt habe«, sagte Clarissa – *langsam, langsam, Schritt zur Seite* –, »doch Ellis kommt mir nicht wie ein besonders glücklicher Mensch vor.«

»Lassen Sie sich von seiner griesgrämigen Art nicht täuschen. Das ist nur eine gut einstudierte Rolle.«

»Sind Sie schon lange Freunde?«

»Lange genug, um zu wissen, dass es nichts gibt, was ich nicht für ihn tun würde.«

Angesichts der Eindringlichkeit seiner Worte blickte Clarissa auf, um sich ihren Tanzpartner genauer anzusehen. Unter dichtem dunklen Haar, das rechts gescheitelt war, und einer breiten Stirn erwiderten dunkle, einfühlsame und intelligente Augen hinter den Brillengläsern ihren Blick. »Dann kann er sich ja wirklich glücklich schätzen, Sie zum Freund zu haben«, sagte sie. »Mir fällt niemand ein, der das Gleiche über mich sagen würde.«

»Vielleicht haben Sie ja nur noch nicht den richtigen Freund getroffen. Doch Sie irren sich, wenn Sie glauben, es sei Ellis, der sich glücklich schätzen kann, denn das bin vielmehr ich. Er hat sich auf dem College mit mir angefreundet, als viele andere mich mieden.«

»Aber warum wurden Sie denn gemieden?«

»Weil ich mit Familiennamen Bloomberg heiße«, erwiderte er nur.

Erst nach ein paar Sekunden begriff Clarissa, was er meinte, und dann wünschte sie, sie könnte ihre Frage noch zurücknehmen. Für wie unbedarft er sie doch halten musste! Und was würde er erst denken, wenn er wüsste, wie ihre Großmutter sich ständig darüber aufregte, dass die Juden angeblich das ganze Land einnahmen? Praktischerweise vergaß Ethel dabei, dass ihre eigenen Eltern Iren gewesen waren und auf der Suche nach einem besseren Leben nach Amerika ausgewandert waren. Sie hatten also nichts anderes getan als so viele Juden aus Europa, die aus ihren Heimatländern geflohen waren.

»Für Vorurteile ist kein Platz in einer zivilisierten Gesellschaft«, sagte sie, um ihre Ungeschicklichkeit wiedergutzumachen.

»Da haben Sie recht, doch leider sind die Vorurteile auf dem Vormarsch. Das ist nirgendwo offensichtlicher als im Nazi-Deutschland, wo viele glauben, dass es keine Zukunft mehr für deutsche Juden gibt.«

»Ist das wirklich wahr?«

Er nickte. »Ein Freund von mir hat selbst gesehen, was in der Kristallnacht im vergangenen November geschah, als

Hitler mit seinen Ausschreitungen gegen die jüdische Bevölkerung begann. Wussten Sie, was Göring nach jener schrecklichen Nacht des Massenmordes sagte? Er beklagte sich über die Kosten für das Ersetzen von so viel zerschmettertem Glas. Er sagte, es hätten mehr Juden getötet und weniger Glas zerbrochen werden sollen. Für manche ist das die Welt, in der sie leben wollen.«

Clarissa erschauderte bei Arties Worten – Worte, die weder mit Wut noch Empörung, sondern entnervend ruhig und mit fester Überzeugung vorgebracht wurden. Sie hatte natürlich von der Kristallnacht in Deutschland gehört, die Nachricht zu ihrer Schande aber nicht in vollem Umfang in sich aufgenommen, weil sie gedanklich noch zu sehr mit dem Tod ihrer Mutter beschäftigt gewesen war. Nun führte Artie ihr vor Augen, wie wenig sie doch von der Welt jenseits des behüteten kleinen Kosmos ihrer Kindheit wusste.

»Es tut mir leid, falls ich Ihnen die Freude an dem Abend verdorben habe«, sagte Artie, als die Musik verklang und sie einander losließen, um der Band zu applaudieren. »Ellis beklagt sich oft darüber, dass ich zu ernst bin.«

»Sie haben mir gar nichts verdorben. Absolut nicht«, betonte sie. »Aber Sie haben mich nachdenklich gestimmt, und das ist gut.«

Die Band begann wieder zu spielen – ein Stück von Al Bowlly, das eins von Clarissas Lieblingsliedern war: *Love is the sweetest thing.*

»Wenn ich verspreche, nicht mehr allzu ernst zu werden, würden Sie dann noch einmal mit mir tanzen?«, fragte Artie.

Sie lächelte. »Mit dem größten Vergnügen.«

»Ich hoffe, es stört Sie nicht, wenn ich es sage, aber Sie wirken nicht sehr amerikanisch«, bemerkte er, nachdem er sie wieder in die Arme genommen hatte.

»Das könnte daran liegen, dass meine Mutter Engländerin war und ich in Frankreich geboren wurde, mein Vater aber Amerikaner war und ich also etwas bin, was man eine bunte Mischung nennen könnte.«

»Ah ja, das würde es erklären. Meine Großeltern mütterlicher- und väterlicherseits sind eine Mischung aus Polen, Ungarn, Österreichern und Deutschen, sodass also auch ich eine ziemlich bunte Mischung bin.«

Sie lächelte. »Betty hat mir erzählt, dass Sie Schriftsteller sind, und mich würde interessieren, was genau Sie schreiben?«

»Nach meinem Besuch in Europa werde ich als Journalist arbeiten, aber was ich wirklich gern täte, wäre, einen Roman zu schreiben.«

»Mein Vater wollte auch Romane schreiben, doch seine Familie hatte leider andere Dinge mit ihm vor.«

»Hat er je etwas veröffentlicht?«

»Nur Kurzgeschichten und Artikel in Zeitungen und Magazinen. Das war, als wir noch in Frankreich lebten. Ein paar Jahre nach unserer Rückkehr nach Amerika ist er gestorben. Er hat sich das Leben genommen, indem er sich erschoss.« Clarissa schluckte vor Schreck über das, was sie da offenbart hatte. Wie festgelegt durch Grandma Ethel hatte stets die strikte Regel bei ihnen geherrscht, nie auch nur ein Wort darüber zu verlieren, auf welche Weise Clarissas Vater ums Leben gekommen war. »Und Sie sind der erste Mensch, dem ich das je erzählt habe«, fügte sie leise hinzu.

»Das tut mir sehr leid, Clarissa.«

»Im Nachhinein betrachtet«, fuhr sie fort, »muss er schrecklich entmutigt und unerfüllt gewesen sein. Er wollte ein ganz anderes Leben als das, was man von ihm erwartete. Der Gedanke war mir noch nie zuvor gekommen, aber vielleicht war ja genau das ein weiterer Grund für mich, diese Reise zu machen. Weil ich dorthin muss, wohin mein Herz mich führt.«

Artie nickte nachdenklich. »Ich würde Ihnen raten, dafür zu sorgen, dass Sie diese Zielstrebigkeit nie verlieren und immer Ihrem Herzen folgen werden.«

»Das habe ich vor. Es ist das, was auch meine Mutter tat, als sie England verließ und meinen Vater heiratete. Erstaunlicherweise schrieb sie ebenfalls und war in mancherlei Hinsicht sogar erfolgreicher als mein Vater.«

»Darüber würde ich gern mehr erfahren.«

Clarissa erzählte ihm von der wöchentlichen Kolumne, die Fran geschrieben hatte, von ihrem Tod im vergangenen Jahr und von dem Hauptgrund für sie selbst, diese Reise zu unternehmen. Artie Bloomberg war ein sehr angenehmer Gesprächspartner, bei dem ihr das Reden erstaunlich leichtfiel, wie sie merkte.

Als die Musik erneut verstummte, legte er ganz sachte eine Hand an ihren Rücken und führte sie von der Tanzfläche. »Sehen Sie«, sagte er, »Sie waren vollkommen entspannt, während wir uns unterhielten, und hatten kein Problem damit, mit mir zu tanzen.«

»Das lag nur daran, dass Sie ein so guter Lehrer sind«, erwiderte sie lächelnd.

Auch er lächelte und führte sie zu Ellis, der noch immer an der Bar stand.

»Was für ein schönes Paar ihr abgebt«, sagte er und prostete ihnen zu. »Aber wann wird mir die Ehre eines Tanzes mit der reizenden Clarissa zuteilwerden, wüsste ich gern? Warum ist es Artie, der die ganze Zeit mit Ihnen tanzen darf?«

Artie lachte. »Zwei Tänze, Ellis! Da kann man kaum von ›die ganze Zeit‹ sprechen.«

»Es fühlt sich jedenfalls so an, wenn man hier so allein gelassen wird wie ich.«

»Wo ist denn Effie?« Artie sah sich suchend um.

»Ihr Vater wollte sie sprechen«, antwortete Ellis und verdrehte die Augen. Dann leerte er sein Glas, stellte es auf die Bar und reichte Clarissa eine Hand. »Würden Sie mit mir eine Runde über die Tanzfläche riskieren?«

»Nur wenn Sie geduldig oder vielleicht auch mutig genug sind, meine zwei linken Füße zu ertragen.«

»Ah, Sie stellen also meinen Mut infrage? Dann werde ich Sie in ein Geheimnis einweihen: Zusammen werden wir vier linke Füße haben, was uns wiederum zu einem perfekten Paar macht, würde ich sagen.«

Sowie sie auf der Tanzfläche waren, zog er sie an sich, und das ganz und gar nicht so behutsam, wie Artie es getan hatte. Zum Glück wurde ein weiterer Foxtrott gespielt, und Clarissa zwang sich, sich zu konzentrieren – *langsam, langsam, Schritt zur Seite, langsam, langsam, Schritt zur Seite.*

»Erzählen Sie mir drei interessante Dinge, die ich Ihrer Meinung nach über Sie wissen sollte«, sagte Ellis plötzlich.

»Du meine Güte«, erwiderte sie, um einen ungezwungenen Ton bemüht, »*nur* drei interessante Dinge über mich?« Sie könnte von Glück sagen, wenn ihr auch nur eine einzige Sache einfiele!

»Und kommen Sie mir nicht mit Ausflüchten«, entgegnete er in scharfem Ton und verstärkte den Griff um sie, während er ihr gleichzeitig auf den Fuß trat und sich nicht einmal dafür entschuldigte. »Ich kann es nicht ausstehen, wenn die Leute das tun.«

Clarissa, die durch Ellis' Hände seine körperliche Kraft spüren konnte, wurde plötzlich ärgerlich. Wie konnte dieser blasierte, selbstzufriedene Mann es wagen, ihr vorschreiben zu wollen, was sie zu tun hatte? »Das Erste, was Sie über mich wissen sollten«, begann sie in möglichst beiläufigem Ton, »ist die Tatsache, dass ich sehr schnell blaue Flecke bekomme, also treten Sie mir bitte nicht noch einmal auf die Zehen.«

»Es wäre hilfreich, wenn Sie mir mit ihnen nicht ständig in die Quere kämen«, erwiderte er nur.

»Entschuldigen Sie sich eigentlich überhaupt schon mal?«

»Nur wenn ich es für absolut notwendig halte.«

»Und als Sie mich vorhin auf dem Sonnendeck so angerempelt haben, erforderte das etwa keine Entschuldigung?«

Er lehnte sich zurück, und seine grünen Augen schienen in dem gedämpften Licht geradezu zu glühen. »So bringe ich schöne Frauen dazu, mich zu bemerken. Und Sie *haben* mich bemerkt, nicht wahr?«

»Sie arroganter Dandy, Sie!«

Ellis lachte. »Das gefällt mir schon besser. Es ist gut, mal ein echtes Gefühl bei Ihnen zu sehen statt immer nur diese kühle Zugeknöpftheit und Distanziertheit. Ich kann es nicht ausstehen, wenn die Leute sich verstellen.«

»Es gibt anscheinend schrecklich viel, was Sie nicht ausstehen können, nicht?«

»Mag sein, aber ich sehe nicht die Notwendigkeit, mich dafür zu rechtfertigen oder zu entschuldigen. Ah, aber wie ich sehe, ist Effie endlich ihren Vater losgeworden und in den Schoß der Familie zurückgekehrt.«

Clarissa folgte seinem Blick und sah Effie zu Artie an die Bar gehen. Ganz impulsiv bemerkte sie: »Effie ist einfach wunderschön, nicht wahr?«

»Oh nein, jetzt fangen Sie bloß nicht an zu schwärmen! Nur das nicht. Und tun Sie es ja nicht Effie gegenüber. Sie hat auch so schon genug Leute, die ihrem Ego schmeicheln. Was sie braucht, sind echte Freunde, die ihr die Wahrheit sagen, so schmerzlich sie auch sein mag; Freunde, auf die sie sich verlassen kann.«

»Und sie sind ein solcher Freund für sie?«

»Das möchte ich gern glauben, ja. Ich bin der Typ, der zu ihr sagt: ›Effie-Schätzchen, sosehr wir dich auch lieben, sind wir es doch alle leid, uns im grellen Lichte deines Glanzes abzumühen, obwohl du unter alldem doch nur die ganz normale alte Effie aus Baltimore bist.‹«

Ja, dachte Clarissa und bezweifelte keine Sekunde lang, dass dieser schonungslos direkte Mann nicht zögern würde, Effie ganz unumwunden daran zu erinnern, woher sie kam. Effie Chase' bescheidene Herkunft war im Laufe der Jahre ebenso gut dokumentiert worden wie die Entschlossenheit ihrer Eltern, sie eines Tages als großen Star zu sehen.

»Sagen Sie mir, was Sie tun werden, wenn Sie in England ankommen«, bemerkte Ellis, nachdem ihre Füße sich wieder einmal in die Quere gekommen waren.

»Als Erstes werde ich den Zug nach London nehmen und bei meiner Patentante wohnen, die ich bisher noch gar nicht kenne. Sie war die beste Freundin meiner Mutter, sie sind zusammen aufgewachsen.«

»Und was haben Sie dann in London vor? Das Leben einer Dame der Gesellschaft zu führen?«

Machte er sich lustig über sie? Oder hielt er sie schon jetzt für außerstande, irgendetwas Lohnendes zu tun? »Ich werde mir Arbeit suchen und etwas Nützliches mit meinem Leben …«

»*Arbeit?*«, unterbrach er sie mit schneidendem Sarkasmus. »Was für eine Art von Arbeit? Was haben Sie denn gelernt, mal abgesehen davon, erster Klasse auf einem der besten Schiffe zu reisen, die je gebaut wurden?«

»Ich mag vielleicht nicht die Vorteile gehabt haben, die Sie durch Ihr Geschlecht und Ihre Herkunft hatten«, entgegnete sie scharf, »aber ich kann Ihnen versichern, dass ich meine Zeit in England nicht mit Müßiggang verbringen werde! Ich bin fest entschlossen, etwas Sinnvolles mit meinem Leben anzufangen.«

»Wie schön für Sie. Das haben Sie gut gesagt!«

»Seien Sie versichert, dass ich Ihre Billigung nicht brauche.«

»Nein, bestimmt nicht«, erwiderte er, wobei Clarissa das amüsierte Funkeln seiner Augen nicht entging. »Aber vielleicht würden Sie ja in einem seltenen Moment des Müßigganges einmal mit mir zu Abend essen, wenn ich in London bin. Ich weiß noch nicht, wann das sein wird, doch ich werde im *Ritz* in Mayfair wohnen.«

»Vielleicht, falls ich nicht zu beschäftigt bin«, antwortete sie kühl und sagte dann, um sein Spielchen fortzuführen: »Und warum erzählen Sie mir in der Zwischenzeit nicht drei interessante Dinge über sich selbst, von denen Sie glauben, dass *ich* Sie wissen sollte?«

»Jetzt drehen Sie den Spieß also um, wie ich sehe. Aber gut – erstens bin ich sehr reich und werde eines Tages noch reicher sein. Zweitens pfeife ich auf den Reichtum und bin auch nicht interessiert daran, die ideale Ehefrau zu finden. Und drittens sind es die *Menschen*, die mir wichtig sind. Nicht die Scharlatane dieser Welt, die einem in den Hintern kriechen, bloß weil man ein paar Dollar in der Tasche hat, sondern wahre Freunde, die mit oder ohne Dollar meine Freunde sind.«

»Wie Artie?«

Einen Moment lang starrte er sie aus schmalen Augen an. »Ja«, sagte er dann. »Freunde wie Artie.«

Am nächsten Morgen, als das Schiff stampfte und schlingerte, als versuchte es, seine Passagiere in die aufgewühlte graue See zu werfen, machte Clarissa die Entdeckung, dass ihr Magen robuster war, als sie befürchtet hatte. Es war Marjorie – die angeblich so erfahrene Reisende –, die dem zum Opfer fiel, was sie als einen Anfall von *mal de mer* bezeichnete.

»So habe ich noch nie gelitten«, beklagte sie sich bei Clarissa, nachdem ihr Steward ihnen das Frühstück in die Kabinen gebracht hatte. »Ich kann mir das nur so erklären, dass dieses grässliche Schiff der Aufgabe, uns eine ruhige Überfahrt zu garantieren, einfach nicht gewachsen ist. Oder«, fügte sie mit einem angewiderten Gesichtsausdruck hinzu, während sie ihr unberührtes Frühstück anstarrte, »ich habe gestern Abend etwas gegessen, das mir nicht bekommen ist. Vielleicht wären Sie so gut, den Schiffsarzt zu holen?«

Der ärztliche Befund war, dass Marjories »viel gereister« Magen und der vieler anderer Passagiere dem rauen Atlantik einfach nicht gewachsen waren. Der Doktor empfahl ihr, im Bett zu bleiben, und meinte, falls es ihr möglich sei, könne sie versuchen, einen Apfel zu essen.

Nachdem er Clarissa noch zu ihrer Seefestigkeit beglückwünscht hatte, ging er wieder. Sie lächelte noch über die Bemerkung, als sie zu einem Spaziergang auf dem Sonnendeck aufbrach.

Mit einem Kopftuch, das sie fest unter dem Kinn verknotet hatte, damit ihr das Haar nicht ins Gesicht wehte, stand sie in ihrem bis oben zugeknöpften Mantel an Deck und starrte zu dem heftigen Wellengang hinunter. Sie zwang sich dazu, es zu tun, und kämpfte gegen den Instinkt an, sich von dem brodelnden Hexenkessel abzuwenden, der genauso grau war wie der sturmgepeitschte Himmel, der den Horizont verschlang. Tosende Wellen, die hoch wie Gebäude waren, krachten gegeneinander und erzeugten Schaumkronen, die sogleich von dem heulenden Wind ergriffen und davongetragen wurden. Nach einer Weile fand Clarissa es schon beinahe so faszinierend, dem tosenden Ozean zuzusehen, als sähe sie dem Tod ins Gesicht und forderte ihn heraus, mit ihr zu machen, was er wollte.

Was für ein komisches Gefühl es war, buchstäblich mitten im Nirgendwo zu sein, mit nicht mehr als einer Handvoll anderer Passagiere bei ihr an Deck, von denen keiner auch nur die leiseste Ahnung hatte, wer sie war. Genauso würde es auch bei ihrer Ankunft in England sein. Zusammen mit diesem Gedanken kam ihr der überraschende Einfall, dass sie sich völlig neu erfinden könnte – und sein könnte, wer auch immer sie sein wollte. Sie könnte die alte Clarissa Allerton ihrer Kindheit hinter sich lassen und von nun an selbst entscheiden, was für eine Frau sie künftig sein wollte. Genau wie Effie, die von dem Mädchen aus Baltimore zu Effie Chase, dem berühmten Kinderstar, geworden war.

Je mehr Clarissa darüber nachdachte, desto mehr gefiel ihr die Vorstellung, eine neue Persönlichkeit anzunehmen und in eine Rolle zu schlüpfen, die sie bei ihrer Ankunft in London sicher schon perfekt beherrschen würde. Sie würde weltgewandter, durchsetzungsfähiger und selbstbewusster sein. So würde sie als starke, eigenständige junge Frau betrachtet werden, die wusste, was sie wollte. Aber war es nicht genau das, was Betty ihr am gestrigen Abend beim Essen schon gesagt hatte? Vielleicht sahen die Leute sie ja bereits so? Wenn ja, musste sie nur noch anfangen, es selbst zu glauben.

Durch Zufall stand sie an genau derselben Stelle, an der sie am gestrigen Nachmittag gestanden und der Skyline von Manhattan zum Abschied zugewinkt hatte. Aber heute war sie nicht mehr traurig, sondern nur noch von einer prickelnden Vorfreude auf alles erfüllt, was in England vor ihr lag.

Als sie über das Tosen und Brüllen der See hinweg ihren Namen hörte, drehte sie sich um und sah Effies schlanke Gestalt, die, in einen Pelzmantel gehüllt und gegen den Wind ankämpfend, in ihre Richtung kam.

»Ich dachte mir schon, dass Sie es sind«, sagte sie atemlos, als sie taumelnd neben Clarissa zum Stehen kam. »Ist das nicht irre?« Sie musste schreien, um über den Wind gehört zu werden.

Clarissa nickte. »Es ist atemberaubend. Im wahrsten Sinne des Wortes.«

Effie lächelte und hielt sich an Clarissa fest, als das Schiff wieder heftiger schlingerte und stampfte. »Ich liebe dieses Schauspiel, weil ich mich so unbedeutend dabei fühle. Als wäre ich nicht mehr als ein Stück Fleisch und Knochen, während da draußen« – sie hob eine behandschuhte Hand, um auf die sturmgepeitschte See zu zeigen – »die allgewaltige Natur regiert.« Mit funkelnden Augen wandte sie sich Clarissa zu. »Es ist wichtig, manchmal daran erinnert zu werden, nicht?«

Clarissa nickte zustimmend. »Ja, es ist gut, daran erinnert zu werden, dass wir alle sterblich sind«, antwortete sie mit lauter Stimme, und mit einem Lachen, das der Wind davontrug, fügte sie hinzu: »Auch wenn Ellis da vielleicht die Ausnahme sein könnte.«

Effie lächelte sie an. »Wie klug von Ihnen, seinen gottähnlichen Status schon erkannt zu haben! Er lebt zwar unter uns Normalsterblichen, aber er ist aus völlig anderem Holz geschnitzt. Er mag Sie übrigens.«

»Sie sagen das, als gäbe es einen Grund, es nicht zu tun.«

»Ellis ist sehr wählerisch in Bezug auf Freundschaften.«

»Dann weiß ich nicht, ob ich mich jetzt geehrt fühlen oder ob ich besorgt sein sollte.«

»Weder noch. Unter seinen scharfen Krallen und Zähnen ist er ein weichherziger Brummbär. Er ist seiner grauenvollen Mutter wegen so, wie er ist. Sie ist ein regelrechtes Ungeheuer mit einem Herzen aus Stein. Aber dann wiederum sind ja viele Leute so. Ich garantiere Ihnen jedenfalls, dass Sie Ellis mit der Zeit genauso lieben werden wie Artie und ich.«

»Dann gehen Sie also davon aus, dass ich ihn wiedersehen werde?«

»Aber selbstverständlich. Das weiß ich mit der gleichen Sicherheit, mit der ich weiß, dass wir die besten Freundinnen sein werden. Haben Sie jemanden, dem Sie Ihre dunkelsten Geheimnisse anvertrauen können?«

Clarissa schüttelte den Kopf.

»Ich auch nicht. Ich bin immer …« Aber ihre Worte wurden von einer mächtigen Windbö weggerissen, die sie gegeneinanderprallen ließ und beinahe von den Füßen riss. Während sie einander fest umklammerten, warfen sie den Kopf zurück und brachen in schallendes Gelächter aus. Clarissa konnte sich nicht entsinnen, wann sie das letzte Mal so ungezwungen und vergnügt gelacht hatte.

Kapitel Sechzehn

Auf ihrem Heimweg von Woodside, als Lizzie ein etwas abschüssiges Stück der freien Straße im Leerlauf und mit der warmen Brise im Gesicht hinunterfuhr, war sie überrascht darüber, wie viel Freude ihr die Nachmittagsschicht bereitet hatte. Na ja, auf das Reinigen der Toiletten hätte sie auch gut verzichten können, genauso wie auf das Stolpern über diesen blöden Gärtner. Aber jeder Tag, der mit Kuchen endete, war ein guter Tag für sie.

Heute hatten sie den neunundachtzigsten Geburtstag des neuesten Bewohners gefeiert. Alle hatten sich im Wohnzimmer versammelt, um Mr Sheridan ein Geburtstagsständchen zu bringen, als Mrs Park einen beeindruckend großen Kuchen mit einer Unmenge von Kerzen hereingetragen hatte. Lizzie musste zugeben, dass sie seltsam gerührt gewesen war von dem Anblick des alten Herrn, als er eifrig die Kerzen ausgeblasen hatte. Er schien sich jedenfalls prächtig amüsiert zu haben. Von seiner Familie war niemand gekommen, weil seine beiden Söhne mit ihren Familien im Ausland lebten, aber sie hatten jede Menge Geschenke und Geburtstagskarten geschickt.

Als der Kuchen aufgeschnitten war, hatte Jennifer Lizzie gebeten, auch Jed, dem Gärtner, ein Stück hinauszubringen, da es bei ihnen Tradition war, wie sie sagte, dass das gesamte Personal an der Geburtstagsfeier eines Heimbewohners teilnahm.

»Sie haben den Kuchen doch wohl nicht vergiftet?«, hatte Jed gefragt und den Teller misstrauisch beäugt.

»Um das herauszufinden, werden Sie ihn wohl probieren müssen«, hatte Lizzie erwidert, während sie gleichzeitig versucht hatte, sich einen Reim auf diesen Mann zu machen. Jennifer hielt ihn anscheinend nicht für einen Verrückten, wovon Lizzie jedoch erst noch überzeugt werden musste. Sie wurde einfach das Gefühl nicht los, dass er genauso wenig das Zeug zum Gärtner hatte wie sie zur Seniorenbetreuerin.

»Tja«, hatte er schulterzuckend gesagt und einen Bissen von dem Kuchen genommen, »dann wollen wir mal gefährlich leben.« Nach dem ersten Stück hatte er hinzugefügt: »Nur für den Fall, dass ich in den nächsten fünf Minuten sterbe, möchte ich, dass meine letzten Worte eine Entschuldigung sind. Es tut mir leid, dass ich vorhin so flapsig war, als Sie über mich gestolpert und gefallen sind. Sie werden meine Art von Humor entschuldigen müssen; er kann manchmal ziemlich irritierend sein. Fühlen Sie sich inzwischen besser? Sie haben sich doch nichts gebrochen?«

»Meine Knochen sind noch alle heil«, hatte sie geantwortet.

»Also ist meine Entschuldigung angenommen?«

»Angenommen«, hatte sie bestätigt, bevor sie sich abgewandt hatte, um zum Haus zurückzugehen.

Als der abschüssige Teil der Straße hinter ihr lag, trat Lizzie wieder in die Pedale und erfreute sich an dem Anblick der goldenen Weizenfelder rechts und links von ihr. Sie war gerade um eine Kurve in der Straße gebogen, die sie nach Great Magnus bringen würde, als sie in ihrem Rucksack ihr Handy klingeln hörte. Ihr Herz machte einen Sprung – *Curt!* Sofort bremste sie das Fahrrad ab und hielt am Straßenrand. Oh, bitte, lass es Curt sein!

Blitzschnell sprang sie von ihrem Fahrrad, riss sich den Rucksack vom Rücken und kramte mit zitternden Fingern nach ihrem Telefon. Als sie die Nummer auf dem Display sah, hätte sie vor Freude Luftsprünge machen können, denn der Anrufer *war* Curt! Und sobald sie seine Stimme hörte, konnte sie nicht verhindern, dass ein ganzer Strom von Worten über ihre Lippen kam. »Wie ist der Urlaub?«, fragte sie. »Nein, sag es mir nicht, ich will es gar nicht wissen! Sag mir einfach nur, wie es dir geht. Vermisst du mich?«

»Hey, überfall mich nicht gleich so! Lass mich auch einmal zu Wort kommen!«, erwiderte er lachend. »Leider kann ich jetzt nicht lange sprechen, aber ich bin wieder in London.«

»Wirklich? Warum? Was ist passiert?« Doch im Nu hatte sie alles vor Augen, und ihre Hoffnung wuchs. Das war es also – das war es, worauf sie gewartet hatte! Er hatte seiner Frau gesagt, dass er sie nicht mehr liebte und sich von ihr scheiden lassen wollte. Nachdem er diese Bombe hatte platzen lassen, war es verständlich, dass sie den Urlaub abgebrochen hatten. Lizzie atmete tief ein, weil ihr Mund nach dem Schock wie ausgetrocknet war. Endlich war es so weit – genau wie Curt es ihr versprochen hatte! Hatte er nicht gesagt, sie müsse nur geduldig sein und ihm vertrauen?

»Ich muss dich sehen«, sagte er mit ernster Stimme.

»Ich dich auch«, erwiderte sie, um den gleichen ernsten Ton bemüht, und ermahnte sich, dass dies noch keine Zeit für Jubel war. Seine Ehe war zu Ende, was zwangsläufig ernste Konsequenzen nach sich ziehen würde. »Du hast mir so gefehlt! Wann werden wir zusammenziehen? Und wo?«

»Kannst du morgen nach London kommen?«

Sie wollte gerade fragen, um welche Zeit, als ihr wieder einfiel, dass sie versprochen hatte, am nächsten Tag eine Acht-

Stunden-Schicht für eine ihrer Kolleginnen zu übernehmen, die ihren freien Tag hatte. »Es tut mir schrecklich leid, aber morgen kann ich nicht, weil ich arbeiten muss«, erwiderte sie bedauernd.

Curt schwieg einen Moment. »Du hast schon einen neuen Job gefunden? Das ist gut. Habe ich dir nicht gleich gesagt, dass du bald schon etwas Neues finden würdest?«

»Na ja, ein Traumjob ist es nicht gerade. Ich arbeite in dem Seniorenheim, in dem meine Mutter ehrenamtlich tätig ist. Es ist nur etwas Vorübergehendes, das mir derzeit über die Runden hilft, aber ganz gewiss nichts Dauerhaftes.«

»Du Arme, das klingt ja fürchterlich! Was hat dich bloß dazu bewogen, das zu tun? Du hättest doch sicher etwas finden können, das nicht ganz so deprimierend ist. Du musst ja buchstäblich nach Tod und Verwesung riechen, wenn du abends nach Hause kommst!«

Das weckte Lizzies Stolz. Plötzlich standen ihr all die würdevollen Gesichter der alten Menschen vor Augen, die ihren Lebensabend in Woodside verbrachten und ihr Leben wahrscheinlich auch nicht so hatten beenden wollen. »So schlimm ist es gar nicht«, sagte sie. »Die meisten der alten Leutchen sind sehr nett, wie zum Beispiel eine Frau namens Mrs Dallimore, die ein echter …«

»Entschuldige«, unterbrach er sie, als die Verbindung sich hörbar verschlechterte. »Ich kann dich kaum noch verstehen … Warte, ich gehe schnell auf die andere Straßenseite, vielleicht habe ich dort besseren Empfang … So. Kannst du mich jetzt wieder hören?«

»Ja«, sagte sie. »Und du? Kannst du mich verstehen?«

»Laut und deutlich. Wie wäre es dann mit übermorgen? Kannst du dich dann mit mir treffen?«

»Das kann ich schaffen, denke ich. Oder wäre es nicht noch besser, wenn ich morgen Nachmittag nach der Arbeit den Zug nähme, damit wir zusammen zu Abend essen können?«

»Das ist eine gute Idee, doch abends geht leider gar nichts, weil ich dann mit dem Babysitten dran bin. Lass uns am Tag darauf zusammen zu Mittag essen.«

Als Lizzie nach Hause radelte, hätte sie aus voller Brust singen können, so glücklich war sie.

»Hallo, Mum«, begrüßte sie ihre Mutter und warf ihren Rucksack achtlos auf einen Stuhl, was sie daran erinnerte, dass Luke und sie es früher nach der Schule ganz genauso gemacht hatten. »Was hast du im Ofen, was so köstlich riecht?«

»Lasagne. Du klingst heute ganz ungewöhnlich gut gelaunt, Lizzie.«

»Das bin ich auch.«

»Dann hast du also einen guten Tag gehabt?«

Lizzie lächelte. »Den allerbesten. Wo sind Dad und Freddie?«

»Draußen im Schuppen. Mir wurde gesagt, was sie dort tun, sei Männersache und ich dürfte sie dabei nicht stören.«

Lizzie lachte und ging zum Schrank, um sich ein Glas zu holen. Sie öffnete den Wasserhahn, füllte es und trank durstig.

Tess war froh darüber, dass ihre Tochter wieder mehr wie sie selbst aussah und klang, aber ein kleiner, unschöner Teil von ihr verübelte es Lizzie, dass sie noch so unbeschwert sein konnte, nachdem sie ein solches Trümmerfeld hinter sich zurückgelassen hatte.

Tess, die noch immer sehr gekränkt war über Lornas unmögliches Benehmen vom Vortag, hatte zur Mittagszeit auch noch einen Anruf von Ingrid ertragen müssen, die sie buchstäblich ins Kreuzverhör genommen hatte, was Freddies Sturz aus dem Buggy anging. Und obwohl Tess sich wiederholt dafür entschuldigt hatte, dass sie in der Aufregung vergessen hatte, Freddie anzuschnallen, wurde sie das Gefühl nicht los, dass Ingrid ihr diesen dummen kleinen Unfall nie verzeihen würde. Außerdem schien ihre Schwiegertochter sie im Stillen sogar zu beschuldigen, ihren kleinen Jungen absichtlich vernachlässigt zu haben.

»Sollen wir draußen im Garten essen?«, fragte Lizzie. »Ich kann schon mal den Tisch decken.«

»Wenn du möchtest«, erwiderte Tess geistesabwesend.

Als der Tisch auf der Terrasse gedeckt war, kam Lizzie in die Küche zurück. »Geht es dir nicht gut, Mum?«, fragte sie. »Du wirkst ein bisschen deprimiert.«

»Ach was, alles bestens«, behauptete Tess.

»Bist du sicher? Du bist nicht mehr verärgert über Lornas unmögliches Benehmen?«

»Natürlich nicht.« Tess konnte sich nicht dazu überwinden, zuzugeben, wie tief Lornas Bemerkungen sie verletzt hatten. Und natürlich tat es ihr auch weh, ihre beste Freundin auf so hässliche Weise verloren zu haben. »Ich bin nur ein bisschen müde«, sagte sie. »Immerhin hält Freddie mich ganz schön auf Trab.«

»Ich möchte, dass du weißt, wie leid es mir tut, was zwischen dir und Lorna vorgefallen ist. Es ist nicht fair von ihr, dass sie dich wegen meiner Entscheidung, Simon zu verlassen, so runtermacht. Wenn sie sich mit jemandem anlegen will, dann sollte ich es sein. Ihr Verhalten gestern war feige.«

Tess blickte Lizzie in dankbarem Erstaunen, aber auch mit leichtem Schuldbewusstsein an. Sie hatte nicht sehr freundlich über ihre Tochter gedacht. Lizzie, sagte sie sich, konnte nicht für das ganze Ausmaß von Lornas zickiger Kleingeistigkeit verantwortlich gemacht werden, denn ihr Verhalten gestern war nur Lorna selbst anzulasten. »Du irrst dich«, sagte Tess. »Lorna braucht sich mit keinem anzulegen. Sie muss einfach nur akzeptieren, dass geschehen ist, was geschehen ist, und aufhören, sich wie ein Kind zu benehmen.«

Lizzie kam durch die Küche zu ihr herüber und umarmte sie. »Du bist die Beste, Mum«, sagte sie. »Und das weißt du auch, nicht wahr?«

Wo auch immer diese weichere und mitfühlendere Seite ihrer Tochter herrührte, Tess begrüßte sie. Nein, das war nicht ganz fair. Lizzie hatte schon früher eine weichere Seite gehabt; sie zeigte sie nur nicht immer im richtigen Moment. »Was hat dies alles eigentlich bewirkt?«, fragte Tess. »Was war es, was dich in eine solche Hochstimmung versetzt hat?«

»Curt«, antwortete Lizzie mit einem Lächeln, das ihr Gesicht zum Strahlen brachte. »Er hat mich für übermorgen zum Lunch in London eingeladen.«

»Ich dachte, du hättest erwähnt, er sei im Urlaub?«

»Er ist früher zurückgekommen.«

»Hat er gesagt, warum?«

»Er hatte keine Zeit dazu, aber ich denke, der Grund dafür ist offensichtlich. Er wird mit seiner Frau gesprochen haben, und danach erschien es ihm wohl ziemlich sinnlos, den Urlaub noch fortzusetzen. Ich hoffe nur, dass es nicht zu schlimm für ihn war, denn was er tun musste, kann nicht leicht gewesen sein.«

Den Gedanken, dass es vor allem für Curts Frau nicht leicht gewesen sein konnte, behielt Tess für sich und fragte stattdessen nur: »Und wann werden dein Vater und ich Curt kennenlernen?«

Kapitel Siebzehn

Auch am nächsten Morgen fuhr Lizzie mit dem Fahrrad zur Woodside-Seniorenresidenz.

Am Vortag hatte die Wut darüber, wie Lorna ihre Mutter behandelt hatte, sie mit aller Kraft in die Pedale treten lassen. Heute waren fröhlicher Optimismus und das Wissen, Curt in weniger als vierundzwanzig Stunden zu sehen, die Quelle ihrer Energie. Wäre Curt bei ihrem Telefonat nicht so in Eile gewesen und der Handyempfang besser, hätte sie liebend gern noch länger mit ihm gesprochen. Wie gern hätte sie ihm versichert, dass sie alles tun würde, um die schwierige Zeit, die vor ihnen lag, so stressfrei wie nur möglich zu gestalten!

Es war nicht etwa so, dass sie kein Mitgefühl für Curts Frau Natascha aufbrachte, denn nachdem sie selbst mit Simon Schluss gemacht hatte, wusste Lizzie aus erster Hand, wie schwer es zu akzeptieren war, dass eine Beziehung gescheitert war. Aber wenn es so war, musste wenigstens eine Seite den Mut aufbringen, sich zu trennen, denn anders ging es nicht.

»Sie sehen heute Morgen ja sehr gut gelaunt aus«, begrüßte Mr Sheridan Lizzie in dem großen Wohnzimmer in Woodside.

Die Heimleiterin hatte sie gebeten, ein bisschen Zeit mit dem alten Herrn zu verbringen. »Ich glaube, er ist heute ein wenig deprimiert«, hatte sie gesagt. »Ich zumindest bin es immer nach einem Geburtstag. Wenn Sie sich etwas einfallen lassen könnten, um ihn aufzuheitern, wäre ich Ihnen wirklich dankbar.«

Lizzie stellte fest, dass der alte Herr tatsächlich ziemlich niedergedrückt wirkte. »Sie haben recht, Mr Sheridan«, sagte sie lächelnd, »ich bin heute wirklich guter Dinge. Sehr guter Dinge sogar.«

»Das freut mich für Sie, und es gibt nichts, was das Herz eines alten Mannes mehr erfreut, als eine hübsche Biene mit einem Lächeln im Gesicht.«

»Biene?«, wiederholte sie lachend. »So hat mich noch nie jemand genannt.«

»Na ja, wahrscheinlich schickt sich ein Wort wie dieses heutzutage gar nicht mehr, nicht wahr?«, bemerkte er mit einer steilen Falte zwischen den erstaunlich buschigen Augenbrauen. »Von wegen ›respektlos Frauen gegenüber‹ und so weiter.«

»Man hat mich schon Schlimmeres genannt«, sagte Lizzie, »also machen Sie sich darüber keine Gedanken. Hätten Sie Lust, eine Partie Scrabble mit mir zu spielen?«

Er schüttelte den Kopf. »Ich kann das Spiel nicht ausstehen, und ehrlich gesagt bin ich auch alles andere als gut in Rechtschreibung.«

»Ich auch. Wie wäre es dann mit einem Kartenspiel?«

Wieder schüttelte er den Kopf. »Auch dazu habe ich keine Lust.«

»Und ein Puzzle legen?«

Jetzt lachte er schroff. »Du meine Güte, jetzt ist es schon so weit, dass ein hübsches Mädchen mich fragt, ob ich ein Puzzle legen will! Es gab eine Zeit, da hätte ich …«

»Von Ihrer Mutter eins hinter die Ohren bekommen für Ihre Dreistigkeit!«

Beide drehten sich um und entdeckten Mrs Dallimore, die

in ihrem Rollstuhl hinter einem großen Lehnstuhl im Erkerfenster saß und zu ihnen herüberblickte.

»Guten Morgen, Mrs Dallimore«, sagte Lizzie. »Ich hatte Sie dort gar nicht gesehen. Kann ich irgendetwas für Sie tun?«

»Nein, danke.«

»Möchten Sie sich zu uns setzen?«, fragte Mr Sheridan.

»Wenn Sie dann aufhören, das arme Mädchen in Verlegenheit zu bringen, betrachte ich es sogar als meine Pflicht.«

Mr Sheridan zog ein Gesicht und senkte verschwörerisch die Stimme. »Sie kann eine richtige Despotin sein, nicht wahr?«

»Das sollte ich wohl hören, nehme ich an«, erwiderte Mrs Dallimore spitz, als Lizzie zu ihr ging, um ihren Rollstuhl zu ihnen herüberzuschieben.

»Ich wollte mich nur davon überzeugen, dass mit Ihrem Gehör noch alles in Ordnung ist«, sagte Mr Sheridan mit einem Augenzwinkern für Lizzie. »Ich hasse es nämlich, mich ständig wiederholen zu müssen.«

»Wie rücksichtsvoll von Ihnen.«

»Ja, so bin ich eben. Und wenn wir Ihr Gehör einmal beiseitelassen, wollte ich Lizzie gerade fragen, warum sie heute so zufrieden mit sich aussieht.«

Mrs Dallimore schnalzte missbilligend mit der Zunge. »Dann käme es Ihnen also nicht mal in den Sinn, sich um Ihre eigenen Angelegenheiten zu kümmern?«

»Genauso wenig wie Ihnen, schätze ich.«

Während Lizzie den Sticheleien der beiden lauschte und sah, dass Mr Sheridan schon viel munterer geworden war, war sie versucht, hinauszuschlüpfen und sie mit ihrem Geplänkel allein zu lassen. Vor allem, da sie der Heimleiterin nun guten Gewissens sagen konnte, dass sie getan hatte, worum sie sie gebeten hatte. Aber kaum wandte sie sich zum Gehen, hielt Mr Sheridan sie auf.

»Oh nein, das tun Sie nicht!«, befahl er. »Sie werden nicht eher gehen, bis Sie uns verraten haben, warum Sie heute so beschwingten Schrittes durchs Leben gehen.«

»Ignorieren Sie ihn, Lizzie«, wandte Mrs Dallimore schnell ein. »Lassen Sie sich nicht von ihm bevormunden.«

»Von wegen bevormunden, so was nennt man ›Anteil nehmen‹.«

»Man nennt es, ›seine Nase in anderer Leute Angelegenheiten stecken‹.«

»Möge Gott uns beistehen und mich vor nörgeligen Frauen bewahren!«

Lizzie lachte und war wirklich derart gut gelaunt, dass sie nur allzu gern den Anlass dafür offenbarte. »Wenn Sie es so unbedingt wissen wollen, werde ich es Ihnen verraten«, sagte sie. »Ich habe morgen frei und werde nach London fahren, um mich mit meinem Freund zu treffen. Wir haben uns schon ewig lange nicht mehr gesehen.«

»So, so, Sie haben also einen Freund.« Mr Sheridan nickte gespielt betrübt vor sich hin. »Und da dachte ich, wenn ich meine Karten richtig ausspielte, könnte ich eine Chance bei Ihnen haben. Was hat dieser Bursche, was ich nicht habe?«

»Wahrscheinlich wüsste Lizzie nicht einmal, wo sie bei einer so langen Liste von Unzulänglichkeiten beginnen sollte«, warf Mrs Dallimore kopfschüttelnd ein. »Andererseits ist es jedoch nicht schlecht, auf seine eigenen Mängel hingewiesen zu werden, also sollten Sie es ihm vielleicht doch erklären, Lizzie.«

Daraufhin brach Mr Sheridan in ein lautes, wieherndes Gelächter aus, das ihn selbst zu überraschen schien und einen anfallartigen, rasselnden Husten auslöste, bei dem ihm eine beunruhigende Röte in die Wangen stieg. Schnell zog er ein Taschentuch hervor, um es sich vor den Mund zu halten. Als er seine Atmung wieder unter Kontrolle hatte – und Lizzie sicher war, dass es ihm besser ging –, holte sie ihm ein Glas Wasser. Aber als sie damit zurückkam, war er nicht mehr da.

»Er erinnerte sich plötzlich, dass es Zeit für seinen Termin drüben in der medizinischen Abteilung war«, sagte Mrs Dallimore.

»Mr Sheridan hat doch hoffentlich nichts Ernstes?«, fragte Lizzie beunruhigt.

»Nicht, dass ich wüsste. Zum Glück ist er nicht der Typ, der seine Krankengeschichte Gott und aller Welt erzählen muss. Oh, schauen Sie mal«, sagte sie, von irgendetwas draußen abgelenkt, »da ist dieser junge Mann, der vor Kurzem hier als Gärtner angefangen hat.« Mit einem raschen Seitenblick auf Lizzie fügte sie hinzu: »Wie ich hörte, haben Sie ihn gestern zu Boden gerungen.«

Lizzie beobachtete, wie Jed eine Schubkarre über den Rasen schob und sein Kopf sich im Rhythmus irgendeiner Musik bewegte, die er über Kopfhörer hörte. »Wenn ich mit ihm gerungen *hätte*, wäre er jetzt nicht in der Lage, wie ein eitler Pfau da draußen herumzustolzieren«, erwiderte sie kühl.

»Er erscheint mir wie ein sehr eigenwilliger Mensch«, bemerkte Mrs Dallimore nachdenklich, »aber keinesfalls wie jemand, den ich als ›eitlen Pfau‹ bezeichnen würde.« Dann setzte sie hinzu: »Erzählen Sie mir von Ihrem Freund. Wie heißt er? Und ist er ein attraktiver Mann?«

Amüsiert darüber, dass Mrs Dallimore keine Hemmungen hatte, sie über Curt auszufragen, Mr Sheridan jedoch vorgeworfen hatte, allzu neugierig zu sein, setzte Lizzie sich zu ihr. Die ehrliche Antwort war, dass Curt kein Mann war, den man auf den ersten Blick als gut aussehend bezeichnen würde. Seine Gesichtszüge waren nicht ganz ebenmäßig wegen seiner etwas schiefen Nase, die er sich als Teenager gebrochen hatte, und sein vorstehendes, energisches Kinn spiegelte sein Streben wider, das Leben zu ergreifen und ihm abzuringen, was er wollte. Für Lizzie lag Curts Attraktivität in seiner tatkräftigen, energiegeladenen Persönlichkeit. »Auf eine etwas unkonventionelle Weise ist er gut aussehend«, beantwortete sie Mrs Dallimores Frage.

»Und hat dieser glückliche Junge auch einen Namen?«

Bei dem Gedanken, wie Curt darauf reagieren würde, als »Junge« bezeichnet zu werden, musste Lizzie lächeln. »Er heißt Curt und ist zweiundvierzig, also alles andere als ein Junge.«

»Ein älterer, erfahrenerer Mann kann auch sehr reizvoll sein, nicht wahr? Und was macht Curt beruflich?«

»Sie klingen wie meine Eltern beim Ausfüllen eines Antragsformulars für potenzielle Schwiegersöhne«, sagte Lizzie. »Er arbeitet bei dem Radiosender, bei dem ich früher auch beschäftigt war. Er war damals mein Chef.« Da es ihr widerstrebte, noch mehr ins Detail zu gehen, vor allem nicht, was Curts Familienstand betraf, wechselte Lizzie das Thema. Sie wollte nicht riskieren, von der alten Dame kritisiert zu werden. So bat sie Mrs Dallimore, mit ihrer Geschichte der Ereignisse auf der *Belle Étoile* fortzufahren.

Kapitel Achtzehn

Auf der SS Belle Étoile
April 1939

Natürlich war dies nicht das erste Mal, dass Clarissa den Atlantik überquerte. Sie hatte die Reise mit ihren Eltern von Frankreich nach New York unternommen, als sie fünf Jahre alt gewesen war, aber ihre Erinnerungen an diese Schiffsfahrt waren nur sehr dürftig und verworren. Diesmal würde sie sich jedoch an alles über ihre Zeit an Bord der *Belle Étoile* erinnern und kein einziges Detail vergessen, nahm sie sich vor.

Da nur noch ein Tag bis zu ihrer Ankunft in England blieb, war Clarissa schmerzlich bewusst, wie sehr sie die Gesellschaft ihrer neuen Freunde vermissen würde, besonders Effies. Die junge Frau war so lebhaft und unterhaltsam und trommelte sie immer alle zusammen, um das eine oder andere Spiel zu spielen.

Heute Morgen war es ein Wurfringspiel an Deck, und nachdem Clarissa und Effie Ellis und Artie mit Abstand geschlagen hatten, zog Clarissa Ellis jetzt damit auf, dass er ein schlechter Verlierer war, weil er schmollte wie ein Kind.

»Beachte ihn einfach nicht, Clarissa«, riet ihr Effie. »Er ist so voller Elan und daran gewöhnt, sich durchzusetzen, dass er es einfach nicht ertragen kann, klein beizugeben. So ist es doch, Darling?«

»Was uns zwei sehr ähnlich macht, nehme ich an«, sagte Ellis stirnrunzelnd zu Effie und zog sich den wollenen Schal noch fester um den Hals. »Ich brauche einen Drink«, verkündete er dann und starrte wieder auf die See hinaus. »Diese ganze Seeluft macht mich durstig.«

Effie zog die fein gezeichneten Augenbrauen zusammen und schürzte die Lippen. »Du bist doch immer durstig, Ellis.«

Ohne sie zu beachten, strich er sich das Haar aus der Stirn, steckte die Hände in die Taschen seiner cremefarbenen Flanellhose und schlenderte dann ohne ein weiteres Wort davon.

Die anderen drei sahen ihm nach.

»Was hat er heute bloß?«, fragte Effie Artie. »Warum ist er so miesepetrig? Er hat kein Recht, uns den Spaß zu verderben!«

»Er hat heute Morgen ein Telegramm erhalten, wollte aber nicht sagen, was darin stand. Ich weiß nur, dass seine Stimmung sich schlagartig veränderte, nachdem er es gelesen hatte.«

»War es von seinen Eltern?«

Artie nickte. »Ich glaube schon.«

»Dann bedrängen sie ihn wahrscheinlich wieder mal, sich nicht zu lange in Europa aufzuhalten.« Effie wandte sich an Clarissa. »Seine Mutter ist ein grässliches Frauenzimmer, die ihn mit einer ebenso grässlichen Kreatur ihrer Wahl verheiraten will, also vermutlich mit der Tochter einer ihrer unmöglichen Freundinnen. Ich hätte nicht übel Lust, ihn selbst zu heiraten, um ihn aus den Klauen seiner Mutter zu befreien.«

»Das wäre ein bisschen drastisch, meinst du nicht?«, sagte Artie.

»Wenn es sein muss, um ihn glücklich zu machen«, erwiderte sie schulterzuckend. »Und er liebt mich doch, oder nicht?«

»Aber liebst du ihn?«, fragte Clarissa.

»Natürlich tue ich das. Wir sind doch alle in Ellis verliebt. Sogar du, Clarissa, obwohl du ihn erst seit ein paar Tagen kennst. Das stimmt doch, oder?«

Clarissa schoss das Blut in die Wangen und ließ sie heiß erröten, als sie peinlich berührt entgegnete: »Das würde ich so nicht sagen. Ich mag ihn, aber …«

Artie kam ihr zu Hilfe. »Aber sie ist nicht verrückt genug, um ihn nur aus Jux und Tollerei heiraten zu wollen«, meinte er leichthin.

Effie ignorierte seinen Einwand und hielt ihr Haar fest, das der Wind ihr ins Gesicht wehte. »Kommt«, sagte sie, »lasst uns Ellis suchen gehen und herausfinden, was ihm zu schaffen macht, und dann gehen wir zum Mittagessen.«

Clarissa warf einen Blick auf ihre Uhr. »Lieber nicht«, erwiderte sie. »Ich hatte Marjorie versprochen, mit ihr zu speisen.«

»Oh nein! Aber ich will dich heute nicht mal für eine Sekunde missen müssen. Dies ist doch unser letzter Tag zusammen. Artie, warum versuchst du nicht, Clarissa zu überreden?«

»Aus Erfahrung weiß ich, dass nur ein Narr versucht, eine Frau zu irgendetwas zu überreden«, sagte Artie mit einem kleinen Lächeln.

»Wenn dem so ist, könnten wir sie auch einfach entführen! Wie hört sich das an, Clarissa? Wie viel Lösegeld sollen wir für dich verlangen?«

»So spannend das auch klingt, Effie, befürchte ich doch, dass Marjorie wahrscheinlich nicht mal einen Cent im Austausch für mich geben würde.«

»Aber wenn sie so gemein ist, warum willst du dann mit ihr zu Mittag essen?«

»Weil Clarissa ein wohlerzogenes Mädchen ist, das niemanden kränken oder unhöflich erscheinen will?«, warf Artie ein.

»Aber mich kann sie kränken?«, gab Effie zurück.

Artie lachte und wandte sich Clarissa zu. »Wetten, dass sie gleich auch noch mit dem Fuß aufstampft, um ihren Ärger zu unterstreichen?«

Effie schob schmollend die Unterlippe vor. »Artie Bloomberg, ich hätte nie gedacht, dass ich das mal sagen würde, aber du wirst Ellis immer ähnlicher.«

»Bedeutet das, dass du eines Tages vielleicht auch mich heiraten willst?«

»Und du wirst dabei auch noch viel zu schlau«, fügte Effie hinzu und verdrehte die Augen. »In der Zeit, in der wir hier gestanden und darüber debattiert haben, hätten wir den armen Ellis suchen und ihn aufheitern können. Komm zu uns, Clarissa, sobald du kannst, denn sonst kommen wir vielleicht und retten dich. Ja, genau das ist es: Wir werden eine Befreiungsaktion durchführen!«

Clarissa hatte nicht lange gebraucht, um zu erkennen, dass Effie es genau wie Ellis gewohnt war, ihren Willen durchzusetzen. Clarissa störte es nicht; sie verstand ganz gut, dass all das zu ihrer Persönlichkeit als Star gehörte. Grund dafür war vielleicht ihr früher Ruhm als Kinderstar.

Und die Erinnerungen an Effies Ruhm waren nie sehr weit entfernt. Oft blieben Passagiere bei ihr stehen und baten sie um ein Autogramm oder ließen sich mit ihr fotografieren. Es sprach für Effie, dass sie niemanden enttäuschte und stets bereitwillig ihren Namen auf Zettel oder Menükarten schrieb, mit denen die Leute an ihren Tisch kamen, während sie beim

Essen saß. Für gewöhnlich war es Ellis, der die Fans schließlich mit einem seiner beängstigend finsteren Blicke vertrieb. Diese Blicke besagten sehr eindeutig, dass das Maß voll war und auch Effie ein Recht auf Privatsphäre hatte.

Er würde einen idealen Ehemann für Effie abgeben, dachte Clarissa, als sie sich im Speisesaal nach Marjorie umsah; er würde sie beschützen und dafür sorgen, dass sie den Boden unter ihren Füßen nicht verlor, soweit das bei ihr möglich war.

»Sie haben sich nicht umgezogen«, begrüßte Marjorie Clarissa unfreundlich, als sie ihren Tisch im Speisesaal erreichte.

Es war ein schon vertrauter Satz der alten Dame, die sich zu jeder Mahlzeit umkleidete wie viele andere Passagiere auch. Clarissa hatte sich für weniger großspurige Auftritte entschieden und zog sich – genau wie Effie – nur zum Abendessen um.

»Ich wollte mich nicht verspäten«, sagte sie, während ihr Kellner einen Stuhl für sie zurechtrückte und sie die anderen Passagiere am Tisch grüßte, von denen sie einige noch gar nicht kannte. Seit Marjorie sich von ihrer Seekrankheit erholt hatte, hatte sie es sich zur Gewohnheit gemacht, sich mit wechselnden Tischgefährten zu umgeben, die sie für angemessene Gesellschaft oder lohnende Bekanntschaften hielt. Für Clarissa waren diese Leute jedoch allesamt stinklangweilig.

»Und auch das ist Ihnen nicht gelungen«, antwortete Marjorie auf ihre Bemerkung. »Meines Erachtens sind Sie gute zehn Minuten zu spät gekommen.«

»Dann entschuldigen Sie bitte. Ich war draußen an Deck beim Wurfringspielen. Habe ich das Essen sehr verzögert?« Clarissa wusste, dass es nicht so war, da es noch genügend leere Tische gab und abgesehen davon auch noch niemand aß. Es war einfach nur eine weitere ermüdende Angewohnheit von Marjorie, zu allem und jedem zu früh zu erscheinen.

»Sie werden sich wohl wieder bei dieser Effie Chase eingeschmeichelt haben«, sagte Marjorie in vorwurfsvollem Ton, aber mit gedämpfter Stimme zu Clarissa, während ihre Tischnachbarn miteinander plauderten und die Menükarte studierten. »Ich hoffe, Ihnen ist bewusst, dass Sie sich wahrscheinlich schon einen Ruf als Mitläuferin erworben haben. Ich würde Ihnen dringend raten, ein bisschen besonnener bei den Freundschaften zu sein, die Sie schließen werden, wenn Sie in England sind. Ich muss mich wirklich fragen, was Ihre Großmutter sich dabei gedacht hat, als sie einwilligte, Sie allein reisen zu lassen.«

»Sie wird sich gedacht haben, dass es mir guttun wird und eine Chance für mich ist, meinen Horizont zu erweitern«, erwiderte Clarissa gelassen, obwohl sie wusste, dass nichts der Wahrheit ferner liegen könnte. Und um mich davor zu bewahren, so langweilig und engstirnig wie du zu werden, setzte sie in Gedanken hinzu und wandte ihre Aufmerksamkeit ebenfalls der Menükarte zu. Gleichzeitig hörte sie Mr Lockwood zu, der ihr gegenübersaß. Er war ein New Yorker Börsenmakler, der sich gerade darüber ausließ, dass all das Gerede über einen drohenden Krieg in Europa seiner Meinung nach stark übertrieben sei und er zudem auch glaube, dass Deutschland Lob verdiene für das, was es für sein Volk und die Wirtschaft des Lands tat.

Die Suppe war gerade serviert worden, als Effie im Speisesaal erschien, wie immer in Ellis' und Arties Begleitung, aber diesmal war auch Betty bei ihnen. Verständlicherweise hatte Betty es vermieden, ein weiteres Mal mit Marjorie zu speisen, doch Clarissa hatte sich außerhalb des Speisesaals viele Male mit ihr getroffen und unterhalten. Sie hatten Adressen ausgetauscht, und Betty hatte sie schwören lassen, dass sie mit ihr in Verbindung bleiben würde. »Ich möchte alles über die Abenteuer erfahren, die Sie in England erleben werden«, hatte sie gesagt. »In allen Einzelheiten und ohne etwas auszulassen!«

Zu Clarissas Überraschung kam Effie an ihren Tisch. »Da bist du ja, Clarissa!«, bemerkte sie. »Ich habe dich schon überall gesucht.« Dann setzte sie ein umwerfendes Lächeln auf und wandte ihre Aufmerksamkeit Marjorie und den anderen Gästen am Tisch zu. »Ich muss Sie um einen klitzekleinen Gefallen bitten«, sagte sie mit etwas rauchiger Stimme, die Mr Lockwood auf der Stelle in einen Zustand ehrfürchtiger Bewunderung versetzte. Er vergaß sogar, den Mund zu schließen. »Mein Vater hat darum gebeten, dass Clarissa uns heute Abend bei dem Galadiner Gesellschaft leistet. Unter anderen Umständen wäre ich nicht einmal im Traum so unmanierlich, einen solchen Wunsch zu äußern, aber es ist unsere letzte Nacht auf diesem Schiff, und es wäre einfach wundervoll, wenn wir sie zusammen verbringen könnten. Was sagen Sie dazu, Marjorie? Ich darf Sie doch Marjorie nennen? Bitte sagen Sie Ja, denn es würde mir das Herz brechen, ein Nein zu hören.«

»Na schön«, erwiderte Marjorie, die zweifellos dem Gewicht der allgemeinen Erwartung erlag. Nicht nur Clarissa, sondern auch all ihre Tischnachbarn machten den Eindruck, nichts lieber zu tun, als ebenfalls in Effies Gesellschaft das Abendessen einzunehmen.

»Wie wäre es denn, wenn wir uns vorher alle auf einen Cocktail treffen würden?«, schlug jemand anders am Tisch vor.

Der Vorschlag des Mannes trug ihm einen vernichtenden

Blick von Marjorie ein. »Sie vergessen offenbar die Cocktailparty unseres Kapitäns, Mr Shaughnessy«, sagte sie in scharfem Ton.

Wieder einmal ließ Effie ihren ganzen Charme spielen und lächelte erfreut. »Oh, das ist ja sogar noch besser, dann sehen wir uns später dort. Ciao«, fügte sie hinzu und ließ ihre Finger flattern, »es war ganz reizend, Sie alle kennenzulernen.«

Erstklassige Vorstellung, dachte Clarissa lächelnd, als sie ihren Suppenlöffel wieder aufhob. Sie fragte sich, wie schwer oder leicht es für sie sein würde, einige von Effies Tricks anzuwenden, wenn sie in London ankam und ihr neues, selbstbewussteres Ich zum Vorschein kommen ließ.

Die Cocktailparty des Kapitäns war ein Ereignis, auf das Marjorie sich gefreut hatte, auch wenn sie andauernd bemäkelte, dass sie den Mann während der Überfahrt kaum zu Gesicht bekommen hatte. Als sie endlich eingeladen worden war, an seinem Tisch zu sitzen, war er anderweitig beschäftigt gewesen. Aber nun war ihr Moment gekommen. Als sie die *Polestar-Lounge* betraten, wo die Party schon in vollem Gange war, wartete Marjorie gespannt darauf, dem Kapitän die Hand zu schütteln. Clarissa fragte sich, ob diese grässliche Frau ihm wohl eine Moralpredigt halten oder ihm schmeicheln würde.

Wie sich herausstellte, konnte sie weder das eine noch das andere tun, denn kaum hatte Marjorie die Hand des armen Mannes ergriffen, stellte er sie auch schon dem Zahlmeister zu seiner Linken vor, um Clarissa zu begrüßen und sie in ein Gespräch zu verwickeln. »Ich glaube, Sie sind eine Freundin von Madame Betty«, sagte er mit einem angenehmen französischen Akzent. »Was für eine reizende Frau sie ist! Haben Sie Ihren Aufenthalt an Bord der *Belle Étoile* genossen?«

»Ich hatte eine wundervolle Zeit hier, danke«, erwiderte Clarissa, überrascht, wie gut er informiert war.

»Madame Betty sagte, Sie wären in Frankreich geboren. Ist das wahr?«

»Ja, meine Eltern haben eine Zeit lang dort gelebt.«

»Vielleicht werden Sie eines Tages dorthin zurückkehren.«

»Wer weiß«, antwortete Clarissa und versuchte, geheimnisvoll zu klingen. »Vielleicht werde ich das ja wirklich tun.« Und da sie sich der Gäste bewusst war, die hinter ihr warteten, um den Kapitän kennenzulernen, und Marjories eisigen Blick im Nacken spürte, ging sie weiter.

»Wenn Ihre Großmutter Sie jetzt sehen könnte! Was für ein schamloses, ungehöriges Benehmen!«, zischte Marjorie, als sie sich aus dem Empfangsbereich entfernten. »Den Kapitän derart zu vereinnahmen, obwohl er noch mit so vielen anderen Passagieren sprechen muss! Sie haben noch viel zu lernen, mein Fräulein!«

So ist es, dachte Clarissa fröhlich, als sie Betty winken sah. Mit einem zinnoberroten Modellkleid mit dazu passendem Turban bekleidet, bildete sie einen spektakulären Kontrast zu all den anderen Gästen in dem überfüllten Raum. »Da ich offenbar eine solche Enttäuschung für Sie bin«, sagte Clarissa zu Marjorie, »werde ich Ihnen die Peinlichkeit meiner Gesellschaft ersparen und Sie Ihren Freunden überlassen.« Und bevor Marjorie ihrer Entrüstung Ausdruck verleihen konnte, eilte Clarissa auf Betty zu und schnappte sich unterwegs einen Cocktail von dem Tablett eines vorübergehenden Kellners.

»Es ist mir egal, was es ist«, sagte sie zu Betty, als sie das Glas erhob, »aber dieses Getränk wird längst nicht so bitter sein wie Marjories böse Zunge. Eins schwöre ich Ihnen, Betty: Wenn sie das Schiff morgen lebend verlässt, wird es ein Wunder sein!«

»Und ein schwerer Fehler!«, sagte Betty lachend.

Sie lachten noch immer, als Effie in einem bodenlangen elfenbeinfarbenen Seidenkleid durch die Menschenmenge zu ihnen herüberschlenderte. Vorsichtig, um nur ja nicht auf ihr Kleid zu treten, gingen Ellis und Artie hinter ihr, die beide mit einem Smoking bekleidet waren und umwerfend attraktiv aussahen.

»Ach du meine Güte, wie glamourös Sie alle ausschauen!«, rief Betty. »Da darf ich es ja fast nicht wagen, mich in Ihrer Gesellschaft sehen zu lassen!«

»Was für ein Unsinn«, erwiderte Effie und hakte sich bei Betty unter. »Sie begleiten uns jetzt zu unserem Tisch zum Abendessen. Ich bestehe darauf und werde kein Nein als Antwort gelten lassen, Betty.«

»Wenn das so ist, wird es mir eine Ehre sein, Effie.«

»Wunderbar! Wir werden eine lustige Gesellschaft sein und gar nicht mehr aufhören können zu lachen!«

Der Abend erwies sich tatsächlich als ausgesprochen unterhaltsam und fand seinen Höhepunkt, wie in so vielen anderen Nächten zuvor, in der *Rhapsody Bar*. Clarissa wusste, dass sie mehr getrunken hatte, als ihr guttat, amüsierte sich aber viel zu gut, um sich darum zu sorgen.

»Ich glaube, ich mag dich lieber, wenn du ein bisschen betrunken bist«, sagte Ellis, der wie sie alle zu dem vertrauteren Du übergegangen war, als sie miteinander tanzten und er Clarissa fest an sich gedrückt hielt.

Clarissa lachte unbekümmert und drohte ihm mit dem

Finger. »Ich bin beschwipst, aber nicht betrunken. Das ist ein Unterschied.«

Ellis lächelte. »Und wie könnte ein wohlerzogenes Mädchen wie du so etwas wissen?«

»Weil ich gar nicht so wohlerzogen bin, wie du vielleicht denkst. Und weißt du was? Auch ich mag mich ein bisschen lieber, wenn ich beschwipst bin. Ich sollte öfter mal ein wenig zu viel trinken.«

»Das würde ich dir nicht empfehlen.«

Sie tippte mit dem Zeigefinger an die gestärkte Hemdbrust seines Smokings. »Schönen Dank auch für den Rat, aber ich werde tun und lassen, was ich will.«

Er starrte sie aus großen Augen an. »Ich weiß nicht, ob ich dich für dein Benehmen schütteln oder küssen soll.«

»Lass dich warnen – wenn du mich schüttelst, schreie ich.«

Seine Lippen verzogen sich zu einem amüsierten Lächeln. »In diesem Fall lässt du mir keine andere Wahl.«

Kapitel Neunzehn

»›Ach du meine Güte!‹, wie Betty gesagt hätte! Sie haben diesem Wüstling doch wohl nicht erlaubt, sich solche Freiheiten bei Ihnen herauszunehmen, Mrs Dallimore?«

Die alte Dame lachte über Lizzies Frage. »Und ob ich das getan habe, meine Liebe.«

»Sie freches kleines Ding, Sie!«

»Wer ist ein freches kleines Ding?« Das war Mr Sheridan mit seiner gewohnten brummigen Freundlichkeit.

»Nur jemand, den ich früher kannte«, sagte Mrs Dallimore und warf Lizzie ein verschwörerisches Lächeln zu. »Was halten Sie da in den Händen, Mr Sheridan?«, fragte sie ihn dann.

»Eine Liste von Aktivitäten und Ausflügen für die kommenden Wochen. Ich habe sie auf dem Rückweg aus der Krankenstation mitgenommen. Es ist auch ein Theaterbesuch in Cambridge geplant. Hätten Sie Lust dazu?«

»Ich glaube nicht.«

»Ach, kommen Sie, Mrs D., und leben Sie ein bisschen. Möchten Sie Woodside denn nicht auch gern für ein paar Stunden entkommen? Wir könnten uns sogar heimlich davonschleichen und uns einen unerlaubten Drink genehmigen. Was würden Sie denn dazu sagen?«

»Ich würde sagen, dass die Zeiten, in denen ich mich davonschlich, weit hinter mir liegen. Warum versuchen Sie es nicht bei einer der jüngeren und temperamentvolleren Damen?«

»Um mich von ihnen fix und fertig machen zu lassen? Da probiere ich meine Chancen doch lieber mal bei Ihnen.«

Lizzie überließ die beiden ihrem Geplänkel und ging, um zu sehen, was es als Nächstes für sie zu tun gab.

»Betten beziehen und Zimmerreinigung«, war die Antwort. Man gab ihr einen Rollwagen mit Bettwäsche und jede Menge Reinigungsmittel, einschließlich eines Staubsaugers mit einem schlangengleichen Schlauch, der einen eigenen Willen zu haben schien. Sie hatte aber auch eine überraschende Neuigkeit von der Heimleiterin erfahren: Da Lizzie dem Woodside-Pflegeheim so viele Stunden opferte und so gute Arbeit leistete, sollte sie in Zukunft für ihren Einsatz auch bezahlt werden.

»Es erscheint mir nur korrekt, Ihnen ein Gehalt zu zahlen, und Mr und Mrs Park sind darin ganz meiner Meinung«, hatte die Heimleiterin gesagt.

Lizzie hatte wirklich nicht damit gerechnet, doch das Geld würde ihr natürlich sehr gelegen kommen. Auch wenn inzwischen die Chance bestand, dass sie nicht viel länger in Woodside bleiben würde, nachdem Curt sich endlich von seiner Frau getrennt hatte. Da jetzt alles geklärt war, würde sie nach London zurückkehren und sich dort eine Arbeit suchen. Vielleicht könnte sie ja sogar ihren alten Job zurückbekommen …

Das erste Zimmer, das gereinigt werden musste, war zufällig Mrs Dallimores. Als Lizzie das Bett abzog, dachte sie an eine sehr viel jüngere und beschwipste Clarissa Dallimore, die auf der Tanzfläche mit einem grünäugigen Mann schmuste, den sie erst seit ein paar Tagen kannte. Welche anderen Freiheiten mag Mrs Dallimore diesem dreisten Kerl wohl noch erlaubt haben?, fragte Lizzie sich mit einem Lächeln.

Als das Bett frisch bezogen und gemacht war, begann sie, Staub zu saugen. Obwohl sie auch im Zimmer eines anderen Bewohners nicht nachlässiger gewesen wäre, bemerkte sie doch, dass sie mit ganz besonderer Sorgfalt vorging, weil dies Mrs Dallimores Zimmer war. Sie schob den Staubsauger so weit unter die Möbel, wie es ihr möglich war. Nach ihrer Schicht würde jedenfalls kein einziges Staubflöckchen zurückbleiben!

Das Woodside-Seniorenheim hielt sich viel darauf zugute, ein »beziehungsorientiertes« Pflegeheim zu sein – eine Beschreibung, die Lizzie anfangs für nichts weiter als Marketing gehalten hatte. Doch nun hatte sie das Gefühl, schon eine Beziehung zu Mrs Dallimore hergestellt zu haben, obwohl sie erst seit kurzer Zeit hier arbeitete. Im Laufe der Jahre hatte ihre Mutter oft über die Bewohner des Heims gesprochen, die sie kennengelernt hatte, und auch darüber, wie nahe es ihr ging, wenn sie verstarben. Bei mehr als einer Gelegenheit war Tess in Tränen aufgelöst nach Hause gekommen. Lizzie hatte ihre Mutter einmal gefragt, warum sie sich diesen Qualen aussetzte, obwohl es doch genug andere ehrenamtliche Tätigkeiten gab, die nicht so verstörend wären. Tess' Antwort darauf war gewesen, dass das Privileg, diese Menschen kennenzulernen, bei Weitem jede Trauer überwog, die sie erlebte.

Lizzie begann inzwischen selbst, dieses Gefühl zu empfinden. Diese alten Menschen hatten noch viel zu sagen und zu geben. Sie hatten alle möglichen Höhen und Tiefen, Freuden und Enttäuschungen des Lebens erfahren, und jeder hatte seine eigene Geschichte zu erzählen. Sie waren nicht gesichtslos und austauschbar, wie Lizzie früher gedacht hatte; sie waren Individuen und eine Bereicherung für andere.

Lizzie war gerade dabei, den Schlauch des Staubsaugers unter das Bett zu schieben, als er gegen etwas Hartes stieß. Auf Hände und Knie gestützt, warf sie einen Blick unter das

Bettgestell und sah einen kleinen, altmodischen braunen Lederkoffer. Sie schob ihn zur Seite und saugte weiter, und da der Staubsauger so laut war, hörte sie nicht, wie die Tür geöffnet wurde. Erst als sie rückwärts von dem Bett wegkroch, erschrak sie, weil sie nicht mehr allein im Zimmer war: Mrs Dallimore saß in ihrem Rollstuhl vor der geschlossenen Zimmertür.

Lizzie schaltete den Staubsauger aus. »Wie sind Sie hierhergekommen?«, fragte sie. Die alte Dame hatte nicht mehr die Kraft in ihren Armen, um den Rollstuhl selbst zu schieben.

»Mr Sheridan war so freundlich, mich hierher zu chauffieren.«

»Ich glaube, in ihm haben Sie einen Verehrer gewonnen«, sagte Lizzie lächelnd.

»Was für ein Unsinn!«

»Das ist überhaupt kein Unsinn, Mr Sheridan ist ganz eindeutig vernarrt in Sie.«

»Ich glaube, die Aufregung über das morgige Wiedersehen mit Ihrem Freund ist Ihnen zu Kopf gestiegen, meine Liebe.«

Lizzie stand auf, und während sie sich die Jeans glatt strich, schlug sie vor, später noch einmal wiederzukommen, um die Reinigung des Zimmers zu beenden.

»Das ist nicht nötig«, erwiderte Mrs Dallimore und wandte sich dem kleinen Bücherregal an der Wand neben den Terrassentüren zu. »Ich habe plötzlich das Bedürfnis, noch einmal etwas zu lesen, was ich als junges Mädchen liebte. *Little Women* heißt das Buch, das meine Mutter mir schon abends vorzulesen pflegte. Und bevor Sie es auch nur zu denken wagen – das bedeutet keineswegs, dass ich dabei bin, wieder zu einem Kind zu werden.«

»Es würde mir nicht einmal im Traum einfallen, so etwas zu denken«, widersprach Lizzie, während sie zu der alten Dame hinüberging, um sie näher an das Bücherregal heranzuschieben. Dann nahm sie ein Tuch und machte sich ans Staubwischen. Dabei gab sie sich alle Mühe, nicht den Eindruck zu erwecken, herumzuschnüffeln und sich die wenigen Besitztümer der alten Frau anzusehen. Neben dem Bett stand ein sehr alter, lederner Bilderrahmen, der zwei Fotografien enthielt und zusammengeklappt werden konnte. Lizzie musste ihre ganze Zurückhaltung aufbieten, um die verblassten Schwarz-Weiß-Fotos nicht in allen Einzelheiten zu betrachten. Soweit sie sehen konnte, zeigte eine der Fotografien zwei Jungen und die andere einen noch jüngeren Knaben. Sie hätte liebend gern gefragt, wer sie waren. Aber angesichts all der Zimmer, die sie noch zu reinigen hatte, wagte sie es nicht, ein Gespräch zu beginnen, das sie dann vielleicht allzu sehr fesseln würde.

»Sie können mich ruhig fragen, wer die Jungen sind«, sagte Mrs Dallimore. »Das stört mich überhaupt nicht.«

»Entschuldigen Sie«, bat Lizzie schnell. »Ich wollte nicht neugierig sein.«

»Das weiß ich. Ich mag aber Neugierde an einem Menschen, weil sie ein Interesse an etwas anderem als sich selbst beweist. Der Junge, der allein auf dem Foto ist, ist Nicholas, mein Sohn, und die anderen beiden sind Thomas und Walter, zwei Jungen, die ich auch als meine Söhne betrachte.«

Lizzie wollte schon nachhaken, wo diese Jungen heute lebten, doch Mrs Dallimore kam ihr zuvor. »Ich werde Ihnen ein andermal von ihnen erzählen«, sagte sie entschieden, »weil ich Sie jetzt nicht von Ihrer Arbeit abhalten darf. Aber wenn ich Sie kurz unterbrechen und bitten dürfte, die Terrassentüren zu öffnen und mich hinauszuschieben, werde ich Ihnen hier drinnen nicht im Weg sein.«

Lizzie tat wie geheißen und nahm dann ihre Arbeit wieder

auf – wenn auch erst nach einem weiteren langen Blick auf die Schwarz-Weiß-Fotos der drei Jungen. Und irgendwie spürte sie dabei, dass die Geschichte, die Mrs Dallimore ihr über sie erzählen würde, kein Happy End haben würde.

Kapitel Zwanzig

Wie wundervoll es war, wieder in London zu sein! »Hier bin ich, Leute!«, wollte Lizzie allen zurufen. »Habt ihr mich vermisst? Ihr könnt euch gar nicht vorstellen, wie sehr ihr mir gefehlt habt!«

Mit beschwingten Schritten eilte sie die Shoreditch High Street entlang zu dem Treffpunkt, den Curt ihr vorgeschlagen hatte. Es war eine Bar, in der Lizzie noch nie zuvor gewesen war und die sich etwa eineinhalb Kilometer von dem Gebäude entfernt befand, von dem aus Starlight Radio seit seiner Gründung vor acht Jahren sendete. Curt und Lizzie waren immer vorsichtig mit der Wahl des Ortes für ihre heimlichen Treffen gewesen. Obwohl ein Teil von Lizzie ein schlechtes Gewissen gehabt hatte, waren ihre gemeinsamen Momente stets von dem Nervenkitzel begleitet, sich in eine nur für sie existierende Welt zu flüchten. Zu Anfang war Lizzie noch zufrieden gewesen mit der Geheimnistuerei und Ausgrenzung und froh, Curt ganz für sich allein zu haben. Aber dann war sie völlig unerwartet von dem Bedürfnis übermannt worden, Curt ihren Freunden vorzustellen … oder vielleicht sogar ein bisschen mit ihm anzugeben. »Seht ihr«, hatte sie sagen wollen, »er ist der Grund dafür, dass ich in letzter Zeit so oft verhindert war, wenn ihr euch mit mir treffen wolltet. Ist er nicht fantastisch? Findet ihr ihn nicht auch ganz wunderbar?«

Sie holte tief Luft, um ihre Aufregung über das Wiedersehen mit Curt zu dämpfen – eine Aufregung, in der eine gewisse Furcht mitschwang, weil Lizzie sicher war, dass dies ein sehr wichtiger und entscheidender Moment für sie beide sein würde. Wer weiß?, dachte sie. Vielleicht würde es von heute an ja keine Heimlichkeiten mehr geben, und sie würde nicht länger als *die heimliche Frau an seiner Seite* gebrandmarkt sein. Ja, alles in ihr war überzeugt davon, dass dies der erste Tag vom Rest ihres gemeinsamen Lebens war.

Ein schneller Blick durch die Bar zeigte ihr, dass Curt noch nicht eingetroffen war – was ihr Zeit gab, kurz die Damentoilette aufzusuchen und sich zu vergewissern, dass sie gut aussah. Nachdem sie rasch den Lippenstift aufgefrischt hatte und sich mit der Bürste durch das Haar gefahren war, kehrte sie in die Bar zurück. Sie bestellte sich ein Glas Merlot und ging damit zu einem Tisch in einer Ecke, der so weit entfernt vom Fenster war wie möglich. Eine der vielen Regeln ihrer heimlichen Treffen war stets gewesen, sich auf keinen Fall an einen Fensterplatz zu setzen. Aber vielleicht würden die alten Regeln von diesem Tag an nicht mehr gelten.

Mit ihrer kitschig-überladenen Ausstattung à la Alice im Wunderland hätte die Bar nicht weiter entfernt sein können von der Art von Lokalen, die Curt im Allgemeinen bevorzugte. Lizzie lächelte bei der Vorstellung, wie deplatziert er hier wirken würde, und fragte sich, ob seine Wahl vielleicht irgendwie symbolisch war. *Was* sie symbolisierte, konnte Lizzie jedoch nicht sagen.

Tess war in der Küche und backte. Da Lizzie den Tag in London verbrachte und Tom und Freddie unterwegs waren, um die Enten zu füttern, war das Haus von einer Stille erfüllt, die Tess sehr willkommen war. Sie erinnerte sie an die Zeit, als

Luke und Lizzie noch Babys waren und sie jede Minute, die sie schliefen, ausgenutzt hatte. Gott, wie sie diese Minuten damals mit so vielen Aufgaben wie nur möglich ausgefüllt hatte – wie die Wäsche aufzuhängen, das Abendessen vorzubereiten, bevor Tom von der Arbeit kam, ein bisschen Staub zu wischen und zu tun, was auch immer sonst noch erledigt werden musste. Lizzie war unweigerlich die Erste gewesen, die erwachte, und dies oft genug, wenn Tess sich gerade mit einer Tasse Kaffee hingesetzt hatte. Mit ein bisschen Glück hatte sie Lizzie gefüttert und frisch gemacht, bevor auch Luke erwachte.

Oft dachte Tess, dass sie damals ein größeres Organisationstalent besessen hatte als heutzutage, wo sie im Grunde alle Zeit der Welt hatte. Oder war das nur eine Illusion? Trieb ihr Verstand sein Spiel mit ihren Erinnerungen und filterte das schlimmste Chaos des Lebens einer Mutter von Zwillingen heraus? Tom nannte es gern das »selektive Gedächtnis«.

Wie dem auch sei, Tess wünschte jedenfalls, sie könnte auch selektiv mit den gemischten Gefühlen umgehen, die sie Lorna entgegenbrachte. Nachdem sie Lizzie am Morgen zum Bahnhof gebracht hatte, war Tess auf dem Heimweg durch das Dorf am Lebensmittelladen vorbeigefahren, um Milch zu kaufen. Während sie an der Kasse wartete, war Marian Bainbridge hereingekommen.

Diese herrische und herrschsüchtige Frau übte längst die Alleinherrschaft über das Dorf aus und war zu einer Despotin geworden, die andere gern herumkommandierte, ihnen alle Arbeit auflud, um dann selbst die Lorbeeren zu ernten. Wann immer sie wieder einmal eine ganze Salve von Befehlen und Anordnungen für irgendwelche dörflichen Angelegenheiten oder Ereignisse abgefeuert hatte, weckte sie in Tess den absurden Wunsch, der Frau hinter ihrem Rücken die Zunge herauszustrecken.

Es war daher nicht überraschend gewesen, dass Marian auch heute ein Bündel Papiere in der Hand gehalten hatte – entweder verteilte sie Flugblätter oder war auf der Suche nach anderen, die es für sie erledigen sollten. Es war unmöglich gewesen, ihr aus dem Weg zu gehen, weil der Laden viel zu klein dazu war. Daher hatte Tess eine möglichst unbeschwerte Miene aufgesetzt und sich gewappnet.

»Ah, genau die Frau, die ich gesucht habe!«, verkündete Marian dann auch sofort. »Es geht um das diesjährige Erntedank-Essen, und da Sie schon mal hier sind, können Sie auch gleich Ihren Namen auf die Liste der Helferinnen setzen, entweder zum Kochen oder zum Bedienen.«

»Ist es nicht ein bisschen früh für die Planung dieses Essens?«, entgegnete Tess. »Es ist noch lange hin bis dahin.«

»Vorbereitung ist alles. Also, ich denke, dass Sie das Gleiche wie letztes Jahr tun wollen. Doch Sie werden sich eine neue Partnerin suchen müssen, denn Lorna hat sich schon mit Rosamund Beccles für die Bedienung an den Tischen angemeldet.«

Es war keine Rede davon, ob Tess helfen wollte oder überhaupt verfügbar war – danach wurde nie gefragt. Urplötzlich erfüllte die Arroganz und Anmaßung der Frau Tess mit dem erschreckenden Bedürfnis, Marian unmissverständlich klarzumachen, wohin sie sich ihr Erntedank-Essen stecken konnte. Und da Tess befürchtete, dass sie vielleicht genau das tun würde, marschierte sie schnurstracks aus dem Laden, ohne die Milch mitzunehmen, derentwegen sie hergekommen war.

Nachdem sie nun den Zitronenkuchen in den Backofen geschoben hatte, schämte Tess sich ihres Verhaltens Marian gegenüber. Die Frau mochte zwar der Fluch so manches Dorfbewohners sein, aber sie verdiente es nicht, so grob behandelt zu werden. Tess wusste nur zu gut, was ihr Verhalten Marian gegenüber ausgelöst hatte: Sie hatte sich gekränkt gefühlt, als sie erfahren hatte, dass Lorna es vorgezogen hatte, bei dem Erntedankfest mit Rosamund Beccles zusammenzuarbeiten statt mit ihr. Lorna hätte ihre Gefühle und Absichten nicht deutlicher zum Ausdruck bringen können, wenn sie ein Schild an das Schwarze Brett des Dorfes gehängt hätte.

Und all das bloß Lizzies wegen.

Der Gedanke kam ihr in den Sinn, heimtückisch und völlig ungebeten, und Tess verdrängte ihn schuldbewusst. Lizzie mochte zwar der Auslöser für die Situation gewesen sein, in der sie sich jetzt befanden, aber es war Lorna, die die Dinge auf ein schon lächerlich boshaftes Niveau hinunterbrachte.

Nur mit enormer Anstrengung traf Tess die Entscheidung, sich nicht zu der Taktik herabzulassen, es Lorna mit gleicher Münze heimzuzahlen, egal, wie verlockend die Vorstellung auch war. So etwas hatte sie nicht nötig, sagte sie sich. Stattdessen würde sie sich auf galante Art aus der Affäre ziehen und es so einrichten, dass Tom und sie an dem Abend der Erntedankfeier etwas anderes vorhatten.

Nachdem das beschlossen war, machte sie sich Gedanken über den bevorstehenden Abend, an dem Luke und Ingrid kommen würden, um Freddie für das Wochenende nach Hause zu holen. Tess fühlte sich immer noch schuldig, weil der Kleine ihrer Achtlosigkeit wegen aus dem Buggy gestürzt war. Sie nahm sich vor, Ingrid zu beweisen, dass ihr geliebter Sohn keinen ernsthaften Schaden davongetragen hatte. Oder – was noch wichtiger war – dass er völlig sicher in der Obhut seiner Großmutter war.

Die Kartoffeln waren geschält, und als Tess ihren Mann und den fröhlich plappernden Freddie hörte, die gerade um das Haus herum in den Garten kamen, fragte sie sich, wie es Lizzie in London ergehen mochte. Es war schön gewesen, sie mit einem so strahlenden und herzerfrischend glücklichen Lächeln im Gesicht zu sehen. Aber mit dem Beschützerinstinkt einer Mutter hoffte Tess, dass ihre Tochter die auf sie zukommenden Schwierigkeiten nicht unterschätzte – falls Curt tatsächlich die Absicht hatte, sich ihretwegen von seiner Frau zu trennen. Die Folgen einer solchen Entscheidung waren zwar nicht unüberwindlich, würden aber dennoch für immer spürbar sein, weil ein Kind betroffen war. Ein kleines Mädchen, das sogar zu einem zweiten Enkelkind für Tess und Tom werden würde, wenn alles so ausging, wie Lizzie es sich erhoffte. Tess hatte diese Aussicht noch nie ernsthaft in Betracht gezogen, doch jetzt wurde ihr klar, dass ihr gar nichts anderes übrig blieb.

»Tut mir leid, dass ich mich verspätet habe«, sagte Curt, als er sich auf dem alten Holzstuhl Lizzie gegenüber niederließ. Dann nahm er die große Ledertasche ab, die quer über seiner Brust hing, und ließ sie auf den Boden zu seinen Füßen fallen. »Es war ein katastrophaler Morgen. Cal macht mich wahnsinnig mit seinem ständigen Gejammer. Aber entschuldige bitte, und vergiss, was ich gesagt habe – die Arbeit ist bestimmt das Letzte, wovon du etwas hören willst.«

Lizzie lächelte; er könnte ihr das Telefonbuch rezitieren, und sie wäre überglücklich. »Ich möchte alles hören«, sagte sie. »Erzähl mir all den Klatsch, und lass nur ja nichts aus!« Dann schüttelte sie den Kopf, und aus dem Lächeln wurde ein Lachen. »Es ist wunderbar, dich wiederzusehen! Ich habe dich so vermisst! Oder, besser gesagt, ich habe *uns* vermisst – falls du weißt, was ich meine.«

»Natürlich weiß ich, was du meinst«, sagte er und trank einen großen Schluck aus seinem Glas. Dann wandte er sich ab, um sich umzusehen. Aus alter Gewohnheit, dachte Lizzie. Er wollte sichergehen, dass niemand da war, der ihn vielleicht kannte. Seit ihrer Ankunft hatte sich die Bar gefüllt und als beliebter Treff für Hipster entpuppt: Sehr viele der männlichen Gäste trugen Bärte und eng anliegende Jeans. »Ich habe dich auch vermisst«, sagte Curt, als er sich ihr wieder zuwandte. »Ohne dich macht die Arbeit längst nicht so viel Spaß.«

»Das möchte ich auch hoffen.« Sie schob die Hand über den Tisch, bis ihre und seine Fingerspitzen sich berührten. Ihn nach so langer Zeit anzufassen, und wenn auch nur ganz leicht, genügte, um ein heftiges Begehren in ihr zu entfachen. Das war die Wirkung, die er schon immer auf sie gehabt hatte; irgendwie ließ er alles viel intensiver und lebhafter erscheinen.

Als wüsste er, welchen Effekt er auf sie hatte, hob er die Hand und legte sie fest auf ihre. »Ich möchte, dass du mir etwas versprichst«, sagte er, während er ihr direkt in die Augen schaute.

Plötzlich wurde ihr die Brust ganz eng, und ihre Kehle war wie zugeschnürt. Jetzt kam es. Dies war der Moment, auf den sie gewartet hatte. Lizzie zwang sich, nicht zu triumphierend zu erscheinen und zu berücksichtigen, wie schwierig dies alles für ihn sein musste. »Sprich weiter«, bat sie leise.

Er trank wieder einen großen Schluck aus seinem Glas, das jedoch nur Wasser enthielt, wie sie erst jetzt bemerkte. Curt trank niemals Wasser. Er hasste die Protzigkeit von Mineralwasser, trank es aber auch nie direkt aus dem Hahn; London habe das schlimmste Wasser der Welt, behauptete er immer. »Versprich mir bitte, dass du nicht überreagieren wirst und dich bemühst, mich zu verstehen.«

Seine Stimme war so ernst geworden, dass Lizzie ein Frösteln überlief. »Was wirst du mir jetzt sagen?«, fragte sie so gefasst, wie es ihr möglich war.

»Versprich es mir zuerst. Versprich mir, dass du dich nicht aufregen wirst.«

»Warum sollte ich mich aufregen?« Ihr Herz pochte wild.

»Weil wir Schluss machen müssen, Lizzie, und ich dich nicht wiedersehen kann. Nie wieder.«

Sie schluckte und versuchte, etwas zu sagen, aber es gelang ihr nicht. In ihrem Kopf jedoch schrie eine Stimme ohrenbetäubend laut: *Nein!*

»Es tut mir leid«, fügte er hinzu. »Und glaub mir bitte, dass es nicht das ist, was ich will.«

»Curt«, erwiderte Lizzie schließlich, »was du sagst, ergibt keinen Sinn für mich. Wenn du nicht willst, dass es aus ist zwischen uns, dann beende es auch nicht. So einfach ist das.«

Er beugte sich ein wenig vor. »Es ist nicht einfach, Lizzie. Es ist alles andere als einfach. Mach es mir bitte nicht noch schwerer, als es ohnehin schon ist. Du bist ein kluges Mädchen und wirst doch sicher in der Lage sein, es auch von meinem Standpunkt aus zu betrachten.«

»Was hat sich denn geändert? Vor ein paar Wochen sagtest du, du würdest deine Frau verlassen und bräuchtest nur ein bisschen Zeit, um den Weg dorthin zu bereiten. Du sagtest, du bräuchtest eine Atempause, um alles zu regeln. Du kamst früher aus dem Urlaub zurück, weil du deiner Frau erklärt hattest, dass eure Ehe keine mehr ist und du dich scheiden lassen willst.« Nun, da sie ihre Stimme wiedergefunden hatte, war sie lauter geworden. Lizzie stand sogar in der Gefahr, sie noch mehr zu erheben.

»Du hast mir versprochen, dich nicht aufzuregen«, murmelte Curt mit einem besorgten Blick zu den Nachbartischen.

»Ich habe gar nichts versprochen! Und entschuldige vielmals, aber ich denke, ich habe das Recht, mich aufzuregen, so viel ich will. Außerdem hast du meine Frage nicht beantwortet. Was hat sich geändert, Curt?«

»Meine Frau ist schwanger.« Als Lizzie nichts erwiderte, sagte er eindringlich: »Sie erwartet unser zweites Kind. Da wirst du doch verstehen, dass ich sie nicht verlassen kann. Es ist einfach nicht möglich. Das verstehst du doch, oder? Ein weiteres Kind ändert alles. Deshalb sind wir früher als geplant aus Griechenland zurückgekommen. Natascha fühlte sich nicht wohl, und dann stellte sich heraus, dass sie schwanger ist und sich nicht nur im Hotel irgendetwas eingefangen hatte.« Er runzelte die Stirn. »Und ich weiß nicht, wie du darauf kommst, ich hätte meiner Frau in unseren Ferien erklärt, ich wolle mich von ihr scheiden lassen.«

Lizzie schwirrte der Kopf, und wie eine Ertrinkende griff sie nach dem einzigen greifbaren Fakt in ihrer Reichweite. »Du hast gesagt, du würdest nicht mehr mit ihr schlafen.«

Curt senkte den Blick auf den Ehering an seinem Finger. »Sei nicht so naiv, Lizzie. Eigentlich bin ich dir überhaupt keine Erklärung schuldig, denn immerhin ist Natascha meine Frau, und wir teilen das Bett miteinander.«

»Und was bin ich? Oder, besser, was *war* ich? Deine Geliebte? Dein kleines Betthäschen für nebenher? Das naive Ding, das du haben konntest, wenn du in Stimmung dazu warst und deine Frau nicht wollte?«

Seine Augen wurden schmal. »Versuch das gar nicht erst mit mir. Du warst genauso scharf darauf wie ich. Außerdem wusstest du, dass ich verheiratet war, und dir war ebenso klar wie mir, worauf du dich einließt.«

»Aber du hast gesagt, du liebtest mich und hättest vor, deine Frau zu verlassen. Doch nichts davon war wahr, oder? Du hast mich kein bisschen geliebt, nicht?«

»Wäre es leichter für dich, wenn ich sagte, ich hätte dich geliebt? Würde das wirklich einen Unterschied machen?«

Sie starrte ihn ungläubig an. »Leichter?«, wiederholte sie wie vor den Kopf geschlagen. »Du Mistkerl! Du kaltherziger Mistkerl! Ich habe dich nie wirklich gekannt. Ich habe dich die ganze Zeit für einen empfindsamen Mann gehalten. Für einen Mann, der zu leidenschaftlichen Empfindungen imstande ist. Aber ich habe mich geirrt. Du scherst dich einen Dreck um mich. Dir ist doch vollkommen egal, dass ich deinetwegen alles verloren habe. *Alles!*«

Er schüttelte den Kopf. »Sei nicht so melodramatisch, das steht dir nicht, Lizzie. Außerdem hast du doch schon ohne allzu große Schwierigkeiten einen neuen Job gefunden, nicht?«

Das war zu viel für sie. »Ich arbeite in einem Seniorenheim! Denkst du, das sei es, was ich tun will? Glaubst du das tatsächlich?«

Wieder blickte er sich um. »Sprich leiser! Versuch wenigstens, dich wie der erwachsene Mensch zu benehmen, der du bist.«

»Ich kann nicht glauben, was ich höre. Ausgerechnet du willst mich belehren, wie man sich benimmt? Was für eine Unverschämtheit, Curt!«

»Komm schon, Lizzie, nimm dich um Himmels willen zusammen. Warum akzeptierst du nicht einfach, dass es schön war, solange es dauerte, und dass wir uns jetzt im Guten trennen müssen.«

»Müssen wir das? Und warum?«

»Weil es sehr viel besser wäre, es zu tun. Und denk doch mal nach – ein solcher Mistkerl kann ich gar nicht sein, da ich mir immerhin die Mühe gemacht habe, persönlich mit dir Schluss zu machen. Ein geringerer Mann als ich hätte eine Textnachricht geschickt. Können wir uns nicht auf zivilisierte Weise trennen?«

Lizzie lehnte sich auf ihrem Stuhl zurück und musterte den mitleidlosen Fremden vor ihr. Wo war er hergekommen? Denn dieser Mann war nicht der Curt, den sie kannte, der lebensfrohe, amüsante Curt, in den sie sich verliebt hatte. Oder hatte sie ihn von Anfang an falsch eingeschätzt? Hatte sie sich selbst genauso etwas vorgemacht wie er ihr? War sie wirklich so dumm gewesen?

»Lizzie? Ich sagte, könnten wir uns nicht auf …«

»Ich habe gehört, was du gesagt hast«, unterbrach sie ihn, weil sie plötzlich völlig klarsah. »Du willst, dass wir uns in Freundschaft trennen, ja vielleicht sogar mit einem Händeschütteln, und das nur aus dem einen Grund, dass du Angst hast, ich könnte dir Ärger machen, nicht? Du machst dir Sorgen, dass ich zu einer verrückten Stalkerin werden könnte, die wild entschlossen ist, dir das Leben zur Hölle zu machen.«

Wieder verengte Curt die Augen. »Ich würde dir nicht raten, das zu tun, Lizzie.«

»Warum denn nicht?«

»Weil du nicht diese Art von Mädchen bist.«

»Vielleicht hast du mich ja zu dieser Art von Mädchen gemacht? Zu einer durchgedrehten, hysterischen Tussi, die nicht akzeptieren kann, dass ihr Freund mit ihr Schluss gemacht hat. Aber nach allem, was du mir angetan hast, wäre es ehrlich gesagt mein gutes Recht, eines Tages vor deiner Haustür zu erscheinen, während du bei der Arbeit bist, und deine Frau darüber aufzuklären, was du hinter ihrem Rücken treibst.«

Er stützte die Ellbogen auf den Tisch und beugte sich zu Lizzie vor. »Wenn du das tust, wirst du es bereuen.«

»Oooh, jetzt machst du mir aber Angst, Curt«, entgegnete sie spöttisch. »Was wirst du mir denn antun?«

»Es geht nicht um das, was ich tun würde, sondern darum, wie du dich danach fühlen würdest – billig und voller bitterer Selbstverachtung.«

»Denkst du, ich fühlte mich nicht bereits so?«

Er schüttelte müde den Kopf, als hätte er es mit einem aufsässigen Kind zu tun. »Ich hatte mehr von dir erwartet, Lizzie.«

»Das glaube ich dir gern. Aber geh nur heim zu deiner Frau und der entzückenden Tochter, und sag ihnen, was für ein wundervoller Ehemann und Vater du bist. Ich hoffe, dass du danach noch mit dir selbst leben kannst.« Sie hob ihr Glas auf, und erfreut, dass er zusammenzuckte, fügte sie hinzu: »Keine Sorge, ich würde bestimmt keinen Tropfen guten Merlot an dich verschwenden, denn den bist du so gar nicht wert.«

Sie hob das Glas an die Lippen und leerte es in einem Zug. Nachdem sie es mit übertriebener Vorsicht auf den Tisch zurückgestellt hatte, stand sie auf. »Adieu, Curt«, sagte sie, »ich hoffe inständig, dass unsere Wege sich nie wieder kreuzen werden.«

Jetzt bloß nicht stolpern, ermahnte sie sich, als sie auf die offene Tür zuging und auf die Straße hinaustrat. Und keine Tränen! Lieber sterbe ich, als ihm diese Genugtuung zu verschaffen.

Kapitel Einundzwanzig

Du liebe Güte, dachte Ingrid. War sie wirklich die Einzige, die nicht überrascht war über diese Wendung? Ein verheirateter Mann, der eine Affäre beendete, um seine schwangere Frau nicht zu verlassen – wer hätte sich so etwas nicht gleich gedacht? Wann würde Lizzie endlich erwachsen werden und auf eigenen Beinen stehen? Würde sie je aufhören, bei dem kleinsten Problem nach Hause zu ihrer Familie zu laufen und von ihnen zu erwarten, dass sie für sie wieder einmal alles in Ordnung brachten?

Nichts von alldem sagte Ingrid laut, aber wenn sie sich noch mehr von Lizzies theatralischem Gejammer anhören musste, würde sie noch platzen von der schier übermenschlichen Anstrengung, den Mund zu halten. Alles, was sie zustande brachte, war, hin und wieder mitfühlend zu nicken, während Lizzies Tirade scheinbar endlos weiterging. »Ja, ja, *ja*«, hätte Ingrid am liebsten geschrien, »wir haben es schon beim ersten Mal gehört, dass der Mann ein Lügner und Betrüger ist und dich zum Narren gehalten hat; du brauchst es uns nicht noch hundertmal zu sagen!«

Eine Stunde später und nach einem neuen Schwall von Tränen, die Lizzie jetzt wieder über das Gesicht liefen, hatte Ingrid endgültig genug. Und zum Glück auch Freddie. Die meiste Zeit hatten Ingrid oder Tom mit ihm im Garten gespielt, um ihn von dem Drama abzuschirmen. Doch nun, da er übermüdet war und bockig zu werden begann, wusste Ingrid, dass sie alldem mühelos entkommen konnte, indem sie dem ganzen Theater Einhalt gebot und erklärte, es sei Zeit zu gehen.

Als sie von Keeper's Nook wegfuhren, sagte Freddie: »Lizzie traurig. Lizzie weint.«

»Ja, sie ist sehr traurig«, antwortete Luke, »weil sie heute etwas sehr Hässliches erlebt hat. Vielleicht könnten wir ihr morgen eine hübsche Karte basteln, um sie ein bisschen aufzuheitern. Würdest du das gern tun?«

Freddie dachte einen Moment darüber nach. »Eine große Karte«, antwortete er schließlich schläfrig. »Mit dem Bild von einer Paupe drauf.«

»Oh, sie würde sich bestimmt sehr freuen über eine Karte mit einer *Raupe* drauf«, sagte Ingrid. »Die wird ihr sicher alles leichter machen.«

Ihre Bemerkung stieß auf Schweigen im hinteren Teil des Wagens, da Freddie inzwischen die Augen zugefallen waren. Aber Luke neben ihr warf ihr einen Seitenblick zu. Er sagte nichts, doch sie wusste auch so, was dieser Blick bedeutete.

Minuten verstrichen, weil Luke vielleicht sichergehen wollte, dass Freddie auch tatsächlich schlief, bevor er schließlich sagte: »Du könntest dich wirklich ein bisschen mehr bemühen, weißt du?«

»Was soll das denn heißen?«

»Du weißt genau, was ich meine. Du hast nicht mal den Versuch unternommen, ein bisschen aufrichtiges Mitgefühl und Verständnis zu zeigen für das, was Lizzie gerade durchmacht.«

»Das ist nicht fair. Ich möchte den sehen, der auch einmal zu Wort gekommen wäre, wo ihr alle euch doch so überschlagen habt, sie zu trösten.«

Lukes Blick glitt von der Straße zu ihr und dann wieder zurück. »Könntest du nicht wenigstens ein Mal versuchen, etwas subjektiv zu sehen?«, fragte er. »Du bist immer so unbeteiligt. Fast so, als wärst du unfähig …« Hier unterbrach er sich abrupt.

»Sprich weiter«, sagte sie. »Wozu bin ich unfähig?«

Er schüttelte den Kopf. »Vergiss es. Es ist nicht wichtig.«

»Das ist es anscheinend aber doch, denn sonst würdest du das Lenkrad nicht so fest umklammern oder so fürchterlich verkrampft aussehen.« Und warum bedränge ich ihn so?, fragte Ingrid sich. Sie wusste doch, dass eine Fortsetzung dieses Gesprächs keinen anderen Zweck erfüllen würde als diesen: sich selbst ein noch tieferes Loch zu graben, aus dem es vielleicht kein Zurück mehr geben würde.

Wieder verstrichen Minuten, in denen beide schwiegen. Dann sagte Luke: »Was hast du eigentlich gegen meine Schwester? Was hat sie dir je getan, um dich so gegen sie aufzubringen?«

»Was für eine absurde Frage!«, erwiderte Ingrid. »Ich habe überhaupt nichts gegen deine Schwester.«

Luke antwortete nicht.

Und wie schon bei dem Seitenblick, den er ihr zugeworfen hatte, wusste Ingrid, dass sein Schweigen Bände sprach – sie wurde verurteilt, und ihrer Meinung nach sehr ungerechterweise. In ihrer gerechtfertigten Empörung, wie sie meinte, wollte sie sich verteidigen. Nichts brachte sie mehr auf als Lukes unerschütterliche Loyalität seiner Schwester gegenüber, die es ihm unmöglich machte, Lizzies offenkundige Fehler zu erkennen. Es empörte Ingrid, dass er derart blind war. Aber was sie noch mehr empörte, war der Verdacht, dass Luke ihr gegenüber vielleicht nicht einmal die gleiche Loyalität empfand.

»Nur ein Mal«, murmelte er, als er auf der kurvigen Straße hinter einem Traktor die Geschwindigkeit verringern musste. »Es wäre nett von dir, wenigstens ein Mal positiv über Lizzie zu denken.«

Damit war der Kampf, ihre Empörung zu bezähmen, verloren. »Bist du sicher, dass dies ein Gespräch ist, das du weiterführen willst?«, fragte Ingrid.

»Ich hätte es nicht begonnen, wenn ich es nicht für an der Zeit hielte, es zu tun.«

»Manchmal ist es besser, schlafende Hunde nicht zu wecken.«

»Das ist also deine Antwort? Eine glatte Weigerung, ganz aufrichtig zu mir zu sein?«

Sie seufzte ärgerlich. »Lass es gut sein, Luke, ja? Du machst aus etwas eigentlich ganz Belanglosem etwas unnötig Konfliktgeladenes. Was ist nur in dich gefahren?«

»Ich habe gesehen, wie du die Augen verdreht hast, als Lizzie weinte – *das* ist in mich gefahren! Mit ansehen zu müssen, wie wenig dich das kümmerte. Oder, genauer gesagt, wie wenig *sie* dich kümmert.«

»Ach, das ist doch lächerlich, Luke! Ich fand ihre Reaktion ermüdend, das gebe ich zu, denn was ist schon so verwunderlich daran, von einem Mann sitzen gelassen zu werden, der nicht nur seine Frau, sondern auch sie belogen und betrogen hatte? Müsstet ihr nicht eigentlich hocherfreut darüber sein, dass Lizzie den Kerl los ist? Wenn ich an ihrer Stelle wäre, würde ich feiern.«

»Aber genau das ist doch das Problem, dass du gar nicht in der Lage zu sein scheinst, dich in sie hineinzuversetzen! Ob zu Recht oder zu Unrecht, sie war total verliebt in diesen Mann und ist deshalb jetzt schrecklich unglücklich.«

»Rede keinen Unsinn. Sie war *scharf* auf ihn.«

»Ich glaube, weder du noch ich können für Lizzie sprechen, was ihre Gefühle für diesen Mann betrifft.«

»Sie wird darüber hinwegkommen. Das tun wir schließlich alle. Wer hat noch nie eine schlechte Wahl getroffen und musste sich danach aufrappeln und darüber hinwegkommen? Und ehrlich gesagt hättest du deiner Lizzie einen besseren Dienst erwiesen, wenn du diesen Standpunkt vertreten hättest, statt auf ihre Launen einzugehen … auf ihr kindisches Bedürfnis, immer im Mittelpunkt eines jeden Dramas zu stehen.«

Der Traktor vor ihnen bog links ab, und Luke gab Gas. »Tja«, sagte er, »dann bin ich ja froh, dass wir das geklärt haben.«

»Du wolltest, dass ich ehrlich bin, Luke, also beklag dich jetzt auch nicht darüber.« Trotz ihrer so selbstsicher klingenden Worte fühlte Ingrid sich alles andere als wohl in ihrer Haut. Der gerechtfertigte Ärger, den sie zuvor empfunden hatte, war nun schweren Bedenken gewichen, ob es klug gewesen war, so unumwunden auszusprechen, was sie dachte. Aber warum hatte Luke das Thema auch nicht ruhen lassen können? Und war es nicht die pure Ironie? Sie, die stets eine direkte Herangehensweise vorzog, sollte jetzt diejenige sein, die wünschte, Luke hätte sich an das Gegenteil gehalten und nicht ganz so offen angesprochen, was einmal gesagt werden musste?

Kapitel Zweiundzwanzig

Es war Samstagmorgen, und Lizzie versuchte, zu tun, was von ihr erwartet wurde, nämlich sich zusammenzunehmen. Aber noch keine vierundzwanzig Stunden nach ihrem Gespräch mit Curt sträubte sich in ihr noch viel zu viel gegen den Gedanken, um ihn umsetzen zu können.

Sie war am Boden zerstört – geistig, körperlich und seelisch so niedergeschmettert, dass sie nicht glaubte, je wieder so sein zu können, wie sie es vor Curt gewesen war. Der Schock über das, was er ihr angetan hatte, war so groß gewesen, dass sich ihr noch immer der Magen umdrehte, wenn sie daran dachte. Wenn ihre Mutter versuchte, sie dazu zu bringen, etwas zu essen oder zu trinken, wurde ihr allein von dem Gedanken derart übel, dass sie sich ins Badezimmer flüchten musste. Ein Gefühl wie dieses hatte Lizzie noch nie gekannt. Sie war verzweifelt, untröstlich, und sie wusste, dass sie nie wieder jemanden lieben oder jemandem vertrauen würde.

Es überraschte sie jetzt, wie gelassen sie am vergangenen Tag Curt gegenüber geblieben war. Sie hatte keine Ahnung, woher sie diese Kraft genommen hatte. Es war fast so, als hätte eine andere Person Curt gegenübergesessen, als er ihr so kaltschnäuzig den Laufpass gegeben hatte. Wie albern sie sich jetzt vorkam! So begierig, ihn zu sehen, und so froh darüber, dass er ihr nun endlich sagen würde, was sie so unbedingt von ihm hören wollte: dass er reinen Tisch mit seiner Frau gemacht hatte und sie verlassen würde.

Lizzie verstand jetzt nicht mehr, wie sie so dumm hatte sein können, sich einzubilden, dies sei der Grund, aus dem er sie sehen wollte. Immer wieder ließ sie im Geiste das Telefongespräch mit ihm Revue passieren, als er sie auf dem Heimweg von Woodside angerufen hatte. Aber nicht ein einziges Wort, das er geäußert hatte, konnte sie heute noch als Hinweis darauf deuten, dass sich ihre Beziehung ändern würde. Jedenfalls nicht so, wie sie es sich vorgestellt hatte. Naiv, wie sie war, hatte sie in ihrer Euphorie darüber, von ihm zu hören, seinen bloßen Anruf schon als Antwort auf all ihre Hoffnungen und Wünsche aufgefasst. Es war ein Fehler gewesen, den sie nie wieder machen würde. Nie, nie wieder.

Sie stand am offenen Fenster ihres Schlafzimmers und blickte in den Garten hinunter, wo ihr Vater den Rasen mähte. Auf und ab ging er, und ein sauber gemähter Streifen nach dem anderen brachte tadellose Ordnung in den Garten. Mit Tränen in den Augen stand sie da und staunte darüber, wie unkompliziert das Lebens ihres Vaters doch war. Und das ihrer Mutter. Sie lebten ein ganz normales Leben, und dennoch waren sie so glücklich. Als sie in Lizzies Alter waren, hatten sie geheiratet, und ein paar Jahre später waren Luke und sie zur Welt gekommen. Sie hatte ihre Eltern noch nie um ihr Leben beneidet, aber jetzt auf einmal tat sie es. Wie wunderbar es sein musste, all die größeren Dramen des Lebens bereits durchlebt zu haben und sich jetzt nur noch daran zu erfreuen!

Mal abgesehen davon, dass sie ihnen nun all ihre Probleme aufgehalst hatte, was völlig falsch war, wie Lizzie inzwischen einsah. Ihretwegen hatte Lorna ihrer Mutter die Freundschaft gekündigt, und Keith hatte vermutlich Anweisung erhalten, mit Dad ebenso zu verfahren. Ich hätte nie hierher zurückkommen dürfen, dachte Lizzie. Aber wo hätte sie sonst hingehen sollen? Außerdem hatte sie damals geglaubt, es würde nur eine vorübergehende Lösung sein, bis Curt seine Frau verlassen hatte.

Ob er je wirklich vorgehabt hatte, das zu tun? Lizzie glaubte es nicht mehr. Wahrscheinlich hatte er sie die ganze Zeit über belogen. Vielleicht hatte er gestern ja auch die Unwahrheit gesagt, als er behauptet hatte, seine Frau sei wieder schwanger. Möglicherweise hatte er es auch nur als Argument benutzt, gegen das sie keine Einwände vorbringen konnte?

Einige der Dinge, die er von sich gegeben hatte, waren ausgesprochen zynisch gewesen. Gegen Ende ihrer Unterhaltung hatte er ihr sogar gedroht: »Wenn du das tust, wirst du es bereuen«, hatte er auf ihre Bemerkung geantwortet, vielleicht würde sie sogar mit seiner Frau sprechen. Natürlich war es die Stimme der Rache gewesen, die da aus ihr gesprochen hatte. Für Lizzie war klar, dass sie so etwas nie tun würde. Aber war Curt in Wirklichkeit diese Art von Mann: ein Mann, der Drohungen ausstieß?

Doch was machte das schon? Sie würde ihn ohnehin nie wiedersehen, und damit war die Angelegenheit erledigt.

Unten in der Küche fand sie eine Nachricht auf dem Tisch, die ihre Mutter ihr hinterlassen hatte. Typisch Mum! Obwohl Dad hier war, um ihre Abwesenheit zu erklären, hatte sie sich die Mühe gemacht, ihre Tochter wissen zu lassen, dass sie in Woodside war, um bei einem Liedernachmittag zu helfen.

Ich hoffe, es geht dir heute Morgen ein bisschen besser, hatte sie geschrieben. *Liebe Grüße. X*

PS Im Brotkasten sind Pfannkuchen, und deinen Lieblingshonig findest du dort, wo er immer ist.

Vierundzwanzig Stunden zuvor hätte Lizzie noch über diese Notiz gelacht, weil ihre Mutter sie wie eine Zehnjährige behandelte. Jetzt aber war sie gerührt von ihrer Fürsorglichkeit, weil sie ihr inneres Kind ansprach, das in eine warme Decke elterlicher Liebe eingehüllt werden und hören wollte, dass alles wieder gut werden würde.

Sie dachte gerade, dass sie es vielleicht schaffen würde, einen Pfannkuchen zu essen, als sie ganz plötzlich an Simon denken musste. Ob er sich wohl auch so gefühlt hatte wie sie jetzt, als sie sich von ihm getrennt hatte? Sie hoffte es nicht. Wirklich nicht. Niemand verdiente es, sich so zu fühlen.

Oder manche Menschen vielleicht doch. Menschen wie sie zum Beispiel. War das ihre Strafe dafür, Simon so schlecht behandelt zu haben? Was du nicht willst, das man dir tu … bla, bla, bla. So schlimm hatte sich die Art und Weise, wie sie sich von Simon getrennt hatte, damals wirklich gar nicht angefühlt … Aber heute wusste sie es besser. Heute konnte sie sehen, wie herzlos ihr Verhalten gewesen war, als sie sich von ihm getrennt hatte. Zu ihrer Verteidigung konnte sie nur Folgendes vorbringen: Durch die Euphorie ihrer Affäre mit Curt war sie so abgehoben gewesen, dass für sie nichts anderes mehr gezählt hatte, als für den Mann, den sie liebte, frei zu sein. Sie hatte gar nicht wirklich bedacht, wie schrecklich mitgenommen Simon sein würde, weil sie in ihrem Egoismus nur an ihr eigenes Glück und so gut wie gar nicht an das seine gedacht hatte. Er wird schon darüber hinwegkommen, hatte sie sich gesagt.

Aber jetzt wurde sie von einer abscheulichen und demütigenden Scham erfasst, die eine erneute und noch viel stärkere Welle der Übelkeit in ihr auslöste. Jeder Gedanke an Pfannkuchen war vergessen, als sie eine Hand vor den Mund presste und zur Gästetoilette hinüberlief.

Kapitel Dreiundzwanzig

Clarissa war jetzt wieder eingefallen, warum sie die Besuche ihrer Freunde verheimlichen musste. Sie *musste* es tun, weil sie andernfalls auf der Stelle woanders untergebracht werden würde, wo es sehr viel weniger angenehm sein würde. Denn das Woodside-Seniorenheim war keine Einrichtung für die, die unwiderruflich den Verstand verloren hatten, so fürsorglich man hier auch war. Und obwohl Clarissa sich widerstrebend eingestand, dass sie hin und wieder Gedächtnislücken hatte und manchmal auch ein bisschen verwirrt war, hoffte sie, dass sie hierbleiben konnte, solange sie noch einigermaßen gut beieinander war und wusste, was real war und was nicht. Um sich zu prüfen, rief sie sich ins Gedächtnis, was für ein Wochentag es war … Es war Montag, und am späten Nachmittag hatte sie einen Termin bei ihrer Fußpflegerin.

Aber – und es war ein großes Aber – obwohl sie sehr wohl wusste, dass ihre liebsten Freunde schon seit Langem nicht mehr lebten, kamen sie ihr so real vor wie ihr eigenes Spiegelbild, wenn sie ihr erschienen. Sie waren keine Geister, davon war Clarissa überzeugt, und sie konnte sich auch beim besten Willen nicht dazu durchringen, an Geistererscheinungen zu glauben. Was wiederum nur die eine plausible Möglichkeit zuließ, dass ihre Freunde einzig und allein in ihrem Kopf existierten.

»Glaubst du das tatsächlich?«

Überrascht drehte Clarissa sich zu Ellis um, der lässig an der Seite des Rosenpavillons lehnte, in dem sie saß. »Ja«, sagte sie, »das glaube ich.«

Er zuckte mit den Schultern. »Na ja, das kannst du halten, wie du willst.«

»Das tue ich auch. Genau wie du es stets getan hast.«

»Ach du meine Güte! Du bist aber ganz schön bissig heute.«

»So bissig, wie du mich schon immer gemacht hast.«

»Gut zu wissen, dass ich noch nicht nachgelassen habe.«

»Nachgelassen? Du wirst dich niemals ändern und immer nur derselbe alte Ellis sein. Ich muss allerdings zugeben, dass ich dachte, der Tod hätte dir ein bisschen von deiner Arroganz genommen.«

»Aber du würdest mich doch sicher gar nicht anders haben wollen?«

Clarissa lachte. »Nein, wahrscheinlich nicht.«

Er trat näher, und seine grünen Augen leuchteten wie Smaragde in dem hellen Sommerlicht. »Wenn ich anders wäre, würdest du mich doch nicht lieben, oder?«

»Ich glaube, ich kann mit Sicherheit sagen, dass ich dich immer lieben werde«, sagte sie leise. »Genau wie Artie und Effie es immer tun werden.«

Er starrte über den Rasen hinweg zu irgendeinem weit entfernten Punkt und begann zu summen. Es war ein Lied aus ferner Vergangenheit und fühlte sich trotzdem so nahe und gegenwärtig an, als bräuchte Clarissa nur die Hände auszustrecken, um es festzuhalten.

»Love is the sweetest thing …«, stimmte sie in Ellis' Gesang ein. Ihre Augen waren geschlossen, ihr Körper wiegte sich zu der Musik, die sie in ihrem Kopf hörte und zu der sie sich mit Artie tanzen sah in jener Nacht an Bord der *Belle Étoile*,

»… what else on earth could ever bring such happiness to everything as love's old story?«

Sie war schon bei der Hälfte der zweiten Strophe, als sie die Kühle eines Schattens spürte, der auf sie fiel, und als Clarissa die Augen öffnete, war es nicht Ellis, der vor ihr stand, sondern Lizzie.

»Ein schönes Lied«, sagte die junge Frau. »Aber es klang traurig. Ist es ein trauriges Lied?«

»Es kann sein, wie immer man es haben will«, sagte Clarissa verwirrt und blickte sich nach Ellis um. Doch von ihm war nirgendwo etwas zu sehen.

»Im Augenblick erscheint mir einfach alles traurig«, sagte Lizzie so gefühlvoll, dass Clarissa aufhörte, an Ellis zu denken.

»Ach Gottchen«, murmelte sie, »das klingt aber gar nicht gut! Nicht für ein junges Mädchen wie Sie. Ich habe Sie in den letzten paar Tagen vermisst. Wo haben Sie gesteckt?«

»Ich hatte ein freies Wochenende und habe mich die ganze Zeit lang selbst bemitleidet«, antwortete Lizzie verdrossen. »Aber vergessen Sie mich und mein Talent, mir Ärger einzuhandeln. Ich bin eigentlich hergekommen, um zu fragen, ob Sie irgendetwas brauchen.«

»Danke, doch ich brauche nichts anderes, als Sie wieder heiter und fröhlich wie sonst zu sehen«, sagte Clarissa, die bemerkte, wie blass die arme Lizzie war. Sie klopfte auf den Platz neben sich. »Warum setzen Sie sich nicht und erzählen mir, was Sie belastet?«

»Das sollte ich besser nicht tun.«

»Ach was. Ich werde der Heimleiterin sagen, ich hätte darauf bestanden, dass Sie ein Weilchen bei mir bleiben. Was ich hiermit tue. Kommen Sie, setzen Sie sich hin, und erzählen

Sie mir, was Ihnen Kummer macht. Als ich Sie das letzte Mal sah, wollten Sie Ihren Freund besuchen. Wie war es mit ihm?«

Lizzie erschauderte sichtlich. »Nicht gut. Gar nicht gut. Und wenn ich Ihnen berichten würde, was passiert ist, würden Sie mir sagen, dass ich eine Närrin war, die größte Närrin auf diesem Planeten. Sie würden sagen, dass es keinen größeren Dummkopf gibt als mich.«

»Ich widerspreche Ihnen nur ungern, aber ich glaube, Sie würden viele von uns finden, die nicht nur mit Ihnen mithalten, sondern Sie sogar noch übertreffen könnten in Sachen Dummheit. Was haben Sie denn angestellt?«

»Sie werden mir sagen, ich hätte es besser wissen müssen«, erwiderte Lizzie, ohne Clarissas Frage zu beantworten. »Das garantiere ich Ihnen.«

»Was für ein Humbug! Hören Sie auf, mir zu erklären, was ich sagen werde, und erzählen Sie schon. In meinem Alter habe ich keine Zeit für unnötiges Drumherumgerede.«

Lizzie runzelte die Stirn. »Wenn Sie so ungeduldig sind, weiß ich nicht, ob ich Ihnen überhaupt etwas erzählen möchte.«

»Na gut, aber nur damit Sie es wissen: Ich habe keinen Sinn für kindisch-theatralisches Getue.«

»Das ist aber nicht sehr mitfühlend von Ihnen.«

»Ah, dann ist es also mein Mitgefühl, was Sie wollen? Das hätten Sie gleich sagen sollen. Wie wäre es denn damit?« Clarissa legte den Kopf zur Seite und setzte eine übertrieben einfühlsame und mitfühlende Miene auf.

Lizzie lächelte. »Hören Sie auf, Sie machen mir Angst.«

Auch Clarissa lächelte. »Schon besser. Sollen wir nun über etwas anderes reden, oder möchten Sie mir Ihr Herz ausschütten? Ja oder nein?«

»Denken Sie nur ja nie daran, einen Beruf als Seelsorgerin zu ergreifen. Ich glaube nicht, dass das Ihre starke Seite ist. Aber wenn Sie wirklich wissen wollen, wie blauäugig und dumm ich war, dann erzähle ich es Ihnen. Mein Freund oder *angeblicher* Freund ist verheiratet, und nachdem er mir unzählige Male versprochen hatte, sich von seiner Frau zu trennen, hat er am Freitag mit mir Schluss gemacht. Anscheinend erwartet seine Frau ihr zweites Kind. Und ich weiß, dass Sie jetzt denken, ich hätte kein Recht gehabt, eine Affäre mit einem verheirateten Mann zu beginnen, und hätte nur bekommen, was ich verdiente.«

»Na, na.« Clarissa schnalzte missbilligend mit der Zunge. »Wie bereits gesagt, ich wünschte, Sie würden aufhören, mir vorauszusagen, was ich denken oder sagen werde. Aber so, wie ich die Sache sehe, ist der wichtigste Aspekt Ihres Problems doch wohl, ob Sie diesen Strolch noch lieben?«

Lizzie lächelte ein wenig. »›Strolch‹ – was für ein herrlich altmodisches Wort, um Curt zu beschreiben!«

»Gibt es einen Begriff, den Sie bevorzugen würden?«

»Jede Menge, die ich in Ihrer Gegenwart jedoch nicht zu äußern wage. Aber um Ihre Frage zu beantworten, ich weiß im Moment gar nicht, was ich für ihn empfinde. Außer blindem Zorn natürlich.«

»Zorn ist das Fundament, auf dem Sie aufbauen können. Doch verwenden Sie ihn geschickt und klug, und lassen Sie sich nicht davon beherrschen. Haben Sie diesen Mann sehr geliebt?«

Lizzie nickte. »Wahnsinnig«, murmelte sie. »Ich hatte so etwas noch nie erlebt.«

»Nun, das ist doch gut, oder? So etwas Außergewöhnliches erlebt zu haben, meine ich.«

»Es fühlt sich aber gar nicht gut an.«

»Nein, das sicher nicht. Fürs Erste werden Sie sich noch elend fühlen, und zwar hauptsächlich deshalb, weil Sie sich Vorwürfe machen, sich mit einem Mann eingelassen zu haben, dessen wahres Gesicht Sie jetzt nur allzu deutlich sehen können.« Clarissa tätschelte Lizzie die Hand. »Doch mit der Zeit wird alles besser werden, so ist es immer. Das können Sie mir glauben, Kind. Ich bin nicht so alt geworden, wie ich bin, ohne gelernt zu haben, dass das Herz sich erstaunlich gut erholt, ganz gleich, wie schwer es verletzt ist oder wie sehr es schmerzt.«

Lizzie atmete tief ein, bevor sie den Atem in einem langen, müden Seufzer wieder entweichen ließ. »Ich hoffe, Sie behalten recht.« Dann fügte sie hinzu: »Würden Sie mir etwas mehr über Ihr Leben erzählen, nachdem Sie nach England kamen?«

Clarissa lächelte. »Wenn es Sie auf andere Gedanken bringt, sehr gern.«

Kapitel Vierundzwanzig

London, England
April 1939

Die *Belle Étoile* erreichte den Südwesten Englands zwei Stunden später als vorgesehen, da sie die in dem mittelatlantischen Sturm verlorene Zeit nicht wieder hatte aufholen können. Clarissa war gewarnt worden, dass die glanzvollen Tage an Bord des luxuriösen Schiffes ihr jeglichen Realitätssinn nehmen würden. Als sie in Plymouth von Bord ging, war sie verblüfft, wie wahr das war. Im Nu verdrängte die wirkliche Welt alles, was vorher gewesen war. Mit einer geschäftigen und lärmenden Menschenmenge konfrontiert, die mit der Ankunft so vieler Leute beschäftigt war, war Clarissa stark versucht, die Flucht zu ergreifen und zu dem Komfort und der Sicherheit der *Belle Étoile* zurückzukehren. Als sie allein am Kai stand und ein scharfer Wind ihr den Hut vom Kopf zu reißen drohte, fühlte sie sich doch sehr einsam, als sie sich anschickte, sich durch die Menge zu kämpfen.

Mithilfe eines Gepäckträgers schaffte sie es schließlich, den Zug der Great Western Railway nach Paddington zu besteigen. Clarissa nahm ihren Platz in einem der Salonwagen erster Klasse ein, wo sie umgeben war von anderen Passagieren, die wie sie auf dem Weg nach London waren. Doch kaum setzte der Zug sich in Bewegung, um den Bahnhof zu verlassen, vermissste Clarissa ihre neuen Freunde, die für die letzte Etappe der Reise nach Le Havre an Bord geblieben waren. Auch Marjorie war an Bord geblieben, und ihre Abschiedsworte an Clarissa hätten kaum kühler oder missbilligender sein können.

»Ich werde Ihrer Großmutter schreiben, um ihr mitzuteilen, dass ich ihren Wünschen nachgekommen bin, so gut ich konnte«, hatte sie erklärt. »Aber ich werde ihr auch deutlich zu verstehen geben, dass ich von nun an um Ihre Sicherheit fürchte. Denn Sie scheinen entschlossen zu sein, wider jegliche Vernunft zu handeln, die Ihnen bei Ihrer Geburt mitgegeben wurde.«

Froh, die Frau endlich los zu sein, hatte Clarissa sich so freundlich wie möglich von ihr verabschiedet, bevor sie davongeeilt war, um Effie und die anderen zu suchen. Sie hatten sie umarmt, geküsst und ihr versprochen, sie in London zu besuchen, sobald es ihnen möglich war. Der Einzige der drei, der nichts dergleichen versprochen hatte, war Ellis. »Ich mache keine Versprechungen, von denen ich nicht sicher sein kann, sie halten zu können«, hatte er gesagt, während er, die Hände tief in den Hosentaschen verborgen, so lässig wie immer an der Reling lehnte.

»Ignorier ihn einfach«, hatte Betty dazu bemerkt und Clarissa noch einmal umarmt. »Natürlich wird er dich in London besuchen. Wir alle werden uns dort wiedersehen!«

Clarissas erster Eindruck von England war, dass es nicht das trostlose, feuchte Land war, als das Marjorie es hingestellt hatte, sondern weit mehr der liebevollen Beschreibung ihrer Mutter entsprach. Fran hatte die Landschaft als nicht weniger schön geschildert als jede andere auf der Welt. Und wenn Clarissa aus dem Fenster des Salonwagens schaute und die sanfte Hügellandschaft und die hübschen Dörfer in der Ferne sah, erfüllte sie ein freudiger Eifer, dieses Land zu erforschen. Sie freute sich darauf, die strohgedeckten Cottages mit den wundervollen Gärten voller rosa und weiß blühender Frühlingsblumen und die uralten Kirchen und schier endlos grünen Felder aus der Nähe zu bestaunen, die Erde Englands unter den Füßen zu spüren und seine kühle, wohltuende Luft zu atmen.

Trotz ihrer freudigen Erregung und ihres Wunsches, keine Minute der Zugfahrt zu verpassen, forderte der Schlafmangel der Nacht zuvor, in der sie erst kurz vor drei Uhr morgens ins Bett gekommen war, unweigerlich seinen Tribut. Clarissa schlief tief und fest, bis die Frau, die ihr gegenübersaß, sie sanft am Arm berührte und sie weckte.

»Wir sind in London, meine Liebe«, sagte sie.

Für einen Moment verwirrt, schaute Clarissa blinzelnd aus dem Fenster. Und natürlich sah sie dort ein großes Schild mit der Aufschrift *Paddington*. Auf dem Bahnsteig wimmelte es von Menschen, und Clarissa drückte ihr Gesicht ans Fenster, weil sie hoffte, ganz instinktiv eine Frau zu entdecken, die die älteste Freundin ihrer Mutter sein könnte. Als keine der Damen eine wahrscheinliche Kandidatin zu sein schien, nahm Clarissa ihre Sachen und folgte dem Ehepaar, mit dem sie den Salonwagen geteilt hatte, aus dem Zug.

Es dauerte eine Zeit lang, bis sie ihr Gepäck wiederbekam, und während sich ein gut gelaunter Träger ihrer Koffer annahm, rückte Clarissa den Hut zurecht und blickte sich auf dem Bahnsteig nach einer Frau um, die ihre Patentante sein könnte. Doch wieder entsprach niemand der Beschreibung, die ihr in dem Brief gegeben worden war, den sie sorgfältig in ihrer Handtasche aufbewahrte.

»Wohin denn nun, Miss?«, fragte der Gepäckträger.

Clarissa zögerte. Sollte sie versuchen, eine Teestube zu finden und dort abzuwarten, oder wäre es besser, ein Taxi zu nehmen, da sie ja schließlich die Adresse ihrer Patin hatte?

»Ich bin mir nicht sicher«, antwortete sie. »Eigentlich sollte mich jemand …« Sie unterbrach sich, als sie über das hektische Durcheinander auf dem Bahnsteig klar und deutlich eine wohlklingende Stimme hörte.

»Huhu! Entschuldige bitte die Verspätung! Was musst du von mir denken, nachdem du den Atlantik überquert hast, während ich nur London zu durchqueren brauchte!« Die Frau, die auf Clarissa zukam, war groß und ziemlich auffallend gekleidet mit ihrer grauen Flanellhose und der Seidenbluse mit einem eng anliegenden Jackett darüber. Auf dem Kopf trug sie einen hellgrauen Hut, der gefährlich schief saß – die große Delle, die er vorne hatte, ließ darauf schließen, dass er kürzlich schon heruntergefallen und jemand daraufgetreten war.

Bevor Clarissa Gelegenheit bekam, etwas zu sagen, schaute die Frau sie prüfend an. »Fantastisch, absolut fantastisch!«, sagte sie. »Du bist deiner Mutter wirklich wie aus dem Gesicht geschnitten. Ich hätte dich überall erkannt. Was wohl auch gut so ist, weil ich mich sonst vielleicht ganz fürchterlich blamiert hätte!«

Clarissa fragte sich, ob sie je zu Wort kommen würde. Sie erinnerte sich aber an ihr eigenes Versprechen, sich neu zu erfinden, wenn sie es nach England schaffte, und daran, wie mühelos Effie in eine Rolle schlüpfen konnte. Deshalb streckte sie selbstbewusst die Hand aus. »Und du musst Polly Sinclair, meine Patentante, sein«, sagte sie. »Ich freue mich sehr, dich endlich kennenzulernen, und hoffe, dass es nicht zu mühsam für dich war, mich abzuholen.«

»Ach was, das war das Mindeste, was ich tun konnte. Hast du eine furchtbar langweilige Reise hinter dir?«

»Ganz im Gegenteil. Sie war ausgesprochen unterhaltsam und interessant.«

»Ausgezeichnet! Ich hasse Leute, die das Reisen nicht vertragen, vor allem Amerikaner, die über alles und jedes nörgeln. Und bevor du jetzt beleidigt bist, bedenke bitte, dass ich dich nicht als Amerikanerin betrachte. Du bist Frannies Tochter, und das macht dich für mich genauso englisch wie mich selbst. Und jetzt komm mit, mein Auto steht dort draußen.« Sie hielt inne, um einen Blick auf Clarissas Gepäckwagen und den Träger zu werfen, der geduldig auf Anweisung wartete. »Hm … diese Kleinigkeit wird uns aber nachgeschickt werden müssen.« Sie griff in ihre Handtasche, nahm etwas Geld heraus und nannte dem Mann ihre Adresse.

Nicht sicher, ob sie ihr Gepäck je wiedersehen würde, passte Clarissa ihre Schritte Pollys an und eilte mit ihr aus dem Bahnhof. Das Auto, das sie draußen erwartete, war das kleinste, das sie je gesehen hatte, und sowie sie sich hineingesetzt hatten, fuhr Polly damit los, als wäre der Teufel selbst hinter ihnen her.

»Keine Bange«, sagte sie über das Röhren des Motors hinweg, weil sie vermutlich gesehen hatte, wie Clarissa sich an ihrem Sitz festklammerte. »Ich bin eine sehr sichere Fahrerin und habe noch nie einen Unfall gehabt. Obwohl es natürlich für alles ein erstes Mal gibt«, fügte sie mit einem vergnügten Lachen hinzu.

Nach viel Gehupe und wütenden und ungläubigen Blicken anderer Fahrer hielten sie plötzlich vor einer Reihe weiß gestrichener Häuser an. Auf der anderen Seite der Straße lag ein eingezäunter Garten. Clarissa nahm noch immer die Umgebung in sich auf, als Polly aus dem Wagen sprang und zu ihr herüberkam, um ihr die Tür zu öffnen.

»Ich weiß nicht, woran du in Boston gewöhnt warst«, sagte sie, »aber ich garantiere dir, dass dir *chez moi* alles ganz anders vorkommen wird. Wahrscheinlich sehr viel kleiner. All die Amerikaner, denen ich hier begegne, reden immer davon, dass in den Staaten alles sehr viel größer und besser ist. Wozu ich eigentlich nur sagen kann, warum machen sie sich dann überhaupt die Mühe herzukommen, wenn dort drüben alles so viel schöner ist?« Polly lachte und hakte sich bei Clarissa unter. Sie führte sie zu dem Haus, vor dem sie parkten und das vom Aussehen her völlig identisch mit den anderen zu sein schien. Polly zog einen Schlüssel aus der Handtasche und ließ Clarissa ein. Von hier aus stiegen sie zwei Treppen hinauf zu einer weitläufigen Diele, wo sie hinter einer Tür mit einer Messingplakette, die mit *16 b* beschriftet war, eine Katze miauen hören konnten.

»Ich hoffe, es stört dich nicht, mein bescheidenes kleines Domizil mit Valentino teilen zu müssen«, sagte Polly, als sie den Schlüssel ins Schloss steckte. »Denn da ich weder einen Ehemann noch Kinder habe, verwöhne ich ihn ziemlich, fürchte ich, und behandle ihn, als wäre er mein Baby.«

»Ach was. Ich bin mir sicher, wir werden die besten Freunde sein«, erwiderte Clarissa unbesorgt.

Pollys »bescheidenes kleines Domizil« hatte nichts auch nur annähernd Bescheidenes, und Clarissa spürte instinktiv, wie typisch englisch diese Wohnung war. Vertäfelte Wände boten Platz für große Ölgemälde, die zumeist Porträts recht streng aussehender Männer und Frauen waren, aber hier und da auch Landschaftsmotive aufwiesen. Auf einem marmornen Kamin standen hübsch gerahmte Fotografien und einige Karten, die Clarissa für Einladungen oder dergleichen hielt. Rechts von einem hohen Schiebefenster stand ein Flügel. Seine auf Hochglanz polierte Oberfläche war so makellos, dass sich die darauf stehende Vase mit Rosen im hellen Licht des Fensters darin spiegelte. Eine majestätische Standuhr schlug die Stunde und erinnerte Clarissa daran, dass es bereits sechs Uhr war. Erst jetzt wurde ihr bewusst, dass sie seit dem Frühstück nichts mehr gegessen hatte und plötzlich einen Bärenhunger hatte.

»Und jetzt wirst du es dir gemütlich machen«, befahl ihr Polly, die hinter einem der beiden mit Chintz bezogenen Sofas stand und aus einer Reihe von Flaschen und Karaffen auf einem Seitentischchen etwas zu trinken auszusuchen schien. »Wie wär's mit einem Manhattan?«, fragte sie und hielt ein Glas hoch. »Für den Fall, dass du ein bisschen Heimweh hast?«

»Ich habe nicht das kleinste bisschen Heimweh«, sagte Clarissa und beugte sich zu Valentino vor, einem großen flauschigen Perserkater, der sich an ihren Beinen rieb. »Außerdem habe ich es gestern Abend etwas übertrieben und mir daher ein paar Tage Abstinenz verordnet.« Sie war sehr zufrieden mit der Beiläufigkeit ihrer Antwort, die einen Grad an Weltgewandtheit zeigte, die sie sich noch vor einer Woche nicht erträumt hätte. Vielleicht würde es ja leichter sein, »sich neu zu erfinden«, als sie gedacht hatte.

»Alle Achtung! Dann werde ich bloß einen Gin Tonic trinken und dann nachsehen, was Mrs Haines uns zum Abendessen dagelassen hat. Wenn ich eine Vermutung äußern soll, ist es eine Shepherd's Pie. Was mich zu den Hausregeln bringt, von denen es nur zwei gibt. Die erste ist, dass Mrs Haines' Anweisungen widerspruchslos und immer befolgt werden müssen, weil mein Haushalt bei ihr wie am Schnürchen läuft und sie eine echte Perle ist, ohne die ich nicht mehr sein möchte. Sie darf also auf gar keinen Fall verärgert werden.«

»Das würde mir nicht einmal im Traum einfallen«, sagte Clarissa. »Und was ist die zweite Regel?«

»Keine Nörgelei über die Installationen im Badezimmer. Akzeptiere einfach nur wie ich, dass sie schrecklich launenhaft sind, dann wirst du ganz gut mit ihnen zurechtkommen. Und nun lass mich dir dein Zimmer zeigen, das hoffentlich nicht allzu weit hinter dem hohen Standard zurückbleibt, den du bei deiner Großmutter wahrscheinlich gewöhnt warst. Ich habe dir das Zimmer gegeben, das auf den Garten gegenüber hinausgeht, damit du einen guten Ausblick auf das Kommen und Gehen draußen hast. Morgen werde ich dir einen Schlüssel geben, damit du dich in den Garten setzen kannst, wenn du möchtest. Und jetzt kannst du dich in aller Ruhe frisch machen, während ich nachschaue, was ich in der Küche finde. Wie klingt das?«

»Nach viel mehr, als ich verdiene.«

»Die Tochter meiner ältesten Freundin verdient alles, was ich ihr geben kann. Ganz zu schweigen davon, dass du auch noch meine Patentochter bist, die ich nun endlich mal verwöhnen kann. Wie schade, dass wir uns erst jetzt begegnet sind! Für mich ist das die Schuld von Frannies niederträchtiger Familie – und da wir gerade von diesen Leuten sprechen, da ist ein Brief für dich von ihnen.«

»Wirklich?«

»Na ja, ich muss dir ein Geständnis machen. Ich hatte ihnen einen ziemlich unfreundlichen Brief geschrieben, um ihnen mitzuteilen, dass du herkommen würdest, um bei mir zu bleiben. Darin sagte ich ihnen, dass sie, wenn sie auch nur einen Funken Anstand besäßen, das Richtige tun würden.«

»Das hast du ihnen geschrieben?«

»Ich hätte noch sehr viel mehr hinzufügen können, aber sagen wir einfach mal, dass ich in großzügiger Stimmung war. Ah, da klingelt es – das müsste dein Gepäck sein.«

Allein in ihrem Zimmer, setzte Clarissa sich auf das Bett und gönnte sich eine Atempause. Sie konnte jetzt schon sehen, dass es bei Polly ausgesprochen unterhaltsam sein würde, aber auch ermüdend, weil sie ein absolutes Energiebündel war.

Clarissa hatte gerade den Hut abgenommen und blickte in den Spiegel der Frisierkommode, um ihre Frisur zu erneuern, als sie den Brief auf der Kommode bemerkte. Und da sie zu gern wissen wollte, wie die Eltern ihrer Mutter auf Pollys Mitteilung reagiert hatten, riss sie auf der Stelle den Umschlag auf.

Kapitel Fünfundzwanzig

Shillingbury Grange
Shillingbury, Suffolk
April 1939

Liebe Clarissa,
man hat mich wissen lassen, dass du in Kürze nach London kommen und bei einer Freundin deiner Mutter wohnen wirst. Unter diesen Umständen fühle ich mich bemüßigt, deine Bekanntschaft zu machen, und schlage daher vor, dass du Shillingbury Grange baldmöglichst besuchst.
Mit freundlichen Grüßen

Es stand eine Unterschrift am Ende der Seite, aber sie war so unleserlich, dass Clarissa nicht entziffern konnte, wer den Brief geschrieben hatte. Ob es ein Mann oder eine Frau gewesen war, ließ sich nicht feststellen. Nach mehrmaligem Lesen kam sie jedoch zu dem Schluss, dass die förmliche Ausdrucksweise vermutlich die eines Mannes war. In den vergangenen vier Tagen nach ihrer Ankunft hatte Polly sie in einen Strudel schier endloser Aktivität gezogen, um ihr die Sehenswürdigkeiten zu zeigen, die Abende im Theater zu verbringen und mit ihr einzukaufen, bis ihre Füße um Ruhe flehten. Doch heute setzte Clarissa sich hin, um den Brief ihrer englischen Großeltern zu beantworten. Eine rebellische Ader in ihr drängte sie, die Einladung auszuschlagen, um ihnen heimzuzahlen, was sie ihrer Mutter angetan hatten. Aber Clarissa wusste, dass Fran das nicht gewollt hätte, und im Grunde war es auch nicht das, was sie sich wünschte. Sie war ja vor allem deshalb nach England gekommen, um zu sehen, ob sie ein großes Unrecht berichtigen konnte.

Zwei Tage später, während Polly bei der Arbeit war, erhielt Clarissa eine Antwort auf ihren Brief, und auch diesmal war die Unterschrift unleserlich. Gleichwohl war die Angelegenheit entschieden, und am nächsten Morgen würde Clarissa an der Liverpool Street den Zug nach Shillingbury besteigen und dort am Bahnhof abgeholt werden.

Es war ein strahlend schöner Morgen, an dem Polly Clarissa zum Abschied zuwinkte und sie nicht ohne ein gewisses Maß an Beklommenheit ihren Platz einnahm und London in einer Dampfwolke verschwinden sah. Diesmal schlief sie nicht während der Zugfahrt, und sie sah sich auch nicht die Zeitschrift an, die Polly ihr zur Unterhaltung mitgegeben hatte. Lieber hielt sie den Blick auf die vorbeiziehende Landschaft gerichtet und staunte über die Schönheit von allem, was sie sah. Fran hatte immer von sich selbst gesagt, im Grunde ihres Herzens sei sie ein Mädchen vom Lande, und Clarissa glaubte allmählich, dass dies auch auf sie zutraf. Wahrscheinlich hatte ihre Kindheit in Frankreich ihre Spuren hinterlassen, ohne dass es ihr bewusst gewesen war. Einige ihrer frühesten Erinnerungen waren die an ihre Mutter, wie sie einen Garten umgrub und ihr zeigte, wie man Kopfsalat aussäte. Falls sie jemals eigene Kinder haben sollte, würde sie sie eines Tages das gleiche einfache Vergnügen lehren.

Vielleicht würde sie aber auch wie Polly nie heiraten und Kinder haben, sondern einen Beruf ausüben und etwas Lohnenswertes tun. Und hatte sie Ellis nicht gesagt, etwas Nützliches mit ihrem Leben anzufangen sei das, was sie in London vorhatte? Vielleicht könnte sie so etwas wie ihre Patentante tun. Polly arbeitete bei einer Organisation, die Patenschaften und Pflegeeltern für jüdische Kinder suchte, die aus jenen Teilen Europas flohen, in denen zu befürchten stand, dass sie dort nicht mehr sicher waren. Vor ihrer Abreise aus Amerika hatte Clarissa keine Ahnung gehabt, dass solche Dinge vor sich gingen, und geglaubt, all das Gerede über Krieg sei nichts weiter als das: Gerede. Erst Artie hatte ihr die Augen geöffnet für das, was wirklich vor sich ging, und jetzt hatte auch ihre Patentante es getan.

Die Tür ihres Abteils öffnete sich, und ein Schaffner erschien, der ihren Fahrschein sehen wollte. »Noch zwanzig Minuten, dann sind wir in Shillingbury«, sagte er und tippte sich an die Kappe. »Ein hübscher Ort. Werden Sie lange bleiben, Miss?«

»Nur eine Nacht.«

»Na, dann hoffe ich, dass Sie Ihren kurzen Aufenthalt genießen werden.«

Das wird sich zeigen, dachte sie, als der Mann gegangen war.

Wie der Schaffner angekündigt hatte, trafen sie zwanzig Minuten später in Shillingbury ein. Da Clarissa nur eine Reisetasche und eine Handtasche dabeihatte, stieg sie aus und folgte einer Handvoll anderer Fahrgäste.

Draußen vor dem Bahnhofsgebäude näherte sich ihr nach einem langen, prüfenden Blick auf sie ein Mann mit stahlgrauen Augen, der eine Mütze und eine grobe Arbeitshose trug und die Hemdsärmel bis zu den Ellbogen aufgekrempelt hatte. »Sie woll'n nach Shillingbury Grange?«, fragte er mit einem ausgeprägten Akzent, der anders war als alle, die Clarissa bisher je gehört hatte.

»Ja, das möchte ich«, erwiderte sie höflich.

»Dachte ich mir. Ich bin Jimmy und soll Sie abholen.«

Sie blickte sich nach einem Auto um, aber alles, was sie sehen konnte, waren ein Pferd und ein Wagen, die neben einem Pfosten standen.

»Das Auto läuft nicht besonders gut«, sagte der Mann erklärend. »Aber unser Apollo hier wird Sie genauso sicher hinbringen, wohin Sie müssen, auch wenn er ein ziemlicher Satansbraten sein kann, wenn man ihn reizt.« Mit einer starken, schwieligen Hand half er Clarissa auf den Wagen. Als beide saßen, ließ er die Zügel klatschen und sagte etwas zu dem Pferd, das Clarissa völlig unverständlich war. Nach ein paar Metern bemerkte er: »Ehrlich gesagt, Miss, steht es dieser Tage nicht zum Besten auf dem Gut. Dort ist nichts mehr so, wie es mal war.«

Seine Worte erfüllten sie mit bösen Vorahnungen. War dieser Besuch wirklich so eine gute Idee gewesen? Könnte irgendetwas Positives dabei herauskommen?

Da sie jedoch keine Antwort darauf hatte, konnte sie sich nur noch an die Hoffnung klammern, dass sie alles in ihrer Macht Stehende tun würde, um den durch Jahre unbeugsamen Stolzes verursachten Schaden ungeschehen zu machen. Um das zu erreichen, würde sie sich stark auf ihr neues Ich verlassen müssen. Die neue, selbstsichere Clarissa, die von Bord der *Belle Étoile* gegangen war, würde sich der Situation gewachsen zeigen und ebenso spielend leicht mit der Begegnung fertigwerden, wie Effie es täte.

Zu ihrer großen Freude hatte Clarissa mit der gestrigen Post einen Brief von ihr erhalten. Effie hielt sich mit ihrem Vater und ihrer Stiefmutter in Paris auf und behauptete, die Stadt zu hassen und es kaum erwarten zu können, endlich abzureisen. Ellis und Artie seien nämlich nicht bei ihr, sondern »egoistischerweise« ohne sie nach Biarritz weitergefahren.

Wenn sie – oder du – doch nur hier bei mir wären, würde ich Paris ganz sicher lieben, hatte sie geschrieben. *Ich vermisse dich so sehr, meine liebste neue Freundin.*

Das Motorgeräusch eines Autos hinter ihnen veranlasste Clarissa, sich umzudrehen. Der Anblick eines roten Sportwagens mit offenem Verdeck, der mit ziemlich hohem Tempo auf sie zuhielt, fiel mit einem Hupkonzert zusammen, das Apollo erschreckte und ihn in einen gefährlich schnellen Galopp verfallen ließ.

Jimmy fluchte und zog mit aller Kraft die Zügel an. »Brr!«, schrie er. »Ruhig, mein Alter!« Aber das Pferd gehorchte nicht und galoppierte mit wehendem Schweif und donnerndem Hufschlag weiter. Zu Clarissas Entsetzen ließ der Fahrer des Sportwagens den Motor aufheulen und überholte sie mit einem lauten Hupen, wobei er sie nur um Zentimeter verfehlte und Clarissa zu einem gellenden Aufschrei veranlasste.

Aber es sollte noch schlimmer kommen. Als der Wagen vorbeischoss, senkte das Pferd den Kopf, legte die Ohren zurück und galoppierte immer schneller, was den Wagen hinter ihm gefährlich von einer Seite zur anderen schwanken ließ. Vor ihnen sah Clarissa einen Traktor aus einem Waldweg herauskommen und auf die Straße abbiegen – ausgerechnet dort, wo sie sich zu einer kleinen Steinbrücke verschmälerte. »Brr! Brr!«, schrie der Mann neben ihr, der inzwischen aufrecht im Wagen stand und so heftig an den Zügeln zog, dass die Muskeln an seinen Unterarmen hervortraten. Clarissa, die um ihr Leben fürchtete, ergriff den Balken vor sich und betete inständig darum, dass das Pferd sich beruhigen und sein Tempo drosseln möge. Doch ebenso unbeachtet wie Jimmys Bemühungen blieb auch ihr Gebet, sodass die Katastrophe unvermeidlich war. Der gewaltige Zusammenstoß von Pferd und Traktor schleuderte sie durch die Luft, und das Letzte, was sie bewusst wahrnahm, war ein Gefühl traumähnlicher Schwerelosigkeit, bevor sie mit einem heftigen Aufprall und dem Geräusch von hundert albtraumhaft kreischenden Todesfeen in den Ohren auf dem Boden aufkam. Immer weiter ging der grauenvolle Lärm, bis er plötzlich abbrach, und in der gesegneten Stille danach erlag Clarissa wieder dem Gefühl der Schwerelosigkeit und spürte, wie sie sich von dem Körper löste, der eben noch der ihre gewesen war.

Das Nächste, was sie wahrnahm, war, dass sie in etwas Weißes starrte, in etwas so grelles Weißes, dass es in den Augen schmerzte. Sie schloss sie schnell, um wieder in den Traum zurückzukehren, in dem sie auf der seidigen Weichheit einer gewaltigen Wolke dahingeschwebt war …

»Können Sie mich hören?«, fragte eine Stimme. Es war eine Stimme, die sie nicht erkannte. Eine Männerstimme. »Öffnen Sie die Augen, wenn Sie mich hören können.«

Geh weg!, dachte sie schläfrig. Wer immer du auch bist, lass mich in Ruhe! In Gedanken malte sie sich aus, wie sie versuchte, sich vor dem Mann zu verstecken. Ihr Verstand beschwor das Bild eines Kindes herauf, das sich hinter einem schweren Samtvorhang verbarg und den Atem anhielt, bis der Mann weg war.

Aber er spielte nicht fair, er rief sie und bestand darauf, dass sie sich zeigte. Sie mochte ihn nicht besonders. Er war der herrische Typ, der entschlossen zu sein schien, ihr den Spaß zu verderben. Genau wie Marjorie.

Marjorie.

Woher kenne ich diesen Namen?, fragte sie sich verwundert. Wer war Marjorie? Und apropos – wo war sie eigentlich, und warum tat ihr der Kopf so weh? Um ihre Neugierde zu stillen, trat sie hinter dem Vorhang hervor und öffnete die Augen. Drei Gesichter starrten mit besorgten Mienen auf sie herab. »Wer sind Sie?«, fragte sie und wich furchtsam vor der Frau und den beiden Männern zurück.

»Ich bin Doktor Rutherford«, sagte einer der Männer, der buschige graue Augenbrauen und eine lange Nase mit zwei außergewöhnlich tiefen Nasenlöchern hatte. In der Hand hielt er einen schwarzen Gegenstand, den er plötzlich auf ihr Gesicht richtete, worauf sie erneut von einem weißen Licht geblendet wurde, das ihr direkt in die Augen schien. Abrupt wandte sie den Kopf ab, stöhnte dann aber bei dem Schmerz, den die Bewegung mit sich brachte, auf. »Ich würde Ihnen raten, sich ruhig zu verhalten, mein Fräulein«, sagte der Mann mit den buschigen Augenbrauen.

»Warum?«, entgegnete sie. »Was habe ich getan? Und wo bin ich?« Die Fragen erschienen ihr vernünftig genug, und nach seinem Gesichtsausdruck zu urteilen – wie auch nach dem der beiden anderen Leute, die auf sie herabblickten –, hatte sie offenbar auch allen Grund zu diesen Fragen. Und während sie noch darüber nachdachte, starrte sie den anderen

Mann und die Frau an, die sie beide nicht kannte. Der Mann schien geradezu lächerlich klein zu sein, nicht größer als ein Kind. Bis sie bemerkte, dass er nicht stand, sondern in einem Sessel saß. Nein, nicht in einem richtigen Sessel, sondern in einem von diesen … Sie zwang ihren Verstand, das Wort hervorzubringen, das sie suchte. Es war ein Sessel mit Rädern und einer Rücklehne aus Korbgeflecht, wie Invaliden sie benutzten. Aber wie hieß das Ding doch noch? Sie zermarterte sich das Hirn, um das Wort zu finden, wurde dann aber abgelenkt von der Frau, die etwas sagte.

»Du bist auf Shillingbury Grange.« Die Frau sprach leise und wirkte angespannt. »Du bist hergekommen, um uns zu besuchen«, fuhr sie fort. »Gestern.«

»Wirklich? Und warum?« Dann kam ihr ein Gedanke. »Sind Sie Marjorie?«

Die Frau runzelte die Stirn. »Nein. Ich bin Lavinia Upwood, deine Großmutter.«

»Meine Großmutter«, wiederholte Clarissa, weil der Name ihr irgendetwas sagte. Sie dachte kurz darüber nach. »Wenn das stimmt, warum kenne ich Sie dann nicht?«

»Weil du mir noch nie begegnet bist. Und das ist dein Großvater, Charles Upwood.«

Der Mann in dem Sessel rollte auf sie zu.

»Haben wir uns denn schon mal gesehen?«, fragte sie.

»Nein«, erwiderte er schroff, während er sich gleichzeitig mit einem Taschentuch den Mund abtupfte. Bei genauerer Betrachtung konnte sie sehen, dass sein Gesicht etwas seltsam Schiefes hatte, als würde eine Seite von einem unsichtbaren Gewicht herabgezogen.

Der Mann mit den buschigen Augenbrauen ergriff wieder das Wort. »Sie hatten gestern auf dem Weg hierher einen Unfall.« Dann wandte er sich ab, um mit der Frau namens Lavinia zu sprechen. »Offensichtlich hat der Schlag auf ihren Kopf eine Amnesie verursacht. Ich habe so etwas schon gesehen, und gewöhnlich kehrt die Erinnerung nach und nach zurück. Offenbar ist sie …«

»Gestern, sagten Sie?«

Der Mann wandte ihr wieder seine Aufmerksamkeit zu. »Ja. Sie waren jedoch immer nur für ganz kurze Zeitspannen bei Bewusstsein, seit Sie hergebracht wurden.«

»Und wer hat mich hierhergebracht?«

Jetzt sprach der Mann in dem Sessel. »Du bist von einem unserer Nachbarn aufgefunden worden.«

»War ich allein?«

»Kannst du dich denn an gar nichts mehr von dem Unfall erinnern?«, fragte er und betupfte wieder eine Seite seines Mundes.

»An überhaupt nichts.«

»Dann hoffe ich dir zuliebe, dass das so bleibt«, murmelte er.

»Du bist doch sicher hungrig«, sagte die Frau namens Lavinia, die behauptete, ihre Großmutter zu sein. »Doktor Rutherford«, wandte sie sich an den Arzt, »glauben Sie, es wäre in Ordnung, wenn sie etwas isst?«

»Ich wüsste nicht, was dagegenspricht. Vorausgesetzt, dass ihr nicht übel wird. Geben Sie ihr etwas Leichtes, das nicht zu schwer im Magen liegt.«

»Darf ich bitte noch eine Frage stellen?«

Die drei Gesichter wandten sich ihr wieder zu.

»Natürlich«, sagte der Arzt. »Was möchten Sie denn wissen?«

»Wie heiße ich? Wer bin ich?«

Was auch immer die Antwort war, sie hörte sie nicht mehr, weil ihr plötzlich die Augen zufielen und sie in tiefer Besinnungslosigkeit versank, als würde ihr Körper von einer machtvollen Droge durchflutet.

Kapitel Sechsundzwanzig

Shillingbury Grange
April 1939

Manchmal, wenn Clarissa aus einem unruhigen Schlaf aufschreckte, war ihr bewusst, dass sie nicht allein war. Jemand wachte bei ihr. In einem kurzen Moment des Wachseins betrachtete sie die Frau, die sagte, sie sei ihre Großmutter, und mit einem Buch auf dem Schoß in einem Sessel neben dem Bett saß. Aber die Frau hatte den Kopf zurückgelegt und schlief ganz offensichtlich, denn hin und wieder entwich ein leises Schnarchen ihrem geöffneten Mund.

Als Clarissa endlich aus einem tiefen, von chaotischen Träumen erfüllten Schlaf erwachte und sich im Bett aufsetzte, regten sich die ersten schwachen Erinnerungen und Erkenntnisse in ihr.

Ihr Name war Clarissa.

Clarissa Allerton.

Und sie war in London gewesen und hatte dort bei jemandem gewohnt. Aber wer war dieser Jemand? Und wenn sie sich in London aufgehalten hatte, wo war sie dann vorher gewesen? Wo war ihr Zuhause?

Es war nicht mehr dunkel, und sie war allein, denn der Sessel neben ihrem Bett war leer. Von irgendwo außerhalb des Zimmers konnte sie Geräusche hören. Stimmen. Einen Hund, der bellte, und eine Tür, die zugeschlagen wurde. Durch einen Spalt in den schweren Chintzvorhängen fiel ein Sonnenstrahl auf den Teppich und die blassgrüne Tagesdecke auf dem Bett. Clarissas Blick glitt durch den Raum und über die dunklen Mahagonimöbel – Schrank, Kommode, Frisiertisch, Hocker, Lampen. Alles machte einen abgenutzten Eindruck. Je genauer sie sich das Zimmer ansah, desto schäbiger erschien es ihr. Die Wände und Decken waren voller Risse, und an einigen Stellen löste sich schon die Tapete. Auch Teile des Frieses unter der Zimmerdecke fehlten. Dies war kein Haus vermögender Leute, folgerte Clarissa aus alldem. Aber irgendwann einmal mussten sie es gewesen sein, da die Proportionen ihres Zimmers denen eines stattlichen Wohnsitzes entsprachen.

Sie beobachtete die Staubpartikel, die in den Sonnenstrahlen vor dem Hintergrund der Damaszenerrosen tanzten, die sich an den Vorhängen hinaufschlängelten und für Clarissa die Konfusion ihrer Gedanken widerspiegelten. Sie versuchte, Bruchstücke von Erinnerungen miteinander zu verbinden. Wie war sie hierhergekommen? Wie Hänsel und Gretel folgte sie den wenigen Brotkrumen, die ihr zur Verfügung standen. Da war etwas mit einer Zugreise – mit einer Zugreise von einem großen und belebten Bahnhof aus, und jemand verabschiedete sich von ihr. Eine nette Frau. Und dann war da ein Mann mit einem Pferd. Das Pferd hatte einen Namen … Aber da der Pferdename unerreichbar für sie blieb, wich es dem Bild eines roten Sportwagens und dann sehr schnell dem eines Traktors. Irgendetwas sagte ihr, dass der Traktor wichtig war. Aber als sie nach seiner Bedeutung suchte, erinnerte sie sich gleichzeitig an einen grauenvollen Lärm, und ihr Verstand schrak vor dem Bild zurück wie ein Pferd, das den Sprung über ein Hindernis verweigerte.

Ihr fehlte noch immer jegliche Erinnerung daran, wie sie hierhergekommen war, doch als sie auf das Nachthemd hinunterblickte, das sie trug, erkannte sie die feine Stickerei und die Perlmuttknöpfe daran. Sie erinnerte sich, es zusammen mit Unterwäsche und einem Kleid zum Wechseln eingepackt zu haben. Plötzlich war da auch wieder die Erinnerung an die Beklommenheit, die sie beim Packen verspürt hatte, weil die unmittelbar bevorstehende Reise so etwas wie ein Sprung ins Ungewisse war.

Dieser Sprung hatte sie noch viel tiefer ins Ungewisse gestürzt, als sie es sich hätte vorstellen können. Ihre Beklommenheit war allerdings inzwischen der Entschlossenheit gewichen, das Rätsel zu lösen, warum sie sich in diesem fremden Haus befand, mit zwei wildfremden Menschen, die behaupteten, mit ihr verwandt zu sein.

Sie überlegte gerade, ob sie aufstehen und sich auf die Suche nach einem Badezimmer machen sollte, als die Zimmertür geöffnet wurde. Es war wieder die Frau, die in der Nacht an ihrem Bett gesessen hatte. Der Anflug eines Lächelns milderte ein wenig die Abgespanntheit ihrer Züge. »Du bist ja wach«, sagte sie. »Das ist gut. Wie fühlst du dich?«

»Besser. Aber ich muss zur Toilette«, antwortete Clarissa und schlug die Bettdecken zurück.

»Lass mich dir helfen.«

»Das ist nicht nötig, ich komme schon zurecht.« Doch sowie sie ein wenig Gewicht auf ihre Füße verlagerte und sich der ganze Raum auf einmal um sie drehte, begriff sie, dass sie keineswegs allein zurechtkommen würde.

»Komm«, sagte die Frau, »leg deinen Arm um meine Schultern.«

Clarissa jedoch befürchtete, dass die Frau nicht stark genug war, um ihr Gewicht zu halten – sie sah zu dünn aus, um mehr als einen Schatten zu tragen. Deshalb bemühte sie sich zwar, die Hilfe anzunehmen, aber eben nur sehr vorsichtig. Sobald sie hinter geschlossener Tür im Badezimmer war und die Toilette benutzt hatte, lehnte sie sich müde an das Waschbecken, um sich die Hände zu waschen. Und erst da sah sie sich in dem Spiegel über dem Becken und schnappte entsetzt nach Luft. Es war nicht so sehr der Anblick ihres dicken Kopfverbandes, der sie schockierte, sondern vielmehr die Schrammen und Prellungen in ihrem Gesicht. Sie sah furchtbar aus. Die Haut um ihre Augen war geschwollen und schwarz verfärbt, ihre rechte Wange doppelt so dick, wie sie es sein dürfte, und mit hässlichen blauen Flecken übersät. Weiß der Himmel, was unter den Verbänden sein mag!, dachte Clarissa, doch in ihrem geschwächten Zustand wagte sie es nicht, einen von ihnen anzuheben, um es herauszufinden.

Mithilfe der Frau schaffte sie es zu ihrem Bett zurück und ließ sich dankbar in seine einladende Weichheit sinken. »Es tut mir leid, dass ich Ihnen … dass ich dir solche Mühe mache«, sagte sie.

»Bitte glaub nicht, du müsstest dich entschuldigen. Das ist überhaupt nicht nötig.«

»Aber ich bereite dir all diese Mühe …«

Ein Ausdruck tiefer Traurigkeit erschien auf dem Gesicht der Frau, und ein Moment verstrich, bevor sie wieder sprach. »Wie unglaublich ähnlich du ihr bist!«, sagte sie leise.

»Wem bin ich ähnlich?«

»Deiner Mutter. Erst als ich dich sah, wurde ich mir des Leids bewusst, das wir verursacht haben, und all dessen, was wir versäumt haben. All diese Jahre …« Ihre Stimme brach, und sie wandte das Gesicht ab. »Entschuldigung«, bat sie, als sie sich wieder gefasst hatte. »Ich war mir so sicher, dass ich nichts empfinden würde, doch ich hatte mich geirrt. Und wie ich mich geirrt hatte!«

Clarissa, die zwar verwirrt war von den Worten der Frau, aber auch sah, wie aufgelöst sie war, zeigte auf den Sessel neben ihrem Bett. »Bitte setz dich zu mir, und erklär mir, was du gerade gesagt hast. Nichts davon ergibt nämlich einen Sinn für mich.«

Die Frau schüttelte den Kopf. »Nein, zuerst musst du etwas essen. Du musst furchtbar hungrig sein nach all der Zeit.«

»Wirst du dann mit mir reden? Vielleicht hilft es ja auch meinem Gedächtnis. Mir gehen so viele Dinge durch den Kopf, die aber leider alle völlig durcheinander sind.«

»Na schön, wenn du glaubst, dass es helfen wird … Doch ich möchte dich nicht zu sehr ermüden. Oder aufregen«, fügte sie mit solch zaghafter Stimme hinzu, dass Clarissa plötzlich von einer Welle des Mitgefühls erfasst wurde.

Eine Stunde später, nachdem sie einen kleinen Teller Suppe und eine Scheibe Brot mit Butter gegessen hatte, war es nicht Clarissa, die erschüttert war, sondern diese Frau namens Lavinia, die offenbar tatsächlich ihre Großmutter war. Tränen liefen der armen Frau über das Gesicht, während sie sprach, und die ganze Zeit über rang sie entweder die Hände auf dem Schoß, oder sie wischte sich die Augen.

»Aber wie konntet ihr das tun?«, fragte Clarissa, schockiert über das Gehörte. Wie hatte dieses Paar sich von seiner einzigen Tochter lossagen können, und das nur, weil sie sich in einen Mann verliebt hatte, der nicht ihrer Wahl entsprach? »Was hatte meine Mutter getan, um eine solche Strafe zu verdienen?«

»Es war Stolz, schlicht und einfach unser dummer Stolz«, sagte Lavinia, ohne Clarissa anzusehen. »Das ist mir heute klar. Aber damals hielten wir unsere Handlungsweise für die richtige. Wir hätten nie gedacht, dass unsere geliebte Tochter sich uns widersetzen würde. Als sie es tat, blieb uns gar keine andere Wahl, als an unserer Entscheidung festzuhalten und zu hoffen, dass Fran ihre Fehler einsehen würde.«

Natürlich hattet ihr eine andere Wahl, wollte Clarissa schon widersprechen, aber dann ließ sie es auf sich beruhen und sann darüber nach, was ihr über diese Frau namens Fran, die ihre Mutter gewesen war und einen Amerikaner geheiratet hatte, erzählt worden war. Es war Amerika, wo Clarissa bis auf ein paar Jahre in Frankreich ihr ganzes Leben verbracht hatte. Doch wie Quecksilber entglitt ihr alles, was ein bisschen detaillierter war und schon zum Greifen nahe schien. Das Einzige, was ihr blieb, war ihre Fassungslosigkeit darüber, dass diese Geschichte, die sie gerade gehört hatte, auch sie betraf: Diese Leute hatten mit ihrer Tochter auch sie, Clarissa, von sich gewiesen. Bis jetzt.

»Und wie kam es, dass ihr mich nach all diesen Jahren sehen wolltet?«, fragte sie.

Lavinia lächelte. »Als ich deinen Brief bekam, in dem du schriebst, dass du in London sein würdest, wusste ich, dass ich dich sehen und versuchen musste, wenigstens ein bisschen wiedergutzumachen, was wir getan hatten. Ich wusste auch, dass es meine einzige Chance sein könnte, es zu versuchen.«

»Und dein Mann …?« Clarissa fiel es schwer, ihn ihren Großvater zu nennen. »Teilt er deine Gefühle und Ansichten darüber?«

»Charles ist ein kranker Mann. Er hatte vor einigen Jahren

einen Schlaganfall, der ihn sehr verändert hat. Er hat gute und schlechte Tage.«

»Du hast meine Frage nicht beantwortet.«

»Das tut mir leid. Ich wollte nicht ausweichend erscheinen. Was ich zu sagen versuchte, ist, dass Charles an manchen Tagen sehr bereut, was wir getan haben. An anderen Tagen bestimmt jedoch sein stures altes Ich seine Gemütslage, und er sieht sich dann genötigt, unser Verhalten zu rechtfertigen. Ich hatte ihm sogar verschwiegen, dass ich dir geschrieben hatte, weil ich einfach nicht wusste, wie er reagieren würde. Aber ich glaube, der Schreck darüber, dich so schwer verletzt zu sehen, als du hierhergebracht wurdest, hat sein Herz erweicht. Ich weiß, dass ich nicht das Recht habe, dich darum zu bitten, doch ich hoffe, dass du jetzt nicht mehr ganz so schlecht von uns denken wirst.«

Clarissa wusste nicht, wie sie darauf reagieren sollte. Sie brauchte Zeit, um ihre Gedanken zu ordnen. Sie wollte diese Menschen weder zu hart beurteilen noch sie ganz ablehnen, da dies genau das gewesen war, was sie ihrer Mutter angetan hatten. »Ich glaube, ich würde jetzt gern ein bisschen schlafen«, sagte sie deshalb.

»Aber natürlich! Verzeih mir, falls ich dich ermüdet habe. Kann ich noch irgendetwas für dich tun?«

»Nein, danke.«

»Doktor Rutherford sagte, er würde heute noch vorbeikommen, um nach dir zu sehen.«

»Dann kann ich nur hoffen, dass er einen Zaubertrank mitbringt, der mir mein Gedächtnis wiedergibt«, bemerkte Clarissa trocken.

Allein gelassen, fand sie dennoch keinen Schlaf, weil sie viel zu aufgewühlt und durcheinander war. Sie wollte nicht an das

Bett gefesselt sein in einem Haus, das sie nicht kannte, sondern aufstehen und intensiv nach all den Erinnerungen suchen, die sie verloren hatte. Aber irgendwann schlief sie ein, und ein Durcheinander von Bildern stieg aus dem tiefsten Winkel ihres Bewusstseins auf – die Farbe eines Sommerkleids ihrer Mutter; der Gesichtsausdruck ihres Vaters, wenn er ihr einen Gutenachtkuss gab; ein strenges Wort von ihrer Grandma Ethel; zwei smaragdgrüne Augen; ein Garten mit Salatbeeten; ein Haus mit Blick aufs Meer; ein großes und sehr schönes Schiff; ein bedrückend düsteres Gebäude, aus dem das Licht herausgehalten wurde; ihre Mutter, die an einer Schreibmaschine saß und tippte; eine lange Zugreise; ein Mann in Hemdsärmeln mit einem komischen Akzent; ein Sportwagen; ein Traktor; eine schmale Steinbrücke … und ganz furchtbar qualerfüllte Schreie.

Hier schreckte sie aus dem Schlaf auf, mit wild klopfendem Herzen und dem Gefühl, sich an fast alles erinnert zu haben, was geschehen war. So nahe dran und doch so fern, dachte sie bedauernd. Was all jene anderen Erinnerungen anging, so hatte sie keine Ahnung, ob sie in einer bestimmten Reihenfolge wieder aufgetaucht waren oder ob es nur ein Kaleidoskop von wahllos zusammengewürfelten Rückblicken in die Vergangenheit war.

Clarissa versuchte, ein wenig Ermutigung aus dem Geträumten zu erlangen. Sie musste einfach daran glauben, dass mit jedem neuen Lichtstrahl, der auf die Dunkelheit gefallen war, noch mehr Erinnerungen zum Vorschein kommen würden. Sie musste jede neu gewonnene Information als Trittstein zu der nächsten behandeln. Die Herausforderung, vor der sie stand, war, zu versuchen, alle Teilchen zu etwas zusammenzusetzen, das einen Sinn ergab, denn was sie im

Moment hatte, war so etwas wie ein Fotoalbum mit zu vielen leeren Seiten.

Von all dem Nachdenken bekam sie jedoch Kopfschmerzen, und so ließ sie sich wieder in die Kissen sinken und schloss die Augen. Die Erinnerungen erzwingen zu wollen bringt nichts, sagte sie sich. Es war besser, ihnen Zeit zu lassen, von selbst wiederzukehren, wie sie es getan hatten, als sie schlief. Aber es war so frustrierend, nicht das ganze Bild auf einmal betrachten zu können, sondern immer nur einzelne Bruchstücke ohne erkennbare Verbindung untereinander, was wirklich nicht sehr hilfreich war. Auch das Wissen, dass sie Clarissa hieß, neunzehn Jahre alt war und quer über den Atlantik in dieses Land gereist war, half ihr nicht, herauszufinden, wer genau sie war. Sie war so gut wie eine Fremde für sich selbst. Und was noch schlimmer war – sie war eine hilflose, verirrte Fremde, die nicht mehr weiterwusste.

Sie war gerade wieder dabei einzuschlafen, als sie eine Türklingel läuten hörte – einen langen, schallenden Ton, der langsame, gemächliche Schritte nach sich zog. Was auch immer unten gesprochen wurde, konnte Clarissa nicht verstehen, aber Minuten später klopfte es an ihrer Tür, und ein junges Mädchen in Dienstbotentracht kam herein.

»Entschuldigen Sie, Miss, doch da sind Leute, die Sie sehen möchten. Soll ich sie hinaufführen?«

»Ist es der Doktor?«

Das Mädchen schüttelte den Kopf. »Nein, nicht er, Miss.«

»Wo ist Lavinia, Mrs Upwood?«

»Außer Haus. Sie wird jedoch bald zurück sein, und Mr Upwood hält sein Nachmittagsschläfchen. Sonst ist niemand hier. Was ist also mit den Besuchern? Möchten Sie sie sehen? Sie sagen, sie seien Freunde von Ihnen.«

Mit solch einem abscheulich verletzten und angeschlagenen Gesicht wollte Clarissa niemanden sehen, doch falls die Möglichkeit bestand, dass diese angeblichen Freunde ihr in irgendeiner Weise helfen konnten, wäre es ratsamer, sie zu empfangen. Und wenn sie so freundlich waren, sie zu besuchen, zeigte das doch, dass ihnen etwas an ihr lag, oder?

»Wissen Sie, wie die Besucher heißen?«

»Oh, das habe ich sie nicht gefragt, Miss. Soll ich hinuntergehen und es für Sie herausfinden?«

»Nein, nein, schon gut«, sagte Clarissa pessimistisch. »Wahrscheinlich werde ich sowieso nicht wissen, wer sie sind.«

Ihre Voraussage war nicht ganz unzutreffend.

»Verzeihen Sie«, sagte sie, als ihre Besucher am Fußende des Bettes standen und auf sie herabblickten, »ich kenne Sie, aber … ich weiß nicht, woher. Mir wurde gesagt, ich litte unter Amnesie.«

Die Frau kam um das Bett herum und ließ sich mit besorgter Miene auf der Kante nieder. Sie war sehr elegant gekleidet und trug einen amethystfarbenen Hut mit einer Diamantnadel in einer kleinen Delle vorn. Irgendetwas an diesem Hut kam Clarissa bekannt vor, wenn auch leider nur sehr schwach.

»Ich bin Polly. Polly Sinclair«, sagte die Frau, »die älteste Freundin deiner Mutter. Ich bin sogar deine Patentante. Du warst bei mir in London vor diesem schlimmen Unfall.« Sie nahm Clarissas Hand und drückte sie sanft. »Ich habe dich zum Zug gebracht. Aber ich wünschte jetzt, ich hätte es nicht getan. All das ist meine Schuld. Ich hätte mich nicht einmischen sollen, indem ich deinen Großeltern schrieb. Es wäre besser gewesen, dich bei mir in London zu behalten, wo du sicher warst.«

»Woher wusstest du, dass ich einen Unfall gehabt habe?«

»Lavinia hat mir ein Telegramm geschickt, weil sie dachte, ich sollte es wissen. Ich war schon im Begriff, mich auf den Weg hierher zu machen, als dieser charmante junge Mann an meiner Tür erschien und nach dir fragte.«

Clarissa wandte sich dem blassen, sehr schlanken Mann zu, der noch immer am Fußende ihres Bettes stand. Er hatte dichtes schwarzes Haar, das glatt aus seiner breiten Stirn zurückgekämmt war, und hinter einer Hornbrille erwiderten ernste dunkle Augen ihren Blick. Ein Füllfederhalter steckte in der Brusttasche seines Jacketts. »Ich kenne Sie«, murmelte Clarissa. »Ich bin mir sicher, aber …« Plötzlich war alles zu viel für sie, das Wissen und das Nichtwissen. Und wenn sie nun für immer so blieb, eine Gefangene eines Verstands, der nie wieder der Gleiche sein würde? Sie begann zu weinen. Ihr ganzer Körper wurde von Schluchzern geschüttelt, die ihr in der Kehle stecken blieben. Die Frau namens Polly schloss sie in die Arme und drückte sie an sich.

»Meine arme Kleine«, sagte sie beruhigend, »was für eine schreckliche Qual das für dich sein muss! Aber weine nur, so viel du willst. Lass alles heraus, und mach dir keine Gedanken unseretwegen.«

Eine ganze Weile, die ihr wie eine Ewigkeit vorkam, ließ Clarissa den Tränen freien Lauf, und als sie sich schließlich ein wenig beruhigte, nahm sie das Taschentuch, das der Mann ihr reichte. Sie putzte sich die Nase und zwang sich, ihre Emotionen in Schach zu halten. »Würden Sie mir bitte Ihren Namen sagen?«, bat sie den Mann. »Und woher wir einander kennen?«

Er setzte sich in den Sessel neben dem Bett. »Ich bin Artie Bloomberg, und wir haben uns an Bord der *Belle Étoile* kennengelernt.«

»Erzählen Sie mir mehr«, bat Clarissa, als er zu glauben schien, das sei genug Information.

»Ich war mit Ellis Randall auf dem Schiff, und auch Effie Chase war dort mit ihrem Vater und ihrer Stiefmutter. Wir haben uns mit einer Frau namens Betty angefreundet.«

»Und ich? Bin ich allein gereist?«

»Nein. Sie waren in Begleitung eines fürchterlichen alten Drachens, dem Sie aus dem Weg zu gehen versuchten, so gut Sie konnten.«

»Marjorie!«, entfuhr es Clarissa. »War ihr Name Marjorie?«

Artie lächelte. Was für ein reizendes Lächeln er hat!, dachte sie. »Ja. Und Sie hassten sie. Sie war ungefähr so lustig wie eine Regenwolke an einem sonnigen Tag.«

Clarissa wusste nicht, ob es die Ablenkung durch sein Lächeln war oder nicht, doch noch etwas anderes wurde ihr plötzlich bewusst. »Marjorie war eine Freundin meiner Grandma Ethel, nicht? Ja, ja, ich erinnere mich! Und ich erinnere mich auch an jemanden mit ganz ungewöhnlich grünen Augen. Wer war das?«

»Das muss Ellis sein. Jeder erinnert sich an seine Augen, weil sie genauso unverwechselbar sind wie er selbst.«

»Ja, ich erinnere mich an ihn – aber er war ja fürchterlich blasiert!« Sowie die Worte heraus waren, legte Clarissa beschämt eine Hand vor ihren Mund. »Tut mir leid, das war vielleicht sehr unhöflich von mir. Ist er ein guter Freund von Ihnen?«

Artie lachte. »Das ist er, und Sie haben recht: Er ist auch ein außergewöhnlich arroganter Mann. Ich werde ihm von Ihrem Kommentar erzählen, wenn ich ihn das nächste Mal sehe.«

Während er sprach, sah Clarissa, dass die Frau namens Polly den Hut abnahm, und wieder regte sich eine Erinnerung in ihr. »Haben Sie einen hellgrauen Hut mit einer Delle an der Seite?«, fragte sie.

»Ich fürchte, alle meine Hüte haben Dellen«, antwortete Polly lächelnd. »Ich lasse sie andauernd fallen oder setze mich darauf. Aber siehst du, da ist noch etwas, das wir dir in Erinnerung gebracht haben, denn ich habe tatsächlich einen hellgrauen Hut.«

»Sie haben ihn … du hast ihn getragen, als du mich am Bahnhof abgeholt hast, nicht?«

»Und ich unentschuldbar spät erschienen bin.«

»Ich war nervös«, sagte Clarissa stirnrunzelnd. »Ich wusste nicht, ob ich auf dich warten oder mir ein Taxi nehmen sollte. Komisch, dass ich mich an etwas so Belangloses wie deinen Hut erinnern kann und gerade er wieder andere Erinnerungen in mir weckt.«

»Das Gehirn ist ein komplizierter Mechanismus«, sagte Artie. »Du musst geduldig damit sein. Irgendwann wird wieder alles einen Sinn für dich ergeben. Du hast einen schweren Unfall überlebt, und es wundert mich ehrlich gesagt, dass du nicht in einem Krankenhaus behandelt wirst.«

»Ein Arzt hat mich untersucht, und deshalb werden die Upwoods wohl beschlossen haben, dass ich nicht so schwer verletzt war.«

»Du hast nichts, was viel Ruhe und Schlaf nicht kurieren werden«, warf Polly ein. »Ich bin jedenfalls sehr dafür, sich von solch grässlichen Orten wie Krankenhäusern fernzuhalten. Nein, lass es dir von mir gesagt sein: Du bist hier viel besser aufgehoben, solange sie dich gut versorgen. Obwohl ich, dem Zustand dieses Hauses nach zu urteilen, auch so meine Zweifel habe. Es könnte wirklich mal eine gründliche Reinigung gebrauchen. Ich kann mich nicht erinnern, schon einmal so viele Spinnweben gesehen zu haben. Ohne größenwahnsinnig erscheinen zu wollen, lasse ich dich nun mit Artie allein, um dieses Dienstmädchen zu suchen und zu sehen, ob wir nicht etwas zu trinken bekommen können. Ich bin entsetzt, dass sie uns noch nichts angeboten hat. Dies ist wirklich der nachlässigste aller Haushalte! Oder vielleicht solltest du sie besser suchen, Artie, denn mit deinem Charme wirst du sie sicherlich dazu bewegen können, uns Erfrischungen anzubieten. Nein, nein«, berichtigte sie sich dann schnell, »überlass das doch besser mir, denn ich könnte mir vorstellen, dass ich weit mehr Autorität ausstrahle als du. Du bist ein viel zu netter Mann, um das Mädchen herumzukommandieren.«

Als Polly aus dem Zimmer marschiert war, blickte Clarissa Artie schüchtern an. »Ich glaube, sie hat das als Kompliment gemeint.«

»Schon gut, Clarissa. Mir ist bereits nach wenigen Minuten in Miss Sinclairs Gesellschaft klar geworden, was für eine außergewöhnlich tatkräftige Frau sie ist. Ich bin nur froh, dass ich meine Pläne geändert und beschlossen hatte, Frankreich zu verlassen und nach London zu kommen.« Er beugte sich vor und richtete den Blick seiner freundlichen braunen Augen auf Clarissa. »Ich war so besorgt um dich, als Miss Sinclair mir die schlechte Nachricht mitteilte.«

Der eindringliche Gesichtsausdruck, mit dem er sie betrachtete, rief eine ganz unerwartete Gefühlsregung in ihr hervor. Mit einem Mal fragte sie sich, was für eine Art von Freundschaft sie verbunden haben mochte, wenn sie ihn richtig verstanden hatte und sie sich erst seit Kurzem kannten. Hatte sie sich etwa in ihn verliebt? Es wäre ein Leichtes, diesen Mann zu lieben, dachte sie. »Was wisst ihr, Polly und du, eigentlich über den Unfall?«, fragte sie.

Er machte ein zweifelndes Gesicht. »Ich bin mir nicht sicher, ob ich dir das sagen sollte.«

»Das musst du! Ich muss es wissen. Warum sollten alle anderen es wissen dürfen, nur nicht ich? Wie ungerecht ist das denn?«

Er streckte eine Hand nach ihr aus. »Bitte reg dich nicht auf«, bat er. »Ich werde dir sagen, was ich gehört habe, wenn du darauf bestehst, aber nur, wenn du glaubst, dass es dir helfen wird.«

Kapitel Siebenundzwanzig

Hotel du Palais,
Biarritz, Frankreich
April 1939

Wie typisch für dich, Clarissa, so unachtsam zu sein und binnen weniger Tage in England einen Unfall zu haben.
Werde bald wieder gesund, ich will nicht mit einer Kranken im Ritz *zu Abend essen, das wäre ausgesprochen würdelos!*
Ellis Randall

Hotel Negresco
Nizza, Frankreich
1. Mai 1939

Meine liebe Clarissa,
ich habe durch Effie von deinem schrecklichen Unfall erfahren. Was für ein Pech, mein liebes Kind! Kann ich dir irgendwie helfen? Du brauchst es nur zu sagen, und ich werde tun, was ich kann, um dir deine Lage zu erleichtern.
Wenn du reisen könntest, würde ich vorschlagen, dass du zu mir nach Nizza kommst, denn es ist einfach herrlich hier!
Pass gut auf dich auf und werde bald wieder gesund!
Betty

Obwohl Clarissa zu Tode gelangweilt war von der erzwungenen täglichen Bettruhe, die der erbarmungslos autoritäre Doktor Rutherford ihr verordnet hatte, bedeutete diese andererseits jedoch, dass sie mehr Zeit damit hatte verbringen können, ihre Großmutter kennenzulernen.

Ihr Großvater dagegen war immer noch nicht mehr als eine entfernte Gestalt, die sie nur selten sah. Lavinia hatte ihr erklärt, die Anstrengung, die Treppe hinaufzusteigen, sei zu viel für ihren Mann. Nur an außergewöhnlich guten Tagen könne er sich darauf verlassen, dass ihn seine Beine trugen. Ironischerweise war der Nachmittag von Clarissas Ankunft ein solch guter Tag gewesen, als er mit Unterstützung seiner Frau und des Hausmädchens Lily die Treppe bewältigt hatte und danach sogar sein sperriger Rollstuhl hinaufgetragen worden war. Clarissa hörte ihn des Öfteren die Hunde oder sogar Lily anschreien. Er klang wie ein reizbarer und unbeherrschter Mann, aber vielleicht war es ja Frustration, was seinen Jähzorn nährte.

Als die Tage vergingen, verflüchtigte sich wie vorhergesagt nach und nach die Amnesie, bis Clarissas Gedächtnis endlich völlig wiederhergestellt war. Sie erinnerte sich jetzt wieder an die Tage, die sie an Bord der *Belle Étoile* verbracht hatte, und auch an die grässliche Marjorie, die jetzt zweifelsohne sagen würde, dass Clarissa sich den Unfall mit ihrer Halsstarrigkeit selbst zuzuschreiben hatte. Es gab allerdings auch Momente, in denen Clarissa sich fragte, wie sie jemals wissen sollte, ob noch irgendwelche Erinnerungslücken geblieben waren. Und wenn sie nun irgendein wichtiges Detail über sich selbst vergessen hatte?

Was ebenfalls zu ihr zurückgekehrt war, war der ganze Horror des Unfalls. Sie wusste jetzt, dass das qualvolle Geschrei, das sie in ihren Albträumen verfolgt hatte, das Apollos gewesen war, des Pferdes, das unter schrecklichen Qualen verendet war. Jimmy, der mit ihr auf dem Wagen gesessen hatte, war hinuntergeschleudert worden und in der relativen Weichheit der Weißdornhecke gelandet. Clarissa hatte nicht so viel Glück gehabt wie er; sie war direkt auf die Straße geprallt, wo sie nur knapp dem Tod durch das neben ihr hinstürzende Pferd entgangen war. Beschämt über das Geschehene, hatten der Fahrer des Traktors und ein zufällig vorbeifahrender Mann aus dem Dorf sie mit Jimmys Hilfe auf den Anhänger des Traktors gelegt und sie hierhergebracht, wo sie nun schon seit zwei Wochen das Bett hütete.

Auf Lavinias Einladung hin hatten Artie und Polly mehrere Tage und Nächte auf Shillingbury Grange verbracht, weil sie glaubten, dass ihre Anwesenheit Clarissa helfen würde, schneller zu genesen. Sie war traurig gewesen, als sie sich von ihnen verabschieden musste. Polly wäre gern länger geblieben, aber sie wurde daheim in London gebraucht – die Organisation, die Pflegeeltern für jüdische Kinder suchte, arbeitete mit Hochdruck und konnte nicht mehr auf sie verzichten. Polly hatte ausgiebig mit Clarissa und Artie über ihre Arbeit – die Kindertransporte – gesprochen, und Artie, der Freunde und Verwandte in Berlin, Prag und Wien hatte, wollte so viel darüber erfahren, wie er nur konnte. Er hatte seinen Freunden geschrieben und sie angefleht zu fliehen, doch zu seiner Bestürzung antworteten sie, sie könnten ihre Familien oder Häuser nicht im Stich lassen. Er war inzwischen nach Frankreich zurückgekehrt, um sich mit Ellis und Effie zu treffen, die sich an der Riviera aufhielten.

Glücklicherweise waren Clarissas schlimmste Blutergüsse verblasst und die Fäden an ihrer Kopfwunde gezogen worden.

Heute war ihr erster Tag ganz außerhalb des Bettes, und sie genoss die damit verbundene Freiheit. Es war ein wunderbarer Szenenwechsel nach den elenden vier Wänden, in denen sie bisher gefangen gewesen war. Sich frei bewegen zu können bedeutete, dass sie jetzt endlich eine bessere Vorstellung von ihrer Umgebung gewann.

Im Moment saß sie im Wohnzimmer bei den Terrassentüren und sah zu, wie Charles Upwood von Jimmy über den Rasen geschoben wurde. Sein voller Name war Jimmy Pharr, und er war einer von Lilys vielen Onkeln. Lilys Worten zufolge konnte man sich in Shillingbury kaum bewegen, ohne über Mitglieder der Pharr-Familie zu stolpern. Das Mädchen war Clarissa schon sehr ans Herz gewachsen, vielleicht, weil der Altersunterschied zwischen ihnen relativ gering war, da Lily nur zwei Jahre jünger war als sie. Sie war auch ein ziemlich temperamentvolles Mädchen hinter ihrer dünnen Fassade höflichen Pflichtbewusstseins und scheute sich nicht, auszusprechen, was sie dachte, wenn sie herausgefordert wurde. Eines Tages, als sie Clarissa wieder einmal ein Tablett mit unappetitlichem Essen gebracht hatte, hatte sie sich dafür entschuldigt und ihr erzählt, dass Mrs Kent, die Köchin, ein Furcht einflößender Drachen in der Küche war. Nicht einmal Mrs Upwood wagte es, sie zu kritisieren, egal, wie schlecht das Essen war, das ihnen vorgesetzt wurde. Lavinia Upwood wusste, dass sie niemand anders finden würde, der für ein solch mickriges Gehalt arbeitete.

Es war wie ein Echo dessen, was Polly während ihres kurzen Aufenthalts bemerkt hatte. »Der Lebensstandard hat sich sehr verschlechtert, seit ich als junges Mädchen hier war«, hatte sie zu Clarissa gesagt. »Früher einmal war dieses Haus eines der elegantesten der Gegend und beschäftigte eine ganze Armee von Personal. Heute ist es nur noch ein Schatten seiner selbst. Zu deprimierend, um es mit Worten zu beschreiben.«

Das Haus war von beachtlicher Größe und stand auf einem Gelände, dem jahrelange Vernachlässigung anzusehen war – der Tennisplatz war voller Unkraut, der Küchengarten völlig überwuchert, und die Rasenflächen wurden von Kaninchen und Maulwürfen bewohnt. Viele der Zimmer waren geschlossen, die Möbel darin mit Laken gegen den Staub bedeckt, und obwohl es Frühling war und die Sonne schien, drang nur wenig Wärme durch die dicken Mauern.

Bei Gesprächen mit Lavinia hatte Clarissa erfahren, dass Charles' Investitionen in den letzten Jahren keine soliden und vernünftigen gewesen waren und sie jetzt den Preis für eine Kombination aus schlechtem Urteilsvermögen und den weitreichenden Folgen der Wirtschaftskrise zahlten. Es wäre ein Leichtes für Clarissa gewesen, darauf zu entgegnen, dass ihren Großeltern nur recht geschah und dies die Strafe für ihre Grausamkeit Fran gegenüber war. Aber sie glaubte, dass sie durch ihre Schuldgefühle und die spätere Scham wegen des Verlusts ihres Ansehens in der Gemeinde genug gestraft waren, ohne dass sie ihnen noch mehr Leid wünschte. Und sie litten, so viel war offensichtlich für Clarissa. Wann immer sie in Lavinias von Falten durchzogenes Gesicht blickte und beobachtete, wie sie schon gewohnheitsmäßig die Hände rang und die mageren Schultern einzog, sah sie Traurigkeit und Reue.

»Ich hätte nie damit gerechnet, dass unser Leben so trostlos werden würde oder wir in so eine wirtschaftlich schwache Situation geraten könnten«, gestand Lavinia Clarissa. Die rückhaltlose Aufrichtigkeit dieses Eingeständnisses berührte Clarissa, und immer öfter ertappte sie sich bei dem Wunsch, etwas zu unternehmen, um die Lage ihrer Großeltern zu verbessern. Aber was? Was konnte sie schon tun?

Am nächsten Morgen brachte der Postbote zwei Briefe für Clarissa, einen von Polly und einen weiteren von Artie. Sie öffnete seinen zuerst.

Er sei noch immer an der Riviera, schrieb er, werde aber bald schon abreisen, um nach London zurückzukehren, wo er sich eine Anstellung als Nachrichtenkorrespondent bei Reuters sichern wollte.

Ich kann nicht guten Gewissens Effie und Ellis auf ihrer weiteren Europareise begleiten, wenn die Katastrophe so unmittelbar bevorsteht. Ich sage das nicht leichthin, sondern glaube es mit meinem ganzen Sein. Die dunklen Wolken des Krieges ziehen immer schneller auf, und wer etwas anderes glaubt, der ist ein Narr. Die Gefahr durch Hitler-Deutschland wird immer bedrohlicher, und es wird höchste Zeit, dass die Leute handeln.

Was mich zu der Hauptsache meines Briefes bringt. Polly wird in Kürze mit einer formellen Bitte an dich herantreten, und obwohl ich weiß, dass ich ihr die Sache überlassen sollte, kann ich nicht umhin, meinen Beitrag zu ihrem Ansinnen zu leisten. Ich kenne dich zwar erst seit kurzer Zeit und habe deswegen nicht das Recht, dich um irgendwas zu bitten, aber ich weiß, dass du ein gutes, großzügiges Herz hast, und wenn du einen Weg finden könntest, deine Großeltern zu überreden, Pollys Ansinnen zuzustimmen, würde ich für immer in deiner Schuld stehen.

Hier ist noch etwas, was ich nicht leichthin sage und eigentlich gleich an den Anfang meines Briefes hätte setzen sollen,

aber ich denke jeden Tag an dich und hoffe aufrichtig, dass du dich jetzt wieder mehr wie das entzückende Mädchen fühlst, dem ich an Bord der Belle Étoile *begegnet bin. Wir wissen nie, wohin wir als Nächstes gehen, doch ich bin überzeugt davon, dass es Bestimmung war, als sich unsere Wege kreuzten. Deshalb halte ich mich für den glücklichsten aller Männer, deine Bekanntschaft gemacht zu haben.*
Oh Gott, wie lächerlich archaisch ich jetzt klinge! Bevor ich also noch etwas anderes Dummes hinzufüge, verabschiede ich mich besser.

Mit lieben Grüßen
Artie

PS Ich schicke diesen Brief nach Shillingbury in der Hoffnung, dass du dich dort immer noch erholst.

Clarisssa las Arties Brief schnell noch ein weiteres Mal, bevor sie Pollys öffnete und ganz intuitiv schon wusste, worum es darin gehen würde. Und kaum hatte sie die Information in sich aufgenommen, hörte sie, dass Lavinia nach ihr rief.

»Ist das dein Werk?«, fragte ihre Großmutter, als sie ins Wohnzimmer kam und ihr einen maschinengeschriebenen Brief reichte.

»Überhaupt nicht«, erwiderte Clarissa, nachdem sie das Schreiben gelesen hatte, und klärte Lavinia dann über ihren eigenen Brief von Polly auf.

»Also wer auch immer diesen schlecht durchdachten Plan ersonnen hat, für uns kommt so etwas nicht infrage«, erklärte Lavinia nachdrücklich. »Wir würden schlicht und einfach nicht damit zurechtkommen. Charles würde es mit Sicherheit nicht dulden, nicht einmal eine Sekunde lang. Er braucht

Ruhe und Frieden, nicht das Chaos einer Armee von ausländischen Kindern, die in unser Haus einfallen würden.«

»Ach, ich bin sicher, dass es nicht so sein wird«, sagte Clarissa, obwohl sie in Wahrheit keine Ahnung hatte, wie es wäre. »Erstens wird es keine Armee von Kindern sein, sondern höchstens eins oder zwei«, fuhr sie fort, »und zweitens würden sie vielleicht gar nicht lange bleiben.«

Lavinia zupfte an der Strickjacke, die sie sich umgehängt hatte. »Bitte denk nicht, ich hätte kein Mitleid mit den armen Würmchen, aber ist es wirklich unser Problem? Wir haben genug eigene Schwierigkeiten. Außerdem sind wir hier gar nicht für Kinder ausgerüstet«, fuhr sie händeringend fort. »Also Schluss damit. Ich werde diesen Brief entsprechend beantworten. Polly Sinclair hat schon immer anderer Leute Probleme zu ihren eigenen gemacht. Hätte sie geheiratet und eine eigene Familie, würde ihr keine Zeit für all den Unsinn bleiben.«

»Ich betrachte ihre Arbeit keineswegs als Unsinn«, entgegnete Clarissa ruhig. »Aber können wir wirklich die Hände in den Schoß legen und nichts tun? Würden wir es uns je verzeihen, wenn sich die Lage für diese Menschen noch verschlechtern würde?«

»*Wir?*«, wiederholte Lavinia steif. »Wo kommst du dabei ins Spiel?«

»Ich würde gern helfen, wenn du es mir erlaubst«, sagte Clarissa, der ganz plötzlich klar wurde, dass es ihr nicht bestimmt war, nach London zurückzukehren. Sie war aus einem speziellen Grund hierhergeführt worden, und jetzt sprang er ihr geradezu ins Auge. Nie hätte sie gedacht, dass das die Folge ihrer Reise über den Atlantik sein würde, aber sie war sich auch nie sicherer gewesen, dass dies der Ort war, an dem sie bleiben musste. Der richtige Ort für ihr neues Ich, die neue, souveräne Person, die sie hatte werden wollen, als sie von Bord der *Belle Étoile* gegangen war, die selbstbewusste junge Frau, die etwas Lohnendes mit ihrem Leben anfangen wollte.

Sie stand langsam auf. In der festen Überzeugung, dass diese großzügige Geste in gewisser Weise sühnen würde, was Lavinia und Charles Upwood ihrer Tochter angetan hatten, machte Clarissa sich daran, ihre Großmutter davon zu überzeugen, dass Shillingbury Grange ein vorübergehendes Zuhause für nicht mehr als zwei Kinder sein sollte. Kinder, die eine sichere Zuflucht vor den Nazis brauchten. Fast ohne Atem zu schöpfen, räumte sie systematisch jeden Einwand aus – dass das Haus nicht in einem angemessenen Zustand war, um Kinder aufzunehmen; dass es der Köchin nicht gefallen und sie auf der Stelle kündigen würde; dass auch Lily wegen der zusätzlichen Arbeit gehen würde; dass Charles nicht mehr zur Ruhe kommen würde und die Kinder vermutlich kein Englisch sprachen und Amok laufen und Chaos und Verwüstung anrichten würden. Dann zog Clarissa die Trumpfkarte, die sie noch im Ärmel hatte. Sie sagte, sie wolle nicht nur bleiben und helfen, sondern auch genügend Geld von ihrem Treuhandfonds in Amerika erlangen, um die zusätzlichen Kosten für die Kinder zu übernehmen.

»So ist das wohl bei euch Amerikanern, was?«, entgegnete Lavinia mit einem müden Kopfschütteln. »Ihr boxt euch durch, bis ihr erreicht habt, was ihr wollt?«

»Das kann schon sein«, erwiderte Clarissa glücklich. Und dann, um absolut sicher sein zu können, dass sie die letzten Zweifel und Argumente entkräftet hatte, und weil sie wusste, dass ihre Großmutter Artie sympathisch fand, erklärte sie: »Dein Mann und du würdet gerade Artie einen persönlichen

Gefallen tun, wenn ihr die Kinder aufnähmt, weil deren Notlage ihn zutiefst bekümmert.«

»Wenn es Artie so wichtig ist, warum hilft er dann nicht selbst, indem er dafür sorgt, dass die Kinder nach Amerika ausreisen können?«, fragte Lavinia.

»Weil ihre Eltern sie nicht so weit fortschicken wollen«, erwiderte Clarissa und fügte dann ganz impulsiv hinzu: »Als Mutter kannst du das doch sicherlich verstehen?«

Angesichts des bestürzten Ausdrucks auf Lavinias Gesicht befürchtete Clarissa, dass sie ungewollt zu weit gegangen war. Sie wollte sich schon entschuldigen, als ihre Großmutter die Schultern straffte. »Na gut«, sagte sie. »Ich kann sehen, dass du jeder Zoll die Tochter deiner Mutter bist und kein Jota nachgeben wirst. Ich werde die Angelegenheit mit meinem Mann besprechen und Miss Sinclair antworten, dass wir zwei Kinder aufnehmen werden. Aber nicht mehr, hörst du? Ich will nicht, dass du oder Polly auf die Idee kommt, wir könnten hier Krethi und Plethi unterbringen, nur weil dies ein großes Haus ist.«

»Danke! Vielen, vielen Dank!«, sagte Clarissa glücklich und umarmte ihre Großmutter im Überschwang der Gefühle. Im ersten Moment erstarrte Lavinia bei ihrer Berührung, als wäre sie ihr unangenehm, doch dann wich die Starre, und auch sie drückte Clarissa an sich.

»Und nur fürs Protokoll – ich bin nicht voll und ganz Amerikanerin«, sagte Clarissa, als sie ihre Großmutter wieder losließ. »Ich bin zur Hälfte Engländerin, und das hat meine Mutter mich auch nie vergessen lassen.«

Der Anflug eines Lächelns zog Lavinias sonst immer hängende Mundwinkel hinauf. »Das freut mich zu hören.«

Clarissa lächelte, aber dann fiel ihr etwas ein, das sie schon seit Tagen beschäftigte. »Darf ich dich etwas fragen?«

»Du darfst.«

»Wie soll ich dich nennen? Lavinia, wie ich es bisher getan habe, oder …«

»Lavinia wird unter den gegebenen Umständen genügen«, antwortete die Frau und verfiel wieder in ihre steife Förmlichkeit. »Es sei denn, du fühltest dich nicht wohl dabei?«

»Nein, nein, für mich ist das in Ordnung. Ich wollte nur tun, was dir richtig erscheint.«

»Das ist gut«, fügte die Frau in einem wärmeren Ton hinzu. »Und wenn das alles war, werde ich jetzt in die Küche gehen, um zu sehen, welch neuer Horror uns zum Mittagessen erwartet. Kann ich dir irgendetwas mitbringen?«

»Nein, ich habe alles, was ich brauche, danke.«

Nach dem Mittagessen erschien ein Junge aus dem Dorf auf dem Fahrrad, um Clarissa ein Telegramm zu bringen. Es war von ihrer Grandma Ethel.

Clarissa, die sich verpflichtet fühlte, ihre Großmutter in Amerika auf dem Laufenden zu halten, hatte ihr geschrieben, dass sie in einen Unfall verwickelt gewesen war, es aber keinen Grund zur Sorge gab. Sie sei in guten Händen und halte sich bei ihren Großeltern in Suffolk auf.

> *Du wirst nach Hause kommen, sobald du wieder reisefähig bist,* war die strenge Anweisung, die Grandma Ethels Telegramm enthielt. *Du wirst hier gebraucht.*

Kapitel Achtundzwanzig

Bei dem aufdringlich lauten Geräusch einer Motorsense, die in der Nähe angelassen wurde, brach Mrs Dallimore ihre Erzählung ab. »Ich glaube, meine Liebe, wir müssen es für heute dabei belassen. Meine Stimme ist Jeds gartenbaulichen Bemühungen nicht gewachsen, und abgesehen davon habe ich jetzt schon lange genug geplappert.«

Enttäuscht blickte Lizzie zu Jed hinüber, der die Randeinfassung eines Blumenbeets in Ordnung brachte. Ganz auf seine Arbeit konzentriert und mit Ohrenschützern über einem rot-weißen Cowboy-Halstuch, das er um den Kopf trug, schien er sich des Lärms, den er erzeugte, nicht einmal bewusst zu sein und sich in einer anderen Welt zu befinden. Genau wie Lizzie gerade eben. Sie hatte Mrs Dallimore so interessiert zugehört, dass sie alles um sich her vergessen hatte. Aber Jed hat mich mit diesem lauten Knattern in die Wirklichkeit zurückgeholt, dachte sie gereizt. Und noch schlimmer war, dass sie während Mrs Dallimores faszinierender Geschichte zwar keinen Gedanken an Curt verschwendet hatte, es jetzt aber höchstwahrscheinlich wieder tun würde. Es sei denn, sie fände einen Weg, sich anderweitig zu beschäftigen. Widerstrebend stand sie auf. »Möchten Sie, dass ich Sie hineinbringe oder Ihnen etwas zu trinken hole?«, fragte sie Mrs Dallimore.

»Nein, ich bin ganz zufrieden damit, hier zu sitzen. Danke,

Lizzie. Und entschuldigen Sie bitte, falls ich Sie gelangweilt habe.«

»Aber ganz und gar nicht!«, versicherte Lizzie schnell. »Sie langweilen mich ganz ehrlich nicht! Sie haben etwas geschafft, was noch niemand anders gelungen ist – Sie haben mich von dem Chaos abgelenkt, das ich aus meinem Leben gemacht habe. Ich könnte Ihnen gar nicht dankbarer dafür sein.«

Die alte Dame blickte sie streng an und zog ihre silberweißen Augenbrauen zusammen. »Was auch immer für ein Chaos Sie aus Ihrem Leben gemacht zu haben glauben, ich versichere Ihnen, dass es nicht mehr als ein vorübergehender Schluckauf ist. Und jetzt gehen Sie und schauen nach, ob jemand anders Sie mehr braucht als ich.«

Da Jed und die Motorsense näher kamen, musste Lizzie ihre Stimme erheben. »Werden Sie ein anderes Mal an dieser Stelle Ihrer Geschichte fortfahren? Morgen vielleicht?«

Mrs Dallimores Antwort verlor sich in dem Lärm, aber nicht ihr Nicken.

Als Lizzie an Jed vorbeiging, blickte er zu ihr auf und hob grüßend eine Hand. Sei nett, sagte sie sich, es ist nicht seine Schuld, dass er dazu neigt, immer im ungünstigsten Moment aufzutauchen. Und so erwiderte sie den Gruß und eilte zum Haus hinauf, wo die Küchendüfte des Mittagessens Übelkeit in ihr weckten. Ihr empfindlicher Magen war noch etwas, was sich beruhigt hatte, solange sie bei Mrs Dallimore gesessen hatte; die nervöse Unruhe in ihrem Magen hatte sich kein einziges Mal bemerkbar gemacht. Bis jetzt. Es war Stress, das wusste sie. Vor Jahren an der Universität hatte sie etwas Ähnliches verspürt, als ihr bewusst geworden war, dass sie sich für das falsche Studium entschieden hatte. Wochenlang war sie dabeigeblieben und hatte gehofft, dass die Materie plötzlich einen Sinn für sie ergeben würde. Aber so war es nicht gewesen. Es war schlimmer und schlimmer geworden, und sie wurde ganz unglücklich bei der Überlegung, wie sie sich aus der Sache befreien konnte, ohne wieder einmal als Versagerin dazustehen. Mit diesem Unglücklichsein kamen der empfindliche Magen und der Appetitverlust. Am Ende – und statt zuzugeben, dass sie gescheitert war – tat sie das Einzige, was sie konnte: Sie verließ die Universität und gab sich den Anschein, als spielte nichts von alldem eine Rolle.

Scheitern schien ihre Spezialität zu sein. Auf dem Gebiet war sie eine Expertin; das konnte sie getrost von sich behaupten. Das war ihre große Errungenschaft im Leben, das Einzige, wozu sie in höchstem Maße fähig war. Wenn sie es sich recht überlegte, könnte sie ein Selbsthilfebuch darüber schreiben, mit dem Titel *Wie man es schafft, eine spektakuläre Versagerin zu sein*. Doch nein, nicht einmal das würde sie schaffen. Sie wusste ja nicht, warum sie immer wieder alles vermurkste. Es schien ihr einfach zu passieren. Ihrer Fehlentscheidungen wegen, nahm sie an. Wie bei Curt, der eine ihrer größten Fehlentscheidungen gewesen war.

Als Lizzies Schicht beendet war, machte sie sich auf die Suche nach Mrs Dallimore, um sich für heute zu verabschieden und ihr zu sagen, dass sie hoffte, am Tag darauf zu hören, was die alte Dame vor all den Jahren getan hatte, als sie von Grandma Ethel nach Amerika zurückbeordert worden war. Hatte sie den Befehl missachtet und war auf Shillingbury Grange geblieben, oder hatte sie gehorcht? Lizzie zweifelte nicht daran, dass sie geblieben war, wo sie war.

Es war nicht leicht, sich die heutige Mrs Dallimore mit ihrer Gebrechlichkeit und verlorenen Unabhängigkeit als die junge, eigenwillige Clarissa vorzustellen. Lizzie fragte sich, ob es der alten Dame wohl genauso ging.

Sie fand sie im Wohnzimmer, wo sie in ihrem Rollstuhl vor einer unberührten Tasse Tee saß und fest schlief. In dem Sessel neben ihr schlief auch Mr Sheridan tief und fest. So wie ihre Köpfe einander zugeneigt waren, hätten sie ein altes Ehepaar sein können, das einträchtig zu Hause vor dem Kamin saß.

Nachdem sie leise die Tassen und Untertassen abgeräumt hatte, stellte Lizzie sie in die Spülmaschine in der Küche und ging zum Personalraum, um den Kittel auszuziehen. Dann meldete sie sich ab und verließ das Seniorenheim, um ihr Fahrrad zu holen. Doch während sie es entsperrte, dachte sie, dass sie es eigentlich gar nicht eilig hatte heimzufahren. Nicht, weil sie nicht bei ihren Eltern sein wollte, sondern weil sie wusste, dass sie dort ohne eine sinnvolle Beschäftigung ja doch nur wieder an Curt denken würde. Arbeit, selbst banale Aufgaben wie Betten zu beziehen, Zimmer zu reinigen und den alten Herrschaften zur Toilette zu helfen, hatte sie vom Grübeln abgehalten.

Lizzie hatte schon das Ende der Einfahrt erreicht, als sie eine vertraute Gestalt an dem einen Torpfosten und ein Motorrad an dem anderen lehnen sah. Es war Jed, der das rotweiße Tuch jetzt nicht mehr um den Kopf, sondern um den Hals geschlungen trug.

»Lust auf einen Drink?«, fragte er, während er vortrat und ihr den Weg verstellte.

Lizzie bremste scharf und kam nur Zentimeter vor ihm zum Stehen. »Eines Tages werden Sie noch überfahren, wenn Sie so was tun!«, schimpfte sie.

»Das riskiere ich. Und Sie? Werden Sie es riskieren, meine Einladung anzunehmen?«

»Falls das so was wie ein Fehdehandschuh sein sollte, den Sie mir vor die Füße werfen, um mich herauszufordern, müssen Sie sich schon was Besseres einfallen lassen.«

»Ich erhöhe immer gern den Einsatz«, sagte er. »Vor allem, wenn ich etwas lernen kann. Was soll es also sein? Bleiben wir zu einem verbalen Schlagabtausch hier stehen, oder tun wir das Gleiche lieber in irgendeinem hübschen Biergarten? Wenn Sie brav sind, würde ich vielleicht sogar noch ein paar Chips spendieren.«

»Ich bin nie *brav*.«

Er lächelte. »Ja, ich dachte mir schon, dass das so sein könnte.«

Was habe ich schon zu verlieren?, fragte Lizzie sich, als sie eine halbe Stunde später an einem Tisch im Garten des *Riverside-Pub* saß. Jed holte gerade ihre Getränke, und Lizzie hatte ihrer Mutter in einer Textnachricht mitgeteilt, dass sie später kommen würde. Mit ein wenig Glück würde sie hier nur ein Bier mit Jed trinken, schrecklich unfreundlich sein und dann nach Hause radeln. Und das wäre es dann. Er würde ihre Gesellschaft so abscheulich finden, dass er seine Einladung nicht wiederholen würde. Aber zumindest würde sie so eine weitere Stunde ohne einen Gedanken an Curt verbringen.

Als Jed mit ihrem Bier von der Bar zurückkam, trug er auch eine großformatige Zeitung unter dem Arm. Hm … Erwartete er eine so langweilige Zeit mit ihr, dass er sich etwas zu lesen mitgebracht hatte?

»Sind Sie gut im Lösen von Kreuzworträtseln?«, fragte er, als er auf der hölzernen Bank ihr gegenüber Platz genommen und die Zeitung in die gewünschte Form gefaltet hatte.

»Sehe ich wie diese Art von Mädchen aus?«, erwiderte sie.

»Sie sehen wie ein Mädchen aus, das alles kann, wenn es nur will. Haben Sie einen Stift in Ihrer Handtasche?«

Lizzie kramte in der Tasche und fand einen alten Kugelschreiber mit der Aufschrift *Starlight Radio*, die in schwarzen Buchstaben über die ganze Länge des Stifts verlief.

»Danke«, sagte Jed, als er ihn ihr abnahm. Er ließ ihn ein paar Mal auf- und zuschnappen und trank dann einen Schluck von seinem Bier. »Also los! Erste Frage: *Faszinierendes Mädchen, das oft finster dreinblickt.* Sechs Buchstaben.«

»Haha!«

»Nein, das wären nur vier.« Er tippte sich mit dem Stift gegen den Mund. »Ich glaube, ich hab's«, meinte er dann und begann, eine Reihe Kästchen auszufüllen. »Na also«, erklärte er grinsend und zeigte ihr, was er geschrieben hatte. *L-I-Z-Z-I-E.*

»Okay, ich hab verstanden«, sagte sie gereizt. »Aber bloß weil ich zugestimmt habe, etwas mit Ihnen zu trinken, muss ich noch lange nicht die Betriebsnudel sein.«

»Habe ich gesagt, das erwartete ich von Ihnen?«

»Nein, doch vermutlich denken Sie, Ihre spezielle Art von Charme würde mich entwaffnen. Doch da irren Sie sich. Im Moment habe ich den Männern abgeschworen.«

»Mir macht es nichts aus, wenn Sie zwischen den Geschlechtern wechseln; dafür werde ich Sie nicht verurteilen. Aber es ist schön, zu hören, dass ich eine spezielle Art von Charme besitze. Das darf ich nicht vergessen.«

»Hey, so war das nicht gemeint! Ich bin nicht bisexuell.«

Er legte Zeitung und Stift zur Seite. »Na ja, wie auch immer es gemeint war, ich bin jedenfalls froh, dass wir hier sitzen und uns wie zivilisierte Menschen benehmen.«

»Dann müssen Ihre Ansprüche aber ganz schön niedrig sein, wenn Sie sich mit ›zivilisiert‹ begnügen.«

»Ganz im Gegenteil. Ich sei wählerischer, als mir guttut, heißt es von mir. Ich persönlich nenne es lieber ›gesundes Urteilsvermögen‹.«

Lizzie trank einen großen Schluck von ihrem Bier, gefolgt von einem weiteren. Und noch einem, während sie unentwegt den Blick auf den Fluss gerichtet hielt und die Spiegelbilder der Weiden und des Himmels auf der glatten, ruhigen Wasseroberfläche betrachtete.

»Ich habe nichts dagegen, hier still zu sitzen, falls es das ist, was Sie wollen«, sagte Jed und legte sein rechtes Bein über sein linkes Knie, um ein wenig trockenes Gras von dem Saum seiner Jeans zu schnippen. »Aber andererseits hasse ich verpasste Gelegenheiten.«

Lizzie wandte sich ihm zu, um ihn direkt anzusehen. »Und damit meinen Sie, dass Sie weitergraben wollen, bis Sie alles herausgefunden haben, was es über mich zu wissen gibt? Ist es das?«

»Wow, eine Frau aus dem wirklichen Leben, die glaubt, dass die ganze Welt sich um sie dreht! Ich bin beeindruckt. Aber ich bin auch bereit, über alles Mögliche zu sprechen, außer über Sie natürlich, wenn es Ihnen lieber ist. Zum Beispiel ist mir aufgefallen, dass Sie sehr viel Zeit mit Mrs Dallimore verbringen. Für was halten Sie sie? Für eine harmlose alte Dame oder für eine scharfsinnige Frau mit viel Esprit?«

»Na, na, das ist aber ein großes Wort für einen Gärtner.«

Er kniff die Augen zusammen. »Und das war eine ausgesprochen voreingenommene Bemerkung, wenn ich das mal so sagen darf. Nur weil ich Rasen mähe, haben Sie mich als Schwachkopf eingestuft?«

Erschrocken über sich selbst, stellte Lizzie das Glas ab und schlug für einen Moment die Hände vors Gesicht. »Tut mir leid«, murmelte sie, »das war ein Schlag unter die Gürtellinie. Vielleicht sollte ich lieber gehen, bevor ich noch etwas Schlimmeres von mir gebe.«

»Nein, gehen Sie nicht, ich bin gespannt darauf, wie unhöflich Sie wirklich sein können, wenn Sie sich Mühe geben. Ich habe nämlich den Verdacht, dass wir bisher nur die Spitze des Eisbergs berührt haben.«

Sie runzelte die Stirn. »Warum sind Sie eigentlich so wild entschlossen, mich kennenzulernen?«

»Vielleicht gefallen Sie mir ja.« Er lächelte. »Aber dann wiederum … vielleicht auch nicht.«

»Sie sind bloß ein bisschen verrückt, nicht wahr?«

»Nicht ernst genommen zu werden ist das Kreuz, das ich zu tragen habe.«

»Wenn Sie sich nur ein wenig vernünftiger verhielten, würden die Leute Sie vielleicht auch ernster nehmen.«

»Und ich würde umkommen vor Langeweile. Ist es das, was Sie mir wünschen?«

»Im Moment würde ich mich damit begnügen …«

»Und schon sind wir wieder dabei, uns zu *begnügen*!«, unterbrach er sie, und seine laute Stimme veranlasste einige andere Gäste, zu ihnen hinüberzublicken. »Davon will ich nichts hören, ich will auf den Tischen dieses Lebens singen und tanzen!«

Du liebe Güte, er *war* verrückt! Total verrückt. »Ich warne Sie«, zischte Lizzie. »Falls Sie anfangen, auf dem Tisch zu tanzen, bin ich weg!«

Schnell wie der Blitz sprang er auf und stellte sein Bierglas ab.

Lizzie stöhnte. »Bitte nicht!«

So schnell, wie er aufgesprungen war, setzte er sich wieder.

»Für einen Moment haben Sie es mir abgenommen, nicht?« Zu den Umsitzenden, die sie noch immer verstohlen beäugten, sagte er: »Hier gibt es nichts zu sehen, also bitte weitergehen, meine Herrschaften!«

Trotz allem lächelte Lizzie.

»Endlich habe ich Sie zum Lächeln gebracht!«

»Das wird nicht wieder vorkommen. Und würden Sie jetzt bitte versuchen, sich zu benehmen, damit ich in Ruhe mein Bier trinken kann, ohne befürchten zu müssen, dass Sie etwas Verrücktes tun? Sie sind ja schlimmer als mein zweijähriger Neffe.«

»Ich hätte Sie nicht für jemanden gehalten, der sich so leicht geniert.«

»Wie könnten Sie auch nur die leiseste Ahnung haben, wie ich bin?«

»Weil ich mich sehr gut darauf verstehe, den Weizen von der Spreu zu unterscheiden.«

»Schneiden Sie deshalb Gras und pflegen Blumenbeete in einem Seniorenheim, um sich Ihren Lebensunterhalt zu verdienen?«

Er drohte ihr mit dem Finger. »Wenn ich es nicht besser wüsste, würde ich sagen, dass Sie ein paar echte Probleme haben.«

»Besser das, als den Leuten etwas vorzumachen und ein Schwindler zu sein.«

»Schwindler? Sie halten mich für einen Schwindler?«

»Mich können Sie nicht täuschen mit Ihrer Gärtner-Nummer. Sie sind ein Junge aus gutem Hause, der aus irgendeinem Grund beschlossen hat, sein Potenzial nicht auszunutzen. Was haben Sie getan – sich ein Sabbatjahr genommen, nach dem Sie jetzt nicht mehr die Kurve kriegen?«

»Und wäre es ein Verbrechen, wenn es so wäre?«

»Das Verbrechen ist …« Lizzie verstummte. Sie feuerte grundlos eine Salve nach der anderen auf ihn ab, doch irgendwie konnte sie sich nicht dazu durchringen, etwas Freundliches zu sagen. »Vergessen Sie meine dummen Bemerkungen«, murmelte sie.

»Tut mir leid, das geht nicht. Ihnen spukt offenbar irgendeine Ungerechtigkeit im Kopf herum, und im Moment bin ich derjenige, der all Ihre Wut und Ihren Groll abkriegt.«

Sie runzelte die Stirn. »Sie wissen doch wohl, dass Sie einen Haufen Blödsinn reden, oder nicht?«

»Holdes Fräulein«, sagte er und prostete ihr zu. »Ich bin der Hanswurst der Spaßmacher, der König des Widersinns, und Übertreibung ist mein Spiel! Also kommen Sie und reden Sie es sich von der Seele, was auch immer Ihnen Grund gibt, mich zu hassen.«

»Ich hasse Sie nicht.«

»Oh doch, das tun Sie. Sie haben einen Blick auf mich geworfen und beschlossen, dass ich das Charisma einer Küchenschabe habe.«

»So niedrig würde ich Sie nicht einschätzen.«

»Das einer Ratte dann vielleicht?«

Sie verdrehte die Augen und trank etwas von ihrem Bier. »Komisch, dass Sie ausgerechnet dieses Tier gewählt haben, denn zweibeinige Ratten sind im Moment die Spezies, die ich am meisten hasse.«

»Ah, dann haben Sie also Ärger mit einem Mann gehabt?«

»Das kann man wohl sagen.«

»Was hat der Mistkerl getan?«

»Mich belogen, betrogen, verraten … Suchen Sie sich was aus, er hat's getan.«

»Das klingt, als wäre er ein echter Schatz.«

»Nehmen Sie überhaupt je etwas ernst?«

»Nur die ernsten Dinge.«

»Und jemandem das Herz zu brechen ist nichts Ernstes?«

Er sah sie prüfend an. »Auf mich wirken Sie nicht wie jemand, dem das Herz gebrochen wurde. Ihr Herz ist nicht gebrochen. Absolut nicht. Außerdem werden Sie ihm doch nicht diese Ehre erweisen wollen? War er es wert? Ach was, er war ein Vollidiot, und ohne ihn sind Sie viel besser dran.«

»Ist das Leben immer so einfach in Ihrer Welt?«

»Das Leben ist so einfach, wie man es sich machen will«, erwiderte er schulterzuckend.

»Und deshalb arbeiten Sie als Gärtner?«

Er runzelte die Stirn. »Warum müssen Sie eigentlich alles schlechtmachen, was ich tue?«

Lizzie stieß einen tiefen, resignierten Seufzer aus. Oder, besser gesagt, einen Seufzer der Kapitulation. Ihr Kampfgeist hatte sie verlassen. »Ich hatte Sie gewarnt, dass ich keine nette Gesellschaft sein würde«, erwiderte sie düster. »Aber die Wahrheit ist, dass ich genug von Leuten habe, die nicht das sind, was sie zu sein behaupten. Und nach allem, was in letzter Zeit für mich schiefgegangen ist, sind Sie wohl ein leichtes Ziel, vermute ich. Aber es ist nichts Persönliches.«

»Dann bin ich ja froh, Ihnen dienlich sein zu können. Was ist denn sonst noch für Sie schiefgelaufen? Irgendwas, wobei ich Ihnen helfen kann?«

»Wenn Sie einen Zauberstab schwenken und einen richtigen Job für mich finden könnten wie den, den ich früher hatte, wäre das ein guter Anfang.«

Kapitel Neunundzwanzig

Es dunkelte schon, und die kühle Abendluft duftete nach Geißblatt und frisch gemähtem Gras, als Lizzie durch das Dorf nach Hause radelte. Auf dem ganzen Weg vom *Riverside-Pub* hatte sie sich dazu ermahnt, sich keine Hoffnungen zu machen. Jed übertrieb wahrscheinlich die Stärke seiner Beziehung zu dem Freund, der bei Skylark Radio, einem kommerziellen Radiosender, arbeitete, dessen Programm in ganz East Anglia ausgestrahlt wurde und den auch ihre Mutter hin und wieder hörte. Vermutlich versuchte Jed nur, sie zu beeindrucken, weil es ehrlich gesagt ein viel zu großer Zufall wäre, dass er jemanden kennen sollte, der ihr einen Job besorgen könnte. So viel Glück konnte sie gar nicht haben.

Vor einem Monat hätte sie noch gelacht über die jämmerliche Aussicht, bei einem kommerziellen Radiosender außerhalb Londons und mitten in der Provinz zu arbeiten. Jetzt jedoch hielt sie an der unwahrscheinlichen Hoffnung fest, dass es dort eine freie Stelle für sie geben möge. Selbst wenn sie sich damit bescheiden müsste, Tee zu kochen und Handlangerdienste zu verrichten, würde sie es tun, um sich wieder ins Spiel zu bringen. Sie musste in die wirkliche Welt zurückkehren, bevor sie im Woodside-Seniorenheim so heimisch wurde wie seine Bewohner.

Sie radelte gerade an der Kirche vorbei, als sie plötzlich stutzig wurde. Ein Mini Cooper fuhr auf sie zu, und beim Anblick des vertrauten dunkelgrauen Wagens mit den schwarzen Zierleisten war ihr erster Gedanke, sich zu verstecken. Aber es gab nichts, wo sie sich verbergen konnte, keinen passenden Baum und auch kein Auto, hinter das sie sich ducken konnte. So exponiert, wie sie war, konnte sie nur hoffen, dass ihr Fahrradhelm ihr genügend Tarnung bot, um von Simon nicht erkannt zu werden. Mit gesenktem Kopf und der ganzen Zielstrebigkeit eines Tour-de-France-Teilnehmers trat sie in die Pedale und hielt den Blick entschlossen auf den Gehsteig links von sich gerichtet. Das wiederum bedeutete, dass sie nicht wissen konnte, ob Simon sie entdeckt hatte. Obwohl sie wusste, dass er nicht der Typ war, der sich an dem Pech eines anderen weidete, kam sie doch nicht um die Tatsache herum, dass er seiner Mutter den wahren Grund für ihren Hinauswurf erzählt hatte. Und seien wir doch ehrlich, sagte sie sich: Er wäre kein Mensch, wenn er nicht ein kleines bisschen Schadenfreude darüber empfinden würde, dass sie auf solch spektakuläre Art und Weise in Ungnade gefallen war. Wer sah es nicht gern, wenn der Bösewicht seiner wohlverdienten Strafe zugeführt wurde? Aber was Lizzie am meisten beunruhigte, war die Frage, ob es sich auch schon herumgesprochen haben mochte, wie gnadenlos sie von Curt abserviert worden war. Wie befriedigend musste das für Simon sein! Aber vorausgesetzt, dass Curt nicht plauderte, würde bestimmt niemand in London davon wissen. Andererseits jedoch – was machte irgendwas davon schon aus? Ihre Schande war komplett, egal, von welcher Seite sie es betrachtete.

Früher an diesem Nachmittag hatte Mrs Dallimore ihr geraten, ihren Zorn auf konstruktive Weise zu nutzen und sich nicht davon beherrschen zu lassen. Angesichts der Tatsache, wie hässlich sie zu Jed gewesen war, konnte Lizzie ruhigen

Gewissens behaupten, dass sie diesen Rat nicht im Mindesten befolgt hatte. Sie hatte Jed einige sehr unschöne Dinge an den Kopf geworfen, die alle ihre jämmerliche Selbsteinschätzung widerspiegelten. Wie oft hatte ihre Mutter ihr gesagt, dass andere zu verurteilen immer mehr über einen selbst aussagte als über die verurteilte Person! Bei einem zweiten Bier hatte sie sich rückhaltlos bei Jed für ihre Unhöflichkeit entschuldigt und versucht, ihm den Grund für ihr Verhalten zu erklären. Sie hatte ihm von dem Verlust ihrer Arbeitsstelle erzählt, dass sie gezwungen gewesen war, deswegen nach Hause zu ihren Eltern zurückzukehren, und dass Curts Trennung von ihr das Fass endgültig zum Überlaufen gebracht hatte. »Nichts von alledem entschuldigt mein unmögliches Verhalten dir gegenüber«, hatte sie gesagt, nachdem sie zu dem vertrauteren Du übergegangen waren, »aber es tut mir aufrichtig leid, dass ich so hässlich zu dir war.«

»Und da dachte ich, deine Standardeinstellung sei die einer Zicken-Königin«, hatte er leichthin erwidert. »Ich bin schon fast enttäuscht, weil mir diese Seite von dir zu gefallen begann.«

Sie hatte ihn erneut gefragt, ob er eigentlich jemals etwas ernst nehme. »Ernst genug«, hatte er geantwortet. »Erzähl mir mehr über den Job, den du verloren hast.«

Als sie sich erst einmal entspannt und ihre Reserve aufgegeben hatte, war es ihr überraschend leichtgefallen, mit Jed zu reden. In dieser Hinsicht war er wie ihr Bruder, ein guter Zuhörer. Er hatte ein offenes Gesicht mit blauen Augen, die nicht von ihren wichen, während sie sprach, und sie konnte sehen, dass er ihr richtig zuhörte und nicht nur Interesse vortäuschte.

Sie hatten gerade ihr zweites Glas geleert, als sein Handy

geklingelt hatte. »Tut mir leid«, hatte er gesagt, nachdem er kaum mehr als ein paar Worte mit dem Anrufer gesprochen hatte, »aber ich werde jetzt gehen müssen.« Auf dem Parkplatz des Pubs hatten sie sich getrennt, und Jed war nach links und sie nach rechts in Richtung Great Magnus gefahren.

Zu Hause angekommen, stellte sie ihr Fahrrad in die Garage, schloss die Tür und ging um das Haus herum zur Hintertür. Ihre Mutter und ihr Vater waren in der Küche, und beide hatten diesen gewissen Ausdruck im Gesicht, der bedeutete, dass sie etwas zu sagen hatten, aber nicht wussten, wie sie anfangen sollten.

»Aber warum?«, fragte Lizzie. »Welcher Teufel hat Simon geritten, hierherzukommen, um euch zu besuchen?«

»Er war auf dem Weg zu seinen Eltern, um ein paar Tage zu bleiben, und ist vorher vorbeigekommen, um sich zu entschuldigen.«

Lizzie sah ihren Vater verwundert an. »Wieso, was hat er denn getan?«

»Er hat gar nichts getan und hätte sogar nicht netter sein können, als er es war.«

»Er schämt sich für das Verhalten seiner Mutter«, warf Tess hitzig ein. »Und mit Recht! Sie führt sich auf wie ein bockiges Kind.«

»Das hast du ihm aber nicht gesagt, oder?«

»Natürlich nicht«, erwiderte Tess indigniert. »Im Gegensatz zu anderen Leuten kann ich mich benehmen.«

»Es war nett von ihm, sich um unsere Gefühle zu sorgen«, bemerkte Dad, »doch ich konnte mich des Eindrucks nicht erwehren, dass er mit der Hoffnung kam, auch dich zu sehen.«

»Das bezweifle ich sehr. Es sei denn, er ist hierhergekommen, um sich an meinem Unglück zu ergötzen.«

Lizzies Vater starrte sie missbilligend an. »Ich glaube, du tust Simon unrecht. Nichts in seinem Verhalten deutete darauf hin, dass er dir Böses wünscht. Ganz im Gegenteil. Er wirkte sogar sehr besorgt, als er sich nach dir erkundigte.«

»Was habt ihr ihm gesagt?«

»Die Wahrheit«, erwiderte ihre Mutter. »Dass Curt nun aus dem Rennen ist.«

Lizzie stöhnte innerlich, als sie sich auf den nächsten Stuhl fallen ließ. Alles, nur nicht die Wahrheit!, dachte sie unglücklich, als die letzten Reste ihres angeschlagenen Stolzes sich in Nichts auflösten.

Kapitel Dreißig

Am Tag darauf nach dem Mittagessen, als Lizzie sich mit ihrem Fahrrad nach Woodside aufgemacht hatte, ging Tom mit Freddie die Enten füttern. Er war froh, aus dem Haus zu kommen. Heute war einer dieser Tage, an denen er sich zurückziehen und Tess ihren Freiraum lassen musste. Im Moment war es nicht leicht, sich in ihrer Nähe aufzuhalten. Es war ein Eingeständnis, und wenn auch nur sich selbst gegenüber, das ihm nicht gefiel. Tess und er hatten nur selten Meinungsverschiedenheiten, weil keiner von ihnen Auseinandersetzungen mochte. Das bedeutete manchmal jedoch, dass sie nicht ganz ehrlich zueinander waren.

Am vergangenen Tag beispielsweise war Tom nicht aufrichtig zu seiner Frau gewesen, was Simon anging. Seiner Meinung nach hätte Tess während Simons Besuch nicht damit herausplatzen dürfen, dass Curt seine Frau für Lizzie nicht verlassen würde und es vermutlich nie vorgehabt hatte. Es war Lizzie gegenüber einfach unfair! Wahrscheinlich hatte Tess das gesagt, weil sie sich wünschte, dass alles wieder so wie früher wäre – wie in ihrem Leben vor Curt Flynn. Tom konnte diesen Wunsch verstehen, teilte ihn sogar, doch er bezweifelte, dass auch Lizzie es so sah. Aber wie könnte ihr Leben je wieder so werden, wie es einst gewesen war? Zu viel Vertrauen war in den letzten Wochen zerstört worden, nicht nur zwischen Lizzie und Simon, sondern auch zwischen

Lorna und Tess. Könnte ihre Freundschaft je wiederhergestellt werden? Tom bezweifelte es. Im Gegensatz zu den beiden Frauen würden Keith und er höchstwahrscheinlich die Dinge zwischen ihnen wieder ins Lot bringen können, und wenn auch nur, weil sie ganz bewusst niemals über das Thema sprechen würden – doch bei Tess und Lorna war das etwas völlig anderes.

Es kam nicht oft vor, dass Tom die Worte fehlten, aber als Simon am vergangenen Tag vor der Tür gestanden hatte, hatte es ihm buchstäblich die Sprache verschlagen. Für den Bruchteil einer Sekunde war Simons Anblick ihm so vollkommen vertraut gewesen, dass er ihn wie früher ohne Zögern hereingebeten hatte. Tom hatte Simon ins Wohnzimmer geführt, wo Tess Freddie gerade etwas vorlas. Und so war es der Kleine, der ihnen allen den Tag rettete, indem er Simon das Buch zeigte, aufgeregt auf das Bild eines Affen deutete und Affenlaute von sich gab. Es folgten Löwen-, Elefanten- und Papageienlaute, bis Freddie wie ein Känguru durch das Zimmer hüpfte. Es gab nichts Besseres als ein kleines Kind, um das Eis zu brechen. In der aufgelockerten Stimmung kam Simon auch gleich zum Zweck seines Besuchs und entschuldigte sich für das Benehmen seiner Mutter.

»Ich weiß nicht, was in sie gefahren ist«, sagte er, »aber sie muss ihre Wut doch wirklich nicht an euch auslassen. Immerhin wart ihr vier ja schon befreundet, bevor Lizzie und ich zusammenkamen, und ich sehe wirklich keinen Grund, warum ihr es nicht bleiben solltet.«

Tom versuchte, die Entschuldigung anzunehmen und die Sache gleichzeitig mit einem Schulterzucken herunterzuspielen. Aber Tess mischte sich ein und beschimpfte Lorna, sich unmöglich aufgeführt, sie zutiefst gekränkt und überall schlechtgemacht zu haben. Tom versuchte, seiner Frau diskret zu verstehen zu geben, dass sie aufhören sollte, aber ganz untypischerweise machte Tess ihrem Ärger weiter Luft. »Nicht Simon muss sich entschuldigen«, zeterte sie, »sondern Lorna.«

Irgendwann wollte Simon wissen, wie es Lizzie ging. Und auch darauf sagte Tess wieder einmal mehr, als angemessen oder nötig gewesen wäre.

Kurze Zeit später, als sie Freddie zu Bett gebracht hatten und Lizzie heimkam, wurde es nur allzu offensichtlich, dass Tom sich ganz zu Recht gesorgt hatte.

»Warum, Mum?«, hatte Lizzie gestöhnt. »Warum musstest du Simon von Curt erzählen?«

»Warum denn nicht?«, hatte Tess verständnislos erwidert. »Es ist doch wahr!«

»Wahr oder nicht, es wäre mir lieber, wenn du nicht das Bedürfnis hättest, Simon von jedem meiner Fehlschläge zu erzählen.«

Tom hasste es, dass Lizzie ihr Leben als so deprimierend empfand, und wünschte, er könnte etwas tun, um sie aufzuheitern. Aber was? Was sie brauchte, war etwas, was ihrem Selbstwertgefühl Auftrieb gab, und er hatte keine Ahnung, wie er das bewerkstelligen könnte.

Inzwischen waren sie am Ententeich angekommen, wo Tom seinen Enkel abschnallte, ihm aus dem Buggy half und mit ihm zum Rand des Teiches ging. Voll freudiger Erwartung griff Freddie dort nach der Tüte mit den Brotkrumen.

»Und denk dran, jedes Mal nur ein paar Brotstücke ins Wasser zu werfen«, sagte Tom, doch seine Anweisung wurde wie immer ignoriert. Freddie warf eine Handvoll Brot nach der anderen in alle Richtungen. Sofort schwamm ein ganzes Geschwader Enten schnatternd auf sie zu. Je näher sie kamen, desto lebhafter wurde Freddie – er war inzwischen so weit, dass er vor lauter Aufregung jubelte und auf der Stelle auf und ab hüpfte.

Wie unkompliziert Kinder in diesem Alter sind!, dachte Tom gerührt und rief sich Lizzie und Luke ins Gedächtnis, als sie etwa im gleichen Alter gewesen waren. Er erinnerte sich daran, mit welcher Selbstverständlichkeit Lizzie stets mehr von ihrer Fürsorge und Aufmerksamkeit gefordert hatte als ihr Bruder. Luke sei ein Glückskind, pflegte Tess zu sagen, weil ihm einfach alles in den Schoß fiel. Es war auch gut so, dass sie sich nie um ihn hatten sorgen müssen, da sie mit der Sorge um Lizzie schon genug zu kämpfen hatten.

Ein lautes Platschen, gefolgt von einem schrillen Schrei und einem aufgeregten Chor quakender Enten, riss Tom aus seinen Gedanken. Zu seinem Entsetzen hatte Freddie sich offenbar einen Schritt zu weit ans Ufer vorgewagt und war in den Teich gestürzt.

Am liebsten hätte Tom Freddie ins Haus geschmuggelt, um ihm etwas Trockenes anzuziehen, ohne dass Tess es merkte. Doch das war nicht möglich. Vermutlich hatte das ganze Dorf Freddies Geschrei gehört, als Tom mit nassen Socken und Schuhen voller Teichwasser, die bei jedem Schritt ein Platschen von sich gaben, mit ihm nach Hause geeilt war. Natürlich gab er sich selbst die Schuld an allem, denn wenn er nicht so abgelenkt gewesen wäre und seinen Enkel besser im Auge behalten hätte, wäre das nicht passiert.

Bevor er auch nur zur Hintertür gelangte, kam Tess schon auf sie zugelaufen. »Was ist geschehen?«, rief sie voller Sorge und streckte die Hände aus, um Freddie aus dem Buggy zu heben.

»Reg dich nicht auf; es ist nichts passiert!«, fauchte Tom, bevor er den Jungen losschnallte und ihn ins Haus trug.

»Es klingt aber nicht wie nichts«, erwiderte Tess, die ihm auf dem Fuße folgte. »Sag mir, dass du ihn nicht in den Teich hast fallen lassen!«, entgegnete sie mit lauter Stimme, denn nur so konnte sie sich über Freddies fürchterliches Geschrei hinweg verständlich machen, aber Tom war empört über die Anschuldigung.

»Er ist nur ein bisschen nass geworden, weiter nichts.«

»Ein bisschen nass!«, protestierte sie. »Er ist bis auf die Haut durchnässt, vom Scheitel bis zur Sohle! Gib ihn mir. Ich werde ihn beruhigen, und dann kannst du mir erzählen, was in aller Welt du angestellt hast. Weiß der Himmel, was Ingrid dazu sagen wird.«

Aber im Augenblick hätte nichts Tom dazu bewegen können, seinen Enkel Tess zu überlassen. »Warum musst du immer aus allem so ein Riesendrama machen?«, fuhr er sie an. »Und warum kannst du einen Unfall mit Freddie haben, und ich unterstütze dich, aber wenn mir so etwas passiert, tust du nichts anderes, als mich als einen verdammten Narren hinzustellen?«

Sie starrte ihn betroffen an. »Ich mache nicht aus allem ein Drama. Und ich gebe dir auch nicht die Schuld daran!«

»Und ob du das tust!«

Ihr ärgerlicher Wortwechsel bewirkte, dass Freddie verstummte, und nachdem er zuerst Tom angesehen hatte und dann Tess, schniefte er und schob die Unterlippe vor. »'tschuldigung«, murmelte er. »Freddie traurig.«

In der jähen Stille blinzelte Tom und schluckte heftig. Außerstande, etwas zu sagen, übergab er Tess seinen Enkel und stürmte wieder in den Garten hinaus. Am ganzen Körper zitternd vor hilflosem Bedauern, fragte er sich, wie es dazu hatte kommen können. Wie hatte er so schroff zu Tess sein können? Was war nur in ihn gefahren?

Bei dem Gedanken daran, dass sogar sein kleiner Enkel sich entschuldigt hatte, hätte er nicht beschämter sein können.

Kapitel Einunddreißig

Aus der wohltuenden Stille und dem Frieden ihres Lieblingsplatzes in der Rosenlaube beobachtete Clarissa, wie Lizzie auf der Terrasse Mr Sheridan behilflich war – oder Gordon, wie er neuerdings von ihr genannt werden wollte. Soweit sie sehen konnte, bat er Lizzie, seinen Stuhl so zu platzieren, dass er direkt in der Sonne sitzen konnte. »Pah, in meinem Alter pfeife ich auf Hautkrebs!«, lautete sein Kampfruf, wenn ihm geraten wurde, sich wie alle anderen in den Schatten zu setzen. Was für ein dummer alter Gänserich er war! Aber Clarissa verstand nur allzu gut, dass er sich mit der Missachtung guter Ratschläge nur ein Gefühl der Unabhängigkeit bewahren wollte. Sie alle taten es bis zu einem gewissen Grad, indem sie hin und wieder auf stur schalteten oder sich auch mal ganz offen widersetzten. Clarissas Trotzreaktion war, die Vögel draußen vor ihrem Zimmer zu füttern – was streng verboten war, um keine Ratten anzulocken.

Als sie Lizzie jetzt beobachtete, hoffte sie, dass Jed klug genug gewesen war, sich nicht anmerken zu lassen, dass es ihre Idee gewesen war, das Mädchen auf einen Drink einzuladen. Und sie hoffte auch, dass Lizzie so nett gewesen war, die Einladung anzunehmen. Ihre Welt schien momentan schrecklich düster und trostlos zu sein. Ein bisschen Leichtigkeit darin konnte Clarissas Ansicht nach nicht schlecht sein, selbst wenn sie nur flüchtig und nicht mehr als eine Ablenkung in Gestalt eines junges Mannes war, der Lizzie anfangs auf dem falschen Fuß erwischt hatte. Es war das, was jeder brauchte – etwas Unvorhergesehenes, das eine Abwechslung von einem Übermaß an Enttäuschung und der erdrückenden Monotonie einer langweiligen Routine bot.

Clarissas Leben hatte viele Höhen und Tiefen gesehen, aber sie konnte nicht behaupten, es sei jemals langweilig gewesen. Doch vielleicht war das ja eine Sache der Geisteshaltung oder eines sehr wählerischen Erinnerungsvermögens?, fragte sie sich. Schon als Kind hatte sie sich nie gelangweilt, soweit sie sich erinnern konnte; sie hatte immer etwas zu tun gefunden. Doch vielleicht lag es ja an ihrer Eigenständigkeit, dass sie im Allgemeinen, wenn auch nicht ausschließlich, erfreulich selbstgenügsam war. Sie mochte die Gesellschaft anderer, war aber genauso gern allein.

Auf das Alleinsein verzichten zu müssen gehörte zu den Dingen, die sie am meisten gefürchtet hatte an ihrer Entscheidung, den Rest ihrer Tage hier im Woodside-Seniorenheim zu verbringen. Die letzte Verbindung zur Außenwelt zu kappen und ihr Haus zu verkaufen hatte für sie nicht nur so etwas wie Kapitulation bedeutet. Darüber hinaus hatte sie sich auch dem unvermeidlichen Verlust ihrer Eigenständigkeit gegenübergesehen und gefürchtet, vielleicht sogar ihre Persönlichkeit und, was noch wichtiger war, das Recht, mit sich selbst allein zu sein, zu verlieren. Ihre schlimmsten Befürchtungen hatten sich jedoch nicht bewahrheitet. Das erfüllte sie mit unendlicher Erleichterung und Dankbarkeit.

Seltsam, dass sie ausgerechnet hier oben gelandet war, obwohl sie zwischen Dutzenden von Seniorenheimen in Suffolk hatte wählen können. Im Gegensatz zu einigen der anderen Bewohner hier hatte sie vorher überhaupt keine Verbindung zu diesem Dorf oder seiner unmittelbaren Umgebung gehabt. Daher war es eigentlich eher Zufall gewesen, was sie hierhergeführt hatte. Aber sehr viel im Leben geschah ja zufällig. Bei ihrer Entscheidung hatte allerdings auch der Gedanke mitgespielt, an einem neuen Ort zu leben und ihren letzten Auftritt dort zu geben, ihren Schwanengesang gewissermaßen.

Während sie Lizzie bei ihren Bemühungen zusah, Mr Sheridan zum Tragen eines Sonnenhuts zu bewegen, dachte Clarissa, wie viel Freude es ihr machte, sich mit der jungen Frau zu unterhalten. Gestern hatte sie keine Gelegenheit gehabt, mit ihr zu plaudern, worüber Clarissa anfangs sehr verstimmt gewesen war. Aber dann hatte sie sich gesagt, dass sie langsam zu einer egoistischen und anstrengenden alten Frau wurde. Dabei hatte sie sich ihr Leben lang geschworen, gerade das nicht zu werden. Es gab noch andere Menschen hier, um die Lizzie sich kümmern musste. Clarissa war keineswegs die Einzige, die sie brauchte.

Doch alle vernünftigen Überlegungen änderten nichts daran, dass Clarissa fasziniert war von dieser jungen Frau, die ihr Herz so offensichtlich auf der Zunge trug, aber vermutlich glaubte, das genaue Gegenteil sei der Fall. So wie auch Clarissa sich als junges Mädchen eingebildet hatte, zurückhaltend zu sein.

Außerdem war sie gerührt von Lizzies aufrichtigem Interesse an ihrem Leben, das nicht nur gespielt war, weil es von ihr erwartet wurde. Viele der anderen Pflegerinnen fragten Clarissa und die anderen Senioren zwar nach ihrem Befinden, aber im Grunde kümmerte es sie nicht, wie es den alten Leuten ging. Zugegebenermaßen war es egoistisch von ihr, dass sie allein Lizzies großes Interesse genoss, aber sie liebte es, die Vergangenheit noch einmal zu durchleben – und sie bis ins kleinste Detail zu schildern ließ sie sehr lebhaft wiederauferstehen. Und es brachte auch Erinnerungen für sie mit, an die sie seit langer Zeit nicht mehr gedacht hatte.

Wie seltsam auch, dass noch alles da war und nur den richtigen Anstoß brauchte, um zu erwachen. Je mehr sie Lizzie erzählte, desto mehr wollte sie ihr anvertrauen, vielleicht weil sie wusste, dass diese Chance, die Vergangenheit noch einmal zu durchleben, sich ihr nie wieder bieten würde.

Von oben auf der Terrasse winkte Lizzie ihr zu. Mr Sheridan – *Gordon* – hatte sich in seine Zeitung vertieft, brummte wahrscheinlich missbilligend über das meiste, was er las, und sagte, es sei nichts weiter als staatliche Beschönigung oder Medienmanipulation. Als Lizzie fragend zu ihr herüberblickte und eine imaginäre Tasse Tee an ihre Lippen führte, nickte Clarissa erfreut.

Zehn Minuten später und mit ihrer interessierten Zuhörerin an ihrer Seite sammelte sich Clarissa, um den nächsten Teil ihrer Geschichte zu erzählen.

Kapitel Zweiunddreißig

Shillingbury Grange,
Suffolk
Mai 1939

Nachdem Clarissa Lavinia überredet hatte, wenigstens zwei Kinder in Not in ihrem Haus aufzunehmen, trafen die beiden Jungen mit geradezu beängstigender Schnelligkeit ein. Charles hatte kaum mehr zu der Angelegenheit gesagt, als dass er jegliche Verantwortung und jedes Engagement für diese Kinder ablehnte.

»Ist nicht mein Zuständigkeitsbereich«, erklärte er mürrisch beim Essen am Vorabend ihrer Ankunft, wie um zu bekräftigen, was er vorher schon gesagt hatte. »Ich will nichts mit den Bengeln zu tun haben, und wenn sie mich verärgern, schicke ich sie nach Hause.«

»Ich glaube nicht, dass das möglich wäre«, hatte Lavinia ruhig eingewandt. »Sie können nicht zurückgeschickt werden, nur weil sie vielleicht ein bisschen lästig sind.«

Lavinia mochte sich zwar anfangs gegen Clarissas Bitte gesträubt haben, zwei Kinder zu beherbergen, aber inzwischen hatte sie ihre Meinung geändert. Sie war zwar keine so bereitwillige Verfechterin der Sache wie Polly und jetzt auch Clarissa, doch sie gab sich die größte Mühe zu tun, was auch sie inzwischen für »das Richtige« hielt. Polly und Clarissa hingegen waren der Überzeugung, dass so viele Kinder wie möglich gerettet und so schnell wie möglich bei Pflegefamilien untergebracht werden mussten.

Die Geschichten, die man nicht nur aus Nazi-Deutschland, sondern mittlerweile schon aus Nazi-Europa hörte, waren beängstigend. Artie und Polly hielten Clarissa in ihren Briefen auf dem Laufenden. Beide waren der unerschütterlichen Überzeugung, dass Europa mit schlafwandlerischer Sicherheit auf dem Weg zu einer Hölle auf Erden war. Zu Clarissas größtem Bedauern konnte sie Lavinia nicht überreden, mehr Kinder aufzunehmen, obwohl das Haus groß genug gewesen wäre. Aber es war eben nicht Clarissas Haus, dessen Türen sie weit öffnen könnte; sie musste sich mit dem zufriedengeben, was sie bisher erreicht hatte. Streng genommen war auch sie nur ein Gast im Haus ihrer Großeltern und musste sich daher an die Regeln halten, wie es von ihr erwartet wurde. Aber wann immer sie dachte, dass sie die Grenzen womöglich überschritt, rief sie sich in Erinnerung, dass diese Leute eine Schuld zu begleichen hatten und sie selbst keine Bedenken hatte, sie ihnen restlos abzuverlangen.

Grandma Ethel in Amerika war furchtbar aufgebracht darüber, dass Clarissa sich geweigert hatte, heimzukehren.

Es ist zu unsicher geworden in Europa, telegrafierte sie. *Ich brauche dich hier!!!*

Clarissa konnte sich keinen echten Grund vorstellen, warum Grandma Ethel sie brauchen sollte – schließlich hatte sie ein Heer von Dienstboten zu ihrer Verfügung und jede Menge Freunde, auf die sie sich verlassen konnte. Deshalb schrieb sie der alten Dame wieder einmal, dass ihr Zuhause für den Moment in England sei. *Ich habe hier zu tun*, informierte sie Grandma Ethel ein bisschen wichtigtuerisch, *also lass mich bitte bleiben.* Ethels Zustimmung kam nur widerstrebend, aber sie kam, und sie schickte auch Geld, das Clarissa gut zu nutzen wusste.

Nach einer sicherlich sehr verwirrenden Reise aus Berlin trafen die Kinder in Harwich ein und wurden in einen Zug zur Liverpool Street Station gesetzt. Polly hatte versucht, es so einzurichten, dass sie auf direktem Weg von Harwich nach Shillingbury weiterreisten, doch einer Verwechslung der Papiere wegen mussten sie mit demselben Zug wie alle anderen Kinder bis nach London fahren. Und so war es die Liverpool Street Station, an der Artie, der zurzeit in London war, die Jungen abholte. Von dort begleitete er sie auf der Zugfahrt nach Shillingbury.

Die Kinder sprachen nur ein paar Worte Englisch – *hello, please* und *thank you.* Damit platzte der Älteste, ein achtjähriger Junge, spontan heraus, als er Clarissa vorgestellt wurde, die sie am Bahnhof in Shillingbury erwartete. Sein Name war Thomas. Walter, sein jüngerer Bruder, der noch keine sechs war, weigerte sich, seine Hand auch nur einen Moment lang loszulassen. »Das hat er schon auf dem ganzen Weg getan«, sagte Artie zu Clarissa.

Sie beugte sich zu den beiden Jungen vor und blickte ihnen nacheinander freundlich in die Augen. Mit einem beruhigenden Lächeln, um ihre Anspannung zu lindern, nannte sie ihnen ihren Namen. »Nun denn«, fuhr sie fort, »ihr müsst ja müde und hungrig sein. Sollen wir gehen und mal schauen, was wir für euch zu essen finden?«

Sie hatte keine Ahnung, ob sie sie verstanden hatten, aber Thomas nickte und erwiderte mit höflicher Stimme: »Danke, bitte, Miss.«

Clarissa ging vom Bahnhof aus voran zu Jimmy, der mit

einem klapprigen alten Pferdekarren wartete. Der Karren musste jetzt als Ersatz für den Einspänner dienen, der bei dem Unfall fast vollständig zerstört worden war. Apollo war durch ein sehr sanftmütiges Pferd ersetzt worden, das auf den Namen Jack hörte. Jack war ein großes, gelangweilt wirkendes Tier, das, anders als Apollo, weder nervös noch schreckhaft war.

Die beiden Jungen warfen einen Blick auf Jack und verkrampften sich vor Furcht. Der Jüngere zog scharf die Luft ein.

»Sie sind Stadtjungen und mehr an Autos und Straßenbahnen gewöhnt«, erklärte Artie Clarissa leise.

»Ein Pferd und Wagen sind doch viel spannender für zwei kleine Jungs«, erwiderte sie fröhlich und hoffte, dass Jimmy den Kindern nicht mit seiner notorisch finsteren Miene Angst einjagen würde. Wenn er wollte, hatte er solch ein mürrisches Gesicht, dass er damit Nieten in Stahl hineintreiben könnte.

Sie half Artie, die Jungen in den Karren zu heben. Als alle saßen, trieb Jimmy das Pferd an, und sie fuhren in einem gemächlichen Tempo los. Lavinia und Charles hatten auch ein Auto, aber da es Jimmy Angst einjagte und Charles es nicht mehr fahren konnte, war es schon sehr lange nicht mehr benutzt worden.

Während sie langsam über die leeren Landstraßen holperten und Jack so gemächlich dahintrabte, als hätte er alle Zeit der Welt, sprachen die Kinder leise auf Deutsch miteinander. Beide trugen die gleiche, qualitativ sehr hochwertige Kleidung – kurze Hosen, Hemden und Pullover unter dicken Mänteln und dazu glänzende braune Lederschuhe –, und beide hatten einen kleinen Koffer dabei, an dem ein braunes Etikett mit ihrem Namen baumelte. Beim Anblick dieser vermutlich von besorgten Eltern gepackten Koffer bildete sich ein Kloß in Clarissas Kehle. Sicher enthielten die Koffer Kleidungsstücke und vielleicht auch einige Lieblingsgegenstände, die den Kindern helfen sollten, sich zu Hause zu fühlen, wo immer sie auch landen mochten. Um sich abzulenken, beugte Clarissa sich zu den beiden Jungen vor und schlug ihnen vor, die Mäntel abzulegen, da es ein ziemlich warmer Tag war.

Beide schüttelten jedoch entschieden den Kopf und wichen besorgt vor ihr zurück.

»Ich glaube, sie haben Angst, das bisschen zu verlieren, das sie mitgebracht haben«, bemerkte Artie. »Wahrscheinlich haben ihre Eltern sie gewarnt, vorsichtig zu sein und sich vor Leuten in Acht zu nehmen, die versuchen, ihnen etwas abzunehmen.«

»Die armen Lämmchen«, murmelte Clarissa. »Sie müssen ja schrecklich verwirrt und aufgeregt sein. Ich kann nur hoffen, dass sie recht schnell erkennen, dass sie bei mir sicher sind.«

Artie wandte sich ihr mit ernster Miene zu. »Mag sein, dass sie jetzt noch nicht zu schätzen wissen, was deine Großeltern und du für sie tun, aber eines Tages werden sie euch dankbar sein. Genau wie ihre Eltern. Für den Moment jedoch wirst du dich mit meiner Dankbarkeit zufriedengeben müssen.«

»Ich tue nur, was jeder vernünftige Mensch tun würde.«

Er lächelte und griff nach ihrer Hand. »Ohne deine Überzeugungskraft wären deine Großeltern bestimmt nicht bereit gewesen, unser Anliegen zu unterstützen.«

»Vermutlich nicht«, sagte sie und war sich der angenehmen Wärme seiner Finger bewusst. »Aber dann hätten sich andere Pflegefamilien für diese Jungen gefunden.«

»Vielleicht ja. Doch ich weiß zu schätzen, was du tust, denn auf unbestimmte Zeit in Shillingbury zu bleiben gehörte ja eigentlich nicht zu deinen Plänen, nicht?«, fuhr er fort. »Es war London, wo du leben wolltest.«

Sie lächelte ihn an. »Aber jetzt bin ich hier in Shillingbury und möchte auch nirgendwo anders sein.«

»Ich wünschte, ich könnte bei dir bleiben.«

Clarissa errötete, doch bevor sie etwas dazu sagen konnte, ließ er ihre Hand schon wieder los. »Dann könnte ich euch mit den Jungen helfen«, setzte er schnell hinzu, als müsste er etwas klarstellen.

»Natürlich«, erwiderte sie ruhig. »Wann fängst du an zu arbeiten?«, fragte sie, um ihm die Befangenheit zu nehmen. Statt wie ursprünglich geplant für Reuters zu arbeiten, war Artie kurz vorher von CBS eine Tätigkeit als europäischer Berichterstatter angeboten worden, die er ohne Zögern angenommen hatte.

»Früher, als ich dachte«, sagte er. »Nächste Woche schon. Zu Anfang werde ich in London sein, und dann … dann werden wir weitersehen.«

Sehr viele Leute sprachen derzeit so, weil so viel Ungewissheit herrschte. Aber nach allem, was Polly und Artie ihr geschildert hatten, schien ein Krieg mit Deutschland ebenso sicher zu sein wie die Tatsache, dass die Nacht dem Tage folgte. Erst kürzlich hatte Clarissa im Radio gehört, dass von Farmern jetzt verlangt wurde, so viel Weideland wie möglich umzupflügen, um die Produktion inländischer Nahrungsmittel zu erhöhen, für den Fall, dass es zu einer Knappheit importierter Lebensmittel kommen sollte, wenn tatsächlich Krieg ausbrach. Es wurde auch schon von der Evakuierung der Kinder aus London gesprochen.

»Ich weiß, wie abstrus das vielleicht klingt, aber ich denke, dass es meine Aufgabe ist, als Reporter in Europa zu bleiben«, sagte Artie nach einem kurzen Schweigen, in dem Clarissa in ihrer Handtasche nach der Schokolade suchte, die sie den Kindern mitgebracht hatte.

»Ich weiß sehr gut, was du meinst«, erwiderte sie, »weil auch ich jetzt glaube, dass es meine Bestimmung war, in dieses Land zu kommen und meine Großeltern zu besuchen, um etwas Sinnvolles mit meinem Leben anfangen zu können.«

Inzwischen hatte sie die Tafel Schokolade gefunden und entfernte einen Teil des Papiers, um ein paar Stückchen abzubrechen und sie den Kindern anzubieten. Die Jungen wirkten unsicher, doch auf Arties ermutigendes Nicken hin nahmen sie sich ein Stück. Innerhalb von Sekunden wirkten sie schon nicht mehr ganz so ernst. Aber zu keinem Zeitpunkt ließ der kleine Walter die beschützende Hand seines Bruders los. Beim Überqueren der Brücke, auf der sich der Unfall abgespielt hatte, der Clarissa noch immer Albträume bescherte, kam ihr der Gedanke, dass Thomas vielleicht genauso viel Kraft und Beruhigung aus der Berührung bezog, wie Walter es tat.

Lavinia erwartete sie schon in der Eingangshalle, als sie das Haus erreichten. Mit ihrem strengen Haarknoten, den sie so häufig trug, und der würdevollen, aber besorgten Haltung sah sie nicht gerade vertrauenerweckend aus. Als sie höflich versuchte, den Jungen die Hand zu reichen, fügte Thomas sich, doch Walter wollte nichts davon wissen und verbarg sich hinter dem Rücken seines Bruders.

»Vielleicht würdest du ihnen jetzt gern ihr Zimmer zeigen«, sagte Lavinia ein bisschen verlegen zu Clarissa, »während ich die Köchin bitte, ihnen etwas zu essen zu richten. Und Sie, Mr Bloomberg, machen es sich doch bitte bei Charles im Wohnzimmer bequem.«

Clarissa gab den Jungen zu verstehen, dass sie sie begleiten sollten, und brachte sie nach oben zu dem kleinen Zimmer neben ihrem. Lavinia hatte gesagt, sie könnten ein viel größeres am anderen Ende des Hauses haben, wo ihr Lärm gedämpfter und nicht so störend wäre. Doch Clarissa hatte nichts davon hören wollen und gemeint, die Jungen würden sich besser einleben, wenn sie sich nicht so isoliert, sondern mehr als Teil der Familie fühlen würden.

Die Jungen standen Hand in Hand in dem Zimmer und blickten sich mit ernsten Mienen um. Clarissa hatte sich nach Kräften bemüht, den Raum heller und freundlicher zu gestalten. Mit Lilys und Jimmys Hilfe hatte sie die alte Tapete überstrichen und den Teppich durch einen anderen, nicht ganz so abgetretenen ersetzt. Lily hatte sich als gute Näherin erwiesen, und so hatte Clarissa blauen und weißen Baumwollstoff bestellt, aus dem sie zusammen neue Vorhänge genäht hatten, um die ursprünglichen aus schwerem Samt zu ersetzen. Des Weiteren hatte Clarissa zwei neue Einzelbetten und eine Kiste mit Spielzeug aus London schicken lassen, die eine Modelleisenbahn, hölzerne Bausteine, einen Kricketschläger und -ball, einen Satz Soldaten und eine hölzerne Burg mit Zugbrücke sowie auch einige Bücher enthielt. Außerdem hatte sie zwei kleine Schreibpulte für die Kinder gekauft – und sich dabei vorgestellt, wie sie daran sitzen und ihren Eltern schreiben würden, während sie aus dem Fenster in den Garten hinausblickten.

Insgeheim war Clarissa mit den von ihr vorgenommenen Veränderungen sehr zufrieden gewesen und auch froh, eine sinnvolle Beschäftigung gehabt zu haben. Aber als sie jetzt die Jungen beobachtete, die schweigend den Raum und ihre jämmerlichen Versuche betrachteten, ihn anheimelnder zu gestalten, wunderte sie sich über ihre Selbstgefälligkeit. Wie überheblich von ihr, zu glauben, die Kinder würden entzückt über ihre neue Umgebung sein! Sie wollten doch nur bei ihren Eltern sein. Der ältere Junge blickte sie mit ernster Miene an. »Danke, bitte, Miss.«

»Leider war das hier das Beste, was ich unter den gegebenen Umständen tun konnte«, sagte sie und wünschte von ganzem Herzen, sie könnte diesen verzweifelten kleinen Jungen vermitteln, dass sie alles in ihrer Macht Stehende tun würde, um ihnen den Schmerz über die Trennung von allem, was sie kannten und liebten, zu erleichtern. Außerdem sollten sie wissen, dass sie hier gut versorgt sein würden und sie persönlich dafür sorgen würde. Dass es ihnen an nichts fehlen würde – bis auf ihr Zuhause und ihre Eltern.

Kapitel Dreiunddreißig

Shillingbury Grange,
Suffolk
Juni 1939

Die Jungen waren erst seit einer Woche bei ihnen und lernten bereits beeindruckend schnell Englisch. Bisher hatte Clarissa zur Verständigung sehr viel gestikuliert und gezeichnet, und im Allgemeinen lernte Thomas die Wörter oder den Satz zuerst und erklärte sie dann seinem Bruder. Die beiden waren noch immer unzertrennlich, und obwohl Walter sich nicht mehr so an Thomas' Hand klammerte wie bei ihrer Ankunft, musste er erst noch lernen, in seinem eigenen Bett zu schlafen. Lavinia hatte ein Gesicht gezogen, als Clarissa in der ersten Nacht entdeckt hatte, dass Walter im Bett seines Bruders schlief und beide kleine Teddybären an sich drückten.

Heute wollte Clarissa sie Mrs Russell, der Leiterin der Dorfschule, vorstellen. Um ihnen zu erklären, wohin sie gingen, hatte Clarissa ein Bild von einem Klassenraum mit Schülern an Pulten gezeichnet, die zu einer Tafel aufschauten. Keiner der Jungen hatte die kleinste Begeisterung dafür erkennen lassen. Als sie sich jetzt der Dorfmitte näherten und an der Schmiede vorbeikamen, wo ein Mann in Hemdsärmeln und einer Lederschürze über einen Amboss gebeugt stand und einen langstieligen Hammer schwang, verlangsamten die Jungen ihre Schritte und blieben neben einem steinernen Brunnen mit Pumpe stehen. Vielleicht waren sie aufrichtig interessiert daran, dem Schmied bei der Arbeit zuzusehen. Viel wahrscheinlicher erschien es Clarissa jedoch, dass es eine Verzögerungstaktik war. Genau wie auf der Brücke über den Fluss, wo sie auch ewig gestanden und nach Fischen Ausschau gehalten hatten. Clarissa hatte sie zur Eile angetrieben und zu erklären versucht, dass sie all das auf dem Rückweg betrachten konnten.

Auch jetzt bedeutete sie ihnen weiterzugehen, und kurz darauf kamen sie zu einer Werkstatt, wo ein Mann in einem Overall ein Auto betankte. Er tippte sich grüßend an die Mütze und lächelte die Jungen an. Von dort folgten sie der Biegung der Straße und kamen an den Wagenbauern vorbei, bevor sie die Bäckerei erreichten. Eine Frau stellte gerade ein Tablett mit glasierten Törtchen ins Schaufenster. Gleich nebenan befand sich die Metzgerei, und dahinter kam das Postamt.

Etwas weiter entfernt gelangten sie an den Dorfanger, der von einem bunten Durcheinander aus pinkfarbenen und weißen Cottages umgeben war, von denen einige mit Stroh und andere mit Schiefer gedeckt waren. Sie hatten kleine Rautenfenster und so niedrige Eingangstüren, dass die meisten Leute sich wahrscheinlich bücken mussten, um einzutreten. Es war ein ausgesprochen pittoresker Ort, den Clarissa jedes Mal bestaunte, wenn sie ihn sah. Er war so altertümlich und ganz anders als das, was sie in Boston zurückgelassen hatte.

Sie gab den Jungen ein Zeichen, dass sie die Straße überqueren mussten, und nachdem sie an der Kirche vorbeigekommen waren, gingen sie die kurze Strecke den Hügel hinauf zum Schulhaus. Die aus Ziegeln und Flintstein erbaute und mit einem kleinen Spielplatz versehene Schule sah sehr viel einladender aus als das imposante Bauwerk, das Clarissa besucht hatte. Es war noch gar nicht so lange her, seit sie selbst die Schule beendet hatte, doch als sie das hölzerne Tor aufstieß, kam es ihr vor wie eine Ewigkeit.

Als Thomas und Walter ängstliche Gesichter machten und hinter ihr zurückblieben, lächelte sie sie ermunternd an und reichte beiden eine Hand. Die Jungen hatten noch nie ihre Hand ergriffen, aber diesmal zögerten sie nicht. »Ihr braucht euch keine Sorgen zu machen«, sagte sie, »es wird alles gut gehen.«

Mrs Russell erwartete sie in ihrem Büro, einem winzigen Raum ohne Fenster. Das Büro schien auch als Lagerraum zu dienen, da drei der Wände mit Regalen voller Bücher und einer Menge Unterrichtsutensilien bedeckt waren. Mrs Russell war ganz und gar nicht klein. Als sie sich von dem Stuhl vor ihrem Schreibtisch an der vierten Wand erhob, beherrschte sie den Raum und überragte nicht nur Thomas und Walter, sondern auch Clarissa.

»Ihr Ruf eilt Ihnen voraus, Miss Allerton«, sagte sie herzlich. »Ich habe schon viel von Ihnen gehört.«

»Ist das wahr?«, fragte Clarissa überrascht.

»Nicht, dass ich mich für Klatsch interessiere, doch in einem kleinen Dorf wie diesem spricht es sich sehr schnell herum, wenn sich eine reiche amerikanische Erbin bei uns niederlässt.«

Clarissa lächelte. »Ich bin zwar halb Amerikanerin, aber dass ich eine reiche Erbin sein soll, kann ich leider nicht bejahen.«

Die Schulleiterin lachte. »Dann muss ich mich entschuldigen. Erzählen Sie mir doch etwas über diese reizenden Jungen!«

Clarissa schob ihre Schützlinge sanft nach vorn. »Thomas ist acht Jahre alt, und Walter wird in einem Monat sechs.«

»Wie viel Englisch sprecht ihr schon?« Mrs Russell richtete die Frage an Thomas und begleitete sie mit einem Lächeln, um ihm die Befangenheit zu nehmen.

»Ein bissjen«, erwiderte er.

Die Frau lächelte. »Jedenfalls genug, um die Frage zu verstehen, was schon mal ein großartiger Anfang ist.«

»Ich habe ihnen ein paar Worte Englisch beigebracht, seit sie hier sind«, sagte Clarissa. »Doch ich denke, je mehr sie mit anderen Kindern zusammen sind, desto schneller werden sie lernen.«

»Ich fürchte, das werden sie auch müssen. Wir sind eine sehr kleine Schule, und ich habe nur noch zwei andere Lehrerinnen zur Unterstützung. Aber ich bin mir sicher, dass wir uns schon irgendwie durchwursteln werden.«

»Glauben Sie, es würde helfen, wenn die beiden in derselben Klasse anfingen?«

»Das könnte sein. Ich würde vorschlagen, den älteren Jungen zu Anfang mit seinem Bruder zusammen in der Gruppe der jüngsten Schüler unterzubringen. Wenn er ein kluges Kerlchen ist, wird er bald genügend Englisch verstehen, um zu den älteren Kindern überwechseln zu können.«

Und so wurde vereinbart, dass Thomas und Walter schon am nächsten Morgen zur Schule gehen würden.

An jenem Abend, nachdem Clarissa den Jungen Gute Nacht gesagt hatte, ging sie ins Wohnzimmer hinunter. Dabei machte sie sich schon auf das übliche mürrische Verhalten ihres Großvaters gefasst.

Seine Klagen waren stets die gleichen – dass ihr ganzes Leben seit Thomas' und Walters Ankunft auf den Kopf gestellt worden war und sich alles nur noch um die Jungen drehte. Und nicht um *dich*, war Clarissa jedes Mal versucht zu entgegnen. In dieser Hinsicht hatte Charles Upwood viel mit Grandma Ethel gemeinsam.

Als Clarissa sich dann jedoch neben ihren Großvater setzte und nach einem Buch griff, das sie gerade las, schien er erfreulicherweise vergessen zu haben, dass er sich hatte beklagen wollen. Ein Fortschritt, dachte sie, als er still in die Zeitung vertieft blieb, die er las. Jeden Tag durchsuchte er sie gewissenhaft nach Nachrichten über die Lage in Europa. Wie Artie war er überzeugt, dass ein Krieg sich nicht vermeiden ließ und es an der Zeit war, dass jemand Hitler Paroli bot. Dabei kam er häufig auf Chamberlain, Englands Premierminister, zu sprechen und bezeichnete ihn als einen Narren, der ungefähr so viel Rückgrat hatte wie eine Qualle.

Für fünf Minuten war das einzige Geräusch im Raum das Ticken der Uhr auf dem Kaminsims, das gelegentliche Rascheln der Zeitung oder Charles' Räuspern. Clarissa fühlte sich wohl in der Stille und fand sie überhaupt nicht ungemütlich; das zumindest hatte die Zeit bei Grandma Ethel sie gelehrt.

Just in diesem Augenblick erschien Lavinia, und Clarissa, der wieder einfiel, dass sie Arties letzten Brief noch nicht beantwortet hatte, fragte ihre Großmutter, ob sie ihren Sekretär benutzen dürfe.

»Natürlich«, erwiderte Lavinia zerstreut und ging zum Radio, um es einzuschalten.

Nachdem Clarissa ihr Schreibzeug geholt hatte, setzte sie sich an den Sekretär. Sie hatte gerade erst *Lieber Artie* geschrieben, als ihre Großmutter durch das Zimmer zu ihr herüberkam. Lavinia schien noch nervöser als normalerweise zu sein.

»Ich fürchte, dass das Leben hier sehr langweilig für dich ist«, bemerkte sie.

»Aber ganz und gar nicht!«, erwiderte Clarissa überrascht.

»Ich kann mir nicht vorstellen, warum du den Wunsch haben könntest, noch länger bei uns zu bleiben.«

Clarissa legte den Stift hin. »Willst du damit sagen, dass es dir lieber wäre, wenn ich wieder ginge?«

»Natürlich nicht. Aber ich wundere mich wirklich über das, worauf du dich eingelassen hast: mit uns und zwei Jungen, die du überhaupt nicht kennst, hier auf dem Lande praktisch festzusitzen. Du bist ja kaum älter als Thomas und Walter!«

»Ich bin doch kein Kind mehr, Lavinia«, erwiderte Clarissa.

»Trotzdem ist es wohl kaum das, was du dir unter deinem Besuch in England vorgestellt hast.«

»Ich war für alles offen, als ich kam, was etwas ist, was meine Mutter mich gelehrt hat. Das und meinem Instinkt zu folgen.«

Lavinia runzelte die Stirn und zog sich in einer Clarissa inzwischen schon vertrauten Geste des Unbehagens die Strickjacke noch fester um die Schultern. »Wie sehr sich das nach Fran anhört!«, sagte sie leise.

Später an jenem Abend, nachdem Clarissa zu Bett gegangen war und an den nächsten Morgen dachte, an dem sie Thomas und Walter zur Schule bringen würde, hörte sie durch das offene Fenster ein unerwartetes Geräusch. Sie konnte sich nicht sicher sein, doch es klang wie ein Motor. War es ein Flugzeug, das in geringer Höhe über das Haus hinwegflog? Als das Geräusch lauter wurde, erkannte sie es jedoch als das eines Motorrades. Erstaunt warf sie einen Blick auf die Uhr auf ihrem

Nachttisch. Es war Viertel vor elf! Ihre Großeltern waren längst zu Bett gegangen, sie blieben nur selten länger als bis zehn Uhr auf. Also wer in aller Welt sollte sie um diese Zeit besuchen?

Clarissa schlüpfte aus dem Bett, fand ihre Pantoffeln und zog den Morgenmantel über, bevor sie leise ihre Zimmertür öffnete. Nachdem sie über den Flur zum vorderen Teil des Hauses gegangen war, zog sie die Vorhänge an dem Fenster ein wenig auf und spähte in die mondbeschienene Dunkelheit in der Einfahrt unter ihr. Und tatsächlich standen dort ein Motorrad und gleich daneben ein hochgewachsener Mann. Als er das Kinn anhob, um den Gurt an seinem Helm zu lösen, blickte er zum Haus herauf. Clarissa schnappte verblüfft nach Luft. Um zu verhindern, dass er die schmiedeeiserne Türglocke betätigte und damit das ganze Haus aufweckte, eilte sie die Treppe hinunter.

»Ellis! Was in aller Welt machst du denn hier?«, fragte sie, als sie die Tür entriegelt und geöffnet hatte.

»Ich kam gerade vorbei und dachte, ich klingele mal an, um Hallo zu sagen.«

»Du kamst gerade vorbei?«, rief sie. »Um diese Zeit?«

Er warf den Kopf zurück und lachte. »Das war zwar nicht der Empfang, den ich mir erhofft hatte, aber unter den gegebenen Umständen wird er wohl genügen müssen. Doch vielleicht hättest du etwas zu essen für mich? Ich habe nämlich einen Bärenhunger.«

Nachdem sie ihm eingeschärft hatte, sich still zu verhalten, führte sie ihn im Dunkeln in die Küche. Sowie sie dort angelangt waren, schloss Clarissa die Tür und schaltete das Licht an – dessen gnadenlose Helligkeit sie daran erinnerte, dass sie nur ihre Nachtkleidung trug. Verlegen zog sie den Gürtel ihres Morgenmantels fester.

Ellis beobachtete sie. »Keine Bange, deine Tugend ist bei mir in Sicherheit«, sagte er grinsend. »Solange du dich beeilst und mir etwas zu essen gibst, weil ich sonst vielleicht doch über dich herfallen und dich fressen müsste!«

»Du lieber Himmel, ich hatte schon vergessen, wie unmöglich du sein kannst!«

»Dann war deine Amnesie ja doch für etwas gut. Artie, dein größter Fürsprecher, sagte übrigens, du seist jetzt wieder wohlauf. Ist das wahr?«

Bei seiner Beschreibung Arties errötete sie unwillkürlich. Aber bevor sie etwas entgegnen konnte, hob Ellis den Deckel eines großen Topfes an, verzog das Gesicht und ließ den Deckel wieder sinken. Dann blickte er sich in der Küche um und nahm die nur allzu offenkundige Schäbigkeit des Raumes in sich auf. Die Küche war schrecklich durcheinander. Wahrscheinlich überstieg es Mrs Kents Fähigkeit oder Bereitschaft, sie aufzuräumen. Auch das war eines der vielen Dinge, die Clarissa liebend gern selbst in die Hand genommen hätte. Wenn es nach ihr ginge, würde sie Mrs Kent kündigen und eine neue Köchin einstellen, der sie ein anständiges Gehalt zahlen würde, um sich Loyalität und gute Leistungen zu sichern.

»Ich kann dir ein Käse-Omelett zubereiten«, sagte Clarissa und ging um den großen Tisch herum zur Speisekammer. Innerlich drückte sie dabei die Daumen, dass genug Eier und ein Käse da waren, der annehmbar für einen solch wählerischen Mann wie Ellis war.

»Du scheinst dich hier ja schon sehr heimisch zu fühlen«, bemerkte Ellis, als er kurz darauf am Tisch saß und sich das Omelett schmecken ließ. »Ist es das, was du ›etwas Lohnendes tun‹ nennst?«

»Allerdings!«, erwiderte Clarissa ungehalten. »Was tust du denn Lohnendes?«

Er schluckte den Bissen Omelett herunter, den er im Mund hatte. »Na ja, zuerst war ich mit Effie an der Riviera unterwegs und danach allein in London, um auf Wunsch meiner Eltern ein paar Leute zu besuchen. Übrigens soll ich dich sehr herzlich von Effie grüßen. Sie sagt, sie vermisse dich mehr, als sich in Worte fassen lässt, was eine Übertreibung ist, wie wir beide wissen. Aber so ist die liebe Effie nun einmal. Übertreibung ist ihr zur zweiten Natur geworden.«

»Warum bist du dann nicht mehr in London, und was tust du hier?«

»Na, dich besuchen natürlich. Als mir bewusst wurde, dass du nicht in London sein würdest, um mit mir zu Abend zu essen, blieb mir gar nichts anderes übrig, als diese Reise zu unternehmen, um zu sehen, wo du dich verschanzt. Dies alles sieht jedoch wirklich nicht wie deine Art von Ort aus, falls es dir nichts ausmacht, dass ich das einmal ganz offen sage.«

»Und ob es mir etwas ausmacht!«

Nachdem er sein Omelett gegessen hatte, schob Ellis den Teller von sich. »Ich liebe es, wie kratzbürstig und empfindlich du mir gegenüber bist. Artie gegenüber bist du das doch sicher nicht, oder?«

»Nein. Aber er ist ja auch sehr viel netter als du.«

Ellis lachte. »Da hast du recht. Doch was du bei mir bekommst, ist gute, altmodische Ehrlichkeit. Ist Artie ehrlich zu dir gewesen?«

»Ich hatte nicht den Eindruck, dass er *un*ehrlich zu mir war.«

»Heißt es nicht immer, dass man darauf besonders achten muss? Hast du einen Brandy hier?«

»Nein«, sagte sie und unterdrückte ein Gähnen. »Sosehr ich mich auch freue, dich zu sehen, Ellis, es ist schon spät. Meinst du nicht, wir sollten diese Unterhaltung besser morgen fortsetzen?«

Er sah sie an. »Du klingst aber gar nicht erfreut über meinen Besuch. Genau genommen würde ich sogar so weit gehen, zu behaupten, dass du ziemlich verärgert wirkst.«

»Tut mir leid. Es ist nur …«

»Es ist nur was?«

»Dass ich mich so unvorbereitet fühle. Und dass du …« Sie zögerte, weil sie nicht zugeben wollte, dass er diese Wirkung schon bei ihrer ersten Begegnung auf sie gehabt hatte. »Aber genau das tust du ja sehr gern, nicht wahr?«, sagte sie stattdessen. »Die Leute verunsichern, meine ich.«

»Na, Gott sei Dank! Ich fing schon an, mir Sorgen zu machen, ich hätte nachgelassen. Oder meine besondere Art von Charme und mein verdammt gutes Aussehen wären dir gleichgültig geworden.«

Clarissa lachte. »Glaub mir, Ellis, du könntest niemandem gleichgültig sein.«

»Da wir das nun geklärt haben, wirst du meinem müden Körper ein Bett für die Nacht anbieten?«

Sie sah ihn betroffen an. »Hast du dir kein Zimmer in einem nahen Gasthaus genommen?«

»Nein. Es war ein ganz spontaner Wunsch hierherzukommen. Ich hielt mich gerade in London bei einigen unerträglich langweiligen Freunden meiner Eltern auf, als ich plötzlich dachte, zum Teufel damit, ich werde mir ein Motorrad besorgen und mich von einem Besuch bei dir aufmuntern lassen.«

»Ich fühle mich geschmeichelt, wenn du wirklich glaubst, ich könnte das.«

»Fang jetzt nicht an, nach Komplimenten zu fischen. Zeig mir einfach nur den Weg zu einem bequemen Bett für die Nacht.«

»Aber dies ist nicht mein Haus, Ellis! Du bringst mich in eine schwierige Situation.«

»Den Teufel tue ich! Wenn ein guter Freund von dir ganz unerwartet auftaucht, warum sollten deine Großeltern ihm dann kein Bett für die Nacht anbieten? Sind sie denn so kleinkariert?«

»Na schön, dann komm«, sagte sie seufzend. »Aber nur der liebe Himmel weiß, was sie morgen früh sagen werden, wenn sie erfahren, dass sie ohne ihr Wissen einen Gast im Haus hatten.«

»Sie werden die perfekten Briten herauskehren und so tun, als wären sie entzückt, mich kennenzulernen.«

»Darauf würde ich mich nicht verlassen, Ellis.«

Kapitel Vierunddreißig

Shillingbury Grange,
Suffolk
Juni 1939

Clarissa wachte schon früh am nächsten Morgen auf, weil sie im Nebenzimmer Geräusche hörte. Es war aber nicht das leise Gemurmel zweier verunsicherter Jungen auf Deutsch, an das sie schon gewöhnt war, sondern ein ausgelassenes Geplapper dieser jungen Stimmen und auch die viel tiefere eines Mannes … *Ellis!*

Als sie nebenan Gelächter hörte, stand sie auf und zog sich hastig an. Sie hatte ohnehin schon Ärger mit ihren Großeltern zu erwarten und musste ihr Möglichstes tun, sie zu besänftigen.

Die Tür zu dem Zimmer der Jungen war nur angelehnt, und als Clarissa sie aufstieß, fiel ihr Blick auf Thomas und Walter, die in ihren Pyjamas auf dem Teppich saßen und mit dem Holzspielzeug spielten. Und sie waren nicht allein, denn auch Ellis lag bei ihnen auf dem Boden und sagte gerade irgendwas auf Deutsch. Bei ihrem Anblick verstummten alle drei, und das glückliche Lächeln der Jungen erlosch.

»Guten Morgen!«, begrüßte Ellis sie gut gelaunt, als wäre es nichts Ungewöhnliches, dass er hier war und mit zwei kleinen deutschen Jungen spielte.

»Du hast nie erwähnt, dass du Deutsch sprichst«, sagte sie.

»Du hast mich ja auch nie gefragt«, antwortete er und setzte sich auf. »Was gibt's zum Frühstück? Die Jungs meinten, die Köchin hier sei grauenvoll.«

»Ich neige dazu, ihnen zuzustimmen, aber wenn du etwas zu essen bekommen willst, solltest du deine Meinung über Mrs Kent besser für dich behalten. Und seid nicht so laut. Charles will zu keiner Tageszeit gestört werden, geschweige denn so früh am Morgen. Kannst du den Jungen bitte sagen, dass sie sich anziehen sollen?« Sie deutete auf die zwei Stapel ordentlich gefalteter Kleidung, die sie am Abend zuvor für sie herausgelegt hatte. »Heute ist ihr erster Schultag. Wenn du das für mich tun kannst, werde ich mich auf die Suche nach Lavinia machen, um ihr deine Anwesenheit zu erklären.«

»Sag was Nettes über mich, ja?«, rief Ellis ihr nach.

»Ich werde es versuchen«, erwiderte sie mit einem Blick zurück, »auch wenn es nicht leicht sein wird.«

Ellis lächelte und wandte sich den Jungen zu. Als er sie wieder auf Deutsch ansprach, kehrte ihr glückliches Lächeln sogleich zurück, und sie nickten Ellis eifrig zu.

»Was hast du zu ihnen gesagt?«, wollte Clarissa neugierig wissen, weil sie sich ziemlich sicher war, dass es nichts mit Anziehen zu tun hatte.

»Ich habe sie gefragt, ob sie nicht auch finden, dass du das netteste und schönste Mädchen in ganz England bist.«

Clarissa errötete. »In Gegenwart von Kindern lügt man nicht.«

»Nur damit du es weißt, Fräulein Zimperlich, ich lüge nicht. Bevor du unser fröhliches Spiel eben so rüde unterbrochen hast, erzählten Thomas und Walter mir, dass sie sich gern richtig bei dir bedanken würden für deine Nettigkeit, aber nicht wüssten, wie. Ich habe ihnen darauf geantwortet, dass ich wünschte, du wärst nur halb so nett zu mir.«

Sie lächelte. »Das wäre vielleicht sogar möglich, wenn du so artig wärst wie sie.« An die Jungen gewandt, tippte sie auf die Uhr an ihrem Handgelenk. »Frühstück in zehn Minuten«, sagte sie in gut verständlichem Englisch.

Jetzt musste sie sich nur noch mit ihrer Großmutter auseinandersetzen und ihr versichern, dass nichts Unschickliches unter ihrem Dach geschehen war.

Clarissa wusste nicht, was sie mehr verblüffte: dass Lavinia Ellis mit tadelloser Höflichkeit begrüßte oder die einwandfreien Manieren, die Ellis im Gegenzug dazu bewies.

Seine Entschuldigung dafür, zu so später Stunde und zudem noch uneingeladen bei ihnen erschienen zu sein, war so überschwänglich und völlig frei von seiner üblichen Blasiertheit, dass Clarissa fast nicht glauben konnte, dass es Ellis war, der neben ihr am Tisch saß. Beim Frühstück sprach er von seiner Freundschaft mit Artie und sagte, er habe sich persönlich davon überzeugen wollen, dass Clarissa sich von ihrem Unfall gut erholt hatte. Schließlich müsse er auch noch eine gemeinsame Freundin – und keine Geringere als Effie Chase! – beruhigen, dass Clarissa nicht etwa an der Schwelle des Todes stand. Clarissa konnte sehen, dass ihre Großmutter keine Ahnung hatte, wer Effie Chase war, aber viel zu höflich war, um es zuzugeben.

»Wie viele gute Freunde du hast, die besorgt um dein Wohlergehen sind!«, bemerkte sie nur zu Clarissa. »Aber ich bin ehrlich gesagt entsetzt darüber, dass du mich gestern Nacht nicht geweckt hast und ich nicht dafür sorgen konnte, dass angemessene Vorbereitungen für Mr Randalls Aufenthalt getroffen wurden.«

Lavinia, die offensichtlich ganz hingerissen war von Ellis' Charme, bestand darauf, dass er zum Mittagessen blieb. Sie sei sich sicher, dass Charles sich gern ein Weilchen mit ihm unterhalten würde, fügte sie hinzu. Im Moment hielt er sich noch in seinem Zimmer auf und frühstückte allein. »Männliche Gesellschaft wird eine wohltuende Abwechslung für meinen Mann sein«, sagte sie. »Wir sehen dieser Tage so wenige Leute. Er hat sich auch gefreut, Ihren Freund Artie dazuhaben, so kurz sein Besuch leider auch war.«

Während des Gesprächs zuckte Lavinia kein einziges Mal zusammen, wenn Thomas seinen Teelöffel zu geräuschvoll auf der Untertasse ablegte, und tadelte auch Walter nicht, weil er zu viel Marmelade auf seinen Toast gab. Normalerweise waren die Mahlzeiten ein Minenfeld von Ärgernissen für Lavinia, die sehr viel Wert auf gute Tischmanieren legte. An diesem Morgen aber war sie so vertieft in ihr Gespräch mit Ellis, dass sie sich der Anwesenheit der Kinder offenbar nicht einmal bewusst war.

»Zeit zu gehen«, sagte Clarissa zu den Jungen, als sie die Standuhr hinter sich anschlagen hörte.

Ohne ihn darum gebeten zu haben, sprach Ellis auf Deutsch zu ihnen und übersetzte anscheinend ihre Worte. Thomas erwiderte etwas, und Ellis wandte sich Clarissa zu. »Er hat gefragt, ob ich euch begleiten kann. Oder, besser noch, ob ich sie nicht sogar auf meiner Norton zur Schule bringen könnte.«

Clarissa, die sich nicht einmal auszudenken wagte, was er alles anstellen mochte, um zwei kleine Jungen mit seinem Motorrad zu beeindrucken, sagte schnell: »Ich glaube, zu Fuß wäre es ungefährlicher.«

Mrs Russell läutete gerade die Glocke auf dem Schulhof, als sie eintrafen.

»Lass sie allein reingehen«, raunte Ellis Clarissa zu, als sie mit den Jungen auf den Eingangsbereich zuhielt. »Da du tagsüber ohnehin nicht bei ihnen sein kannst, lass sie doch versuchen, von Anfang an allein zurechtzukommen.«

Obwohl sie wusste, dass er recht hatte, verringerte das jedoch nicht ihre Besorgnis darüber, die beiden Kinder, mit denen sie sich schon so verbunden fühlte, allein lassen zu müssen. Wenn es erlaubt wäre, den ganzen Tag bei ihnen im Klassenzimmer zu sitzen und sie zu beschützen, würde sie es tun. Aber so, wie es war, schlossen sie sich zögernd der Schar anderer Kinder an und folgten ihnen in die Schule, ohne sich noch einmal umzusehen.

»Das war tapfer«, sagte Ellis leise.

»Ja«, stimmte Clarissa ihm zu. »Die Jungs waren sehr tapfer.«

»Ich meinte nicht Thomas und Walter, sondern dich. Sie gehen zu lassen war sehr tapfer von dir. Doch dir ist ja auch sicherlich bewusst, dass du dem instinktiven Drang, sie zu beschützen und ihre Kämpfe für sie auszufechten, widerstehen musst.«

»Es ist kein *Drang*, sondern ein Wunsch«, sagte sie, ohne ihn anzusehen, und wandte sich zum Gehen. »Das ist ein großer Unterschied.«

»Mir kannst du nichts vormachen, Clarissa«, spottete er. »Zwei Waisen zu bemuttern ist mehr oder weniger die ideale Möglichkeit, dein Bedürfnis zu befriedigen, dich in der Welt zu behaupten. Dies ist dein großer *lohnenswerter* Augenblick im Leben, nicht?«

»Thomas und Walter sind keine Waisen«, berichtigte sie

ihn und beschleunigte ihre Schritte. »Und ich wünschte, du würdest aufhören, mir zu sagen, was ich angeblich denke oder tue.«

Ellis ignorierte ihren Tadel. »Nach allem, was ich höre, spricht leider alles dafür, dass die Kinder es bald sein werden«, sagte er ungewöhnlich ernst. »Wenn sie es nicht sogar schon sind«, fügte er hinzu und blieb neben ihr stehen.

Zusammen warteten sie am Rand des Dorfangers, bis ein Traktor an ihnen vorbeigezockelt war. Als der Weg wieder frei war, fragte Clarissa: »Du hast doch hoffentlich nicht mit Thomas und Walter darüber gesprochen?«

»Natürlich nicht! Wofür hältst du mich? Aber sie sind nicht dumm, besonders Thomas nicht. Er hat mir einiges erzählt, was er daheim in Berlin gesehen und auch selbst erlebt hat. Wie die Schikanen in der Schule, weil er Jude ist, nicht nur vonseiten anderer Kinder, sondern auch einiger Lehrer, die ihn zwangen, ganz allein hinten in der letzten Bank zu sitzen. Er hat mir auch von den Nachbarn erzählt, die Steine nach ihm und seinem Bruder warfen, wenn sie von der Schule nach Hause gingen. Und das Allerschlimmste war, was er in der Kristallnacht erlebte, als SA-Männer den Familienbetrieb plünderten, während eine grölende und lachende Horde zusah. Er musste mit ansehen, wie sein Vater und Großvater abgeführt wurden und einige Tage später schlimm zugerichtet wieder heimkamen. Daher, Clarissa, weiß er, dass seine Eltern in größter Gefahr sind. Du kannst ihn nicht vor dem bewahren, was er bereits weiß.«

Ein Bus fuhr langsam vorbei und hielt dann vor dem Postamt.

»Aber ich kann mein Bestes tun, um den Albtraum abzuschwächen«, sagte Clarissa, der das Herz bis zum Hals schlug angesichts der Gräuel, denen Thomas und Walter entkommen waren. »Ist das so verkehrt?«

Ellis lächelte und hakte sich bei ihr unter, bevor sie weitergingen. »Du bist ein ganz besonderes Mädchen, Clarissa. Versprich mir, dass du dein Streben, Gutes zu tun, nie verlieren wirst.«

Sie wartete auf eine sarkastische Anmerkung nach seiner Erklärung, und als die ausblieb, sagte sie: »Sei nicht albern. Das klingt ja, als wolltest du mich als so etwas wie eine Heilige hinstellen.«

»Ob ich dir ein Kompliment mache oder nicht, wie ich es auch anstelle, ist es verkehrt! Bei dir kann ich einfach nicht gewinnen, was?«

»Ist es so wichtig für dich zu gewinnen?«

»Ich gewinne *immer*, Clarissa. Vergiss das bitte nicht, ja?«

»Und was glaubst du, was du jetzt gewinnen wirst?« Sie erinnerte sich plötzlich, ihn an Bord der *Belle Étoile* geküsst zu haben, als sie alles andere als nüchtern gewesen war, und diese Assoziation gefiel ihr gar nicht.

Er jedoch warf den Kopf zurück und lachte. »Das bleibt abzuwarten. Hättest du Lust auf eine Spazierfahrt auf der Norton? Du könntest mir etwas von dieser schönen englischen Landschaft zeigen, und später könnten wir an einem idyllischen kleinen Gasthof anhalten und ein Glas von diesem warmen, seifigen Bier trinken, für das ich erst noch einen Geschmack entwickeln muss. Was Bier angeht, haben die Engländer wirklich keine Ahnung, nicht?«

»Das ist leider unmöglich, Ellis, weil ich um die Mittagszeit wieder hier sein muss, um die Jungen zum Essen heimzuholen. Außerdem glaube ich, dass meiner Großmutter wirklich sehr viel daran liegt, dass du meinem Großvater ein bisschen Gesellschaft leistest.«

»Zum Teufel damit. Ich bin nicht diesen weiten Weg hierhergekommen, um meine Zeit mit einem schlecht gelaunten alten Knaben zu verbringen, der mich ja doch nur von oben herab behandeln wird. Davon habe ich genug zu Hause.«

»Ich wusste ja, dass dein dick aufgetragener Charme heute Morgen nur vorgetäuscht war«, sagte Clarissa lächelnd. »Du bist in der Tat ein Schwindler und ein Heuchler, nicht?«

»Das sind wir alle, Clarissa. Sogar du.«

»Und was soll das jetzt wieder heißen?«

»Dass du nicht aufrichtig genug zu den Menschen bist. Du zeigst deine wahren Gefühle nicht und hast eine Mauer um dich herum erbaut, um dich dahinter zu verstecken.«

»Zeigt überhaupt jemand seine wahren Gefühle? Denk doch nur an die Vorstellung, die du meiner Großmutter zuliebe beim Frühstück gegeben hast.«

»Ich hatte allen Grund für meine Heuchelei. Ich wollte Zeit gewinnen, um dich oder vielmehr dein *wahres* Ich kennenzulernen.«

Das, dachte Clarissa, war das größte Rätsel von allen. Und warum schien er sie besser zu kennen als sie sich selbst? Oder jedenfalls besser, als sie bereit war, sich selbst einzugestehen?

Ellis' Besuch in Shillingbury erstreckte sich auf eine weitere Nacht, und in all dieser Zeit geriet er bei seiner genialen Vorstellung kein einziges Mal ins Stocken. Das hatte zur Folge, dass sowohl Charles als auch Lavinia schier unentwegt an seinen Lippen hingen. Er war ein überraschend guter Erzähler, schenkte aber auch Clarissas Großvater sehr viel Beachtung, indem er ihm aufmerksam zuhörte. Die meiste Zeit sprach

Charles von seiner Überzeugung, dass ein Krieg unmittelbar bevorstand und die Regierung mehr dagegen unternehmen müsste. Nach mehreren großen Gläsern Whisky berichtete er sogar voller Bitterkeit von seinen finanziellen Verlusten während und nach der Wirtschaftskrise.

Bevor Ellis sich auf den Rückweg nach London machte, nahmen Clarissas Großeltern ihm das Versprechen ab, bald wieder zu Besuch zu kommen.

»Sie haben uns sehr aufgemuntert«, sagte Lavinia mit einem sanften, mädchenhaften Lächeln, das ihre für gewöhnlich hängenden Mundwinkel anhob und sie jünger und sorgloser erscheinen ließ. Ihre Großmutter so verändert zu sehen rührte Clarissa und führte ihr vor Augen, dass diese Frau glücklicher sein könnte, wenn die Gegebenheiten anders wären. Es ließ Clarissa wünschen, sie könnte etwas tun, damit Lavinia öfter lächelte.

Kaum war ihr dieser Gedanke durch den Kopf gegangen, sah sie im Geiste Ellis anklagend eine Augenbraue hochziehen. »Noch etwas für deine wachsende Liste lohnenswerter Dinge, die getan werden müssen?«, glaubte sie, ihn spötteln zu hören.

Aber sogar sie musste zugeben, dass es schön gewesen war, ihn dazuhaben. Thomas und Walter hatten sehr viel Spaß mit ihm gehabt und keinerlei Ermutigung gebraucht, um zu einer Spazierfahrt zu ihm auf das Motorrad zu steigen. Auf Clarissas Anweisung hin hatten sie sich sehr gut aneinander festgehalten und laut Ellis die ganze Fahrt über vor Freude gejubelt und gelacht. Am Tag nach seiner Abreise kam Thomas zu Clarissa in die Küche, wo sie gerade versuchte, an Mrs Kents freiem Nachmittag ein bisschen Ordnung in das Chaos ihres Imperiums zu bringen. Thomas überreichte Clarissa ein Bild, das er gezeichnet hatte und das Ellis neben seinem Motorrad stehend zeigte. »Für dich«, sagte der Kleine nur, als er es ihr gab.

Was Clarissa jedoch am meisten überraschte, war nicht, dass Thomas offensichtlich annahm, sie hätte gern ein Bild von Ellis, sondern die Qualität der Zeichnung. Für einen Achtjährigen war sie außergewöhnlich gut gelungen und wies eine verblüffende Ähnlichkeit mit dem wahren Ellis auf – mit der für ihn so typischen Haltung des Kopfes, der Direktheit seines Blicks und seiner selbstbewussten Pose war es unverkennbar Ellis, der auf dem Bild zu sehen war.

Eine Woche nach Ellis' Abreise erhielt Clarissa einen Brief von ihm, in dem er schrieb, er sei auf dem Weg nach Florenz, um sich dort wieder mit Effie, ihrem Vater und ihrer Stiefmutter zu treffen. Er bat Clarissa, Tommy und Walt von ihm zu grüßen, wie er die Jungen nannte, und fragte, wie sie in der Schule mitkamen. Sein Interesse an den Kindern überraschte Clarissa. Sie hoffte nur, dass es echt war und nicht bloß ein Trick, um sich bei ihr beliebt zu machen.

Die Antwort auf seine Frage war, dass die Jungen sich nach ein paar schwierigen Anfangstagen gut in der Schule einzuleben schienen. Sie gingen inzwischen gern allein dorthin und wieder zurück, einschließlich mittags, wenn sie zum Essen nach Hause kamen. Zu Clarissas freudiger Überraschung lernten sie relativ schnell Englisch und setzten sich auch gern zu ihr in den Garten, um ihre Fortschritte unter Beweis zu stellen. Gewissermaßen zum Ausgleich ermunterte sie die Jungen, ihr ein paar deutsche Worte beizubringen, und sie lachten sich halb tot, wenn Clarissa sich bei einem Wort versprach, das ihnen selbst ganz mühelos über die Lippen kam.

Oft saßen sie auch mit ihr auf einer Decke auf dem Rasen, und sie las ihnen aus den Kinderbüchern vor, die sie für sie gekauft hatte. Sie spürte, dass es ihnen Freude machte, ihr zuzuhören, auch wenn sie nicht alles verstanden. Als Kind, erinnerte sie sich, hatte sie es geliebt, wenn ihre Eltern ihr etwas vorgelesen hatten. Sie hatte in dem beruhigenden Klang ihrer Stimmen immer großen Trost gefunden. Walter rückte oft näher an sie heran, während sie las, bis er ihr schließlich so nahe war, dass er mühelos auf ihren Schoß klettern konnte.

Walt war ein Kind, das leicht zu lieben war und dessen Verwundbarkeit Clarissa sehr zu Herzen ging. Er war klein für sein Alter, ängstlich und erschrak schnell über plötzliche Geräusche. Sein Haar war so dunkel wie das seines Bruders, aber seine blauen Augen waren heller und oft wie bodenlose Seen voller Traurigkeit. Wenn es Zeit zum Schlafengehen war und sie ihn zudeckte – inzwischen schlief er in seinem eigenen Bett –, küsste er sie auf die Wange und drückte sie an sich. Von den beiden Jungen war er derjenige, der viel körperliche Zuwendung benötigte, die Clarissa ihm mit Freuden gab. Ihre Erfahrung mit kleinen Kindern war ja eigentlich gleich null, und deshalb überraschte es sie immer wieder, wie wohl sie sich in Gesellschaft dieser beiden kleinen Jungen fühlte.

Genauso schnell, wie sie lernten, sich an ihr neues Leben zu gewöhnen, tat Clarissa es auch und wusste bereits, dass sie Thomas nicht überfordern durfte mit ihrem Wunsch, ihn glücklich zu machen. Glück ließ sich nun mal nicht erzwingen. Sie konnte sehen, dass er von Natur aus ein stiller, zurückhaltender und fast schon zu artiger Junge war. Clarissa war natürlich keine Expertin, doch sie fragte sich, ob er vielleicht glaubte, dass jede Gefühlsäußerung ihr selbst oder Lavinia gegenüber ihm wie eine Treulosigkeit seiner Mutter gegenüber erscheinen könnte. Polly hatte Clarissa erklärt, dass das recht oft der Fall war. Polly hatte auch einige wenige Hintergrundinformationen über die Familie beschafft. Die Eltern und Großeltern waren keine praktizierenden Juden, sodass man sich zumindest deswegen nicht sorgen musste. »Wie so viele Juden«, hatte Polly erklärt, »betrachten die Eltern sich in erster Linie als Deutsche, und die Religion hat damit nichts zu tun.« Für Clarissa machte das ihre bedrängte Lage jedoch nur noch schlimmer.

Obwohl Thomas und Walter alle zwei Tage an ihre Eltern schrieben, war bisher nur ein einziger Brief aus Deutschland für sie angekommen. Dem Poststempel auf dem Umschlag nach zu urteilen, musste er kurz nach Thomas' und Walters Abreise aus Berlin aufgegeben worden sein. Clarissa wusste, dass das Fehlen jeglicher Nachrichten aus Deutschland ein schlechtes Zeichen war. Sie hasste den Gedanken, dass Ellis recht haben könnte und Thomas und Walter bereits Waisen waren. Oder es bald sein würden.

Sie kannte sie noch nicht lange, und trotzdem wusste sie, wie furchtbar es sie mitnehmen würde, zu hören, dass ihre Eltern nicht mehr lebten. Selbst heute konnte sie sich noch sehr lebhaft an den Tag erinnern, an dem ihre Mutter ihr gesagt hatte, dass ihr Vater tot war. Es gab nichts, um sich auf diese Art von Nachricht vorzubereiten.

Kapitel Fünfunddreißig

Shillingbury Grange,
Suffolk
August 1939

Die Tage und Wochen vergingen, und bevor Clarissa sich's versah, war es August, und sie hielt sich schon seit gut drei Monaten auf Shillingbury auf. Irgendwie hatten sie sich alle auf ihre ganz eigene Weise an die ihnen auferlegten Veränderungen angepasst. Manche Tage waren leichter zu ertragen als andere, und es kam einem fast so vor, als hätte der Haushalt nie eine andere Routine gekannt.

Die schwersten Tage für Clarissa waren die, an denen die Gemüter sich erhitzten und Verbitterung aufkam. Wie an dem Tag, als Thomas aus der Schule heimkam, sich wütend in seinem Zimmer einschloss und sich weigerte herauszukommen. Nach sanfter Überredung durch Clarissa und Walter hatte er schließlich die Tür geöffnet und ihnen mit Tränen in den Augen und in stockendem Englisch von den Sticheleien und dem Spott erzählt, denen er am Morgen in der Schule ausgesetzt gewesen war. Clarissa hatte sich am nächsten Tag sofort darum gekümmert, indem sie zu Mrs Russell gegangen war. Der Gedanke, dass Thomas der Verfolgung in Deutschland entkommen war, nur um hier in England schlecht behandelt zu werden, erboste Clarissa ungemein. Aus den Zeitungen wusste sie, dass auch in England viele Leute pro-faschistisch und antisemitisch waren, so, wie es auch in Amerika genügend Menschen gab, die ebenso engstirnig und unbelehrbar waren. Aber sie wollte verdammt sein, wenn sie sich heraushielt und nichts dagegen unternahm. Es sprach für Mrs Russell, dass sie sich der Sache sehr entschieden annahm und jedem Schüler, der sich Beschimpfungen erlaubte, harte Bestrafungen androhte. Wie sich herausstellte, waren die Bosheiten die Folge davon gewesen, dass Thomas bei einer arithmetischen Prüfung zum dritten Mal hintereinander als Bester abgeschnitten hatte. Er war ganz offenbar ein sehr aufgeweckter Schüler von überdurchschnittlicher Intelligenz, was natürlich jedes Kind, ungeachtet seiner Nationalität oder Kultur, zur Zielscheibe von Spott und Anfeindungen machte.

Aber heute, da der heiße Sommer andauerte und die Schulferien sich noch scheinbar endlos vor ihnen erstreckten, gab es keine Tränen der Wut oder Verbitterung zu stillen. Heute hallte der Garten von Stimmen wider, die sich für jeden Beobachter wie die einer ganz normalen Familie anhörten, die sich draußen vergnügte. Beim Mittagessen hatte Charles es für unerlässlich erklärt, dass Thomas und Walter Kricket spielen lernten, und während Clarissa und Lavinia jetzt von der Terrasse aus zusahen und dabei Erbsen aus dem eigenen Gemüsegarten palten, lauschte Clarissa aufmerksam Charles' Anweisungen. Sie tappte ebenso im Dunkeln wie die Kinder, was die Regeln anging, und wusste, dass ein Vergleich des Spiels mit Baseball ihren Großvater empören würde. Sie hatte liebevolle Erinnerungen an ihre Eltern, die beide stets die Vorzüge des jeweiligen Spiels, mit dem sie aufgewachsen waren, hervorgehoben hatten.

»Das ist es, was euch zu wahren Engländern machen wird«,

beschied Charles die Jungen streng, als er Walter einen Schläger und Thomas einen Ball gab. »Beherrscht das Spiel, und ihr werdet keine Probleme haben, in diesem Land zu leben.«

Die Kinder das Spiel zu lehren, und überdies von seinem Rollstuhl aus, brachte eine ganz neue Seite von Charles zum Vorschein. Es war einer dieser seltenen Momente, in denen er sich einmal wirklich für etwas engagierte und sich dabei auch noch zu vergnügen schien.

»Er hatte sich immer einen Sohn erhofft, um mit ihm Kricket spielen zu können«, sagte Lavinia leise zu Clarissa, als sie zusahen, wie Thomas den Arm schwenkte, um seinem Bruder den Ball zuzuwerfen.

»Oder vielleicht auch einen Enkel?«, erwiderte Clarissa mit fragendem Blick. »Wenn ich ein Junge gewesen wäre, hätte das für ihn vielleicht schon früher eine Versöhnung herbeigeführt?«

»Er hat in seinem Leben viele Enttäuschungen erfahren«, murmelte Lavinia gedankenverloren und ohne Clarissas Frage zu beantworten. »Das erging uns beiden so. Vieles hatten wir uns selbst eingebrockt, wie ich heute weiß. Ich werde unser Verhalten sicher bis zu meinem letzten Atemzug bereuen.«

Clarissa legte vorsichtig eine Hand auf Lavinias Arm. »Es ist noch nicht zu spät, um das Leben zu genießen. Oder zu akzeptieren, dass euch vergeben wird.«

»Vergibst du uns denn wirklich?«, fragte Lavinia mit einer Stimme, die kaum mehr als ein Flüstern war.

Clarissa nickte. »Für mich ist klar, dass ihr genug gelitten habt; es wäre unnötig grausam von mir, euch nicht zu vergeben.«

»Das ist mehr, als wir verdienen«, sagte Lavinia, während sie zusah, wie ihr Mann sich in seinem Rollstuhl vorbeugte, um Walter zu zeigen, wie man einen Kricketschläger richtig hielt. »Ich sage das nicht nur so dahin, Clarissa«, fuhr sie fort, »aber auf die eine oder andere Art hast du uns ins Leben zurückgeholt. Deine Mutter wäre stolz auf dich.«

»Und sie wäre auch stolz auf euch, weil ihr drei Fremden ein Zuhause gebt.«

Lavinia wandte den Kopf, um ihre Enkelin stirnrunzelnd anzusehen. »Du bist doch keine Fremde!«

»Das war ich aber, als ich hier bei euch erschien. Ich hätte sonst wer sein können. Aber ihr habt mir das Gefühl gegeben, willkommen zu sein, trotz allem, was vorher mal gewesen war. Das kann nicht leicht für euch gewesen sein.«

»Für jemanden, der noch so jung ist, hast du einen klugen Kopf und ein mitfühlendes Herz. Das ist eine seltene Kombination.« Sie machte sich wieder an das Herauslösen der Erbsen, aber als sie bemerkte, dass Charles Clarissa zuwinkte, sagte sie: »Wie ich sehe, bist du jetzt an der Reihe, in die Feinheiten des Krickets eingeführt zu werden.«

»Ich spiele aber nur, wenn du es auch tust«, erwiderte Clarissa kühn.

»Ich?« Der Ausdruck auf dem Gesicht ihrer Großmutter – dem Gesicht einer Frau von unanfechtbarer Achtbarkeit und einem Alter, in dem das Schwenken eines Kricketschlägers etwa so wahrscheinlich war, wie Flügel zu entwickeln und sich in die Lüfte aufzuschwingen – war eine Mischung aus Erschrecken und Entsetzen.

Clarissa stand auf. »Warum nicht?«

»Aber ich … ich habe noch nie … ich meine, ich könnte unmöglich …«

»Ein Grund mehr, es jetzt mal zu versuchen.« Die Hand ihrer Großmutter in ihrer, überquerten sie zusammen den Rasen. Und in dem Moment kam ihr plötzlich der Gedanke, auch Jimmy und Lily mit ins Boot zu nehmen. »Je mehr Spieler wir haben, desto besser, soweit ich das beurteilen kann«, sagte sie, nachdem sie Charles den Vorschlag unterbreitet hatte.

Zunächst sah er sie zweifelnd an, aber dann lächelte er. »Famose Idee! Dann wird es genau wie in den alten Zeiten sein, als ich noch ein Junge war und mein Vater die Dienstboten zusammenzutrommeln pflegte, damit sie mitspielten.«

Lily und Jimmy hätten nicht schockierter aussehen können, aber sobald sie sich wieder gefasst hatten, teilte Charles sie alle in zwei kleine Mannschaften ein. Thomas war der Mannschaftskapitän des Teams, das außerdem aus Clarissa und Lily bestand, und Walter der des Teams mit Lavinia und Jimmy. Es stellte sich schon bald heraus, dass Lily eine teuflisch gute Werferin war, da sie in ihrer Kindheit kaum etwas anderes getan hatte, als mit ihren Brüdern auf dem Dorfanger Kricket zu spielen. Ganz in seinem Element, hatte Charles seine Freude daran, die Punkte und Fehler der jeweiligen Mannschaft laut herauszuschreien. Aber der Höhepunkt kam, als Lavinia zu einem weiten Schlag ausholte und den Ball mit solcher Kraft losschleuderte, dass er in hohem Bogen über die Buchenhecke und geradewegs durch das Dach des Gewächshauses flog.

Charles brüllte vor Lachen und applaudierte ihr. »Das hättest du nicht mal schaffen können, wenn du es gewollt hättest!«

Als sie schließlich von Lily aus dem Spiel geschlagen wurde und Charles Thomas' Team zum Sieger erklärte, ging Lavinia zu ihrem Mann hinüber. Mit glühenden Wangen und dem aufgelösten grauen Haarknoten kniete sie sich vor ihren Mann ins Gras. Der Blick, den sie austauschten, war so zärtlich und intim, dass Clarissas Kehle eng wurde und sie sich vor Rührung abwenden musste.

Da Jimmy nun die Stäbe, den Kricketschläger und den Ball einsammelte, bat Clarissa die Jungen, mit ihr und Lily hineinzugehen und ihnen zu helfen, das Teegeschirr hinauszubringen. Bei dem Gedanken an etwas zu essen liefen sie sogar voraus, obwohl Walter sich mit seinen kürzeren Beinen anstrengen musste, um mit seinem Bruder Schritt zu halten.

Vor einer Woche hatte Mrs Kent gekündigt, weil sie mit ihrem Mann von Shillingbury an die Küste von Norfolk umziehen wollte. Seither hatten sie nun endlich eine neue Köchin. Amüsanterweise war ihr Name Mrs Cook, und sie war Lilys Tante mütterlicherseits. Sie war erst kürzlich in das Dorf zurückgekommen, nachdem ihr Mann im vergangenen Herbst verstorben war. Aber auch die Kriegsgefahr war ein entscheidender Faktor für sie gewesen, aus London wegzuziehen. Sie war eine fröhliche Person und so mollig, dass sie ein wenig an ein Fass auf zwei stämmigen Beinen erinnerte. Aber sie war wie ein frischer Wind im Haus, stürzte sich mit Enthusiasmus in die Arbeit und verwöhnte sie alle mit köstlichem, gut zubereitetem Essen, besonders Thomas und Walter, die sie auf den ersten Blick ins Herz geschlossen hatte. Charles murrte gelegentlich über die hohen Kosten für die Mahlzeiten, die nun auf den Tisch kamen, doch Lavinia brachte ihn zum Schweigen, indem sie ihm sagte, er solle nicht so miesepetrig sein.

Die Wahrheit, die Lavinia Charles nicht wissen lassen wollte, war, dass Clarissa Mrs Cooks Gehalt bezahlte. Wie geplant besserte Clarissa mit dem Geld, das ihre Anwälte in Boston inzwischen überwiesen hatten, die Haushaltskasse auf. Lavinia war dagegen gewesen, aber sie war der Entschiedenheit ihrer Enkelin einfach nicht gewachsen. Clarissa bestand darauf, einen finanziellen Beitrag zu leisten, da sie ihre Großeltern dazu überredet hatte, Thomas und Walter aufzunehmen.

Auch andere Veränderungen hatte sie nach und nach im Haushalt eingeführt, wie etwa die Reinigung der schweren Vorhänge und die der Fenster selbst. Mit Lilys Hilfe hatte sie Jahre bedauerlicher Vernachlässigung von den Fenstern geschrubbt und dann das Glas poliert, bis es schimmerte und glänzte.

In dem Garten und den Bereichen, die Jimmy im Griff behalten hatte, pflückte Clarissa Rosen und Platterbsen, die sie in Vasen stellte und so geschickt platzierte, dass sie ihren Duft im ganzen Haus verbreiteten. Sie füllte auch dekorative Schalen mit Rosen- und Lavendelblüten, die sie aus den wild wuchernden Sträuchern unter dem Esszimmerfenster pflückte, und stellte sie auf, wo Vorübergehende ihr sommerliches Aroma wahrnehmen konnten.

Auch von Spaziergängen mit Thomas und Walter über Felder und Wiesen kehrte sie mit Sträußen wilder Blumen zurück, die sie daheim in Vasen stellte. Manchmal begleitete Jimmy sie und brachte ihnen in seinem schroffen und manchmal unverständlichen East-Anglia-Dialekt die Namen der Blumen und Insekten bei, die sie unterwegs entdeckten.

Bei einem dieser Ausflüge war Clarissa sicher, dass er sie veralberte, als er auf einen Marienkäfer zeigte und ihn als einen *bishy-barnibee* bezeichnete. Jimmys faltenreiches Gesicht verfinsterte sich bedrohlich, als sie ihn fragte, ob er sich über sie lustig machte. Ohne zu antworten, stapfte er vor sich hin brummend und kopfschüttelnd voraus. Von jenem Tag an zweifelte sie nie wieder ein Wort oder eine Erklärung von ihm an und tat ihr Bestes, um so viel von seinem Wissen in sich aufzunehmen, wie sie konnte. Sie lernte, dass eine Krähe ein *dun-billy*, eine Heckenbraunelle eine *hedge-Betty*, eine Nachtigall ein *barley-bird*, eine Eule ein *jilly-hooter*, ein Rotkehlchen ein *ruddock* und eine Lerche ein *lavrock* war. Die Lerche war Clarissas Lieblingsvogel geworden; sie liebte ihren Gesang, weil er so etwas faszinierend Vergnügtes hatte.

Unter ihrer Anleitung gewann das Haus allmählich etwas von seinem alten Glanz zurück. Von dem Glanz, den es einst gehabt haben musste, als seine Bewohner noch glücklich gewesen waren. An einigen Abenden ging Clarissa zu Bett und staunte über die Wendung, die ihr Leben genommen hatte. Nicht ein einziges Mal hatte sie bisher ihr altes Leben in Amerika vermisst. Grandma Ethel verlangte immer noch, dass sie heimkehrte, aber Boston fühlte sich für Clarissa nicht mehr wie ein Zuhause an. Shillingbury dagegen schon. Vielleicht würde es nicht immer ihr Zuhause sein, doch bis auf Weiteres war es das. Sie wurde hier gebraucht, und egal, was vor ihr lag, dies war der Ort, an den das Schicksal sie geführt hatte. Sie hatte versucht, Grandma Ethel in einem Brief zu erklären, dass sie zum ersten Mal in ihrem Leben überzeugt war, etwas Nützliches zu tun.

In der Küche hatte Mrs Cook schon alles für den Tee bereitgestellt. »Und denkt nicht mal daran, ein Marmeladentörtchen oder Lebkuchenmännchen zu stibitzen!«, warnte sie die Jungen, während sie die Teekanne mit Wasser aus dem Kessel – oder aus der *Betsey*, wie sie ihn nannte – füllte. »Ihr wisst, dass ich sogar hinten Augen habe. Und nun wascht euch die Hände und beeilt euch, Jungs!«

Ihre Strenge machte Thomas und Walter keine Angst, denn sie hatten schnell gelernt, dass Mrs Cook wie ein Hund war, der zwar bellte, aber nicht biss, und sie absolut nichts Böses an sich hatte. Sehr oft gab sie ihnen nach einer Warnung oder einer Strafpredigt einen Nasenstüber und schickte sie mit einem breiten Lächeln und gewöhnlich auch einem der Bonbons weg, die sie in einem Marmeladenglas auf dem Küchenschrank aufbewahrte. Die Küche war fast nicht wiederzuerkennen unter ihrer Führung; Mrs Cook hielt sie makellos sauber und liebte nichts mehr, als beim Kochen Zuschauer zu haben. Deshalb hielten Thomas und Walter sich dort sehr häufig auf und sahen ihr entweder beim Kochen oder Backen zu oder halfen ihr dabei.

Mrs Cook hatte Clarissa unter vier Augen anvertraut, dass sie es wegen all des Geredes über einen bevorstehenden Krieg für vernünftig hielte, zusätzliche Vorräte all dessen zu besorgen, was sie »das Wesentliche« nannte, und die Speisekammer damit aufzustocken. »Da ich mich noch gut an den Ersten Weltkrieg und die Lebensmittelknappheit damals erinnere«, sagte sie zu Clarissa, »werde ich mit Ihrer Erlaubnis den Lebensmittelhändler bitten, uns ein paar Extras wie Dosen mit Corned Beef, Lachs, Pfirsichen, Milchpulver, Kakao, Tee und Zucker zu besorgen. Ich werde Ihnen dann die Quittungen zeigen, damit Sie Bescheid wissen, was wir an Vorräten haben oder nicht.«

»Tun Sie, was Sie für das Beste halten«, hatte Clarissa erwidert. »Aber vielleicht behalten wir das im Moment lieber für uns, weil ich meine Großeltern auf gar keinen Fall beunruhigen möchte. Und natürlich werde ich die Rechnung des Lebensmittelhändlers dann begleichen wie sonst auch.«

Als die Teekanne gefüllt und die Hände der Jungen gewaschen und abgetrocknet waren, deckte Lily den Tisch für sich und Mrs Cook, um eine Tasse Tee mit ihr zu trinken. Clarissa gab Thomas eine Platte mit Sardellenpaste-Sandwichs, die er in den Garten bringen sollte, und Walter ein Körbchen mit frisch gebackenen süßen Brötchen, deren köstlicher Duft die ganze Küche erfüllte.

Die Atmosphäre im Haus hatte sich deutlich verbessert seit Mrs Kents Abreise und Mrs Cooks Erscheinen. »Ein gut genährter Mensch ist ein glücklicher Mensch« war ihr Motto, und als Clarissa das schwer beladene Teetablett in den Garten hinaustrug, dachte sie, dass dieses Juwel von einer Frau es sich zur Aufgabe gemacht zu haben schien, die Wahrheit ihres Leitspruchs zu beweisen.

Am nächsten Morgen schien die Sonne von einem wolkenlosen Himmel, und nachdem die Jungen gefrühstückt und ihr Zimmer aufgeräumt hatten, nahm Clarissa sie zu einem Spaziergang über die Felder mit. Während Thomas und Walter voranliefen – und Walters Rufe, sein Bruder solle auf ihn warten, unbeachtet blieben –, spazierte Clarissa in einem gemütlicheren Tempo hinter ihnen her und erfreute sich an der schönen Landschaft. Eine Lerche flog über ihr dahin, deren fröhlicher Ruf ganz wunderbar mit der beeindruckenden Schönheit dieses Tages harmonisierte. Das Leben könnte gar nicht besser sein als dieses, dachte sie.

Und doch waren solch kostbare Tage wie dieser gezählt, denn den Zeitungsberichten und BBC-Nachrichten im Radio zufolge war es nur noch eine Frage der Zeit, bis der Himmel voller Flugzeuge und Bomben sein würde statt voller Vögel. Zwei von Lilys Brüdern hatten sich erst kürzlich als Rekruten verpflichtet wie auch viele andere ihrer Freunde aus dem Dorf. Die Veränderungen hatten schon begonnen.

Polly hatte aus London geschrieben, viele könnten es nur deshalb kaum erwarten, dass der Krieg erklärt wurde, weil das

Wissen vermutlich erträglicher sein würde als die Ungewissheit. Von Polly hatte Clarissa auch den Rat erhalten, dass sie jetzt nach Amerika zurückkehren sollte, falls sie es vorhabe. Bald nämlich würde es zu riskant sein, den Atlantik zu überqueren. Aber Clarissa hatte nicht die Absicht, England oder Shillingbury zu verlassen. Wie könnte sie auch? Wie könnte sie ihre Großeltern und Thomas und Walter im Stich lassen? Sie waren praktisch ihre neue Familie …

Wie um diese Erkenntnis noch zu unterstreichen, erschien später an jenem Tag der Postbote auf seinem Fahrrad, um Clarissa ein Telegramm zu bringen.

Es kam von den Anwälten in Boston: Grandma Ethel hatte einen Herzanfall erlitten und würde aller Wahrscheinlichkeit nach nicht mehr lange leben.

Kapitel Sechsunddreißig

Shillingbury Grange,
Suffolk
September 1939

Für Clarissa stand außer Zweifel, dass sie auf der Stelle nach Amerika zurückkehren musste – aber von den Anwälten in Boston wurde ihr dringend davon abgeraten, weil eine solche Reise der drohenden Kriegsgefahr wegen im Augenblick äußerst unklug wäre.

Am dritten September, als noch immer nichts auf das Ende des langen, heißen Sommers hinwies, traf die Nachricht ein, auf die alle gewartet hatten: England befand sich im Krieg mit Deutschland. Die Ankündigung im Radio kam nicht überraschend, hatte aber dennoch den sofortigen Effekt, eine sehr düstere Atmosphäre im Haus zu erzeugen.

»Ich wusste die ganze Zeit, dass es so kommen würde«, sagte Charles an jenem Abend immer wieder und entfernte sich nur selten von dem Radio, um nur ja keine neue Nachricht zu verpassen.

Am Tag darauf brachten die Zeitungen und das Radio die Meldung, dass ein Passagierschiff, die *SS Athenia*, auf seiner Reise nach Halifax in Kanada torpediert worden war. Als sie von diesem furchtbaren Angriff hörten, wurde Clarissa auch von Lavinia und Charles bestürmt, den Rat ihrer Bostoner

Anwälte zu befolgen und in England zu bleiben. Zwei Wochen später und am selben Tag, an dem die *HMS Courageous* im Atlantik versenkt wurde, starb Grandma Ethel.

Schockiert darüber, wie sehr der Tod ihrer Großmutter sie erschütterte, stürzte Clarissa sich in die Arbeit, um sich abzulenken. Mit Lavinias Hilfe brachte sie schwarzen Verdunkelungsstoff an allen Fenstern des Hauses an und lernte von Mrs Cook nicht nur das Einkochen von Obst und Gemüse aus dem Garten, sondern auch das Stricken von Socken für die Truppen. Sich zu beschäftigen war besser, als sich Gedanken über den Tod ihrer Großmutter zu machen oder sich voller Angst zu fragen, was ein Krieg für sie alle bedeuten mochte.

Unten im Dorf herrschte eine Atmosphäre der Ausgelassenheit, die sich allerdings überhaupt nicht echt anfühlte. Wann immer Clarissa einkaufen ging, hatte sie den Eindruck, dass die Leute sich mit dem Gemüt einer Englischen Bulldogge bewaffneten und allen Widrigkeiten ins Gesicht lachten. Viele behaupteten, der Krieg würde praktisch schon beendet sein, bevor er überhaupt begonnen hatte.

Aber es dauerte nicht lange, bis diese Einstellung zu Skepsis wurde und der Krieg plötzlich nur noch als Scheinkrieg und nichts weiter als Panikmache betrachtet wurde. Keine einzige Bombe war bisher gefallen, und trotzdem durfte niemand das Haus ohne Gasmaske verlassen. Und auch ihre Kraftfahrzeuge konnten sie nicht benutzen, da das Benzin jetzt rationiert war. Genau wie Pferdekarren und Einspänner zu einem gewohnten Anblick auf den Straßen wurden, so wurde es auch ein Strom von Militärfahrzeugen, als die Arbeiten zur Wiederherstellung des alten Flugplatzes drei Kilometer nördlich des Dorfes begannen. Die Nachricht, dass es buchstäblich gleich vor ihrer Haustür einen großen Zustrom von Angehörigen der Britischen Luftwaffe geben würde, hatte große Aufregung verursacht, besonders unter den jungen Mädchen im Dorf. Sie könnten über nichts anderes mehr reden, erzählte Lily Clarissa.

Die Stimmung veränderte sich jedoch wieder, als die Preise für Lebensmittel stiegen: Die Leute waren aufgebracht und scheuten sich nicht, ihre Meinung laut und deutlich kundzutun. Es gab zwei Lebensmittelläden im Dorf, Leek's, den Mrs Cook bevorzugte, und Howell's, wo Mrs Kent gern eingekauft hatte und ihr Neffe arbeitete. »Die Howells beschummeln dich, sobald sie dich nur sehen«, behauptete Mrs Cook, die zutiefst empört war über die »Wucherpreise«, die Mr Howell seinen Kunden abverlangte.

Als Clarissa an diesem Morgen ins Dorf ging, blieb sie einen Moment vor Mr Howells Geschäft stehen, um eine junge Mutter mit einem Kinderwagen vorbeizulassen. Durch die offene Tür hörte sie einen ärgerlichen Wortwechsel.

»Wenn Ihnen der Preis nicht passt, dann kaufen Sie Ihre Kartoffeln doch woanders!«, fuhr der Ladeninhaber die Kundin an, eine Frau, um die Clarissa einen großen Bogen machte, seit sie mit dem Dorfleben vertrauter war. Ihr Name war Virginia Charlbury, und sie hatte eine schrecklich hochfahrende, arrogante Art. Wie Clarissa von Lavinia erfahren hatte, war sie eine der Ersten im Dorf gewesen, die die Upwoods gesellschaftlich geschnitten hatten, als sich herumgesprochen hatte, dass sie arm wie Kirchenmäuse waren. Erst kürzlich war Virginia Charlbury zur Quartiermacherin für Shillingbury ernannt worden. Nun war es ihre Aufgabe, Unterkünfte für Evakuierte zu beschaffen – was fast jedem Dorfbewohner allen Grund gab, einen Besuch dieser Frau zu fürchten.

»Haben Sie noch nichts von dem verdammten Krieg gehört, der da draußen tobt?«, hörte Clarissa den erbosten Mr Howell zetern. »Nur deshalb kostet alles mehr!«

»Reden Sie nicht so mit mir, Sie ungezogener kleiner Mann!«

»Und Sie verschwinden jetzt aus meinem Laden, Sie hochnäsige Person! Und glauben Sie bloß nicht, Sie könnten demnächst wieder angekrochen kommen, wenn kein anderer Sie mehr bedient!«

»Ich bin sprachlos über Ihre Unverfrorenheit!«

»Gott, ich wünschte, das wäre wahr! Sie täten uns allen einen großen Gefallen, wenn Sie wirklich sprachlos wären!«

»Sie sind nichts als ein Halunke, und ich habe nicht übel Lust, Sie bei Constable Fairweather anzuzeigen.«

»Oh, ich denke, Sie werden feststellen, dass Constable Fairweather Wichtigeres zu tun hat, als sich über den Preis meiner Kartoffeln Gedanken zu machen.«

»Das werden wir ja sehen!«

Clarissa ging zu dem Kurzwarenhändler weiter, in dessen Laden ein ähnliches, aber zum Glück nicht ganz so hitziges Wortgefecht im Gange war. Der Preis der Verdunkelungsstoffe war seit der vergangenen Woche schon wieder um ein Drittel gestiegen, und inzwischen wurde schwarzer Karton als Alternative angeboten. Als Clarissa bemerkte, dass Joan, die Verkäuferin, die sie normalerweise bediente, nicht da war, erkundigte sie sich nach ihr.

Mrs Strange, die Besitzerin des Ladens, stöhnte. »Joan hat gekündigt und ist zu den Landarbeiterinnen gegangen. Können Sie sich das vorstellen? So was Dummes hab ich in meinem ganzen Leben noch nicht gehört.«

Clarissa konnte es sich auch nicht vorstellen. Mit ihren lackierten Fingernägeln und dem hübschen, immer tadellos geschminkten Gesicht schien Joan nicht dafür geschaffen zu sein, auf einer Farm zu arbeiten.

Nachdem sie ihren Einkauf von grauer Wolle für Socken getätigt hatte, überlegte Clarissa, ob sie sich einen Kaffee in den *Primrose Tearooms* gönnen sollte. Der Kaffee war eins der Dinge, die sie aus Amerika vermisste; er war hier leider nicht genauso gut. Aber im *Primrose* bekam man einen recht passablen Kaffee, und als sie einen freien Tisch am Fenster entdeckte, stieß sie die Eingangstür auf und trat ein. Kaum war die Tür hinter ihr zugefallen, sah Clarissa jedoch, dass sie Pech gehabt hatte. Gerade nahm ein Mann seinen Hut ab und ließ sich an dem letzten freien Tisch nieder, den sie ins Auge gefasst hatte. Er bemerkte ihren Blick, und ihr Gesicht musste ihre Enttäuschung verraten haben, denn er erhob sich augenblicklich wieder. »Bitte nehmen Sie den Tisch«, bot er ihr höflich an.

»Nein, nein, Sie hatten ihn zuerst. Ich werde auf den nächsten warten, der frei wird.«

»Wir … wir könnten uns den Tisch auch teilen«, begann er zögernd. »Vorausgesetzt, dass sich das nicht zu impertinent anhört.«

Er war schlank und nur ein wenig größer als Clarissa, hatte blondes Haar und trug einen schicken, gut geschnittenen Anzug. Eine Aktentasche aus braunem Leder stand neben ihm auf dem Boden. Ein Geschäftsmann auf der Durchreise, mutmaßte Clarissa.

»Warum nicht?«, erwiderte sie. »Wenn Sie sicher sind, dass ich nicht störe?«

»Das tun Sie keineswegs.« Er zog einen Stuhl für sie heraus, wobei er jedoch gegen den Tisch stieß und die Zuckerdose umwarf. Während er einen kläglichen Versuch unternahm, das Durcheinander zu beseitigen, verstaute Clarissa ihren Einkaufskorb samt Gasmaske auf dem Boden neben ihrem Stuhl. »Entschuldigen Sie bitte meine Ungeschicklichkeit«, bat er. »Ich würde gern sagen, dass sie sehr untypisch für mich ist, aber das wäre gelogen. Meine Mutter beklagt sich andauernd darüber, wie tollpatschig ich bin.«

»Es ist das unbestreitbare Vorrecht einer Mutter, uns auf unsere Fehler aufmerksam zu machen«, entgegnete Clarissa freundlich lächelnd.

Er erwiderte ihr Lächeln und machte eine Bedienung auf sie aufmerksam. Als das Mädchen ihre Bestellung aufgenommen hatte, starrte Clarissa aus dem Fenster und sah den Zehn-Uhr-Bus heranrumpeln. Er war auf die Minute pünktlich und hielt vor dem Postamt, wo eine Handvoll Fahrgäste ausstiegen, von denen Clarissa inzwischen viele kannte.

Eine von ihnen war Dr. Rutherfords Frau, die winkte, als sie Clarissa durch das Fenster sah. Hinter Mrs Rutherford kamen die älteren Schwestern Finch, die ebenso vogelartig wirkten, wie ihr Name nahelegte. Die unverheirateten Schwestern lebten in vornehmer Armut in einem winzigen Cottage auf dem Dorfanger, würden aber eher sterben, als zuzugeben, wie schlecht es ihnen ging. Clarissa hatte eine Schwäche für die alten Damen, wie sie sie auch für die meisten anderen Dorfbewohner hatte.

Als Nächste verließ Molly Shaw, die Pfarrersfrau, den Bus. Sie war eine hübsche, lebhafte Frau, deren Ehemann sehr zum Entsetzen einiger Dorfbewohner fünfzehn Jahre älter war als sie. Sie hatten keine eigenen Kinder, doch in ihrer Begleitung befanden sich zwei Mädchen, deren blondes Haar zu Zöpfen geflochten war. Ihre geblümten Kleider waren tadellos gebügelt, die Söckchen blütenweiß und die Sandalen blank poliert.

Sie waren mit einem Dutzend anderer aus London evakuierter Kinder in Shillingbury angekommen. Molly hatte Clarissa erzählt, dass die Mädchen – vierjährige Zwillinge, die noch nicht zur Schule gingen – bei ihrer Ankunft die Köpfe voller Läuse gehabt und Kleider getragen hatten, die kaum mehr als schmutzige Lumpen waren. Als sich herausstellte, dass sie keine Ahnung hatten, wie man Messer und Gabel benutzte, hatten sie Molly erklärt, dass sie immer mit den Händen gegessen hatten. Wenn man sie jetzt neben Molly in der späten Septembersonne herumhüpfen sah, war es schwer, sich die Verwandlung vorzustellen, die sie im Pfarrhaus durchgemacht hatten. Molly war die Frau, die für Clarissa einer Freundin am nächsten kam, da sie ihr auch altersmäßig näherstand als die meisten anderen Frauen im Dorf.

Als der Bus wieder abfuhr und eine Wolke schwarzer Auspuffgase hinterließ, versuchte der Mann an Clarissas Tisch, ein Gespräch zu beginnen. »Leben Sie hier in diesem Dorf?«, fragte er. »Sie klingen nicht wie eine Einheimische. Wenn ich raten müsste, würde ich sagen, dass Sie etwas von einer Amerikanerin an sich haben. Oder von einer Kanadierin vielleicht?«

»Ich bin halb Amerikanerin, halb Britin«, erwiderte Clarissa gerade lächelnd, als die Bedienung mit ihren Getränken kam. »Und ich bin hier zu Besuch bei meinen Großeltern, zunächst einmal auf unbestimmte Zeit, könnte man sagen«, fuhr sie fort, als sie wieder allein waren. »Und Sie? Ich habe Sie hier noch nie gesehen.«

»Ich besuche auch nur einen Klienten.«

»In welcher Eigenschaft?«

»Ich bin Rechtsanwalt und kümmere mich um die juristischen Belange der Landbevölkerung, was leider ziemlich langweilig ist.«

»Ich hätte nicht gedacht, dass das unbedingt so sein muss. Mögen Sie denn Ihre Arbeit nicht?«

»Manchmal ist sie gar nicht mal so übel.«

»Gibt es etwas anderes, was Sie lieber täten?«

Er senkte den Blick und rührte seinen Tee um.

»Erzählen Sie es mir«, beharrte sie, weil ihre Neugierde wieder einmal die Oberhand gewann.

Nachdem er den Löffel ordentlich auf der Untertasse abgelegt hatte, sah er Clarissa ein wenig schüchtern an. »Versprechen Sie mir, nicht zu lachen?«

»Hand aufs Herz.«

»Ich wäre liebend gerne Schauspieler geworden, aber meine Eltern wollten natürlich nichts davon hören. Es war etwas äußerst Unpassendes in ihren Augen.«

Clarissa lag schon die Bemerkung auf der Zunge, dass sie eine berühmte amerikanische Schauspielerin kannte, aber sie hielt sich zurück, weil sie nicht wie eine Angeberin klingen wollte.

Effie und Ellis waren am selben Tag, an dem Deutschland in Polen eingefallen war, an Bord der *Belle Étoile* nach Amerika zurückgekehrt. Effie hatte Clarissa geschrieben und ihr von der schrecklich düsteren Atmosphäre während der Überfahrt erzählt, die sich in allgemeine Erleichterung verwandelte, als sie New York erreichten.

Es macht mir Sorgen, dass du dort in England festsitzt, hatte Effie geschrieben. *Du hättest mit uns heimfahren sollen. Jetzt kannst du dort nicht mehr weg, bis der Krieg vorbei ist, egal, wie lange er auch dauern mag.*

Ich mache mir auch Sorgen um Artie. Ich weiß nicht, warum er diesen blöden Job als Kriegsberichterstatter in Europa an-

nehmen musste, obwohl er doch auch hier in Amerika als Reporter tätig sein könnte. Ich weiß nicht, warum er den Helden spielen muss, indem er dortbleibt. Es sei denn, er tut's, damit Ellis sich wie ein Feigling vorkommt, weil er nach Hause zurückgekehrt ist.

Bitte schreib mir bald, um mich zu beruhigen, dass du wohlauf und sicher bist. Und berichte mir alles, was du dort so treibst! Ich hatte sehr viel Spaß an deinem letzten Brief, in dem du von der wunderbaren Mrs Cook schriebst, die dir das Stricken beigebracht hat. Glaubst du, das könnte ihr auch bei mir gelingen? Dazu würde sie allerdings die Geduld einer Heiligen benötigen!

Habe ich dir schon erzählt, dass man mir die Rolle einer Nonne in einem Film mit Robert Montgomery angeboten hat? Was für ein Brüller! Ich als Nonne! Ellis findet es umwerfend komisch und sagt, es sei der schlimmste Fall von Fehlbesetzung, von dem er je gehört hat. Das macht mich jedoch höchstens noch entschlossener, die Rolle anzunehmen. Ich werde die beste Nonne sein, die er je gesehen hat!

Liebste Clarissa, du fehlst mir mehr, als ich mit Worten sagen kann. In jenen wenigen Tagen, die wir zusammen verbracht haben, habe ich gespürt, dass du jemand bist, zu dem ich völlig aufrichtig sein kann. Bei allen anderen muss ich vorgeben, etwas zu sein, was ich nicht bin.

Tausend Küsse für dich, meine Liebe!
Effie

PS Eine Freundin von mir zu sein ist nicht immer leicht – frag Ellis! –, aber bleib bitte mit mir in Verbindung!

Clarissa liebte Effies Briefe, die sich jedes Mal so lasen, als wären sie mit halsbrecherischer Geschwindigkeit und ohne einen Moment zu verlieren geschrieben worden.

»Wahrscheinlich denken Sie das Gleiche«, sagte der blonde Mann, als Clarissa einige Zeit geschwiegen hatte.

»Absolut nicht!«, erwiderte sie schnell, als ihr wieder einfiel, was er gesagt hatte. »Ich musste nur gerade an jemanden denken, den ich erst seit Kurzem kenne. Und wenn es etwas gibt, was Sie wirklich tun wollen, kann ich Ihnen nur raten, sich von niemandem beeinflussen zu lassen und es zu tun.«

Er starrte sie verwundert an und runzelte die Stirn, als hätte ihm noch nie jemand so etwas gesagt. »Sie meinen, ich soll auf Konventionen und all das pfeifen?«

»Oh, vor allem darauf!«

Er lachte kurz. »Vielleicht ist einer der vielen Unterschiede zwischen euch Amerikanern und uns Briten, dass ihr draufgängerischer seid.«

Sie lächelte. »So würde ich das nicht nennen, aber ich zum Beispiel bin entschlossen, mein Leben nicht nur halbherzig zu leben, bloß um mich an einen vermeintlich richtigen Weg zu halten.«

Er schüttelte den Kopf. »Was für eine wunderbar beherzte junge Frau Sie sind! Würden Sie mir die große Freude machen, mir Ihren Namen zu nennen?«

Entzückt von seiner Förmlichkeit, antwortete sie: »Ich bin Clarissa. Clarissa Allerton. Und Sie sind …?«

Er reichte ihr die Hand. »Mein Name ist Arthur Willet, und ich bin sehr erfreut, Ihre Bekanntschaft zu machen.«

Erst als sie ihren Tee getrunken hatten und sich anschickten, die *Primrose Tearooms* zu verlassen, wurde die ganze Zufälligkeit ihrer Begegnung offensichtlich – der Mandant, zu dem Arthur Willet unterwegs war, und das zum ersten Mal, war kein anderer als Clarissas Großvater!

Eine Woche nach seinem Besuch in Shillingbury Grange schrieb Arthur an Clarissa und bat sie um ein Wiedersehen. Sie stimmte zu, und in der Woche darauf holte er sie in seinem Wagen ab, einem schwarzen Morris 8, und fuhr mit ihr nach Bury St. Edmunds. Es war ein kühler, aber sonniger Herbstnachmittag, der zu einem Spaziergang durch die Gärten der Abtei einlud. Arthur äußerte Erstaunen, als sie sagte, sie sei noch nie in Bury St. Edmunds gewesen, von den Ruinen der Abtei ganz zu schweigen.

»Ich hatte einfach noch keine Zeit für Ausflüge, weil ich so beschäftigt bin«, erklärte sie. »Und es gab auch niemanden, mit dem ich die Umgebung hätte erforschen können«, fügte sie hinzu.

»Wenn dem so ist«, erwiderte er, »werde ich Ihr Führer sein, falls Sie es mir erlauben, und Ihnen eine etwas gekürzte Version der Geschichte dieser Stadt erzählen. Aber wenn ich Sie langweile, müssen Sie es mir sagen.«

Später gingen sie auf einen Drink in das *Angel Hotel*. Es war, als gerieten sie in ein Meer aus Airforce-Blau, und Arthur brauchte eine ganze Weile, um sich durch die Menge der Luftwaffenangehörigen zu drängen, um bedient zu werden. Als sie endlich ihre Getränke hatten, zogen sie sich in eine Ecke zurück und setzten sich. Hin und wieder machten laute Trinksprüche und brüllendes Gelächter ein Gespräch unmöglich. Da Clarissa spürte, dass Arthur die Wahl des Ortes bereute, tat sie ihr Bestes, um ihm zu zeigen, dass es ihr hier gefiel und sie sich amüsierte. Und beides stimmte sogar. Für sie war es eine ziemliche Neuheit gewesen, Shillingbury zu verlassen und den Nachmittag mit jemandem zu verbringen, der über ein so umfangreiches Wissen über die Stadt und ihre Geschichte verfügte, die bis ins siebte Jahrhundert zurückging. Damals war eine kleine religiöse Gemeinschaft an der Stelle gegründet worden, an der noch heute die Abteiruinen standen.

Während Arthur sein Glas Whisky mal in die eine Richtung, mal in die andere drehte, ohne den Blick seiner traurigen blaugrauen Augen zu erheben, dachte Clarissa plötzlich, wie verloren er wirkte. Sein Bestreben zu gefallen war genauso groß wie seine Angst, sie zu enttäuschen.

Als er sich nach einer Weile zu entspannen schien, bat Clarissa ihn, ihr etwas über seine Familie und seine Berufswahl zu erzählen.

»Mein Vater war Richter, und deshalb wurde von mir erwartet, auch einer zu werden«, antwortete er. »In dieser Hinsicht habe ich sie schwer enttäuscht. Mutter ist der Meinung, ich hätte mich mit dem Zweitbesten begnügt.«

»Ich bin mir sicher, dass das nicht wahr ist«, sagte Clarissa und dachte, dass *Mutter* ihre Meinung besser für sich behalten sollte! »Und was sagt Ihr Vater?«

»Er lebt nicht mehr. Er hatte ein schwaches Herz. Aber sprechen wir doch nicht über mich, ich bin viel mehr an Ihnen interessiert. Erzählen Sie mir alles über sich und Ihre Familie.«

Und das tat sie.

»Verglichen mit Ihnen habe ich ein sehr ruhiges Leben geführt«, bemerkte er mit unsicherer Stimme, als sie ihre Erzählung beendet hatte, und leerte sein Glas Whisky in einem Zug. »Doch ich hoffe, dass sich das binnen Kurzem ändern wird, da ich den Entschluss gefasst habe, zur Luftwaffe zu gehen.« Sehnsüchtig warf er einen Blick zu der Bar und den Männern in ihren schicken Uniformen hinüber, bevor er sich wieder Clarissa zuwandte »Doch zunächst einmal verbringe ich eine wunderbare Zeit mit einer schönen Frau, die hoffentlich zu einem Wiedersehen mit mir bereit ist«, sagte er.

»Ich denke schon, dass sie das ist«, erwiderte Clarissa lächelnd.

Sie trafen sich noch zweimal, bevor Clarissa zu argwöhnen begann, dass Arthur mehr als nur Freundschaft von ihr wollte. Doch das war das Einzige, wozu sie bei ihm bereit war, wie sie nun in ihrem Herzen wusste.

Clarissa hatte einen grauenvollen Nachmittagstee mit ihm und seiner ebenso grauenvollen Mutter verbracht – einer dominanten Frau, die nicht einmal versucht hatte, ihre Aversion gegen Clarissa zu verbergen. Nachdem Arthur sie heimgebracht hatte, winkte sie ihm mit einem Gefühl der Erleichterung zum Abschied zu. Sie hatte ihren Entschluss gefasst und würde ihn nicht wiedersehen.

An jenem Abend, als sie Thomas und Walter eine Gutenachtgeschichte vorlas – die Jungen verstanden inzwischen genug Englisch –, unterbrach Thomas sie mit der Frage, wann sie Mr Willet heiraten würde.

»Du liebe Güte!«, rief sie aus. »Wie kommst du denn darauf, Tommy?«

»Weil … weil du so viel Zeit mit ihm verbringst anstatt mit uns. Hast du ihn sehr gern?«

»Er ist nur ein Freund«, sagte Clarissa entschieden. »Und ich verspreche euch, dass ich ihn *nicht* heiraten werde.«

»Und Ellis?«

»Was ist mit Ellis?«

»Magst du ihn lieber als Mr Willet?«

»Ja«, erwiderte sie schlicht.

»Und Artie?« Diese Frage kam von Walter, der sie mit seinen großen, traurigen Augen beunruhigt anschaute.

»Den mag ich auch. Soll ich jetzt mit der Geschichte fortfahren?«

Ohne darauf einzugehen, sagte Walter: »Aber wen wirst du denn nun heiraten?«

»Vielleicht überhaupt niemanden. Oder vielleicht will mich ja auch niemand heiraten? Habt ihr das schon mal bedacht?«

»Aber du wirst heiraten, das weiß ich, und dann wirst du uns verlassen. Und ich will nicht, dass du uns verlässt. *Niemals!*«

»Ach, Walter«, sagte sie und nahm den kleinen Jungen in die Arme, »solange ihr mich braucht, werde ich euch nicht verlassen, und das ist ein Versprechen.«

Sie hatten noch immer nichts von den Eltern der Jungen gehört. Thomas wartete oft schon in der Diele, wenn der Postbote erwartet wurde. Clarissa hatte versucht, ihm zu erklären, dass England sich jetzt im Krieg mit Deutschland befand und es daher unmöglich war, Briefe zu schicken. Sie wusste zwar nicht, ob das wirklich stimmte, aber Thomas akzeptierte die Erklärung.

Falls die beiden Jungen bezweifelten, dass sie ihre Eltern je wiedersehen würden, sprachen sie nicht darüber, und Clarissa wollte ganz bestimmt nicht diejenige sein, die ihre Hoffnungen zerstörte. Und sie wollte auch nicht, dass sie befürchteten, ausgerechnet Arthur Willet sei eine Bedrohung für den sicheren Hafen, den sie hier gefunden hatten.

Nachdem sie den beiden einen Gutenachtkuss gegeben hatte, ging sie hinunter. Charles und Lavinia saßen im Wohnzimmer und hörten Radio. Es wurde immer mehr von Lebensmittelrationierungen gesprochen. Alle wussten, dass es weniger darum ging, *ob* es Rationierungen geben würde, sondern vielmehr, *wann* es so weit sein würde. Der Gedanke an all die Vorräte, die Mrs Cook gehortet hatte, hätte Clarissa eigentlich beruhigen müssen, doch so war es nicht. Die Lebensmittelvorräte flößten ihr höchstens Schuldgefühle ein, weil sie so viel hatten, während andere vielleicht sehr wenig oder gar nichts besaßen. »Es ist das, was jeder vernünftige Mensch getan hätte«, hatte Mrs Cook geantwortet, als Clarissa ihre Bedenken bezüglich ihrer Hamsterkäufe geäußert hatte.

Als Charles seine Enkelin hereinkommen sah, räusperte er sich und legte die Zeitung weg, in der er las. »Ich habe nachgedacht«, sagte er. »Es wird Zeit, dass wir mehr tun, um zu helfen. Aber an diesen verdammten Rollstuhl gefesselt, bin ich leider so gut wie nutzlos.«

»Sag das nicht, Liebling«, bat Lavinia und stand auf, um das Radio abzustellen.

»Aber es ist doch wahr!«, entgegnete er und hieb mit der Faust auf die Lehne seines Stuhls.

»Und worüber hast du nachgedacht?«, fragte Clarissa ruhig, weil sie wusste, wie unklug es war, ihrem Großvater zu widersprechen.

»Wir haben so viel Land um uns herum«, sagte er. »Einen Garten, den wir fast nicht nutzen, und eine Wiese, auf der außer Gras nichts wächst. Das Land sollte dazu benutzt werden, Gemüse und vielleicht sogar Getreide anzubauen.« Er zeigte auf die weggelegte Zeitung. »Falls es den Deutschen gelingt, den Atlantik zu blockieren, und dadurch keine Handelsschiffe mehr zu uns durchkommen, wird es nicht genug zu essen für uns alle geben. Das ist der Sachverhalt. Es bleibt unserem Land also gar nichts anderes übrig, als unsere eigenen Nahrungsmittel anzubauen, so, wie sie es im Radio und in den Zeitungen gesagt haben.«

»Aber Jimmy tut doch eh schon im Garten sein Bestes«, wandte Lavinia ein. »Viel mehr als das kann er nicht schaffen.«

»Wir müssen in größeren Dimensionen denken. Wir könnten hier eine ertragreiche Gärtnerei haben. Sieh mich nicht so an, Lavinia; ich hab nicht den Verstand verloren. Ganz im Gegenteil. Ich habe nichts anderes zu den Kriegsanstrengungen beizutragen als das Land, das ich besitze, was derzeit gar nichts einbringt. Mit ein bisschen Mühe oder vielmehr sehr viel Mühe könnten wir wirklich etwas Positives damit anfangen.«

Während Lavinia schockiert zuschaute, setzte Clarissa sich in den Sessel neben ihrem Großvater. »Wie würden wir denn ganz allein die viele Arbeit leisten?«, fragte sie. »Ich bin bereit, zu lernen und so viel zu tun, wie ich kann, aber meine Möglichkeiten haben ihre Grenzen.«

»Wir müssten einige dieser Landarbeiterinnen bekommen. Oder vielleicht auch einen Flüchtling. Wie ich hörte, sind sie gute Arbeiter.«

»Und wo sollen sie wohnen?«, fragte Lavinia händeringend.

»Da wären die Scheune und die Nebengebäude, die voller Gerümpel sind, das schon vor Jahren hätte beseitigt werden müssen.«

»Wir können ihnen doch nicht zumuten, in der Scheune zu leben, Charles! Dort wird es ganz sicher Ratten geben.«

»Da wären ja auch noch die Dachkammern«, sagte Clarissa, die sich allmählich für die Idee ihres Großvaters erwärmte. »Wir könnten sie ausräumen, was ich gern selbst übernehmen werde. Jimmy und Lily können mir dabei helfen. Und vergesst nicht Thomas und Walter, die auch mit anfassen können. Ich bin mir sicher, dass Thomas sogar sehr gut mit einem Pinsel umgehen könnte.«

»Ihr beide seid ja vollkommen verrückt geworden«, sagte Lavinia leise.

Charles lächelte jedoch nur und drückte Clarissas Hand. »Wir sind verrückt, total verrückt, wir zwei, nicht wahr? Aber besser das, als durch diesen verdammten Hitler zu verhungern!«

Kapitel Siebenunddreißig

Shillingbury Grange
Shillingbury, Suffolk
11. Mai 1940

Liebste Effie,
es ist schon eine Weile her, seit ich dir geschrieben habe, und meine einzige Entschuldigung ist, wie schwer beschäftigt wir hier alle sind.
Hättest du Shillingbury Grange vor sechs Monaten gesehen, würdest du es jetzt nicht wiedererkennen; der Garten beispielsweise ist vollkommen verändert. Aber nicht nur der Garten, sondern ganz Shillingbury ist umgewandelt worden – jeder, der dazu in der Lage war, hat seinen Garten umgegraben und Gemüse angepflanzt. »Graben für den Sieg«, *lautet unser aller Motto!*
Selbst Charles hat sich so sehr verändert, dass er kaum noch wiederzuerkennen ist, und verbringt so viel Zeit, wie er nur kann, im Garten. Hin und wieder beklagt er sich, dass er nicht genug tut, um zu helfen, weil er ja an den Rollstuhl gefesselt ist. Doch ich sage ihm immer wieder, dass er der Kopf hinter allem ist, was wir hier tun. Er ist auch derjenige, der sich mit dem Papierkrieg mit dem Ministerium für Ernährung herumschlagen muss. »Ministerium für dies und Ministerium für das!«, beklagt er sich. »Bald wird es so weit sein, dass wir

nicht mal mehr niesen dürfen, ohne vorher eine verdammte Genehmigung von irgendeinem verdammten Ministerium einzuholen!«

Das Treibhaus ist restauriert, und Jimmy hat sogar einen Weg für Charles angelegt, damit er ohne Hilfe in seinem Rollstuhl zu diesem Teil des Gartens fahren kann – er ist nämlich zuständig für die Pflanzen, die er dort drinnen aus den Samen zieht, was eine relativ leichte Aufgabe für ihn ist.

Jimmy ist inzwischen beim Fliegeralarm und unser hiesiger Luftschutzwart. Er hat an drei Nächten in der Woche Dienst und hält uns sehr zu unserer Belustigung regelmäßig Vorträge darüber, wie wichtig es ist, sich an die Verdunkelungsvorschriften zu halten – als müssten wir erst daran erinnert werden!

Was mich betrifft, verbringe ich so viel Zeit wie möglich mit Umgraben, Unkrautjäten und der Hoffnung, dass alles wächst und gedeiht, was wir angepflanzt haben. Übrigens biete ich einen unvergesslichen Anblick in meinem schäbigen Overall, den Gummistiefeln und dem Kopftuch, das ich bei der Arbeit trage. Glamourös ist etwas anderes, Effie! Sogar Lavinia zieht ein Paar Stiefel an und hilft mit, was ich nie für möglich gehalten hätte. Wir haben Kartoffeln, die in ordentlich gezogenen Pflanzgräben schon sehr schön aus dem guten Boden sprießen, und natürlich haben wir auch Zwiebeln, Kohl und Möhren angebaut. Zwei junge Burschen aus dem Dorf kommen hin und wieder, um zu helfen, doch beide wollen zum Militär gehen, sobald sie achtzehn sind oder für dieses Alter durchgehen können. Das wird dann das Ende ihrer Unterstützung sein.

Charles' ursprünglicher Plan, die ganze Wiese umzupflügen und Zuckerrüben anzupflanzen, wurde vorerst aufgescho-

ben, was mich insgeheim sehr freut, weil es bedeutet, dass Thomas, Walter und ich auch weiterhin dort spazieren gehen können. Gestern war es warm genug, um ein Picknick zu veranstalten, und während die Jungen Verstecken spielten, lag ich im Gras und lauschte dem Gesang der Lerchen. Ich war kurz davor einzunicken, als das Vogelgezwitscher von dem ohrenbetäubenden Dröhnen einer Staffel Wellington-Bomber übertönt wurde, die in perfekter Formation über uns hinwegflogen. Es war so ein aufregender Anblick, dass ich beim Zählen der Maschinen durcheinanderkam. Wir sind inzwischen erstaunlich abgestumpft, was die vielen Flugzeuge am Himmel angeht. Aber ich muss schon sagen, dass die in Shillingbury stationierten Flieger der RAF einen sehr schneidigen und feschen Anblick bieten!
Seit Anfang März lebt ein polnischer Flüchtling bei uns auf dem Gut. Er heißt Leon und ist ein ausgesprochen fleißiger und hart arbeitender Mann, was vor allem Charles sehr an ihm schätzt. Leon ist aber auch ein schrecklich schüchterner junger Mann mit feinen, empfindsamen Gesichtszügen, der vor seiner Flucht aus Polen Ingenieurwesen studiert hatte. Kurz bevor die Deutschen einfielen, sorgten seine Eltern dafür, dass er Polen verließ, und seitdem hat er nichts mehr von ihnen gehört. Er ist überzeugt, dass sie entweder tot oder in einem dieser schrecklichen Lager sind, von denen wir gehört haben, in denen sie Juden internieren und ganz abscheulich mit ihnen umgehen. Dank seiner ländlichen Herkunft hat Leon sehr viel praktische Erfahrung mit Gemüseanbau und Reparaturen. Ich weiß nicht, was wir hier ohne ihn täten. Thomas und Walter haben ihn sehr ins Herz geschlossen und bringen ihm schon all die mundartlichen Ausdrücke East Anglias bei, die sie von Jimmy und Mrs Cook gelernt haben. Am

lustigsten finde ich, wenn Mrs Cook zu Walter sagt, er habe Ameisen in der Hose. Das bedeutet, dass er zappelig ist und nicht still sitzen kann.

Lily ist noch bei uns, doch ich befürchte, dass sie sich mit dem Gedanken trägt, bei uns zu kündigen, um irgendeine Art von Kriegsarbeit zu leisten. Ich kann es ihr nicht verübeln, aber ich hoffe dennoch, dass sie nicht fortgeht, da ich sie sehr vermissen würde. Unter uns gesagt, würde ich mich freuen, wenn Leon und sie zueinanderfinden würden …

Wir haben inzwischen auch einige Hühner, die wir von Brian Coddling, einem benachbarten Farmer, geschenkt bekommen haben. Es ist die Aufgabe der Jungen, sie zu betreuen, sie jeden Morgen zu füttern und ihren Stall zu reinigen, bevor sie sich auf den Weg zur Schule machen. Mrs Cook ist hocherfreut über die Eier und hat sich dem Problem der Lebensmittel-Rationierung mehr als gewachsen gezeigt – irgendwie schafft sie es, uns alle satt zu bekommen, ohne sich jemals zu beklagen.

Letzte Woche habe ich von den Anwälten in Boston gehört. Nach dem Datum und Poststempel des Briefes zu urteilen, kam er mit fast zweimonatiger Verzögerung. Das ist jedoch nicht überraschend, wenn man bedenkt, was auf dem Atlantik vor sich geht, wo deutsche U-Boote nicht nur die Schiffe der Alliierten torpedieren, sondern auch neutrale Schiffe angreifen und zahllose unschuldige Menschen töten. In dem Brief teilten die Anwälte mir mit, dass Grandma Ethels Angelegenheiten nun abgeschlossen sind und ich als ihre Alleinerbin jetzt … Na ja, sagen wir einfach, dass ich nach wie vor unter Schock stehe. Irgendwie hatte ich wohl schon immer gewusst, dass die Familie meines Vaters recht wohlhabend gewesen war, aber dieses Erbe geht weit über alles hinaus, was ich mir jemals vorgestellt hatte. Allerdings haben mir meine Anwälte geraten, den Großteil des Geldes einfach in Amerika zu lassen, wo es ihrer Meinung nach sicherer ist als hier in England.

Von Artie habe ich schon seit Wochen nichts mehr gehört – und du? Ich hoffe doch, dass es ihm gut geht, und vermisse seine Briefe sehr. Der letzte, den ich von ihm erhielt, kam aus Paris. Nachdem die Deutschen in Dänemark und Norwegen eingedrungen sind und jetzt auch noch Holland und Belgien von ihnen angegriffen werden, sind wir hier alle sehr besorgt um Frankreich. Ich hoffe, dass Artie noch von dort wegkommt, bevor irgendetwas Schreckliches geschieht.

Schreib mir, sobald du kannst, Effie, du ahnst gar nicht, wie sehr mich deine Briefe und Neuigkeiten erfreuen. Ich war begeistert, als ich las, dass du mit Robert Montgomery arbeitest! Ich bin mir der Gefahr bewusst, dass unsere Briefe auf dem Grund des Atlantiks enden könnten, doch wie Mrs Cook sagt, müssen wir so normal wie möglich weiterleben, denn sonst verlieren wir noch den Verstand. Also schreib mir bitte!

In Liebe,
Clarissa

PS Über all den Neuigkeiten, die ich dir erzählen musste, habe ich fast die wichtigste vergessen: Seit gestern ist Winston Churchill unser Premierminister, und man ist hier allgemein der Ansicht, dass er der richtige Mann ist, um diesen Hitler in seine Schranken zu verweisen. Sogar Charles, der nur selten etwas Gutes über Politiker zu sagen hat, ist voller Optimismus, dass Churchill die Lage retten wird. Hoffentlich behält er recht!

The Plaza Hotel
768 5th Avenue
New York
18. April 1940

Liebe Clarissa,
ist es nicht unglaublich, dass schon ein Jahr vergangen ist, seit wir uns begegnet sind? Und was sich alles für dich in dieser Zeit verändert hat! Bei jedem deiner Briefe stockt mir der Atem vor Bewunderung über alles, was du auf dich genommen hast. Du bist wirklich eine Inspiration, Clarissa!
Was wir hier über die Ereignisse in Europa hören, lässt mir das Blut in den Adern gefrieren. Warum muss es so viel Böses geben auf der Welt? Es ist beängstigend, es auszusprechen, aber bei der Geschwindigkeit, mit der sich die Dinge dort drüben entwickeln, wird kein Land in Europa übrig bleiben, das sich nicht im Krieg befinden wird. Ich habe von der schrecklichen Lebensmittel-Rationierung gelesen, die ihr gerade durchmacht, und wenn ich dir irgendetwas schicken kann, brauchst du es mir nur zu schreiben.
Du wirst nie erraten, wem ich im vergangenen Monat begegnet bin – niemand anders als Marjorie Boyd-Lambert! Ich war gerade am Hafen gewesen, um die grandiose Queen Elizabeth *nach ihrer geheimen Jungfernfahrt über den Atlantik hier in New York einlaufen zu sehen. Man mag sich gar nicht vorstellen, wie dieses prachtvolle Passagierschiff sich im Zickzackkurs von England über den Atlantik in Sicherheit brachte, während deutsche U-Boote unter der Wasseroberfläche lauerten. Natürlich fand hier eine große Willkommensfeier für das Schiff statt. Aber ich muss gestehen, dass mir schwer ums Herz wurde, ein solch wundervolles Schiff ganz*

mit grauer Kriegsschifffarbe bemalt zu sehen. Die Queen Elizabeth *liegt jetzt neben ihrer Schwester, der* Queen Mary, *der* Normandie *und unserer lieben alten Freundin* Belle Étoile. *Stell dir nur mal den majestätischen Anblick vor, den diese Schiffe im New Yorker Hafen bieten!*
Als ich mich gerade anschickte, den Kai zu verlassen, entdeckte ich Marjorie und konnte nicht widerstehen, zu ihr hinüberzugehen, um Hallo zu sagen. Der entsetzte Ausdruck auf dem miesepetrigen Gesicht dieser alten Ziege war unbezahlbar. Sie war mit ihrem Ehemann da, den sie mir nur widerstrebend vorstellte. Er tat mir richtig leid, der arme Mann, der wie eine von einem Skorpion in die Ecke gedrängte schüchterne kleine Maus aussah! Ich habe beide auf einen Drink ins Plaza *eingeladen, wo ich bis auf Weiteres wohnen werde – bis auf Weiteres, weil ich immer noch versuche, das ideale neue Heim zu finden, und mich nicht entschließen kann, wo ich sein will. Deshalb ist das* Plaza *erst mal mein Zuhause. Wer weiß, ob ich dort überhaupt je ausziehen werde! Aber wie dem auch sei, während Mr Boyd-Lambert geneigt schien, meine Einladung anzunehmen, wollte Marjorie nichts davon hören. Sie ergriff seinen Arm und erklärte, sie hätten schon eine Verabredung. Ich möchte wetten, dass sie nichts dergleichen hatten, doch wen interessiert das schon?*
So, und jetzt habe ich genug geplappert und muss den Brief in einen Umschlag stecken und zur Post bringen, wobei ich beten werde, dass er dich nicht nur erreicht, sondern dich auch bei guter Gesundheit und wohlauf antrifft.

Mit lieben Grüßen,
Betty

San Antonio,
Texas
20. April 1940

Liebe Clarissa,
wer weiß, ob dieser Brief dich irgendwann erreicht, aber wenn ja, wirst du dich über die Nachricht freuen, dass ich eurem Beispiel folge – wenn Artie und du etwas Sinnvolles tun könnt, kann ich das ja wohl auch! Also lass dich beeindrucken: Ich nehme in Texas an einem Ausbildungsprogramm für Piloten teil und werde in sechs Monaten meinen Abschluss machen. Wer weiß, vielleicht lande ich ja sogar in Europa und bombardiere dieses verdammte Hitler-Deutschland auf direktem Wege in die Hölle!
Pass auf dich auf,
Ellis

PS Danke für deinen letzten Brief – warum strickst du nicht auch mir ein Paar Socken? Das ist das Mindeste, was du tun könntest, finde ich.

Gnade Gott den Deutschen!, dachte Clarissa schmunzelnd, nachdem sie Ellis' kurzen Brief gelesen hatte, der zusammen mit Bettys mit der zweiten Post des Tages gekommen war.

Clarissa gönnte sich gerade eine kleine Pause von der Arbeit im Garten und trank eine wohlverdiente Tasse Tee in der Küche, die erfreulich still und leer war. Mrs Cook hatte ihren freien Nachmittag, und Lily machte oben sauber. Lavinia war im Gemeindesaal bei einer Sitzung des Women's Institute, des Vereins zur Förderung der Rechte der Frauen, dem sie erst kürzlich beigetreten war. Virginia Charlbury hatte nämlich ihr

Amt als Präsidentin aus bisher noch unbekannten Gründen niedergelegt, die alle mit großer Neugierde erfüllten. Charles hielt sich im Wohnzimmer auf, wo er Papiere mit Arthur Willet durchging.

Als Clarissa anfangs auf Distanz zu Arthur gegangen war, hatte er unbedingt von ihr wissen wollen, was er falsch gemacht habe. »Du hast gar nichts falsch gemacht«, hatte sie gesagt und ihm erklärt, dass sie beim besten Willen keine Zeit für einen Flirt aufbringen konnte, solange ihre Großeltern sie brauchten. Aber er hatte ihre Erklärung mit dem Hinweis abgetan, dass sie auch sehr gut zurechtgekommen waren, als sie sich noch nicht in Shillingbury aufgehalten hatte. Verärgert darüber, so bedrängt zu werden, hatte sie erwidert, dass nun, da Krieg herrschte, die Dinge anders lagen und ihre Zeit im Übrigen ihre eigene war und sie vor niemandem rechtfertigen musste, was sie damit anfing. Ihre Zurückweisung schien ihn so tief getroffen zu haben, dass er ärgerlich die Lippen geschürzt hatte und gegangen war, ohne sich zu verabschieden.

Eine Woche später schrieb er ihr, um sich für sein unfeines Benehmen zu entschuldigen, und fügte höflich hinzu, dass sie selbstverständlich Freunde bleiben würden. Trotzdem versuchte Clarissa gewöhnlich, nicht im Haus zu sein, oder sorgte dafür, dass sie im Garten zu tun hatte, wenn Arthur Charles besuchte. Das letzte Mal hatte sie jedoch nicht so viel Glück gehabt und ein Gespräch mit ihm ertragen müssen. Bei der Gelegenheit hatte er ihr von seiner Enttäuschung darüber erzählt, dass er von der RAF nicht angenommen worden war, weil er den medizinischen Anforderungen nicht genügte. »Wie sich herausstellte, habe ich das schwache Herz meines Vaters geerbt«, hatte er bedrückt gesagt. »Mein verflixtes Pech wie immer!«

Als Clarissa nun Stimmen im Eingangsbereich hörte und Arthurs Besprechung mit ihrem Großvater anscheinend beendet war, ging sie zur Spülküche und von dort zu der Terrasse hinter dem Haus, auf der sie ihre Stiefel zurückgelassen hatte. Sie zog sie rasch über und trat dann ebenso schnell den Rückzug in den Garten zu Leon und Jimmy an, bevor Arthur sich auf die Suche nach ihr machte.

Kapitel Achtunddreißig

Shillingbury Grange,
Suffolk
Juni 1940

In der ersten Juniwoche war der Sommer endlich richtig angekommen. Die Hausmauern waren von Rosen und Geißblatt bedeckt, wilder Kerbel und Maiglöckchen säumten die Landstraßen, und Glockenblumen, Schafgarbe, rote Lichtnelken, Malven und Fingerhut schossen überall, wo sie Fuß fassen konnten, aus dem Boden.

Es war Samstagnachmittag, und am Abend würde eine Tanzveranstaltung im Gemeindesaal stattfinden. Viele Mädchen waren schon ganz kribbelig von der Aussicht, mit den Fliegern des nahen Militärflugplatzes zu tanzen, und es wurde sehr viel Mühe darauf verwendet, den Saal für den Abend vorzubereiten. Niemand – nicht einmal Virginia Charlbury – wollte beschuldigt werden, all den Beteiligten nicht genug zu bieten. Ursprünglich war Virginia dagegen gewesen, die Flieger einzuladen, mit der Begründung, kein »unmoralisches Benehmen« fördern zu wollen. Sie hatte aber nachgegeben, als ihr klargemacht wurde, dass der Tanzabend ein dringend benötigter Stimmungsaufheller sein würde, besonders für die tapferen Piloten, die jedes Mal ihr Leben riskierten, wenn sie mit ihren Maschinen abhoben.

Die Stimmung war die gedrückteste, an die Clarissa sich erinnern konnte, seit sie sich im Krieg befanden. Der Abzug der alliierten Streitkräfte am vierten Juni aus Dünkirchen war ein bitterer Schlag gewesen, doch da Frankreich nun in unmittelbarer Gefahr zu sein schien, an Deutschland zu fallen, hatte Clarissa noch einen zusätzlichen Grund zur Sorge. Sie hatte immer noch nichts von Artie gehört und daher keine Ahnung, ob er noch als Kriegsreporter für CBS in Frankreich war oder ob er von anderswoher berichtete. Aber Unruhe und Sorge, wie Mrs Cook immer sagte, waren wie ein Schaukelstuhl, der sich vor- und zurückbewegte, ohne jemals irgendwohin zu gelangen. Das Gegenmittel, wie Clarissa nur zu gut wusste, war Beschäftigung.

Und so hatte sie den ganzen gestrigen Tag im Gemeindesaal verbracht, um bei einem gründlichen Frühjahrsputz vor dem Tanzabend zu helfen. Auch heute Morgen hatten Molly und sie sich freiwillig gemeldet, um die langen Tische aufzubocken und mit Tischtüchern zu versehen, bevor die Damen vom Women's Institute es am Nachmittag übernahmen, sie mit Feldblumensträußen zu schmücken und, was am allerwichtigsten war, Speisen und Getränke bereitzustellen.

Als Clarissa nun wieder zu Hause war und durch die Küche ging, konnte sie Lily scherzen hören, dass sie sich ganz groß in Schale werfen und sich bei dem Tanzabend einen Ehemann einfangen würde. »Das Problem ist nur«, sagte sie, »dass ich kein Kleid habe, das einem gut aussehenden Mann auffallen würde.«

»Ich leihe dir gern eins von meinen«, sagte Clarissa, als sie ihre Gasmaske an den Haken an der Tür hängte. »Wir haben ungefähr die gleiche Größe, also such dir einfach etwas aus.«

Lily blickte Clarissa erstaunt an. »Das kann ich nicht! Das geht doch nicht.«

»Natürlich kannst du es. Ich bestehe darauf. Solange es nur nicht das Kleid ist, das ich anziehen will«, fügte sie lächelnd hinzu.

»Einem geschenkten Gaul schaut man nicht ins Maul, Kind«, sagte Mrs Cook zu Lily. »Und da du nicht die Einzige sein wirst, die auf der Jagd nach einem Ehemann ist, solltest du dich besser auf Konkurrenz gefasst machen. Und ich will nichts von Streitigkeiten unter euch scharfkralligen Katzen hören!«, schloss sie streng und drohte Lily mit dem Finger.

Draußen vor dem Fenster waren Stimmen zu hören, und kurz darauf kam Leon mit Thomas und Walter herein. In Shorts und verstaubten Gummistiefeln standen die Jungen rechts und links von ihm und hatten ein breites Grinsen und auch so einige Schmutzflecken im Gesicht. Sie schienen beide irgendetwas hinter ihrem Rücken zu verbergen.

Um mitzuspielen, stemmte Clarissa die Hände in die Hüften und maß sie mit einem langen, prüfenden Blick. »Ihr seht aus, als führtet ihr nichts Gutes im Schilde«, sagte sie, aber sie kicherten nur unter ihrer strengen Musterung. »Was meinen Sie, Mrs Cook?«

»Ich würde sagen, sie sehen wie zwei *Heimlichtuer* aus«, erwiderte sie. »Durchtrieben und schuldbewusst wie zwei Kaninchen, die mit Karottenflecken auf der Brust erwischt wurden.«

Walter konnte nicht länger an sich halten und zog mit einer triumphierenden Bewegung etwas hinter seinem Rücken hervor, das sich als kleiner Eimer mit Kartoffeln erwies. »Schaut! Schaut her, was ich hier habe!«

Nun hielt auch Thomas ihnen seinen Eimer hin. »Leon hat

uns gezeigt, wie man sie ausgräbt«, erklärte er mit ernster Miene. »Man muss ganz vorsichtig sein, damit die Heugabel die Kartoffeln nicht beschädigt.«

»Gut gemacht, Jungs, und bravo, Leon!«, lobte Mrs Cook die drei, bevor sie sich bückte, um die Ausbeute zu inspizieren. Es waren die ersten Kartoffeln, die geerntet werden konnten, und von Form und Größe her ähnelten sie Hühnereiern. Leon hatte Clarissa gesagt, er fände es schön, wenn Thomas und Walter die Ehre hätten, die ersten der frühen Kartoffeln zu ernten.

»Sie werden wunderbar zu der Pastete passen, die ich zum Mittagessen zubereite«, sagte Mrs Cook. »Aber zuerst müssen sie gewaschen werden. Würdet ihr Jungs mir vielleicht gern dabei helfen?«

Thomas schüttelte den Kopf. »Leon sagt, wir könnten mit ihm noch mehr ausgraben, um sie zu verkaufen. Mit diesen müssen wir ganz besonders vorsichtig sein.«

»Aber nur, wenn es Ihnen recht ist, Miss Clarissa?«, warf Leon ein.

»Natürlich ist es mir recht«, antwortete sie und wünschte, er würde aufhören, sie »Miss« zu nennen. Doch egal, wie oft sie ihn schon gebeten hatte, es zu lassen, er weigerte sich beharrlich, die formelle Anrede aufzugeben. Sie nahm den Jungen die Eimer ab. »Ich werde diese kleinen Schmuckstücke selbst für Mrs Cook abwaschen.«

»Ja, aber bevor ihr drei wieder hinauslauft, setzt ihr euch an den Tisch, und ich stelle die *Betsey* für eine Tasse Tee auf«, sagte Mrs Cook. Sie umsorgte nicht nur Thomas und Walter wie eine Glucke, sondern verwöhnte auch Leon. Bei seiner Ankunft war er spindeldürr gewesen, aber trotz der Lebensmittelrationierung hatte Mrs Cook es geschafft, dass er ein paar Kilo zugelegt hatte. Auch eine Auswahl gebrauchter Kleidungsstücke war dank der freiwilligen Frauen-Vereinigung Women's Voluntary Service für ihn gefunden worden. Wenn er nicht seine Arbeitssachen für den Garten trug, verstand er es, sich sehr gut zu kleiden.

Als sie beim Tee und selbst gemachter Limonade für die Jungen saßen und Mrs Cook Lily wieder einmal damit aufgezogen hatte, dass sie sich bei dem Tanz einen Ehemann suchen wollte, fragte Lily Leon, ob er schon eine Verabredung für den Abend habe.

Sofort lief sein Gesicht rot an. »Ich werde nicht dorthin gehen«, sagte er leise.

»Warum denn nicht, wo doch fast jeder andere aus dem Dorf hingeht?«, erwiderte Clarissa.

Er sah sie schüchtern an, bevor sein Blick zu Lily glitt. »Ich habe niemanden, mit dem ich dorthin gehen kann. Und …«

»Und?«, ermutigte ihn Mrs Cook.

Er lächelte traurig. »Und ich kann nicht tanzen. Keinen Schritt.«

Lily lachte. »Das können die meisten Leute hier auch nicht, doch das wird keinen von ihnen davon abhalten hinzugehen.«

»Bitte überlegen Sie es sich noch einmal«, forderte Clarissa Leon lächelnd auf. »Ich bin mir sicher, dass Tanzen keine Pflicht sein wird.«

»Sofern es nicht ein neues Ministerium für dieses oder jenes gibt, das uns das Tanzen vorschreibt«, scherzte Mrs Cook mit einem warmherzigen Lachen.

Das Kleid, für das Clarissa sich entschieden hatte, war korallenrot und weder zu elegant noch zu schlicht für die Gelegenheit. Sie hatte eine ganze Weile darüber nachgedacht, was sie anziehen sollte, damit es so aussah, als hätte sie sich bemüht, aber nicht zu sehr. Das Kleid, das sie gewählt hatte, war eines der Tageskleider, die sie an Bord der *Belle Étoile* getragen hatte, und damals hatte Effie gesagt, dass ihr die Farbe sehr gut stehe. »Sieht Clarissa nicht bildhübsch aus in diesem Kleid?«, hatte sie Ellis gefragt.

»Spiel keine Spielchen mit mir«, hatte er unfreundlich erwidert.

Mit einem Ausdruck gespielter Unschuld im Gesicht hatte Effie erwidert: »Ich weiß nicht, was du meinst.«

»Und ob du das weißt! Wenn ich sage, es steht ihr, wirst du mir Durchtriebenheit vorwerfen, und wenn ich gar nichts sage, wirst du mir noch etwas weitaus Schlimmeres anlasten.«

»Wie was zum Beispiel?«

»Wie vorgetäuschte Gleichgültigkeit.«

»Gleichgültigkeit oder Durchtriebenheit sind nichts, was dir irgendeiner von uns zum Vorwurf machen könnte«, hatte Artie spöttisch eingeworfen. »Komm, Clarissa«, hatte er dann gesagt, »lass uns die beiden sich selbst überlassen und Wurfring spielen gehen.«

Nach mehr als einem Jahr, seit sie den Atlantik überquert und die drei kennengelernt hatte, wusste Clarissa noch immer nicht, was Ellis und Effie wirklich füreinander empfanden. Waren ihre Wortgefechte nichts weiter als ein raffiniertes Werben umeinander, bevor sie endlich akzeptierten, dass sie großartig zusammenpassten und das schon immer so gewesen war? Clarissa wäre wirklich überhaupt nicht überrascht, wenn sie eines Tages einen Brief von ihnen bekäme, in dem sie schrieben: *Stell dir vor, wir sind verheiratet!*

Mit einer leichten, cremefarbenen Stola und ihrem Gasmaskenbehälter über der Schulter, in dem sie auch ihren Lippenstift und ein Taschentuch untergebracht hatte, eilte sie ins Wohnzimmer hinunter, wo sie Charles und Lavinia mit gedämpfter Stimme sprechen hörte. Sie sprachen über sie. Und über Leon. Als sie merkten, dass sie im Zimmer war und wahrscheinlich ihre Worte gehört hatte, drehten sie sich abrupt zu ihr um.

»Bitte nicht«, sagte sie, als sie sie verlegen ansahen. »Ihr braucht euch wirklich keine Gedanken über Leons Absichten mir gegenüber zu machen.«

Lavinias Gesicht blieb ernst. »Wir wissen, dass viele Dinge sich dramatisch verändert haben durch diesen verflixten Krieg«, erwiderte sie. »Die normalen Verhaltensnormen scheinen der Vergangenheit anzugehören, aber hältst du es wirklich für klug, Leon zu bitten, mit dir ins Dorf hinunter- und zu dem Tanz zu gehen? Was werden die Leute denken?«

»Du solltest mich inzwischen gut genug kennen, um zu wissen, dass ich darauf pfeife, was die Leute denken«, sagte Clarissa, um einen gleichmütigen Ton bemüht. »Außerdem ist Leon gar nicht an mir interessiert; es ist Lily, für die er eine Schwäche hat.«

»Bist du sicher?«, fragte Lavinia.

»Ja, und deshalb möchte ich, dass er zu dem Tanz mitkommt und ein bisschen Zeit mit ihr verbringt. Es ist schade, dass sie zum Umziehen nach Hause gegangen ist, denn sonst hätte ich vorgeschlagen, dass er sie begleitet.«

Charles runzelte die Stirn. »Aber wäre es gut, wenn die beiden … wenn sie sich zu nahekämen?«

»Ich glaube, dass die Menschen das bisschen Glück, das sie in diesen schweren Zeiten vielleicht finden können, mit beiden Händen ergreifen sollten. Ich wünsche euch noch einen schönen Abend«, schloss sie lächelnd, bevor sie das Zimmer wieder verließ.

Leon erwartete sie in der Küche, wo Mrs Cook gerade die Schultern seines gebrauchten Jacketts mit einer Kleiderbürste bearbeitete. Seine Augen flehten Clarissa an, die Köchin zum Aufhören zu bewegen.

»Können wir gehen, Leon?«, fragte sie ihn.

Er nickte, doch sein Gesichtsausdruck war der eines Mannes, der vor einer Erfahrung stand, die weitaus schlimmer war als alles, was Mrs Cook je mit ihm anstellen könnte.

Es war ein schöner Abend, und als Clarissa und Leon die Straße zum Dorf hinuntergingen, erfüllten das helle, geschäftige Geschnatter von Spatzen, der muntere Gesang von Amseln und das leisere Gurren von Turteltauben die Stille zwischen ihnen.

Leon war ein zurückhaltender, wortkarger Mann, der wie Clarissa vollkommen zufrieden damit zu sein schien, das kameradschaftliche Schweigen zwischen ihnen aufrechtzuerhalten. Sie hatten inzwischen die Einfahrt zu Brian Coddlings Farm, der Shillingbury Farm, erreicht, als Clarissa beschloss, dass Leon seiner extremen Schüchternheit wegen vielleicht ein bisschen Ermutigung in Bezug auf Lily und diesen Abend brauchte. Sie wollte ihm gerade ein paar Ratschläge geben, als er sagte: »Glauben Sie, dass Lily es ernst gemeint hat, als sie sagte, sie hoffe, heute Abend einen Ehemann zu finden?«

Clarissa wählte ihre Worte mit Bedacht. »Alle Mädchen im Dorf werden heute Scherze darüber gemacht haben, sich einen Ehemann zu suchen, aber das ist nichts weiter als Gerede. In Wahrheit wollen sie sich nur vergnügen und womöglich auch einen Mann an ihrer Seite haben, der sie in den Armen hält oder sie vielleicht sogar küsst.«

Leon nickte und schien darüber nachzudenken. »Sie glauben also, das ist es, was Lily will?«

»Ja. Wenn der Tanzabend in Ihrem Dorf in Polen stattfände, wäre es dort nicht auch so? Würden die Mädchen sich dort nicht genauso verhalten?«

Er sah mit einem Mal sehr traurig aus, als wäre es zu schmerzlich für ihn, an zu Hause zu denken.

»Tut mir leid, das war sehr ungeschickt von mir«, sagte Clarissa schnell. »Sie vermissen Ihr Zuhause sicher sehr.«

»Ja. Ich vermisse meine Familie und meine Freunde. Aber Sie alle hier sind sehr, sehr nett zu mir. Das werde ich nie vergessen. Manchmal kann ich mir nicht einmal mehr vorstellen, dass ich je in mein Dorf zurückkehren werde. Wofür soll ich zurückkehren? Und wofür sollten der arme Thomas und Walter nach Berlin zurückkehren?«

»Das kann keiner von uns beantworten«, erwiderte Clarissa. »Wir können immer nur einen Tag nach dem anderen angehen.«

»Und den Moment leben. Denn das ist es doch, was alle sagen, nicht?«

»Es mag zwar seicht und oberflächlich erscheinen, doch was bleibt uns anderes übrig? Wir müssen leben, so gut wir können, und dürfen nicht die Hoffnung aufgeben.«

Er nickte wieder, und sie gingen schweigend weiter. Vor der Post blieb er stehen, um einen Brief aus seiner Jackentasche zu nehmen, den er dann kommentarlos in den Briefkasten fallen ließ. Clarissa fragte sich, wem er schreiben mochte, obwohl es sie eigentlich überhaupt nichts anging.

Um sieben Uhr, auf die Minute pünktlich zum Beginn der Tanzveranstaltung, trafen sie am Gemeindesaal ein. So groß war der Eifer aller, den Abend zu beginnen, dass bereits eine ansehnliche und geschwätzige Menge in der Eingangshalle wartete. Die Flieger und einige Angehörige des militärischen Ersatzdienstes für Frauen waren sehr deutlich zu erkennen in ihren schicken blauen Uniformen, die in krassem Gegensatz zu der Bekleidung der kleinen Gruppe junger Männer aus dem Dorf standen, die eindeutig schon bessere Tage gesehen hatte. Der krasse Gegensatz unterstrich auch die Tatsache, wie wenige junge Männer noch in Shillingbury waren; so viele Söhne, Brüder und sogar Väter waren zum Militär gegangen. In einem kleinen Dorf wie diesem würde ihr Fehlen, falls nicht alle zurückkehren sollten, schwer zu verkraften sein.

Clarissa lächelte, als sie auf der anderen Seite des Saals Lily bei einer Gruppe von Mädchen stehen sah, die alle ihr Kleid zu bewundern schienen, das aus blassgrünem Satin war und einen weiß abgesetzten Rundhalsausschnitt hatte. Doch wie bekomme ich den schrecklich schüchternen Leon dazu, zu Lily hinüberzugehen und mit ihr zu plaudern?, fragte Clarissa sich besorgt. Vielleicht wäre es ja leichter, wenn sie sich vorher ein bisschen Mut antrank …

»Mal sehen, was es dort drüben zu trinken gibt«, sagte sie zu Leon und zog ihn am Arm mit sich zu der provisorischen Bar, an der George Stamford von der hiesigen Metzgerei und Vera Hubbard aus der Bäckerei Getränke ausschenkten.

»Wir haben Holunderblüten- und Stachelbeerwein, Schwarzen-Johannisbeer-Likör, Rumpunsch oder Limonade«, sagte George zu Clarissa. »Aber vor dem Rumpunsch sollte ich Sie warnen, denn der hat es in sich und wird Sie bis nach Ipswich und wieder zurück versetzen!«

»Tja, dann bleibt mir wohl nichts anderes übrig, als herauszufinden, ob das stimmt«, erwiderte Clarissa fröhlich. »Und Sie, Leon? Werden Sie es riskieren? Sollen wir einfach nur mal den Moment genießen?«

Er zögerte. »Warum nicht?«, sagte er schließlich mit kaum mehr als dem Anflug eines Lächelns.

George Stamford hatte ihnen gerade die Getränke überreicht, als Lily zu ihnen herüberkam. »Nochmals vielen Dank für das Kleid. Ich bin mir noch nie so fein und wie 'ne richtige Lady vorgekommen. Die anderen Mädchen haben mich ausgelacht, weil ich die große Dame spiele.«

»Beachte sie nicht, Lily, du siehst wunderschön und elegant aus«, sagte Clarissa und dachte, wie erwachsen Lily plötzlich wirkte. »Sieht sie nicht entzückend aus, Leon?«

Er trank einen großen Schluck von seinem Punsch, bevor er antwortete. »Du siehst sehr hübsch aus, Lily«, sagte er dann.

Lily lachte. »Und du siehst auch gar nicht so übel aus.«

Der arme Mann errötete und trank einen weiteren Schluck von seinem Rumpunsch.

Clarissa nutzte den günstigen Moment. »Lily, warum nimmst du Leon nicht zu deinen Freundinnen mit und stellst ihn ihnen vor?«

Das ließ sie sich nicht zweimal sagen. »Na, komm schon, Leon«, meinte sie und ergriff seine Hand. »Du kannst meine Freundinnen begrüßen, und dann werden wir sehen, ob wir deine Tanzbeine nicht doch noch finden!«

Während Clarissa Leon und Lily nachsah, schlug die Band auf der erhöhten Bühne einen Ton an. Als Reaktion darauf brauste Beifall auf, und innerhalb kürzester Zeit war die Mitte des Saals mit Paaren gefüllt, die Foxtrott tanzten. Zu Clarissas

Freude waren Lily und ein verängstigt dreinschauender Leon eines dieser Paare. Vermutungen darüber anzustellen, wer die Initiative ergriffen hat, ist nicht nötig, sagte sie sich mit einem zufriedenen Lächeln.

Es war schön, so viele Menschen so vergnügt zu sehen – auch Jimmy war in seiner Luftschutzwart-Uniform hier und sah hochoffiziell aus im Gegensatz zu seinen Freunden aus dem Dorf, die hemdsärmelig und mit kleinen bunten Halstüchern viel ungezwungener wirkten. Und es war auch schön, die Dorfmädchen in ihren besten Kleidern, geschminkt und mit modisch frisiertem Haar zu sehen. Die Landarbeiterinnen von Shillingbury Grange sahen ohne ihre Kopftücher, Stiefel und Arbeitsoveralls am meisten verändert aus. Clarissa hatte gerade Molly mit ihrem Ehemann, dem Dorfpfarrer, tanzen gesehen, als sie neben sich eine sehr höfliche und gebildet klingende Männerstimme hörte.

»Darf ich mir die Frage erlauben, warum eine atemberaubend schöne junge Frau wie Sie nicht tanzt?«

Clarissa drehte sich um und blickte zu dem auffallend gut aussehenden Gesicht eines dunkelhaarigen Fliegers auf.

»Weil ich nicht dazu aufgefordert worden bin?«, antwortete sie gelassen.

»Nun, das lässt sich ändern.«

Und bevor sie wusste, wie ihr geschah, hatte er ihr das Glas abgenommen, es auf einen nahen Tisch gestellt und hielt sie in den Armen.

»Sie hätten mich auch auffordern können, wie es sich gehört«, sagte sie, weil sie das Gefühl hatte, dass irgendeine Art Protest von ihr erwartet wurde.

Er grinste. »Ich konnte nicht riskieren, ein Nein zur Antwort zu bekommen.«

»Gibt es irgendeinen Grund, weswegen ich Nein hätte sagen sollen?«

»Jede Menge!«

»Nennen Sie mir einen.«

»Sie sind leider alle gemein, befürchte ich.«

Clarissa lachte und erlaubte ihm, sie über die Tanzfläche zu führen. Als die Musik verklang, sagte er: »Also das geht ganz und gar nicht, ich habe mich Ihnen ja nicht mal vorgestellt! Wo sind nur meine Manieren geblieben?«

»Das ist eine gute Frage«, entgegnete sie mit erhobener Augenbraue.

Er salutierte vor ihr. »William Dallimore, Oberleutnant der Luftwaffe, zu Ihren Diensten. Und darf ich fragen, wer Sie sind?«

»Clarissa Allerton.«

»Nun, Clarissa, es ist gut möglich, dass ich gerade die allerwichtigste Entscheidung meines Lebens getroffen habe.«

»Die da wäre?«

Er tippte sich an die Nase. »Hm, das ist wieder geheim, fürchte ich. Würden Sie noch einmal mit mir tanzen?«

Sie tanzte die ganze Nacht mit ihm, eine Nacht, die von einem Augenblick zum anderen zu vergehen schien, während die von der Band gespielte Musik – *Moonlight Serenade, I'll Be Seeing You, The Very Thought of You, You Made Me Love You* – sie auf magische Art und Weise in seinen Armen festzuhalten schien.

Als die Band ihr letztes Stück gespielt hatte – *When I Grow Too Old to Dream* – und es Zeit wurde zu gehen, bestand William darauf, sie nach Hause zu begleiten.

»Aber müssen Sie denn nicht mit den anderen Männern zu Ihrer Einheit zurück?«, fragte Clarissa.

»Theoretisch ja. Aber Sie sicher nach Hause zu bringen ist viel wichtiger.«

Bei dem Gedanken an Leon, mit dem sie eigentlich zurück nach Shillingbury Grange gehen wollte, zögerte Clarissa, doch da er nirgendwo im Saal zu sehen war, nahm sie Williams Angebot nur allzu gern an.

Der samtig dunkle Nachthimmel war mit Sternen übersät, und der strahlend helle Vollmond verbreitete sein magisches, wie Silber glänzendes Licht.

»Es ist ein Bomber-Mond, wenn alles so offen daliegt«, bemerkte William, als er ihre Hand in seine nahm. »In einer Nacht wie dieser lässt sich nichts verbergen.«

Clarissa hatte das nachdrückliche Gefühl, dass er nicht nur von dem Mond und den Sternen über ihren Köpfen sprach. Deshalb war sie auch gar nicht überrascht, als William einige Minuten später, nachdem eine Eule geschrien hatte und aus den Bäumen links von ihnen gesprungen war, seinen Schritt verlangsamte, sich ihr im Mondlicht zuwandte und sie auf den Mund küsste. Ohne auch nur eine Sekunde darüber nachzudenken, erwiderte sie den Kuss. Dabei war sie ganz und gar von einem Gefühl der Euphorie erfüllt, das ihr Herz schneller schlagen und ihr den Kopf schwirren ließ von dem machtvollen Wunsch, diesen Moment für immer andauern zu lassen.

Wie ist das passiert?, fragte sie sich später, als sie im Bett lag und nicht schlafen konnte. Wie konnte dieser Fremde wie aus dem Nichts daherkommen und jedes andere Gefühl, das sie vorher empfunden hatte, in den Hintergrund verdrängen? Wie war es möglich, dass sie jemandem begegnen konnte und praktisch von einer Minute zur anderen, nach nur ein paar Worten, die sie ausgetauscht hatten, das Gefühl hatte, als stünden sie in völligem Einklang miteinander und als wäre es ihnen bestimmt, zusammen zu sein?

Kapitel Neununddreißig

»Und wie schnell haben Sie ihn geheiratet?«, fragte Lizzie tief beeindruckt, als Mrs Dallimores Redefluss abrupt zum Stillstand kam.

»Keine zwei Monate später. Charles war mein Brautführer und Molly meine Brautjungfer, Mrs Cook backte den Kuchen, und Lily half mir, eines meiner mitgebrachten Abendkleider in ein Brautkleid zu verwandeln. Unsere Hochzeitsnacht verbrachten wir in Norfolk in einem Cottage an der See, das Polly uns besorgt hatte. Wir konnten allerdings nur diese eine Nacht dortbleiben, weil William nicht länger Urlaub bekam, nachdem die Luftschlacht um England gerade erst ernsthaft begonnen hatte.«

»Dann muss er Ihr Herz ja wirklich im Sturm erobert haben«, sagte Lizzie, die sich wunderte, wie falsch sie die alte Dame eingeschätzt hatte.

»Es war ein *coup de foudre* für uns beide«, stimmte Mrs Dallimore ihr lächelnd zu. »Es mag absurd und unwahrscheinlich für jemanden in Ihrem Alter klingen, besonders in diesen so gar nicht romantischen Zeiten. Aber an dem Abend, an dem wir uns begegnet waren und William sagte, er habe soeben die wichtigste Entscheidung seines Lebens getroffen, wusste er schon, dass ich die Frau war, die er heiraten würde. Gegen Ende des Abends empfand ich das Gleiche wie er. Ich war buchstäblich überwältigt von den Emotionen, die er in mir weckte, und wollte für den Rest meines Lebens so empfinden.«

Sie schloss für einen Moment die Augen und stieß einen tief empfundenen Seufzer aus. »Lizzie, Liebes, würde es Ihnen etwas ausmachen, wenn wir es für heute dabei beließen? Ich bin auf einmal sehr, sehr müde«, sagte sie mit einem Hauch von Wehmut in der Stimme.

»Natürlich nicht«, antwortete Lizzie, die befürchtete, die alte Dame schon zu sehr ermüdet zu haben. »Möchten Sie vielleicht ein wenig schlafen? Ich kann Sie zu Ihrem Zimmer zurückbringen, wenn Sie möchten.«

Mrs Dallimore machte eine beschwichtigende Handbewegung. »Danke, aber das ist nicht nötig, meine Liebe. Ich sitze hier sehr bequem. Also ab mit Ihnen! Ich habe schon viel zu viel von Ihrer Zeit beansprucht.«

Lizzie ließ die alte Dame nur ungern allein, doch als sie sah, dass sie die Augen wieder schloss, wusste sie, dass sie höflich, aber entschieden entlassen worden war.

Komisch, wie das Zusammensein mit Mrs Dallimore alles andere in den Hintergrund drängt, dachte Lizzie, als sie zum Haus zurückging. Nicht ein einziges Mal hatte sie an Curt gedacht, während sie Mrs Dallimore zugehört hatte. Und wenn sie es genau bedachte, war sogar das flaue Gefühl in ihrem Magen fast vollständig vergangen. Diese Frau bewirkte Wunder!

Als Lizzies Schicht beendet war und sie sich umgezogen hatte, holte sie ihr Fahrrad, um nach Hause zu fahren, obwohl ein Teil von ihr das eigentlich gar nicht wollte. Die Stimmung zwischen ihren Eltern war an diesem Morgen so schlecht gewesen. Nie zuvor hatte Lizzie erlebt, dass sie einander kritisierten, aber beim Frühstück waren sie auf jeden Fall sehr gereizt gewesen. Beide waren sie beim kleinsten Laut losgelaufen, um nach Freddie zu sehen, bevor der andere es tat, als versuchten sie, einander etwas zu beweisen.

Sie war schon am Ende der Einfahrt nach Woodside angelangt, als ihr plötzlich die Idee kam, ihren Bruder anzurufen. Mit etwas Glück würde sie ihn noch auf dem Heimweg von der Arbeit erwischen. Nachdem sie ihr Rad an den Torpfosten gelehnt hatte, nahm sie ihr Handy heraus und drückte auf die Kurzwahltaste für Lukes Nummer. Er antwortete schon beim zweiten Klingeln. »Kannst du reden?«, fragte sie.

»Ja, ich bin noch im Büro. Was ist los?«

»Nichts ist los. Wie kommst du darauf?«

»Keine Ahnung. Ich weiß nur, dass in letzter Zeit ein Problem dem anderen zu folgen scheint.«

Seine Stimme klang ungewöhnlich missmutig, als lasteten alle Sorgen der Welt auf seinen Schultern. »Komm schon, Bruderherz, erzähl mir, was mit dir los ist! Was ist es, was dich wie Homer Simpson klingen lässt, wenn er merkt, dass ihm sein letzter Donut geklaut wurde?«

Sie hörte ihn leise lachen und war froh, dass sie es geschafft hatte, ihn ein wenig aufzuheitern. »Mit mir ist gar nichts los«, sagte er. »Ich habe nur einen langen, anstrengenden Arbeitstag gehabt. Apropos Arbeit: Was gibt es Neues bei dir?«

»Bei mir ist alles beim Alten. Bin wie immer kurz davor, die Welt zu erobern, wenn ich nur endlich mal 'ne Chance bekäme.«

»Die wird schon kommen. Aber wie geht's dir abgesehen davon?«

»Du meinst, was Curt betrifft?«

»Ja.«

»Besser. Definitiv besser.«

»Das ist gut. Denn du weißt ja hoffentlich, dass er keine Sekunde des Bedauerns wert ist? Jedenfalls garantiere ich dir, dass ihm deinetwegen keine grauen Haare wachsen. Tut mir leid, wenn das sehr hart klingt, aber es ist die Wahrheit.«

»Es ist hart, doch ich glaube, du hast recht; er hat mich vollkommen zum Narren gehalten. Und trotzdem tut es weh.«

»Aber vielleicht ist es jetzt das Wissen, dass du auf seine Lügen hereingefallen bist, was wehtut.«

»Mein verletzter Stolz, meinst du?«

»Dein Stolz war schon immer deine Achillesferse. Lass ihn diesmal nicht die Oberhand gewinnen, ja? Versprichst du mir das?«

»Versprochen, Bruderherz.«

»Und wie läuft es in Woodside?«

»Eigentlich sogar ganz gut. Eine alte Dame namens Mrs Dallimore lebt dort, die mir viel über ihre Jugendzeit erzählt. Ihre Geschichten sind so fesselnd, dass sie schon fast suchterzeugend sind. Ich könnte den ganzen Tag bei ihr sitzen und ihr zuhören, wenn das möglich wäre. Ihre Erzählungen haben mir bewusst gemacht, dass all die alten Leutchen im Woodside-Seniorenheim sehr viele interessante Geschichten zu erzählen hätten.«

»Ich kann mich erinnern, dass Mum das Gleiche sagte, als sie dort zu arbeiten begann.«

»Apropos Mum – Dad und sie waren gestern Abend und heute Morgen ganz ungewöhnlich bissig zueinander. Es kam mir fast so vor, als wären Freddie und ich in ein Kreuzfeuer hineingeraten.«

»Das ist aber sehr untypisch für sie«, sagte Luke nach einer Pause.

»Ich weiß. Und das Lächerliche daran ist, dass sie sich nur streiten, weil Freddie gestern unter Dads Aufsicht in den Teich gefallen ist und …« Lizzie erinnerte sich jäh, dass sie kein Wort über Freddies nasses Missgeschick verlieren sollte. Oder zumindest nicht, wenn die Gefahr bestand, dass Ingrid es erfahren könnte. Obwohl das Unsinn war, weil Freddie inzwischen in das Alter kam, in dem er seinen Eltern selbst alles verraten könnte. Das hatte sie auch ihren Eltern erklärt.

»Wenn du sagst, er sei in den Teich gefallen«, erwiderte Luke, »was meinst du dann genau damit?«

Oh-oh, böse Lizzie! »Na ja«, antwortete sie, während sie sich das gefährliche Minenfeld ausmalte, in das sie sich gerade selbst hineinmanövriert hatte, »ich war nicht selbst dabei, deshalb weiß ich nur … hm … Ich glaube, Freddie war etwas zappelig geworden und wollte vielleicht ein bisschen planschen. Aber mach dir keine Sorgen, denn dem Kleinen geht es bestens. Wenn es nicht so wäre, hättet ihr es als Erste erfahren. Mum und Dad würden euch niemals etwas Ernsthaftes in Bezug auf euren Sohn verschweigen. Aber ich wette, er hat schon jede Menge kleiner Unfälle gehabt, von denen ihr nie etwas erfahren habt.«

»Nichts von all dem, was du sagst, kann mich beruhigen, Lizzie. Eher ganz im Gegenteil, wenn ich ehrlich sein soll.«

»Tut mir leid, Luke, doch ich tue mein Bestes, um etwas herunterzuspielen, was im Grunde nicht einmal ein Thema wäre, wenn wir nicht alle Ingrids Reaktion darauf befürchten würden. Du weißt, welches Trara sie immer macht, wenn es um Freddie geht. Und du weißt auch, was für einen Eiertanz wir alle um sie aufführen, um sie nur ja nicht aufzuregen.«

Als Luke nichts erwiderte, befürchtete Lizzie, dass sie es vergeigt hatte. »Bist du noch da, Luke?«, fragte sie nervös.

»Ja, das bin ich«, sagte er gedehnt. »Ich überlegte nur gerade, ob dir eigentlich klar ist, dass du dich immer tiefer reinreitest. Vielleicht solltest du deine Interpretation von ›herunterspielen‹ noch mal überdenken.«

»Ach, Luke, du weißt doch, wie ich bin. Manchmal brauche ich nur den Mund aufzumachen, damit eine Menge Blödsinn herauskommt.«

»Da bin ich anderer Meinung. Gewöhnlich sagst du unumwunden, was du denkst, und sprichst aus, was andere nicht zu sagen wagen.«

»Ja, aber diesmal nicht«, flunkerte sie, um den Schaden wiedergutzumachen, den ihr großer Mund mal wieder angerichtet hatte. Aber sogar sie erkannte, dass sie ihre liebe Mühe damit haben würde. »Diesmal habe ich die Klappe aufgerissen wie der Idiot, der ich nun mal bin. Vergiss einfach, dass ich überhaupt etwas gesagt habe. Bitte, Luke.«

Da sie ihren Bruder etwas Zustimmendes murmeln hörte und sie unbedingt das Thema wechseln wollte, erzählte sie ihm von Simon, der völlig unerwartet zu Besuch gekommen war. »Zum Glück war ich nicht zu Hause, als er hereinschneite«, sagte sie, »sonst wäre ich gestorben. Allerdings hätte ich, wenn ich da gewesen wäre, Mum vielleicht daran hindern können, auszuplaudern, dass Curt mich gerade abserviert hat. Wahrscheinlich wird Simon jetzt feiern, dass ich die Quittung bekommen habe.«

»Das bezweifle ich. So ein Mensch ist er nicht. Doch jetzt muss ich Schluss machen, weil ich noch einiges zu erledigen habe, bevor ich gehe.«

Eines Tages werde ich lernen, meine große Klappe zu halten, dachte Lizzie grimmig, als sie sich von Luke verabschiedet hatte und wieder auf ihr Rad stieg, um nach Hause zu fahren. Es war eine Sache, wenn ihr Bruder argwöhnte, dass seine Familie seine Frau in einer bestimmten Weise sah, doch eine ganz andere, dies auch noch bestätigt zu bekommen.

Sie war noch nicht lange unterwegs, als sie hörte, wie jemand ihren Namen rief. Sie drehte sich um. Es war Jed, der auf seinem Motorrad auf sie zukam. Als er sie erreichte, schenkte er ihr ein breites Lächeln. »Würdest du es riskieren, auf einen weiteren Drink mit mir ins *Riverside* zu gehen?«, fragte er.

Sie setzten sich an denselben Tisch wie schon zwei Abende zuvor. »Ich habe Neuigkeiten für dich«, sagte er nach einem großen, durstigen Schluck Bier. »Mein Freund bei Skylark Radio sagte, er würde dich gern kennenlernen. Er sucht eine Rechercheurin, die vertretungsweise vielleicht auch gern mal als Sprecherin arbeiten würde. Natürlich ist mir nur allzu gut bewusst, dass ein Radiosender in Bury St. Edmunds keineswegs die attraktive Rundfunkstation ist, von der du immer geträumt hast, sondern die reinste Wüste in deinen Augen. Aber der Job könnte genau das Richtige für dich sein, bis sich etwas Besseres ergibt.«

»Willst du mich auf den Arm nehmen?«

Er fuhr sich mit einer Hand über das Gesicht. »Sorry, doch sehe ich so aus, als scherzte ich?«

»Keine Ahnung«, sagte sie. »Das ist bei dir immer schwer zu entscheiden, weil du doch so wenig ernst zu nehmen scheinst.«

»Tja, dann habe ich hier eine Blitzmeldung für dich. Was ich gesagt habe, könnte ich gar nicht ernster meinen und Ricky auch nicht. Er meinte, ich solle dich bitten, ihn anzurufen, um ein Treffen im Studio zu vereinbaren.« Jed zog ein Stück

Papier mit einer Telefonnummer aus der Tasche. »Du kannst mir also gern danken, wenn du möchtest.«

Sie nahm den Zettel, um ihn an einem sicheren Platz in ihrer Tasche zu verwahren. »Danke, Jed. Und entschuldige bitte, falls ich undankbar geklungen habe, doch ich hatte wirklich nicht erwartet, dass sich irgendetwas aus unserem Gespräch neulich ergeben würde.«

»Ach, du dachtest also, es sei nur leeres Gerede meinerseits? Dann tut es mir leid, dass ich dich enttäuschen muss.«

»Tust du nicht. Überhaupt nicht. Vielen Dank noch mal für deine Hilfe. Ich weiß das sehr zu schätzen.«

Er lächelte. »Übertreib es nur nicht mit der Dankbarkeit, sonst bilde ich mir noch was darauf ein.«

Sie verdrehte die Augen. »Und schon fängst du wieder an und verdirbst einen ganz besonderen, magischen Moment zwischen uns.«

Er lachte. »Die Geschichte meines Lebens.«

»Na, das ist eine Geschichte, die ich zu gern hören würde!« Sie maß ihn mit einem langen Blick. »Bist du hier in dieser Gegend aufgewachsen? Ein einheimischer Junge?«

»Ein durch und durch einheimischer Junge. Mal abgesehen von der Zeit, die ich woanders auf der Schule und später auf der Universität verbracht habe. Und bevor du jetzt dein hohes Ross besteigst: Du hast recht, ich bin das, was du einen ›feinen Pinkel‹ nennen würdest, weil ich auf einem Internat gewesen bin. Aber dieses spezielle Thema kannst du mit meinen Eltern debattieren, wenn du willst.«

Bei der Erinnerung daran, wie unhöflich sie neulich Abend zu ihm gewesen war, entschuldigte Lizzie sich erneut. »Es tut mir leid, dass ich dich deswegen so angepflaumt habe. Aber ich war an dem Tag völlig neben der Spur.«

»Das warst du, ja. Besonders, da ich nur deswegen im Internat gelandet bin, weil meine Eltern damals gerade einen sehr unschönen Scheidungskrieg führten. Daher hielten sie es für besser, mich irgendwo unterzubringen, wo ich mehr Stabilität finden würde als zu Hause.«

»Dann habe ich also völlig falschgelegen. Tut mir leid. Wie läuft's denn heute so mit ihnen?«

»Dad hat sein Geschäft verkauft und genießt in Südfrankreich seinen Ruhestand mit Ehefrau Nummer drei. Mum ist es nicht so gut ergangen. Sie hat die Motoneuron-Krankheit, die der Grund dafür ist, dass ich von London hierher zurückgezogen bin, um sie zu pflegen.« Er wandte kurz den Blick ab und trank dann einen Schluck von seinem Bier. »Sie hält sich für eine Belastung und hasst es, eine zu sein.«

»Wie schrecklich für sie. Und für dich, zu wissen, dass sie so leidet. Was hast du vorher in London gemacht?«

Er wandte sich ihr zu und sah sie hinter seiner Sonnenbrille an. »Was würdest du denn am liebsten von mir hören?«

»Ich weiß nicht, was du meinst«, entgegnete sie stirnrunzelnd.

»Was war der meistgehasste Beruf in diesen letzten Jahren? Komm schon, das ist nicht schwer zu erraten.«

»*Nein!* Du warst ein Banker?«

Er schob seine Sonnenbrille ins Haar und warf ihr einen langen Blick zu. »Ja, ein vollwertiger Banker im Londoner Finanzdistrikt. Und ich war auch recht erfolgreich, falls du dich das fragst. Ha! Wie ich es mir schon dachte, kann ich einen Ausdruck triumphierender Empörung in deinen Augen sehen. Jetzt ist mein Schicksal besiegelt. Wirf mir die Schlinge zu, die du in deiner Gesäßtasche hast, und ich werde sie mir auf der Stelle über den Kopf streifen.«

Sie lächelte. »Die behalte ich lieber noch ein bisschen länger, falls es dir nichts ausmacht. Du hast mir sicherlich noch Schlimmeres zu sagen.«

Er lachte. »Schön zu wissen, dass du mich so schätzt.«

Lizzie trank einen Schluck Bier und ließ sich durch den Kopf gehen, was Jed ihr gerade erzählt hatte. Mit seiner schäbigen Jeans und dem verblichenen T-Shirt, dem sonnengebräunten Gesicht, den muskulösen Armen und dem dichten goldbraunen Haar, das so aussah, als müsste es einmal ordentlich gekämmt werden, hatte er absolut nichts von einem Banker aus dem Londoner Finanzdistrikt an sich. Als sie versuchte, ihn sich in einem schicken Anzug und in einem schnieken Büro vorzustellen, wollte es ihr nicht gelingen.

Dann kam ihr ein Gedanke. »Als Banker wirst du doch bestimmt eine Menge Geld verdient haben. Hättest du da nicht auch eine Pflegerin für deine Mutter bezahlen können?«

»Würdest du das tun, wenn es deine Mutter wäre?«

Peinlich berührt von seiner Frage, wandte Lizzie den Blick ab, als ihr plötzlich bewusst wurde, dass sie sich noch nie Gedanken darüber gemacht hatte, was geschehen würde, falls ihr Vater oder ihre Mutter nicht mehr lebte und der andere schwer krank wäre. Vielleicht hatte sie im Unterbewusstsein immer angenommen, dass Luke dann einspringen und die Dinge regeln würde. Er war stets der Sensiblere und Erwachsenere von ihnen beiden gewesen und so viel tüchtiger und besser organisiert als sie selbst.

»Wie ich sehe, zögerst du mit deiner Antwort.«

»Nicht aus dem Grund, den du dir vielleicht vorstellst«, sagte sie und sah ihn wieder an. »Es ist nur etwas, worüber ich mir bis jetzt noch nie Gedanken gemacht hatte.«

»So geht es uns allen, bis wir vor dem Dilemma stehen. Und

versteh mich nicht falsch, ich wollte es anfangs gar nicht tun. Ich habe alle möglichen anderen Wege geprüft, bevor ich mich der einen unanfechtbaren Wahrheit beugte: dass ich abgesehen von ein paar engen Freunden und hilfreichen Nachbarn alles bin, was meine Mutter hat. Aber als es dann in der Bank Entlassungen hagelte wie Konfetti, betrachtete ich es als ein Zeichen, die angebotene finanzielle Abfindung zu nehmen und das Richtige zu tun.«

»Hättest du nicht in London bleiben und deine Mutter zu dir holen können?«

Er schüttelte den Kopf. »Ich fand es nicht fair, sie meiner eigenen Bequemlichkeit wegen zu entwurzeln, was mich vielleicht selbstloser klingen lässt, als ich es eigentlich bin. Es ist mehr ein Fall von Pragmatismus. Die Ärzte sind der Meinung, dass sie Glück hätte, ihren nächsten Geburtstag noch zu erleben … Und warum sollte ich bis dahin also nicht das Beste für sie tun, was ich kann?« Er beugte sich zu Lizzie vor. »Die eine große, beängstigende Lehre, die ich aus alldem gezogen habe, ist die: Der letzte Schritt auf dem Weg des Erwachsenwerdens ist, die Verantwortung für einen anderen Menschen zu übernehmen. Etwas, womit ich es vorher nie sehr eilig hatte.«

Bei dem Gedanken an das Leben, das er geopfert haben musste, um sich um seine Mutter zu kümmern, sagte Lizzie: »Bereust du manchmal, das alles aufgegeben zu haben?«

»Natürlich kommt es vor, dass ich London und mein altes Ich vermisse, aber vorerst findet mein Leben hier statt. Es mag seltsam klingen, doch ich habe gemerkt, dass es eine sehr befreiende Erfahrung ist, und habe die Haltung eingenommen, jeden Tag einfach so zu nehmen, wie er kommt. Zum Glück habe ich ein ziemlich großes Polster auf der Bank und kann es mir leisten, eine ausgezeichnete Pflegerin zu bezahlen, die sich um Mum kümmert, während ich meiner Teilzeitarbeit nachgehe.«

Lizzie war so neugierig geworden, dass sie sich die nächste Frage nicht verkneifen konnte. »Aber warum gerade Gartenarbeit?«

Er zuckte mit den Schultern. »Warum nicht? Ich habe das früher schon als Ferienjob gemacht, als ich noch auf der Uni war, und ungeachtet dessen, was du vielleicht denkst, verstehe ich sogar etwas davon. Aber noch viel wichtiger ist, dass es mir Freude macht. Ich könnte auch ganz zu Hause bleiben, doch dann würde Mum sich als noch größere Belastung empfinden.« Er leerte sein Glas und warf einen Blick auf die Uhr. »Und jetzt sollte ich mich auf den Heimweg machen, denn ihre Pflegerin wird auch bald gehen.«

Nachdem sie sich getrennt hatten und Jed sie daran erinnert hatte, sich mit Ricky in Verbindung zu setzen, radelte Lizzie tief in Gedanken versunken heim. Jed war beträchtlich in ihrem Ansehen gestiegen, aber ihr eigenes Selbstwertgefühl war etwa im gleichen Maße geschrumpft. Sie hatte nichts anderes getan, als sich zu bedauern, seit sie ihren Job verloren hatte. Genug davon, sagte sie sich. Es wurde höchste Zeit, die armselige Jammergestalt abzuschütteln, zu der sie geworden war, und zu zeigen, was in ihr steckte.

Noch schlimmer war, dass Luke in Bezug auf Curt ganz recht hatte und es hauptsächlich verletzter Stolz war, was sie jetzt empfand. Sie hatte sich nur eingeredet, dass Curt sie liebte, das konnte sie jetzt ganz deutlich erkennen. Oh, wie begierig sie jedes seiner Worte aufgesogen hatte, wenn er darüber gesprochen hatte, wie unerträglich seine Frau sei, wie kalt sie geworden sei, wie sie ihn buchstäblich aus dem Haus geekelt habe, seit ihre Tochter da war, und ihm das Gefühl gegeben habe, nicht mehr gebraucht zu werden. Und idiotisch, wie sie war, hatte Lizzie sich eingebildet, sie könnte den Schaden wiedergutmachen, den seine Frau anrichtete.

Auf jeden Fall würde sie von jetzt an keine Zeit mehr damit vergeuden, über Curt und die Folgen ihrer Leichtgläubigkeit und Dummheit nachzudenken. Es wurde höchste Zeit, eine Wende in ihrem Leben herbeizuführen.

Luke schaffte es gerade noch rechtzeitig nach Hause, um Freddie Gute Nacht zu sagen, bevor der Kleine in Keeper's Nook zu Bett ging.

Die Unterhaltungen mit seinem Sohn auf Facetime brachten ihn immer zum Lachen, da Freddie sie im Allgemeinen als Gelegenheit betrachtete, ihm Dinge zu zeigen, die er dann aufgeregt vor den Computer hielt, entweder so nahe an die Kamera, dass Luke sie nicht erkennen konnte, oder so kurz, dass er sie nur verschwommen sah. Gewöhnlich war Dad bei diesen Chats dabei, aber am vergangenen Abend war es Mum gewesen. Wenn Luke es sich jetzt recht überlegte, hatte sie nervös gewirkt. Sie hatte Freddie kaum Zeit gelassen, sein planloses Geschnatter fortzusetzen. Hatte sie etwas vertuschen wollen? Oder vielleicht war ja auch nur Müdigkeit das Problem gewesen, weil die Beaufsichtigung eines zweijährigen Jungen und die damit verbundene Arbeit nicht zu unterschätzen waren.

Nachdem Freddie nun den Bildschirm geküsst hatte, um Gute Nacht zu sagen, und losgelaufen war, um sein abendliches Bad zu nehmen, blickte Luke seinem Vater prüfend ins Gesicht. »Ist alles in Ordnung, Dad?«

»Alles unter Kontrolle wie immer«, erwiderte Tom fröhlich. »Kein Grund zur Sorge, Luke.«

»Du würdest es mir doch sagen, wenn es euch zu viel wird, Freddie die ganze Woche über dazuhaben?«

»Natürlich. Aber wir haben ihn sehr gern bei uns. Er macht uns überhaupt keine Umstände. Du wirst nie erraten, von wem wir neulich abends Besuch bekommen haben! Von keinem anderen als Simon. Oder hat deine Mutter dir das gestern Abend schon erzählt, als du anriefst? Oder vielleicht weißt du es auch schon von Lizzie?«

Ingrid bemerkte oft, dass nicht das, was seine Eltern sagten, wichtig war, sondern das, was nicht ausgesprochen wurde. »Es sind Dinge wie diese höflichen Pausen oder schnellen Themawechsel, bei denen du genauestens hinhören musst.« Luke hatte immer den Standpunkt eingenommen, dass es in der menschlichen Natur lag, irrezuführen oder Halbwahrheiten zu sagen und es völlig unbewusst zu tun. Aber da er gerade gemerkt hatte, wie geschickt sein Vater das Thema gewechselt hatte, meinte er: »Ich will nicht, dass ihr euch von uns ausgenutzt fühlt, du und Mum.«

»Das tun wir keineswegs. Und außerdem wird es ja nicht mehr lange dauern, bis alles wieder in normalen Bahnen läuft, nicht wahr? Was gibt es Neues an der Kita-Front?«

Sie unterhielten sich noch eine Weile, ohne dass Luke erwähnte, was Lizzie ihm über Freddie und den Teich erzählt hatte, oder sein Vater selbst das Thema ansprach. Luke sagte auch nichts von seiner Enttäuschung darüber, dass seine Familie offenbar glaubte, die Frau, die er liebte, mit Samthandschuhen anfassen zu müssen. Dabei war er gefährlich nahe daran, seinen Vater zu fragen, ob das stimmte.

»Warte mal«, bat Tom jetzt, »ich kann Freddie rufen hören.

Ich soll hinaufkommen und ihm einen Gutenachtkuss geben. Dann gehorche ich wohl besser. Die Tyrannei eines Enkels, da ist nichts zu machen!«, sagte er lachend.

Luke lächelte. »Dann drück ihn noch einmal, und gib ihm einen Kuss von mir.«

»Wird gemacht. Roger und Ende der Durchsage.« Dad beendete einen Facetime-Anruf jedes Mal so.

Minuten später starrte Luke noch immer geistesabwesend auf den Bildschirm, auch als er nach einer Weile Ingrids Schlüssel im Schloss hörte.

Während Luke das Abendessen zubereitete, saß Ingrid am Küchentisch und befasste sich mit einer Liste von E-Mails, für deren Beantwortung sie tagsüber keine Zeit gefunden hatte. Während Luke ihr schnelles Tippen auf dem Laptop hörte, dachte er, dass sie noch weniger Zeit miteinander verbrachten, wenn Freddie bei Mum und Dad war. Beide nutzten sie dann den Vorteil, nicht von der Arbeit aufspringen zu müssen, um Freddie aus der Kita abzuholen. Dabei könnten sie doch abends etwas zusammen unternehmen. Naiverweise war ihm sogar der Gedanke gekommen, dass sie bei einem gemächlicheren Start in den Tag vielleicht noch ein Weilchen im Bett bleiben konnten wie früher – Ingrid hatte oft gesagt, dass sie an Sex am frühen Morgen mehr Vergnügen fand als zu irgendeiner anderen Tageszeit. Aber das war einmal, dachte Luke und versuchte, sich zu erinnern, wann sie sich das letzte Mal geliebt hatten. Oder wann sie zuletzt auch nur miteinander ausgegangen waren und einen schönen Abend zu zweit verbracht hatten.

Wahrscheinlich sorgte er sich unnötigerweise, doch ihm fiel ein, dass sie sich einmal versprochen hatten, ihre Beziehung niemals von ihrer Arbeit beeinträchtigen zu lassen. Und jetzt saßen sie noch so spät hier, um etwas zu essen, und wechselten kaum ein Wort miteinander …

»Wie wär's, wenn wir ein paar Wochen Urlaub machen würden?«, sagte er plötzlich.

Ingrid hörte auf zu tippen.

»Es muss doch jede Menge Last-Minute-Angebote geben«, fügte er hinzu.

»Wie kommst du denn darauf?«, fragte sie und griff nach dem Glas Wein, das er ihr eingeschenkt hatte.

Er legte das Messer hin, mit dem er Pilze geschnitten hatte. »Ich spüre, dass ich Ferien brauche, irgendwo, wo es heiß und sonnig ist und wir uns obendrein noch einen Fünf-Sterne-Luxus gönnen könnten. Würde dir das nicht auch gefallen?«

»Natürlich, wem nicht? Und welchen Zeitpunkt hast du ins Auge gefasst?«

»Nächste Woche. Oder vielleicht die Woche darauf.«

Ingrid trank einen Schluck Wein und zog die Augenbrauen zusammen. »Da könnte ich unmöglich weg. Ich bin mitten in einem großen Fall und kann nicht einfach das Ruder an jemand anders abgeben, weil ich Lust auf Urlaub habe.«

Luke machte sich wieder ans Pilzeschneiden. »Vergiss es, das war dumm von mir. Das hätte ich mir denken können.«

»Sei nicht albern. Es war eine nette Idee, nur leider im Moment nicht machbar. Wie ging es Freddie, als du mit ihm gesprochen hast?«

»Er war quietschfidel wie immer bei Mum und Dad. Und was ist mit dem Wochenende?«, beharrte er. »Dann könnten wir doch wenigstens zwei Tage in einem schönen Hotel verbringen.«

»Tut mir leid, Luke, aber an diesem Wochenende werde

ich mindestens einen Tag arbeiten müssen. Außerdem können wir nicht von deinen Eltern erwarten, Freddie auch noch Samstag und Sonntag bei sich zu behalten.«

»Ich hatte angenommen, wir würden ihn mitnehmen.«

»Ein Kleinkind in einem exklusiven Hotel? Das halte ich für keine gute Idee. Du etwa?« Inzwischen hatte sie schon wieder angefangen zu tippen.

Luke schnitt weiter Pilze klein. Was bringt es, ihr zu antworten?, dachte er.

Sekunden verstrichen.

»Was ist, Luke?«, fragte Ingrid. »Was hast du?«

»Nichts«, sagte er. »Es ist alles in Ordnung. Hast du Lust, eine Folge von *House of Cards* zu sehen, während wir essen?«

Und da haben wir es, dachte er. Ich bin auch nicht besser als meine Eltern. Es ist das, was wir *nicht* sagen, was am meisten zählt.

Kapitel Vierzig

Mit angehaltenem Atem und wild pochendem Herzen fuhr Lizzie aus dem Schlaf hoch und riss erschrocken die Augen auf. Blinzelnd blickte sie sich um und brauchte einen Moment, um wieder zu wissen, wo sie war. Und dann machte sich Erleichterung in ihr breit. Es war ein Traum gewesen. Nur ein böser Traum.

Aber die Bilder des Autounfalls waren so schrecklich real gewesen, dass Lizzie fürchtete, sich zu irren. Sie erschauderte vor Entsetzen und war versucht, zum Schlafzimmer ihrer Eltern zu laufen, um sich zu vergewissern, dass es ihnen gut ging und sie nicht beide zwischen den blutigen Wrackteilen lagen. Lizzie blieb jedoch, wo sie war, und schauderte erneut bei dem Gedanken an die arg verbogenen Überreste des Wagens ihres Vaters, den sie im Traum gefahren hatte. Der Unfall war ihre Schuld gewesen. Sie hatte sich nicht auf das Fahren konzentriert, weil sie zu sehr damit beschäftigt gewesen war, die Handtasche auf ihrem Schoß nach ihrem Handy zu durchwühlen. Sie hatte dafür sogar beide Hände vom Lenkrad genommen.

»Das wird Curt sein«, hatte sie erfreut bemerkt und die Anweisung ihres Vaters, die Straße im Blick zu behalten, ignoriert. »Er ruft bestimmt an, um mir zu sagen, dass es ihm leidtut, und um mich zu fragen, ob ich ihm seine bösen Worte verzeihen kann.«

Sie hatte das Telefon gerade gefunden, als der Wagen von

der Straße abkam und die steile, grasbewachsene Böschung hinunterrutschte. So fest sie auch auf die Bremse trat – er war einfach nicht mehr anzuhalten. Er wurde auf dem abschüssigen Gelände sogar schneller und schneller, bis er schließlich gegen das einzige Hindernis weit und breit, eine kolossale alte Eiche, krachte. Dann war Lizzie plötzlich so, als schwebte sie über dem zertrümmerten Wagen und riefe nach ihren Eltern. »Es tut mir leid«, schluchzte sie. »Es tut mir leid, was ich getan habe!«

Lizzie setzte sich im Bett auf und atmete tief durch. Zwei Dinge, sagte sie sich, als sie versuchte, die Bedeutung des Traums zu verstehen. Erstens würde Curt sie niemals anrufen und um Verzeihung bitten, und zweitens würde sie ihm auch nie vergeben. *Nie im Leben.* Nicht einmal dann, wenn er höchstpersönlich hier erschiene und sie unter Tränen anflehen würde, ihr zu verzeihen.

Wieder dachte sie über den Traum nach und fragte sich, was ihr Unterbewusstsein veranlasst haben könnte, einen solchen Albtraum zu erzeugen. Hatte er seinen Ursprung in dem Gespräch, das sie mit Jed über seine Mutter geführt hatte? Es hatte sie auf jeden Fall sehr nachdenklich gestimmt, und sie hatte sich gefragt, ob sie auch so selbstlos sein könnte wie er. »Der letzte Schritt auf dem Weg des Erwachsenwerdens ist, die Verantwortung für einen anderen Menschen zu übernehmen«, hatte Jed gesagt. Es klang ein bisschen oberlehrerhaft, doch vielleicht hatte er ja recht.

In dem Traum war sie achtlos und ohne Rücksichtnahme auf irgendjemand anders gefahren, weil das einzig Wichtige für sie das Klingeln ihres Telefons gewesen war … War das ein Bild dafür, dass es ihr an Verantwortungsbewusstsein mangelte und sie zu viel an sich selbst und nicht genug an andere dachte? Hatte sie sich in letzter Zeit so verhalten? Lizzie hatte das unangenehme Gefühl, dass es so sein könnte, denn war nicht jeder ihrer Gedanken nur um ihre Person gekreist, seit Curt ihre Welt auf den Kopf gestellt hatte? Und hatte sie sich in ihrem Eifer, sich in eine Affäre mit ihm zu stürzen, nicht auch von ihren Freunden abgeschottet und sich kein bisschen darum geschert, wie es ihnen dabei ging? War es da ein Wunder, dass so viele von ihnen für Simon Partei ergriffen und sie im Stich gelassen hatten?

Lizzie zwang sich, Curt aus ihren Gedanken zu verbannen, und fragte sich wieder, ob sie je so selbstlos sein könnte wie Jed.

Oder so selbstlos wie Mrs Dallimore. Wie bewundernswert das war, was sie getan hatte, als sie etwa zehn Jahre jünger gewesen war als Lizzie heute! Ohne einen Blick zurück hatte diese Frau sich in die Bresche geworfen und nicht nur ihren Großeltern geholfen, sondern auch die Verantwortung für zwei kleine Flüchtlingskinder übernommen. Und nicht zu vergessen Leon, den polnischen Flüchtling, den sie ebenfalls bei sich aufgenommen hatte. Was hatte Mrs Dallimore dazu veranlasst, so großzügig zu sein und in solch jungen Jahren schon so viel Gutes zu tun? Und warum war sie, Lizzie, nicht auch so gewesen, denn wenn sie daran zurückdachte, wie sie selbst mit zwanzig gewesen war und was sie alles angestellt hatte, überfiel sie ein schlechtes Gewissen.

»Nutzlos und ziellos« fasste in etwa das zusammen, was sie war. Eigentlich hätte dieses Eingeständnis sie deprimieren müssen, aber das tat es nicht. Es brachte sie stattdessen auf den Gedanken, dass die Zeit gekommen war, ihre schlechten alten Gewohnheiten abzulegen und sich von nun an auf das zu konzentrieren, was wichtig war.

Jed hatte ihr die Möglichkeit eines Jobs gegeben, auch wenn es sich dabei um einen handelte, den sie früher niemals in Betracht gezogen hätte. Aber in der Not frisst der Teufel Fliegen, sagte sie sich. Also konnte sie genauso gut auch dieses Jobangebot annehmen und sehen, was geschah. Natürlich war es auch möglich, dass dieser Ricky sie für ungeeignet für die Stellung bei Skylark Radio halten würde, doch um das herauszufinden, musste sie sich zunächst einmal mit ihm in Verbindung setzen. Sie hatte seine Telefonnummer in ihrem Handy gespeichert und wollte heute Morgen noch vor der Arbeit bei Skylark Radio anrufen. Ihren Eltern gegenüber hatte sie weder Jed noch die Aussicht auf einen Job erwähnt, die er ihr verschafft hatte. Lizzie wusste nämlich, wie sehr ihre Mutter und ihr Vater wünschten, dass sie eine Anstellung fand, die ihr wieder Auftrieb geben würde. Bis sie Genaueres wusste, wollte sie ihnen keine Hoffnungen machen, die dann vielleicht nur wieder zunichtegemacht würden.

Um ihren Vorsatz, positiver zu sein, in die Tat umzusetzen, beschloss sie, dass sie als erste selbstlose Handlung dieses Tages ihre Eltern mit einem Frühstück überraschen würde. Es war noch nicht ganz halb sieben, und alle anderen schienen noch zu schlafen, da es ganz still im Haus war.

Als Lizzie dann jedoch hinunterging, traf sie ihre Mutter in der Küche an, wo das Teewasser schon kochte.

»Hallo, Liebes«, sagte Tess. »Du bist aber früh auf.«

»Und du auch.«

»Die Vögel haben mich geweckt. Sie sind seit vier Uhr früh zugange.«

»Aber du bist doch nicht die ganze Zeit schon wach gewesen?«

»Hin und wieder. Tee oder Kaffee?«

Bei der Erinnerung an ihre erste selbstlose Tat des Tages sagte Lizzie: »Warum setzt du dich nicht und lässt mich das Frühstück zubereiten?«

»Das macht mir keine Umstände.«

»Ich weiß, doch ich möchte es gern für dich tun.«

Ihre Mutter sah sie überrascht an.

Lizzie lächelte. »Was möchtest du, Tee oder Kaffee?«

»Tee bitte und ohne Zucker.«

»Ich weiß, dass du keinen Zucker im Tee nimmst, Mum. Und Dad auch nicht. So, wie du redest, könnte man wirklich meinen, ich hätte dir noch nie einen Tee aufgebrüht.«

Ihre Mutter stimmte ihr weder zu, noch widersprach sie ihr. »Es ist so ein schöner Morgen«, sagte sie stattdessen, »sollten wir da nicht unseren Tee im Gartenhaus trinken?«

»Gute Idee. Geh du schon mal vor, und schüttle die Kissen auf. Ich bin gleich bei dir.«

Dad hatte das Gartenhaus im vergangenen Jahr als Geburtstagsgeschenk für Mum gebaut, und heute war es ihr liebster Platz im Garten. Er hatte auch ein Schild mit der Aufschrift *Tess' Refugium* an dem Sommerhäuschen angebracht. Mit einem Verlängerungskabel aus dem Haus konnte es abends mit kleinen Laternen erhellt werden, und ihre Eltern entspannten sich dort oft und gern mit einem Gin Tonic. Aber wann, fragte Lizzie sich jetzt, hatten sie das zuletzt getan? Ganz sicher nicht mehr, seit sie wieder zu Hause eingezogen war.

Als der Tee aufgebrüht war, trug Lizzie die Becher hinaus und setzte sich in den Gartenstuhl neben dem ihrer Mutter. Wie schön der Garten in dem goldenen Licht des frühmorgendlichen Sonnenscheins aussieht!, dachte sie. Das einzige Geräusch, das sie hörten, war der fröhliche Chor der Vögel, die aus voller Kehle sangen.

»Die Vögel klingen morgens beim Erwachen immer so glücklich, nicht?«, bemerkte Lizzie. »Glaubst du, dass das so ist, weil sie keine Sorgen haben?«

Ihre Mutter sah sie an. »Eine solche Frage kann nur jemand mit zu vielen Sorgen stellen.«

»So war das nicht gemeint.« Lizzie nippte vorsichtig an ihrem Tee, um sich nicht die Lippen zu verbrennen. »Du wirst es kaum glauben können«, fuhr sie schließlich fort, »aber bevor ich herunterkam, hatte ich versucht, das Durcheinander in meinem Kopf zu ordnen.«

»Und warum denkst du, ich würde das kaum glauben können?«

Lizzie zuckte mit den Schultern. »Ich weiß, was die Leute in mir sehen, Mum: eine Träumerin, die so gut wie gar nichts auf die Reihe kriegt.«

»Das ist nicht wahr. Ich habe dir schon einmal gesagt, dass du nicht so streng mit dir selbst sein sollst.«

»Na schön, dann nenn mir nur eine einzige Sache, die ich erreicht habe.«

»Tja, nach allem, was ich höre, findest du großen Anklang in Woodside, vor allem bei Mrs Dallimore.«

»Das ist ja wohl kaum eine Leistung.«

»Nein? Ich würde aber sagen, dass es sehr wohl eine ist. Alles, was jemand wie Mrs Dallimore will, ist die Gesellschaft eines Menschen, der aufrichtig interessiert an dem ist, was sie zu erzählen hat. Und das bist du.«

»Aber auch ich bin gern mit ihr zusammen.«

»Nicht jeder wäre das. Und anfangs warst du auch nicht allzu angetan von der Idee, im Woodside-Seniorenheim zu arbeiten, nicht wahr? Doch anstatt dich darüber zu beklagen, hast du die Ärmel hochgekrempelt und Erfolg gehabt.«

»Na gut, das würde ich vielleicht sogar zugeben, aber abgesehen davon gibt es nichts, worauf ich stolz sein könnte, nicht? Alles, was ich anfasse, wird zu einem Riesenchaos. Auf einen Schlag habe ich Simon zutiefst verletzt, eure Freundschaft mit Lorna und Keith zerstört und obendrein noch meinen Job verloren. Und alles nur, weil ich so dumm war, auf den ältesten Trick der Welt hereinzufallen und den Lügen eines verheirateten Mannes zu glauben, der nie die Absicht hatte, seine Frau zu verlassen.«

Ihre Mutter gab einen missbilligenden Laut von sich. »Du bist wie immer zu streng mit dir. Ich bezweifle, dass du die erste Frau bist, die Curt belogen hat, und wahrscheinlich wirst du auch nicht die letzte sein. Also versuche, darin ein bisschen Trost zu finden. Darf ich dich etwas fragen?«

Lizzie lächelte. »Seit wann bittest du um Erlaubnis, um mich zu verhören, Mum?« Sie lachte. »Was möchtest du denn gern wissen?«

»Glaubst du, dass du bei Simon geblieben wärst, wenn dieser Curt nicht in deinem Leben erschienen wäre?«

»Gute Frage«, sagte Lizzie, während sie zwei über den Weg hüpfenden Spatzen nachsah. »Wir hatten gewissermaßen eine Art Scheideweg erreicht, an dem ich mich für die falsche Abzweigung entschieden habe.«

»Hast du schon einmal daran gedacht, mit ihm zu reden?«

»Ach, Mum, dir wäre wohl nichts lieber, als mich wieder mit Simon vereint zu sehen, nicht?«

»Er ist so ein lieber Junge.«

Lizzie lächelte über die Beschreibung ihrer Mutter.

»Und es war sehr nett von ihm, neulich abends bei uns hereinzuschauen«, fügte Tess hinzu.

»Das war es, da hast du recht, er war schon immer sehr aufmerksam. Aber vielleicht verdiene ich einen so anständigen und guten Mann ja gar nicht.«

Ihre Mutter schnaubte ärgerlich. »Das ist vollkommener Blödsinn, Lizzie«, sagte sie streng, »und ich will nie wieder so etwas von dir hören.«

Lizzie liebte ihre Mutter dafür, dass sie sie immer und in jeder Situation verteidigte. »Ich werde den Spieß jetzt einmal umdrehen und dir eine Frage stellen, Mum.«

»Und die wäre?«

»Warum habt ihr euch so merkwürdig verhalten in den letzten Tagen, du und Dad? Habt ihr euch gestritten?«

Ihre Mutter wurde augenblicklich sehr verlegen und bückte sich, um ein vertrocknetes Blatt vom Boden aufzuheben. »Das war ganz allein meine Schuld«, antwortete sie. »Ich hatte ihm völlig ungerechterweise schwere Vorwürfe wegen Freddies Sturz in den Teich gemacht und viel zu heftig reagiert. Und alles nur, weil ich solche Angst vor dem habe, was Ingrid sagen könnte. Was ist, wenn sie uns zu untauglichen Babysittern erklärt?«

»Ich glaube, dass es ein hartes Stück Arbeit für sie wäre, bei Luke damit durchzukommen. Oder bei Freddie, der dich und Dad über alles liebt. Außerdem ist ein Unfall ein Unfall und nichts weiter als das.«

»Ich weiß, doch als ich deinem Vater Vorwürfe machte, konnte ich in der Hitze des Augenblicks nicht mehr vernünftig denken. Und wenn er ehrlich wäre, würde er wahrscheinlich zugeben, dass auch seine Reaktion nicht unbedingt vernünftig war.«

»Wieso, was hat er denn gesagt?«

»Er hat mich angeschrien und mir vorgeworfen, aus allem ein Drama zu machen und ihn nicht genügend zu unterstützen. Und dann ist er hinausgestürmt. So hatte ich ihn noch nie erlebt. Er war furchtbar wütend auf mich. Ich habe versucht, mich bei ihm zu entschuldigen, doch ich glaube nicht, dass er mir verziehen hat.«

»Das wird er. Dad ist nicht der Typ, der jemandem lange böse sein kann.« Aber auf der anderen Seite war er auch nicht der Typ, der jemanden anschrie oder wütend aus dem Haus stürmte … »Würde es helfen, wenn ich mit ihm spreche?«

»Ich weiß es nicht. Vielleicht wäre er dann ja noch ärgerlicher, weil ich mit dir über ihn *getratscht* habe.«

Lizzie trank nachdenklich ihren Tee und schwieg. Dann kam ihr ganz überraschend eine großartige Idee. Was ihre Eltern brauchten, war ein bisschen Zeit für sich, einen Abend ohne Freddie oder sie. Also würde sie für diesen Abend einen Tisch in ihrem Lieblingsrestaurant reservieren und es ihnen als vollendete Tatsache präsentieren. Vorausgesetzt, dass sie den Tisch noch buchen konnte. Dann würde sie Geld von ihrem Konto abheben und es ihnen feierlich überreichen. Die beiden sollten einmal stilvoll auswärts essen. Die Ausgabe würde ihre ohnehin bescheidenen Ersparnisse noch weiter schmälern, aber das war es Lizzie wert. So würde sie auf ihre Art versuchen, ihre Eltern ein bisschen für die Unruhe zu entschädigen, die sie in ihr Haus gebracht hatte.

Lizzie fuhr mit dem Fahrrad zum Ortszentrum, lehnte ihr Rad an die Bank vor dem Ententeich und setzte sich, um den ersten der beiden Anrufe zu tätigen, die sie zu erledigen hatte.

Als Ricky Chambers ihren Anruf beantwortete, klang er gehetzt und außer Atem. Im Hintergrund konnte sie Vogelgezwitscher und das entfernte Motorgeräusch eines Wagens hören.

»Entschuldigen Sie«, keuchte er, als sie ihren Namen genannt hatte. »Ich klinge nicht immer so, aber ich trainiere für einen Halbmarathon, an dem ich teilzunehmen versprochen habe. Das Dümmste, worauf ich mich je eingelassen habe. Was war es bei Ihnen?«

Lizzie zögerte. »Pardon, aber ich verstehe nicht ...«

»Was war das Dümmste, worauf Sie sich je eingelassen haben?«

Okay, er stellte sie also auf die Probe, indem er sie mit einer dieser klassischen, völlig unerwarteten Interviewfragen in Verlegenheit brachte. Denk gut nach, Lizzie!, ermahnte sie sich. Denk jetzt sehr gut nach. Bevor ihrem Verstand jedoch die Zeit blieb, die falschen Antworten auszusortieren, hatte ihr großer Mund mal wieder die Kontrolle übernommen, und zu ihrer Bestürzung hörte sie sich sagen: »Mich von meinem letzten Chef zu einem Drink einladen zu lassen rangiert ganz oben auf der Liste der größten Dummheiten, die ich je begangen habe.«

»Interessant. Jed hat mir ein bisschen über Sie erzählt, und da ich ihn aus früheren Tagen kenne, weiß ich, dass ich ihm vertrauen kann. Wie wäre es, wenn Sie morgen ins Studio kämen und sich dort einmal umsähen, um ein Gefühl dafür zu bekommen, ob Sie sich bei uns einfügen könnten. Und ich verspreche Ihnen auch, Sie danach nicht auf einen Drink einzuladen.«

»Wann soll ich da sein?«

»Von zwölf Uhr mittags bis drei werde ich auf Sendung sein, warum kommen Sie also nicht kurz nach drei Uhr? Dann können wir uns unterhalten, und ich werde Ihnen alles zeigen und Sie dem Team vorstellen. Was halten Sie davon?«

»Das klingt perfekt. Danke. Vielen herzlichen Dank!«

Nachdem sie die erste Aufgabe des Tages von ihrer Liste streichen konnte, rief Lizzie das Restaurant in Lavenham an, um für den Abend einen Tisch für ihre Eltern zu bestellen. Als auch das erledigt war, radelte sie zum Postamt weiter, um ihr Bankkonto zu plündern. Es ist für eine gute Sache, ermahnte sie sich, als sie den armseligen Betrag sah, der ihr danach geblieben war.

Ihr nächstes Ziel war Woodside, und als sie wieder auf ihrem Rad saß und kräftig in die Pedale trat, merkte sie, wie sehr sie sich darauf freute, Mrs Dallimore wiederzusehen und vielleicht zu hören, wie ihre Geschichte weiterging, nachdem sie ihren feschen Piloten geheiratet hatte.

Aber an diesem Morgen war keine Spur von Mrs Dallimore zu sehen. Als Lizzie nach ihr fragte, erfuhr sie, dass die alte Dame nicht gut geschlafen hatte und sich auf der Krankenstation befand. Besorgt, dass es sich um etwas Ernstes handeln könnte, verbrachte Lizzie die nächsten paar Stunden damit, nach ihr Ausschau zu halten.

Als Mrs Dallimore um die Mittagszeit noch immer nicht zurückgekehrt war und Lizzie gerade Mr Sheridan zu seinem Platz im Speisesaal half, fragte sie ihn, ob er vielleicht etwas wusste.

»Sie sah gestern beim Abendessen ein bisschen kränklich aus«, meinte er. »Das habe ich ihr auch gesagt, obwohl es ihr nicht gefiel. Eine reizende Frau«, fügte er in wehmütigem Ton hinzu. »Ich wünschte, ich hätte sie schon vor Jahren kennengelernt, nachdem meine Frau verstorben war. Ich glaube, zusammen hätten wir noch einigen Spaß gehabt an unserem Lebensabend«, schloss er und seufzte schwer.

Diese Sorge um Mrs Dallimore ließ Lizzie nicht mehr los,

als sie während des Essens mithalf, die Aufsicht zu führen und jenen zu helfen, die Hilfe benötigten. Doch sie hielt sich respektvoll von den anderen fern, die noch nicht das Stadium erreicht hatten, in dem sie bereit waren, Hilfe zu erbitten. Es brach Lizzie das Herz, zu sehen, wie sehr der arme alte Mr Jenkins, der unter Parkinson litt, sich abmühte, selbstständig zu essen. Sie hätte am liebsten seine Hand ergriffen, um sie ruhig zu halten, damit das Essen es von seinem Teller auch in seinen Mund schaffte. Am selben Tisch wie er saß ein Neuzugang, eine Frau, die sich beim Personal sehr schnell den Ruf erworben hatte, »schwierig« zu sein. Ihr Name war Mrs Lennox. Sie war vor zwei Tagen im Woodside-Seniorenheim eingetroffen und erzählte jedem, der ihr zuhören wollte, dass sie hier nicht lange bleiben würde. Es sei nur eine Übergangslösung, erklärte sie, bis ihr Sohn etwas Angemesseneres für sie gefunden hatte. Wann immer Lizzie den angewiderten Ausdruck auf ihrem hochmütigen Gesicht sah, wenn sie Mr Jenkins bei seinen hilflosen Essversuchen beobachtete, konnte sie nur aus tiefstem Herzen hoffen, dass der Sohn der Frau so schnell wie möglich etwas »Angemesseneres« für seine Mutter finden würde.

Sie half gerade beim Abräumen des Geschirrs derjenigen, die schon gegessen hatten, als die Heimleiterin zu ihr kam. »Könnte ich Sie kurz sprechen?«, fragte sie sie leise.

»Natürlich«, erwiderte Lizzie und folgte ihr in die Küche. »Worum geht es denn?«

»Um Mrs Dallimore, sie ist …«

Lizzie wurde schwer ums Herz. »Was?«, fiel sie Jennifer Hughes ins Wort. »Sie ist doch nicht gestorben, oder?«

Die Heimleiterin runzelte die Stirn. »Um Himmels willen, nein! Wie kommen Sie darauf?«

»Sie war den ganzen Morgen auf der Krankenstation, und Mr Sheridan sagte, sie hätte gestern Abend nicht gut ausgesehen, und …«

»Es geht ihr gut; es war nur ihr Blutdruck, der ein bisschen verrücktgespielt hat. Sie ist jetzt wieder in ihrem Zimmer und ruht sich aus, und da ich weiß, wie sehr sie Sie ins Herz geschlossen hat, dachte ich, Sie würden ihr vielleicht gern etwas zu essen bringen und sich ein Weilchen zu ihr setzen. Was meinen Sie?«

»Natürlich, gern! Oh, und da Sie gerade hier sind – ich weiß, dass es ein bisschen frech ist, aber könnte ich morgen bitte ein paar Stunden freihaben?«

»Ich werde mir die Arbeitspläne ansehen, doch ich denke, dass es klappen wird.«

Kapitel Einundvierzig

»So viel Trara um nichts«, sagte Mrs Dallimore mit einer wegwerfenden Handbewegung. »Ein kleiner Blutdruckanstieg, und schon machen sich alle bereit, meine Maße für den Sarg zu nehmen.«

»Vorsicht ist besser als Nachsicht«, erwiderte Lizzie, die schon bemerkt hatte, dass die alte Dame trotz ihres kämpferischen Geredes tatsächlich schwächer und angegriffener als am vergangenen Tag aussah. »Sind Sie sicher, dass das alles ist, was Sie essen können?«, fragte sie. »Das war nämlich wirklich gar nicht viel.«

»Ehrlich gesagt habe ich pochierten Lachs nie wirklich gemocht, weil ich meistens Sodbrennen davon bekomme. Aber dieses Schälchen Obstsalat werde ich noch essen. Und was für Neuigkeiten haben Sie für mich? Wie lebt sich Mrs Lennox ein? Ist noch irgendjemand übrig, den sie mit ihrem herablassenden Getue noch nicht beleidigt hat? Sie erinnert mich irgendwie an die liebe alte Virginia Charlbury.«

Lizzie nahm den halb geleerten Teller von dem Tablett auf Mrs Dallimores Schoß und ersetzte ihn durch die Dessertschale und einen Löffel. »Aber Sie wissen schon, dass ich mich nicht zu einer Ihrer Mitbewohnerinnen äußern kann?«, sagte sie gut gelaunt.

Mrs Dallimore lachte. »Wie diplomatisch von Ihnen, meine Liebe. Doch wenn Sie mir schon keine Klatschgeschichten dieser Art erzählen wollen, dann sagen Sie mir wenigstens, wie es Ihnen selbst geht. Haben Sie aufgehört, sich wegen dieses verheirateten Mannes zu grämen?«

Lizzie lächelte. »Ich mache Fortschritte.«

»Gut, es freut mich, das zu hören. Jemand hat mir einmal gesagt, dass das beste Mittel gegen Verliebtheit ist, die entsprechende Person besser kennenzulernen. Was Sie ja jetzt schon hinter sich haben. Wie geht es Jed? Hat er Sie noch mal auf einen Drink eingeladen?«

»Das hat er tatsächlich, er …« Lizzie unterbrach sich überrascht. »Aber Moment mal – woher wissen Sie, dass Jed mich vorher schon einmal eingeladen hatte, etwas mit ihm zu trinken?«

»Weil ich es ihm vorgeschlagen hatte.«

»Nein, das haben Sie nicht!«, rief Lizzie laut aus und vergaß in ihrer Fassungslosigkeit sogar, den Mund zu schließen.

»Seien Sie nicht albern, natürlich habe ich ihm diesen Vorschlag gemacht. Was soll ich hier denn sonst tun, als mich in das Leben anderer Leute einzumischen? Hatten Sie einen schönen Abend mit ihm?«

»Das geht Sie gar nichts an.«

Mrs Dallimore kicherte zufrieden. »Er ist ein netter Junge, und ich mag ihn sehr. Und würden Sie nicht auch sagen, dass mehr in ihm steckt, als auf den ersten Blick zu sehen ist?«

Lizzie lächelte. »Was für eine raffinierte alte Dame Sie doch sind! Wenn Sie versprechen, noch etwas Obst zu essen, verrate ich Ihnen mehr.« Als diese Vereinbarung getroffen war, erzählte Lizzie Mrs Dallimore, dass Jed bei Skylark Radio ein gutes Wort für sie eingelegt hatte und sie schon morgen ein Vorstellungsgespräch bei einem der Moderatoren hatte und er ihr später auch den Sender zeigen würde.

»Ein Teil von mir hofft, dass Sie die Stelle bekommen«, sagte Mrs Dallimore, als Lizzie ihr alles erzählt hatte. »Aber selbstsüchtig, wie ich bin, werden Sie mir fehlen, wenn Sie uns verlassen.«

»Bei meiner Pechsträhne werden sie mir den Job wahrscheinlich sowieso nicht anbieten, doch selbst wenn ich ihn bekomme, kann ich immer noch herkommen und Sie besuchen«, sagte Lizzie. »Natürlich nur, wenn Sie das wollen.«

»Oh, ich nehme an, dass Sie dann viel zu beschäftigt sein werden, um mich zu besuchen.«

Lizzie nahm die inzwischen leere Dessertschale, die Mrs Dallimore ihr reichte. »Ich werde mir die Zeit dafür nehmen«, sagte sie entschieden und meinte es auch ernst. »Schließlich möchte ich mich auch ein bisschen einmischen, was Sie und Mr Sheridan angeht.«

Mrs Dallimores Augen funkelten, als sie sich mit einer Papierserviette den Mund abtupfte. »Sie wollen mich also mit meinen eigenen Waffen schlagen. Na ja, wahrscheinlich verdiene ich das sogar. Aber so nett Mr Sheridan auch ist, bin ich doch gern bereit, ihn mir von einer anderen Dame wegschnappen zu lassen.«

»Weil er Ihrem verstorbenen Ehemann nicht das Wasser reichen könnte?«, fragte Lizzie. »War Mr Dallimore die einzig wahre Liebe Ihres Lebens?«

Die alte Dame schwieg einen Moment und wandte dann den Blick nachdenklich den offenen Terrassentüren zu, als müsste sie sich die Antwort gründlich überlegen. »Wir waren sehr glücklich«, sagte sie leise, »aber leider nur für kurze Zeit.«

»Wie kurz?«

»Drei Jahre, was länger war, als viele Ehen des Krieges wegen hielten. William starb, doch nicht in der Luft, wie ich befürchtete, sondern während eines nächtlichen Bombenangriffs. Das eigentliche Ziel war das Militärflugfeld, aber da es so nahe an der Ortschaft lag, wurde auch sie getroffen. Meine Großmutter und ich befanden uns gerade bei einem Treffen des Women's Voluntary Service im Gemeindesaal, als urplötzlich die ganze Welt zu explodieren schien. Und im Grunde war es auch so, weil Shillingbury zu meiner Welt geworden war und ich nicht nur meinen Ehemann in jener Nacht verlor, sondern auch meine Großmutter und meine Freundin Molly. Es war eine furchtbare, grauenvolle Nacht, die ich nie vergessen habe.«

Mit gedämpfter Stimme, um nicht taktlos zu erscheinen, sagte Lizzie: »Ich kann mir nicht mal ansatzweise vorstellen, wie das für Sie gewesen sein muss.«

Mrs Dallimore wandte den Blick von den Terrassentüren ab und richtete ihn wieder auf Lizzie. »Nein, das können Sie wahrscheinlich nicht. Wer diese Zeiten nicht selbst erlebt hat, kann sich keine Vorstellung davon machen. Und das ist nicht herablassend gemeint, Lizzie.«

»Das weiß ich, Mrs Dallimore. Aber wie haben Sie nur nach alldem weitergemacht?«

»Wir hatten keine andere Wahl. Außerdem war es das, was man tun musste; man durfte sich nicht unterkriegen lassen. Möchten Sie hören, was danach geschah?«

»Nur wenn es Sie nicht zu sehr aufwühlt. Ich möchte nicht, dass Sie wieder auf der Krankenstation landen.«

»Machen Sie sich deswegen keine Sorgen, denn ich bin fest entschlossen, mich so lange wie nur möglich von dort fernzuhalten.«

Kapitel Zweiundvierzig

Shillingbury,
Suffolk
Herbst und Winter 1943

Es heißt, dass man für alles, was man verliert, etwas Neues gewinnt, aber das war schwer zu glauben in der Nacht, in der die Bomben auf Shillingbury niedergingen. Es war eine Nacht, in der Clarissa nur unendlich viel verlor.

Das Grauenvolle dieses Bombenangriffs brachte ihnen allen zu Bewusstsein, wie viel Glück sie gehabt hatten, dass sie bis zu jener Nacht verschont geblieben waren von dem, was London und viele andere Städte im Land regelmäßig durchmachten. Aber jetzt war der Krieg auch bis zu ihnen vorgedrungen und hatte seine Opfer gefordert.

Lavinia starb, kurz nachdem es Clarissa und zwei anderen gelungen war, sie aus dem brennenden Inferno des einstigen Gemeindesaals herauszuziehen. An der Brandstätte herrschte das absolute Chaos. Männer und Frauen liefen schreiend durch die Trümmer und suchten verzweifelt nach ihren Lieben, während andere ihr Bestes taten, um die Feuer zu löschen, die noch immer um sich griffen. Strohgedeckte Cottages brannten in Sekundenschnelle lichterloh und verwandelten den Himmel in einen flammenden Hexenkessel. Auf Jimmys Anweisung bildeten sie eine Menschenkette bis zur Wasserpumpe, aber die in die Flammen geschütteten Eimer Wasser zeigten wenig Wirkung. Doch dann, als wäre es höhere Gewalt, begann es urplötzlich zu regnen, und als die ersten dicken Regentropfen zu einem Prasselregen wurden, brandeten laute Jubelrufe in der Menge auf. Bis die Krankenwagen und Feuerwehrfahrzeuge eintrafen, war das Schlimmste vorbei – ein halbes Dutzend Häuser waren verloren, unter ihnen auch Mrs Cooks Cottage. Die Toten waren im Gras des Dorfangers aufgebahrt worden – Lavinia, Molly, Vera Hubbard, Joan Bidwell, die Finch-Schwestern und Virginia Charlbury. Es war ein Wunder, dass überhaupt jemand überlebt hatte, der im Gemeindesaal gewesen war, sagten die Leute später.

Bis auf die Haut durchnässt und zähneklappernd vor Schock und Kälte, wurde Clarissa heimgebracht, wo sie ihrem Großvater die furchtbaren Nachrichten überbringen musste. Sie war noch immer wie benommen, als sie am nächsten Morgen die Nachricht erhielt, dass das Militärflugfeld zur gleichen Zeit wie der Gemeindesaal von mehreren Bomben getroffen worden war und William zu den fünf Fliegern gehörte, die dabei ums Leben gekommen waren. Sein Tod, versicherte man ihr, war zum Glück ein sehr schneller gewesen. Untröstlich schluchzte und weinte Clarissa bitterlich eine gefühlte Ewigkeit lang und war überzeugt davon, dass der tiefe Schmerz ihrer Trauer zu viel für sie sein würde. Der arme William. In einer Minute noch so voller Leben und in der nächsten tot!

Seine Eltern, die bereits einen Sohn verloren hatten, als die Spitfire, die er flog, über dem Ärmelkanal abgeschossen worden war, wollten William in Kent auf dem Friedhof ihrer Kirchengemeinde beerdigen. Wie betäubt vor Kummer beugte sich Clarissa ihren Wünschen. Erst viel später erkannte sie ihren Fehler – denn wäre Williams Grab in Shillingbury gewesen, hätte sie zumindest einen Ort gehabt, den sie besuchen konnte, wenn sie sich ihm nahe fühlen wollte.

Aber ihr Bedauern darüber wurde bald gelindert, als Dr. Rutherford bei einer Untersuchung feststellte, dass die starke Müdigkeit und Übelkeit, unter der sie litt, wenig mit der Trauer um William zu tun hatten, sondern in Wirklichkeit die typischen Symptome einer Schwangerschaft waren – sie erwartete ein Kind. Diese Neuigkeiten bewirkten, dass sich ihre Stimmung hob. Ihren William hatte sie verloren, aber ihr blieb sein Kind, ein Kind, das ihr die Kraft und den Mut geben würde weiterzumachen.

Dieser Mut wurde jedoch schon einen Monat später auf die Probe gestellt, als Clarissa sich auf die Suche nach Charles machte, um ihm zu sagen, dass das Mittagessen fertig war. Seit dem Tod seiner Frau hatte er sich verändert. Charles war nie sehr mitteilsam gewesen, doch nun war er sogar noch schweigsamer und verschlossener und verbrachte fast seine ganze Zeit allein, entweder im Treibhaus oder im Wohnzimmer, wo er sich die Nachrichtensendungen anhörte.

Als Clarissa ihn im Haus nicht fand, ging sie in den Garten und entdeckte ihn im Treibhaus, wo er zusammengesunken in seinem Rollstuhl saß. Seine linke Hand hing seltsam schlaff an seiner Seite. Zuerst dachte Clarissa, er sei eingeschlafen. Aber als er sich auch nicht bewegte, als sie ihn ansprach und an der Schulter berührte, befürchtete sie das Schlimmste und tastete nach seinem Puls. Da sie jedoch keinen finden konnte, ging sie ins Haus, um Dr. Rutherford anzurufen. Im Stillen wusste sie, dass der Arzt auch nichts anderes mehr tun konnte, als ihr zu bestätigen, dass Charles tot war. Die Todesursache, die der Doktor auf dem Totenschein angab, war ein schwerer Schlaganfall, aber Clarissa spürte, dass die Wahrheit eine andere war und Charles nach Lavinias Tod jeglichen Kampfgeist und Lebenswillen verloren hatte.

Nach der Beerdigung versammelten sich die Trauergäste, die in der Kirche und auf dem Friedhof gewesen waren, auf einen Drink auf Shillingbury Grange. Dort nahm Arthur Willet Clarissa diskret beiseite, um ihr zu sagen, dass es einige Dinge gab, die er mit ihr besprechen müsste.

»Wird es lange dauern?«, fragte sie müde.

»Höchstens eine halbe Stunde«, antwortete er. »Ich dachte nur, es wäre besser, es heute zu erledigen, als dich in mein Büro kommen zu lassen. Aber wenn es dir lieber ist …«

»Nein, nein«, sagte sie, »lass es uns später besprechen, wenn die anderen Gäste gegangen sind.«

Sie waren im Wohnzimmer. Clarissa saß auf dem Sofa, während Arthur vor dem Kaminfeuer auf und ab schritt. Die gepflegten Hände hatte er hinter dem Rücken verschränkt. Nichts an ihm erinnerte noch an den linkischen Kleinstadtanwalt, dem sie das erste Mal in den *Primrose Tearooms* begegnet war. In seinem eleganten dunklen Anzug mit schwarzer Krawatte und mit seinem ölig glänzenden und glatt zurückgekämmten Haar hätte er auch in einer großen Anwaltskanzlei in der Londoner City nicht fehl am Platz gewirkt.

»Wie du sicher weißt«, begann er, »war Charles und Lavinia nach der Wirtschaftskrise so gut wie kein Geld mehr geblieben. Ich will nicht respektlos sein, wenn ich sage, dass Charles kein gutes Urteilsvermögen besaß, was Kapitalanlagen und dergleichen …«

»Ja, ja, das weiß ich alles«, unterbrach Clarissa ihn und wünschte, er würde zur Sache kommen. So leid es ihr auch tat:

Arthur Willet war zu einem schrecklich aufgeblasenen Langweiler geworden. Pedanterie mochte zwar als positive Eigenschaft bei einem Anwalt betrachtet werden, aber Clarissa hatte keine Zeit dazu. Ihr Großvater hatte sich diesbezüglich ähnlich geäußert, besonders nachdem Arthur für dienstuntauglich erklärt worden war. Aber ein Pedant wie er sei zuverlässig, hatte Charles ihn stets verteidigt und hinzugefügt, es gebe niemanden, dem er mehr vertrauen würde, was die Abwicklung seiner Angelegenheiten betraf.

Arthur war ein sehr unausgefüllter Mensch, wie Clarissa stark vermutete – ein Mann, der noch unverheiratet war und nach wie vor bei seiner Mutter lebte. William war Arthur einmal begegnet und hatte ihn nicht gemocht. »Mir kommt der Mann wie jemand vor, der sich einen lauen Lenz während des Krieges macht und auch gar nicht schlecht daran verdient«, hatte er gesagt. Und Clarissas Ansicht nach war William ein sehr guter Menschenkenner gewesen.

Erst nach ihrer Heirat und auf das Drängen ihres amerikanischen Anwalts hin hatte Clarissa ein Testament gemacht. Arthur hatte es aufgesetzt, allerdings ohne den genauen Betrag ihres Vermögens zu kennen. Auch wieder auf Beharren ihres Anwalts sollten der Großteil des von Grandma Ethel geerbten Geldes sowie eine Vielzahl von Investitionen in Amerika bleiben, bis der Krieg vorbei war. In der Zwischenzeit wurde ihr ein großzügiger monatlicher Betrag telegrafisch überwiesen.

Kurz nach Clarissas und Williams Hochzeit hatte Effie geschrieben, um ihrer Freundin zu gratulieren und sich selbst zum eifersüchtigsten Mädchen der Welt zu erklären.

Warum kann sich kein gut aussehender Pilot in mich verlieben?, hatte sie geschrieben.

Ihre Bemerkung war ein Hinweis auf Ellis, der zurzeit in Newport Beach in Kalifornien stationiert war und U-Boot-Patrouillen durchführte. Auch von ihm kam einige Wochen später ein Brief, in dem er Clarissa beschuldigte, schamlos die Herzen der einzigen beiden Männer zu brechen, die ihre Zuneigung auch nur annähernd verdienten – und damit meinte er Artie und sich selbst. Auch von Artie hatte sie ein kurzes Gratulationsschreiben erhalten und dann erst kürzlich einen herzzerreißend mitfühlenden Kondolenzbrief, nachdem sie ihm mitgeteilt hatte, dass William bei einem Bombenangriff umgekommen war. Artie war inzwischen in Italien und berichtete über den Vorstoß der alliierten Truppen. Da die USA seit der Bombardierung Pearl Harbours so stark in den Krieg involviert waren, waren seine journalistischen Fähigkeiten sogar noch gefragter. Nur selten erwähnte er jedoch in seinen Briefen, was er vom Krieg mitbekam, sondern erkundigte sich stattdessen nach Clarissa und ihren beiden Pflegekindern. Thomas und Walter schrieben ebenfalls an Artie, oder vielmehr Onkel Artie, wie sie ihn inzwischen nannten.

»Es tut mir wirklich leid«, sagte Arthur, als er jetzt vor dem Kamin stehen blieb, die Hände aber noch immer hinter dem Rücken verschränkt hielt. »Dies alles muss ja schrecklich ermüdend für dich sein, doch ich wollte sozusagen die besten Voraussetzungen dafür schaffen.«

Du liebe Güte! Wie viel mochte sie verpasst haben, während sie in Gedanken ganz woanders gewesen war? Sie nahm sich schnell zusammen. »Und dafür bin ich dir auch dankbar«, sagte sie. »Aber es ist ein langer Tag gewesen, an dem ich fast nur auf den Beinen war, und ich würde diese Angelegenheit gern erledigen, damit ich mich zurückziehen kann.«

»Natürlich.« Arthurs Blick glitt zögernd von ihrem Gesicht zu ihrem schon sichtlich gewölbten Leib. Clarissa hatte das Gefühl, dass er ihren Anblick in diesem Zustand als ein bisschen abstoßend empfand. »Vielleicht sollte ich Mrs Cook bitten, dir eine Tasse Tee aufzubrühen«, sagte er. »Sie wird ja wohl nicht zu beschäftigt sein, um dir diese kleine Gefälligkeit zu erweisen.«

Es hatte etwas schrecklich Besitzergreifendes, wie er dort vor dem Kamin stand. Auch die herablassende Art, mit der er sich auf Mrs Cook bezog, die Clarissa zutiefst ergeben war, gefiel ihr nicht. Da das Cottage der armen Frau seit der Nacht der Bombardierung unbewohnbar war, lebte sie hier auf Shillingbury Grange und war der einzige Mensch, an den Clarissa sich hatte wenden können in Momenten, in denen sie außer sich vor Kummer war.

»Das ist schon in Ordnung«, erwiderte Clarissa. »Mrs Cook hat für heute mehr als genug getan. Wenn sie vernünftig ist, wird sie sich selbst mit einer wohlverdienten Tasse Tee hinsetzen. Also kommen wir zur Sache, Arthur – bei der es sich wahrscheinlich um den Letzten Willen meines Großvaters handelt.«

»So ist es.«

»Und da ich diesbezüglich keinerlei Erwartungen hege, denk nur ja nicht, du müsstest mir zuliebe etwas beschönigen.«

»Danke für deine Offenheit, die ich sehr zu schätzen weiß. Und da du die gleiche Offenheit verdienst, muss ich dir leider sagen, dass die Lage weitaus schlimmer ist, als Charles dich wissen lassen wollte. Er hatte das Schlimmste auch Lavinia verschwiegen, weil er sie vor allem Ungemach beschützen wollte. Wie du dich vielleicht erinnern wirst, sprach ich mit ihm nach Lavinias Beerdigung, wo er mich bat, ein neues Testament aufzusetzen, und mich zum alleinigen Testamentsvollstrecker einsetzte. In dieser Hinsicht zumindest war er gründlich.«

Und du bist noch immer nicht zur Sache gekommen, dachte Clarissa gereizt, als die bronzene Uhr auf dem Kaminsims mittlerweile schon vier Uhr anschlug.

»Aufgrund der kriegsbedingten Steuererhöhungen und der zu berücksichtigenden Erbschaftssteuer«, fuhr Arthur unerbittlich fort, »ist es meine traurige Pflicht, dich darüber zu informieren, dass Charles dir zwar dieses Haus hinterlassen hat, dir aber nichts mehr davon bleiben wird, wenn die Bank und die Steuerbehörde ihre Forderungen geltend machen. Tatsächlich befürchte ich sogar, dass du gezwungen sein wirst, das Haus zu verkaufen, um alle Schulden zu begleichen. Und darin liegt ein weiteres Problem, weil die Kosten der noch ausstehenden Reparaturen, die Charles immer wieder aufgeschoben hat, wie das undichte Dach, die Feuchtigkeit und die …« Er unterbrach sich, schob die Brille höher und sagte dann: »Vielleicht ist jetzt nicht der richtige Zeitpunkt, dich wegen des schlechten Zustands des Hauses noch mehr zu bekümmern. Aber es gibt eine Lösung, von der ich glaube, dass du sie vielleicht für akzeptabel halten wirst. Da ich weiß, wie sehr du dieses Haus liebst und es als dein Zuhause betrachtest, könntest du die nötigen Geldmittel, um die Situation zu bereinigen, in Amerika anfordern.«

Während Clarissa sich fragte, woher er wissen sollte, ob sie das Haus liebte oder nicht, sagte sie: »Die Situation ist also mehr oder weniger so, wie ich bereits vermutet hatte.«

Arthur nickte. »Ich wünschte, die Dinge lägen anders, Clarissa.«

»Aber so ist es nicht«, entgegnete sie entschieden, »und

wenn ich eins gelernt habe, dann, dass wir uns mit diesen Dingen entschieden und mit dem ganzen Mut, den wir aufbringen können, auseinandersetzen müssen.«

Jetzt kam er und setzte sich zu ihr auf das Sofa. »Wie tapfer du bist, meine Liebe! Doch ich will, dass du weißt, dass du dich nicht allein mit alldem auseinandersetzen musst, Clarissa. Wenn ich irgendetwas für dich tun kann, brauchst du es mir nur zu sagen.« Er ergriff ihre Hand und hielt sie zwischen seinen, die sich unangenehm feucht anfühlten. »Du weißt, wie sehr ich dich immer bewundert habe«, fuhr er fort. »Und vielleicht … nun ja … wenn die Dinge anders gewesen wären und wir uns vor Ausbruch des Kriegs begegnet wären, bevor du mit so viel Verantwortung belastet wurdest, hätte ich vielleicht den Mut gehabt, dich zu bitten …«

»Bitte, Arthur«, unterbrach sie ihn, erschrocken und bestürzt über das, was er im Begriff war zu sagen. Schnell entzog sie ihm ihre Hand. »Jetzt ist nicht der richtige Moment.«

»Da hast du recht«, murmelte er. »Verzeih mir. Es ist nur so, dass ich es nicht ertrage, dich leiden zu sehen.«

»So ist es in diesen Zeiten nun einmal«, erwiderte sie. »Verglichen mit dem, was manche Leute durchmachen, kann ich mich noch glücklich schätzen.«

»Das ist eine bewundernswerte Äußerung. Aber was gedenkst du denn zu tun?«

»Bezüglich des Hauses?«

Er nickte. »Es ist dein Zuhause geworden. Da wirst du es doch wohl kaum ertragen können, dich davon zu trennen?«

»Komischerweise kann ich es. Außerdem wurde bereits angeordnet, dass ich ausziehen muss.« Clarissa stand auf. »Vor ein paar Tagen wurde mir mitgeteilt, dass das Haus beschlagnahmt und dem Flugplatz angegliedert wird.«

Auch Arthur erhob sich. Sein Gesicht war ein Bild des Schreckens. »Hast du dich damit einverstanden erklärt?«

»Die brauchen mein Einverständnis nicht. Es war ein Befehl, und ein recht verständlicher dazu. Durch den Luftangriff sind viele der Unterkünfte und das Offizierscasino zerstört worden«, fuhr sie fort, als hätte Arthur nichts gesagt, »und deshalb wird das Haus gebraucht.«

»Aber wo wirst du fortan leben?«

»Dafür habe ich schon Pläne.«

Arthur sah sie erschrocken an. »Du wirst doch wohl nicht nach Amerika zurückkehren?«

»Gott bewahre«, sagte sie. »Ich könnte unmöglich umziehen und Suffolk verlassen. Nein, nein, ich werde noch sehr viel länger hier sein. Morgen werde ich die Pacht für ein Cottage auf Colonel Brooks Landgut bezahlen. Es hat einige Zeit leer gestanden und ist ein bisschen heruntergekommen. Doch es in Ordnung zu bringen wird ein Teil des Vergnügens sein, dorthin zu ziehen. Für mich ist es ein Abenteuer.«

Stirnrunzelnd hatte Arthur sein nervöses Hin- und Hergehen vor dem Kamin wieder aufgenommen. »Das kommt alles so plötzlich, Clarissa«, sagte er. »Bist du sicher, dass du weißt, was du tust?«

Sein gönnerhafter Ton ärgerte sie, und sie spürte seine Empörung darüber, dass ihm die Rolle als fürsorglicher Anwalt, der ihr sagte, was zu tun war, versagt wurde. Clarissa zwang sich zu einem kleinen Lächeln. »Sicherer als je zuvor, Arthur. Mrs Cook wird mitkommen sowie auch Thomas, Walter und Leon. Leider werden wir Jimmy verlieren, doch er wird ganz in der Nähe für den Colonel arbeiten und mir notfalls in einigen Dingen helfen können. Natürlich werden wir in dem Cottage viel beengter leben, als wir es gewohnt sind. Aber unter den gegebenen Umständen wird das keine Rolle spielen, meinst du nicht?«

»Trotzdem bleibt dir noch das Problem, die Bankschulden zurückzuzahlen«, gab Arthur, wie immer ganz der Anwalt, zu bedenken.

Doch auch hier war Clarissa ihm schon voraus. Weit voraus. »Ich habe mit einem sehr hilfreichen und verständnisvollen Mann bei der Bank gesprochen«, sagte sie, »und um die dortigen Schulden werde ich mich persönlich kümmern. Das Finanzamt wird bis nach dem Krieg warten müssen.«

Da Arthur nichts mehr zu der Angelegenheit zu sagen hatte, verabschiedete er sich, und Clarissa machte sich auf die Suche nach Mrs Cook.

»Du liebe Güte, sehen Sie müde aus!«, rief die Köchin, als sie Clarissa sah. Schnell zog sie einen Stuhl für sie heraus und forderte sie auf, sich an den Tisch zu setzen. »Was Sie brauchen, meine Liebe, ist eine gute Tasse Tee.«

»Das wäre wunderbar, vielen Dank.«

»Wie ist es mit Mr Willet gelaufen?«

»Er hat mir nichts gesagt, was ich nicht schon wusste, doch ich hatte das Vergnügen, ihn ganz und gar zu überraschen.«

»Wie schön für Sie. Ah, da ist Leon. Ich schwöre, dass dieser Junge den genauen Zeitpunkt kennt, wenn ich die *Betsey* auf den Herd stelle!«

Leons Status als »Feindlicher Ausländer« war auf »Freundschaftlicher Ausländer« herabgestuft worden, und nun arbeitete er als Zivilist auf dem Militärflughafen, wo er als Mechaniker tätig war. Dabei kam ihm das Wissen aus seinem Ingenieurstudium sehr zugute. Trotzdem schaffte er es noch, die Zeit zu finden, um in Clarissas neuem, in Stufen angelegtem Küchengarten mitzuhelfen. An dem Abend der Tanzveranstaltung, bei der Clarissa William kennengelernt hatte, hatte Leon auf dem Weg dorthin einen Umschlag in die Post gegeben. Das war der Brief gewesen, in dem er seine Dienste als Ingenieur zur Unterstützung bei den Kriegsanstrengungen angeboten hatte. Er hatte nicht erwartet, auf dem Militärflugplatz in Shillingbury beschäftigt zu werden, war jedoch sehr erfreut, dass es so war. Am selben Tag, an dem er dort zu arbeiten begann, nahm Lily die Arbeit in einer Munitionsfabrik in den Midlands auf. Damit war sie einem neuen Aufruf an die Frauen gefolgt, auch ihren Beitrag zu leisten. Ab und zu schickte sie ihnen eine Karte und erzählte von den Freundinnen, die sie gefunden hatte, und von der harten und ermüdenden Arbeit, die sie verrichtete. Die Romanze zwischen Leon und Lily, die Clarissa sich erhofft hatte, war nicht über diesen Tanzabend hinausgegangen. Trotzdem hegte Clarissa insgeheim noch Hoffnungen für die beiden.

Mitte November, an dem Tag, bevor Shillingbury Grange für militärische Zwecke beschlagnahmt werden sollte, wurde das Skylark Cottage zu Clarissas neuem Zuhause, aber nicht nur für sie, sondern auch für all jene, für die sie sich jetzt voll und ganz verantwortlich fühlte: Thomas und Walter, Leon und Mrs Cook. Das Haus mit seinem Strohdach und den niedrigen Balkendecken war so beengt, wie sie es erwartet hatte. Aber ohne Reue über ihre Entscheidung und obwohl sie hochschwanger war, machte Clarissa sich daran, das kleine Haus in ein Zuhause zu verwandeln. Während sie es Leon und den Jungen überließ, die wild wuchernden Hecken zurückzuschneiden und den ebenso verwilderten Garten zu bändigen, der zu lange sich selbst überlassen worden war, schrubbten Mrs Cook und sie die verstaubten Dielen und reinigten die

Wände, an denen einmal Möbel gestanden und Bilder gehangen hatten. So schmutzig und vernachlässigt das Häuschen auch war, verfügte es im Gegensatz zu einigen der umliegenden Cottages auf Colonel Brooks Landgut doch zumindest über fließendes Wasser und Strom.

Zu Mrs Cooks Begeisterung war der neue, schwarz verbleite Herd, den Clarissa in der Küche installieren ließ, eine enorme Verbesserung nach dem, den sie zurückgelassen hatten. In Windeseile gelang es ihnen mit vereinten Kräften, die letzten Spuren des tristen Gefühls der Vernachlässigung zu beseitigen, das Clarissa bei ihrer ersten Besichtigung des schwarz-weißen, strohgedeckten Fachwerkhauses empfunden hatte. Colonel Brook hatte es ihr nicht einmal zeigen wollen, weil er meinte, es sei viel zu schäbig für sie, um darin zu leben. Aber Clarissa hatte sich in seinen Namen – Skylark Cottage – verliebt und darauf beharrt, dass es geradezu perfekt für ihre Bedürfnisse sein würde. Im Geiste sah sie schon ihr ungeborenes Kind hier aufwachsen und mit Thomas und Walter in dem hohen Gras zwischen den Apfelbäumen spielen.

Es war kurz vor Weihnachten, und Clarissa brachte gerade einen Korb mit Feuerholz herein, als sie die ersten Anzeichen dafür verspürte, dass ihr Baby beschlossen hatte, zur Welt zu kommen. Der plötzliche scharfe Schmerz in ihrem Kreuz war so beträchtlich, dass er sie aufschreien ließ. Als er verging, holte sie tief Luft und lächelte vor sich hin, weil sie froh war, dass ihre Vermutungen sich bestätigt hatten. Sie war schon am Morgen mit dem sicheren Gefühl erwacht, dass heute der große Tag sein würde, und hatte so viele Stunden, wie sie nur konnte, damit verbracht, so viele Arbeiten wie nur möglich zu erledigen, solange sie noch dazu in der Lage war.

Da sie wusste, dass Wehen eine langwierige Sache sein

konnten, stellte Clarissa den Korb mit dem Feuerholz neben den Kamin und kniete sich vorsichtig davor, um Feuer zu machen. Zunächst zerknüllte sie alte Zeitungen zu kleinen Bällen, verteilte sie auf einigen Holzscheiten und fügte dann eine großzügige Menge getrocknetes Kleinholz hinzu. Als sie ein Streichholz daranhielt und zusah, wie die Flammen aufflackerten, durchfuhr sie ein weiterer scharfer Schmerz, und wieder entrang sich ein ungewollter Aufschrei ihren Lippen. Sie wartete, bis die Wehe abebbte, bevor sie in die Küche ging, um sich die Hände zu waschen. Als sie sie abtrocknete, fragte sie sich, was sie tun sollte, weil sie ganz allein im Haus war. Leon war bei der Arbeit, die Jungen waren im Pfarrhaus und probten für das Weihnachtskonzert am Heiligen Abend, und Mrs Cook war bei einer Versammlung des Women's Institute.

Noch kein Grund, sich zu sorgen, sagte sie sich. Ihr blieb noch Zeit genug, bevor sie jemanden hinzuziehen musste. Sowohl Dr. Rutherford als auch die Hebamme hatten ihr ausführlich erklärt, dass Erstgeburten es nie eilig hatten und immer Zeit erforderten. Deshalb bereitete sie sich einen heißen Saft aus schwarzen Johannisbeeren und nahm alle Kraft zusammen, als sie erneut von einem intensiven Schmerz durchzuckt wurde, der sich so anfühlte, als würde ihr die Wirbelsäule aus dem Leib gerissen.

Als der Schmerz sich legte, ging sie mit dem Becher ins Wohnzimmer hinüber, um sich an den Kamin zu setzen. Vorher schaltete sie jedoch das Radio ein, und als sie es sich in ihrem Lieblingssessel bequem gemacht hatte, griff sie nach ihrer Strickarbeit und fuhr dort fort, wo sie aufgehört hatte. Stricken beschäftigte sie und lenkte sie von der Furcht ab, dass die Welt anscheinend wild entschlossen war, sich selbst zu zerstören. Im Moment half die Beschäftigung ihr jedoch vor allem dabei, nicht an die Unvermeidlichkeit der nächsten qualvollen Wehe zu denken.

An so manchem Abend hatten Mrs Cook und sie hier am Kamin gesessen, für das Baby gestrickt und Pläne für die Zeit nach seiner Geburt geschmiedet. Mrs Cook war überzeugt, dass es ein Mädchen war, aber Clarissa war sich sicher, einen Sohn zu erwarten – einen Jungen, der wie William aussah und sie immer an den Mann erinnern würde, der ihr Herz im Sturm erobert hatte.

Der Entschluss, William zu heiraten, war einer der leichtesten ihres Lebens gewesen. Sie hatte nicht eine Sekunde lang gezögert, als er an einem freien Wochenende während eines Picknicks an einem sonnigen Nachmittag vor ihr auf ein Knie gegangen war und ihr einen Heiratsantrag gemacht hatte. Sogar einen Ring hatte er schon für sie dabeigehabt – und sie hatte mit jeder Faser ihres Seins gewusst, dass sie füreinander bestimmt waren.

William war ein sehr humorvoller Mensch gewesen, der nichts allzu ernst genommen hatte außer seiner Liebe zu ihr und seiner Entschlossenheit, im Kampf gegen die Deutschen das Seinige zu tun. Thomas und Walter waren sofort sehr angetan von ihm gewesen und äußerst interessiert daran, etwas über die Einsätze zu hören, die er flog. Nicht ein einziges Mal befürchteten sie, er würde ihnen Clarissa wegnehmen, wie es bei Arthur der Fall gewesen war. Vielleicht lag das auch daran, dass William auf dem Militärflugplatz stationiert blieb und nur seine seltenen freien Tage auf Shillingbury Grange verbrachte. Clarissa würde nie vergessen, wie sie sich das erste Mal in ihrem Schlafzimmer geliebt hatten und wie bemüht sie gewesen waren, keine Geräusche zu machen, die dem Rest des Haushaltes verraten könnten, was sie taten. Einmal hatten sie sogar einen Lachanfall bekommen und ihre Gesichter im Kopfkissen vergraben müssen.

Naiverweise hatte sie geglaubt, die Kraft ihrer Liebe zueinander würde einen undurchdringlichen Schild um sie beide errichten und sie vor dem Krieg beschützen. Wie vollkommen absurd ihr das jetzt erschien! Die Augen plötzlich voller Tränen, sehnte sie sich danach, William bei sich zu haben und ihm sagen zu können, dass er Vater wurde. Doch ihre Trauer wurde von einer neuen Welle des Schmerzes abgemildert, der so übermächtig war, dass sie einen gequälten Schrei ausstieß.

Sie zwang sich nun, die Atemtechnik anzuwenden, die sie bei der Hebamme gelernt hatte, und als das Schlimmste vorüber war und sie sich gerade zu entspannen begann, hörte sie ein Klopfen an der Eingangstür.

Nachdem sich Clarissa mühsam aus dem Sessel gestemmt hatte, erhob sie sich und ging zur Tür.

Kapitel Dreiundvierzig

Skylark Cottage,
Shillingbury
Dezember 1943

Der Anblick eines bärtigen, ihr aber irgendwie vertrauten Mannes, der im Halbdunkel des kalten, feuchten Winternachmittags vor ihrer Tür stand, verwirrte Clarissa, und es dauerte einen Moment, bis sie erkannte, wer er war. »*Artie!*«, rief sie dann erfreut. »Was für eine Überraschung!«

»Eine erfreuliche hoffentlich«, erwiderte er lächelnd.

Sie führte ihn schnell ins Haus. »Die erfreulichste, die ich mir vorstellen kann!« Ihre Freude, ihn nach all der Zeit zu sehen, war so groß, dass sie ihn stürmisch umarmte. Auch er drückte sie an sich und küsste sie auf die Wange, wobei seine Lippen sich eiskalt anfühlten an ihrer warmen Haut.

»Aber woher wusstest du, wo du mich finden würdest?«, fragte sie. »Obwohl ich doch noch keine Möglichkeit hatte, dir zu schreiben und meine neue Adresse mitzuteilen?«

»Ein Wachposten im Pförtnerhaus auf Shillingbury Grange hat mir den Weg zu dir beschrieben. Hier hat sich ja offenbar einiges verändert.« Arties Blick glitt über ihren stark gewölbten Bauch. »Vor allem du.«

Clarissa lächelte verlegen. »Komm mit ins Wohnzimmer, dort brennt ein schönes, warmes Feuer im Kamin.«

Sie hatten es schon beinahe bis zur Tür geschafft, als sie plötzlich das Gesicht verzog und fast in die Knie ging vor Schmerz. Sie rang nach Atem. »Ich möchte dich nicht erschrecken«, keuchte sie, »doch deine Ankunft könnte sehr gut mit der meines Babys zusammenfallen.«

»Ach du meine Güte! Wirklich?«

Ihr unkontrollierbares Stöhnen beantwortete seine Frage. Er hielt sie fest im Arm und führte sie auf das Sofa zu. »Was ist das Beste für dich? Zu liegen oder zu sitzen?«

Sie schüttelte den Kopf und versuchte, sich von dem unerträglichen Schmerz der Wehen nicht in Panik versetzen zu lassen, obwohl sie immer stärker wurden. Deshalb ignorierte sie das Sofa und beschäftigte ihren Körper und Geist mit der Aufgabe, einen Fuß vor den anderen zu setzen und zu dem Fenster hinüberzugehen, wobei sie jeden Schritt zählte. Dort drehte sie sich um und ging auf die gleiche Weise zu Artie zurück, der inzwischen Mantel, Hut und Schal abgelegt hatte.

»Was kann ich tun?«, fragte er. »Hast du den Doktor angerufen?«

»Ich habe damit noch gewartet«, murmelte sie, als der ärgste Schmerz abflaute.

»Worauf?«

Sie atmete tief aus und kostete die enorme Erleichterung nach dem Nachlassen der Wehe aus. »Auf das Voranschreiten der Dinge«, murmelte sie.

Er starrte sie ungläubig an. »Ich bin kein Experte, aber ich würde sagen, dass sie weit genug vorangeschritten sind. Gib mir die Telefonnummer des Arztes, dann rufe ich ihn an. Oder soll ich dich ins nächste Krankenhaus bringen?«

»Beruhige dich«, sagte sie. »Es besteht keine Eile. Wirklich nicht.«

Mit zweifelndem Gesichtsausdruck half er ihr behutsam auf das Sofa. Dann kniete er sich neben sie auf den Boden und streichelte ihre Wange. »Wie wäre es mit heißem Wasser? Das wird doch immer gebraucht, wie ich aus Filmen weiß.«

Lächelnd schloss sie die Augen unter seiner sanften Hand, weil sie plötzlich schrecklich erschöpft war. »Wie kräftezehrend Wehen sind, sagen sie einem vorher nie«, flüsterte sie und öffnete die Augen wieder. »Es ist wunderbar, dich zu sehen, Artie. Es ist viel zu lange her, seit du das letzte Mal hier warst.«

Er fuhr fort, ihre Wange zu streicheln, bis die nächste Wehe von ihr Besitz ergriff. »Nimm meine Hand«, forderte er sie auf, »und drück sie, so fest du kannst. Gut so, aber drück sie noch fester. Weiter so, du kannst das, Clarissa.«

Als der Schmerz wieder vergangen war, erklärte er: »Ich werde kein Nein mehr gelten lassen; du musst mir jetzt die Telefonnummer des Arztes oder der Hebamme geben.«

Sie wollte ihm gerade antworten, als sie eine Stimme hörte, die ihr etwas zurief. Sie gehörte Mrs Cook.

»Ach du lieber Himmel!«, murmelte die Frau nach nicht mehr als einem flüchtigen Blick auf Clarissa. »Das Baby ist unterwegs, nicht wahr? Hätte ich das gewusst, wäre ich früher heimgekommen. Und wer sind Sie, wenn ich fragen darf, junger Mann?«

»Das ist Artie«, sagte Clarissa.

Mrs Cook warf ihm einen abschätzenden Blick zu. »Oh, tatsächlich? Nun, Artie, es freut mich sehr, Ihre Bekanntschaft zu machen, doch falls Sie sich nützlich machen möchten, rufen Sie den Doktor an. Die Nummer liegt neben dem Telefon auf der Flurgarderobe. Tun Sie das, während ich unsere werdende Mutter nach oben bringe, wo sie eigentlich schon sein müsste. Und wenn Sie telefoniert haben, dann suchen Sie die Küche und machen Wasser heiß. Haben Sie das verstanden?«

»Er ist kein Kind mehr, Mrs Cook«, sagte Clarissa mit einem Lächeln für Artie.

»Ich will nur sichergehen, weiter nichts. Können Sie stehen?«

»Natürlich. Es ist wirklich keine Eile nötig; diese Dinge dauern ewig lange und …«

Eine weitere Wehe ließ sie verstummen. Bis sie vergangen war, hatte Artie den Arzt angerufen und war wie angewiesen auf dem Weg zur Küche.

»Scheint ein recht anständiger junger Mann zu sein«, bemerkte Mrs Cook, als sie es die Treppe hinaufgeschafft hatten, »auch wenn er Amerikaner ist.«

»Er ist ein *sehr* anständiger Mann«, erwiderte Clarissa, »also seien Sie nett zu ihm.«

Nachdem Mrs Cook Clarissa ins Bett geholfen hatte, krümmte sie sich unter einer weiteren Wehe. Diesmal versuchte sie nicht einmal, sich zu beherrschen, sondern stieß einen gellenden Aufschrei aus.

»Schreien Sie nur, so viel Sie wollen, das wird Ihnen guttun«, ermutigte Mrs Cook sie. »Sehr schön; Sie machen das ganz fabelhaft. Denken Sie einfach nur daran, dass Sie noch vor dem Ende dieses Abends Ihrem Baby Hallo sagen werden.«

Noch keine Stunde später hielt Clarissa ihren kleinen Sohn zum ersten Mal im Arm. Die Hebamme war gerade rechtzeitig gekommen, um sie von dem Baby zu entbinden und Mutter und Kind für kerngesund zu erklären. Dann war sie gleich wieder davongeeilt, um eine weitere Entbindung vorzunehmen. »Es ist dieser Krieg«, sagte sie, als sie ihre Sachen einsammelte. »Er hat eine Flut von Ehen und Babys hervorgebracht. Ich bin noch nie so beschäftigt gewesen.«

Mrs Cook erlaubte Artie, sich zu Clarissa zu setzen, während sie selbst nach unten ging, um Tee aufzubrühen.

Als sie allein waren, schlief der Säugling friedlich in Clarissas Armen, und Artie betrachtete zuerst ihn sehr aufmerksam und dann Clarissa. »Sieht er seinem Vater sehr ähnlich?«, fragte er dann.

»Das kann ich noch nicht sagen. Der Kleine ist noch zu verschrumpelt, um es sehen zu können.«

Artie lächelte. »Wie ist es, Mutter zu sein?«

»Beängstigend. Aber auch wundervoll. Ich will diesen Augenblick niemals vergessen.«

»Das wirst du auch nicht. Und ich genauso wenig. Hast du schon beschlossen, wie du den Kleinen nennen willst?«

»Ich weiß genau, wie ich ihn nennen werde – Nicholas William Dallimore. Wie klingt das?«

»Wie ein schöner Name«, sagte Artie. »Er wird ein glücklicher Junge sein bei solch einer fabelhaften Mutter. Ich hoffe, dass ich die Chance erhalten werde, ihn in den kommenden Jahren daran zu erinnern.« Er beugte sich vor und küsste Clarissa zärtlich auf die Stirn. »Du weißt, dass du nur zu fragen brauchst, falls ich jemals etwas tun kann, um dir und Nicholas zu helfen. Vergiss das nie, Clarissa.«

»Ganz sicher nicht«, erwiderte sie leise und fügte dann hinzu: »Du siehst übrigens sehr vornehm aus mit deinem Bart. Aber du bist viel zu dünn geworden. Von dir ist ja kaum noch etwas übrig! War es sehr schrecklich in Italien?«

Er strich sich mit der Hand über den Bart und sah sie mit ernster Miene an. »Am schlimmsten war es, als ich im

Oktober in Napoli war, nachdem Italien Deutschland den Krieg erklärt hatte. Man hört von Barbarei, doch wenn man sie mit eigenen Augen sieht, lässt sie einen die Hoffnung für die Menschheit verlieren und …« Er brach ab und blinzelte heftig. Dann schluckte er. »Lass uns jetzt nicht darüber reden.«

Als stimmte es ihm zu, bewegte sich das Kind in Clarissas Armen ein wenig und schnaufte, aber es erwachte nicht. Vom Flur her kam das Geräusch schneller Füße, die die Holztreppe heraufpolterten. Ein leises Anklopfen an der Tür folgte, dann spähten zwei Gesichter durch die halb geöffnete Tür hinein. »Dürfen wir ihn bitte, bitte sehen?«, flüsterte Walter. »Mrs Cook sagte, wir dürften, wenn wir ganz leise wären.«

»Natürlich«, antwortete Clarissa erfreut. »Kommt herein – und schaut mal, wer sonst noch hier ist!«

Die Jungen strahlten. »Onkel Artie!«, riefen beide aufgeregt und vergaßen völlig, dass sie still sein sollten.

Sie liefen zu Artie und umarmten ihn stürmisch, bevor sie sich an das Baby erinnerten und sich um das Bett scharten.

»Er ist sehr klein«, bemerkte Thomas ernst. »Muss er so verschrumpelt aussehen wie eine Rosine?«

»Natürlich muss er das«, antwortete Mrs Cook, als sie hereinkam, dicht gefolgt von Leon, der ein Tablett mit Tee und Gebäck hinter ihr hertrug. »Und ich wage, zu behaupten, dass ihr genauso klein und verschrumpelt wart, als ihr zur Welt gekommen seid.«

Beide Jungen lachten und taten die Vorstellung als Unsinn ab, während sie hungrig das Tablett beäugten.

Leon stellte es auf die Frisierkommode. »Es ist besser, wenn ich wieder gehe, glaube ich«, sagte er feierlich und hielt höflich den Blick von der im Bett liegenden Clarissa abgewandt.

»Bitte nicht, Leon«, erwiderte sie schnell. »Bleib und trink eine Tasse mit uns. Es wäre nicht dasselbe ohne dich.«

»Du kannst mir helfen, die Tassen weiterzureichen und diebische kleine Hände von den Plätzchen fernzuhalten, die ich heute Morgen gebacken habe, Leon«, sagte Mrs Cook.

Als sich alle um sie versammelten, wurde Clarissa ganz unerwartet von einer so überwältigenden Freude erfasst, dass ihre Augen sich mit Tränen füllten.

Walter sah sie beunruhigt an. »Bist du traurig, weil William nicht hier ist?«, fragte er mit überraschendem Verständnis.

»Ich bin nicht traurig«, sagte Clarissa und strich ihm über den Kopf. »Ich weine, weil ich das große Glück habe, euch alle bei mir zu haben.« Ihr Blick blieb an Arties hängen. »Mehr könnte ich gar nicht verlangen.«

Kapitel Vierundvierzig

Skylark Cottage,
Shillingbury
Weihnachten 1943

Das diesjährige Weihnachtsfest würde in jeder Hinsicht anders sein als das im vergangenen Jahr.

Damals hatte Clarissa sich darauf gefreut, Weihnachten mit William, Charles und Lavinia sowie Leon und den Jungen zu verbringen. Diesmal würden jedoch weder William noch Charles oder Lavinia dabei sein. Clarissas Traurigkeit wurde jedoch gelindert von der Freude, den kleinen Nicholas zu haben, der sich als sehr unkompliziertes Kind erwies und es nie versäumte, sie zum Lächeln zu bringen, selbst wenn er mitten in der Nacht erwachte. Es gab Momente, in denen sie sich fragte, in was für eine Welt er hineingeboren worden war und ob er sie je anders als im Kriegszustand erleben würde … aber dann schmiegte der Kleine sich an sie, und alles andere spielte keine Rolle mehr.

Da Artie über die Feiertage Urlaub hatte, blieb er bis zum neuen Jahr bei ihnen. Leon hatte ihm freundlicherweise angeboten, sein Zimmer mit ihm zu teilen. Doch Artie hatte darauf bestanden, auf dem Sofa zu schlafen, weil er niemandem zur Last fallen wollte. Er war der ideale Hausgast und erlangte Mrs Cooks Respekt und Sympathie, indem er bei allen Arbeiten mithalf, die anfielen. So schälte er beispielsweise Kartoffeln oder sorgte dafür, dass die Verdunkelungsvorhänge abends zugezogen waren.

In einer Zeit, in der die Rationierungen sogar für Mrs Cook, die aus den kärgsten Zutaten genießbare und nahrhafte Mahlzeiten zaubern konnte, eine Herausforderung darstellten, führte die Ankunft von zwei großen Weihnachtspaketen aus dem fernen Amerika sie alle am Küchentisch zusammen. Aufgeregt packten sie die wohlüberlegten Geschenke wie Dosenpfirsiche, Kuchen, Schinken, Ingwer, Schokolade und hübsch verpackte und nach Rosen duftende Seife aus, die Betty und Effie jeweils geschickt hatten.

»Luxusseife«, sagte Mrs Cook verträumt, als sie an einem der Stücke schnupperte. »Wann haben wir zuletzt etwas so Extravagantes im Haus gehabt?«

Am Nachmittag vor Heiligabend und nach dem Weihnachtskonzert in der Dorfkirche schoben Clarissa und Mrs Cook den schlafenden Nicholas in seinem Kinderwagen nach Hause und überließen es Artie und den Jungen, den Weihnachtsbaum beim Gemischtwarenhändler abzuholen.

Als sie durch die Hintertür das Haus betraten, lief Clarissa das Wasser im Mund zusammen von dem köstlichen Duft des langsam im Ofen garenden Kaninchen-Schmortopfs. Das Kaninchen hatten sie von Jimmy bekommen, der vielleicht oder vielleicht auch nicht auf legalem Weg daran gekommen war. Niemand hatte ihn danach gefragt. Clarissa ließ Nicholas in der warmen Küche, wo Mrs Cook schon ihre Schürze anzog, um mit der Arbeit an einem Rindertalgkuchen für den Abend zu beginnen. Sie ging zum Wohnzimmer weiter, um im Kamin ein Feuer anzuzünden. Als das erledigt war und sie in die Küche zurückkehrte, war Nicholas erwacht. Er schwenkte seine rosigen Fäustchen in der Luft, als versuchte er, nach ihr zu greifen, und so setzte sie sich auf den Stuhl neben dem Herd, um ihn zu stillen.

»Ich habe noch gerade genug schwarzen Rübensirup, um eine scharfe Sauce für den Pudding zuzubereiten«, sagte Mrs Cook. »Wer weiß, wann wir wieder Sirup sehen werden!«

»Ich helfe Ihnen«, sagte Clarissa, den Blick auf das zufriedene Kind an ihrer Brust gerichtet.

»Sie werden nichts dergleichen tun«, entgegnete Mrs Cook. »Sie bleiben schön dort sitzen und schonen sich.«

»Aber ich habe keine Lust, mich zu schonen«, entgegnete Clarissa. »Ich bin doch nicht krank.«

»Und ich will, dass es so bleibt, also schönen Dank auch. Und nun tun Sie, was ich Ihnen gesagt habe, denn ich werde nicht zulassen, dass Sie sich überanstrengen. Schon gar nicht zu Weihnachten.«

»Ich wusste nicht, dass Sie so eine Tyrannin sein können«, sagte Clarissa mit einem liebevollen Lächeln.

»Wenn Sie meinen Norman gekannt hätten, Gott hab ihn selig, hätte er Sie da schnell eines Besseren belehrt.« Sie legte den Kopf ein wenig schief. »Wer klingelt denn da an der Vordertür? Wenn das die Jungs mit dem Weihnachtsbaum sind, obwohl wir doch auch eine Hintertür haben, um den Baum hereinzubringen, werde ich ihnen das Fell versohlen, das schwöre ich!«

Aber nicht Thomas und Walter standen vor der Tür, sondern Arthur Willet. »Ich hab ihm gesagt, Sie seien beschäftigt und er solle im Wohnzimmer warten, bis Sie Zeit für ihn haben«, informierte Mrs Cook Clarissa, als sie in die Küche zurückkam und sehr verärgert aussah.

»Warum sind Sie denn so ärgerlich?«, fragte Clarissa.

»Sie wissen, was ich von Mr Willet halte. Für so einen kleinen Mann glaubt er, ganz schön viel zu sagen zu haben. Viel zu viel. Und nichts davon ist es wert, gehört zu werden.«

»Wissen Sie, was er will?«

»Nein. Ich habe ihn gefragt, doch er hat mir mehr oder weniger zu verstehen gegeben, ich solle mich um meine eigenen verdammten Angelegenheiten kümmern, als wäre ich nichts weiter als eine neugierige und aufdringliche Wichtigtuerin. Als ob ich Zeit für so was hätte! Der ist ganz schön dreist, dieser Mann, lassen Sie sich das gesagt sein. Wenn ich nicht so gutmütig wäre, würde ich's ihm zeigen.«

»Indem Sie ihm das Fell versohlen?«, schlug Clarissa vor, die einerseits sehr amüsiert über die Empörung der Frau war, aber auch erleichtert, dass die Tür hinter ihr zugefallen war und daher keine Gefahr bestand, von Arthur Willet gehört zu werden.

Mrs Cook hielt im Abwiegen der Zutaten inne und begann, lauthals zu lachen. »Na, das ist doch mal eine Idee!«

Weitere zehn Minuten vergingen, bis Nicholas satt war, und nachdem sie ihm den Rücken gerieben und geklopft hatte, wie die Hebamme es ihr gezeigt hatte, legte Clarissa ihn in seine Wiege und brühte eine Kanne Tee auf, um sie zu Arthur mitzunehmen. Was mag *den* am Weihnachtsabend hierhergeführt haben?, fragte sie sich.

Er stand gebückt vor dem Feuer, als sie ins Wohnzimmer kam, und legte gerade ein großes Scheit auf den Kaminrost, um es dann mit dem Schüreisen zurechtzurücken. Wenn Clarissa Leon und Artie das Gleiche hätte tun sehen, hätte sie ihnen gedankt, aber mit anzusehen, wie Arthur sich in ihrem Haus breitmachte, ärgerte sie.

»Hallo, Arthur«, begrüßte sie ihn kühl. »Tut mir leid, dass ich dich warten ließ.«

Er stellte das Schüreisen an seinen Platz zurück und kam zu ihr herüber, um ihr das Tablett abzunehmen. »Das macht doch nichts. Doch lass mich dir das Tablett abnehmen. Du hättest Mrs Cook auffordern sollen, es hereinzubringen.«

»Wozu? Ich bin durchaus in der Lage, ein Tablett zu tragen.« Um es zu beweisen, wich sie ihm aus und stellte es auf den Tisch vor dem Fenster, das zum Vorgarten hinausging. »Ich habe dir Tee gemacht, aber falls du etwas Stärkeres willst, kann ich gern nachsehen, ob ich Ingwerwein, Sherry oder Whisky finde.«

»Danke, der Tee genügt mir«, sagte er. »Du hast übrigens wahre Wunder bewirkt bei diesem Haus, Clarissa, und es wirklich verwandelt. Ich muss gestehen, dass ich Zweifel hatte, ob es vernünftig war, es trotz seines schlechten Zustandes zu übernehmen, aber du hast mir wieder einmal bewiesen, wie talentiert du bist. Nichts kann dich aufhalten, wenn du dir etwas vorgenommen hast, nicht wahr? Ich erzähle auch meiner Mutter immer, wie selbstbewusst und talentiert du bist.«

»Eine positive Einstellung bewirkt sehr viel«, erwiderte sie leichthin und fragte sich, warum in Herrgotts Namen Arthur mit seiner Mutter über sie sprach. Außerdem war er heute anders als gewöhnlich. Sie konnte es nicht benennen, doch er schien lebhafter als sonst zu sein, fast so, als könnte er es kaum erwarten, ihr irgendetwas mitzuteilen.

Sie reichte ihm seine Tasse und zeigte auf das Sofa, während sie selbst in dem Sessel am Kamin Platz nahm, nicht der Wärme wegen, sondern weil es Arthur so unmöglich war, sich neben sie zu setzen. »Was führte dich also her, Arthur?«, fragte sie.

Er lächelte. »Siehst du? Wie immer kommst du ohne Umschweife zur Sache. Du hast viele gute Eigenschaften, die ich bewundere, von denen eine deine großartige Fähigkeit ist, immer so erfrischend freimütig zu sein.« Er rührte seinen Tee um, legte den Löffel auf die Untertasse und schaute sich um, als schätzte er den Wert der Möbelstücke ab, die sie aus Shillingbury Grange mitgebracht hatte. Die meisten hatte sie bedauerlicherweise zurücklassen müssen, da sie zu viel Platz beansprucht hätten. »So wohl du dich hier auch fühlen magst, ist es doch gewiss nur eine vorläufige Lösung, bis der Krieg vorbei ist, nicht? Sobald sich das Leben wieder normalisiert, wirst du dir etwas anderes suchen wollen, das besser zu einer Frau deiner gesellschaftlichen Stellung passt.«

»Ach du meine Güte, ich hatte ja keine Ahnung, dass ich eine wie auch immer geartete gesellschaftliche Stellung habe, die es zu bewahren lohnt«, spöttelte sie.

Arthur schlug die Beine übereinander und schnippte etwas von seiner Anzughose. »Ach komm, Clarissa – deine Herkunft und familiären Beziehungen sind tadellos, also keine falsche Bescheidenheit, bitte.«

»Ich kann dir versichern, dass meine Bescheidenheit keineswegs geheuchelt ist, und was die Frage angeht, wo ich leben möchte, so mag dieses Cottage zwar ein bisschen beengt sein, doch es ist verhältnismäßig frei von Zugluft und kostengünstig in der Unterhaltung. Außerdem entspricht es perfekt meinem Bedarf und auch dem aller anderen, die es als ihr Zuhause betrachten und für die ich mich verantwortlich fühle.«

»Das ist ja wirklich bewundernswert von dir, aber …«

»Und wenn ich an all die armen Leute in London und ganz England denke, die ihr Zuhause und all ihren Besitz verloren haben«, fuhr sie fort, um ihren Standpunkt klarzumachen,

»bin ich froh und dankbar für das Glück, ein Dach über dem Kopf zu haben.«

»Auch ich bin dankbar für mein Glück«, sagte er mit einem zustimmenden Nicken, »und unter all den Dingen, derentwegen ich mich glücklich schätzen kann, ist vor allem das, worüber ich mit dir sprechen möchte. Meine Situation hat sich nämlich verändert, seit ich dich zuletzt gesehen habe, da mir sehr zu meiner Überraschung ein beträchtliches Erbe von einer erst kürzlich verstorbenen Großtante hinterlassen wurde.« Er schluckte. »Und … na ja, die Sache ist die, dass ich mich nach diesem unerwarteten Glücksfall in der Lage fühle, dir zu sagen, was mich schon seit Monaten beschäftigt. Ich sage es in der Hoffnung, dass du mich in diesem neuen Licht jetzt vielleicht ein wenig wohlwollender betrachten wirst.«

Wie erstarrt vor Schreck erwiderte Clarissa: »Sprich bitte nicht weiter, Arthur, es besteht wirklich keine …«

Mit glühenden Wangen hob er eine Hand, um sie zu unterbrechen: »Du hast jetzt ein Kind, Clarissa, und das bedeutet, dass du mehr denn je einen Mann an deiner Seite brauchst, dem du vertrauen kannst. Würde William dich nicht gut versorgt wissen wollen von einem Mann, der nur das Beste für dich will? Würde er keinen Mann für dich wollen, zu dem du vollstes Vertrauen hast und auf den du dich verlassen kannst – einen Mann, der jetzt nicht mehr ohne eigene finanzielle Mittel ist? Clarissa, ich glaube mit jeder Faser meines Seins daran, dass William mich billigen würde, und würde es als große Ehre – als die größte Ehre meines Lebens – betrachten, wenn du mir gestatten würdest, für den Rest deines Lebens der Mann an deiner Seite zu sein.«

Mit jedem seiner Worte hatte Clarissas Betroffenheit zugenommen, während sie gleichzeitig mit aller Macht gewünscht hatte, er würde nicht weiterreden. Aber jetzt, da er es ausgesprochen hatte und sie den Mund öffnete, um zu antworten, wurde sie von lauten Stimmen, die in ihre Richtung kamen, abgelenkt. Dann flog die Tür auf, und Thomas und Walter stürmten herein, gefolgt von Artie, der eine Tanne schleppte, die fast so groß war wie er selbst.

»Schau mal, Clarissa!«, rief Thomas glücklich. »Schau dir den Baum an, den wir gefunden haben!«

»Es war der teuerste, aber Artie sagte, das spielte keine Rolle, wir müssten den besten für dich kaufen, weil du das beste Weihnachten deines Lebens verdienst, und wir haben dir auch ein Geschenk gekauft und …« Walter brach ab, als er merkte, dass Clarissa nicht allein war.

»Seht mal, Arthur ist gekommen, um uns frohe Weihnachten zu wünschen«, sagte sie lächelnd, um die jähe Stille zu durchbrechen. »War das nicht nett von ihm?«

Die freudige Erregung der Jungen war in Sekundenschnelle verflogen, und nachdem sie Arthur höflich zugenickt hatten, schlüpften sie leise aus dem Zimmer.

»Arthur, das ist Artie, ein sehr lieber Freund, der über die Feiertage zu Besuch gekommen ist«, stellte Clarissa Artie vor.

Arthur setzte seine Tasse und Untertasse auf einen Nebentisch, als er sich langsam erhob und Artie mit einem langen, kühlen Blick abschätzend musterte. »Mir war nicht bewusst, dass du Besuch hattest, Clarissa«, sagte er steif, »aber wenn ich es gewusst hätte, wäre ich nicht unangemeldet hergekommen.«

»Sei nicht albern, du störst doch nicht«, sagte sie fröhlich – ein bisschen zu fröhlich vielleicht, aber das lag an ihrer Erleichterung darüber, dass Arthur jetzt keine Antwort mehr auf seinen Heiratsantrag erwarten konnte.

Artie, der Arthur regelrecht zu überragen schien, reichte ihm höflich die freie Hand. »Sieht so aus, als wäre ich es, der sich dafür entschuldigen sollte, einfach so hereingeplatzt zu sein«, sagte er. »Ich werde den Baum in die Diele bringen, damit ihr in Ruhe weiterplaudern könnt. Wir brauchen ohnehin mehr Anzündholz, Clarissa, und das will ich jetzt schnell noch schneiden, bevor es völlig dunkel wird.«

»Das wird nicht nötig sein«, warf Arthur ein. »Ich bin ohnehin schon zu lange geblieben. Meine Mutter erwartet mich wahrscheinlich schon. Es tut mir leid, Clarissa, falls ich wieder einmal etwas falsch beurteilt habe und meine Worte fehl am Platz waren.« Sein Blick glitt zu Artie. »Ich habe die Situation ganz eindeutig falsch eingeschätzt.«

Clarissa, die keine Eile hatte, ihn von seinen Schlussfolgerungen abzubringen, begleitete ihn zur Haustür, wo er eilig Hut und Mantel anzog und damit deutlich machte, dass er es kaum erwarten konnte fortzukommen. »Ich wünschte, du hättest nicht zugelassen, dass ich mich so zum Narren mache«, bemerkte er verärgert. »Zumindest diese Höflichkeit hättest du mir erweisen können.«

»Ich habe versucht, etwas zu sagen, Arthur, doch du hast mich ja nicht zu Wort kommen lassen.« Wieder unternahm sie keinen Versuch, ihn hinsichtlich seiner falschen Annahme zu berichtigen. Und wenn er sie deswegen nicht mehr mit seinen Anträgen belästigte, umso besser.

»Ich schlage vor, dass wir unsere Beziehungen von jetzt an auf einer rein geschäftlichen Ebene belassen«, sagte er steif.

»Vielleicht hast du ja recht«, erwiderte Clarissa freundlich und zu allen Zugeständnissen bereit, die er verlangte, um hocherhobenen Hauptes das Haus verlassen zu können.

»Gehe ich recht in der Annahme, dass ich mich bei deinem Besucher nicht gerade beliebt gemacht habe?«, fragte Artie, als Clarissa und er später allein in der Küche waren und das Teegeschirr spülten. Nicholas schlief im Obergeschoss tief und fest, und Leon und Mrs Cook waren im Wohnzimmer und bremsten Thomas' und Walters Eifer, den Weihnachtsbaum zu schmücken.

»Damit dürftest du recht haben«, stimmte Clarissa ihm zu.

»Und ich nehme an, das lag daran, dass er mich in irgendeiner Weise als Bedrohung sah?«

»Allerdings. Und so peinlich es mir auch ist, es zu erwähnen, aber nach seinem endlosen Drumherumgerede hatte Arthur mir gerade einen Antrag gemacht, als du mit den Jungs hereinkamst.«

»Peinlich? Wieso das?«

»›Unangenehm berührt‹ wäre eine fairere Beschreibung. Ich dachte, ich hätte es vor einiger Zeit geschafft, ihm klarzumachen, dass ich nicht an ihm interessiert bin, doch er hatte andere Ideen.«

»Ist er ein ernsthaftes Problem?«, fragte Artie, während er die Teller wegräumte, die er abgetrocknet hatte.

»Jetzt nicht mehr. Ich denke, dass er mich von nun an in Ruhe lassen wird, nachdem er mich als Frau von zweifelhaftem Ruf eingestuft hat, die ihn vorsätzlich getäuscht hat, obwohl ich ihn nie ermutigt habe. Als ob ich das tun würde, wo William doch gerade mal unter der Erde ist!« Sie knallte die Pfanne, die sie geschrubbt hatte, auf das hölzerne Abtropfbrett. »Wie konnte er auch nur *denken*, ich würde einen Heiratsantrag von ihm annehmen? Wie konnte er auch nur im Traum auf den Gedanken kommen, er könnte sich mit William vergleichen oder dass ich seinen Verlust inzwischen überwunden hätte?« Mit dem schon vertrauten, dumpfen Schmerz des Kummers hämmerte ihr das Herz gegen die Rippen, und ihre Augen füllten sich mit Tränen. Sie blinzelte, um sie zu verdrängen, doch sofort liefen ihr wieder frische über die Wangen. Plötzlich wurde sie überwältigt von einer tiefen Trauer um den Mann, der nur für so kurze Zeit Teil ihres Lebens gewesen war, ihr aber einen Sohn hinterlassen hatte, der für immer eine freudige und zugleich schmerzliche Erinnerung an ihn sein würde. Ihre Traurigkeit brachte noch mehr Tränen hervor, und egal, wie sehr Clarissa sich bemühte, sie konnte diese Flut von Tränen nicht länger zurückhalten.

Hinter sich hörte sie Artie etwas sagen, und dann spürte sie seine Arme um sich. Schluchzend sank sie an seine Brust, und er drückte sie an sich, schwieg jedoch. Dafür war sie ihm dankbar, weil es einfach keine Worte gab für das, was sie empfand.

Kapitel Fünfundvierzig

Skylark Cottage,
Shillingbury
Weihnachten 1943

Am Weihnachtstag gingen sie alle morgens in die Kirche, aber Mrs Cook kehrte nicht mit ihnen zum Skylark Cottage zurück. Clarissa hatte darauf bestanden, dass sie den Tag mit ihrer Familie im Dorf verbrachte, zumal auch Lily für ein paar Tage zu Hause war.

Obwohl Clarissa nach ihrem gestrigen Weinkrampf in Arties Armen noch immer sehr dünnhäutig war, war sie fest entschlossen, heute keine negativen Gefühle zuzulassen. Heute bestand ihre höchste Priorität darin, allen das bestmögliche Weihnachtsfest in diesen schweren Zeiten zu bereiten. Artie tranchierte am anderen Ende des Tisches den Fasan, den Colonel Brook ihnen persönlich gebracht und den Clarissa zubereitet hatte, und sie hörte Leon zu, der Thomas und Walter versprach, ihnen beim Zusammenbau der Modellflugzeuge zu helfen, mit denen Clarissa die Jungen am Morgen überrascht hatte. Nicht zum ersten Mal dachte sie, dass sie schon fast eine Familie waren. Nur eben keine normale Familie, sondern eine Familie von Flüchtlingen, die durch die außerordentliche Grausamkeit und Niederträchtigkeit seitens des Nazi-Deutschlands zusammengefunden hatten. Aber aus diesem Übel war ein großes Glück hervorgegangen, weil Clarissa wusste, dass ihr Leben unendlich viel ärmer wäre ohne diese lieben, ihr so nahestehenden Menschen mit ihr um den Tisch.

Als alle einen gefüllten Teller vor sich stehen hatten, räusperte Leon sich, stand langsam auf und erhob sein Glas mit Stachelbeerwein. »Ich würde gern etwas sagen«, begann er. »Ich möchte dir danken, Clarissa, nicht nur, weil du mir ein Zuhause gegeben hast, sondern auch dafür, dass du mir das Gefühl gibst, ein wichtiger Teil davon zu sein. Ich verdanke dir sehr viel und stehe tief in deiner Schuld. Vielleicht wird eine Zeit kommen, in der ich mich für deine Herzensgüte revanchieren kann.« Mit vor Verlegenheit geröteten Wangen setzte er sich schnell wieder und trank einen Schluck von seinem Wein.

Gerührt von der Förmlichkeit seiner Dankesrede, schenkte Clarissa ihm ein liebevolles Lächeln. »Du schuldest mir gar nichts, Leon, und denk bitte nie, dass du es tust.« Auch sie erhob ihr Glas. »Frohe Weihnachten euch allen! Und ich will niemanden sagen hören, meine Kochkünste wären nicht so gut wie Mrs Cooks!«

Die Jungen lachten und griffen nach ihrem Besteck.

Der Fasan mit den Röstkartoffeln und Pastinaken war schnell verspeist, und Clarissa brachte den Plumpudding herein, den alle mit begeistertem Applaus begrüßten.

»Das ist der schönste Tag meines Lebens«, erklärte Walter, nachdem er den Plumpudding probiert hatte. »Ich wünschte, wir könnten jeden Tag Rosinenpudding essen.«

»Dann wäre er aber nicht so etwas Besonderes«, sagte Artie.

»Oh doch«, widersprach Walter seufzend und nahm sich

noch einen Löffel. »Wenn der Krieg vorbei ist, werde ich für den Rest meines Lebens jeden Tag Rosinenpudding essen!«

Thomas grinste ihn spöttisch an. »Dann wirst du der fetteste Mensch der Welt sein.«

»Aber auch der glücklichste«, versetzte Walter.

»Nun, ich für meinen Teil kann mich an kein besseres Weihnachtsessen erinnern«, erklärte Artie.

Clarissa lächelte. »Sag das bloß nicht in Gegenwart von Mrs Cook, denn sonst wird sie uns verlassen.«

»Ich will nicht, dass irgendwer hier weggeht«, rief Walter. »Ich wünschte, wir alle könnten für immer so zusammenleben. Und ich wünschte auch, Mama und Papa wären hier«, fügte er leise und mit gesenktem Blick hinzu.

Niemand sagte etwas. Was sollten sie auch sagen, da doch keiner von ihnen glaubte, dass Thomas' und Walters Eltern noch am Leben sein könnten? Alles, was Clarissa über die von Nazis eingerichteten Lager im Radio gehört oder in den Zeitungen gelesen hatte, ließ sie bis ins Mark erschaudern. Artie hatte ihr Dinge erzählt, die schier unfassbar waren. Die beiden Jungen erwähnten nur selten ihre Eltern, und es war sehr lange her, seit sie aufgehört hatten, ihrer Mutter und ihrem Vater zu schreiben und zu hoffen, dass sie ihre Briefe erhalten und beantworten würden. Es war, als hätten sie einen Pakt geschlossen, diesen Teil ihres Lebens unter Verschluss zu halten, um sich selbst zu schützen. Das beunruhigte Clarissa, weil es ihr nicht normal erschien. Aber wenn die Jungen auf diese Weise mit ihrer Angst umgingen, dass ihren Eltern etwas Schreckliches zugestoßen sein könnte, musste sie ihre Verschwiegenheit in Bezug auf sie respektieren.

Es war Leon, der das Schweigen am Tisch brach. »Du wünschst dir heute aber ziemlich viel, Walter«, bemerkte er.

»Das tue ich jeden Tag«, erwiderte der Junge ernst und warf seinem Bruder einen Blick zu. »Ich spreche meine Wünsche normalerweise nur nicht aus.«

»Vielleicht sollten wir alle einen Wunsch äußern«, schlug Artie vor. »Was ist mit dir, Thomas, was würdest du dir wünschen?«

»Ein berühmter Künstler zu werden«, erwiderte er ohne Zögern.

»Und ich bezweifle nicht, dass du es eines Tages sein wirst.« Clarissa schenkte ihm ein ermutigendes Lächeln. »Was ist mit dir, Leon?«

Im Gegensatz zu Thomas zögerte er und sagte erst nach einer kurzen Pause: »Ich glaube, ich hätte sehr gern noch eine zweite Portion von diesem Plumpudding.«

Clarissa lächelte ihn an, froh, dass er die Stimmung aufgelockert hatte. »Das ließe sich problemlos einrichten, denke ich«, meinte sie.

»Für mich auch?«, fragte Walter.

»Natürlich.«

»Und was würdest du dir wünschen, Onkel Artie?« Die Frage kam von Thomas.

»Im Moment wünschte ich, ich könnte noch ein paar Wochen bei euch bleiben, doch leider muss ich nach Italien zurück.«

»Warum musst du zurück?«, wollte Walter wissen.

»Um zu berichten, was dort vorgeht. Das ist mein Beruf.«

»Aber du könntest dabei getötet werden.«

Artie wechselte einen Blick mit Clarissa. »Mir wird schon nichts passieren, Walter«, sagte er dann. »Du brauchst dir keine Sorgen zu machen, dass mich jemand erschießt, weil ich die Mühe nämlich gar nicht wert bin.«

Walter machte ein verdrießliches Gesicht. »Ich habe es mir noch mal überlegt mit meinem Wunsch; jetzt wünschte ich, du müsstest nicht zurück. Ich finde es schön, wenn du hier bist.«

Artie streckte die Hand aus und strich ihm über den Arm. »Ich werde wieder zurück sein, bevor du auch nur Zeit hattest, mich zu vermissen.«

»Ist das ein Versprechen?«

»Ja. Und ich halte meine Versprechen immer.«

Als braves Baby, das er war, wurde Nicholas genau zur rechten Zeit wach: gerade als sie mit dem Essen fertig waren und das Geschirr abräumten. Artie und Leon verscheuchten Clarissa augenblicklich aus der Küche und verbannten sie ins Wohnzimmer an den Kamin, damit sie in Ruhe ihren Sohn stillen konnte. Es erfüllte sie noch immer mit Erstaunen, dass sie ein Kind hatte und Mutter war. Aber gleichzeitig war es auch so, als hätte sie nie ein anderes Leben gekannt, als wäre Nicholas schon immer ein Teil von ihr gewesen.

In einer Ecke des Zimmers stand der Weihnachtsbaum, dessen bunte Glaskugeln das Lampenlicht einfingen. Sein Anblick erinnerte Clarissa schmerzlich an die Weihnachtsfeste mit ihren Eltern in ihrer Kindheit, in der sie nie einen Gedanken daran verschwendet hatte, dass das Leben einmal anders sein könnte. Wie sehr sie wünschte, ihre Eltern lebten noch, um ihren Enkel kennenzulernen! »Und was Grandma Ethel wohl von alldem halten würde?«, fragte sie Nicholas.

Seine Antwort war, die Augen zu öffnen und sie anzusehen, während sein Händchen sich fest um ihren Daumen schloss. Es war nur eine kleine Geste, aber sie ließ ihr Herz förmlich dahinschmelzen. »Meine Hand wird immer für dich da sein, wenn du sie halten willst«, flüsterte sie ihm zu. »Ich werde dich nie enttäuschen, das verspreche ich dir.«

Ihre Worte brachten ihr das Versprechen in Erinnerung, das Artie Walter gegeben hatte. Clarissa wollte genauso wenig wie Walter, dass Artie ging. Niemand hatte sie nach ihrem Wunsch gefragt, doch wenn sie es getan hätten, wäre ihre Antwort gewesen, dass sie Artie liebend gern bei ihnen in Skylark Cottage behalten würde, wo er sicher wäre. Vielleicht lag es daran, dass Walter das ausgesprochen hatte, was ihr Herz bewegte. Jedenfalls fürchtete sie jetzt mehr als je zuvor um Arties Leben.

Sie spielten gerade eine Partie »Snakes and Ladders« – oder auch »Leiterspiel« genannt –, als es an der Haustür klopfte. Thomas ging, um nachzusehen, wer es war, und kam mit einer strahlenden Mrs Cook und einer sehr schick aussehenden jungen Frau zurück, die ein rotes Kleid trug und dazu passenden Lippenstift aufgelegt hatte. Clarissa erkannte sie erst, als sie sprach – die junge Frau war Lily!

»Ich konnte doch nicht nach Shillingbury zurückkommen, ohne Sie alle zu sehen, Miss«, erklärte sie. »Hier, ihr zwei«, sagte sie und griff in einen Korb an ihrem Arm. »Ich habe euch Schokolade mitgebracht.« Thomas und Walter stürzten sich vor Begeisterung fast auf sie. Dann reichte sie Clarissa ein kleines Päckchen. »Und hier ist auch etwas für Sie, Miss.«

»Das wäre doch nicht nötig gewesen, Lily.«

»Wieso denn nicht? Sie haben Tante Dot ja auch etwas für mich mitgegeben.«

»Aber das war nur ein Päckchen Datteln. Das hier ist unendlich viel verschwenderischer«, entgegnete Clarissa, die das Geschenkpapier inzwischen entfernt hatte und ein Päckchen Nylonstrümpfe hochhob. »Was für ein Luxus! Vielen herzlichen Dank, Lily!«

Lily wandte sich nun Leon zu und lächelte ihn strahlend an, worauf sein Gesicht fast so rot wurde wie ihr Kleid. »Ich habe auch etwas für dich.«

Leon nahm das Geschenk entgegen, schien aber vollkommen die Sprache verloren zu haben. Wie angewurzelt stand er da und starrte Lily an.

»Na, mach schon!«, forderte sie ihn auf. »Steh nicht bloß herum, sondern mach das Päckchen auf.«

Seine normalerweise so geschickten Finger, die so gut wie alles reparieren konnten, schienen plötzlich außerstande zu sein, auch nur die Schleife des Geschenkbandes zu öffnen. Als er es endlich geschafft hatte, klappte er die schmale Schachtel auf und zeigte allen den Füllfederhalter, den sie enthielt.

»Damit du mir schreiben kannst«, sagte Lily augenzwinkernd.

Sofern das überhaupt noch möglich war, stieg dem armen Leon eine noch tiefere Röte ins Gesicht.

»Bekomme ich denn keinen Kuss?«, fragte Lily. »Das nenne ich aber eine schlechte Vorstellung! Nachdem ich eine halbe Ewigkeit fort gewesen bin, hatte ich wirklich einen etwas anderen Empfang erwartet.«

Mrs Cook lachte. »Na, jetzt hör schon auf, du freches Ding! Hör auf, den armen Mann zu hänseln. Und wer wäre jetzt für eine schöne Tasse Tee?«

Lily winkte ab. »Vergiss den Tee. Wo ist das Baby? Es ist vor allem der Kleine, den ich sehen wollte. Ich habe auch ein Geschenk für ihn.«

Wie aufs Stichwort erschien Artie mit Nicholas hinter Lily. »Ooooh, schaut ihn euch nur an!«, rief sie. »Er ist seinem Vater wie aus dem Gesicht geschnitten!« Dann verflüchtigte sich ihr Lächeln, und sie sah Clarissa an. »Entschuldigen Sie, Miss, vielleicht hätte ich das nicht sagen sollen, doch ich bin völlig außer Rand und Band vor Freude, euch alle wiederzusehen!«

»Sei nicht albern, Lily«, erwiderte Clarissa lächelnd. »Und hör bitte endlich auf, mich Miss zu nennen. Sag Clarissa zu mir. Möchtest du Nicholas gern einmal halten?«

»Versuchen Sie mal, mich davon abzuhalten!«

Bei Tee und Kuchen – es war der aus der Dose, den Effie aus Amerika geschickt hatte – unterhielt Lily sie mit ihren Geschichten über das Leben in den Midlands und die Munitionsfabrik, in der sie arbeitete. Clarissa staunte über die Veränderung, die mit der jungen Frau vorgegangen war. Lily wirkte jetzt viel selbstbewusster und unendlich viel erwachsener und erfahrener. Sie hatte sogar ihre Aussprache geändert: Von ihrem ausgeprägten nordöstlichen Akzent war jetzt kaum noch etwas wahrzunehmen.

»Die Mädchen, mit denen ich zusammenarbeite, reden unentwegt darüber, dass das Leben nie wieder das Gleiche sein wird«, sagte sie gerade. »Sie meinen, es würde eine neue Weltordnung entstehen, in der wir alle mehr füreinander tun werden. Und sie sagen, wir würden in einer gerechteren Gesellschaft leben, in der wir armen Leute nicht mehr ausgenutzt werden, wie es früher immer war.«

»Du solltest besser nicht zu viel über solche Dinge reden«, erwiderte Mrs Cook, »wenn du nicht beschuldigt werden willst, eine Kommunistin zu sein.«

»Und wenn ich nun eine wäre?«, gab Lily zurück. »Ist es etwa nicht richtig, dass wir alle unseren gerechten Anteil kriegen? Und ich werde dir noch was sagen: Keine hochnäsigen Lords und Ladys werden mir je wieder vorschreiben, was ich zu tun oder zu lassen habe, wenn dieser Krieg vorüber ist. Nein, ihr könnt mir glauben, dass es uns allen viel besser gehen wird, wenn wir Hitler zur Strecke gebracht haben. Besonders uns Frauen. Wir sind alle Soldaten in diesem Krieg zur Befreiung der Menschheit.«

»Alle Achtung!« Artie applaudierte ihr. »Das ist eine bewundernswerte Einstellung.«

Clarissa lächelte vor Stolz auf Lily. Wie schön es war, sie so voller Selbstvertrauen zu sehen! Es gab ihr das Gefühl, dass auch sie eigentlich mehr tun müsste. »Wenn ich mich nicht irre, habe ich hier ein zukünftiges Mitglied des Britischen Parlaments vor mir«, sagte sie.

Lily lachte und hob Nicholas hoch, um ihn richtig anschauen zu können. »Und was denkst du, kleiner Mann?«, fragte sie ihn. »Siehst du eine große Zukunft für mich?«

Seine Antwort war ein lautes Hicksen.

Später an jenem Abend, als es still im Haus war und Clarissa Nicholas in den Armen wiegte, dachte sie, wie perfekt Lily die Situation beschrieben hatte. Sie hatte recht: Nichts würde je wieder so sein, wie es gewesen war, und das würde vielleicht nicht jedermann gefallen. Manche Leute würden wollen, dass das Leben wieder so wie früher wurde. Aber wie könnte es das? Frauen verrichteten die Arbeit von Männern, und die meisten erledigten sie genauso gut. Dadurch waren sie unabhängig, und für viele war das eine Freiheit, die sie noch nie erlebt hatten. Wie viele von ihnen würden in die alten Gewohnheiten zurückverfallen wollen? Sie jedenfalls konnte sich ihr früheres Leben nicht mehr vorstellen, in dem Grandma Ethel nichts anderes für sie gewollt hatte als eine möglichst vorteilhafte Heirat.

Als Nicholas schließlich wieder tief und fest in der Wiege neben ihrem Bett schlief, zog sie den Gürtel ihres Morgenmantels fester zusammen und ging leise hinunter, um sich einen Tee aufzubrühen.

Mit der Tasse setzte sie sich auf den Stuhl neben dem Herd. Doch sie hatte kaum einen Schluck Tee getrunken, als sie Schritte und das Knarren der sich öffnenden Tür vernahm. Es war Artie, auch er in seiner Nachtkleidung.

»Ich dachte, ich hätte dich gehört«, sagte er. »Warst du oben bei Nicholas?«

»Ja. Er hat heute ein bisschen länger als sonst zum Einschlafen gebraucht. Ich glaube, er hat beschlossen, nicht mehr ganz so viel Zeit zu verschlafen. Soll ich dir einen Tee aufbrühen?«

Er gab ihr ein Zeichen zu bleiben, wo sie war. »Lass nur. Den mache ich mir selbst.« Während er darauf wartete, dass das Wasser kochte, bemerkte er: »Es war mir ernst damit, als ich vorhin sagte, ich wünschte, ich könnte länger bleiben.«

»Ich weiß«, erwiderte sie leise. »Und wenn sich irgendjemand für meinen Wunsch interessiert hätte, wäre es genau das gewesen, Artie. Die Jungs haben dich wahnsinnig gern hier, und ich kann sehen, dass Leon sehr froh darüber ist, einen weiteren Mann im Haus zu haben.«

»Und du? Bist du auch froh darüber, einen weiteren Mann um dich zu haben? Immerhin sind die Frauen in diesem Haushalt zahlenmäßig auch so schon unterlegen.«

Sie lächelte. »Das macht mir überhaupt nichts aus. Aber wie Effie sagen würde, war es einfach phänomenal, dich hier zu haben.«

Auch er lächelte. »Das freut mich sehr.« Er wandte sich ab, um seinen Tee aufzugießen, und kam dann damit zu ihr an den Küchentisch. Sein Gesichtsausdruck hatte sich verändert, das Lächeln war einem Ausdruck besorgniserregenden Ernsts gewichen, und seine Augen blickten düster hinter den Brillengläsern. »Wenn ich wieder in Italien bin, würdest du dann etwas für mich tun?«, fragte er.

»Aber selbstverständlich.«

»Würdest du dir bitte wünschen, dass ich zurückkehre?«

Clarissa runzelte die Stirn. »Willst du damit sagen, dass ich für dich beten soll?«

»Wahrscheinlich schon. Um mich gewissermaßen auf allen Ebenen abzusichern, könnte man auch sagen.«

»Ich weiß nicht, ob Gott mir zuhören wird. Schließlich bin ich nicht gerade eine der Gläubigsten, nicht wahr?«

»Ich auch nicht. Und wenn wir es ganz genau nehmen wollen, scheint Gott im Augenblick auf niemanden zu hören.«

Clarissa beugte sich vor. »Wie kommst du jetzt darauf, Artie? Warum denkst du auf einmal, dass du in Gefahr bist?«

»Wir sind alle in Gefahr. In jeder Minute unseres Tages. Bedenk doch nur, was hier in Shillingbury in der Nacht geschah, in der William …« Er unterbrach sich schnell. »Entschuldige bitte, ich hätte nicht …«

»Schon gut«, erwiderte sie. »Du kannst über William reden, ohne dass ich gleich in Tränen ausbreche wie gestern.«

Er schüttelte den Kopf. »Du hast nur deiner Trauer um den Mann, den du geliebt hast, freien Lauf gelassen. Wahrscheinlich hattest du das einfach noch nicht oft genug getan. Wenn ich raten müsste, würde ich sagen, dass du viel zu beschäftigt damit warst, dich für alle anderen einzusetzen. Habe ich recht?«

»Ach, ich weiß nicht ….«

»*Ich* weiß es schon, da ich gesehen habe, wie du hier alle bemutterst und wie sie dich dafür vergöttern. So, wie auch ich dich liebe. Aber das hast du immer schon gewusst, nicht wahr? Ich zumindest wusste bereits an jenem ersten Abend auf der

Belle Étoile, dass wir beide eine besondere Beziehung haben würden. Und mach dir keine Sorgen, denn ich habe nicht die Absicht, dich so in Verlegenheit zu bringen wie dieser Arthur Willet. So dumm bin ich nicht. Aber wirst du mein Schutzengel sein, wenn ich in Italien bin?«

Gerührt von seinen Worten und der Tiefe seiner Empfindungen für sie, griff sie nach seiner Hand und nahm sie zwischen ihre. »Das weißt du, Artie. Ich werde tun, was in meiner Macht steht, damit du dein Versprechen an Walter halten kannst. Doch ich verstehe nicht, warum du jetzt auf einmal so besorgt um deine Sicherheit bist?«

»Die Antwort darauf ist eigentlich ganz simpel. Nachdem ich endlich den Mut hatte, mir einzugestehen, wie sehr ich dich liebe, weiß ich jetzt, dass ich sehr viel mehr zu verlieren habe, wenn ich sterben würde.«

Kapitel Sechsundvierzig

Skylark Cottage,
Shillingbury
April 1944

Mittlerweile war es April, und in den Monaten, die verstrichen waren, seit Artie nach Italien aufgebrochen war, hatte Clarissa sich schier unentwegt um ihn gesorgt.

Unmittelbar nach seiner Abreise hatte sie versucht, zu ignorieren, wie leer das Haus ihr ohne ihn erschien oder wie oft sie ein Gedeck für ihn auflegte oder sich darauf freute, ihm etwas zu erzählen. Und immer folgte im Kielwasser ihrer Gedanken ein intensives Schuldbewusstsein, dass sie Verrat an William beging. Aber ihr wundes Herz flüsterte, dass Artie lebte und kein noch so großes Schuldbewusstsein William je zu ihr zurückbringen würde.

Es war nicht etwa so, dass sie versuchte, William durch Artie zu ersetzen, so war es wirklich nicht. William war William und Artie Artie, und die beiden Männer hätten gar nicht unterschiedlicher sein können. William hatte ihr Herz buchstäblich im Sturm erobert und eine hemmungslose Hingabe und den Glauben in ihr geweckt, dass sie die Pflicht hatten, für den Augenblick zu leben und jeden glücklichen Moment zu ergreifen, der sich ihnen bot. Und obwohl ihre gemeinsame Zeit auf so grausame Weise verkürzt worden war, tröstete Clarissa sich sehr oft mit dem Gedanken, dass sie einander in dieser kurzen Zeitspanne zumindest außerordentlich glücklich gemacht hatten.

Mehr als einmal wurde sie an die leidenschaftliche Liebe erinnert, die ihre Eltern füreinander empfunden haben mussten, eine Liebe, die ihre Mutter dazu veranlasst hatte, sich ihrer Familie zu widersetzen und mit dem geliebten Mann nach Frankreich durchzubrennen. Ohne jeden Zweifel hätte Clarissa das Gleiche mit William getan. Sie hätte ihm jeden Wunsch erfüllt.

Im Gegensatz dazu beruhten ihre Empfindungen für Artie auf dem gegenseitigen Vertrauen und Verständnis, das sie einander entgegenbrachten. Er war nachdenklicher und besonnener, als William es gewesen war, und auch nicht so risikofreudig wie er. Er war nicht der Typ, der sich kopfüber in etwas hineinstürzte, und wäre der Erste, der von sich sagen würde, er sei ein Beobachter des Lebens. Vielleicht arbeitete er deswegen als Reporter. Was sie an Artie immer so bewundernswert gefunden hatte, waren seine Integrität und uneingeschränkte Loyalität. Er übertrieb nie oder sagte etwas, was er nicht meinte. Deshalb war sie ja auch so alarmiert gewesen, als er sie gebeten hatte, sein Schutzengel zu sein. Clarissa fragte sich, ob er irgendeine Vorahnung gehabt haben mochte, dass etwas Schlimmes vor ihm lag. Oder hatte er als Kriegsberichterstatter einfach nur so viele furchtbare Dinge gesehen, dass er nicht daran glauben konnte, einen so brutalen Krieg zu überleben?

Am Tag seiner Abreise hatte sie ihn mit einer ungestümen, beschützenden, aber auch besitzergreifenden Umarmung umklammert. »Sei bitte vorsichtig«, hatte sie ihn angefleht, »du weißt, wie sehr du mir am Herzen liegst. Ich könnte es nicht ertragen, wenn dir etwas zustieße! Du musst dich aus der Gefahr heraushalten.«

»Ich werde mir alle Mühe geben, denn nichts wünsche ich mir mehr, als zu dir zurückzukommen. Ich liebe dich, Clarissa«, hatte er geantwortet.

Sie konnte sich nicht dazu überwinden, ihm das Gleiche zu sagen. Ihr Gewissen verbot es ihr, obwohl sie wusste, dass auch sie ihn liebte. Deshalb hatte sie ihn nur geküsst, aber diesmal nicht auf die Wange, sondern auf den Mund. »Ich werde hier auf dich warten«, hatte sie geflüstert. »Das werden wir alle tun. Auf Wiedersehen, mein Liebster!«

Seither hatte sie jeden Tag eifrig die Nachrichten über die Ereignisse in Italien verfolgt. Im Januar hatte sie von dem Vorrücken der Alliierten auf Rom gehört, bei dem Tausende britischer und amerikanischer Soldaten in Anzio an Land gestürmt waren und die Deutschen überrumpelt hatten. Im Februar las sie von der Bombardierung des Monte Cassino durch eine massive Formation der »Fliegenden Festungen«, wie die schweren viermotorigen Bomber des amerikanischen Fliegerkorps genannt wurden. Es schien, als hätten die Alliierten momentan die Oberhand, als würden sie den Krieg dort schon gewinnen. Aber auch das kleinste bisschen Optimismus, das Clarissa verspürte, wurde von ihrer Sorge um Artie überwogen.

Sie schrieb ihm, sooft sie konnte, erzählte ihm selbst die unwichtigsten Neuigkeiten aus dem Dorf und schickte ihre Briefe an die Adresse, die er ihr gegeben hatte. Jeden Tag hielt sie ungeduldig Ausschau nach dem Postboten und wartete verzweifelt darauf, etwas von Artie zu erfahren. Er schrieb unregelmäßiger als sie, betonte aber immer wieder, wie sehr er ihre Briefe schätzte.

Clarissa war nicht die Einzige, die auf den Postboten wartete. Mit dem Füllfederhalter, den Lily ihm geschenkt hatte, schrieb Leon nun auch ihr und hatte stets ein Lächeln auf den Lippen, wenn er einen von Lilys Briefen gelesen hatte.

Die Ankunft des Frühlings brachte nicht nur den erfreulichen Anblick von knospenden Bäumen, leuchtend gelben Narzissen und den Gesang der Lerchen auf den Wiesen mit, sondern auch einen Zustrom von amerikanischen Luftwaffenangehörigen in die Gegend.

Die Ruhe und der Frieden von Shillingbury wurden schon seit Langem von der Präsenz der Militärfahrzeuge und Flugzeuge gestört. Aber nun waren der Lärm und die Anzahl von Soldaten und weiblichem Hilfspersonal mit der Ankunft der Achten US-Luftflotte enorm gestiegen. Neue Flugzeuge, die sogenannten B-24 Liberators, wie Thomas und Walter Clarissa fachmännisch informierten, wurden zu einem regelmäßigen Anblick am Himmel, an dem die Piloten Flüge in dichter Formation und Bombardements übten. Es war allgemein bekannt, dass sie hier geprüft und einem intensiven Training unterzogen wurden, um für Einsätze über dem besetzten Europa bereit zu sein. Niemand wusste, wann es so weit sein würde, doch es musste bald sein. Die schweren Bomber boten einen aufregenden Anblick, und der donnernde Lärm, den sie verursachten, elektrisierte buchstäblich die Sinne.

Die neuen Kampfflugzeuge und -flieger mit ihrem Stützpunkt in nicht allzu großer Entfernung südwestlich von Shillingbury gaben den Dorfbewohnern Anlass zu einer größeren Zuversicht, und die Laune der Menschen hob sich, besonders als es hieß, die Amerikaner hätten mehr Lebensmittel mitgebracht, als sie verwenden konnten. Das war natürlich übertrieben, aber dennoch dauerte es nicht lange, bis sich entzückte

Frauen im Dorf in ihren neuen Nylonstrümpfen zeigten und Kinder sich die Schokolade von den Lippen leckten, die sie von den großzügigen amerikanischen Fliegern geschenkt bekommen hatten. Es war lange her, seit Clarissa so viele amerikanische Stimmen gleichzeitig gehört hatte, und es führte ihr vor Augen, wie ausgesprochen *englisch* sie geworden war.

An einem sonnigen Nachmittag war Clarissa mit Nicholas im Kinderwagen gerade auf dem Heimweg vom Metzger. Sie hatte über eine halbe Stunde angestanden, um dann festzustellen, dass nur noch ein paar Stückchen Leber übrig waren, um die sich bereits drei sehr entschiedene Frauen stritten. In Gedanken noch bei dem Streit, verhielt Clarissa plötzlich jäh den Schritt. Dort drüben bei dem hölzernen Tor zum Skylark Cottage stand ein Militärmotorrad. Was sollte jemand vom Militär hier wollen? Es sei denn, es war ein Bote, der hergekommen war, um ihnen schlechte Nachrichten zu überbringen?

Oh Gott, nichts über Artie! Bitte nicht! Nicht auch noch Artie …

Kapitel Siebenundvierzig

Skylark Cottage,
Shillingbury
April 1944

Clarissa hätte weinen können vor Freude, als sie sah, wer am Küchentisch saß und mit Mrs Cook sprach. Es war kein anderer als Ellis. Die Uniform, die er trug, ließ ihn noch vitaler wirken und erreichte etwas, was Clarissa nicht für möglich gehalten hätte: Sie machte ihn sogar noch attraktiver.

»Da bist du ja endlich, Clarissa«, sagte er und drückte die Zigarette aus, die er geraucht hatte, bevor er sich erhob. »Mrs C. und ich dachten schon, du kämst überhaupt nicht mehr nach Hause.« Er sprach, als wäre es erst gestern gewesen, dass sie sich zuletzt gesehen hatten.

Die Erleichterung darüber, dass der Besucher Ellis war und nicht jemand, der schlechte Nachrichten über Artie brachte, durchflutete Clarissa plötzlich so heftig, dass sie Ellis in einem Anfall von Euphorie um den Hals fiel.

Solch einen begeisterten Empfang hatte er offensichtlich nicht erwartet. »Also, das nenne ich eine eindeutige Verbesserung im Vergleich zu dem Empfang, den du mir beim letzten Mal bereitet hast!«, sagte er.

Ohne ihre Hände loszulassen, schob er sie auf Armeslänge von sich, um sie genauer anzusehen. »Du siehst gut aus«, stellte er anerkennend fest. »Mutter zu sein steht dir. Wo ist er übrigens, der kleine Mann? Ich habe ihm etwas mitgebracht.«

»Captain Randall hat uns *allen* Geschenke mitgebracht«, bemerkte Mrs Cook mit einem breiten Lächeln – der Art von Lächeln, die Clarissa verriet, dass sie ganz und gar entzückt von Ellis war. »Schauen Sie mal in den Karton dort drüben auf der Anrichte! Er enthält Büchsen mit Aprikosen, Kondensmilch, Corned Beef, Lachs und auch Päckchen mit Zucker, Schokolade und Kaffee. Und es ist auch Kaugummi für die Jungs darin.«

Clarissa ging zu der Anrichte hinüber, um einen Blick in den Karton zu werfen. »Und Strümpfe«, murmelte sie. »Das wäre doch nicht nötig gewesen, Ellis.«

»Reden Sie keinen Unsinn, natürlich war es das«, sagte Mrs Cook. »Wir können jede Hilfe brauchen, die wir kriegen können, also nochmals vielen Dank, Captain. Er hat mir gerade erzählt, wo er stationiert ist, was praktisch gleich vor unserer Haustür ist.«

»Wirklich?«, fragte Clarissa.

Ellis lächelte. »Auf dem Stützpunkt 174 in Sudbury. Ich bin erst letzte Woche angekommen und war bisher nur in der Ausbildung. Habe ich nicht gesagt, dass ich eines Tages rüberkommen würde, um dich vor diesen verdammten Deutschen zu retten?«

»Ja«, antwortete sie und stieß ihn spielerisch gegen die Schulter, »aber du hast dir reichlich Zeit damit gelassen.«

»Glaub mir, ich wäre schon viel eher hier gewesen, doch die US-Streitkräfte bewegen sich in ihrem ganz eigenen Tempo. Und jetzt komm und zeig mir deinen Sohn. Wo hast du ihn versteckt?«

Sie ging mit Ellis hinaus, wo sie den schlafenden Nicholas in seinem Kinderwagen hatte stehen lassen. Er war inzwischen wach und blickte zufrieden zu der im Wind flatternden Wäsche an der Leine auf.

Ellis beugte sich über ihn, um ihn sich genauer anzusehen. »Ja, bildhübsch, wie ich schon vermutet hatte. Genau wie seine Mutter.«

Zu Clarissas Überraschung griff Ellis in den Kinderwagen und hob Nicholas heraus. Schon halb in der Erwartung, dass der Kleine protestieren würde, wollte sie ihn Ellis abnehmen, aber Nicholas wehrte sich nicht und begann auch nicht zu weinen. Stattdessen belohnte er den ihm fremden gut aussehenden Mann sogar mit einem hinreißenden Lächeln und berührte neugierig mit einem Finger sein Gesicht.

»Er mag dich«, sagte Clarissa.

»Natürlich. Alle mögen mich.«

»Wie schön zu sehen, dass du dich kein bisschen verändert hast und noch genauso bescheiden bist wie früher«, scherzte sie.

»Täusch dich da mal nicht, denn ich habe mich sehr wohl verändert. Wir alle haben uns verändert. Das macht der Krieg mit uns. Schau dich selbst an, du bist jetzt Witwe und Mutter.«

Für einen Moment sagten beide nichts, und in der Stille sang ein Rotkehlchen in den Ästen des Kirschbaums, der in voller Blüte stand, als würde es keine Sorge auf der Welt kennen.

»Warum hast du mir nicht geschrieben, um mir mitzuteilen, wo du stationiert sein würdest?«, fragte Clarissa schließlich.

»Ich wusste nicht genau, wo ich landen würde. Die Pläne ändern sich in diesem Spiel von einem Augenblick zum anderen. Ich dachte, ich sei nach irgendwo an der Südküste unterwegs. Aber ich hätte es dir auch gar nicht sagen dürfen, selbst wenn ich es gewusst hätte. Es war für mich sogar eine Überraschung zu sehen, auf welchem Schiff ich den Atlantik überqueren würde. Stell dir vor, es war unsere alte Freundin, die *Belle Étoile*.«

Clarissa wurde plötzlich von einer schmerzlichen Sehnsucht nach jenen vier Tagen an Bord dieses luxuriösen Schiffes erfasst – vier Tage, die dazu geführt hatten, dass ihr Leben sich geradezu unfassbar verändert hatte. Es war unvorstellbar, dass irgendeiner von ihnen je wieder den gleichen Grad an Luxus erleben würde. »Ich hatte schon gelesen, dass das Schiff in den Dienst der Marine gestellt worden ist«, sagte sie. »Das muss ja diesmal eine völlig andere Überfahrt für dich gewesen sein.«

Ellis lächelte wehmütig. »Es gab jedenfalls keine Cocktails mehr, und da war auch niemand, mit dem ich hätte tanzen können«, antwortete er und brachte Nicholas in eine bequemere Position, bevor er durch den Garten auf den Apfelbaum zuging, an dem Leon eine Schaukel für Thomas und Walter aufgehängt hatte.

Clarissa schloss sich Ellis an. »Ich kann es fast nicht glauben, dass du ausgerechnet hier stationiert worden bist«, sagte sie. »Wenn man bedenkt, wie gering die Chancen waren …«

»Das war Schicksal.« Er wandte den Kopf, um sie anzusehen.

Clarissa erwiderte nichts darauf, weil sie Ellis zu gut kannte, um auf einen solchen Kommentar hereinzufallen. Sie wartete nur darauf, dass er höhnisch lachen und sagen würde: »Von wegen Schicksal!« Doch diesmal tat er es nicht.

»Weißt du, was dein erster Einsatz sein wird?«, fragte sie.

»Ich habe eine ungefähre Vorstellung. Aber von mir wirst du nichts erfahren, also versuch's erst gar nicht.«

Da Nicholas mittlerweile ungeduldig wurde, erbot sich Clarissa, ihn zu nehmen. Nachdem Ellis ihn ihr in die Arme gelegt hatte, griff er in seine Hemdtasche und zog eine silberne Kette mit einem Sankt-Christophorus-Anhänger heraus. »Es ist kein großartiges Geschenk für ein Baby«, sagte er, »doch ich möchte, dass er die Kette bekommt. Meine Großmutter hatte sie mir zur Geburt geschenkt.«

»Willst du sie nicht selbst tragen?«

»Warum? Damit sie mich beim Fliegen beschützt?«

»Warum nicht?«

»Weil das Schicksal und nicht eine Kette entscheiden wird, wann meine Zeit abläuft.« Er schob den Ärmel seiner Uniformjacke hinauf und schaute auf die Uhr. »Ich sollte jetzt besser gehen.«

»So bald schon? Aber wir haben doch kaum Zeit gehabt, uns zu unterhalten! Ich habe schon länger nichts mehr von Effie gehört. Du?«

»Es geht ihr gut«, sagte er und beugte sich vor, um sie auf die Wange zu küssen. »Ich verspreche dir, dass ich wiederkomme, sobald ich kann.«

Er kam eine Woche später an einem Nachmittag, an dem Clarissa allein war. Mrs Cook hatte Nicholas im Kinderwagen zum Einkaufen und zu einem Besuch bei einer Freundin mitgenommen. Leon hatte Dienst am Flughafen, und Thomas und Walter waren in der Schule. Die Sonne schien strahlend hell von einem erstaunlich klaren Himmel, und Clarissa war gerade dabei, den Garten umzugraben, um einen Teil davon für den Anbau von Kartoffeln vorzubereiten. Das Haar halb unter einem Baumwolltuch verborgen, in Gummistiefeln und mit einem von Leons abgelegten Overalls bekleidet, stand sie da und lächelte über Ellis' Gesichtsausdruck, als er sie sah.

»Ist es das, was die Briten mit ›Graben für den Sieg‹ meinen?«

»Wenn ich nicht wüsste, wie nutzlos du mit deinen zarten Pilotenhänden wärst, würde ich dich bitten, mir zu helfen«, sagte sie.

Er zog eine Augenbraue hoch. »Du denkst, ich kann nicht graben?«

»Ein Junge aus der Oberschicht wie du? Ich würde jede Wette eingehen, dass du noch nie im Leben einen Spaten angefasst hast.«

Die Herausforderung war so unwiderstehlich, wie sie gedacht hatte, und mit einem Funkeln in den Augen nahm Ellis seine Mütze und die lederne Pilotenjacke ab und rollte die Ärmel auf. »Gut«, meinte er, als er nach der an der Schubkarre lehnenden Harke griff, »dann zeig mir, was hier umgegraben werden muss.«

»Du kannst gern am anderen Ende des Beetes anfangen, und dann werden wir sehen, wer als Erster in der Mitte angekommen ist. Und vergiss nicht, gründlich zu arbeiten! Ich will nicht, dass unsere Kartoffelernte verdirbt, weil du die Erdklumpen nicht ordentlich zerkleinert hast.«

»Ja, Ma'am«, antwortete er und salutierte.

»Mal sehen, ob du in einer Stunde noch immer so große Gesten machst.«

Innerhalb von Minuten wurde Clarissa klar, dass sie Ellis falsch beurteilt hatte. Er bearbeitete die Erde mit einer Tüchtigkeit und Leistungskraft, die sie nur bewundern konnte.

»Hör auf, mich zu beobachten, und mach dich wieder an die Arbeit, Dallimore«, befahl er, »oder ich werde es mir anders überlegen und dich am Samstag nicht zu dem Tanzabend auf dem Stützpunkt mitnehmen.«

»Wer sagt denn, dass ich tanzen gehen will?«

»Natürlich willst du. Jedes Mädchen im Umkreis von vielen Kilometern wird dort hingehen wollen.«

»Aber in meinem Fall wäre das eigentlich nicht sehr angebracht, nicht wahr?«

Er hielt in der Arbeit inne und kniff die Augen zusammen. »Und wann wäre es angebracht?«

»Ich weiß nicht. Es erscheint mir nur …«

»Nicht richtig, dass du dich als Witwe auch mal amüsierst?«, schloss er für sie. »Ist es das?«

»So etwas in der Richtung, ja.«

»Und wenn ich einen Pakt mit dir schließen würde, damit du dich garantiert nicht amüsierst?«

Sie lächelte. »Du meinst, du würdest mir versprechen, dich von deiner gewohnt unausstehlichen, hochtrabenden Seite zu zeigen?«

»Ja, das ließe sich problemlos machen. Oder du könntest den Abend auch als ehrenamtliche Mitarbeit betrachten, um die Stimmung einer Menge Piloten zu heben, die weit weg von zu Hause sind und ihre Lieben vermissen, um nicht zu sagen, schreckliche Angst davor haben, dass sie nächste Woche von ihrem Einsatz vielleicht nicht zurückkehren werden.«

Clarissa warf ihm einen langen, prüfenden Blick zu und wusste, dass er nicht scherzte. »Ich werde sehen, ob Mrs Cook sich um Nicholas kümmern kann.«

Sie beendeten die Arbeit im Garten und gingen hinein, um sich die Hände zu waschen. In der Speisekammer fanden sie selbst gebrautes Ingwerbier, und nachdem Clarissa zwei Gläser eingeschenkt hatte, gingen sie wieder in den Garten und setzten sich auf einer alten Decke in das Gras unter dem Kirschbaum, dessen Blüten schon langsam abfielen.

»Wie ich hörte, war Artie über Weihnachten bei euch«, sagte Ellis. »Und darüber hinaus muss er wohl auch nahe daran gewesen sein, dein Baby zur Welt zu bringen.«

»Hat er dir das erzählt?«, fragte Clarissa.

Ellis leerte sein Glas und streckte sich auf der Decke aus. »Natürlich nicht, ich habe es von Effie erfahren. Von Artie habe ich schon eine ganze Weile nichts gehört. Und ich vermisse ihn, vermisse ihn ganz schrecklich.« Sein Ton war plötzlich so nachdenklich geworden, als trauerte er einer Zeit nach, in der die Welt ein völlig anderer Ort gewesen war. »Aber wahrscheinlich wird er Wichtigeres zu tun haben, als mir zu schreiben«, fuhr er fort. »Die Lage in Monte Cassino verschärft sich offenbar. Die Berichte, die ich darüber gelesen habe, sind eine bittere und erschreckende Lektüre.«

»Hört man was in den Nachrichten, das nicht so ist?«

»Leider nicht. Und was Effie angeht, so ist sie auf dem Weg hierher.«

»Nein!«

Er blickte lächelnd zu ihr auf. »Ja, ich dachte mir schon, dass dich das überraschen würde. Sie kommt, um ihren Beitrag zu leisten, indem sie für die Truppen singt. Der Himmel stehe ihnen bei, kann ich nur sagen.«

»Ich hoffe, dass ich sie auch zu sehen bekomme. Sie wird doch herkommen, oder? Oh, sie muss es einfach tun!«

»Versuch mal, sie aufzuhalten«, sagte Ellis trocken.

»Warum hat sie mir nicht geschrieben, dass sie kommt?«

»Weil es eine Überraschung für dich sein sollte – wenn ich nicht so gedankenlos gewesen wäre, sie euch zu verderben. Aber ich bin ja auch bekannt dafür, dass ich alles verderbe.«

Entzückt über die Neuigkeiten, legte Clarissa sich zu Ellis auf die Decke und blickte lächelnd durch die Kirschblüten zu dem blassen Himmel über ihnen auf. »Ich kann es fast nicht glauben, dass Effie kommt!«, sagte sie glücklich. Im Geiste sah sie Effie so, wie sie sie zum allerersten Mal gesehen hatte: am Kopf der Treppe stehend, die zum Speisesaal der *Belle Étoile* hinunterführte, und mit einem Lächeln und dem sicheren Wissen, dass aller Augen auf sie gerichtet waren, was sie liebte.

Ellis wandte sich Clarissa zu und sah sie an. »Darf ich dich etwas fragen?«

Auch sie wandte sich ihm zu. »Natürlich.«

»Warum findest du mich eigentlich nicht auch unwiderstehlich?«

Durch die Aussicht auf ein Wiedersehen mit Effie in freudiger, ja schon beinahe ausgelassener Stimmung, lachte sie. »Warum in aller Welt stellst du mir eine solche Frage?«

»Weil ich neugierig bin. Du hast mich einmal in einer Art und Weise geküsst, die dafür sprach, dass wir mehr als Freunde werden könnten.«

»Wenn du nachdenkst, wird dir wieder einfallen, dass du es warst, der mich geküsst hat.«

»Ich erinnere mich noch sehr genau daran, wie du den Kuss erwidert hast.«

»Das habe ich nur aus Höflichkeit getan.«

Ellis stützte sich auf einen Ellbogen und lächelte auf sie herab, während er ihr mit dem Finger an die Nase tippte. »Was für eine Lügnerin du bist.«

Sie stieß seine Hand beiseite. »Na schön, in Ordnung, dann muss ich wohl zugeben, dass ich damals nichts als ein unbeholfenes junges Mädchen war, das geblendet war von deinem anmaßenden Charme.«

»Könntest du dich nicht dazu überwinden, wieder dieses unbeholfene junge Mädchen zu sein? Ich hatte so viel Spaß daran, dich zu veralbern.«

Sie verdrehte die Augen. »Du bist so ziemlich der unmöglichste Mann, der mir je begegnet ist.«

Er warf den Kopf zurück und lachte.

Dann hörten sie hinter sich das Geräusch von jemandem, der sich ostentativ räusperte. »Ich störe doch nicht, oder?«

Clarissa schlüpfte hinter Ellis' aufgestütztem Arm hervor und sah sich zu ihrer Bestürzung Arthur Willet gegenüber, der mit einer Aktentasche in der Hand hinter ihnen stand und sie anstarrte.

»Ich glaube nicht, dass wir uns schon einmal begegnet sind«, sagte Arthur wichtigtuerisch, als Clarissa und Ellis aufgestanden waren und sie die Männer einander vorgestellt hatte. Der angewiderte Blick, den Arthur Ellis zuwarf, wurde nur noch von dem Ausdruck der Verachtung übertroffen, mit dem er Clarissa ansah.

»Wohl eher nicht«, erwiderte Ellis ruhig, ohne die Hand zu ergreifen, die Arthur ihm hinstreckte. Stattdessen strich er sich das Haar zurück und ging zu dem Gartenstuhl, auf dem er vorher Mütze und Fliegerjacke abgelegt hatte. »Wenn Sie etwas Geschäftliches mit Clarissa zu besprechen haben, lasse ich Sie wohl besser allein«, sagte er und zog ein Päckchen Zigaretten und ein Feuerzeug aus einer seiner Jackentaschen.

»Nein, geh bitte noch nicht«, erwiderte Clarissa und wünschte mit aller Kraft, er möge bleiben. Ihr war nicht wohl bei dem Gedanken, mit Arthur allein gelassen zu werden. Wieso war er überhaupt hier, nachdem er am Weihnachtsabend doch klargestellt hatte, dass alle zukünftigen Besprechungen in seinem Büro stattfinden würden?

Ellis, der sich inzwischen eine Zigarette angezündet hatte und einen Rauchring in die Luft blies, sah Clarissa nachdenklich an. »Es wird spät«, sagte er, »aber vielleicht sollte ich noch ein Weilchen bleiben, damit ich Thomas und Walter sehen kann, wenn sie aus der Schule kommen.«

»Und Mrs Cook würde dich auch sehr gern wiedersehen«, fügte Clarissa schnell hinzu und lächelte ihn dankbar an. »Was meint ihr – soll ich uns eine Tasse Tee aufbrühen?«

»Das wäre wunderbar«, sagte Arthur, dessen Ton und Gesichtsausdruck jedoch alles andere besagten.

Im Haus, während Clarissa sich damit beschäftigte, den Wasserkessel aufzusetzen und das Teegeschirr herauszunehmen, öffnete Arthur die Aktentasche und nahm Unterlagen heraus. »Es ist nichts Wichtiges, Clarissa«, sagte er. »Wenn du nur schnell diese Papiere unterschreiben könntest, bin ich auch schon wieder weg.«

»Von welchen Papieren redest du?«

»Ach, nur die üblichen Einkommenserklärungen für das Finanzamt.«

»Ich kann mich nicht erinnern, so etwas schon einmal unterschrieben zu haben.« Clarissa ging zu ihm hinüber, um sich die Papiere anzusehen.

»Sie sind diesmal nur insofern ein bisschen anders …«, begann er und unterbrach sich, um seine Brille zurechtzurücken, »als in diesem Jahr deine Kriegerwitwenrente mitberücksichtigt werden muss.« Er reichte Clarissa einen Füllfederhalter an. »Ich wollte die Sache nur so schmerzlos und einfach wie möglich für dich machen.«

»Vielleicht sollten Sie Clarissa Zeit geben, diese Papiere

durchzulesen«, wandte Ellis von der anderen Seite des Tisches ein und richtete den Blick auf die Papiere.

Arthurs Reaktion darauf war, mit seinem Stuhl von Ellis weg und näher an Clarissa heranzurücken.

»Ellis hat recht, Arthur«, sagte sie. »Ich sollte sie vorher besser lesen, nicht? Das ist nur vernünftig. Zumal es etwas so Offizielles ist.«

»Natürlich. Ich wollte es nur rasch abwickeln, da ich ja weiß, wie schwierig diese Zeit der Trauer für dich ist.« Sein Blick glitt bedeutungsvoll von Clarissa zu Ellis und dann wieder zurück zu ihr.

»Und ich weiß das auch durchaus zu schätzen, Arthur«, sagte Clarissa und streckte die Hand nach den Papieren aus. »Aber ich werde sie heute Abend durchsehen, wenn Nicholas im Bett ist, und morgen schicke ich sie dir dann zurück. Es sei denn, du hast es sehr eilig und brauchst meine Unterschrift gleich jetzt?«

»Es geht mich ja eigentlich nichts an«, sagte Ellis gedehnt und begann, mit den Fingern auf den Tisch zu trommeln, »doch meiner Erfahrung nach ist jeder, der in geschäftlichen Dingen in aller Eile eine Unterschrift haben will, mit größter Vorsicht zu betrachten.«

Arthur bedachte ihn mit einem hasserfüllten Blick. »Sie haben recht«, sagte er mit bebenden Nasenflügeln, »das hier geht Sie wirklich überhaupt nichts an.« Er schob die Papiere wieder in seine Aktentasche und ließ sie zuschnappen. »Clarissa, ich bin für dich und deine Großeltern tätig gewesen, ohne je auch nur ein Wort der Klage von ihnen oder von dir zu hören«, fuhr er fort und drückte stolz die Brust heraus. »Und ich kann es wirklich überhaupt nicht leiden, so behandelt zu werden, als versuchte ich, etwas Hinterhältiges zu tun. Wenn es dir lieber wäre, dass ich mich nicht mehr um deine geschäftlichen Angelegenheiten kümmere, brauchst du es nur zu sagen und kannst dir einen neuen Anwalt suchen. Danke, aber ich finde allein hinaus.«

»Es liegt mir fern, dir irgendwelche Ratschläge zu geben, doch da geht ein Mann, dem ich nicht über den Weg trauen würde«, bemerkte Ellis, als sie Arthur mit hoher Geschwindigkeit davonfahren hörten.

»Ich bin geneigt, dir zuzustimmen«, erwiderte Clarissa nachdenklich. »Ich frage mich bloß, was er so unbedingt von mir unterschrieben haben wollte.«

»Und was er dich ganz offenbar nicht lesen lassen wollte.«

Kapitel Achtundvierzig

Skylark Cottage,
Shillingbury
Mai 1944

»Was glaubst du, wie lange dieser fürchterliche Krieg noch dauern wird?«

»Für einige könnte er schneller enden, als uns lieb ist.«

Clarissa drehte sich abrupt zu Ellis um, weil sie wusste, was er meinte: dass er und viele andere in der nächsten Woche endlich das tun würden, wozu sie hergeschickt worden waren. »Du machst dir Sorgen wegen nächster Woche, nicht?«, sagte sie verständnisvoll.

Ohne auf ihre Frage einzugehen, zeigte Ellis auf etwas. »Wie heißen diese Vögel, die singen, als hätten sie nichts Besseres zu tun, und sich ins Gras hinunterstürzen, als suchten sie dort was?«

»Das sind Lerchen, und sie suchen in dem hohen Weidengras einen Platz zum Nisten. Sie sind meine Lieblingsvögel geworden; ich liebe ihren Gesang.«

»Ich könnte mich auch mit ihnen anfreunden«, sagte Ellis nachdenklich.

Clarissa lächelte. »Sie sind der Grund dafür, dass ich mich für dieses Haus entschieden habe, weil mir der Name ›Lerchenhaus‹ so gut gefiel.«

Sie standen am Ende des Gartens und lehnten am Zaun. Es war später Nachmittag, und eine leichte Brise bewegte das hohe Gras der Weide. In der Ferne waren das leise Rumpeln eines Traktors und das Blöken von Lämmern auf den tiefer gelegenen Feldern von Colonel Brooks Ländereien zu hören. Das ist es, worum England und die Alliierten kämpfen, dachte Clarissa. Sie kämpften für die Freiheit, während Deutschland kämpfte, um diese Freiheit außer Kraft zu setzen.

Es waren Momente wie dieser, an die sie sich klammerte, wenn der Krieg weit, weit entfernt zu sein schien und man fast schon annehmen könnte, dass nichts von dem, was sie in den Zeitungen las und im Radio hörte, der Realität entsprach. Wenn sie fast schon glauben konnte, dass Artie nicht in Gefahr oder Ellis nicht im Begriff war, sich zu einem gefährlichen Einsatz aufzumachen, der ihn das Leben kosten konnte.

Sie schloss die Augen, erhob das Gesicht zur Sonne und sandte wie so oft ein Gebet zum Himmel. Bitte beschütze die Menschen, die ich liebe, vor Gefahren – Nicholas, meinen reizenden und mir so kostbaren Sohn, Thomas und Walter, Leon, Mrs Cook und Lily und natürlich auch Artie und Ellis.

Früher hätte sie es nie für möglich gehalten, zwei so völlig unterschiedliche Männer so zu lieben, wie sie es tat, aber irgendwie war es so gekommen. Wahrscheinlich hatte sie sie immer schon geliebt, selbst als sie William geheiratet hatte, denn ohne jeden Zweifel hatten Artie und Ellis ihr jeder einen Teil ihres Herzens gestohlen, den sie ihnen, wie sie sich nun eingestand, nur allzu gern für den Rest ihres Lebens überließ.

»Du bist so still geworden«, bemerkte Ellis. »Woran denkst du?«

Sie wandte sich ihm wieder zu. »Ich dachte gerade nur, wie verschieden du und Artie seid und wie sehr ich euch trotzdem beide liebe.«

Ellis griff nach den Zigaretten in seiner Jackentasche. »Was meinst du mit ›lieben‹?«, fragte er, als er sich eine Zigarette angezündet hatte.

»Herrgott noch mal, Ellis, kannst du eine Feststellung nicht einfach nur mal akzeptieren, ohne sie gleich zu analysieren?«

Er runzelte die Stirn. »Und *du*? Kannst du nicht einfach mal deinem Herzen Luft machen?«

»So wie du?«

Ellis nahm einen tiefen Zug aus seiner Zigarette und sah sie dann durch den Rauch an, den er in die Luft ausstieß. »Wie würdest du reagieren, wenn ich dir sagen würde, dass ich dich liebe?«

»Ich würde sagen, dass du ein Spielchen mit mir treibst. Das ist es doch, was du am besten kannst.«

»Und Ausflüchte machen ist das, was du am besten kannst. Mal angenommen, ich glaubte wirklich, dass wir beide ein interessantes Leben miteinander haben könnten?«

»›Interessant‹«, wiederholte sie. »Was für eine seltsame Beschreibung einer Ehe zwischen zwei Menschen, die sich vermeintlich lieben.«

»Und was für eine Beschreibung würdest du vorziehen?«

»Gar keine, wenn ich ehrlich bin. Nicht, da wir doch beide wissen, dass es Effie ist, die du heiraten wirst.«

»Sagt wer?«

»Jetzt hör mal zu, Ellis«, erwiderte Clarissa freundlich. »Dein Leben ist drüben in Amerika, bei deiner Familie und dem Unternehmen, das du eines Tages führen wirst. Mein Leben ist hier in England bei meinem Sohn. Ich fühle mich hier tief verwurzelt, und dies ist der Ort, an dem ich leben muss und will.«

»Dinge ändern sich, Clarissa.«

»Das weiß ich besser als jeder andere. Aber ich weiß auch, dass das hier mein Zuhause ist … und es immer sein wird.«

»Also ist das nicht verhandelbar? Du würdest nicht in Betracht ziehen, von hier fortzugehen, um mit einem Mann zusammen zu sein, der glaubt, dass du die ideale Partnerin für ihn wärst?«

Clarissa schüttelte den Kopf.

Er zog wieder an seiner Zigarette und atmete dann tief aus. »Und deine Entscheidung hätte nichts mit Artie zu tun?«

Sie lächelte ihn traurig an. »Das musstest du wohl fragen, nicht?«

»Na klar. Und?«

»Bitte zwing mich nicht, darauf zu antworten. Das ist nicht fair.«

»Was Antwort genug ist«, erwiderte er schulterzuckend. »Doch meinem angeschlagenen Ego zuliebe könntest du den Schlag zumindest ein bisschen abmildern und sagen, du liebtest mich ein kleines bisschen mehr als Artie. Hast du denn gar kein Herz, Clarissa?«

Sie wusste, dass er sie jetzt nur aufzog. »Ach, mein liebster Ellis, ich hoffe wirklich sehr, dass du dich niemals ändern wirst.«

»Ganz sicher nicht«, erklärte er. »Und ich werde nicht mal eifersüchtig auf Artie sein. Aber was hat er, was ich nicht habe? Abgesehen davon, dass er der anständigste Mann ist, den ich kenne, und der beste Freund, den ein Mann nur haben kann. Wirst du trotzdem morgen Abend mit mir tanzen gehen?«

»Wenn du sicher bist, dass du das noch willst.« Es erstaunte

Clarissa immer wieder, wie nahtlos Ellis von einem Thema zu einem anderen übergehen konnte, wenn er ein Gespräch führte.

»Ja, ich denke, dass ich es ertragen könnte«, sagte er. »Aber bitte keine feurigen Blicke aus deinen schönen Augen für irgendeinen anderen Mann!«

»Ich habe noch nie im Leben einem Mann feurige Blicke zugeworfen«, erwiderte sie indigniert.

Er lachte. »Du tust es gerade eben mit mir.«

Auch sie lachte. »Das sind meine ärgerlichen Blicke.«

»Die mich schon oft genug getroffen haben seit dem Tag, an dem wir uns begegnet sind.«

»Und so wird es auch noch lange bleiben, denke ich.«

Er legte den Arm um sie. »Gut, dann bin ich ja froh, dass wir das geklärt haben. Und jetzt erzähl mir, was du bezüglich Arthur Willet unternommen hast. Hast du ihn gefeuert und dir einen anderen Anwalt gesucht?«

»Ich hatte noch keine Gelegenheit dazu; es war eine sehr arbeitsreiche Woche.«

»An deiner Stelle würde ich nicht zu lange damit warten, das gibt ihm nur Zeit, irgendwelche Unregelmäßigkeiten, die er sich ausgedacht hat, zu verbergen. Möchtest du, dass ich ihn selbst einmal überprüfe, um zu sehen, was er getrieben hat?«

Sie schüttelte den Kopf. »Du hast mehr als genug damit zu tun, diesen Krieg zu gewinnen. Ich kann meine Kämpfe selbst ausfechten, aber trotzdem vielen Dank.«

»Als wüssten wir das nicht alle!«

Sie stieß ihm mit dem Ellbogen in die Rippen. »Was weißt du Neues von Effie?«

Ellis stöhnte. »Du lieber Himmel, wenn es nicht Artie ist, ist es Effie, über die du reden willst! Verstehst du denn nicht, dass ich lieber über mich reden würde?«

»Ach, komm schon«, sagte sie belustigt.

»Sie ist vor ein paar Tagen in London angekommen. Eigentlich wollte sie sofort hierherkommen, doch wer auch immer sich um ihre Angelegenheiten kümmert, hat ihr keinen Urlaub bewilligt. Was bei ihr ganz sicher nicht gut angekommen ist. Effie kennt nur eine Art, sich zu benehmen, und die ist, ihren Willen durchzusetzen.«

Und gar nicht mal so sehr im Gegensatz zu dir, Ellis, dachte Clarissa. »Ich kann es kaum erwarten, sie zu sehen«, gestand sie. »Ob sie mich überhaupt noch wiedererkennen wird?«

»Natürlich. Und wenn nicht, wird sie so tun, als ob. Sie ist ein echter Profi, dieses Mädchen!«

»Deshalb würde sie die perfekte Frau für dich abgeben. Warum machst du ihr nicht einfach einen Antrag und bringst es hinter dich?«

»Um mich über dich hinwegzutrösten?«

Clarissa lachte. »Rede keinen Unsinn! Warum musst du dich über mich hinwegtrösten, obwohl wir nie etwas anderes als Freunde waren?«

»Aber in meinen Gedanken sind wir sehr viel mehr gewesen. Ich kann schon nicht mehr zählen, wie viele Male wir uns in meinen Träumen geliebt haben. Ich würde sogar sagen, dass du nach ein bisschen Übung mit mir die perfekte Geliebte abgeben würdest.«

Clarissa errötete vor Verlegenheit. »Was für ein unglaublicher Angeber du doch bist, Ellis! Ich würde jede Wette eingehen, dass du mehr Liebesabenteuer gehabt hast als alle Männer aus deinem Geschwader zusammen!«

Er legte eine Hand an sein Herz. »Ich bin ein Schwätzer,

weiter nichts. In all diesen Jahren war ich keusch wie ein Papst und habe nur darauf gewartet, dass du mir grünes Licht gabst. Könntest du dich meiner nicht wenigstens ein einziges Mal erbarmen? Es könnte dein letztes Geschenk an mich sein, falls ich von einem Einsatz nicht zurückkehre.«

»Das ist sogar für deine Verhältnisse vulgär und geschmacklos! Schäm dich, Ellis.«

»Aber einen Versuch war es wert«, entgegnete er augenzwinkernd.

Am Tag darauf, nachdem Clarissa mit Nicholas zu einer Routineuntersuchung beim Arzt gewesen war, dann beim Gemüsehändler und Fleischer angestanden und schließlich noch einen Brief an Artie aufgegeben hatte, ging sie nach Hause und rief Polly in London an. Sie wollte sie fragen, ob sie ihr einen Anwalt empfehlen könne, um Arthur zu ersetzen.

Polly half ihr aus dem Dilemma und brachte sie mit ihrem eigenen Anwalt in Kontakt, der Seniorpartner einer Kanzlei in Bishopsgate war und dem sie ihre allerletzte Tafel rationierter Schokolade zur Aufbewahrung anvertrauen würde, wie sie sagte.

Ein weiterer Anruf, und Clarissa konnte die Sache mit Arthur Willet ad acta legen; sie hatte getan, was sie konnte.

Viel wichtiger war es jetzt, sich für den heutigen Tanzabend zurechtzumachen. Trotz der Trauer, die er in ihr hervorrief – weil sie bei dem letzten Tanzabend, an dem sie teilgenommen hatte, William begegnet war –, freute sie sich auch darauf. Mrs Cook war nur allzu gern bereit, auf Nicholas, Thomas und Walter aufzupassen. Die Jungen mit ihren elf und dreizehn Jahren erklärten stolz, sie bräuchten niemanden mehr, der sie beaufsichtigte. Das hatte etwas Wahres an sich, besonders was

Thomas anging, der oft davon sprach, seinen Beitrag zu dem Krieg leisten zu wollen, wenn er alt genug dazu war. Es deprimierte Clarissa, dass ein Kind in seinem Alter und mit seinem Einfühlungsvermögen denken konnte, es gäbe kein absehbares Ende dieses Krieges. Für Thomas war es offenbar so, als existierte nur diese eine Lebensweise.

Wie beim letzten Mal schon begleitete Leon sie auch diesmal zu dem Tanz, nachdem Ellis seine Einladung auf ihn erweitert hatte. Auf die eine oder andere Weise hatten die meisten Mädchen aus dem Dorf, aber auch die aus dem Umland eine Einladung erhalten. Alle brannten sie darauf, die »Amis« kennenzulernen, die trotz der gemeinsamen Sprache ein ganz anderer Menschenschlag waren.

Diesmal gingen Leon und Clarissa jedoch nicht zu Fuß, sondern er nahm sie die knapp zehn Kilometer zu dem US-Luftwaffenstützpunkt auf seinem Motorrad mit. Ellis hatte ihr angeboten, sie abzuholen, doch Clarissa hatte gemeint, es sei Benzinverschwendung, nur für sie den Weg zu fahren. Im Übrigen nahm Leon Clarissa nicht zum ersten Mal auf seiner Norton mit, die sein ganzer Stolz war und die er hegte und pflegte. Aber heute Abend war die Fahrt besonders aufregend, als sie über die Landstraße brausten und der Wind an dem Seidenschal zerrte, den Clarissa sich in einem vergeblichen Versuch, ihr Haar zu schützen, um den Kopf gebunden hatte.

Sie kamen nicht zu spät, doch nach der lautstarken Musik zu urteilen, die ihnen zusammen mit dem unverkennbaren Geruch nach Alkohol entgegenschlug, war die Party offenbar bereits in vollem Gange.

»Wie sehe ich aus?«, fragte Clarissa Leon, als sie von seinem

Motorrad abstiegen und sie ihr Haar von dem Seidenschal befreite.

»Großartig«, erwiderte er schüchtern.

»Wie du«, sagte sie und hakte sich bei ihm unter. »Dann komm und lass uns unseren Auftritt haben.«

Die Band spielte so laut, dass ein Gespräch nahezu unmöglich sein würde, wie Clarissa schnell erkannte. Leon gab ihr ein Zeichen, dass er sich auf die Suche nach etwas zu trinken für sie machen würde.

Zuzusehen, wie ausgelassen die Leute Jitterbug zu der lärmenden Musik tanzten, war unglaublich anregend, und ehe Clarissa sich's versah, wiegte sie sich im Rhythmus der Musik. Dabei sah sie sich im Saal nach Ellis oder einem anderen bekannten Gesicht um. Sie entdeckte zwei Mädchen, die in den *Primrose Tearooms* bedienten, aber heute sahen sie ganz anders aus in ihren besten Kleidern, mit dem elegant aufgesteckten Haar und den lächelnden, scharlachrot geschminkten Mündern, als ihre uniformierten Partner sie über die Tanzfläche wirbelten.

Dann spürte Clarissa eine Hand auf ihrer Schulter und erschrak – aber es war Ellis. Ohne sie zu fragen, zog er sie zur Tanzfläche, wo die Band gerade Glenn Millers *In the Mood* anstimmte. Ellis legte einen erstaunlich flotten Jitterbug aufs Parkett, indem er sie in schnellem Wechsel herumwirbelte, nah an sich zog und sie dann wieder von sich abstieß. Schwindlig, außer Atem und ohne die Schrittfolge zu kennen, blieb ihr nichts anderes übrig, als sich von Ellis führen zu lassen und seine Schritte nachzuahmen.

»Wann hast du gelernt, so zu tanzen?«, fragte Clarissa, als die Band den Song endlich zu Ende brachte und sie wieder zu Atem kam.

»Ist bloß ein weiteres meiner Talente«, antwortete Ellis, der kein bisschen außer Atem war.

Hinter ihnen bat der Bandleader um Ruhe. »Ladys und Gentlemen, da wir heute Abend einen ganz besonderen Gast haben, bitte ich Sie um einen großen Applaus für die unvergleichliche, einzigartige Effie Chase!«

Clarissa fiel beinahe die Kinnlade herunter, als hinter einem dünnen Vorhang auf der Bühne Effie in der ganzen Pracht einer khakifarbenen Uniform, komplett mit Schlips und Schirmmütze, hervortrat. »Warum hast du mir das nicht gesagt?«, fragte sie Ellis und schnappte nach Luft, als der ganze Saal in begeisterten Applaus ausbrach und einige Männer sogar mit den Füßen stampften.

»Effie wollte dich überraschen«, sagte Ellis über den ohrenbetäubenden Lärm hinweg. »Und dein Gesichtsausdruck verrät mir, dass es ihr gelungen ist.« Dann steckte er zwei Finger in den Mund und stieß einen schrillen Pfiff aus.

Effie blickte in seine Richtung und entdeckte ihn und dann Clarissa. Clarissa winkte wie verrückt, und genauso begeistert winkte Effie zurück. Aber dann drehte sie sich zu dem Bandleader um und nickte ihm zu, worauf er den Musikern ein Zeichen gab und sie *Boogie Woogie Bugle Boy* anstimmten.

Clarissa wollte nur dastehen und zuschauen, um nichts von Effies Auftritt zu verpassen, aber Ellis dachte nicht einmal daran. Er griff nach ihr, und schon waren sie wieder mitten in der Menge und tanzten so ausgelassen wie alle anderen.

Wenn doch nur Artie hier wäre, dachte sie plötzlich, dann wäre mein Glück vollkommen.

Kapitel Neunundvierzig

Skylark Cottage,
Shillingbury
Mai 1944

Es war fast zwei Uhr morgens, als Clarissa und Leon sich schließlich bereit machten, nach Hause zu fahren. Sie hatten eine herrlich sorglose Nacht verbracht – deren Höhepunkt für Leon gewesen war, mit Effie auf der Bühne zu stehen und mit ihr zu singen. Der Tanz war offiziell um Mitternacht beendet worden, nachdem Effie ihr letztes Lied, *The Very Thought of You,* vorgetragen hatte.

»Was für eine Lachnummer dieser Krieg doch ist!«, hatte sie fröhlich bemerkt, als sie allein gewesen waren und irgendjemand ihnen eine Runde Drinks spendiert hatte. »Wer hätte gedacht, dass ich einmal hier in England landen und in einer Wellblechhütte singen würde!«

Ellis verdrehte die Augen. »Nur Effie könnte diesen Krieg als Lachnummer bezeichnen.«

Wie einem unartigen Kind gab sie ihm einen Klaps auf die Hand. »Du weißt genau, was ich meine.«

»Allerdings. Und wenn du dich jetzt mit Clarissa auf einen Termin einigen könntest, wann ihr euch wiederseht, könnten wir alle noch ein bisschen Schlaf bekommen.«

»Schlaf?«, hatte Effie gerufen. »Ich könnte jetzt unmöglich

schlafen. Clarissa und ich haben viel zu viel nachzuholen, um die Zeit mit Schlafen zu vergeuden.«

Am Ende hatten sie sich jedoch für die vernünftigste Option entschieden und vereinbart, dass Effie gleich am nächsten Morgen zu Besuch nach Skylark Cottage kommen würde. Bedauerlicherweise reiste sie nämlich wieder ab, um auf einem anderen US-Luftwaffenstützpunkt aufzutreten.

Als Clarissa nun hinter Leon auf dem Motorrad saß und sich an ihm festhielt, während er vorsichtig nach Shillingbury zurückfuhr, summte sie ein anderes Lied vor sich hin, das Effie auf der Tanzveranstaltung gesungen hatte – *Midnight, the Stars and You*.

Ihr war durchaus bewusst, dass der Alkohol den ganzen Abend über großzügig geflossen war und sie sehr wahrscheinlich ein bisschen angeheitert war. Aber was soll's?, dachte sie übermütig. Sehen Sie, Herr Hitler, Sie können so viele Bomben über uns abwerfen, wie Sie wollen, doch Sie werden uns nicht die Lebensfreude nehmen können. So oder so werden wir immer einen Weg finden, uns zu vergnügen! Von einer überschäumenden Fröhlichkeit erfasst, begann sie, laut zu lachen, während der Halbmond, der von Zeit zu Zeit hinter Wolken verschwand, das einzige Licht in der tiefen Dunkelheit bot.

»Was ist so lustig?«, rief Leon ihr über die Schulter zu.

»Alles!«, antwortete sie und zog die Nadeln aus ihrem Haar, um es hinter sich herwehen zu lassen.

»Vergessen Sie nicht, sich festzuhalten.«

»Nun sei kein solcher Spielverderber, Leon!« Trotzdem tat Clarissa wie geheißen und schlang die Arme um seine Taille.

Sie waren noch etwa eineinhalb Kilometer von zu Hause entfernt und näherten sich einer scharfen Kurve, als plötzlich ein lauter Knall und ein Ruck erfolgten, die Clarissa bis in die Fußspitzen erschütterten. Was als Nächstes geschah, schien eine Ewigkeit anzudauern, obwohl es in Wirklichkeit nur ein Augenblick war.

Zu Clarissas Entsetzen drohte Leon die Kontrolle über das Motorrad zu verlieren, das plötzlich in einer verrückten Zickzacklinie über die Straße brauste. Eine Reifenpanne!, war ihr erster Gedanke. In der Erwartung, dass er das Motorrad schon wieder unter Kontrolle bringen würde, umklammerte sie Leon noch fester. Doch er hing tief über dem Lenker und ließ keinerlei Anzeichen erkennen, dass er die Norton daran hindern könnte, die abschüssige Straße hinabzusausen. Aus Angst schrie Clarissa ihn an, denn sie fuhren geradewegs auf den Straßengraben zu! Aber Leon reagierte nicht. Mit einer schrecklichen Unvermeidlichkeit, die Clarissa vor Angst aufschreien ließ, kamen sie von der Straße ab, jagten die Böschung hinunter in den Graben und direkt auf die schattenhaften Umrisse eines großen Baumes zu.

Clarissa wappnete sich für den Zusammenstoß, doch dazu kam es nicht. Kurz vor dem Baumstamm blieb die Norton im hohen Gras des Grabens liegen. Einen Moment lang rührte Clarissa sich nicht. Sie versuchte, abzuschätzen, ob und wie stark sie verletzt war. Wie durch ein Wunder schien sie sich nichts gebrochen zu haben. Oder aber Leons Körper, auf dem sie lag, hatte sie vor dem Schlimmsten geschützt. »Bist du in Ordnung, Leon?«, fragte sie und kroch von ihm herunter.

Keine Antwort.

»Kannst du mich hören, Leon?«, sagte sie lauter.

Wieder blieb alles still.

Als Clarissa sich hinkniete und versuchte, ihn behutsam umzudrehen, hörte sie Schritte. Schnelle Schritte. Gott sei

Dank! Jemand hatte den Unfall mitbekommen und kam, um ihnen zu helfen. Clarissa spähte in die Dunkelheit. »Hier drüben«, rief sie und hob eine Hand, um auf sich aufmerksam zu machen. »Hier drüben!«, wiederholte sie noch eindringlicher. Erst jetzt bemerkte sie, dass ihre Hände nass waren – und nicht nur ihre Hände, auch ihre Arme und ihre Brust waren es. Ein Gedanke brachte plötzlich ihr Herz zum Stocken, und sie strengte die Augen an, um Leon im Dunkeln besser sehen zu können. Jetzt erkannte sie, was die Nässe verursacht hatte – Blut! Leon war schwer verletzt und blutete stark.

Sie brachte ihr Gesicht ganz dicht an seinen Mund, um festzustellen, ob er noch atmete. Dann suchte sie nach seinem Puls, konnte jedoch keinen finden. Ein Zittern durchlief sie, und im Dunkeln legte sie eine Hand auf seine blutige Brust, um seinen Herzschlag zu ertasten. Aber auch da regte sich nichts. »Nein!«, schrie sie verzweifelt und von Panik erfüllt. »Nein, nein, *nein!*«

»Stehen Sie auf, und halten Sie die Hände über Ihren Kopf! Tun Sie, was ich sage, und Ihnen wird nichts geschehen.«

Clarissa erstarrte, als sie das charakteristische, mit übertriebener Sorgfalt gesprochene Englisch hörte. Langsam wandte sie den Kopf. Hinter ihr stand ein hochgewachsener Mann im Fliegerdress der deutschen Luftwaffe. Selbst im Dunkeln konnte sie die Pistole in seiner Hand sehen, mit der er auf sie zielte. Wie viele Male hatten sie im Dorf über die Möglichkeit gelacht, einem deutschen Piloten auf der Flucht oder einem deutschen Spion zu begegnen, der sich in einer Scheune oder in einem Kohlenkeller versteckt hielt? Erst neulich, als sie erfahren hatten, dass ein deutsches Flugzeug in der Nähe von Ipswich abgestürzt war und der Pilot vermisst wurde, hatten sie die Gefahr nicht ernst genommen. Die alte Mrs Bladon hatte beim Metzger lachend gesagt, sie werde sich mit einer Bratpfanne und einem Nudelholz bewaffnen, falls sie einen deutschen Soldaten dabei ertappte, wie er um ihr Aborthäuschen herumschlich. In jenen Tagen hatten sie das alles amüsant gefunden, aber nun sah alles ganz anders aus.

»Aufstehen, sagte ich!«

Clarissa warf einen Blick auf die Waffe, und plötzlich erinnerte sie sich wieder an den lauten Knall, den sie einem geplatzten Reifen zugeschrieben hatte. »Sie haben meinen Freund erschossen!«, sagte sie fassungslos. Sie empfand jetzt keine Angst mehr, nur noch Wut, Schmerz und grenzenlose Empörung.

»Und ich werde auch Sie erschießen, wenn Sie nicht tun, was ich sage.«

»Sie werden mich so oder so töten«, entgegnete sie rebellisch und stand auf. Sie wollte ihrem Henker in die Augen blicken, falls er sie tatsächlich erschießen würde. Der Mann hatte skrupellos auf Leon – ein anonymes Ziel – geschossen. Doch falls er auch sie umbringen wollte, würde er den Mut haben müssen, ihr, einer hilflosen Frau, die höchstens ein, zwei Schritte von ihm entfernt stand, dabei in die Augen zu sehen.

»Ich will nur Ihr Motorrad«, sagte er.

»Und dafür haben Sie meinen Freund getötet? Für ein Motorrad?« Sie zitterte vor Wut. Dass Leon der gnadenlosen Säuberungsaktion der Nazis in Polen entkommen war, nur um dann sein Leben auf einer stillen Landstraße in England zu verlieren – nach einer sorglosen Nacht, in der er mit Effie gesungen und mit ihnen allen gescherzt hatte … oh nein, das war einfach unerträglich!

»Ich muss fliehen«, sagte der Pilot.

»Damit Sie nach Deutschland zurückkehren können, um

ins nächste Flugzeug zu steigen und noch mehr Bomben auf unschuldige Menschen abzuwerfen?«

»Ich bin kein schlechter Mensch«, erwiderte er. »Ich befolge nur Befehle.«

»Ja«, sagte sie verächtlich, »es war ein Mann wie Sie, der *nur Befehle befolgte*, als er meinen Ehemann umbrachte! Los, machen Sie weiter, erschießen Sie auch mich! Dann wird mein Sohn beide Eltern verloren haben. Und möge die Schuld Ihnen für immer und ewig auf der Seele liegen!«

»Ich sagte doch schon, dass ich Sie nicht töten will. Mir geht es nur um das Motorrad. Und jetzt aus dem Weg mit Ihnen!«

Sie blickte zu der Norton hinüber, die neben Leons regungslosem Körper lag. »Ich bezweifle, dass sie jetzt noch funktionieren wird«, sagte sie. »Es war dumm von Ihnen, uns auf diese Weise anzuhalten.«

»Sie sind es, die dumm ist, so mit mir zu reden!«, gab er schroff zurück und richtete erneut die Waffe auf sie. »Vergessen Sie nicht, dass ich es bin, der hier das Sagen hat.«

»Sie haben hier gar nichts zu sagen. Sie sind nichts weiter als ein verängstigter Mann auf der Flucht. Was werden Sie denn tun, wenn Ihnen die Munition ausgeht?«

»Wenn es sein muss, werde ich mit meinen bloßen Händen töten.«

»Das glaube ich Ihnen nicht.« Clarissa beschloss, ihn nicht länger zu reizen, sondern besser an einen letzten Rest von Menschlichkeit in ihm zu appellieren. »Wie alt sind Sie?«

Aber er antwortete nicht. »Sie strapazieren meine Geduld. Also halten Sie besser den Mund, und gehen Sie mir aus dem Weg.«

Sie trat zurück, und er ging langsam um sie herum, um zu dem Motorrad zu gelangen. Die ganze Zeit über hielt er die

Waffe auf sie gerichtet. Clarissa wandte den Blick von ihm ab und betrachtete wieder Leons leblose Gestalt. Heiße Tränen traten ihr in die Augen, und sie wollte nur noch auf die Knie fallen und um den armen Mann weinen. Sie verdrängte jedoch diese schmerzlichen Gefühle. Sie konnte später um ihn trauern. Jetzt musste sie einen Weg finden, diesen kaltblütigen Mörder an der Flucht zu hindern.

Als sie sah, wie der Deutsche sich bückte, um einen Blick auf die im Graben liegende Norton zu werfen, suchte Clarissa schnell den Boden nach etwas ab, das ihr als Waffe dienen könnte. Aber als könnte der Mann Gedanken lesen, befahl er ihr, sich ruhig zu verhalten. »Wenn Sie sich bewegen, bringe ich Sie um. Wollen Sie, dass Ihr Kind auch noch die Mutter verliert?«

Clarissa schüttelte den Kopf.

»Gut. Dann kommen Sie her! Heben Sie das Motorrad für mich auf!«

Sie gehorchte, blieb dabei aber wachsam. Es musste eine Möglichkeit geben, ihn aufzuhalten. Es erforderte ihre ganze Kraft, die Norton aus dem Graben zu ziehen, und zweimal hatte Clarissa es fast geschafft, bevor das Motorrad wieder zurückrutschte und auf die Seite kippte. Sie bückte sich erneut nach dem Lenker, als ihre Hand gegen etwas Raues, Hartes im hohen Gras stieß: Es war ein zerbrochener Ziegelstein. Da hatte sie ihre Waffe! Jetzt musste sie nur noch einen Weg finden, den Stein zu benutzen. Und dann kam Clarissa eine Idee.

»Beeilen Sie sich!«, befahl der Deutsche.

Sie stieß einen tiefen Seufzer aus und verbarg den Ziegelstein im Ärmel ihrer leichten Jacke. »Es tut mir leid«, sagte sie mit schwacher Stimme, »ich tue mein Bestes, aber das Motorrad ist so schwer.«

»Das schaffen Sie schon«, gab er unfreundlich zurück und blieb, wo er war, starrte zu ihr herab und hielt die Pistole immer noch im Anschlag.

Als Clarissa das Motorrad endlich auf die Straße gezogen hatte, stieß sie atemlos hervor: »Hier – nehmen Sie es, bevor es wieder in den Graben fällt!«

Er trat vor, um den Lenker auf einer Seite zu ergreifen, und begutachtete die Norton, die, soweit Clarissa sehen konnte, kaum beschädigt war. »Wo ist der Schlüssel?«, fragte er. »Hier ist er nicht. Was haben Sie damit gemacht?«

»Gar nichts«, log sie. »Wahrscheinlich ist er bei dem Unfall herausgefallen.«

»Ich glaube Ihnen kein Wort. Sie haben ihn an sich genommen.« Während er noch immer mit der einen Hand das Lenkrad hielt, hob er die Pistole an. »Her mit dem Schlüssel! Und zwar sofort!«

»Aber ich habe ihn doch nicht! Ehrlich!«, beteuerte sie und begann zu weinen. »Bitte erschießen Sie mich nicht!« Clarissa ließ sich auf die Knie fallen und senkte scheinbar resigniert den Kopf. »Ich habe getan, was ich konnte, um Ihnen zu helfen. Gehen Sie doch einfach. Ich werde niemandem erzählen, dass ich Sie gesehen habe. Das verspreche ich. Ich will nur nach Hause zu meinem Baby.«

»Seien Sie still!«, fuhr er sie an. »Sie müssen mir helfen, den Schlüssel zu suchen. Er muss irgendwo in diesem Graben sein. Los! Aber denken Sie daran, dass ich die Waffe habe und sie auch benutzen werde, wenn Sie nicht gehorchen.«

Clarissa stand auf. »Das werde ich«, sagte sie. »Sie können sich darauf verlassen.«

Er legte das Motorrad auf die Seite, stieg vorsichtig in den Graben hinunter und tastete im Dunkeln mit der freien Hand im Gras herum. Clarissa tat es ihm scheinbar nach. Als er ihr den Rücken zukehrte und sich bückte, war ihre Chance gekommen. Im Bruchteil einer Sekunde nahm Clarissa ihren ganzen Hass und den verzweifelten Wunsch zusammen, Leons und auch Williams Tod zu rächen. Sie packte den Ziegelstein mit beiden Händen und versetzte dem Piloten damit mit aller Kraft einen Schlag auf den Hinterkopf. Zuerst glaubte sie, sie hätte ihn nicht einmal verletzt, weil er weder aufschrie noch sich rührte. Doch dann fiel er auf die Knie und landete mit einem schweren Aufprall auf dem Boden.

Clarissa handelte schnell und instinktiv. Sie nahm ihm die Waffe ab und zog ihre Nylonstrümpfe aus, weil sie alles waren, was sie hatte, um den Mann zu fesseln. Als sie ihm die Hände hinter dem Rücken und die Beine an den Knöcheln zusammengebunden hatte, richtete sie das Motorrad auf, zog den Schlüssel aus der Tasche und steckte ihn ins Zündschloss. Sie versuchte, sich zu erinnern, wie Leon die Maschine kickgestartet hatte, aber der Motor reagierte nicht. Auch ein zweiter und dritter Versuch, die Norton zum Laufen zu bringen, schlugen fehl. Clarissa war kurz davor, aufzugeben und zu Fuß Hilfe zu holen, als der Motor stotternd ansprang. Das Geräusch erschien ihr schrecklich laut in der Stille der Nacht.

Zunächst ruckelnd und in Schlangenlinien, doch später immer sicherer fuhr Clarissa zum nächstgelegenen Haus, das Colonel Brooks bewohnte. Nun kam ihr zu Hilfe, dass Leon ihr einmal gezeigt hatte, wie man Motorrad fuhr. Mit aller Kraft hämmerte sie gegen die Haustür des Colonels. Nach einer gefühlten Ewigkeit öffnete sich die Tür, und Brooks erschien auf der Schwelle. Er sah alles andere als erfreut aus, wie er da in Morgenmantel und Pyjama vor ihr stand, aber darauf konnte Clarissa keine Rücksicht nehmen.

»Ein deutscher Pilot!«, rief sie. »Ich habe ihn gefesselt an der Shillingbury Road zurückgelassen. Rufen Sie bitte Hilfe, schnell!«

Clarissa wurde in der Lokalzeitung als »Die erstaunliche Mrs Dallimore« gefeiert, die Frau, die einen deutschen Piloten mit nichts als ihren Strümpfen dingfest gemacht hatte. Auch die überregionalen Zeitungen griffen die Geschichte auf und stellten es schon fast so hin, als hätte sie es im Alleingang mit der gesamten deutschen Luftwaffe aufgenommen.

Sie wollte jedoch nichts von all der Anerkennung wissen, die ihr zuteilwurde. Wie konnte sie auch, da Leon doch tot war? Thomas und Walter waren untröstlich, denn Leon war ihnen Vater, Bruder, Freund und Onkel zugleich gewesen.

Bei dem Begräbnis war die Kirche im Dorf bis zum letzten Platz besetzt. Wieder einmal trauerten die Dorfbewohner um einen der ihren, denn längst hatten sie Leon als vollwertiges Mitglied der Gemeinde betrachtet.

Als der Sarg in die Erde hinabgelassen wurde, dachte Clarissa, es könnte nicht mehr schlimmer kommen. Aber sie sollte sich bitter irren.

Kapitel Fünfzig

Lizzie war so gefesselt von Mrs Dallimores Geschichte, dass ein Klopfen an der Tür sie zusammenschrecken ließ und sie denjenigen, der sie unterbrach, am liebsten weggeschickt hätte.

Mrs Dallimore starrte die Tür mit ausdrucksloser Miene an. Dann blickte sie sich um, bevor sie den Kopf neigte und Lizzie sehr lange mit eindringlichem und seltsam verwirrtem Blick betrachtete.

»Was ist, Mrs Dallimore?«, fragte Lizzie besorgt. »Was haben Sie?« Es war fast so, als wüsste die alte Dame nicht genau, wer sie war – was Lizzie ziemlich alarmierend fand. »Soll ich nachsehen, wer es ist?«, wollte Lizzie wissen, als Mrs Dallimore nach einem längeren, etwas unbehaglichen Moment noch immer nicht geantwortet hatte und erneut an die Tür geklopft wurde. Ein nervöses, unsicheres Nicken war die einzige Antwort, die Lizzie erhielt, und so erhob sie sich aus ihrem Sessel und ging öffnen.

Es war Mr Sheridan. »Ich möchte nicht stören«, sagte er mit gedämpfter Stimme, »doch ich wüsste gern, wie es Clarissa geht.«

»Ich glaube, sie ist ein bisschen müde«, antwortete Lizzie. Vielleicht hatte sie selbst Mrs Dallimore ermüdet und sollte besser Jennifer Hughes holen, damit sie nach ihr sah.

»Ist das Sheridan?«, hörte Lizzie Mrs Dallimores Stimme hinter sich. Als sie sich zu ihr umdrehte, sah sie, dass die alte

Dame wieder viel mehr wie sie selbst aussah. In ihrem Gesicht war nicht einmal mehr ein Anflug von Verwirrung zu erkennen.

»Habe ich Ihre Erlaubnis einzutreten?«, fragte Mr Sheridan und beugte sich vor, um einen Blick durch die einen Spaltbreit geöffnete Tür zu werfen.

»Natürlich«, erwiderte Mrs Dallimore.

Mr Sheridan ließ sich in dem Sessel nieder, den Lizzie gerade frei gemacht hatte. Sie nahm das vorher mitgebrachte Tablett und erbot sich, den beiden Herrschaften Tee zu bringen.

»Das wäre wunderbar«, sagte Mrs Dallimore, »und es tut mir aufrichtig leid, falls ich Sie zu lange aufgehalten habe.«

Lizzie schüttelte den Kopf. »Überhaupt nicht. Ganz im Gegenteil. Und ich bin gleich wieder zurück mit Ihrem Tee.«

Nachdem sie mit Jennifer über Mrs Dallimores vorübergehende Verwirrung gesprochen hatte, verbrachte Lizzie den Rest ihrer Schicht mit dem Reinigen von Zimmern und dem Aufräumen der Bibliothek. Sie hatte einmal angemerkt, dass die Bibliothek gründlich überholt werden müsste, und war sogleich damit beauftragt worden. Nachdem sie zerfledderte alte Taschenbücher, die schon bessere Zeiten gesehen hatten, aussortiert hatte, begann sie, die Regale zu reinigen und die Bücher neu zu ordnen. Einige Bewohner kamen herein, während sie bei der Arbeit war, sahen die Bücher durch, die Lizzie auf dem Boden aufgestapelt hatte, und blieben ein Weilchen, um mit ihr zu plaudern. Eine Frau trat ein, um ein Buch zurückzubringen, und nachdem sie von Lizzie erfahren hatte, dass sie diesen Roman auch gelesen hatte, entspann sich zwischen ihnen eine lebhafte Diskussion über das Ende, das sie beide äußerst unbefriedigend fanden.

Lizzie kam wie so oft schon der Gedanke, dass für viele der Heimbewohner ein kurzes Gespräch mit jemandem, der echtes Interesse zeigte, eine echte Freude war. Aber traf das nicht auf jeden Menschen zu? Sie dachte an ihr Leben in London, an die ständige Eile, die Fahrten in der U-Bahn oder im Bus, wo man Seite an Seite mit Fremden saß, ohne je mit ihnen zu sprechen, als gäbe es eine unsichtbare Barriere, die nicht durchbrochen werden durfte.

Als Lizzies Schicht beendet war und sie sich von einer Gruppe von Bewohnern verabschiedet hatte, die im Wohnzimmer saßen und sich eine Doku-Soap ansahen, ging sie noch bei Mrs Dallimore vorbei. Die alte Dame war jedoch in ihrem Lieblingssessel eingeschlafen. Auf ihrem Schoß lag ein Fotoalbum, das dazu verlockte, heimlich einen Blick hineinzuwerfen. Aber Lizzie widerstand der Versuchung und nahm das Album nur ganz vorsichtig, um Mrs Dallimore nicht zu stören, von ihrem Schoß und legte es auf das Bett.

Schließlich radelte sie heim und dachte dabei über alles nach, was Mrs Dallimore ihr erzählt hatte, besonders über die außerordentliche Tapferkeit, die sie mit ihrem Angriff auf den deutschen Piloten bewiesen hatte. Was war das Mutigste, das sie selbst je getan hatte? Lizzie zerbrach sich den Kopf darüber, doch ihr fiel nichts ein. Überhaupt nichts. Wie jämmerlich langweilig und ereignislos ihr Leben im Vergleich zu Mrs Dallimores war! Was würde sie zu erzählen haben, wenn sie im gleichen Alter war? Vor einer Woche oder so hätte der Gedanke sie noch deprimiert, aber als sie nun zwischen den in der Augustsonne golden schimmernden Weizenfeldern heimfuhr, hatte sie das Gefühl, dass sie an der Schwelle zu einer großartigen Veränderung in ihrem Leben stand.

Doch ob sich das bewahrheiten würde oder nicht, sie musste ihren Eltern auf jeden Fall von der Überraschung erzählen, die sie für sie hatte. Vielleicht hätte sie ihnen schon tagsüber eine Nachricht schicken sollen, damit sie nur ja keine anderen Pläne für den Abend machten. Aber das hätte ihr die Freude verdorben, ihnen ihr Geschenk von Angesicht zu Angesicht zu »überreichen«.

Zu Hause traf sie Freddie und ihre Mutter im Garten an, wo er, mit nichts als einem Sonnenhut bekleidet, seine Großmutter mit dem Wasserschlauch herumjagte. Seine ausgelassenen Jauchzer brachten Lizzie zum Lächeln.

Dann erschien ihr Vater mit einem Handtuch an der Hintertür. »Ich weiß nicht, wer es dringender brauchen wird, deine Mutter oder Freddie.«

»Ich würde auf Mum tippen«, sagte Lizzie.

Als Freddie sie plötzlich entdeckte, stieß er einen Freudenschrei aus und kam über den Rasen auf sie zugerannt. Der Teil des Schlauchs, der im Gras lag, hatte jedoch andere Pläne und ließ ihn stolpern und der Länge nach hinfallen. Zum Glück schien es den Kleinen nicht allzu sehr zu stören, und Lizzie hob ihren Neffen auf und verlangte einen Kuss von ihm. Er kam ihrer Bitte überschwänglich nach, und nachdem sie ihn auf den Bauch geküsst und die Überreste süßer Himbeeren weggeblasen hatte, drehte sie ihn in ihren Armen um und trug ihn zu dem Sommerhäuschen, in dem ihre Eltern bereits saßen und Mum sich mit dem Handtuch das Gesicht abrieb.

»Ich habe eine Überraschung für euch«, sagte sie zu ihnen. »Um halb acht wartet im *The Great House* in Lavenham ein Tisch auf euch.«

»Aber …«

»Kein ›Aber‹, Mum, ich möchte mich damit bei euch dafür bedanken, dass ihr mich und die Folgen einiger meiner katastrophalen Entscheidungen ertragen habt.«

»Das kannst du dir doch bestimmt nicht leisten …«

»Hallo? Ist meine Botschaft nicht angekommen? Keine Widerrede, Dad.« Lizzie blickte auf die Uhr. »Ihr habt eine Stunde Zeit, euch umzuziehen. Also nichts wie weg mit euch! Überlasst es mir, Freddie sein Abendbrot zu geben und ihn zu Bett zu bringen.«

»Nicht Bett«, sagte Freddie und schüttelte den Kopf. »Noch nicht Bett.«

Lizzie umarmte ihn. »Nein, du musst noch nicht gleich schlafen gehen. Vorher haben wir noch eine Menge Spaß vor uns.«

»Ich habe das Gefühl, dass es falsch war, Lizzies Angebot anzunehmen«, bemerkte Tom, nachdem Tess und er ihre Bestellung aufgegeben und dem Ober die Speisekarten zurückgegeben hatten. Sie saßen an einem Fenstertisch mit Ausblick auf den hübschen, mit Kopfsteinpflaster versehenen Marktplatz in Lavenham.

»Aber es hätte sie gekränkt, wenn wir Nein gesagt hätten.« Tess ließ den Blick durch das kleine Restaurant und über die elegant gekleideten anderen Gäste schweifen. »Es war so lieb von ihr, uns einen so schönen Abend zu bereiten.«

»Du hast ja recht, das weiß ich, aber mit dem, was sie in Woodside verdient, kann sie es sich doch gar nicht leisten, uns hier ein Abendessen zu bezahlen.«

»Nun, dann wollen wir hoffen, dass ihr morgiges Vorstellungsgespräch positiv für sie verläuft. Ich finde, auch sie verdient einmal ein bisschen Glück.«

Tom, der durch das Fenster einen rückwärts einparkenden Wagen beobachtete, sagte: »Hast du mal darüber nachgedacht, was sie tun wird, wenn sie die Stelle bekommt? Sie würde dann auch weiterhin bei uns zu Hause wohnen, nicht?«

»Willst du das denn nicht?«

Er runzelte die Stirn. »Die Frage ist nicht, was ich will, sondern was das Beste für Lizzie ist. In ihrem Alter noch bei ihren Eltern zu wohnen ist nicht das Ideale, oder?«

Tess verstand, was ihr Mann meinte, doch sie wollte weder so weit vorausdenken, noch zu der Art von Müttern gehören, deren Hilfe ihre Grenzen hatte. »Es ist ja nur zur Überbrückung, bis sich etwas Besseres findet.«

Tom sah nicht so aus, als hätten ihre Worte ihn überzeugt. »Wahrscheinlich mache ich mir Sorgen, dass dies alles zu bequem für sie sein könnte und sie sich mit der leichtesten Wahl zufriedengeben wird, anstatt sich etwas Interessanteres und Anspruchsvolleres zu suchen. Weißt du noch, wie sie früher immer sagte, dass sie in London sein wollte und sich nicht vorstellen könnte, anderswo zu leben?«

»Viele junge Leute sagen das, aber viele ändern dann ihre Meinung, weil der Traum ihren Erwartungen nicht gerecht wird. Und wer weiß, vielleicht wird Skylark Radio Lizzie ja etwas geben, wovon sie nicht mal wusste, dass sie auf der Suche danach war.«

Tom lächelte plötzlich. »Ich erinnere mich noch sehr gut an ein gewisses junges Mädchen, das mir vor langer Zeit etwas ganz Ähnliches gesagt hat.«

Tess erwiderte sein Lächeln bei der Erinnerung an den Tag, an dem sie sich begegnet waren und sie plötzlich das Gefühl gehabt hatte, etwas gefunden zu haben, wonach sie nicht einmal gesucht hatte. Ganz unwillkürlich hatte sie sich im Nu in

Tom verliebt. Von jenem Tag an waren sie unzertrennlich gewesen, und alle meinten, sie seien wie füreinander geschaffen. Nachdem sie selbst eine so glückliche Ehe führte, war Tess sehr daran gelegen, dass Luke und Lizzie das gleiche Glück erfuhren.

Sie schaute ihren Mann an, sah aber nicht den Mann mittleren Alters, den sie neulich noch so böse angefahren hatte, sondern den gutmütigen und liebevollen Tom, den sie stets geliebt hatte. »Es tut mir leid, dass ich so hässlich zu dir war, als Freddie in den Teich gefallen war«, begann sie. »Was ich gesagt habe, war nicht ernst gemeint, nicht wirklich, Tom. Ich war nur so außer mir vor Angst und Sorge.«

»Ich war genauso hässlich zu dir«, antwortete er, »und ich kann dir gar nicht sagen, wie leid mir das jetzt tut. Es ist absurd, nicht wahr, dass wir zwei Kinder problemlos großgezogen haben, uns aus irgendeinem Grund aber mehr um Freddie sorgen, als wir es je um Luke und Lizzie taten?«

»Es ist eine andere Art Verantwortung«, erwiderte Tess. »Besonders da Ingrid so eine Verfechterin von … na ja, du weißt schon … weil Ingrid nun einmal so kleinlich ist. Glaubst du, dass unsere Eltern auch so besorgt waren wie wir, als sie Großeltern wurden?«

»Wer weiß? Aber was ich mit Sicherheit weiß, ist, dass die erste kulinarische Köstlichkeit jeden Moment serviert wird, und deshalb schlage ich vor, dass wir unsere Kinder und unseren Enkel fürs Erste vergessen und uns bestens amüsieren an diesem seltenen Abend, an dem wir einmal nur zu zweit sind. Einverstanden?«

Tess nickte glücklich. »Einverstanden.«

Als der Ober sie mit dem *Amuse-Bouche* allein ließ, erhob Tom sein Glas Wein und prostete Tess zu. »Trinken wir darauf, dass wir uns weniger Sorgen machen und mehr lachen!«

»Und auf Lizzies Vorstellungsgespräch morgen!«

Als Freddie zufrieden im Bett lag, sah Lizzie sich das Durcheinander in der Küche an und fragte sich, wie in Herrgotts Namen es entstanden war. Überall standen und lagen Töpfe und Pfannen, Schüsseln, Teller, ein Sieb, Löffel, Gabeln, Messer, eine Käsereibe, ein leerer Milchkarton und ein nicht abgedecktes Stückchen Cheddar-Käse. All dieser Aufwand für einen Teller Käse-Makkaroni für einen Zweijährigen, dachte sie.

Seufzend schenkte sie sich ein Glas Wein aus der geöffneten Flasche im Kühlschrank ein und begann, das Chaos zu beseitigen. Und die ganze Zeit über, während sie die Geschirrspülmaschine füllte, Oberflächen feucht abwischte und ungekochte Makkaroni vom Boden auffegte, horchte sie auf Freddie. Als sie die Küche mehr oder weniger wieder so hatte, wie ihre Mutter sie verlassen hatte, ging sie auf Zehenspitzen hinauf und sah nach dem Kleinen. Er schlief tief und fest und hatte Nellie, den wollenen Elefanten, umklammert, den seine Großmutter ihm gestrickt hatte.

Wieder zurück im Erdgeschoss, ging Lizzie mit ihrem nachgefüllten Glas Wein, mit dem sie sich eigentlich nur Mut antrinken wollte, in den Garten.

Sie hatte nämlich beschlossen, ein wichtiges Telefonat zu führen. Sehr wahrscheinlich würde ihre Entschuldigung als ungenügend und verspätet angesehen werden, doch es war Lizzie plötzlich wichtig, den Versuch zu unternehmen, die Dinge wieder ins Lot zu bringen, zumindest soweit es möglich war.

Nachdem sie ein bisschen geprobt hatte, was sie sagen wollte, stärkte sie sich mit einem Schluck Wein und griff nach ihrem Handy. Unter ihren Kontakten fand sie den Namen, den sie suchte, räusperte sich und tippte mit dem Zeigefinger auf das Display. Dann hörte sie das Freizeichen und wünschte inständig, nicht zur Mailbox umgeleitet zu werden.

Als Simon sich meldete, klang er überrascht und vorsichtig. »Lizzie?«, fragte er.

»Ja, ich bin's, Simon. Hast du Zeit für ein kurzes Gespräch?«

»Ich bin gerade aus dem Fitnessstudio zurückgekommen und habe nichts Wichtigeres zu tun, als mir zu überlegen, was ich heute Abend essen soll.«

»Das klingt dynamisch«, sagte sie und widerstand dem Drang, eine Bemerkung zu seinem Besuch in einem Fitnessstudio zu machen, an denen er früher nie interessiert gewesen war. Vielleicht war er ja Mitglied in einem Studio geworden, um sein Leben drastisch zu verändern und eine Welt voller neuer Interessen und Hobbys zu erforschen. Und um Leute kennenzulernen. Oder eine neue Freundin zu finden.

»Wie geht es dir?«, wollte er wissen. »Ich habe gehört, dass es nicht geklappt hat mit dir und Curt.«

Autsch! Er legte also direkt den Finger in die Wunde. »Du hast richtig gehört«, sagte sie und zwang sich, das letzte bisschen Würde aufzubringen, das sie noch besaß. »Es war idiotisch von mir, Curt auch nur ein einziges Wort zu glauben. Er hatte nie vor, seine Frau zu verlassen, das sehe ich jetzt ganz klar. Doch deswegen rufe ich nicht an«, fügte sie schnell hinzu, weil Simon nicht denken sollte, das eine hätte etwas mit dem anderen zu tun. »Ich wollte dir nur sagen, dass es mir aufrichtig leidtut, wie ich dich behandelt habe. Ich erwarte nicht, dass du mir verzeihst, ehrlich nicht, aber du sollst wissen, dass ich eingesehen habe, wie unmöglich ich mich benommen habe. Ich war so sehr mit mir selbst beschäftigt, dass ich darüber völlig vergessen habe, was anständiges Verhalten ausmacht.«

»Das weiß ich, Lizzie, und deshalb habe ich kein Problem damit, dir zu verzeihen.«

»Wirklich?«

»Was du für Curt empfunden hast, war offensichtlich sehr viel mehr als das, was du je für mich empfunden hast, und daher muss ich wohl dankbar sein, dass du das herausgefunden hast, bevor wir noch einen Schritt weitergingen. Wie zu heiraten zum Beispiel, wie alle es von uns erwartet haben.«

Simons nüchterne Akzeptanz und seine Großzügigkeit hätten Lizzie eigentlich freuen müssen, doch seine Gründe dafür betrübten sie. Außerdem klangen seine Worte so schrecklich endgültig, als gäbe es nichts weiter zu sagen – was nicht das war, was Lizzie selbst empfand. »Ich glaube nicht, dass ich das, was wir beide hatten, je mit dem vergleichen würde, was mich mit Curt verband«, erwiderte sie.

»Genau das meinte ich.«

»Nein, nein, ich wollte damit sagen, dass bei Curt alles nur Blendwerk war. Nichts davon war echt und ehrlich, während bei dir immer alles echt war.«

»Es war eben nur nicht das, was du letztendlich wolltest«, sagte er rundheraus. »Darf ich dich etwas fragen?«

»Natürlich.«

»Bereust du, was du getan hast?«

»Ich bereue, dich verletzt zu haben.«

»Aber nicht, dich in Curt verliebt zu haben?«

»Oh, das auch. Ich bereue jede Sekunde, die ich aus Dummheit und Egoismus mit ihm verschwendet habe. Ich habe sehr viel verloren durch mein Verhalten, und wahrscheinlich klingt das, was ich jetzt sage, haarsträubend abgedroschen, aber es hat mir zumindest Zeit gegeben, darüber nachzudenken, was wirklich wichtig ist im Leben.«

»Das ist gut.«

»Und du? Was gibt es Neues bei dir?«

»Nicht viel.«

»Das Fitnessstudio ist neu.«

»Stimmt.«

»Sonst noch etwas?«

»Willst du wissen, ob ich jemanden kennengelernt habe?«

»Nein, natürlich nicht. So taktlos wäre ich nicht.« *Oh doch, natürlich war sie das!*

»Ich bin ein paar Mal mit einer Arbeitskollegin ausgegangen«, sagte er.

Lizzie sah eine schöne Blondine vor sich, jugendlich frisch, mit Beinen bis zum Himmel. »Das freut mich«, flunkerte sie und gab ihrer Stimme einen fröhlichen Klang.

Als er nichts erwiderte, sah sie keinen Sinn mehr darin, die Unterhaltung fortzusetzen, nachdem ihnen offensichtlich die Gesprächsthemen ausgegangen waren. »Dann lasse ich dich jetzt besser weiter über dein Abendessen nachdenken«, sagte sie.

»Danke für den Anruf«, erwiderte er. »Und grüß deine Eltern von mir.«

»Mach ich.«

Nachdem sie den Anruf beendet hatte, saß Lizzie minutenlang nur reglos da und starrte ins Leere. Sie hatte gehofft, sich nach dem Gespräch mit Simon besser zu fühlen. Aber so war es nicht. Warum fühlte sie sich angesichts der Tatsache, dass er so verständnisvoll gewesen war, nur noch schlechter?

Kapitel Einundfünfzig

Skylark Radio lag in Abbey Crescent, einem stattlichen Halbkreis georgianischer Gebäude nicht weit von den Gärten der Abtei. Da Lizzie sich reichlich Zeit genommen hatte, um das Studio zu finden, beschloss sie, noch einen beruhigenden kleinen Spaziergang durch die Gärten zu unternehmen.

Kaum hatte sie das Tor passiert, dachte sie an die junge Mrs Dallimore, die einst mit Arthur Willet hierhergekommen war und dann später auf einen Drink mit ihm ins *Angel Hotel* auf der anderen Straßenseite gegangen war. Mrs Dallimore stellte sie sich in einem hübschen Kleid mit Hut und Handschuhen vor und Arthur in einem Anzug, aber beide mit Gasmaskenbehältern über ihrer Schulter.

Ob Arthur wohl auch später noch in Mrs Dallimores Erinnerungen vorkommen wird?, fragte Lizzie sich. Was für eine Lebensgeschichte! Und wie schade, dass diese Geschichte verloren gehen würde, wenn Mrs Dallimore einmal starb. Nicht zum ersten Mal wurde Lizzie von einer Welle der Traurigkeit erfasst bei dem Gedanken, dass die alte Dame irgendwann nicht mehr da sein würde. Sie dachte auch an Mrs Dallimores offensichtliche Verwirrung am vergangenen Tag, als sie weder ihre Umgebung noch Lizzie erkannt zu haben schien. Es war, als wäre sie in der Vergangenheit so gefangen gewesen, dass sie vorübergehend außerstande gewesen war, sich in die Gegenwart zurückzuversetzen.

Als Lizzie an einem mit strahlend bunten Sommerblumen bepflanzten Beet vorbeikam, begann sie, ihre sorgfältig formulierten Antworten für das Vorstellungsgespräch zu proben: Sie suche nach einem Richtungswechsel; bei einem kleineren Provinzsender würde es vielleicht nicht so steif und unpersönlich zugehen wie bei ihrem vorherigen, und vielleicht würde sich auch die Möglichkeit ergeben, sich intensiver mit der Zuhörerschaft zu befassen. All das klang vernünftig genug, wenn auch ein bisschen zu beredt. Doch dann hörte sie aus dem Nichts plötzlich Curts affektierte, spöttische Stimme, die sie vorher immer so sexy gefunden hatte: »Ja, ja, hab ich alles schon gehört, meine Liebe, erzählen Sie mir etwas Originelleres.«

Bei dem Gedanken an Curt fiel ihr stetig wachsendes Selbstvertrauen in sich zusammen, und Lizzie dachte, wie pathetisch Curt ihre Aufregung über einen unbedeutenden kleinen Job bei einem unbedeutenden Radiosender in einer unbedeutenden Kleinstadt finden würde. Er würde seiner Vorstellung von der Hölle entsprechen. Er hatte einmal gesagt, er würde sich eher die Zunge herausreißen und sie mit dem Fuß zerstampfen, als so tief zu sinken.

Aber es war seine Schuld, dass sie so tief gesunken *war*. Sie hatte *alles* verloren – und das nur seinetwegen und ihrer dummen, dummen …

Sie stutzte plötzlich. Was war nur in sie gefahren? Warum dachte sie an Curt und an das, was er denken könnte? Das Einzige, was zählte, war, was sie dachte und die Menschen, die ihr wichtig waren. Und wenn sie es recht bedachte, was hatte sie denn eigentlich genau verloren? Hätte sie sich das nicht vorher schon in Erinnerung rufen müssen? Aber wenn sie es wieder und wieder tun müsste, um zu verstehen, dann wäre es eben so.

Erstens: Sie hatte einen verlogenen, betrügerischen Liebhaber verloren, der nicht einmal ein Freund gewesen war.

Zweitens: Sie hatte einen Job verloren, den sie geliebt hatte. Das war schade, doch es gab jede Menge andere Jobs, die sie vielleicht auch lieben würde, womöglich sogar einen, der mehr Spaß machen und anspruchsvoller sein würde.

Und drittens: Sie hatte ihr Apartment verloren, und keine Frage, das war ein wirklich harter Schlag für sie gewesen. Würde sie sich wieder eine eigene Wohnung leisten können, wenn sie diesen Job bekam? Denn eins wusste sie: Es war absolut nicht fair, länger bei Mum und Dad zu bleiben, als sie dort willkommen war. Heimzukehren hatte immer nur eine kurze Überbrückung sein sollen, bis sie wieder auf die Beine kam. Natürlich würden ihre Eltern niemals etwas sagen. Doch Lizzie wusste, wie sehr ihr Leben in diesem Sommer durcheinandergeraten war. Deshalb blieb ihr auch nichts anderes übrig, als sich etwas Eigenes zu suchen. Aber wo würde sie gern wohnen? Hier in Bury St. Edmunds? Oder vielleicht weiter draußen auf dem Land?

In London wäre sie nie auf die Idee gekommen, das Stadtleben gegen das Leben auf dem Land einzutauschen. Aber komischerweise hatte es ihr wirklich Spaß gemacht, über die Landstraßen zur Arbeit zu radeln oder draußen an der frischen Luft zu sein, nicht in diesem Smog in London, der voller giftiger Abgase war. Und noch interessanter war sogar, dass sie am Morgen beim Anziehen gemerkt hatte, dass sie abgenommen hatte – ihre schwarze Lieblingshose, die sie für das Vorstellungsgespräch trug, saß eindeutig viel lockerer als beim letzten Mal, als sie sie getragen hatte.

Sie setzte sich auf eine Bank und fuhr fort, den Schaden zu beseitigen, der von ihren Gedanken an Curt verursacht worden war. Etwas, das Mrs Dallimore einmal gesagt hatte, kam ihr in den Sinn: »Für alles, was man verliert, gewinnt man etwas Neues.«

Lizzie hoffte, dass das stimmte. Andererseits hatte sie vielleicht auch schon den Beweis dafür, dass es so war, denn während sie all ihre alten Freunde in London verloren hatte, hatte sie hier in Jed einen neuen gewonnen.

Das Klingeln ihres Handys ließ sie rasch in ihre Tasche greifen. Sie hoffte, dass es nicht jemand von Skylark Radio war, der anrief, um ihr mitzuteilen, dass sie sich nicht zu dem Vorstellungsgespräch bemühen musste, weil die Stelle schon vergeben war.

Zum Glück war ihre Sorge unbegründet. Es war Jed, der anrief.

»Das muss Gedankenübertragung gewesen sein«, sagte sie, »denn ich hatte gerade an dich gedacht.«

»Wirklich? Nur Gutes, hoffe ich. Aber wie dem auch sei, ich bin hier bei Mrs D., die darauf bestand, dich anzurufen, um dir Glück zu wünschen. Was du gar nicht brauchst, versicherte ich ihr, doch sie meinte, jeder bräuchte ab und zu ein bisschen Glück.«

»Bitte richte ihr aus, dass ich das wirklich sehr zu schätzen weiß.«

»Das kannst du ihr selbst sagen. Warte einen Moment, dann gebe ich sie dir.«

»Sind Sie das, Lizzie?«, fragte Mrs Dallimore ein paar Sekunden später.

»Ja, und ich bin wirklich sehr gerührt, dass Sie an mich denken.«

»Ich denke andauernd an Sie, besonders jetzt. Und nun gehen Sie und beeindrucken Sie die Radioleute mit Ihrer imponierenden Persönlichkeit. Ich bin mir sicher, dass es nicht nötig sein wird, aber ich werde Ihnen die Daumen drücken. Und nun sage ich Auf Wiederhören, weil Sie jetzt nicht mehr aufgehalten werden dürfen. Oh, warten Sie einen Moment, Mr Sheridan möchte Sie auch noch sprechen.«

Wieder hörte Lizzie, wie das Telefon weitergegeben wurde, dann ein Räuspern und schließlich Mr Sheridans dröhnende Stimme an ihrem Ohr. »Ganz meine Meinung, meine Liebe, was Ihre imponierende Persönlichkeit angeht. Und falls Sie gute Referenzen brauchen, bin ich Ihr Mann.«

»Danke, Mr Sheridan«, antwortete sie und spürte einen unerwarteten Kloß im Hals. »Ich werde daran denken.«

Einige Sekunden später war Jed wieder am Telefon. »Du hast doch hoffentlich deine imponierende Persönlichkeit noch ein bisschen aufpoliert?«

»Ich fürchte, das liegt nicht in meiner Hand.«

»Nach dem, was ich von dir gesehen habe, schaffst du das schon. Und jetzt geh und schnapp dir diesen Job, und wenn du danach reden möchtest, ruf mich an. Mrs D. wird sicherlich auch wissen wollen, wie es gelaufen ist. Ach, ganz Woodside wird gespannt auf Neuigkeiten von dir warten!«

»Bitte sag mir, dass du scherzt!«

»Leider nicht. Während ich mit dir rede, legen sie schon zusammen, um dir ein Abschiedsgeschenk zu kaufen. Du wirst hier sehr vermisst werden.«

»Du meinst, dass sie es kaum erwarten können, mich los zu sein. Das passt wohl eher.«

»Wenn ich dir vor dem Gespräch noch einen Rat geben darf – versuch mal, nicht so überschwänglich von dir selbst zu sprechen, denn niemand mag Angeber.«

»Okay, ich hab verstanden.«

»Gut. Und jetzt geh. Geh und beeindrucke Ricky.«

»Jed?«

»Ja?«

»Danke. Danke, dass du das hier für mich arrangiert hast.«

»Fang nicht an, nett zu werden, sonst kommen mir noch die Tränen. Mir ist es lieber, wenn du eine echte Nervensäge bist.«

Lizzie lachte. »Danke gleichfalls.«

Da so viele liebe Menschen ihr Glück gewünscht hatten – ihre Eltern, ihr Bruder und nun auch noch Jed, Mrs Dallimore und Mr Sheridan –, wuchs Lizzies Zuversicht. Vor allem fühlte sie sich nun gezwungen, ihr absolut Bestes zu geben. Vielleicht wäre dieser Job vor Kurzem noch nicht ihr Traumjob gewesen, aber jetzt wollte sie ihn bekommen – auch für all jene, die sie anspornten. Sie fragte sich, ob es nicht ohnehin Bestimmung war. Es kam Lizzie so vor, als hinge dies alles irgendwie mit ihrer Arbeit in Woodside zusammen. Dort war sie nicht nur Jed begegnet, der einen Freund bei Skylark Radio hatte, sondern auch Mrs Dallimore, die in einem Haus namens Skylark Cottage gelebt hatte. Aber ob es Bestimmung war oder nur Zufall, sie würde nehmen, was auch immer das Leben ihr gerade bot.

Mit diesem Gedanken verließ sie die Gärten und ging mit entschlossenen Schritten durch den Sonnenschein auf Abbey Crescent und Skylark Radio zu.

Am Eingang drückte sie auf den Klingelknopf, um eingelassen zu werden, und nachdem das Mädchen am Empfang sie angemeldet hatte, bat sie Lizzie, Platz zu nehmen.

Rickys Nachmittagssendung war bis ins Foyer zu hören, dessen Wände mit gerahmten Fotografien der Moderatoren des Senders dekoriert waren. Lizzie fand auch ein Foto von Ricky, wie der Schriftzug verriet. Sie schätzte ihn auf Mitte bis Ende dreißig, und er war ihr auf Anhieb sympathisch. Nach dem Betrachten des Fotos konzentrierte Lizzie sich auf Rickys Sendung, für den Fall, dass er sie später zu irgendetwas befragte, was er gesagt hatte. Im Vorfeld hatte Lizzie Recherchen über den Moderator angestellt und sich besonders für die Zielgruppe und die Zuhörerquoten interessiert. Der Sender steckte noch in den Kinderschuhen, aber die Zahlen bewegten sich in die richtige Richtung, da der Tagesdurchschnitt im letzten Jahr von dreizehn auf achtzehn Prozent gestiegen war.

Im Moment führte Ricky ein Interview mit einem einheimischen Dachdeckermeister, der den Betrieb in der zweiten Generation führte und auf Strohdächer spezialisiert war. Wer auch immer die Fakten für die Sendung recherchiert hatte, hatte seinen Job gut gemacht, denn Ricky stellte all die richtigen Fragen hinsichtlich des Unterschieds zwischen Schilf und Stroh und ließ auch eine Frage über Haselnussholz-Dächer einfließen. Mit seiner scheinbar sehr entspannten Interview-Technik ließ er den Experten voller Leidenschaft über etwas sprechen, das er offensichtlich liebte. Gegen Ende des Interviews hatte Lizzie das Gefühl, viel Interessantes über Stroh- und Schilfeindeckung erfahren zu haben.

Um drei Uhr nachmittags endete der *Nachmittag mit Ricky*, und es folgten die Nachrichten und danach die *Sian-Stewart-Show*. Kaum waren die Nachrichten beendet, öffnete sich die Tür am anderen Ende des Foyers und Ricky trat ein. Er war größer, als Lizzie aufgrund des Fotos erwartet hätte, und trug ein komplettes Jeans-Outfit.

»Hi, Lizzie«, begrüßte er sie und reichte ihr die Hand. »Haben Sie uns leicht gefunden?«

»Ja, danke. Es war kein Problem«, antwortete sie. »Der Sender hat eine großartige Lage.«

»Ja, das stimmt. Kommen Sie mit in mein Büro – oder vielmehr in die kleine Kammer, die ich absurderweise als mein ›Büro‹ bezeichne. Lassen Sie uns zuerst das Gespräch führen – ich werde Ihnen ein paar furchtbar impertinente Fragen stellen –, und später machen wir einen Rundgang durch das Studio. Wie hört sich das für Sie an?«

»Darf ich Ihnen im Gegenzug auch ein paar impertinente Fragen stellen?«

Er lächelte. »Ich wäre enttäuscht, wenn Sie es nicht täten.«

Nachdem er seine Identifikationskarte in das Sicherheitsschloss neben der Tür gesteckt hatte, durch die er erschienen war, führte er Lizzie einen schmalen Korridor hinunter. Durch eine Glaswand konnten sie von hier in das Studio sehen, in dem gerade Sian Stewarts Sendung lief. Die Moderatorin winkte Ricky zu, als sie vorbeigingen.

Sein Büro war tatsächlich winzig; es bot kaum genügend Platz für einen Schreibtisch und zwei Sessel, ein Bücherregal und einen Hutständer, an dem kurioserweise eine ganze Reihe von Hüten hingen.

»Nun denn«, sagte Ricky, sowie sie beide saßen. »Ihrem Lebenslauf zufolge haben Sie im Laufe der Jahre verschiedene Jobs gehabt und waren in letzter Zeit bei Starlight Radio in London beschäftigt. Darf ich fragen, warum Sie dort gekündigt haben?«

Lizzie hatte sich gewissenhaft auf diese Frage vorbereitet und schickte sich schon an, die Erklärung zu liefern, die sie sich zurechtgelegt hatte, als sie es sich plötzlich anders überlegte. Sie wollte sich nicht mit Halbwahrheiten einen Job erschleichen. Sie wollte erhobenen Hauptes dastehen können und sich selbst beweisen, dass sie die letzten Reste ihrer Scham abschütteln konnte. Außerdem hatte Ricky etwas an sich, das Offenheit und Aufrichtigkeit forderte, und da war ja auch noch dieser Kommentar, mit dem sie am Telefon herausgeplatzt war: dass sie es bereute, mit ihrem Chef etwas trinken gegangen zu sein. Dieses Thema würde Ricky sicher auch ansprechen. Im Geiste konnte sie Mrs Dallimore hören, die ihr dringend riet, tapfer zu sein und nichts zu fürchten.

»Es wäre das Leichteste der Welt, Ihnen die stark redigierte und beschönigte Version der Ereignisse zu geben, die zu meinem Ausscheiden dort führten«, sagte sie. »Aber da Sie die Wahrheit leicht herausfinden könnten, werde ich das nicht tun.«

»In Ordnung«, antwortete er nur.

Und so erzählte sie ihm alles.

Während Mr Sheridan seinen Fußpfleger bei sich hatte, beobachtete Clarissa Jed, der im Garten arbeitete und wieder einmal die verblühten Rosen aus den Sträuchern entfernte. Er war ein kompetenter Gärtner, aber Clarissa vermutete, dass er viele Fähigkeiten hatte. Wie jammerschade, dass er seine Talente momentan nicht wirklich nutzen konnte. Aber wie bewundernswert von ihm, dass er sein eigenes Leben sozusagen auf Eis legte, um seine Mutter zu versorgen. Clarissa war tief beeindruckt gewesen, als sie davon erfahren hatte. Die Frau konnte sich glücklich schätzen, einen Sohn zu haben, der bereit war, dieses Opfer zu bringen.

Clarissa fiel eine schemenhafte Bewegung zwischen den Bäumen auf. War das Ellis? Sie legte eine Hand über die Augen, um sie vor der Sonne zu schützen und besser sehen zu können. Er war es in der Tat. An einen Baum gelehnt, stand er da und winkte sie zu sich herüber. Du dummer Mann, dachte sie. Was glaubst du, wie ich den ganzen Weg dort hinunterkommen soll? Als könnte er ihre Gedanken lesen, zeigte er auf Jed. Natürlich! Jed konnte ihren Rollstuhl bis zu den Bäumen hinüberschieben.

»Jed!«, rief Clarissa ihm zu. »Ich weiß, dass Sie mit den Rosen beschäftigt sind, doch könnten Sie mir bitte trotzdem einen Moment behilflich sein?«

»Mit Vergnügen, Mrs D.«, antwortete er und schob seine Rosenschere in den Werkzeuggürtel um seine Taille. »Was kann ich für Sie tun?«

»Es wäre schön, wenn Sie mich hinausschieben würden, damit ich im Schatten dieser Bäume dort drüben sitzen kann.«

»Wird sofort erledigt.«

Als er sie den etwas abschüssigen Rasen hinunterfuhr, fragte Clarissa ihn, ob er schon etwas von Lizzie gehört hatte.

»Noch nicht.«

»Ich hoffe wirklich, dass sie die Stelle annimmt, falls sie ihr angeboten wird, und nicht zögert, weil sie sich immer noch nach London zurücksehnt. Sehnen Sie sich eigentlich je dorthin zurück, Jed?«

»Ab und zu vermisse ich mein altes Leben dort, aber im Moment fühle ich mich hier noch sehr wohl.«

»Wie geht es Ihrer Mutter?«

»Mal so, mal so. Wo möchten Sie gern sitzen?«, fragte er, als sie wieder auf ebenem Terrain waren.

»Dort drüben wäre schön.« Sie wies auf die Bäume, zwischen denen Ellis gestanden hatte. Jetzt war nichts von ihm zu sehen, aber er zeigte sich ja nie, wenn jemand anderes in der Nähe war.

Als Jed sie gut platziert hatte, sagte er: »Rufen Sie mich

einfach, wenn Sie wieder zurückgebracht werden möchten, ja?«

»Danke, Jed, das ist sehr lieb von Ihnen.«

Sowie sie sicher sein konnte, dass der junge Mann weit genug entfernt war, um sie nicht zu hören, blickte Clarissa sich um und spähte noch tiefer in den Schatten der Bäume. »Ellis«, rief sie leise, »ich bin hier, wie du gewünscht hast.«

Sie wartete darauf, dass er sich zeigte.

»Oh, wie typisch für dich!«, sagte sie verärgert. »Ich mache mir die Mühe, deiner Bitte sofort nachzukommen, und du verschwindest! Du wirst dich niemals ändern, nicht?«

Als keine Antwort kam, seufzte sie und schloss die Augen. Sie fühlte sich heute unerklärlich müde; die kleinste Anstrengung schien ihr alle Energie zu rauben. In ihrem Alter dürfte es sie eigentlich nicht überraschen, doch das tat es. Was sie am meisten hasste, war das Gefühl, die Kontrolle zu verlieren und nicht mehr sie selbst zu sein. Und es ließ sich auch nicht leugnen, dass die Momente der Verwirrung zunahmen. Immer öfter ertappte sie sich dabei, dass sie etwas tat und dann nicht wusste, warum sie es tat, oder jemandem ins Gesicht blickte und im ersten Moment keine Ahnung hatte, wen sie vor sich hatte. Aber dann, als hätte jemand eine Münze in eine Parkuhr gesteckt, wurde sie plötzlich wieder munter und sah und verstand alles ganz klar und deutlich.

Jetzt hörte sie das Klicken eines Feuerzeugs, und Tabakgeruch erfüllte die Luft. Sie öffnete die Augen, und wie erwartet stand Ellis an genau derselben Stelle, an der sie ihn vorher gesehen hatte.

»Es wird bald Zeit, Clarissa«, sagte er und blies den Rauch seiner Zigarette in die Luft.

»Zeit wofür?«

»Das weißt du.«
»Aber ich bin noch nicht so weit.«
»Wer ist das schon? Dachtest du, ich wäre es gewesen?«
»Ich habe noch ein paar Dinge zu erledigen.«
»Warte damit nicht mehr allzu lange.«

Kapitel Zweiundfünfzig

Lizzie wusste nicht, wen sie zuerst anrufen sollte. Ihre Eltern warteten sicher schon gespannt darauf, von ihr zu hören. Aber ihrer Meinung nach war sie es Jed schuldig, es ihm zuerst zu sagen. Immerhin war er derjenige, der ihr diese Chance ermöglicht hatte.

Am Ende war es Luke, der ihr die Entscheidung abnahm, indem er selbst anrief.

»Und? Wie ist dein Vorstellungsgespräch gelaufen?«, fragte ihr Bruder, während sie das Auto ihrer Mutter aufschloss, das sie sich für den Tag geliehen hatte.

»Besser, als ich erwartet hatte«, sagte sie.

»Wie viel besser?«

»Ich habe den Job, wenn ich will! Ich konnte es kaum glauben, als Ricky schließlich meinte, dass ich mich seiner Meinung nach perfekt in das Team einfügen würde. Ich kann es immer noch nicht glauben.«

»Das ist ja großartig! Wirst du die Stelle annehmen?«

»Es wäre dumm von mir, es nicht zu tun.«

»Das ist nicht wirklich eine Antwort auf meine Frage, nicht? Möchtest du nun bei Skylark Radio arbeiten oder nicht? Ich möchte sichergehen, dass es wirklich das ist, was du willst, und dass du dich nicht mit dem erstbesten Job zufriedengibst, der sich dir bietet.«

»Genau genommen habe ich sogar große Lust, bei Skylark

Radio zu arbeiten. Mir hat dort alles gut gefallen. Die Leute, die ich kennengelernt habe, hätten nicht netter sein können, und soweit ich sehen konnte, herrscht ein erfreulicher Mangel an Ichbezogenheit in dem ganzen Sender. Es besteht sogar die Möglichkeit, dass ich hin und wieder eine Sendung moderieren darf.«

»Na, dann scheint es ja eine beschlossene Sache zu sein. Gratuliere!«

Lizzie stutzte. Es lag so gar nichts Fröhliches in der Stimme ihres Bruders. »Was ist los?«, fragte sie geradeheraus.

»Nichts, es ist alles bestens.«

Doch Lizzie konnte er nicht täuschen. Es war der defensive Tonfall seiner Stimme, der ihn verriet. »Das ist es ganz und gar nicht«, sagte sie. »Dies ist nun schon das zweite Mal, dass du dich überhaupt nicht wie du selbst anhörst. Also, was ist los, Luke?«

»Nichts ist los.«

»Gib mir einen Tipp – hast du Ärger bei der Arbeit oder daheim?«

»Weder noch. Ich sagte doch schon, dass alles bestens ist.«

»Ist es irgendwas, wobei ich dir helfen kann?«

»Lizzie, hörst du mir denn gar nicht zu?«

»Ich höre auf das, was du nicht sagst, Luke. Und vergiss nicht, dass wir Zwillinge sind und du mir noch nie etwas vormachen konntest.«

»Wenn das stimmt, warum sagst du mir dann nicht, was mir deiner Meinung nach zu schaffen macht?«

Da Lizzie wusste, dass Luke bisher immer gut mit seiner Arbeit zurechtgekommen war und ihres Wissens deswegen noch nie besorgt gewesen war, blieb im Grunde nur noch eine Möglichkeit. »Es ist Ingrid, nicht?«

»Eigentlich nicht sie«, sagte er nach einer langen Pause. »Nicht Ingrid macht mir Sorgen, sondern alle anderen.«

Wieder hörte Lizzie die ungewohnte Abwehrhaltung in Lukes Stimme. »›Alle anderen‹? Könntest du das vielleicht ein bisschen eingrenzen?«

Ihrer Bitte folgte ein weiteres ausgedehntes Schweigen seitens Luke, in dem sie die Verkehrsgeräusche um ihn herum hörte – und dann, wie um alles noch zu verschlimmern, drohte die Verbindung abzubrechen. Lizzie kam plötzlich der bestürzende Gedanke, dass es zwischen ihrem Bruder und Ingrid vielleicht nicht zum Besten stand, dass möglicherweise sogar ihre Ehe gefährdet war. Von dort war es nur ein kleiner Schritt zu dem schrecklichen Szenario, das Lizzies Kopf entwarf und in dem der arme Freddie zwischen zerstrittenen Eltern hin- und hergeschoben wurde, Luke seinen geliebten Sohn nur jedes zweite Wochenende zu sehen bekam und ihre Eltern und sie selbst ganz aus Freddies Leben gedrängt wurden. Diese Vorstellungen brachten einen so scharfen Schmerz mit sich, dass Lizzie wünschte, sie hätte nicht so insistiert und stattdessen ihren großen dummen Mund gehalten.

Aber falls es wirklich ein Problem gab, wäre es dann nicht besser, dass Luke mit ihr darüber sprach? Doch was würde sie ihm schon raten können?

»Bist du noch da, Luke?«, fragte sie nervös.

Ein Moment verstrich, dann hörte sie Lukes Stimme glockenrein. »An dieser Straßenecke habe ich fast nie Empfang.«

»Wäre es dir lieber, ein andermal weiterzureden?«

»Es gibt nicht viel zu reden«, antwortete er. »Vergiss, was ich gesagt habe.«

»Das kann ich nicht, Luke, weil ich jetzt schrecklich beunruhigt bin, dass ihr, Ingrid und du, nicht glücklich seid und …«

»Zwischen mir und Ingrid ist alles okay«, erwiderte er, »aber da du das Thema angeschnitten hast … Darf ich dich etwas fragen?«

»Ja.«

»Magst du Ingrid eigentlich?«

Lizzie beschloss, ehrlich zu sein. »Sie macht mir Angst, wenn du es wirklich wissen willst. Und ich glaube nicht, dass sie mich sehr sympathisch findet.«

»Also tolerierst du sie, weil sie meine Frau ist?«

»Nein, so ist das nicht, das darfst du nicht denken. Ich glaube, das Problem ist, dass wir nicht das Gefühl haben, sie auch nur ein bisschen besser zu kennen als an dem Tag, an dem du sie zum ersten Mal nach Hause mitgebracht hast.«

»Sprichst du auch für Mum und Dad?«

»Ich denke schon.«

Ihr Bruder schwieg.

Lizzie wappnete sich innerlich. »Habt ihr Probleme, Luke?«

»Nicht mehr als andere Paare mit einem Kind und zu vielen beruflichen Verpflichtungen. Ich wünschte nur, Ingrid fühlte sich wohler bei dir und Mum und Dad. Du weißt, dass sie schon immer dachte, dass wir als Familie nie sagen, was wir wirklich denken, und alles Unangenehme oder Peinliche unter den Teppich kehren.«

»Das beschreibt so gut wie die meisten Familien, nicht?« Plötzlich kam Lizzie ein Gedanke. »Was für unangenehme oder peinliche Dinge sind es denn, die wir angeblich unter den Teppich kehren? Und wenn ich es mir recht überlege, bin nicht ich diejenige, die gewöhnlich zu hören bekommt, sie platze viel zu leicht mit allem Möglichen heraus?«

»Ich glaube, sie meint damit hauptsächlich Mum und Dad.«

»Aber die sind so klar und offen wie der helle Tag!«

»Sind sie das?«

»So offen, wie sie sein müssen«, antwortete Lizzie. »Was genau will Ingrid eigentlich von uns allen?«

»Mehr Transparenz, glaube ich.«

»Das ist eine gefährliche Sache, Luke. Ist es nicht gerade das, was die meisten Familien zerstört? Ist ein gewisses Maß an gut gemeinter Täuschung nicht sogar unabdingbar für das familiäre Einvernehmen?«

»Das kommt darauf an, worum es sich bei der Täuschung handelt und wie weit die Beteiligten dafür zu gehen bereit sind.«

Lizzie runzelte die Stirn. »Allmählich klingt das nach einem ganzen Wespennest, in das man besser nicht hineinsticht.«

»Du hast recht«, stimmte Luke ihr seufzend zu. »Vergiss alles, was ich gesagt habe. Fahr nach Hause, und feiere deinen neuen Job. Ich hätte nicht so ernst werden und dir die Freude verderben dürfen.«

Lizzie war außerstande, den Rat ihres Bruders zu befolgen, als sie den Wagen aus Bury St. Edmunds hinauslenkte. Wie könnte sie vergessen, was er gesagt hatte? Zumal sie stark vermutete, dass er Ingrids Unzufriedenheit schon lange vor ihnen allen verborgen hatte.

Ihr Elternhaus war nicht ihr Ziel, oder zumindest jetzt noch nicht. Sie musste nach Woodside, um die Stunden aufzuholen, die sie an diesem Nachmittag versäumt hatte. Sie hoffte, dass Jed noch dort sein würde, denn sie wollte sich unbedingt bei ihm dafür bedanken, dass er bei Ricky ein gutes Wort für sie eingelegt hatte. Denn nur so hatte sie das Glück gehabt, den Job angeboten zu bekommen.

»Glück«, sagte Lizzie laut und lauschte dem Wort nach. War sie endlich einmal wieder an der Reihe, ein kleines bisschen Glück zu haben? Sie wagte es kaum zu hoffen, aber Ricky war auf jeden Fall sehr erfreut darüber gewesen, dass sie im Sender arbeiten würde.

Vor seiner kleinen Besichtigungstour mit ihr hatte er ihr die für ein Bewerbungsgespräch klassische Frage gestellt: »Wie würden Sie sich persönlich im Sender einbringen wollen?«

Lizzie hatte blitzschnell nachgedacht und sich selbst mit einer Idee für einen Beitrag zu seiner Sendung überrascht: über scheinbar ganz gewöhnliche Menschen, die jedoch außergewöhnliche Dinge taten beziehungsweise getan hatten.

»Erzählen Sie mir mehr«, hatte er mit einem Kopfnicken gesagt und sich erwartungsvoll in seinem Sessel zurückgelehnt.

Bevor sie wusste, was sie tat, hatte Lizzie ihm vom Woodside-Seniorenheim, von Mrs Dallimore und dem deutschen Piloten erzählt, den sie als junge Frau während des Krieges eigenhändig festgenommen hatte. »Sie sieht wie eine ganz normale, reizende alte Dame aus«, hatte Lizzie erklärt, »aber die Wahrheit ist, dass sie eine ganz erstaunliche Frau ist, die all diese bewundernswerten Dinge getan hat. Geschichten wie die ihre müssen erzählt werden, bevor sie für immer verloren gehen.«

Ricky hatte ihr lächelnd zugestimmt. Im Nachhinein vermutete Lizzie, dass die Geschichte über Mrs Dallimore das ihre dazu beigetragen hatte, dass sie den Job bekommen hatte. Sie schuldete also nicht nur Jed, sondern auch Mrs Dallimore ein großes Dankeschön.

Über Lizzies Eingeständnis ihrer Affäre mit Curt, die zu ihrer anschließenden Kündigung geführt hatte, war Ricky mit einer lässigen Handbewegung hinweggegangen. »Uns allen sind schon Fehler unterlaufen, aber danke, dass Sie so ehrlich waren. Ich bewundere Ihren Mut«, hatte er nur gesagt.

Bei der Besichtigungstour durch den Sender hatte er sie einer Reihe von Leuten vorgestellt, und später, als sie in den kleinen Personalraum gekommen waren, war ihr eine Nachricht an der Pinnwand aufgefallen:

Suche Mitbewohnerin für ein Reihenhaus mit zwei Schlafzimmern (nur wenige Schritte von Abbey Crescent entfernt).

In jenem Moment wäre es Lizzie anmaßend erschienen, sich nach weiteren Einzelheiten zu erkundigen, aber sie hatte sich immerhin diskret die Telefonnummer notiert.

In Woodside stellte sie den Wagen ihrer Mutter auf dem Angestelltenparkplatz ab. Nachdem sie im Personalraum in ihren Kittel geschlüpft war, verließ Lizzie ihn hastig und stieß auf dem Gang prompt mit der Heimleiterin zusammen, die auf dem Weg zur Krankenstation war.

»Wie ist das Vorstellungsgespräch bei Skylark Radio gelaufen?«, fragte Jennifer Hughes.

Lizzie zögerte. Sie hatte absichtlich nichts von einem Vorstellungsgespräch erwähnt, als sie um die freie Zeit gebeten hatte, und war nun peinlich berührt, weil die Heimleiterin Bescheid wusste.

»Schon gut«, sagte Jennifer, »mir war von Anfang an klar, dass wir nur eine Übergangslösung für Sie sind, bis Sie eine Stelle finden, die Sie wirklich wollen. Im Übrigen«, fügte sie mit einem Lächeln hinzu, »ist es hier unmöglich, ein Geheimnis zu bewahren. Also, wie ist es gelaufen?«

»Sie haben mir die Stelle angeboten«, sagte Lizzie vorsichtig, »doch ich halte es für vernünftiger, zu warten, bis ich den Arbeitsvertrag in den Händen halte, bevor ich mich zu früh freue.«

»Wenn das so ist, werde ich mir meine Glückwünsche auch bis dahin aufheben. Aber ich werde es bedauern, Sie zu verlieren. Sie haben so gut hierhergepasst, dass auch unsere Bewohner Sie vermissen werden. Nicht jeder besitzt die Gabe, die Sie haben, wissen Sie das?«

»Und was für eine Gabe soll das sein?«, fragte Lizzie verwirrt.

»Die Fähigkeit, Menschen zuzuhören, richtig zuzuhören, und ihnen zu zeigen, dass Ihnen etwas an ihnen liegt.«

Lizzie lächelte. »Vielleicht bin ich ja nur neugierig und höre mir gern die Geschichten anderer Leute an.«

»Das glaube ich Ihnen ganz und gar nicht. Aber wann werden Sie uns verlassen? Wissen Sie das schon?«

»Ich bin mir nicht sicher, was nicht sehr hilfreich für Sie sein dürfte. Könnte ich Ihnen später Bescheid sagen? Oh, und ich wollte Sie noch etwas fragen: Wenn ich wirklich gehe, dürfte ich dann trotzdem regelmäßig wiederkommen und Mrs Dallimore besuchen?«

»Selbstverständlich. Und vergessen Sie nicht Mr Sheridan und Mr Jenkins. Ich weiß, dass sie sich freuen würden, Sie wiederzusehen, wie auch viele andere unserer Bewohner. Übrigens haben Sie in der Bibliothek hervorragende Arbeit geleistet. Ich glaube nicht, dass ich sie je so aufgeräumt und gut sortiert gesehen habe. Ich werde mir überlegen müssen, was Sie hier sonst noch verbessern könnten, bevor Sie uns verlassen.«

Lizzie, die sich nicht erinnern konnte, wann sie das letzte Mal mit so viel Lob bedacht worden war, ging in den Garten, um die alten Herrschaften zum Abendessen hereinzubitten.

»Da ist sie!«, rief Mr Sheridan, als Lizzie die Terrasse erreichte, auf der ein halbes Dutzend Bewohner um einen der größeren Tische saß. Auch Mrs Dallimore war unter ihnen.

»Und?«, fragte Mr Sheridan. »Können wir dann jetzt aufhören, die Daumen zu drücken?«

Alle in der Tischrunde, einschließlich Mrs Dallimore, hoben die Hand, um Lizzie zu zeigen, dass sie ihr immer noch die Daumen drückten.

Beim Anblick des zitternden Armes des armen Mr Jenkins wurde Lizzie die Kehle eng vor tief empfundener Traurigkeit. Sie würde diese bemerkenswerten Menschen und die Wärme ihrer Freundschaft sehr vermissen.

Kapitel Dreiundfünfzig

Tom hatte nur selten Gelegenheit, mit seinem Sohn allein zu sein. Aber am Freitagabend, als Luke kam, um Freddie über das Wochenende heimzuholen, schlug Tom ihm vor, nicht gleich wieder nach Hause zu fahren, sondern auf ein schnelles Bier mit ihm in den nahen Pub *The Bell* zu gehen. Tom hatte die Sache sehr gut inszeniert, indem er seinem Enkel die Flause in den Kopf gesetzt hatte, er müsse unbedingt noch baden, bevor er heimfuhr, um sicherzugehen, dass Tess beschäftigt war. Praktischerweise war Lizzie auch nicht da, sondern noch bei der Arbeit, weil sie Spätschicht hatte.

Es war Lizzie, die ihm den Tipp gegeben hatte, dass ein Vater-Sohn-Gespräch nicht schaden könnte. Wie so oft in all den Jahren waren Tom und Tess so stark mit Lizzie beschäftigt gewesen, dass sie Luke sträflich vernachlässigt hatten. Das Problem bei Luke war, dass er ihnen mit seinem gefestigten Charakter und ausgeglichenen Wesen bisher nie Anlass zur Sorge gegeben hatte. Nachdem Lizzie ihrem Vater inzwischen jedoch von ihrem beunruhigenden Telefonat mit ihrem Bruder erzählt hatte, war Tom jetzt fest entschlossen, Luke mehr Aufmerksamkeit zu widmen.

Sie ließen sich an der Theke zwei Bier geben und setzten sich damit an einen Tisch im Biergarten des Lokals. Tom fragte seinen Sohn in seinem beiläufigsten Ton, wie es bei der Arbeit lief.

Luke senkte sein Bierglas und sah ihn prüfend an. »Was hat Lizzie euch erzählt?«

»Wieso fragst du mich das?«, gab Tom zurück, enttäuscht darüber, dass er sich so schnell verraten hatte.

»Weil wir hier und nicht zu Hause ein Bier zusammen trinken«, sagte Luke. »Weil wir nur zu zweit sind und du nach meiner Arbeit fragst, sozusagen als Überleitung.«

Tom versuchte, so arglos wie nur möglich mit den Schultern zu zucken. »Ich dachte, es wäre nett, wenn wir beide auch mal ganz allein ein Schwätzchen halten könnten. Wann haben wir das zum letzten Mal getan?«

»Gute Frage. Aber du hast mir noch keine Antwort gegeben: Was hat Lizzie euch erzählt?«

Tom kapitulierte. Er war noch nie sehr gut darin gewesen, Ausflüchte zu machen. »Werde jetzt nicht böse«, bat er, »doch Lizzie erwähnte, dass du nicht ganz der Alte zu sein scheinst. Und ich würde ihr zustimmen. Du wirkst wirklich ein bisschen angespannt.«

Luke runzelte die Stirn. »Ich wünschte, sie hätte den Mund gehalten. Mum und du habt auch so schon genug um die Ohren.«

»Ganz und gar nicht, und außerdem wären wir niemals so beschäftigt, dass wir dir nicht helfen könnten. Das darfst du nicht mal denken. Ist irgendetwas nicht in Ordnung, Junge?«

»Wie viel hat Lizzie dir erzählt?«

»Sehr wenig, nur dass sie den Eindruck hatte, dass Ingrid und du mit der einen oder anderen Sache im Moment ein bisschen überlastet zu sein scheint.«

Lukes Stirnrunzeln vertiefte sich. »Hat sie nur das gesagt oder noch mehr? So, wie ich Lizzie kenne, fällt es mir schwer, zu glauben, dass sie dir nicht die ganze Geschichte erzählt hat. Und noch viel mehr dazu.«

Tom wusste, was Luke meinte, aber obwohl er versucht hatte, seine Tochter zu einem ausführlicheren Bericht zu bewegen, hatte sie es rundweg abgelehnt. »Lass uns Lizzie doch vorübergehend mal vergessen«, bat er. »Das Einzige, was ich von deiner Schwester weiß, ist, dass sie sich Sorgen um dich und Ingrid macht. Was wiederum bedeutet, dass ich jetzt auch besorgt bin. Was kann ich tun, um euch zu helfen?«

»Ich weiß nicht, ob du uns helfen kannst. Und ich glaube auch nicht, dass ich hinter Ingrids Rücken über sie reden möchte, weil ich es nicht richtig fände.«

»Das würde mir auch so gehen, wenn wir über deine Mutter sprächen«, räumte Tom ein. »Aber was auch immer du mir erzählst, Luke, bleibt zwischen uns, wenn es dir lieber ist.«

Luke wirkte nicht sehr überzeugt. »Wenn ich sage, was ich wirklich denke, habe ich Angst, dass es etwa so sein könnte, wie den Geist aus der Flasche zu lassen und ihn nicht wieder hineinzukriegen.«

»Aber würde etwas in dich hineinzufressen es nicht noch schlimmer für dich machen? Ist es das, was du bisher getan hast?«

»Mehr oder weniger.« Luke trank einen großen Schluck Bier. »Ich habe das Gefühl, als bestünde zwischen Ingrid und mir nicht mehr die gleiche Verbundenheit wie früher«, sagte er dann. »Und … und ich denke, ein Teil des Problems ist, dass es sie ärgert, dass ich dich und Mum und Lizzie habe.«

»Du meinst, sie ist eifersüchtig?«

»Ja. Wahrscheinlich hat es etwas damit zu tun, wie sie aufgewachsen ist. Sie hatte nicht die gleiche Art von Familienleben wie wir.«

»Aber dann müsste sie sich doch eigentlich freuen, jetzt zu unserer Familie zu gehören, oder?«

Luke schüttelte den Kopf. »So scheint das nicht zu funktionieren, Dad. Allein die Tatsache, dass ihr uns diesen Sommer unterstützt, indem ihr euch um Freddie kümmert, zeigt Ingrid im Grunde nur auf, was sie als Kind nicht hatte, denke ich. Es ist, als wüsste sie gar nicht, wie man sich als Mitglied einer richtigen Familie verhält.«

Tom dachte darüber nach. Tess und er wussten sehr wenig über die Eltern ihrer Schwiegertochter, aber doch genug, um zu mutmaßen, dass die Verbindung zwischen Ingrid und ihnen fast völlig abgerissen war. Aus Respekt vor Ingrid war es kein Thema, in das sie sich je zu sehr vertieft hatten. War das ein Fehler ihrerseits gewesen? War ihre Diskretion in irgendeiner Weise missverstanden worden? Waren sie in Ingrids Augen schrecklich selbstgefällig, indem sie sie ständig an ihre glückliche Ehe und ihr ebenso glückliches Familienleben erinnerten? »Haben wir Ingrid je einen Grund gegeben zu glauben, wir wären nicht freundlich oder warmherzig genug zu ihr gewesen?«, fragte er besorgt.

»Absolut nicht!«, widersprach Luke vehement. »Aber je liebevoller und hilfsbereiter ihr seid, desto mehr scheint sie es euch zu verübeln, glaube ich. Sie ist so unabhängig und hasst den Gedanken, nicht alles allein zu können und deine und Mums Hilfe annehmen zu müssen. Ich glaube, sie betrachtet es als eine Schwäche. Meines Wissens hat sie ihre eigenen Eltern überhaupt noch nie um Hilfe gebeten.«

»Die arme Ingrid«, murmelte Tom mit aufrichtigem Mitgefühl und musste sich zu seiner Beschämung eingestehen, dass er nie gedacht hätte, je so etwas über seine kühle und unnahbare Schwiegertochter zu sagen. »Was können wir denn tun, um ihr zu helfen, sich entspannter und wohler in unserer Familie zu fühlen?«

»Ich wünschte, ich wüsste es. Wirklich, Dad. Ich …« Luke brach ab und schien irgendetwas hinter der Schulter seines Vaters zu sehen.

»Was ist?«, fragte Tom.

»Da sind Keith und Simon.«

Tom drehte sich in die Richtung, in die sein Sohn blickte. Keith entdeckte ihn im selben Moment, und Tom hob automatisch eine Hand, um ihn zu grüßen. Er hatte genug von der verfahrenen Situation, in die Lizzie sie durch ihre Trennung von Simon gebracht hatte. Außerdem vermisste er Keith und ihre ungezwungenen Gespräche im Pub, wo sie sich von Mann zu Mann über Dinge beklagen konnten, die sie im Moment gerade störten, oder – was noch besser war – sich ein unpassendes Lachen über etwas erlauben konnten, das keine ihrer Frauen lustig fände.

Zu Toms Erleichterung hob auch Keith grüßend die Hand, und Simon tat es seinem Vater nach.

»Warum laden wir sie nicht ein, sich zu uns zu setzen?«, schlug Luke vor.

»Ja, warum nicht?«, sagte Tom. »Dann wollen wir doch mal sehen, ob vier halbwegs intelligente Männer bei einem Drink nicht ein paar Brücken bauen können!«

Lizzie hatte sich erboten, die Freitagabendschicht zu übernehmen, und half beim Auftragen des Abendessens mit.

Während sie Mr Jenkins mit seiner Suppe behilflich war – es war das erste Mal, dass er sie um Unterstützung gebeten hatte –, hörte Lizzie Mr Sheridan zu, der an dem Tisch Hof hielt. Er unterhielt die anderen mit einer amüsanten Anekdote aus der Zeit, in der er für das Britische Außenministerium gearbeitet hatte und sein begrenztes Mandarin ihn in Hongkong einmal fast ins Gefängnis gebracht hatte. Alle schienen gut gelaunt zu sein, mit Ausnahme von Mrs Lennox, die alle anderen noch immer von oben herab behandelte und sie immer wieder daran erinnerte, dass sie schon bald irgendwohin umziehen würde, wo es ihr besser gefiel.

Heute Morgen, am dritten Tag nach Lizzies Vorstellungsgespräch bei Skylark Radio, war der offizielle Vertrag in der Post gewesen, und es musste nur noch ein Antrittstermin besprochen werden. In diesen beiden letzten Tagen hatte sie kaum Zeit gehabt, ein richtiges Gespräch mit Mrs Dallimore zu führen. Heute jedoch hatte die alte Dame vorgeschlagen, dass Lizzie nach dem Essen und Abräumen der Tische noch auf ein Plauderstündchen und eine Tasse Tee zu ihr ins Zimmer kam. Lizzie hatte nur allzu gern zugestimmt. Sie konnte es kaum erwarten, eine weitere Folge von Mrs Dallimores Erfahrungen im Krieg zu hören.

Nachdem alles ab- und aufgeräumt war und die meisten der Bewohner nun im Wohnzimmer oder in der Bibliothek saßen, überzeugte Lizzie sich, dass nichts anderes mehr zu tun war. Dann brühte sie eine Kanne Tee auf und ging damit zu Mrs Dallimore.

Die alte Dame saß mit einem Fotoalbum auf dem Schoß in ihrem Lieblingssessel. Ihr Blick wirkte merkwürdig entrückt. Sie schaute Lizzie an, als blickte sie durch sie hindurch, und wieder einmal hatte Lizzie das beunruhigende Gefühl, dass die alte Dame nicht wusste, wer sie war, obwohl sie vor weniger als einer Stunde noch miteinander gesprochen hatten.

»Ich bringe Ihnen den Tee«, sagte sie fröhlich, »den Sie zu

unserem Plauderstündchen haben wollten.« Als die alte Dame sie noch immer nicht zu erkennen schien, sondern sie nur mit erschreckend ausdruckslosen Augen anstarrte, sah sie sich genötigt hinzuzufügen: »Mrs Dallimore? Ich bin's, Lizzie. Geht es Ihnen gut?«

Langsam machte die ausdruckslose Miene einem Lächeln Platz. »Lily?«, fragte sie. »Bist du das wirklich? Hat Ellis dich geschickt? Kommt William auch? Und Artie?«

Lizzie sank das Herz. »Nein, ich bin nicht Lily, sondern *Lizzie*«, sagte sie mit Nachdruck.

»Lizzie … aber natürlich, wie dumm von mir! Ich … ich …« Sie verstummte wieder, und für einen schrecklichen Moment sah sie fast so verwirrt und erschrocken aus, dass Lizzie befürchtete, Mrs Dallimore könnte zu weinen beginnen. Noch nie hatte die arme Frau schwächer oder verletzlicher gewirkt. Lizzie stellte schnell das Tablett ab und setzte sich in den Sessel neben Mrs Dallimore.

»Es kommt jetzt immer öfter vor«, sagte die alte Dame mit einem ärgerlichen Nicken.

»Aber was?«

»Dass ich Momente habe, in denen ich nicht weiß, wo ich bin … oder was ich tue, oder Leute nicht erkenne.«

Da Lizzie nicht wusste, was sie dazu sagen sollte, nahm sie eine von Mrs Dallimores schmalen, bläulich geäderten Händen von dem Fotoalbum, auf dem sie lagen, und drückte sie behutsam. Als die alte Dame zu Lizzie aufblickte, schwammen ihre verblassten blauen Augen in Tränen.

»Es verschlimmert sich. Ich weiß, dass es so ist. Was mir Angst macht, ist, dass ich den Unterschied nicht mehr erkennen kann. Es passiert mir schon seit einer ganzen Weile. Kann ich Ihnen ein Geheimnis anvertrauen?«

»Aber natürlich«, sagte Lizzie ernst.

»Ellis und Artie besuchen mich regelmäßig. Manchmal kommt auch Effie. Doch das Problem ist, dass sie so real erscheinen und trotzdem eigentlich gar nicht hier sein können, nicht? Aber sie sprechen mit mir. Und ich spreche mit ihnen. Es fühlt sich genauso real mit ihnen an, wie jetzt mit Ihnen hier zu sitzen.«

Lizzie fehlten immer noch die Worte. Das Einzige, was ihr dazu einfiel, war, wie grausam es doch war, dass die Natur den Verstand auf solch furchtbare Weise verkümmern ließ. Das war nicht fair!

»Ich weiß, was Sie denken«, sagte Mrs Dallimore. »Sie denken, dass ich den Verstand verliere – oder dass ich langsam durchdrehe, wie ihr jungen Leute es formuliert.«

»Das würde ich nie von Ihnen denken, Mrs Dallimore. Aber vielleicht ist es einfach nur so, dass die Fantasie mit Ihnen durchgeht. Oder vielleicht will Ihr Verstand Ihnen auf diese Weise ermöglichen, mit den Menschen zusammen zu sein, die Ihnen am meisten am Herzen lagen.«

»Aber warum hat Nicholas mich dann nie besucht? Oder William?«

Lizzie versuchte, eine logische Erklärung zu finden, die die alte Dame in ihrem angsterfüllten Gemütszustand zufriedenstellen würde. »Vielleicht warten sie ja noch, um Sie zu überraschen. Etwa so, als würde eine Überraschungsparty für Sie veranstaltet und Nicholas und William versteckten sich noch hinter einem Vorhang und warteten nur auf den richtigen Moment, um hervorzutreten und ›Tada!‹ zu rufen. Ein bisschen so wie Effie, die urplötzlich auf der Bühne stand, als Sie bei diesem Tanzabend auf dem amerikanischen Luftwaffenstützpunkt waren.«

Mrs Dallimore lächelte, und für einen Moment erschien ein Strahlen in ihren Augen. Aber dann verflog das Strahlen wieder, und sie schürzte die Lippen. »Ich dürfte das eigentlich nicht von Ihnen verlangen«, murmelte sie, »doch erzählen Sie bitte niemandem, worüber wir gesprochen haben oder dass ich Sie für Lily hielt. Denn wenn Sie es tun, werde ich das Woodside-Pflegeheim verlassen müssen, um woanders hinzugehen, und das will ich nicht. Ich weiß, dass ich bald sterben werde, und ich möchte hier sterben. Ich habe mich für Woodside entschieden, weil es mir wie ein angenehmer Ort erschien, um mein Leben zu beenden. Ist es zu viel verlangt, in einer einigermaßen komfortablen Umgebung und bei Menschen, die sich kümmern, sterben zu wollen?«

Lizzies Kehle wurde ganz eng vor Mitgefühl mit dieser armen Frau, die von dem Schreckgespenst der Demenz geplagt wurde. Sie fragte sich, ob wohl alle Heimbewohner hier in Woodside mit der Furcht lebten, den Halt auf dem abschüssigen Weg der Altersschwäche zu verlieren, was die unvermeidliche Konsequenz mit sich brachte, Woodside verlassen zu müssen und aus der Gemeinschaft ausgeschlossen zu werden. Lizzie kannte die Philosophie der Residenz und wusste auch, dass es einen guten Grund dafür gab – man wollte sicherstellen, dass die alten Menschen die richtige Pflege für ihre spezifischen Bedürfnisse erhielten. Aber sie hasste den Gedanken, dass Mrs Dallimore aus ihrer gewohnten Umgebung herausgerissen und gezwungen werden könnte, in ein anderes Seniorenheim zu gehen. In eine andere Art von Pflegeheim, in dem ihr vielleicht nicht genauso viel Achtung und Respekt wie hier entgegengebracht würde. »Ich werde es niemandem erzählen, das verspreche ich Ihnen«, versicherte sie Mrs Dallimore.

Es war ein Versprechen, das Lizzie zu halten gedachte. Doch

eigentlich bedeutete es kaum etwas, da das körperliche und geistige Wohlbefinden aller Bewohner sehr genau im Auge behalten wurde, wie es eigentlich auch richtig war. Außerdem war auch der Heimleiterin schon bewusst, dass Mrs Dallimore unter gelegentlichen Anfällen von leichter geistiger Verwirrtheit litt.

Den Tränen nahe, ließ Lizzie die Hand der alten Dame los und stand auf. »Wie wär's mit einer Tasse Tee, bevor er kalt wird?«

Mrs Dallimore wischte sich die Tränen ab, die über ihre faltigen, blassen Wangen rannen. »Vielen Dank, das ist eine sehr gute Idee. Und wenn Sie danach noch Zeit haben, werde ich Ihnen ein paar Fotografien zeigen.« Es schien sie sogar Mühe zu kosten, auf das Album auf ihrem Schoß zu klopfen.

»Ich würde sie sehr gern sehen«, stimmte Lizzie zu. Sie stand jetzt mit dem Rücken zu der alten Dame und blinzelte heftig, während sie sich mit dem Tee beschäftigte. »Und falls Sie ein bisschen plaudern möchten«, sagte sie mit angespannter Stimme und in dem dringenden Bedürfnis, über etwas weniger Trauriges zu reden, »würde ich sehr gern hören, wie es weiterging, nachdem Sie diesen deutschen Piloten überwältigt und gefesselt hatten. Ich kann es immer noch nicht fassen, wie mutig Sie in jener Nacht waren.«

»Ich war überhaupt nicht mutig«, gab Mrs Dallimore zurück. »Ich habe nur ganz instinktiv gehandelt. So, wie ich es mein Leben lang getan habe.«

Kapitel Vierundfünfzig

Skylark Cottage,
Shillingbury
Mai 1944

Hotel Ritz
Mayfair
London

Liebste Clarissa,
London ist phänomenal! Und das Leben hier ist völlig anders als das während meiner Tour zu den Luftwaffenstützpunkten in den letzten Wochen. Obwohl ich erst vor zwei Tagen angekommen bin, habe ich jetzt schon das Gefühl, nie wieder von hier wegzuwollen. Ich habe die charmantesten Leute kennengelernt, einschließlich einer ganzen Reihe sehr distinguierter Lords und Ladys. Wäre es nicht zum Schreien, wenn ich hier wie Kathleen Kennedy einen Marquis ergattern würde?
Gestern war ich im Berkeley *eingeladen, und danach zog eine ganze Schar von uns zum* Four Hundred Club *am Leicester Square weiter, der voller gut aussehender amerikanischer und britischer Piloten war. Ich habe die ganze Zeit damit gerechnet, Ellis zu begegnen!*
Übermorgen fliege ich in einem Transportflugzeug der Army

heim. Ich wünschte, ich müsste London nicht verlassen, aber mein Vater besteht darauf, weil er anscheinend einen neuen Vertrag mit MGM *für mich aushandelt. Unter uns gesagt, wäre es mir völlig schnuppe, wenn ich nie wieder einen Film drehen würde. Glaubst du, dass ich jemals frei sein werde, meine eigenen Entscheidungen zu treffen? Ich weiß, dass du deinen Ehemann und nun auch noch euren polnischen Flüchtling verloren hast, aber du ahnst gar nicht, wie sehr ich dich um dein Leben beneide, Clarissa! Was würde ich nicht dafür geben, in diesem entzückenden kleinen Haus von dir zu leben, von liebenswerten Kindern umgeben und ohne jemanden, der mir sagt, was ich tun soll oder nicht.*

Mit allerliebsten Grüßen wie immer,
Effie

PS Erinnere den lieben Ellis an mich, und sag ihm, er solle sehr gut auf sich aufpassen und mir so schnell wie möglich schreiben!

Es war gegen Ende Mai und drei Wochen nach Leons Beerdigung, als Ellis Clarissa besuchen kam. Sie hatte ihn nicht mehr gesehen seit dem Tanzabend, nach dem Leon sein Leben verloren hatte. Alle im Dorf wussten, dass die US-Luftwaffenbasis inzwischen voll einsatzbereit war und schwere Bombenangriffe gegen Belgien und Deutschland flog. Jedes Mal, wenn Clarissa eine Formation von B-24-Bombern hörte oder sie in Richtung Nordsee in die Lüfte aufsteigen sah, schickte sie ein stummes Gebet zum Himmel, dass Ellis sicher heimkehren möge.

Es war spät, bereits fast zehn Uhr abends, und Mrs Cook war schon zu Bett gegangen, während Clarissa noch das Haus abschloss, als sie das Knattern eines Motorrads und kurz darauf ein Klopfen an der Hintertür vernahm.

»Wo hebst du den Brandy auf?«, war Ellis' erste Frage, nachdem sie ihn hereingelassen hatte. »Denn, auch wenn du keinen willst, ich brauche einen.«

Ihr war sofort klar, dass er ihr die denkbar schlimmsten Nachrichten mitzuteilen hatte. Mit wild pochendem Herzen holte sie zwei Gläser und öffnete den Schrank, in dem sie eine Flasche mit süßem Sherry und eine weitere mit Brandy aufbewahrte.

»Komm, lass mich das tun«, sagte er ungeduldig, als es ihr nicht gleich gelang, die Flasche zu öffnen.

Von bösen Vorahnungen erfüllt, sah sie schweigend zu, wie er ihnen Brandy einschenkte. *Nicht Artie!*, dachte sie. *Bitte nicht Artie!* Aber sie wusste, dass es um ihn ging. Nichts anderes würde Ellis zu dieser späten Stunde herbringen oder ihn so schmerzerfüllt aussehen lassen.

»Es gibt keinen leichteren Weg, es dir zu sagen«, begann er und reichte ihr eins der Gläser. »Vor etwa einer Stunde hörte ich, dass Artie tot ist. Er war mit der Dritten Infanterie-Division in Anzio …« Ellis' Stimme brach. Er schluckte und versuchte es erneut. »Es war letzte Woche … als dieser verdammte Narr versuchte, einen gottverdammten verwundeten Soldaten zu retten, und dabei selbst erschossen wurde.« Ellis hob eine zitternde Hand, stürzte den Brandy in einem Zug hinunter und knallte das leere Glas auf den Tisch zurück. »Das Einzige, worüber alle reden, ist, dass die Alliierten eine erfolgreiche Offensive gestartet haben. Aber um welchen Preis, Clarissa, um welchen gottverdammten Preis! Und warum zum Teufel musste Artie dort sein? Er war kein Soldat, er hätte niemals da sein dürfen!«

»Er wusste, dass er nicht zurückkehren würde«, murmelte Clarissa, ohne Ellis zu antworten. »Und ich glaube, ich wusste es auch und wollte es nur nicht wahrhaben.« Sie schloss die Augen und versuchte, das heftige Zittern, das sie ergriff, zu unterdrücken. Artie war tot. Ihr liebster Artie, den sie nun nie wiedersehen würde.

Als sie die Augen öffnete, reichte sie Ellis ihr unangerührtes Glas mit Brandy. »Trink du ihn«, sagte sie. »Du hast Artie genauso sehr geliebt wie ich … und wie ich ihn noch immer liebe.«

Ellis nahm das Glas. Seine Augen waren blutunterlaufen und nass von Tränen. Nachdem er das Glas geleert hatte, nahm Clarissa ihn in die Arme, und zusammen weinten sie bitterlich um ihren verlorenen Freund. Als das Schlimmste vorüber war, sagte Clarissa: »Ach, Ellis. Du hast den einzigen Menschen auf der Welt verloren, den du je wirklich geliebt hast, nicht?«

Er versteifte sich in ihren Armen.

»Schon gut«, sagte sie sanft, »ich weiß, was Artie dir bedeutet hat. Er war sehr viel mehr als nur ein Freund für dich, nicht wahr?«

Ellis legte den Kopf zurück, um sie anzusehen. Sein Gesicht war schmerzverzerrt. »Du wusstest es?«

»Bisher vielleicht nur unbewusst. Aber jetzt ergibt es einen Sinn.«

»Und du bist schockiert, nehme ich an. Oder sogar angewidert.«

Sein Gesichtsausdruck machte sie traurig, weil er so angekelt von sich selbst aussah. »Ach, Ellis, wie kannst du so etwas von mir denken? Du bist immer noch derselbe für mich, der du vorher warst. An meiner Liebe zu dir hat sich nichts geändert.«

»Dann bemitleidest du mich also? Was ich nicht will. Ich will nicht bemitleidet werden. Nie und nimmer!«

»Ich verspreche dir, es nicht zu tun.«

Er sah sie skeptisch an. »Den meisten Leuten wäre ich zuwider, weil sie etwas Verwerfliches und ganz und gar Verabscheuungswürdiges in mir sähen.«

»Ich bin nicht *die meisten Leute*, sondern Clarissa, deine Freundin«, entgegnete sie sehr entschieden.

Doch Ellis ignorierte ihren Einwand, befreite sich aus ihren Armen und setzte sich auf den Stuhl neben dem Herd. »Ich glaube nicht, dass Artie es gewusst hat«, sagte er. »Ich war immer sehr vorsichtig in seiner Gegenwart, weil ich nichts tun wollte, was ihn dazu bringen könnte, mich zu hassen. Ich wollte einfach nur in seiner Nähe sein. Du kannst dir gar nicht vorstellen, welche Freude es mir machte, bloß im selben Raum mit ihm zu sein.«

»Er hätte dich nicht gehasst«, erwiderte Clarissa. »Nicht Artie. Glaubst du, dass Effie es weiß?«

Ellis sah sie an, und seine herabgezogenen Mundwinkel hoben sich ein wenig. »Sie hat es immer gewusst. In ihrem Beruf ist sie genug Männern wie mir begegnet, um die Anzeichen drei Meilen gegen den Wind zu erkennen.«

Clarissa kniete sich vor ihn auf den Boden. »Es tut mir leid, dass ich dich immer wieder dazu ermutigen wollte, sie zu heiraten. Das muss dich doch verletzt haben.«

»Nicht wirklich, weil ich das gewohnt bin. Meine Eltern versuchen ständig, mich unter die Haube zu bekommen. Und wer weiß, vielleicht werden Effie und ich ja tatsächlich irgendwann mal vor den Altar treten. Wie du selbst einmal gesagt hast, passen wir in sehr vielen Dingen perfekt zusammen. Sie weiß alles, was es über mich zu wissen gibt, und betont ständig, dass ein konventioneller Ehemann das Letzte wäre, was sie will.«

»Und warum hast du mich gebeten, dich zu heiraten?«

Er fuhr sich mit einer Hand über das Gesicht. »All das gehört zur Tarnung. Aber warum willst du das wissen? Denkst du vielleicht noch mal über meinen Antrag nach?«

»Nein, als Ehefrau wäre ich nichts für dich. Ich glaube, dass ich dir eine sehr viel bessere Freundin sein kann«, erwiderte sie lächelnd.

Er schüttelte den Kopf. »Manchmal wünschte ich, ich wäre anders, doch das bin ich eben nicht. Ich bin, was ich bin, und kann daran nichts ändern.«

Sie nahm seine Hände in ihre. »Du bist, *wer* du bist, nicht *was*.«

Er erwiderte ihren Blick mit noch immer tränenfeuchten Augen. »Artie ist tot, und hier sitze ich und rede über mich selbst.« Er hieb mit der Faust auf die Armlehne des Stuhls. »Was bin ich nur für ein Mensch?«

»Ein Mensch, der unter Schock steht und jemanden betrauert, den er liebte.«

»Aber eigentlich müsste ich dich trösten.«

»Das kannst du ein andermal tun.«

Er seufzte schwer. »Es gab Zeiten, in denen ich verrückt vor Eifersucht war, weil ich wusste, dass Artie dich liebte. Du ahnst gar nicht, wie sehr ich mir dann wünschte, er würde so für mich empfinden. Es hat sehr wehgetan, zu wissen, dass er das niemals tun würde.«

»Aber er hat auch dich geliebt, Ellis, das weiß ich. Nur eben anders. Vielleicht wie einen Bruder.«

Unendlich sanft berührte Ellis ihre Wange. »Hättest du Artie geheiratet, wenn er dich gefragt hätte? Wenn William nicht erschienen wäre? Oder Artie aus diesem gottverfluchten Krieg zurückgekehrt wäre?«

Clarissa nickte. »Ja, doch nur, wenn er bereit gewesen wäre, hier mit mir zu leben. Ich könnte nicht nach Amerika zurück. Nicht jetzt.«

»Glaub mir, Artie wäre bereit gewesen, praktisch überall mit dir zu leben. Darf ich heute Nacht hierbleiben? Ich bringe es nicht über mich, zum Stützpunkt zurückzukehren.«

»Natürlich kannst du bleiben.«

Sie schliefen zusammen in Clarissas Bett, wo sie Ellis wie ein Kind in den Armen hielt.

Am frühen Morgen, als das erste Licht der Morgendämmerung durch die Vorhänge am Fenster drang und die Vögel ihr lautstarkes Gezwitscher anstimmten, erwachte Clarissa und sah, dass Ellis schon gegangen war. Irgendetwas an dem Anblick der leeren Betthälfte, auf der er geschlafen hatte, den eingedrückten Kissen und dem Duft seines Rasierwassers, der noch an den Laken hing, schnürte ihr das Herz zusammen und setzte eine Flut von Kummer frei. Aufschluchzend drückte sie das Gesicht ins Kissen und weinte hemmungslos. Nicht nur um Artie, sondern auch um William und Leon. Wie viele geliebte Menschen mehr würde sie verlieren, bevor dieser grauenvolle Krieg vorüber war? Oder vielleicht würde er ja auch immer weitergehen, bis niemand mehr da war, um zu trauern …

Bis die Kinder erwachten und nach einem Frühstück verlangten, hatte Clarissa sich zusammengenommen. Mrs Cook spürte, dass irgendetwas nicht in Ordnung war, behielt ihre Ahnung aber diskret für sich, bis Walter und Thomas zur Schule aufgebrochen waren. Dann nahm sie Clarissa den kleinen Nicholas ab, um ihn zu beruhigen. Er war seit dem Erwachen so weinerlich, als spürte er den Kummer seiner Mutter. Erst dann fragte Mrs Cook Clarissa, was mit ihr los war.

»Oh Gott«, sagte sie, als sie alles wusste. »Wie werden Sie das Thomas und Walter beibringen? Sie hatten ihn so gern.«

»Ich weiß. Der arme Walter hatte Artie auch noch das Versprechen abgenommen, dass er zurückkehren würde. Wie soll der Junge je wieder glauben, was ihm jemand sagt, oder irgendjemandem genug vertrauen, um ihn zu lieben?«

»Es ist eine harte Lehre, doch er wird darüber hinwegkommen. Meiner Erfahrung nach erholen Kinder sich oft schneller als Erwachsene von Schicksalsschlägen. Ich werde Nicholas jetzt erst mal in seinen Kinderwagen setzen und einen Spaziergang mit ihm machen. Warum versuchen Sie nicht, in der Zwischenzeit ein bisschen Schlaf zu finden? Sie sehen erschöpft aus, Clarissa.«

Nachdem Mrs Cook mit Nicholas das Haus verlassen hatte, verwarf Clarissa den Gedanken, sich ein wenig auszuruhen, und machte sich daran, das Frühstücksgeschirr abzuräumen. Danach schrubbte sie auf Händen und Knien den Fußboden und putzte das kleine Sprossenfenster, das auf den Garten hinausging. Sie war gerade dabei, die Glasscheiben mit Zeitungspapier blank zu polieren, als sie hörte, dass der Briefkastenschlitz geöffnet wurde.

Sowie sie den Luftpostumschlag sah, wusste sie, von wem er war. Sie hätte Arties Handschrift überall erkannt. Mit zitternden Händen öffnete sie den Brief.

Meine liebste Clarissa,
ich schreibe diesen Brief in der Hoffnung, dass meine Anweisungen ausgeführt werden, falls ich sterben sollte, und du meinen letzten Brief an dich erhalten wirst.

Du wusstest von meiner starken Vorahnung, dass mein Glück nicht mehr lange anhalten würde, als ich euch im Januar verließ. Ich werde keine Zeit mit Erklärungen verschwenden, warum ich mir dessen so sicher war und es mir noch immer bin, da es doch so viel mehr gibt, was ich dir sagen möchte.
Wann immer ich an unsere Begegnung an Bord der Belle Étoile *zurückdenke, staune ich über den Zufall, der dafür sorgte, dass sich unsere Wege kreuzten, und darüber, wie dieses Zusammentreffen dazu geführt hat, dass ich jetzt hier sitze und diesen Brief schreibe, der trotz seiner schnörkellosen Form im Grunde genommen ein Liebesbrief ist.*
Ich wünschte, es wäre nicht so, aber es ist eine unumstößliche Wahrheit, dass wir Menschen, die wir lieben, verlieren. Eine weitere Wahrheit – und Herzensangelegenheit für mich – ist, dass wir mit der Zeit verstehen werden, dass es ungeachtet der Zeit, die wir miteinander verbringen, nie genug sein wird. Das ist es, was ich für dich empfinde, Clarissa. Ich habe es schon in jener Nacht an Bord der Belle Étoile *gespürt, als wir zusammen tanzten. Ich wusste einfach, dass ich dich besser kennenlernen musste. Dem Himmel sei Dank, dass mir diese Freude gewährt wurde, und wenn auch nur für solch kurze Zeit. Ich wage, zu behaupten, dass es nicht genug wäre, dich eine ganze Lebenszeit zu kennen, und ich mich deshalb glücklich schätzen muss, gehabt zu haben, was ich hatte.*
Dem Himmel sei auch Dank dafür, dass du Thomas und Walter so ein wundervolles Zuhause geschenkt hast. Eines Tages werden sie von dem Schicksal ihrer Eltern erfahren, und ich hoffe, dass du dann bei ihnen sein wirst, um den Schock ein wenig abzumildern und einen Weg zu finden, ihren Schmerz zu lindern. Ich würde niemandem zutrauen, diese schwere Aufgabe besser zu bewältigen als dir.

Und nun muss ich dir etwas zu Ellis sagen. Er ist eigentlich gar nicht so robust, wie er sich gibt, und ich fürchte, dass mein Tod ihm furchtbar nahegehen wird. Bitte tu, was du kannst, um ihm der Freund zu sein, den er so dringend braucht. Ich weiß, dass er Effie hat, aber du bist viel stärker, als sie es ist.
Wenn William nicht in dein Leben getreten wäre, hätte ich meinen ganzen Mut zusammengenommen, um dich zu bitten, meine Frau zu werden. Doch das müsstest du inzwischen wissen. Ich werde nie erfahren, ob du Ja gesagt hättest, aber andererseits ist es vielleicht besser für mich, zu sterben, ohne deine Antwort zu kennen. Ich glaube nicht, dass ich eine Zurückweisung von dir hätte ertragen können.
Und nun, meine Liebste, habe ich alles gesagt, was es zu sagen gibt. Ich hoffe, dass du in den kommenden Jahren auf unsere Freundschaft zurückblicken und sie in liebevoller Erinnerung behalten wirst. Auch hoffe ich aufrichtig, dass du das Glück findest, das du so reich verdienst.

In Liebe,
dein Artie

Noch keine Woche später wurde Ellis für tot erklärt. Sein Flugzeug war über der Nordsee abgestürzt, als sie sich auf dem Rückflug von einem Einsatz über Merseburg befanden. Seine ganze Besatzung konnte sich aus dem Wrack befreien und wurde in der Nähe von Lowestoft an der Küste Suffolks gerettet. Nur Ellis' Leiche, und ausschließlich die seine, wurde nie gefunden. Es fiel Clarissa schwer, nicht zu glauben, dass dies das von ihm gewollte Ende seiner Tage war.

Kapitel Fünfundfünfzig

Skylark Cottage,
Shillingbury
1947

Skylark Cottage
Shillingbury,
Suffolk
15. Februar 1947

Liebe Betty,
danke, danke, DANKE! Ich kann dir gar nicht sagen, was für eine Freude uns dein Lebensmittelpaket gemacht hat, als wir es öffneten – du bist ein Engel, an uns zu denken! Ich schäme mich, zu sagen, dass wir uns schon regelrecht vollgestopft haben mit dem Schinken und dem Lachs, aber auch mit dem Kuchen und der Schokolade. Es war, als wäre plötzlich wieder Weihnachten gewesen!
Doch Spaß beiseite – leider muss ich sagen, dass die sich hier abzeichnende Unruhe und Unzufriedenheit an Boden gewinnt. Die allgemeine Einstellung ist, dass wir lange genug mit Rationierungen gelebt haben und nicht von uns erwartet werden sollte, auch in Friedenszeiten Opfer zu bringen. Es war irgendwie leichter, den Nahrungsmangel und die Not während der Kriegsjahre zu ertragen, weil wir es für eine ge-

rechte Sache taten. Jetzt wollen wir nur noch spüren, dass der Krieg es wert war und wir zu einem normalen Leben zurückkehren können, in dem wir in die Läden gehen und mit einem Korb voller köstlicher Nahrungsmittel nach Hause kommen können. Hunger und Entbehrungen sind etwas Schreckliches, und ich frage mich, ob es das sein wird, was unseren Lebensmut am Ende brechen wird – was nicht einmal Hitler geschafft hat.

Im Moment leiden wir unter einem Transportmittel-Streik, der verhindert, dass Lebensmittel in die Läden gelangen, und um alles noch zu verschlimmern, haben wir bei Minusgraden und Schneestürmen auch noch Treibstoffmangel. Das bedeutet einerseits, dass Tausende von Fabrikarbeitern nicht zur Arbeit gelangen können, und andererseits, dass wir für lange Zeitspannen ohne Heizung oder Strom auskommen müssen. Wir sind bei unserem letzten Sack Kohle angelangt, und ich habe keine Ahnung, wann wir den Kohlenmann das nächste Mal sehen werden. Nachts gehen wir ebenso dick angezogen zu Bett, wie wir es tagsüber sind, wenn nicht sogar noch dicker, und können uns unter dem Gewicht der Decken und Federbetten kaum bewegen. Da wir sogar Eis an den Innenseiten der Fenster haben, lasse ich Nicholas bei mir schlafen und halte ihn fest an mich gedrückt, damit er warm bleibt. Auch Thomas und Walter teilen sich ein Bett, um sich gegenseitig zu wärmen.

Ich muss gestehen, dass es Momente gibt, in denen ich nahe daran bin, die Haltung zu verlieren und dem Bedürfnis nachzugeben, über die unvermindert düstere Stimmung hier zu weinen. Aber was würde das schon nützen? Ich habe die Jungen, für die ich weiterkämpfen muss.

Apropos Jungen – was Thomas und Walter angeht, könnten

sich meine schlimmsten Befürchtungen bewahrheiten, dass ich mich bald von ihnen werde trennen müssen. Vorerst sage ich nicht mehr als das, aus Angst, dass es sich verwirklichen könnte, wenn ich es zu Papier bringe.
Und nun, da ich dich wahrscheinlich gründlich deprimiert habe mit meinem Gejammer, muss ich aufhören, bevor ich mich selbst noch mehr entmutige!
Nochmals vielen Dank für den Geschenkkarton, mit dem du uns auf wunderbare Weise den Tag verschönt hast.

In Liebe und mit grenzenlosem Dank,
Clarissa

PS Ich weiß nicht mehr, ob ich in meinem letzten Brief erwähnt habe, dass Arthur Willet mir Shillingbury Grange abkaufen wollte. Wenn nicht, erzähle ich dir die Geschichte besser von Anfang an. Als der Krieg zu Ende ging, benötigte die Luftwaffe das Anwesen nicht mehr, und es wurde mir ganz offiziell zurückgegeben. Das Haus befand sich in einem katastrophalen Zustand. Ich hätte es mir zwar durchaus leisten können, ihm seinen einstigen Glanz zurückzugeben, aber ich wollte dort nicht wieder leben. Deshalb beschloss ich, es zu verkaufen. Da im Moment jedoch so wenig Geld in Umlauf ist, gab es natürlich auch nur wenige Leute, die sich für solch ein arbeits- und kostenintensives Objekt interessierten, doch dann kam Arthur, der sagte, das Haus habe ihm schon immer gut gefallen. Er bot mir dafür an, was er als seinen »besten Preis« bezeichnete. Trotz der Einwände meines Londoner Anwalts habe ich sein niedriges Angebot angenommen, aber ehrlich gesagt wollte ich nur das Problem loswerden, und deshalb kann ich wirklich auch nur mir selbst die Schuld geben. Vor ein paar Tagen hörte ich nämlich, dass Arthur Shilling-

bury Grange für nahezu das Doppelte, das er mir gezahlt hat, an einen Bauunternehmer verkauft hat. Dieser Bauunternehmer will etwa ein Dutzend Häuser auf dem Land erbauen, nachdem er Shillingbury Grange mit einer Planierraupe dem Erdboden gleichgemacht hat. Jimmy schwört Stein und Bein, dass Arthur mit jemandem im Bauamt gemeinsame Sache gemacht haben muss, um ein solches Ding zu drehen, doch offen gestanden ist es mir egal. Wenn das Arthurs Art und Weise war, es mir heimzuzahlen, dann sei es so.
PPS Entschuldige bitte die lächerlich langen PS!

Harbour View
Falmouth,
Cornwall
26. April 1947

Liebe Clarissa,
leider muss ich den Brief mit der traurigen Nachricht beginnen, dass Williams Vater im Februar verstorben ist. Wie du weißt, war er schon einige Zeit krank gewesen, und in mancherlei Hinsicht war sein Tod eine Erlösung.
Ich befürchte, dass ich auf die eine oder andere Weise nicht gerade die beste Schwiegermutter für dich und nicht die beste Großmutter für Nicholas gewesen bin. Ich gebe ausschließlich mir selbst die Schuld daran, zumal du immer so nett gewesen bist, mich über den Werdegang meines Enkels auf dem Laufenden zu halten. Ich hätte mir mehr Mühe geben sollen, euch zu besuchen. Doch der Krieg machte alles so viel schwieriger, und da mein Mann zudem noch krank und ans Bett gefesselt war, widmete ich meine ganze Zeit natürlich ihm.

Im vergangenen Monat bin ich nach Falmouth heruntergezogen, um in der Nähe einer lieben Freundin zu sein, die auch erst kürzlich ihren Mann verloren hat. Ich würde mich freuen, dich und Nicholas bei mir zu haben, sobald ich mich hier eingerichtet habe, doch ich weiß auch, dass es eine sehr lange, anstrengende Reise für dich wäre mit einem kleinen Kind. Bitte schreib mir weiter, sooft du kannst.

Mit lieben Grüßen
Audrey Dallimore

Skylark Cottage
Shillingbury,
Suffolk
30. August 1947

Liebe Eva und Rudy,
vielen Dank für Ihren Brief und Ihr Versprechen, dass Sie sich bestens um Thomas und Walter kümmern werden. Wie Sie meiner vorherigen Korrespondenz mit Ihnen entnommen haben müssten, liegen Thomas und Walter mir ebenso sehr am Herzen wie mein eigener Sohn, und die Trennung von ihnen wird mir das Herz brechen. Ich bin immer noch nicht überzeugt, dass es die richtige Entscheidung für sie ist, von hier fortzugehen, aber ich weiß auch, dass ich keine Wahl habe in dieser Angelegenheit und es falsch wäre, ihnen im Weg zu stehen.
Es wird hier immer ein Zuhause auf sie warten, falls sie es sich anders überlegen sollten.

Mit freundlichen Grüßen
Clarissa

Vier Monate, nachdem Clarissa diesen kurzen, aber schwierigen Brief an Eva und Rudy Neumann geschrieben hatte, war für Thomas und Walter der Tag gekommen, Skylark Cottage zu verlassen.

Sie waren nun schon sechzehn und vierzehn Jahre alt. Seit dem Ende des Krieges, als die Welt entdeckte, welch entsetzliche Gräueltaten die Nazis in den Konzentrationslagern begangen hatten, waren Thomas und Walter schnell erwachsen geworden. Das Wissen um das Schicksal ihrer Eltern hatte ein schnelles Ende ihrer Kindheit mit sich gebracht. Ihre Mutter war innerhalb von sechs Monaten nach ihrer Einlieferung in das Dachauer KZ gestorben; ihr Vater war später von Dachau nach Auschwitz verbracht worden, wo er in einer Gaskammer sein Leben ließ. Als die Jungen von den NS-Kriegsverbrechern lasen, die in Nürnberg vor Gericht gestellt, für schuldig befunden und anschließend hingerichtet worden waren, hatte Thomas mit einer Weisheit, die Clarissa hatte erschaudern lassen, die Nachricht kommentiert. »Diese Männer starben in dem Glauben, nichts Unrechtes getan zu haben«, sagte er, »und es wird andere geben, die genauso denken. Es wird niemals aufhören. Nie und nimmer.«

Kurz vor Weihnachten im letzten Jahr war ein Brief aus Palästina eingetroffen. Er kam von einer Frau namens Eva Neumann, die behauptete, eine entfernte Cousine von Thomas und Walter zu sein. Sie hatte Auschwitz überlebt und lebte heute mit ihrem Ehemann Rudy Neumann in einem Kibbuz am Stadtrand von Jerusalem. Nachdem sie sich mit dem Internationalen Roten Kreuz und den Organisatoren der einstigen Kindertransporte in Verbindung gesetzt hatte, war es Eva schließlich gelungen, Thomas und Walter aufzuspüren. Als ihre einzige noch lebende Verwandte hielt sie es für ihre

Pflicht, ihnen ein Zuhause bei ihrer *wahren* Familie, wie sie es nannte, anzubieten.

Clarissas erste Reaktion war gewesen, den Brief ins Feuer zu werfen und so zu tun, als hätte sie ihn nie erhalten. Wie konnte diese Frau es wagen, bestimmen zu wollen, wo Thomas und Walter leben sollten! Shillingbury war ihr Zuhause. Hier wurden sie geliebt, behütet und umsorgt. Wie konnte diese Fremde auch nur in Erwägung ziehen, zwei halbwüchsige Jungen in ein Land zu holen, das voller Konflikte war, wo es ständig Tote gab und die Menschen ihres Lebens nicht mehr sicher waren?

Aber Thomas hatte den Brief mit der palästinensischen Briefmarke und dem Poststempel gesehen, und außerdem wusste Clarissa, dass sie nicht das Recht hatte, ihm und seinem Bruder etwas so Wichtiges zu verheimlichen. Die Jungen hatten mit gemischten Gefühlen auf das Schreiben reagiert. Walter hatte darauf bestanden, dass er Skylark Cottage nie verlassen würde, doch Thomas war nicht so schnell bereit gewesen, den Inhalt des Briefes zu ignorieren. Er war neugierig geworden und wollte mehr erfahren. Es versetzte Clarissa einen Stich ins Herz, als er darum bat, Eva Neumann selbst schreiben zu dürfen.

In den darauffolgenden Wochen und Monaten, in denen Thomas regelmäßig mit Eva und Rudy Neumann korrespondierte, sah sich Clarissa außerstande, seinen Eifer zu bremsen, der offensichtlich auf der wachsenden Überzeugung in ihm beruhte, dass England nicht länger sein Zuhause war, Palästina dagegen schon.

Die Zeitungsberichte über Araber und Juden, die sich gegenseitig umbrachten, schienen Thomas keine Angst zu machen. Im Juli, als das Flüchtlingsschiff *Exodus* mit viertausendfünfhundert jüdischen Flüchtlingen an Bord an der Einreise in Palästina gehindert wurde, hatte Clarissa gehofft, dass Thomas vielleicht noch einmal alles überdenken und einsehen würde, wie gefährlich die Reise für ihn und seinen Bruder sein könnte. Verrückterweise schien ihn all das jedoch nur noch in seiner Entschlossenheit zu bestärken. »Wir werden nach Palästina gehen, damit unsere Eltern ihr Leben nicht umsonst verloren haben«, erklärte er.

Er hatte plötzlich ein sehr viel größeres politisches und soziales Bewusstsein und konnte es kaum erwarten, sich zu dem zu bekennen, was er jetzt als seine wahre Identität ansah – er war ein Jude und stolz darauf. Das an sich war in Ordnung, doch er wollte diese Identität erforschen und herausfinden, was sie in ihrem wahren Zusammenhang bedeutete. In seinen Augen gab es nur einen Weg, um das zu tun.

Selbst als Clarissa ihn an seinen Traum erinnerte, an der Kunstakademie in London zu studieren, ließ er sich nicht locken. Er erwiderte, dass Eva und Rudy Neumann versprochen hatten, ihn auch in Jerusalem studieren zu lassen. Außerdem hatte er beschlossen, dass Kunst ihn nicht mehr interessierte und er jetzt Politik und Hebräisch studieren wollte.

Obwohl es Clarissa schmerzte, musste sie sich damit abfinden, dass Thomas sich für einen Weg entschieden hatte, von dem er nicht mehr abzubringen war. Hinzu kam, dass er ein Junge am Rande des Mannesalters war, der sich ein Anliegen in den Kopf gesetzt hatte, das Clarissa Angst einjagte.

Und nun, an einem bitterkalten Dezembermorgen, bereiteten sie sich auf die Trennung vor, die Clarissa so gefürchtet hatte. Neben ihr stand Mrs Cook und drückte ein Taschentuch an ihre Augen.

»Ich halte das nicht aus«, sagte die alte Frau. »Skylark Cottage wird nicht mehr dasselbe sein ohne diese Jungen. Es ist nicht richtig, dass sie fortgehen. Überhaupt nicht richtig. Warum wollen sie uns verlassen? Ich verstehe nicht, wie sie das tun können, nach allem, was Sie für sie getan haben.«

Thomas, der ihre Worte mitbekam, als er mit einem Rucksack über der Schulter und einem Koffer in der Hand die Treppe herunterkam, stellte sein Gepäck ab und umarmte Mrs Cook. »Aber bedenken Sie doch nur, wie viel weniger Arbeit Sie ohne uns hier haben werden.«

Mrs Cook betupfte noch heftiger ihre Augen. »Ich habe mich nie darüber beklagt, dass ich so viel zu tun habe.«

»Oh doch«, widersprach Thomas behutsam. »Sie haben sich immer bei uns beklagt, wir würden Ihnen die Haare vom Kopf fressen oder all das heiße Wasser aufbrauchen oder mehr Unordnung im Badezimmer machen als zwei Ferkel.«

»Kann sein, dass ich schon mal so was in der Art gesagt habe«, erwiderte sie pikiert, »aber das bedeutet nicht, dass ich euch nicht vermissen werde.«

»Und wir werden Sie vermissen, Mrs Cook«, sagte Thomas freundlich. »Doch es wird Zeit, dass wir unseren eigenen Weg finden.«

Walter war der Nächste, der herunterkam. Es lag weniger Entschiedenheit in seiner Haltung, doch er verehrte seinen Bruder und würde ihm überallhin folgen. Hinter ihm, als ginge auch er auf Reisen, kam Nicholas mit einer kleinen Tasche Spielzeug, aus der der Kopf seines Teddybären hervorschaute. Dieser Anblick genügte, um Mrs Cook erneut in Tränen ausbrechen zu lassen.

Während ein sehr verwirrter Nicholas ihr zuschaute, schlug Clarissa vor, am besten jetzt gleich aufzubrechen. Sie besaß inzwischen einen schicken kleinen Austin Seven, und als das Gepäck im Kofferraum verstaut war, setzte sie sich schweren Herzens hinters Lenkrad. Sie fuhr die Jungen nach London, wo sie dann den Zug nach Southampton nehmen würden, um dort ein Schiff nach Haifa zu besteigen.

Der endgültige Abschied auf dem Bahnsteig war zu viel für Clarissa. Sie klammerte sich an Walter, als könnte sie ihn durch die bloße Kraft ihrer Liebe zu ihm umstimmen, damit er doch noch blieb. Sie wusste, dass sie unvernünftig war, aber die Qual, die beiden Jungen gehen zu lassen, war schier unerträglich.

Walter, dieser liebe, sanfte Junge, hatte Tränen in den Augen, als sie ihn widerstrebend losließ. Dann trat Thomas vor und legte seine Hände auf Clarissas Schultern, denn er war inzwischen viel größer als sie. »Wir werden niemals all die Liebe und Güte vergessen, die du uns entgegengebracht hast«, sagte er. »Niemand hätte mehr für uns tun können. Ich hoffe, dass du eines Tages stolz auf Walter und mich sein wirst und einsiehst, dass das hier etwas ist, was wir tun mussten.«

Seine Worte, die so förmlich und endgültig waren, versetzten ihr einen Stich ins Herz. »Ich werde immer stolz auf euch sein«, sagte sie. »Immer.«

In schier unerträglicher Befangenheit standen die drei einander auf dem belebten Bahnsteig gegenüber. Es war schon fast eine Erleichterung, als der Pfiff des Stationsvorstehers ertönte und sie plötzlich in das Gedränge der Reisenden in Richtung Zug gerieten. Clarissa trat zurück und sah, wie die Jungen den Leuten folgten. Dann war wieder dieser schrille Pfiff zu hören, und in einer großen Dampfwolke setzte sich der Zug in Bewegung.

Walter, der sich weit aus dem Fenster lehnte, rief ihr zu: »Ich werde dir schreiben! Jede Woche. Ich werde dich nicht vergessen, Clarissa, das verspreche ich dir!« Seine Worte schlugen eine Bresche in ihre letzten Barrieren, und sie begann, dem Zug mit erhobener Hand und von Tränen verschleiertem Blick hinterherzulaufen.

Als der Zug zu schnell wurde, um mithalten zu können, sah sie widerstrebend zu, wie er in der Ferne verschwand. Eine ganze Weile stand sie wie angewurzelt da, weil sie sich weder bewegen noch einen klaren Gedanken fassen konnte.

»Bist du das, Clarissa? Aber ja, du bist es wirklich!«

Sie drehte sich um und sah sich keiner anderen als Polly Sinclair gegenüber. Es war eine Ewigkeit her, seit sie sich zuletzt gesehen oder auch nur voneinander gehört hatten, aber Pollys Anblick war Clarissa jetzt so willkommen, dass sie sich weinend in ihre Arme warf.

»Aber mein armer Schatz, was hast du denn?«

Clarissa versuchte, es zu erklären, doch ihr unbeherrschbares Schluchzen hinderte sie daran, auch nur etwas halbwegs Verständliches zu sagen. Polly übernahm kurzerhand das Kommando und führte Clarissa hinaus zu ihrem Wagen.

»Was du jetzt brauchst, mein liebes Kind, ist ein großer Gin Tonic«, sagte sie und bugsierte sie in ihren Wagen, als Clarissa weiterschluchzte, »und erst wenn du ihn getrunken hast, werde ich dir erlauben, mir zu erklären, warum du so aufgewühlt bist. Und bis dahin will ich kein Wort hören!«

In einem durchhängenden, aber sehr bequemen Sessel wärmte Clarissa sich an dem prasselnden Kaminfeuer und trank, was ihr gegeben wurde. Erst als sie ihr Glas geleert hatte wie befohlen, erzählte sie Polly von Thomas und Walter.

»Ich hatte dich gewarnt, dass das geschehen könnte«, sagte Polly. »Es ist eine nur allzu bekannte Geschichte, aber diese Kinder müssen ihr Leben so führen, wie sie es wollen. Sosehr sie auch manchmal die Familien, die ihnen ein Zuhause gegeben haben, zu lieben lernen, wissen sie doch immer, dass bei ihnen nicht ihr wahres Zuhause ist, und würden vielleicht den Rest ihres Lebens damit verbringen, nach etwas zu suchen, was für viele von ihnen nur illusorisch sein könnte.«

»Aber ich dachte, das hätte ich getan«, sagte Clarissa. »Ich dachte, ich hätte ihnen ein Gefühl der Beständigkeit und Zugehörigkeit gegeben, einen Ort, von dem sie wussten, dass sie dort geliebt wurden und in Sicherheit waren.«

»Und das hast du ja auch getan«, entgegnete Polly. »Niemand hätte diesen Jungen mehr Liebe und Stabilität geben können als du Thomas und Walter, außer ihrer eigenen Mutter und ihrem Vater vielleicht. Aber die Aufgabe, eine Mutter für sie zu sein, war für dich immer nur eine vorübergehende, das wusstest du von Anfang an.«

Doch Pollys Worte brachten Clarissa so in Harnisch, dass sie Polly schon vorwerfen wollte, sie nicht zu verstehen. »Du hast nie Kinder um dich gehabt«, wollte sie sagen, »und hast deshalb auch keine Ahnung, wie sehr sie einem ans Herz wachsen können.«

Aber sie beherrschte sich und erwiderte stattdessen: »Vom Verstand her weiß ich das alles, doch mein Herz sagt etwas anderes. Und das Schlimmste ist, dass ich weiß, was Thomas vorhat … Er will für eine gerechte Sache kämpfen, und er wird es in Palästina oder im Staate Israel tun, wie das Land bald genannt werden wird. Er wird sich umbringen lassen, das weiß ich jetzt schon. Und der arme Walter wird ihm nur allzu willig folgen. Das bricht mir das Herz, Polly.«

»Nichts von alldem weißt du mit Sicherheit«, entgegnete Polly entschieden. »Im Moment klingt es eher so, als wollte Thomas sich nur beweisen, wie es alle Jungs in diesem Alter tun.«

»Aber ich fühle mich, als hätte ich nicht nur Walter und ihn, sondern auch ihre Eltern enttäuscht. Sie haben mir ihre Kinder anvertraut, und sieh nur, was passiert ist.«

Polly erhob sich aus ihrem Sessel, ergriff Clarissas leeres Glas und mixte ihr einen weiteren Gin Tonic. »Meine liebe Clarissa«, sagte sie, als sie ihr das Glas reichte, »du hast zwei Möglichkeiten: Entweder machst du dir weiter solche Vorwürfe und wirst dabei verrückt, oder du straffst die Schultern und hoffst von ganzem Herzen, dass es Thomas und Walter gut gehen wird. Das sind deine Optionen; ich würde dir zu der letzteren raten. Wenn nicht dir zuliebe, dann doch wenigstens deinem kleinen Nicholas zuliebe.«

Bei der Erwähnung ihres Sohnes setzte Clarissa sich gerader hin. »Ach du meine Güte, was habe ich mir nur dabei gedacht, mit dir hierherzukommen? Ich muss nach Hause! Ich dürfte nicht hier sitzen und Gin Tonic mit dir trinken! Der arme Nicholas und Mrs Cook werden sich schon fragen, ob mir etwas zugestoßen ist. Ich muss zurück zum Bahnhof, wo ich meinen Wagen stehen gelassen habe.« Sie war schon auf den Beinen, weil ihre ganze Sorge jetzt nur noch ihrem Sohn galt.

»Himmelherrgott, jetzt beruhige dich endlich mal!«, befahl ihr Polly. »Du wirst nirgendwohin gehen nach all dem Gin, den ich dir eingeflößt habe. Stattdessen solltest du Mrs Cook anrufen und ihr sagen, dass du bei mir übernachtest. Und später beim Abendessen müssen wir uns überlegen, was du mit dem Rest deines Lebens anfangen willst.«

»Was willst du damit sagen?«

»Dass du eine Arbeit brauchst, mein Mädchen.«

»Aber ich habe eine! Ich bin Nicholas' Mutter und …«

»Das ist mir sehr wohl bewusst«, unterbrach Polly sie, »doch du brauchst mehr als das Muttersein, um geistig beweglich zu bleiben. Eine sinnvolle Beschäftigung wird dir eine neue Perspektive geben.«

Wieder konnte Clarissa spüren, wie sich ihr vor Wut die Nackenhaare sträubten. »Und was genau schlägst du vor?«, fragte sie mit einem Anflug von Sarkasmus.

»Später«, sagte Polly. »Ruf jetzt erst mal Mrs Cook an, und dann kannst du in die Küche kommen und ein paar Kartoffeln für das Abendessen schälen.«

Kapitel Sechsundfünfzig

Lizzies erster Gedanke, als sie am nächsten Morgen erwachte, galt Mrs Dallimore und vor allem dem Kontrast zwischen der gebrechlichen alten Dame, die sie kennengelernt hatte, und der, von der sie wünschte, sie gekannt zu haben: die junge und außergewöhnlich selbstlose Frau, die sich anderen gewidmet hatte, aber selbst ein Leid nach dem anderen erfahren hatte. Am liebsten hätte Lizzie sich geschworen, nie wieder über irgendetwas zu jammern, das ihr widerfuhr. Doch da die menschliche Natur so war, wie sie war, würde sie das Versprechen höchstwahrscheinlich noch vor Ende dieses Tages brechen.

Aber was auch immer sonst sie vielleicht nicht schaffen würde, sie war auf jeden Fall fest entschlossen, das Versprechen zu halten, das sie Mrs Dallimore gegeben hatte: Sie würde niemandem etwas von den sogenannten Besuchen ihrer alten Freunde erzählen. Wenn ein Kind einen imaginären Freund haben durfte, sagte sie sich, warum konnte man dann einer reizenden alten Dame nicht auch erlauben, sich den gleichen Hirngespinsten hinzugeben? Aber so vernünftig dieses Argument auch war, wusste Lizzie doch, dass es für die meisten Leute keinen Sinn ergab. Und trotzdem würde sie schweigen wie ein Grab.

Sie wusste einiges darüber, dass die weit zurückliegenden Erinnerungen alter Menschen zunehmend klarer wurden als die kurzfristigen und sogar die Gegenwart, und nun erlebte sie es bei Mrs Dallimore aus nächster Nähe mit. Wie konnte es sein, dass das Gehirn eine Frau wie Mrs Dallimore dazu befähigen konnte, sich detailliert an Ereignisse zu erinnern, die siebzig Jahre zurücklagen, dass es ihr gleichzeitig aber die Fähigkeit nahm, Lizzie, eine Person aus der Gegenwart, zu erkennen?

Das Summen ihres Handys unterbrach ihre Gedanken. Seit ihr Bekanntenkreis geschrumpft war und neuerdings kaum mehr als eine Handvoll Leute umfasste, war die bloße Tatsache, dass das Gerät ihr eine Textnachricht ankündigte, eine Überraschung für Lizzie.

Eine sogar noch größere Überraschung war, dass die Nachricht von Simon kam. *Bin über das verlängerte Wochenende zu Hause. Sollen wir uns zum Mittagessen treffen?*

Nach kurzem Zögern antwortete Lizzie: *Wann und wo?*

Seine Antwort ließ nicht auf sich warten.

The Bell, *12.30 Uhr, falls das okay ist.*

Ich muss um 14.30 Uhr bei der Arbeit sein, deshalb wird's ein schneller Lunch sein müssen.

Dann treffen wir uns doch besser um 12.00 Uhr.

Bis dann!

Die Einladung musste ein Ergebnis der gestrigen Begegnung von Dad und Luke mit Simon und seinem Vater sein. Luke war allein nach Hause gekommen und hatte ihren Vater mit Keith und Simon weiterplaudern lassen. Es war nicht das, was Lizzie sich von dem Abend erhofft hatte, doch der guten Laune nach zu urteilen, mit der Luke während der Zehn-Uhr-Nachrichten heimgekehrt war, musste er einen sehr angenehmen Abend verbracht haben. Ihre Mutter hatte sich nach Kräften für ihn gefreut, aber Lizzie hatte auch gemerkt, dass sie sich ärgerte, als hätte ihr Mann sie verraten, indem er sich mit dem Feind verbrüderte.

Zeit zum Aufstehen, dachte Lizzie nach einem Blick auf die Uhr, doch sie hatte kaum das Federbett zur Seite geschoben, als sie ihren Vater pfeifend die Treppe hochkommen hörte. Dann klopfte es an ihrer Tür.

»Komm herein«, sagte sie. »Ich bin schon wach.«

»Eine Tasse Tee.« Ihr Vater stellte die Teetasse auf den Nachttisch. Dann ging er zu den Vorhängen und zog sie auf. »Es ist ein weiterer Tag im …«

»Paradies«, schloss Lizzie für ihn.

Er lächelte. »Zuverlässig und berechenbar wie eine Schweizer Kuckucksuhr, dein alter Dad.«

»Wir würden dich auch gar nicht anders wollen«, sagte sie und erwiderte sein Lächeln. »Du hast mir noch gar nicht erzählt, wie du gestern mit Luke zurechtgekommen bist. Hast du etwas aus ihm herausbekommen?«

Ihr Vater setzte sich an das Fußende ihres Bettes. »Ja, und sogar mehr, als ich erwartet hatte.«

»Etwas Schlimmes?«

»Jedenfalls nichts Gutes. Einiges davon habe ich versprochen, für mich zu behalten, also versuch erst gar nicht, es aus mir herauszubekommen, okay?«

»Natürlich nicht. Aber erzähl mir, was du kannst.«

Während ihr Vater ihrer Bitte nachkam, trank Lizzie ihren Tee. »Die Frage ist«, sagte er schließlich, »was wir als Familie unternehmen können, um das Problem zu lösen.«

»Können wir das überhaupt? Wäre es nicht Ingrids Sache, sich damit abzufinden, dass Luke eine Familie hat, die ihn liebt? Und auch sie gernhat?«

»Ja, aber die Frage ist, wie wir ihr dabei helfen können.«

Lizzie blies die Wangen auf. »Keine Ahnung. Wie besorgt erschien dir Luke?«

»Besorgter, als mir lieb ist.«

»Weißt du, ich hätte nie gedacht, dass ich das einmal sagen würde, aber ich kann Ingrid in gewisser Weise verstehen: Auch ich habe es gehasst, dich und Mum um Hilfe bitten zu müssen, als ich meinen Job verloren hatte. Ich kam mir wie eine völlige Versagerin vor, als ich zugeben musste, dass ich es vermasselt hatte. Es war fast so, wie wieder ein Kind zu sein. Nicht dass Ingrid irgendwas vermasselt hat. Doch deinen Worten entnehme ich, dass sie es hasst, um Hilfe zu bitten. Wahrscheinlich fühlt sie sich dadurch noch unfähiger, was sehr gut auf irgendeine Unsicherheit zurückzuführen sein könnte.«

Ihr Vater dachte einen Moment darüber nach. »So hatte ich das noch nie betrachtet«, sagte er dann, »aber du könntest recht haben.« Er rieb sich nachdenklich das Kinn. »Glaubst du, du könntest mit Ingrid reden? Vielleicht öffnet sie sich dir ja.«

»Ich soll …?«, entgegnete Lizzie schockiert. »Oh nein, das halte ich für gar keine gute Idee, zumal ich mir sicher bin, dass sie nicht besonders viel von mir hält.«

»Und ich bin mir genauso sicher, dass das nicht stimmt. Viel wahrscheinlicher ist, dass ihr beide bloß noch keine gemeinsame Basis gefunden habt. Ich habe deiner Mutter vorgeschlagen, dass wir am Sonntagnachmittag, wenn sie Freddie herbringen, ein Familien-Barbecue veranstalten. Warum versuchst du dabei nicht, für ein Weilchen mit Ingrid allein zu sein, damit ihr reden könnt?«

Der Vorschlag bestürzte Lizzie. »Glaubst du wirklich, dass sie mit mir sprechen wird? Warum ich und nicht du oder Mum? Ihr zwei seid viel vorsichtiger mit dem, was ihr sagt.«

»Und darin liegt aller Wahrscheinlichkeit nach das Problem. Was hier gebraucht wird, ist ein bisschen gute, altmodische Offenheit. Du, Lizzie, bist darin sehr viel besser als wir anderen.«

»Aber was ist, wenn mein großer Mund mal wieder mit mir durchgeht und ich alles noch verschlimmere?«

»Das wirst du nicht, ich habe vollstes Vertrauen in dich.«

Was mehr ist, als ich in mich selbst habe, dachte Lizzie, als sie zu ihrer eigenen Überraschung zustimmte, mit Ingrid zu reden.

Na, das ist ja mal ein Tag voller Überraschungen, dachte sie, als sie später mit Simon im Garten des Pubs *The Bell* saß. Als ihnen beiden über Holzkohle gegrillte Hamburger und fettige Pommes frites serviert wurden, griffen sie im selben Moment nach dem Salz.

»Du zuerst«, sagte Simon, der viel entspannter wirkte, als Lizzie es war. Aber es gab ja auch nichts, weswegen er sich schuldig fühlen müsste. Sie war diejenige, die von Selbstvorwürfen und Bedauern geplagt wurde.

»Dad hatte gestern einen richtig schönen Abend«, erwiderte sie und schob die Salzmühle zu Simon hinüber, nachdem sie sie benutzt hatte. »Ich hoffe, dass zwischen ihnen alles wieder so wird, wie es war, bevor ich Sand ins Getriebe gestreut habe.«

»Das hoffe ich auch. Ich weiß, dass mein Vater Tom vermisst. Sie waren wirklich gute Freunde.«

»Und was ist mit Lorna?«, fragte Lizzie vorsichtig. »Hat sich bei ihr etwas geändert?«

Simon verzog das Gesicht. »Sie arbeitet noch daran, denke ich. Und ich bearbeite sie, so gut ich kann.«

»Ich will sie ja nicht kritisieren, aber was ist ihr Problem? Gibt sie Mum die Schuld an meinem Verhalten?«

»Ich glaube, sie weiß nicht, wie sie sich aus der misslichen Lage befreien soll, in die sie sich selbst gebracht hat, ohne das Gesicht zu verlieren. Ihr dummer Stolz steht ihr im Weg.«

»Das geht Mum wahrscheinlich ganz genauso. Und wenn ich ehrlich sein soll, weiß ich, wie sich das anfühlt, nachdem ich London nach meiner Entlassung verlassen musste. Auf diesem langen, blamablen Weg nach Hause waren mein Stolz und meine Selbstachtung praktisch nicht mehr vorhanden.«

»Und jetzt?«

»Jetzt bin ich dabei, eine neue Perspektive zu entwickeln, und kann sehen, dass einige der Dinge, die mir früher wichtig erschienen, es in Wahrheit gar nicht sind.«

»Wie was zum Beispiel?«

»Meine Fixierung auf London.« Sie lächelte. »Allerdings könnte das auch mein angeschlagener Stolz sein, der sich regt und es so hinstellt, als wäre der Job, der mir gerade bei einem kleinen Lokalsender angeboten wurde, *der* Karrieresprung schlechthin.«

Simon wischte sich mit der Serviette den Mund ab. »Wer weiß. Das könnte sogar sehr gut sein.«

»Und wie läuft's bei dir?«, fragte sie.

»Du wirst dich freuen, zu hören, dass ich meinen Fünfjahresplan aufgegeben habe, und nicht nur, weil wir nicht mehr zusammen sind, sondern weil mir plötzlich auch bewusst wurde, wie lächerlich er war.«

Lizzie runzelte die Stirn und legte ihr Besteck hin, um nach ihrem Wasserglas zu greifen. »Er war nicht lächerlich,

Simon«, sagte sie. »Es ist nichts verkehrt daran, einen Plan zu haben.«

»Aber es war der falsche Plan zur falschen Zeit. Und …«, er unterbrach sich, um einen Schluck Bier zu trinken, »seinetwegen habe ich dich verloren.«

»Sag das nicht. Es war wirklich nichts, was du getan hast, sondern es lag nur an mir. Ich habe den Kopf wegen eines Mannes verloren, der sich als wertlos und verlogen entpuppte.«

Simon stellte sein Glas ab und betrachtete sie mit einem seiner langen, durchdringenden Blicke, die sie früher immer so anziehend gefunden hatte. Und als sähe sie ihn plötzlich mit ganz neuen Augen, dachte sie, wie attraktiv er war. Vielleicht bildete sie es sich nur ein, aber er wirkte zwangloser und freier als früher, als wäre er jetzt mehr er selbst. Er hatte einen anderen Haarschnitt und trug das Haar auf dem Oberkopf ein wenig länger als früher, sodass nun seine natürlichen Wellen sichtbar waren. Es stand ihm gut. Das hellblaue T-Shirt war neu und betonte seine blauen Augen. Ließ er sich, was Mode anging, vielleicht von der Arbeitskollegin beraten, die er am Telefon erwähnt hatte? Nein, ermahnte Lizzie sich. Fang nicht damit an, das geht dich überhaupt nichts an!

»Vielleicht sollte ich es dir nicht sagen«, begann Simon, »und denk bitte nicht, ich täte es mit irgendeiner Art perverser Schadenfreude, aber mir ist zu Ohren gekommen, dass Curt auch mit deiner Nachfolgerin nichts Gutes im Schilde führt.«

Erstaunt, dass sie bei Simons Worten keinen Schmerz, sondern nur Abscheu vor sich selbst empfand, weil sie auf einen notorischen Ehebrecher hereingefallen war, schüttelte Lizzie den Kopf und zuckte mit den Schultern. »Ich frage mich nur, wie er ungestraft damit davonkommt.«

»Einigen gelingt es immer wieder«, antwortete Simon. »Und auch jetzt möchte ich nichts Unpassendes sagen oder den Eindruck erwecken, als würde ich es genießen. Aber bist du nicht froh, dass du rechtzeitig entdeckt hast, wie Curt ist, statt dich noch mehr auf ihn einzulassen?«

»Du kannst mir alles sagen, Simon«, erwiderte sie und meinte es auch so, »dieses Recht zumindest hast du dir verdient. Und, ja, ich habe jetzt den Punkt erreicht, an dem ich sehen kann, dass ich gerade noch mal davongekommen bin.«

Als die Teller abgeräumt waren, sah Simon Lizzie an. »Es war schön, mit dir zu essen. Ich hatte mir Sorgen gemacht, dass es schwierig sein könnte, aber das war es nicht. Na ja, jedenfalls nicht von meiner Seite. Und von deiner?«

Sie lächelte über sein Taktgefühl. »Ist alles okay«, sagte sie. »Doch es gibt da einen kleinen Teil von mir, der auf das Nachspiel wartet und befürchtet, dass du mir plötzlich doch die Meinung geigst.«

»Falls es dich beruhigt, kann ich dir versichern, dass ich über dieses Stadium hinaus bin.«

»Es gab also einen Moment, in dem du mir gern die Meinung gegeigt hättest?«

»Oh ja, natürlich. Ich bin nur ein Mensch und kein Heiliger, Lizzie.«

»Tut mir leid. Ehrlich.«

»Entschuldigung angenommen.« Er warf einen Blick auf seine Uhr – die Retro-Digitaluhr, die sie ihm vor zwei Jahren zum Geburtstag geschenkt hatte. »Ich will dich nicht hetzen«, bemerkte er, »aber sagtest du nicht, du müsstest um zwei Uhr gehen? Es ist zehn vor zwei.«

»So spät schon?«, murmelte sie enttäuscht. Sie wäre mit

Freuden den ganzen Nachmittag hiergeblieben. »Wie ich sehe, hast du sie behalten.« Sie zeigte auf die Uhr.

Er runzelte die Stirn. »Natürlich hab ich sie behalten. Wie kommst du darauf … Ah, ich verstehe. Du dachtest, ich hätte sie in einem Wutanfall wegwerfen oder zertrümmern sollen, um meine Gefühle für dich auszutreiben?«

»So was in der Art. So etwas hätte ich vermutlich getan, wenn Curt sich je die Mühe gemacht hätte, mir etwas zu schenken – außer einer Menge Reue.«

»Dann war er also nicht nur ein Vollidiot, sondern auch noch ein Geizhals?«, bemerkte Simon mit erhobener Augenbraue. »Gibt es eine schlimmere Kombination?«

Lizzie lachte. »Nicht, dass ich wüsste.«

Er lächelte sie an. »Wäre es unangebracht, zu sagen, wie schön es ist, dich wiederzusehen?«

»Ganz und gar nicht. Ich habe genau das Gleiche gedacht. Aber jetzt sollte ich wirklich gehen«, sagte sie und suchte in ihrer Handtasche nach Geld.

»Lass stecken, du bist eingeladen. Schließlich war es meine Idee.«

»Das ist nicht fair. Du weißt, dass ich immer gern für mich selbst aufkomme.«

»Und wie wär's, wenn du das nächste Mal bezahlst?«

Sie sah ihn an. »Bist du sicher, dass du ein nächstes Mal willst?«

»Ich hätte es nicht vorgeschlagen, wenn es nicht so wäre.«

Nachdem sie sich verabschiedet hatten, radelte Lizzie in bester Stimmung los. Das Leben ist schön, dachte sie mit unbeschwerter Fröhlichkeit, als sie das Dorf hinter sich zurückließ. Es war gut, zu wissen, dass aus den Trümmern einer der schlechtesten Entscheidungen, die sie in ihrem Leben je getroffen hatte, eine Freundschaft entstanden war.

Ihre Stimmung besserte sich sogar noch, als sie gerade rechtzeitig in Woodside eintraf, um mit den anderen Mrs Coleman ein Geburtstagsständchen zu bringen und mitzuhelfen, den Geburtstagskuchen zu verteilen. Es war der zweiundneunzigste Geburtstag der alten Dame, und mit ihrem für diese Gelegenheit frisch gewaschenen und frisierten dünnen weißen Haar saß sie in ihrem Rollstuhl und freute sich wie ein Schneekönig über all das Aufhebens, das um sie gemacht wurde. Ihre Angehörigen hatten sich um ihren Rollstuhl versammelt, an dessen Handgriffen Luftballons befestigt waren, und zwei Urenkel rannten herum und sorgten für Chaos und Entzücken unter den Bewohnern. Ein ungewöhnlich gut gekleideter, etwa dreizehnjähriger Junge zeigte Mr Sheridan begeistert etwas auf einem Tablet. Es müsste mehr Tage wie diesen geben, dachte Lizzie, und nicht nur Geburtstagspartys, sondern auch Zeiten, in denen Kinder kommen durften, um die Bewohner Woodsides zu unterhalten. Die Einzige, die sich nicht zu amüsieren schien, war Mrs Lennox, die wiederholt missbilligende Laute von sich gab und sich über den Lärm beschwerte.

Als die Party vorbei war und Lizzie geholfen hatte, das Geschirr in die Küche zu bringen und die Spülmaschine einzuräumen, machte sie sich auf die Suche nach Mrs Dallimore. Wie so oft hatte sie die Rosenlaube ganz für sich allein. Ihr Kopf war nach vorn geneigt, ihr Kinn ein wenig angehoben, und ihre Lippen bewegten sich, als rezitierte sie etwas, betete oder spräche mit sich selbst. Oder … hatte sie Besuch von ihren alten Freunden? Lizzie, der es unangenehm war, sie in dieser Situation zu stören, hielt sich für einen Moment zurück, nicht sicher, ob sie weitergehen oder die alte Dame in Ruhe lassen sollte. Ihr war schon während Mrs Colemans Party aufgefallen, dass Mrs Dallimore ein wenig unaufmerksam und abgelenkt gewesen war und manchmal in die Ferne gestarrt hatte, als wäre sie ganz in ihrer eigenen Welt versunken. Und aller Wahrscheinlichkeit nach war Lizzie nicht die Einzige gewesen, die das bemerkt hatte.

»Sind Sie das, Lizzie?«

»Ich dachte, Sie schliefen, weil die Party vielleicht zu anstrengend für Sie war«, flunkerte Lizzie und trat vor.

»Ich muss gestehen, dass ich in der Tat ein bisschen müde bin«, sagte die alte Dame mit schwacher Stimme. »Haben Sie Zeit, sich ein Weilchen zu mir zu setzen?«

Lizzie lächelte. »Für Sie habe ich alle Zeit der Welt«, erwiderte sie und setzte sich neben Mrs Dallimore. »Übrigens habe ich heute mit meinem Exfreund zu Mittag gegessen.«

Mrs Dallimore wandte sich ihr mit zusammengezogenen Augenbrauen zu. »Mit wem?«

»Mit Simon«, erklärte Lizzie, »dem Freund, den ich so schlecht behandelt habe, als ich mich in Curt, den verheirateten Mann, verliebt hatte.«

»Ach so«, sagte die alte Dame vage, als wäre sie sich noch immer nicht ganz sicher, von wem Lizzie sprach.

»Es war schön, ihn wiederzusehen«, fuhr Lizzie fort, »obwohl ich anfangs unglaublich nervös war. Er hat vorgeschlagen, uns bald wieder einmal zu treffen.«

»Glauben Sie, dass Sie beide wieder zueinanderfinden werden?«, fragte Mrs Dallimore. Schnell wie durch das Werfen einer Münze war die Zerstreutheit von vorher einer scharfsinnigen Offenheit gewichen.

Lizzie schüttelte den Kopf. »Nein. Ich würde mich nicht darauf verlassen, dass ich ihm nicht wieder wehtue, und das hat er nicht verdient. Oh, und halten Sie sich fest: Simon sagte, er habe gehört, dass Curt schon wieder eine Affäre hat – mit dem Mädchen, das meinen Job im Sender übernommen hat.«

Mrs Dallimore seufzte. »Ein Mistkerl erster Güte. Seien Sie froh, dass Sie ihm noch rechtzeitig entkommen sind, meine Liebe.«

»Das Gleiche habe ich Simon gesagt. Außerdem habe ich beschlossen, mich vorerst von Männern fernzuhalten, bis ich das Gefühl habe, mir zutrauen zu können, die richtige Wahl zu treffen.«

»Und was ist mit Jed?«

»Was soll mit ihm sein?«

»Sie werden Ihre Freundschaft mit ihm doch wohl nicht beenden? Das wäre meiner Meinung nach nämlich sehr schade.«

Lizzie lächelte. »Wollen Sie uns verkuppeln, Mrs Dallimore?«

»Er ist ein feiner junger Mann; Sie könnten es viel schlechter treffen.«

»Und ich bin mir sicher, dass er es viel besser treffen könnte. Haben Sie eigentlich nie den Wunsch gehabt, wieder zu heiraten, Mrs Dallimore?«, fragte sie und wechselte geschickt das Thema.

»Nein. Nicholas kam für mich an allererster Stelle, und ich habe mich immer glücklich geschätzt, gehabt zu haben, was ich hatte. Ob zu Recht oder zu Unrecht, weiß ich nicht, aber ich habe nie geglaubt, dass irgendjemand William oder Artie gleichgekommen wäre.«

»Was ist mit Effie? Hat sie irgendwann geheiratet?«

»Ach, die liebe Effie. Das arme Mädchen war dreimal verheiratet, und alle diese Ehen waren zum Scheitern verurteilt, weil sie nie einen Mann finden konnte, um ihren Ellis zu ersetzen. Er war das Licht ihres Lebens.«

»Glauben Sie, sie hätte ihn geheiratet, wenn er nicht gestorben wäre?«, fragte Lizzie. »Obwohl er homosexuell war?«

»Da bin ich mir so gut wie sicher, und wahrscheinlich sogar, *weil* er homosexuell war. Sie hat mir ein paar Jahre nach dem Krieg gesagt, dass sie alles getan hätte, um ihn zu beschützen.«

»Das wäre ein ziemlich großes Opfer gewesen.«

Mrs Dallimore schüttelte den Kopf. »Damals waren die Menschen eher bereit, Opfer zu bringen, als sie es heute sind. Und Sex war Effie ohnehin gar nicht wichtig, hat sie mir einmal anvertraut. Ich nehme an, dass das ein mitbestimmender Faktor ihrer unglücklichen Ehen war. Sehr wahrscheinlich hat auch die Beziehung zu ihrem Vater eine Rolle dabei gespielt, auch wenn wir darüber nie gesprochen haben. Ich fand es sehr grausam, als ihr zweiter Ehemann, ein Filmproduzent, Effie beschuldigte, im Bett ›eiskalt‹ zu sein. Es war ein unnötig gehässiger Kommentar von einem Mann, der ein notorischer Schürzenjäger war, vor dem keine Frau sicher war.«

»Klingt nach jemandem, den ich kenne«, erwiderte Lizzie leichthin. »Sind Sie in all den Jahren Freundinnen geblieben?«, fragte sie dann, wie immer fasziniert von den Erinnerungen der alten Dame. »Lebt Effie noch?«

»Wir sind immer in Verbindung geblieben, bis sie in den Sechzigern bei einem Autounfall ums Leben kam. Sie und ihr Mann waren auf einer Party gewesen, und nachdem sie ihn wild mit einem Mädchen flirten gesehen hatte, das halb so alt war wie er selbst, fuhr sie heim, obwohl sie zu viel getrunken hatte. Die Zeitungen machten eine Riesensache aus ihrem tödlichen Unfall. Sie schrieben einige abscheuliche Dinge über Effie und stellten sie als alternde Diva hin, die zur Flasche gegriffen hatte, um ihre innere Leere und die ihr fehlende Bewunderung zu kompensieren. Oh, es war einfach schrecklich!« Die alte Dame sah Lizzie an. »Wissen Sie, was mich wundert? Dass Sie als Rechercheurin nicht versucht haben, selbst mehr über meine Freunde herauszufinden. Ihr Leben ist nämlich ziemlich gut dokumentiert, besonders Effies.«

Lizzie lächelte. »Der Gedanke ist mir gekommen, aber es zu tun hätte mir das Vergnügen daran genommen, Ihre Erzählungen über sie alle zu hören.«

Mrs Dallimore tätschelte Lizzies Hand. »Sie sind eine gute Zuhörerin gewesen, und ich bin Ihnen sehr dankbar dafür, dass Sie mir Gelegenheit gegeben haben, eine ganz besondere Zeit in meinem Leben noch einmal zu durchleben. Das bedeutet mir sehr viel.«

Eine Zeit lang saßen sie schweigend da und lauschten dem Gesang der Vögel. Lizzie beobachtete drei Kohlweißlinge, die sich gegenseitig jagten, bevor sie davonflogen. Dabei dachte sie an Mrs Coleman, die an ihrem Geburtstag von ihrer Familie und ihren lebhaften kleinen Urenkeln umgeben gewesen war – und fragte sich ganz unwillkürlich, was wohl aus Mrs Dallimores Sohn geworden war. Am Abend zuvor hatte die alte Dame ihr einige Schwarz-Weiß-Fotos gezeigt, unter anderem auch von Nicholas, auf denen er etwa zehn Jahre alt gewesen war, und einige ältere von Mrs Dallimore mit William, Artie, Effie und Ellis. Es war faszinierend gewesen, Fotos von diesen Menschen zu sehen, nachdem sie so viel über sie erfahren hatte. Lizzie hätte sich liebend gern auch den Rest des Albums angesehen, aber Mrs Dallimore war plötzlich müde geworden und hatte erkennen lassen, dass sie genug Gesellschaft gehabt hatte.

Angesichts all der geliebten Menschen, die Mrs Dallimore

verloren hatte, wagte Lizzie es fast nicht, die Frage zu stellen, doch dann tat sie es doch. Vielleicht wartete die alte Dame ja darauf, über ihren Sohn sprechen zu können. »Was ist mit Nicholas? Und mit Thomas und Walter? Was ist aus ihnen geworden, nachdem sie Sie verlassen hatten?«

Mrs Dallimore schluckte und blinzelte heftig, und sofort bereute Lizzie ihre Neugier. »Leider haben sich meine schlimmsten Befürchtungen bei Thomas und Walter bewahrheitet.«

Kapitel Siebenundfünfzig

Skylark Cottage,
Shillingbury
1948

Es war erst ein knappes Jahr seit dem Abschied von Thomas und Walter vergangen, als Clarissa einen Brief von Eva Neumann erhielt, in dem sie ihr mitteilte, dass ihr Mann Rudy und die beiden Jungen bei einer Bombenexplosion im Zentrum von Jerusalem umgekommen waren. Clarissa hatte noch nie solchen Hass empfunden wie in dem Moment, als sie diesen Brief in den Händen hielt: Wenn Eva und Rudy Neumann sich nicht eingemischt hätten, würden Thomas und Walter jetzt noch leben, wären in England und in Sicherheit und hätten noch ihr ganzes Leben vor sich.

Am Tag darauf setzte sie sich hin, um Evas Brief zu beantworten, wobei sie ihren Gefühlen freien Lauf ließ und ihrer ganzen Wut auf diese Leute Luft machte. Der Brief war giftig, hasserfüllt und voller Vorwürfe, vier Seiten voller Zorn und Kummer. Darin gab sie ausdrücklich der Frau die Schuld daran, aus purem Egoismus zwei Jungen unnötigerweise in Gefahr gebracht zu haben, was diese letztendlich mit dem Leben bezahlt hatten. Sie schrieb von Thomas' Wunsch, einmal Künstler zu werden, und von Walters freundlicher und empfindsamer Natur. *Ich weiß nicht, ob Sie noch mit sich leben kön-*

nen, aber ich hoffe, dass Sie keinen einzigen Tag mehr erleben, an dem Sie nicht von Gewissensbissen über Ihre Handlungsweise gequält werden, schrieb sie und unterzeichnete und versiegelte den Brief, um ihn am Tag darauf zur Post zu bringen.

Am nächsten Morgen, als sie Nicholas am Frühstückstisch glücklich vor sich hin summen hörte, während er Toaststückchen in das Ei tauchte, das sie ihm gekocht hatte, wurde ihr Herz jedoch wieder weicher. Frische Tränen der Trauer um die beiden Jungen, die er wie Brüder geliebt hatte, drohten ihr wieder in die Augen zu steigen. Sie hatte es noch nicht übers Herz gebracht, Nicholas zu erklären, dass er Thomas und Walter nie wiedersehen würde. Sie musste damit warten, bis sie wieder stark genug war, um es zu tun.

Wie sie versprochen hatten, waren Thomas und Walter in Kontakt geblieben und hatten Nicholas hin und wieder kleine Geschenke geschickt, von denen das letzte ein aus Olivenholz geschnitztes Kamel gewesen war. Er bewahrte es auf seinem Nachttisch neben einer Fotografie auf, die Thomas, Walter und ihn selbst zeigte. Der Gegensatz zwischen der Unschuld ihres geliebten Sohnes und der beschämenden Grausamkeit des Briefes, den Clarissa am Tag zuvor geschrieben hatte, schmerzte sie plötzlich so sehr, dass sie zur Garderobe hinüberging, den Brief zerriss und ihn in den Abfalleimer warf. Sie würde morgen einen neuen schreiben und versuchen, gnädiger zu sein. Immerhin hatte Eva Neumann ja auch ihren Ehemann verloren.

Mrs Cook machte gerade eine Woche Ferien bei einer alten Freundin, die in Broadstairs in Kent eine Pension besaß. In der Zwischenzeit – und in Erwartung ihrer Rückkehr – tat Clarissa, was sie immer tat, wenn sie innerlich so aufgewühlt und verzweifelt war: Sie stürzte sich in eine hektische Betriebsamkeit, krempelte die Ärmel hoch und machte sich mit Nicholas' Hilfe daran, einen glasierten Zitronenkuchen, ein Dutzend Erdbeergelee-Törtchen und ein Blech Mürbeteigplätzchen zu backen. Schließlich bereitete sie auch noch Mrs Cooks Lieblingssandwichs mit Fischpaste und hauchdünn geschnittenen Gurkenscheiben vor.

Kurz vor drei Uhr nachmittags machte sich Clarissa mit dem freudig erregten Nicholas auf dem Beifahrersitz auf den kurzen Weg zum Bahnhof in Shillingbury. Es war ein hässlicher Novembertag, nasskalt und mit einem starken Wind, der das letzte Laub von den Bäumen riss. Es regnete in Strömen, und da auch das Tageslicht bereits verblasste, schaltete Clarissa die Frontscheinwerfer ein und konzentrierte sich auf die Straße vor ihnen. Die Scheibenwischer bewegten sich hin und her, waren ihr aber kaum eine Hilfe, um die Straße besser sehen zu können.

Sie schafften es zum Bahnhof, wo Billy Moss, der Bahnhofsvorsteher, ihnen von der offenen Tür der Fahrkartenausgabe zuwinkte. Nachdem sie höchstens ein paar Minuten gewartet hatten, hielt die Zweigstreckenbahn mit ihren drei Waggons – zwei der dritten Klasse und einem der ersten Klasse –, und Mrs Cook stieg aus.

»Der Himmel sei uns gnädig!«, rief sie, nachdem Clarissa ihr Gepäck in den Kofferraum gepackt und Nicholas sich nach hinten gesetzt hatte, um Mrs Cook vorn Platz zu machen. »Was für ein grauenhaftes Wetter!«

»Nicht gerade ein herzlicher Empfang für Sie«, bemerkte Clarissa und lenkte den Wagen auf die Straße, um heimzufahren. »Wie war Ihr Urlaub?«

»Schrecklich! Ich konnte es kaum erwarten zurückzukommen.«

»Ach Gott, wie schade! Was war denn das Problem?«

»Ethel ist zu solch einer verbitterten alten Frau geworden, dass sie für niemanden mehr ein gutes Wort hat. Ich weiß, dass sie einiges Pech in ihrem Leben hatte, doch ich sage Ihnen, sie ist ein warnendes Beispiel für den Rest von uns. Denn egal, was das Leben uns vor die Füße wirft, wir müssen optimistisch bleiben und dürfen uns davon nicht unterkriegen lassen. Am Ende habe ich ihr gesagt, sie sollte sich besser zusammennehmen oder sie würde irgendwann überhaupt keine Freunde mehr haben.« Mrs Cook drehte sich auf ihrem Sitz um, um Nicholas anzusehen. »Und du, mein kleiner Schlingel? Warst du ein braver Junge, während ich fort war? Und hast du mich vermisst?«

»Ja, ja, *ja!*«, antwortete er. »Haben Sie mir etwas mitgebracht?«

»Na hör mal, du Frechdachs!«

»Wir haben nämlich eine Überraschung für Sie vorbereitet«, sagte er grinsend und beugte sich so weit vor, als wollte er sich zwischen die beiden Vordersitze quetschen.

»Oh, tatsächlich? Und was könnte das sein?«

Mit großen Augen legte er einen Finger an seine Lippen. »*Pst!* Das kann ich Ihnen nicht verraten, weil es eine Überraschung ist.«

Clarissa lächelte. Dem Himmel sei Dank für Nicholas!, dachte sie. Er war wie ein Trost bringender Sonnenstrahl, selbst an einem Tag wie diesem.

Die echte Überraschung auf der Begrüßungsfeier für Mrs Cook waren zwei weitere Gäste – Lily und ihr Ehemann. Lilys Familienname war jetzt Porter, und ihr Mann und sie lebten in Bury St. Edmunds, wo Derek Angestellter in einer Anwaltskanzlei war. Lily, die nach dem Krieg an der Abendschule Maschineschreiben und Stenografie gelernt hatte, arbeitete inzwischen als Sekretärin des Herausgebers der Lokalzeitung *The Bury Messenger*. Clarissa hegte jedoch keinen Zweifel, dass Lilys Ambitionen dort nicht haltmachten.

Clarissa selbst arbeitete inzwischen als Hilfslehrerin in der Dorfschule. Pollys ständiges Nörgeln, dass sie neben der Mutterschaft noch etwas mehr aus ihrem Leben machen sollte, war nicht ohne Wirkung geblieben. Und irgendwann hatte Clarissa auch selbst diesen Ehrgeiz verspürt. Kurz nach Nicholas' Einschulung hatte Mrs Russell, die Schulleiterin, sie gefragt, ob sie nicht bereit wäre, an drei Nachmittagen in der Woche mit den Kindern Lesen zu üben und sich von ihnen vorlesen zu lassen. Dann fiel Miss Todd, die die kleinen Kinder unterrichtete, ganz unerwartet wegen Krankheit aus, und Clarissa wurde gefragt, ob sie sie vertreten könnte, bis ein bleibender Ersatz gefunden wurde. Inzwischen sprach Mrs Russell schon davon, dass Clarissa auf unbegrenzte Zeit bleiben solle, weil sie ein natürliches Talent zum Unterrichten habe. Clarissa hatte keine Ahnung, ob das stimmte, doch es machte ihr sehr viel Freude, mit den Kindern zu arbeiten und zuzusehen, wie sie immer mehr an Selbstvertrauen gewannen.

Mrs Cook war entzückt, ihre Nichte bei sich zu haben, und während Lily und sie sich über Familienneuigkeiten unterhielten, half Derek Nicholas mit dem Puzzle, das Mrs Cook ihm mitgebracht hatte. Dann wurde es Zeit für das Abendbrot, das sie in der gemütlich warmen Küche einnahmen, in der Clarissa sich zu dieser Jahreszeit am liebsten aufhielt. Der Tisch war mit einem weißen, mit Blumen bestickten Leinentuch und dem besten Porzellan gedeckt, das nur selten benutzt wurde, aber Mrs Cook zu Ehren aus der Anrichte im Esszimmer geholt worden war.

Mit größtmöglicher Sorgfalt bot Nicholas Mrs Cook ein Sandwich an. »Ich habe Mummy geholfen, sie zu machen«, erklärte er stolz, während der Teller in seinen kleinen Händen gefährlich schwankte.

»Na, dann werden sie mir ja sogar noch besser schmecken«, erwiderte Mrs Cook augenzwinkernd.

Nachdem Lily geholfen hatte, die Teetassen herumzureichen, und einen Blick mit ihrem Mann gewechselt hatte, sagte sie: »Da du es morgen sowieso im *Messenger* lesen wirst, Clarissa, kann ich es dir auch genauso gut jetzt gleich sagen. Wir haben gestern gehört, dass Arthur Willet wegen Betrugs verhaftet worden ist!«

Clarissa setzte die Teekanne ab. »Erzähl mir mehr«, sagte sie ruhig.

»Erzähl du es ihr«, forderte Lily ihren Ehemann auf. »Du weißt mehr darüber als ich.«

Derek stellte die Teetasse wieder auf die Untertasse auf dem Tisch, bevor er mit der Geschichte begann. »Wie sich herausstellte, hatte Willet seit Jahren schon die Konten irgendeiner armen alten Frau manipuliert, indem er hin und wieder kleinere Beträge abzweigte, damit es niemand merkte«, begann Derek. »Aber dann wurde er gierig, und als die alte Dame starb, legte er ein Testament vor, in dem ihm alles hinterlassen wurde, mit allem Drum und Dran.«

»Und was brachte jemanden auf die Idee, dass da etwas nicht stimmte?«, fragte Clarissa.

»Es waren die Haushälterin und ihr Mann, der Gärtner, die Verdacht schöpften, als ihre Arbeitgeberin starb und ihnen keinen Penny hinterließ. Sie wussten, dass die alte Dame vorher ein anderes Testament verfasst hatte, in dem sie beide als Begünstigte genannt waren. Sie hatten seit vielen Jahren bei der Frau gearbeitet, und mit dem ihnen versprochenen Betrag hätten sie sich ein eigenes kleines Cottage leisten können, wenn sie sich zur Ruhe setzten.«

»Ich wusste schon immer, dass Willet ein schlechter Kerl war«, sagte Mrs Cook. »Und Sie wussten es auch, Clarissa, denn deshalb haben Sie ihn entlassen. Gott sei Dank, dass Sie es getan haben!«

»Hinzu kommt«, fuhr Derek fort, »dass jetzt alle finanziellen Angelegenheiten seiner früheren Mandanten überprüft werden. Ich könnte mir vorstellen, dass das auch Sie einschließt, Clarissa.«

»Jedenfalls wissen wir nun, wie er es sich leisten konnte, Shillingbury Grange zu kaufen«, sagte Clarissa grimmig bei der Erinnerung daran, wie schrecklich selbstgefällig Arthur zur Zeit des Verkaufs gewesen war. »Er hat mir einmal erzählt, er hätte von einer Tante etwas Geld geerbt, vielleicht war das ja auch gelogen.«

»Der Kerl hatte wahrscheinlich keinen einzigen ehrlichen Gedanken im Kopf«, schimpfte Mrs Cook. »Außerdem waren Sie als wohlhabende Frau wohl eine Zielscheibe wie keine andere für ihn. Eine andere Frau in Ihrer Lage, erst kürzlich verwitwet und schwanger, hätte seine Aufmerksamkeiten vielleicht begrüßt. Aber Gott sei Dank waren Sie klüger. Sonst hätte er Sie auch bestohlen.«

Später am Abend, nachdem Lily und Derek sich verabschiedet hatten, um auch noch Jimmy zu besuchen, und Nicholas im Bett war, gab Clarissa Mrs Cook den Brief von Eva Neumann.

Als sie ihn gelesen hatte, nahm die Köchin ihre Brille ab,

putzte sich die Nase und wischte sich über die Augen. »Diese armen, armen Jungen«, sagte sie leise. »Als hätten sie nicht schon genug gelitten in ihrem jungen Leben.«

Clarissa erzählte ihr auch von dem Brief, den sie geschrieben, dann aber an diesem Morgen weggeworfen hatte. »Ich schäme mich, wenn ich bedenke, was ich da geschrieben hatte. Und ich weiß, dass es egoistisch ist, doch ich kann nicht umhin, mir Sorgen darüber zu machen, wie viel mehr mir noch genommen werden wird. Mir kommt es so vor, als wäre es mir bestimmt, jeden Menschen, den ich liebe, zu verlieren. Vorhin gab ich Nicholas einen Gutenachtkuss, und auf einmal …«

»Nein!«, unterbrach Mrs Cook sie entschieden. »So dürfen Sie nicht denken. Niemals! Nicholas wird zu einem wunderbaren jungen Mann heranwachsen, und er wird an Ihrer Seite sein, wenn Sie eine sehr alte Dame sind.«

»Ich kann nur hoffen, dass Sie recht behalten.«

Kapitel Achtundfünfzig

Als Mrs Dallimore sich danach in Schweigen hüllte, wandte Lizzie sich ihr zu und bat in sehr behutsamem Ton: »Bitte sagen Sie mir, dass Mrs Cook recht hatte.«

»Fast, Lizzie. Nicholas wuchs zu dem besten Sohn heran, den eine Mutter sich nur wünschen kann. Natürlich neigte ich dazu, überfürsorglich mit ihm zu sein, aber angesichts all derer, die ich schon verloren hatte, möchte ich die Mutter sehen, die es nicht gewesen wäre.«

»Wenn meine Mutter an Ihrer Stelle gewesen wäre, hätte sie meinen Bruder und mich keine Sekunde aus den Augen gelassen«, stimmte Lizzie zu.

»Das war auch meine natürliche Tendenz, doch ich musste mich irgendwann zurückziehen und ihn loslassen. Er war so ein glänzender Schüler, dass er mühelos einen Studienplatz in Cambridge erhielt und schließlich zu dem Chirurgen wurde, der er schon immer hatte werden wollen.« Sie lächelte wehmütig. »Als Heranwachsender wurde er in der Schule wegen seiner gepflegten kleinen Hände geneckt, aber das machte ihm nichts aus. Er tat die Kommentare mit einem Lachen ab und sagte nur, niemand wolle einen tollpatschigen Chirurgen mit großen, ungeschickten Händen.«

»Hat er geheiratet und eine Familie gegründet?«

Mrs Dallimore nickte. »Er heiratete, als er schon über dreißig war, doch leider hielt die Ehe nicht.« Sie schwenkte leicht die Hand. »Es war weder seine Schuld noch die seiner Frau, sondern einfach nur so, dass beider Leben sich in zwei verschiedene Richtungen bewegt hatte. Deswegen taten sie das Vernünftigste und ließen sich scheiden. Pam heiratete einige Jahre später wieder, doch Nicholas fühlte sich nirgendwo mehr richtig heimisch. Ihn packte das Fernweh, und er entwickelte das Bedürfnis, seine Schwingen auszubreiten. London genügte ihm nicht mehr. Dann – um den Kreis zu schließen, könnte man sagen – nahm er eine Stellung an, die ihm von dem namhaften Universitätsklinikum in Boston angeboten worden war, und ging nach Amerika, um dort zu leben.«

»Haben Sie ihn dort besucht?«, fragte Lizzie. »Es muss ein komisches Gefühl gewesen sein, nach all den Jahren, die Sie in England verbracht hatten, nach Amerika zurückzukehren.«

»Ich habe ihn nie besucht, weil es mich kein bisschen reizte, an einen Ort zurückzukehren, den ich einst so unbedingt hatte verlassen wollen. Für mein Empfinden war dieses Kapitel in meinem Leben abgeschlossen, und ich wollte es nicht nochmals lesen. Außerdem kam Nicholas so regelmäßig zu Besuch zu mir, weil er oft zu Ärztekongressen nach London fliegen musste, dass ich nie das Bedürfnis hatte, die Reise selbst zu unternehmen. Abgesehen davon war ich auch sehr beschäftigt mit der Leitung meiner Schule.«

Lizzie riss verblüfft die Augen auf. »*Ihrer* Schule? Sie hatten eine eigene Schule?«

Die alte Dame lachte leise. »Oh ja! Ich war zu einer richtigen Lehrerin geworden. Als Colonel Brook starb und sein Haus und Grund verkauft werden sollten, kaufte ich beides und eröffnete eine Privatschule, die ich Shillingbury House School nannte. Ich richtete eine Stiftung ein, um einer breiten Auswahl von Kindern aus Familien, die das Schulgeld nicht aufbringen konnten, Stipendien zu verschaffen. Das war mir ein sehr wichtiges Anliegen.« Nach einer längeren Pause fuhr sie fort: »Nur äußerst widerstrebend übergab ich die Zügel meiner Nachfolgerin, als ich in das Alter kam, in den Ruhestand zu gehen. Aber ich musste akzeptieren, dass es für mich Zeit wurde, mich zurückzuziehen und einer Jüngeren meine Aufgabe zu überlassen, die, ehrlich gesagt, ohnehin zu viel für mich geworden war. Deshalb verließ ich dann auch Shillingbury. Weil ich einen Tapetenwechsel brauchte, zog ich nach Long Melford. Und dort habe ich gelebt, bis ich hierherkam.«

»Existiert die Schule noch?«

»Leider nicht. Shillingbury House ist heute ein exklusives Hotel.«

»Ich wette, dass Sie eine wunderbare, wirklich inspirierende Lehrerin für Ihre Schüler waren«, sagte Lizzie.

»Das weiß ich nicht, doch ich glaube, dass meine Leistungen, falls ich sie so nennen darf, auf etwas so Simplem wie dem Wunsch basierten, die Kinder, die Ermutigung und Unterstützung brauchten, unter meine Fittiche zu nehmen und zu fördern. Für Sie klingt das wahrscheinlich sehr abgedroschen und selbstgerecht, könnte ich mir vorstellen.«

»Ganz und gar nicht. Es ist schade, dass nicht mehr von uns das Gleiche von sich behaupten können. Mich mit eingeschlossen!« Dann merkte Lizzie, dass sie vom Thema abwichen, und sagte schnell: »Und wie ist es Nicholas ergangen? Lebt er noch immer in Amerika? Kann er Sie deshalb nicht besuchen?«

Die alte Dame schüttelte langsam den Kopf. »Mein geliebter Nicholas starb bei einem Tauchunfall, als er auf den Cayman Islands Urlaub machte. Das war kurz vor seinem fünfzigsten Geburtstag und nicht lange, nachdem er nach London zurückgekehrt war, um zu bleiben.« Ihre ohnehin schon schwache Stimme wurde zu einem Flüstern. »Nicholas hatte ohne ersichtlichen Grund einen Herzstillstand erlitten. Er wurde bewusstlos aus dem Wasser gezogen und starb, bevor er ins Krankenhaus gebracht werden konnte. Ich werde immer dankbar dafür sein, dass er solch ein schnelles Ende fand und keine schwere und langwierige Krankheit durchstehen musste. Er hätte es gehasst, *ein halbes Leben,* wie er es nannte, gelebt zu haben, weil er immerzu etwas tun musste, sowohl körperlich als auch geistig. Seine Freunde sagten, er stünde nur dann je still, wenn er im OP sei und operierte.«

»Das tut mir schrecklich leid«, erwiderte Lizzie ehrlich betroffen. »Sie haben sehr viele geliebte Menschen verloren, nicht wahr?«

»Ich habe sie alle überlebt«, murmelte die alte Dame und starrte in die Ferne. »Jeden Einzelnen von ihnen. Aber bald … sehr bald werde auch ich nicht mehr da sein.«

»Sagen Sie so was bitte nicht!«

Sie richtete den Blick wieder auf Lizzie. »Mein liebes Kind, man darf die Augen vor der Wahrheit nicht verschließen. Die Uhr tickt, und ich habe jetzt auch das Gefühl, dass ich bereit bin abzutreten. Das hatte ich vorher nicht. Doch nun bin ich so weit.«

Lizzie hatte Mühe, etwas zu erwidern. »Ich glaube, Sie sind der außergewöhnlichste Mensch, den ich kenne. Ich weiß nicht, ob ich auch nur die Hälfte Ihrer Belastbarkeit besäße, wenn mir passieren würde, was Sie durchgemacht haben.«

»Unsinn. Bedenken Sie doch nur, wie Sie diesen Sommer mit allem fertiggeworden sind, was Ihnen widerfahren ist! Eine weniger mutige Person wäre vielleicht daran zerbrochen, aber nicht Sie. Sie wollten nicht nach Woodside kommen und hier arbeiten, und trotzdem haben Sie es getan, und das dann auch noch sehr erfolgreich.«

Lizzie lächelte. »Erinnern Sie sich daran, wie ich Sie fast aus Ihrem Rollstuhl hinauskatapultiert hätte?«

Mrs Dallimore lächelte auch. »Wie könnte ich das vergessen? Das gab mir etwas zu lachen, kann ich Ihnen sagen.«

Bei dem Gedanken an all die Menschen, die in Mrs Dallimores Leben gekommen und gegangen waren, und daran, wie sehr sie sie offensichtlich alle ins Herz geschlossen hatte, sagte Lizzie: »War ich auch jemand, den Sie unter Ihre Fittiche nehmen und fördern wollten?«

Die alte Dame sah sie mit unbewegter Miene an. »Was glauben Sie?«

Kapitel Neunundfünfzig

Ingrid nahm die veränderte Atmosphäre in Keeper's Nook auf Anhieb wahr.

Alle waren unnatürlich fröhlich, und besonders Lizzie verhielt sich ganz anders als gewöhnlich. Seit wann äußerte sich ihre Schwägerin zu ihrer Garderobe oder fragte sie, wo sie ihre Schuhe gekauft hatte? Der verräterischste Hinweis war für Ingrid, dass Lizzie sie um Hilfe bei der Zubereitung der Salate bat und ihre Mutter mit einem Glas Wein in den Garten hinausschickte. Lizzie, die sich in der Küche nützlich machte? Was hatte das alles zu bedeuten? In der Zwischenzeit scharwenzelten Tom und Luke mit einem Bier in der Hand um den gasbetriebenen Grill herum.

Während Ingrid an der Spüle in der Küche stand, um sich vor dem Kochen die Hände zu waschen, beobachtete sie durch das Fenster Freddie. Der Junge saß im Planschbecken, spielte mit einem Teegeschirr aus Plastik und schenkte eifrig Tee in Minitassen ein. Hin und wieder stand er auf, um Tess eine zu bringen, die sehr glaubwürdig vorgab, mit großem Genuss den Tee zu trinken. Auf einem der wenigen Fotos, die Ingrid aus ihrer eigenen Kindheit hatte, trug sie einen grässlichen, mit Rüschen besetzten pinkfarbenen Badeanzug und spielte mehr oder weniger das gleiche Spiel. Nur spielten ihre Mutter und ihr Stiefvater auf dem Foto nicht mit, sondern ignorierten sie vollkommen. Die Erwachsenen waren so sehr miteinander beschäftigt, dass Ingrid genauso gut auch gar nicht hätte da sein können. Sie hatte keine Ahnung, wer dieses Foto aufgenommen hatte, aber es fing mehr oder weniger ihre ganze Kindheit ein. Dieses Gefühl der Einsamkeit wurde irgendwann so sehr zur Normalität, dass es ihr Antrieb wurde und ihr eine Kraft und Unabhängigkeit verlieh, die sie nie wieder aufgeben wollte. Sie hatte sich immer glücklich geschätzt, dass Luke klug genug war, sie nicht zu bedrängen oder zu versuchen, sie zu ändern.

Bis jetzt.

Sosehr sie auch wünschte, so tun zu können, als bildete sie es sich nur ein, kam sie doch nicht um die Tatsache herum, dass es gerade in letzter Zeit Reibereien zwischen ihnen gegeben hatte. Und natürlich war ihr auch bewusst, dass sie oft das Falsche sagte – beziehungsweise nicht *das*, was Luke gerade hören wollte.

»Na, dann wollen wir mal anfangen«, meinte Lizzie und starrte hilflos die Fülle von Zutaten auf der Arbeitsfläche an. »Was sollen wir bloß mit alldem anfangen?«, fragte sie und klang dabei so irritierend gut gelaunt wie die jungen Kindergärtnerinnen in Freddies Kita, die immer gnadenlos beschwingt und fröhlich waren. Paradoxerweise würde diese Fröhlichkeit wie ein willkommener Balsam für sie sein, wenn die Kindertagesstätte in acht Tagen wieder eröffnete. Am Vortag hatten sie eine E-Mail erhalten, in der ihnen mitgeteilt worden war, dass der Wasserschaden bald behoben sein würde. Ingrid sehnte sich danach, ihre alte Routine wiederaufzunehmen; sie vermisste es, Freddie abends bei sich zu Hause zu haben, ihn zu baden und ihm dann etwas vorzulesen.

Nach einem Blick auf den Berg von Gemüse sagte sie: »Ich werde einen Salat aus Wassermelonen und frischer Minze zubereiten. Reichst du mir bitte dieses Päckchen Feta an?«

»Wie clever du bist!«, sagte Lizzie. »Auf diese Idee wäre ich nie gekommen. Ich werde ein paar Gurken und Tomaten aufschneiden und sie dann einfach mit dieser Tüte Kopfsalat in eine Schüssel geben. Was meinst du?«

»Warum nicht?«, erwiderte Ingrid ruhig.

Am Samstag, nachdem Luke mit seinen Eltern telefoniert hatte, um sie über die Wiedereröffnung der Kindertagesstätte zu unterrichten, hatte er Ingrid von ihrer Idee erzählt, ein Familien-Barbecue zu veranstalten, um Lizzies neue Anstellung zu feiern. Ingrids erster Gedanke war gewesen, ihre Arbeit als Vorwand zu benutzen und Luke allein mit Freddie hinzuschicken, wenn er den Kleinen für die nächste Woche – die seine letzte bei seinen Großeltern war – zu ihnen brachte. Aber Luke hatte sein Veto gegen ihren Vorschlag eingelegt, bevor sie ihn auch nur richtig hatte äußern können. »Ich habe Dad versprochen, dass wir alle kommen«, hatte er gesagt.

Zunächst hatte sie sich dagegen gesträubt. »Das war eigenmächtig von dir. Du hättest mich vorher fragen können«, hatte sie erwidert.

»Und was hättest du gesagt, wenn ich gefragt hätte?«

Seinem Gesichtsausdruck hatte sie entnommen, dass es leichtsinnig wäre, ihm eine ehrliche Antwort zu geben, und daher hatte sie ihn beschwindelt und nur gesagt, es wäre nett gewesen, in das Gespräch darüber miteinbezogen zu werden. Dann, um das Gesagte noch zu unterstreichen, war sie an diesem Morgen besonders früh aufgestanden, um die Arbeit zu erledigen, die sie eigentlich zu einer zivilisierteren Zeit hatte tun wollen. Sehr zu ihrem Ärger hatte sie den Tag jedoch nicht mit einem Gefühl von lobenswerter Energie begonnen, sondern war geknickt gewesen und sich gemein und kleinlich vorgekommen, besonders als Freddie darauf bestanden hatte, dass sie mit ihm spielte. Diesmal ließ er sich weder mit einem Spiel mit Daddy noch mit einer Folge seiner Lieblingszeichentrickserie *Peppa Pig* abspeisen. »Mummy spielen«, hatte er verlangt und versucht, sie am Arm von ihrem Laptop wegzuziehen. »Mummy *und* Daddy«, hatte er strahlend gesagt, als alle drei auf dem Boden knieten und die Spielzeugeisenbahn zusammensetzten.

Da die Erinnerung an die nicht stark ausgeprägte Fürsorglichkeit ihrer eigenen Mutter nie sehr weit entfernt war, hatte Ingrid sich alle Mühe gegeben, Freddie zu unterhalten. Ihr Sohn sollte nicht mit dem Gedanken aufwachsen, dass er seiner Mutter gleichgültig war. Was immer sonst er von ihr denken mochte, er sollte niemals glauben, dass ihr nichts an ihm lag.

»*Verdammt!*«, entfuhr es ihr plötzlich. Sie war so in Gedanken vertieft gewesen, dass sie sich beim Würfeln der Wassermelone in den Finger geschnitten hatte.

»Bist du okay?«, fragte Lizzie und kam zu ihr herüber.

»Es ist nichts«, sagte Ingrid verstimmt. »Ich war nur unvorsichtig.«

Lizzie verzog das Gesicht. »Das ist mehr als ›nichts‹.« Sie riss etwas Papier von der Küchenrolle ab und wickelte es um Ingrids Finger. »Bleib hier, dann hole ich schnell die Pflaster.«

Ingrid wünschte, Lizzie würde aufhören, so einen Wirbel zu machen, doch dann erschrak sie, als sie sah, wie schnell sich das Papier um ihren Finger rot färbte.

»Da sind sie schon.« Lizzie zückte eine Schachtel Pflaster. Sie zog ein paar heraus und legte sie auf die Arbeitsfläche. »Pu der Bär! Das waren als Kind immer meine Lieblingspflaster. Komisch, dass du es warst, die sich geschnitten hat, normalerweise ist das nämlich mein Ding.«

»Ich war nicht bei der Sache. Das hier müsste reichen«, sagte Ingrid, die Lizzie nicht zutraute, die richtige Pflastergröße auszusuchen.

»Welche war deine?«

»Pardon?«

»Welche war deine Lieblingsfigur auf den Pflastern?«

»Ich hatte keine.«

»Warst du ein Fan von Beatrix Potter? Oder hast du Wickie lieber gemocht?«

»Weder noch. *Pippi Langstrumpf* war schon eher meine Lektüre. Das war der schwedische Einfluss, denke ich.«

»Oh ja, natürlich. Ich war so vernarrt in Pippi, als ich sieben war, dass ich mir von Mum die Haare zu Pippi-Langstrumpf-Zöpfen flechten ließ. Dazu musste Mum in jeder Strähne einen dicken Draht mitflechten.«

Eine Erinnerung, an die Ingrid sehr lange nicht mehr gedacht hatte, schoss ihr durch den Kopf. »Ich habe mir immer selbst das Haar geflochten und dann Pfeifenputzer so in die Zöpfe hineingesteckt, dass sie daraus hervorstanden.«

»Genial! Warum bin ich nicht darauf gekommen?«

Ingrid lächelte plötzlich, als sie wieder vor sich sah, wie sie an ihrem kleinen Frisiertisch in ihrem Schlafzimmer gestanden und sich in eine blonde Version von Pippi Langstrumpf verwandelt hatte – und natürlich nicht, ohne sich dabei vorzustellen, dass auch sie Pippis Superkräfte hatte.

»So, das war's.«

Ihre Wunde am Finger war schon fast vergessen, als Ingrid sich das Pflaster ansah, das sehr viel akkurater angebracht war, als sie erwartet hatte. »Danke«, sagte sie und griff wieder nach dem Messer, das sie vorher benutzt hatte. Sie reinigte es gründlich und wollte sich gerade wieder daranmachen, den

Rest der Melone aufzuschneiden, als Lizzie ihr ein Glas Weißwein reichte. »Ich sollte mich besser mit Alkohol zurückhalten, weil ich später bestimmt wieder fahren muss«, sagte Ingrid.

»Hättest du lieber etwas Alkoholfreies?«

»Nein, Weißwein ist okay. Ich werde ihn einfach langsam trinken, damit das Glas nicht so schnell leer ist. Danke.«

Ein weiteres Beispiel für die *Nettigkeit*, mit der ich heute behandelt werde, dachte Ingrid. Wann war ich eigentlich je mit Lizzie allein im selben Raum? Als sie jetzt die Minze für den Salat klein hackte, kam ihr der Gedanke, dass die momentane Situation ihr vielleicht deshalb so fremd war, weil Lizzie und sie sich vermutlich immer die größte Mühe gegeben hatten, einander aus dem Weg zu gehen. In dem anhaltenden Schweigen, das nun folgte, glaubte sie, sich zumindest nach Lizzies neuer Arbeitsstelle erkundigen zu müssen.

»Und wie willst du nach Bury hin- und wieder zurückkommen?«, fragte sie, nachdem Lizzie ihr ausführlich von ihrem neuen Job erzählt hatte, den sie in zwei Wochen bei Skylark Radio antreten würde.

»Mum sagte, ich könnte mir ihren Wagen ausleihen, was natürlich superpraktisch wäre, weil ich sonst den Bus nehmen müsste. Eine andere Möglichkeit wäre eine WG. Jemand bei Skylark Radio sucht eine Mitbewohnerin für eine Wohnung direkt im Stadtzentrum, und ich werde mich noch genauer erkundigen, um zu sehen, ob sie etwas für mich wäre.«

»Das klingt, als hättest du schon alles gut organisiert.«

»Das ist mein neues Ich.«

War das Unvorstellbare endlich eingetreten und Lizzie erwachsen geworden?

Ein weiteres Schweigen folgte.

»Ingrid?«

In der Annahme, dass Lizzie ihr eine Frage zu den Salaten stellen würde, die sie anrichteten, erwiderte Ingrid geistesabwesend: »Ja?«

»Es war ein seltsamer Sommer, nicht?«

Ingrid wandte sich ihrer Schwägerin zu, um sie anzusehen. »Inwiefern?«

»Nun ja, wir sind alle in eine Situation geraten, die keiner von uns kommen sah. Dass ich wieder heimkehrte, nachdem ich meinen Job verloren hatte, und Freddie die Woche über hier bei Mum und Dad blieb, hat alles ein bisschen auf den Kopf gestellt, nicht wahr?«

Jeder mit nur einem Fünkchen Verstand hätte das Ende von Lizzies Verhältnis mit ihrem verheirateten Chef vorhersehen können, dachte Ingrid, doch das sprach sie natürlich nicht aus. »Bald wird alles wieder ganz normal sein«, sagte sie.

»Vielleicht ist das aber gar nicht gut.«

Ingrid runzelte die Stirn. »Wie meinst du das?«

»Ich denke nur, dass einige Dinge sich vielleicht besser ändern sollten. Oder, genauer gesagt, sich ändern *müssten.* Wie … wie die Tatsache, dass wir beide uns nie wirklich verstanden haben.«

Ingrid widmete ihre Aufmerksamkeit wieder der Minze und fügte sie zu der Melone hinzu. »Ich weiß nicht, was du meinst«, erwiderte sie vorsichtig. »Natürlich verstehen wir uns. Du bist meine Schwägerin, vergiss das nicht.«

»Ich verstehe schon, Ingrid. Wirklich«, fuhr Lizzie in unbeschwertem Ton fort. »Ich muss die lästigste Person auf dem Planeten für dich sein. Ich bin überall, vermassele ständig alles und verstehe auch immer alles falsch. Du dagegen verstehst alles auf Anhieb richtig. Du hast stets gewusst, was du tust, und hattest einen Plan. Ich habe einen gewaltigen Respekt vor dir, weil du so tüchtig und kompetent bist, dass du Superwoman wie eine totale Versagerin dastehen lässt.«

Ingrid hielt in ihrer Beschäftigung inne und sah Lizzie an. »Siehst du mich tatsächlich so?«

»Mehr oder weniger. Aber ich habe recht damit, dass ich dich mit meiner Inkompetenz auf die Palme bringe, nicht?«

Die Direktheit von Lizzies Frage war entnervend, doch Ingrid konnte nicht anders, als das Mädchen auch für seine schonungslose Offenheit zu respektieren. »Inkompetenz bringt mich grundsätzlich auf die Palme«, gab sie vorsichtig zurück. »Aber das war schon immer so bei mir.«

»Dann ist es also nichts Persönliches? Oder nerve ich dich noch mehr als die meisten anderen?«

»Lizzie«, entgegnete sie verwirrt und fragte sich, warum ihre Schwägerin das Thema so hartnäckig verfolgte, »was bezweckst du eigentlich mit deinen Fragen?«

Lizzie sah ihr fest in die Augen – was Ingrid zu Bewusstsein brachte, dass sogar der Blickkontakt zwischen ihnen etwas sehr Seltenes war. »Ich möchte nur, dass wir Freundinnen werden«, sagte Lizzie. »Falls dir das nicht zu peinlich und bedürftig klingt. Glaubst du, dass das jemals möglich wäre, und wenn auch nur Luke und Freddie zuliebe?«

»Wie kommst du auf all das?«, erwiderte Ingrid ausweichend. Wenn sie vorher schon geargwöhnt hatte, dass Lukes Familie sich merkwürdig verhielt, brachte ihr dieses Gespräch die letzte Bestätigung. Die Einladung zum Barbecue musste von vorne bis hinten ein abgekartetes Spiel gewesen sein. Aber warum? Es sei denn, Luke hatte bei seiner Schwester und seinen Eltern aus dem Nähkästchen geplaudert – doch was genau konnte er ihnen gesagt haben? Oh, sie hätte nicht zustimmen sollen, ihn hierher zu begleiten! Sie hätte Lukes Beharren darauf ignorieren und zu Hause bleiben und arbeiten sollen!

»Luke scheint seit einiger Zeit nicht mehr der Alte zu sein«, bemerkte Lizzie, »und wahrscheinlich führe ich deshalb dieses Gespräch mit dir. Und bevor du voreilige Schlüsse ziehst: Er hatte keine Ahnung, dass ich vorhatte, allein mit dir zu reden. Wenn du jemandem die Schuld daran geben willst, dass ich dich gewissermaßen in die Mangel genommen habe, dann gib sie mir, nicht Luke.«

Ingrid griff nach ihrem Glas und nahm einen großen Schluck Wein. »Du bist sehr fürsorglich deinem Bruder gegenüber, nicht?«

»Wie er mir gegenüber. So sind wir eben.«

»Glaubst du nicht, dass dich das davon abhält, auf eigenen Beinen zu stehen und deine eigenen Kämpfe auszufechten?«

»Nein. Und ist es nicht schöner, zu wissen, dass jemand dich beschützt? Ist es nicht auch das, was du bei Freddie tust? Ich wette, dass es nichts gibt, was du für ihn nicht tun würdest.«

Ingrid wandte sich ab, um aus dem Fenster zu schauen. Im Garten ging Freddie gerade splitterfasernackt mit einer Plastiktasse Wasser in der einen Hand und der Teekanne in der anderen vorsichtig über den Rasen zu seinem Vater hinüber. Sie sah zu, wie Luke sich bückte und ihm die Tasse abnahm. Das strahlende Lächeln ihres Sohnes versetzte ihr einen Stich ins Herz. Sie sah ihn in die ausgebreiteten Arme seiner Großmutter zurücklaufen und auf seine drollige Art auf den Zehen auf- und abhüpfen, wie er es so häufig tat. Als sie Tess' liebevollen Gesichtsausdruck und Freddies unübersehbare Zuneigung zu ihr sah, musste Ingrid gegen ein schmerzliches Gefühl ankämpfen, das sich in ihr aufbaute.

Es war ein vertrauter Schmerz, mit dem sie ständig zu

kämpfen hatte, um ihn in Schach zu halten. Es war immer noch der alte Schmerz über die Zurückweisung in ihrer Kindheit und alles, was ihr damals entgangen war. Vor vielen Jahren schon hatte sie sich anerzogen, dieses Gefühl als Feind zu betrachten – als einen Feind, vor dem sie ständig auf der Hut sein musste. Nur deshalb hatte sie sich nie wirklich erlaubt, sich anderen allzu sehr zu öffnen, aus Angst, dass es zu Zurückweisung führen könnte. Indem sie sich selbst die Rolle der Außenseiterin zuwies und sich hinter einer unsichtbaren Barrikade verschanzte, konnte sie es vermeiden, verletzt zu werden. Und nun kam dieses verflixte Mädchen daher und demontierte diese schützende Barrikade.

Oder vielmehr war es Freddie, der es tat – Freddie, ihr geliebter Sohn, für den sie alles, wirklich alles tun würde. Was das anging, hatte Lizzie recht. Zu ihrem Ärger brannten Tränen hinter ihren Lidern, und dann forderte der ewige Kampf, Haltung zu bewahren, plötzlich seinen Tribut von ihr. Ingrid stellte das Glas ab, das sie in der Hand hielt, und kämpfte umso verzweifelter gegen die Tränen an. Sie würde Lizzie nicht diese andere Seite ihrer selbst sehen lassen, diese unerträgliche Schwäche, die fast nicht zu verkraften war. Zorn, dachte sie verzweifelt und schlug im Geiste um sich, um einen Rettungsring zu finden. Zorn war ihre letzte Rettung, da nur er ihr die Kraft gab, alles zu bewältigen.

Aber mit diesem Gedanken kam auch die ungebetene Erinnerung an die anderen Mädchen in ihrer ersten Woche im Internat, die sich alle gegen sie zusammengeschlossen hatten. Sie war zwölf Jahre alt gewesen damals, und sie hatten sich zu einer regelrechten Gang zusammengetan, um sie in ihre Schranken zu verweisen und für immer als die »Eiskönigin« zu brandmarken. Jeden Tag fanden sie einen Weg, sie zu bedrängen und ihr klarzumachen, dass sie in ihrer Clique nie willkommen sein würde. Doch was immer sie auch taten, Ingrid gab ihnen nicht die Genugtuung, Schwäche zu zeigen. Kein einziges Mal weinte sie, weder vor ihnen noch im stillen Kämmerlein.

Eines Tages, nachdem sie eine tote Ratte in ihrem Bett gefunden hatte, hatte sie jedoch genug, setzte sich zur Wehr und entfesselte in ihrer wilden Wut einen regelrechten Vulkanausbruch. Sie schnappte sich die Anführerin, und in einem Anfall instinktiver und außerordentlich befriedigender Aggression verpasste sie dem Mädchen einen Kopfstoß und brach ihr dabei die Nase. Sehr zum Entsetzen ihrer Mutter – die sich vor allem über die Unannehmlichkeit ärgerte, Ingrid zu Hause zu haben – wurde sie für zwei Wochen von der Schule suspendiert. Ihre Mutter setzte sie dann unter Druck, dem Mädchen, dem sie die Nase gebrochen hatte, einen Entschuldigungsbrief zu schreiben. Bei ihrer Rückkehr ins Internat wurde sie gezwungen, diesen Brief vor den versammelten Lehrern und Schülerinnen vorzulesen. Es war die erniedrigendste Erfahrung ihres Lebens, und Ingrid schwor sich, nie wieder die Kontrolle zu verlieren oder sich so ungerecht behandeln zu lassen. Darüber hinaus versprach sie sich, keiner Menschenseele zu erzählen, was sie getan hatte oder wozu sie fähig war, wenn sie zu weit getrieben wurde.

Sich stets unter Kontrolle zu haben und ihr Leben so zu führen, dass keine Gefahr bestand, sie je wieder zu verlieren, war fortan von größter Wichtigkeit für sie. Auf Distanz zu ihrer Mutter und ihrem Stiefvater zu gehen war ein weiteres Mittel, um die Person zu schützen, zu der sie inzwischen geworden war. Sich nicht mehr an das erinnern, was vorher war. Und dann war Luke so freundlich, liebevoll und unbeschwert dahergekommen. Sich in ihn zu verlieben machte es sogar noch wichtiger für sie, die Fassade aufrechtzuerhalten, hinter der sie ihr wahres Ich verbarg.

Und als sie sich nun wieder an diesen beschämenden Vorfall in ihrer Kindheit erinnerte, ballte sie ganz fest die Hände zu Fäusten, um sich in ihrem Vorsatz zu bestärken, nicht zu weinen. Aber die Tränen ließen sich nicht mehr zurückhalten. Noch schlimmer war, dass sie Lizzie mitfühlende Worte sagen hörte, und um ihr Elend noch zu vergrößern, reichte das verflixte Mädchen ihr jetzt auch noch eine Schachtel Papiertücher. Die Geste rief etwas in ihr hervor, was Ingrid nur als heulendes Elend bezeichnen konnte.

Die Arme um Ingrid geschlungen, saß Luke in einem regelrechten Schockzustand auf dem Bett seiner Schwester.

Als Lizzie in den Garten hinausgekommen war, um ihm leise zu sagen, dass Ingrid ihn brauchte, hatte er angenommen, sie schützte nur Kopfweh oder irgendein anderes Wehwehchen vor, um heimfahren zu können. Dass dies sein erster Gedanke gewesen war, beschämte ihn jetzt zutiefst.

»Es ist alles meine Schuld«, hatte Lizzie gesagt. »Ich muss irgendeine Bemerkung gemacht haben, die Ingrid aufgeregt hat. Nun ist sie oben und weint.«

Verblüfft war er die Treppe zum Zimmer seiner Schwester hinaufgestürmt. Er hatte Ingrid noch nie weinen sehen, und deshalb war der Anblick ihres verweinten, verquollenen Gesichts wie ein harter, körperlicher Schlag für ihn. Sie schluchzte sogar so heftig, dass sie eine Weile gebraucht hatte, um sprechen zu können. Doch als dann die Worte nur so aus ihr herausgesprudelt waren, hatte er ihr schweigend zugehört. Er hatte gespürt, dass sie dies alles dringend loswerden musste.

Als sie schließlich schwieg, legte er den Kopf zurück, um ihr in die Augen zu sehen und sie zu beruhigen – was machte es schon, dass sie einem Mädchen die Nase gebrochen hatte? Doch bevor er noch mehr hinzufügen konnte, sagte Ingrid: »Du siehst also, dass ich nicht der Mensch bin, für den du mich gehalten hast. Ich habe dich die ganze Zeit getäuscht.«

»Das stimmt nicht«, widersprach Luke. »Wir alle bringen es fertig, jemanden zu vermöbeln, wenn wir dazu getrieben werden. Denkst du auch nur für eine Sekunde, ich liebte dich weniger wegen etwas, das dir als Kind passiert ist? Kannst du das wirklich glauben?«

»Ich würde es dir nicht verübeln, wenn es so wäre. Ich habe immer befürchtet, dass du eines Tages mein wahres Ich entdecken würdest. Meine Mutter hat mir einmal vorgeworfen, ich sei kein liebenswerter Mensch, sondern viel zu abgeklärt und distanziert.«

»Deine Mutter spinnt«, antwortete Luke entschieden. »Und sie hat verdammt viel zu verantworten, wenn du meine Meinung hören willst.«

Ingrid putzte sich die Nase und warf das Taschentuch in den Papierkorb. »Wie konntest du dich je in mich verlieben?«

Luke lächelte und strich ihr sanft das Haar aus dem Gesicht. »Das war das Einfachste der Welt. Und wenn du die Wahrheit wissen willst – ich liebe dich sogar noch mehr, nach dem, was du mir erzählt hast.«

»Warum? Das ergibt doch keinen Sinn.«

»Liebe ergibt nie einen Sinn. Und sie ist auch nicht an Bedingungen gebunden. Nicht die wahre Liebe. Und ich weiß, dass es für dich vielleicht schwer zu glauben ist, aber auch meine Familie liebt und respektiert dich. Sie haben immer nur gewollt, dass du dich wie ein Teil unserer Familie fühlst.«

»Ich denke, tief im Innern weiß ich das, doch ich habe mir nie erlaubt, daran zu glauben. Genauso wie ich mir manchmal Sorgen gemacht habe, dass es vielleicht ein Fehler von mir war, deiner Liebe zu mir zu vertrauen.«

»Und je mehr Mum und Dad versuchten, dir ihre Zuneigung zu zeigen, desto mehr hast du dich dagegen gewehrt – so war es doch, oder?«

Sie nickte. »Weil ich es für besser hielt, sie zurückzuweisen, als irgendwann ihre unvermeidliche Ablehnung zu riskieren.«

Er küsste sie. »Das wird nie geschehen, Ingrid. Genauso wenig wie Freddie und ich dich je ablehnen würden – uns wirst du nicht mehr los. Und was möchtest du jetzt tun? Hierbleiben oder nach Hause fahren? Mum und Dad werden es verstehen, wenn du jetzt lieber deine Ruhe hättest.«

»Nein, lass uns bitte hierbleiben.«

»Bist du sicher?«

Wieder nickte sie. In dem Moment bemerkte Luke das Pflaster an ihrem Finger. »Was hast du da gemacht?«

»Es ist nichts Schlimmes, nur ein Schnitt. Ich habe nicht aufgepasst. Es tut mir leid, dass ich eine solche Aufregung verursacht habe.«

Er umarmte sie. »Du hast nichts getan, was dir leidtun müsste. Wie wäre es, wenn ich heute Abend fahren würde, damit du dir ein paar Gläser Wein erlauben kannst?«

»Weißt du, es wäre viel leichter für mich, wenn du einfach nur ein bisschen weniger lieb zu mir sein könntest.«

»Ich werde mir die größte Mühe geben«, erwiderte er mit einem Lächeln.

Kapitel Sechzig

Der nächste Morgen brach mit einem klaren Himmel und beispielloser Stille an, die nur von dem wohltuenden Gesang der Vögel unterbrochen wurde. Es war kaum zu glauben, dass dieses herrliche Wetter anhalten könnte, aber eine Zeit lang schien es das tatsächlich vorzuhaben.

Unten war Tess in ihrer Nachtkleidung und mit ihrer ersten Tasse Tee des Tages auf dem Weg in den Garten, um den Tee im Sommerhäuschen zu trinken. Als sie die Türen öffnete, schlug ihr der leicht holzige Geruch entgegen, den sie stets mit ihrer Kindheit und ihrem Vater in Verbindung brachte, dem sie in dem Schuppen am Ende des Gartens oft Gesellschaft geleistet hatte. Seltsam, wie manche Dinge einem für immer in Erinnerung blieben! Wie die Erinnerungen an die Schulferien im Sommer, an diese scheinbar endlosen, unbekümmerten Sonnentage, an denen man das Gurren von Tauben und den Ruf eines Kuckucks hörte und oft ganze Nachmittage mit Erdbeerpflücken verbrachte. Oder an den Geschmack von dem Eis am Stiel aus dem Eiswagen mit seiner blechern klingenden altmodischen Musik, mit der der Eisverkäufer die Kinder herbeilockte wie der Rattenfänger von Hameln. Tess lächelte, als sie daran dachte, wie mühelos sie die langweiligen Regentage aus ihrem Gedächtnis gestrichen hatte, die es damals auch gegeben haben musste.

Was für ein machtvolles Instrument die Erinnerung doch

ist!, dachte sie, als ihr Ingrid in den Sinn kam. Was für eine schrecklich einsame Kindheit dieses Mädchen gehabt haben musste! Ihr Bedürfnis, immer Haltung zu bewahren, erklärte sehr viel an Ingrid, und Tess' aufrichtige Hoffnung war, dass ihre Schwiegertochter vielleicht jetzt, nachdem sie der ganzen Familie diese Schwäche offenbart hatte, ihre Liebe und Fürsorge endlich besser akzeptieren konnte.

Ein Glück, dass Luke wie sein Vater war und auch dessen Langmut besaß, denn nun, da Luke die ganze Geschichte kannte, würde er Ingrid dazu ermutigen können, zu glauben, dass sie so geliebt wurde, wie sie war. War das nicht die Basis einer jeden gesunden Beziehung, einander zu akzeptieren, wie man war? Du liebe Güte, dachte Tess, wenn ich all meine schlechten Angewohnheiten und Unsicherheiten vor Tom verbergen müsste, würde mir keine Zeit mehr bleiben, um irgendetwas anderes zu tun!

Als Tom ihr erzählt hatte, dass er Lizzie gebeten hatte, den Versuch zu unternehmen, unter vier Augen mit Ingrid zu sprechen, war Tess dagegen gewesen. Sie hatte gefürchtet, damit eine Katastrophe heraufzubeschwören, und in gewisser Weise hatte sie damit recht behalten. Die arme Ingrid hätte über alldem fast einen Zusammenbruch erlitten. Lizzie war untröstlich gewesen, durch das Vier-Augen-Gespräch mit ihrer Schwägerin ein solches Resultat erzielt zu haben. Aber Tess hatte ihr versichert, dass dies nur Ingrids gefährliche Unausgeglichenheit bewies. Wenn es schon zu diesem Zusammenbruch hatte kommen müssen, dann besser im Kreise derer, denen etwas an Ingrid lag.

Tess hatte ihrer Schwiegertochter und ihrem Sohn geraten, über Nacht zu bleiben, doch Luke hatte heimfahren wollen. Viel später, als Ingrid schlief, hatte er angerufen, um seine

Eltern zu beruhigen, dass alles in Ordnung war. Er hatte erleichtert geklungen. Nach dem, was Tom ihr anvertraut hatte, schien Luke sich Sorgen gemacht zu haben, dass ein viel größeres Problem ihre Ehe belastete.

Was für ein Nachmittag!, dachte Tess, und was für eine Art und Weise, die neue Woche zu beginnen – die Freddies letzte bei ihnen sein würde. Wie seltsam es sein würde, ihn nicht mehr ständig um sich zu haben. Aber wenn Freddie wieder in der Kindertagesstätte war, bedeutete das zumindest, dass sie wieder in der Lage sein würde, im Woodside-Seniorenheim auszuhelfen, worauf sie sich schon freute.

Sie trank in kleinen Schlucken ihren Tee und fragte sich, wie lange es dauern würde, bis Lizzie eine eigene Unterkunft gefunden hatte. Wenn das geschah, würde es in Keeper's Nook sehr still sein ohne Lizzie und den lieben kleinen Freddie.

Vielleicht nur bis zum nächsten Drama im Leben meiner Tochter, dachte Tess mit einem etwas schiefen Lächeln. Oder in Lukes Leben. Tom und sie durften nie wieder den gleichen Fehler machen wie bisher und Luke zu wenig Beachtung schenken, weil er ihnen nur so selten Probleme bereitete.

»Hallo, Oma!« Als sie die helle Kinderstimme hörte, blickte Tess auf und sah Lizzie mit Freddie in den Armen an der Hintertür stehen.

»Hallo, Freddie! Hallo, Lizzie!«, antwortete sie und erhob sich freudig. Es war an der Zeit, einen weiteren Tag in Angriff zu nehmen.

Kapitel Einundsechzig

Clarissa vergaß in zunehmendem Maße, welcher Wochentag es war, weil sie für sie alle ineinander verschwammen. Aber heute war Freitag, das wusste sie, Freitag und damit Lizzies letzter Tag in Woodside. Es kam ihr vor, als wäre es erst gestern gewesen, dass die junge Frau hier zu arbeiten begonnen hatte.

Wie Lizzie würde auch sie selbst sehr bald das Woodside-Seniorenheim verlassen. Ihre lieben alten Freunde und ihre Familie – ihre meistgeliebten Menschen auf der Welt – beschäftigten sie unentwegt, und sie sehnte sich danach, bei ihnen zu sein. Sie war lange genug von ihnen getrennt gewesen. Sie hatte Ellis gesagt, sie sei nun so weit, zu ihnen zu kommen. »Dann bist du also endlich zur Vernunft gekommen?«, hatte er sie heute in den frühen Morgenstunden gefragt.

Sie war von einem strahlend hellen Licht im Raum erwacht, und Sekunden später hatte ein mächtiger Donnerschlag ihr fast das Herz in der Brust zerspringen lassen. Im selben Moment war Ellis am Fenster erschienen. »Du hast schon immer dramatische Auftritte geliebt«, sagte sie zu ihm. »Du könntest sogar den Sensenmann persönlich übertreffen!«

Er hatte gelacht. »Das möchte ich doch hoffen.« Dann trat er an ihr Bett und blickte ungewöhnlich ernst auf sie herab. »Ich bin gekommen, um dich zu holen, das weißt du, nicht?«

»Gib mir noch einen Tag mehr«, hatte sie mit ihm zu handeln versucht.

Die Hände in den Hosentaschen, war er auf und ab gegangen und hatte wissen wollen, ob sie je aufhören würde zu zaudern. »Hast du nicht genug von diesem Leben, in dem dir die kleinsten Kleinigkeiten so viel Mühe bereiten?«, hatte er wissen wollen. »Wärst du nicht lieber bei uns und wieder jung, Clarissa?«

»Ich möchte mich von Lizzie verabschieden«, hatte sie entschieden erwidert. »Es ist ihr letzter Tag hier. Danach werde ich bereit sein, das verspreche ich dir.«

»Und du wirst dich an dein Versprechen halten.«

Durch das Fenster beobachtete Clarissa nun Jed, der sich den Garten ansah, bevor er mit seiner Schubkarre loszog, um mit der Arbeit zu beginnen.

Vorher hatte Clarissa es mit dem bisschen Kraft, das sie noch besaß, geschafft, die Terrassentüren zu öffnen, weil sie noch ein letztes Mal die kühle, würzige Nachmittagsluft atmen wollte, die nach Laub und feuchter Erde roch. Es war ein Geruch, der sie an ihre Kindheit, ihre Eltern und an Frankreich erinnerte, wo sie gelebt hatten. An eine Zeit, in der ihre Eltern am glücklichsten gewesen waren und das Leben sich noch um die einfachsten Vergnügen gedreht hatte – wie von ihrem Vater auf die Schultern gehoben zu werden, um eine Zitrone vom Baum zu pflücken, oder ihrer Mutter zu helfen, eine große Porzellanschüssel mit den ersten Kirschen des Sommers zu füllen. Oder wie sie sich alle drei mit einem Picknickkorb in ihr altes klappriges Auto gezwängt hatten und den Berg hinunter- und durch die Olivenhaine zur Küste gefahren waren. Wie anders ihr Leben vielleicht verlaufen wäre, wenn ihr Vater seine kleine Familie mit seiner Tätigkeit als Schriftsteller hätte ernähren können und sie in Südfrankreich hätten bleiben können. Dann wären sie nicht nach Boston zurückgekehrt, und er hätte nicht in der Bank seiner Familie arbeiten müssen – und er hätte sich nicht das Leben genommen und eine untröstliche Ehefrau und Tochter hinterlassen.

Andererseits, wenn nichts von alldem geschehen wäre, hätte Clarissa Amerika vielleicht niemals verlassen und ein neues Zuhause in England gefunden und das Leben geführt, das sie geliebt hatte. Es hätte keine *Belle Étoile*, keinen Artie, keinen Ellis, keine Effie und keine Betty, ja nicht einmal die grässliche Marjorie für sie gegeben. Sie hätte vielleicht nie ihre englischen Großeltern kennengelernt, und es hätte auch keinen William und ihren geliebten Nicholas gegeben, keinen Thomas, Walter, keine Lily oder Mrs Cook – und so viele andere, die dazu beigetragen hatten, ihr Leben so vollkommen zu machen.

Im Laufe ihrer langen Lebenszeit war Clarissa oft gefragt worden, ob sie irgendetwas anders gemacht hätte, wenn sie ihr Leben noch einmal ganz von vorn hätte beginnen können. Es war eine gute Frage, auf die sie jedoch nie eine wirklich zufriedenstellende Antwort gefunden hatte. Denn sosehr sie auch wünschte, sie hätte ihre Lieben nicht verloren, wusste sie doch, dass eine Einmischung nur zu einer weiteren Einmischung geführt hätte und der farbenfrohe und kunstvoll gewobene Bildteppich, der ihr Leben war, sich zerfasert hätte und nicht mehr wiederzuerkennen gewesen wäre. Außerdem war sie eher pragmatisch als sentimental – was wohl mit dem Alter kam – und konnte keinen Nutzen in hypothetischen Spekulationen sehen.

Sehr zu Clarissas Belustigung war Lizzie mit der Idee zu ihr gekommen, eine Spazierfahrt mit ihr zu unternehmen, damit sie ihr die Meilensteine ihres Lebens in Shillingbury zeigen konnte. Es war reizend von der jungen Frau, daran zu denken. Doch Clarissa war viel zu erschöpft, um sich in ein Auto verfrachten und durch die Gegend kutschieren zu lassen, um zu sehen, was sie hinter sich zurückgelassen hatte.

Draußen im Garten hatte Jed inzwischen begonnen, das Blumenbeet vor Clarissas Fenster in Ordnung zu bringen. Er brachte an einigen Pflanzen Stützen an und band die vom Wind niedergedrückten Büschel von Mauerpfeffer und Schafgarbe mit einer dünnen Schnur zusammen. Als er ein weiteres Stück Schnur abschnitt, blickte er auf und sah, dass Clarissa ihn beobachtete. Er winkte ihr zu, und sie hob grüßend die Hand. Wie komisch, dass ihr Arm sich so schwer anfühlte, dass es fast zu mühsam war, ihn anzuheben!

Jed hatte Clarissa gegenüber zugegeben, dass er es vermissen würde, Lizzie um sich zu haben. Damit würde er nicht allein sein, denn es gab viele im Woodside-Seniorenheim, denen sie fehlen würde. Die junge Frau hatte hier so manches Herz gewonnen. Clarissa hoffte, dass Lizzie in Jed bald mehr als nur einen Freund sehen würde, da jeder halbwegs vernünftige Mensch erkennen konnte, dass sie als Paar sehr gut zueinander passen würden.

Clarissa zog die Wolldecke zurecht, die ihr von den Beinen gerutscht war, und schloss die Augen. Sie schlief in letzter Zeit sehr viel. Anfangs hatte sie noch gegen die ständige Müdigkeit angekämpft, ihr aber bald schon nachgegeben, weil sie einfach nicht verhindern konnte, dass ihr die Augen zufielen und ihr Kopf nach vorne sank. Manchmal schreckte sie aus dem Schlaf hoch, weil eine Hand das Kissen hinter ihrem Rücken richtete oder jemand fragte, ob sie eine Tasse Tee wolle. Manchmal erwachte sie so verwirrt, dass sie sich umblickte und sich fragte, wo in aller Welt sie war oder wer diese vielen Menschen in ihrem Zuhause waren. Doch dann verging ihre Verwirrung wie ein sich langsam lichtender Nebel an einem Herbsttag, und sie erinnerte sich wieder.

Der Herbst war nahe, aber das Wissen, dass sie ihn dieses Jahr nicht mehr erleben und das prachtvolle Schauspiel des die Farbe wechselnden Laubes verpassen würde, machte ihr nichts aus. Stattdessen war ihr Herz von Frieden und Gelassenheit erfüllt. Sie hatte Ellis versprochen, dass sie bereit war, zu gehen, und das war durchaus ernst gemeint gewesen. Alles war jetzt so, wie es sein sollte. Und während sie sich einem tiefen, allumfassenden Schlaf überließ, der sie sanft in seine einladende Umarmung nahm, hörte sie das süßeste Geräusch von allen: Es war eine Lerche, die für sie sang und sie heim nach Skylark Cottage rief.

Für Lizzie war es plötzlich wieder wie das Ende eines Schuljahres. Nur vermischte sich das Gefühl freudiger Erregung mit einem Anflug von Traurigkeit darüber, dass es Freunde und Kameraden gab, die sie vielleicht nicht wiedersehen würde. Komisch, wenn sie bedachte, dass sie jetzt all die Menschen, die sie in Woodside kennengelernt hatte, als Freunde betrachtete. Ihre Mutter, die glücklich war, wieder in dem Seniorenheim aushelfen zu können, hatte damals gesagt, die Arbeit dort würde Lizzie guttun, und sie hatte recht behalten.

Noch etwas, worin Tess sich nicht geirrt hatte, war, dass ihre Freundschaft mit Lorna unwiederbringlich zerstört war. In der vergangenen Woche hatte Simon Lizzie eine Textnachricht geschickt, um ihr mitzuteilen, dass seine Eltern nach Southwold umzogen. Falls das Lornas Lösung war, eine Begegnung mit Tess im Dorf zu vermeiden, schien es doch ein recht extremer Schritt zu sein. Aber am Tag nachdem das *Zu-verkaufen*-Schild vor Orchard House angebracht worden war, traf sich Dad mit Keith auf einen Drink im Pub. Beim Heimkommen sagte er, dass der Umzug schon seit einiger Zeit geplant gewesen sei – was in Keeper's Nook allerdings niemand wirklich glaubte.

Am Montagmorgen würde Lizzie ihre neue Stelle bei Skylark Radio antreten, und am Wochenende würde sie mithilfe ihrer Eltern und auch Jeds in Bury St. Edmunds in eine Parterrewohnung ziehen, die nur wenige Gehminuten von dem Radiosender entfernt war. Sie hatte zwar die Möglichkeit versäumt, in eine WG zu ziehen, doch dann hatte Ingrid ihr aus der Patsche geholfen, indem sie ihr eine Freundin vorstellte, die während eines längeren beruflichen Aufenthalts in Übersee ihre Wohnung an jemanden untervermieten wollte.

Lizzie war sich durchaus im Klaren darüber, dass Ingrid sie vor einem Monat noch nicht für vernünftig genug gehalten hätte, sie einer Freundin als Untermieterin zu empfehlen. Aber ihre Schwägerin hatte sich verändert. Und zum Besseren, denn Ingrid war in letzter Zeit viel umgänglicher. Sie war nicht mehr so empfindlich wie früher und hatte sich eines Tages sogar von Mum umarmen lassen. Die Folge all dessen war, dass Luke wieder viel mehr dem alten entspannten jungen Mann glich, der er immer gewesen war, was wiederum bewirkte, dass auch ihre Eltern wieder glücklich waren. Für das kommende Wochenende des Erntedankfestes im Dorf hatten sie sich angeboten, Freddie zu sich zu nehmen, damit Luke und Ingrid sich Zeit für sich selbst nehmen oder vielleicht sogar eine kleine Reise unternehmen konnten. Außerdem gab es ihrer Mutter die perfekte Entschuldigung, nicht bei dem großen Essen mithelfen zu müssen, das im Dorf stattfinden würde.

Für dieses verlängerte Wochenende hatte Jed Lizzie eingeladen, mit ihm einen Freund zu besuchen, der drüben in Wroxham in den Norfolk Broads ein Boot liegen hatte. Lizzie freute sich schon darauf. Sie war aber fest entschlossen, ihr Versprechen an sich selbst zu halten und sich so kurz nach ihrer katastrophalen Beziehung mit Curt nicht so bald wieder auf eine neue einzulassen. Deshalb achtete sie darauf, es mit Jed vorerst bei einer Freundschaft zu belassen. Und da er mit diesem Arrangement vollkommen zufrieden zu sein schien, war alles bestens.

Zunächst einmal stand jedoch ihr letzter Tag in Woodside bevor. Mr Sheridan hatte nach dem Mittagessen den Wunsch geäußert, dass sie eine Partie Backgammon mit ihm spielte. Er selbst hatte ihr das Brettspiel beigebracht.

Sie fand ihn in der Bibliothek, wo er sie mit dem schon vorbereiteten Spielbrett erwartete. Nachdem sie eine Weile gespielt hatten, fragte er sie, ob sie Mrs Dallimore heute schon gesehen habe.

»Noch nicht. Ich gehe zu ihr, nachdem Sie mich wieder mal vernichtend geschlagen haben bei diesem verflixten Spiel«, antwortete Lizzie. »Es macht mich traurig, ihr Auf Wiedersehen zu sagen, obwohl ich schon nächste Woche wieder vorbeikommen werde, um Ihnen allen auf die Nerven zu gehen.«

»Sie hat genug«, erwiderte Mr Sheridan mit rauer Stimme und bewegte einen seiner Steine auf dem Brett. »Ich habe so etwas schon gesehen.«

»Was meinen Sie mit ›Sie hat genug‹?«, fragte Lizzie alarmiert.

»Genau das, was ich sage. Sie hat lange genug durchgehalten, und jetzt bereitet sie sich auf ihren Abgang vor. Das hat sie mir gestern anvertraut. Denken Sie an meine Worte: Sie werden sie nicht wiedersehen. Ich habe es bei meiner Frau erlebt. Sie war einige Monate krank gewesen, und eines Tages sagte sie aus heiterem Himmel, es sei Zeit, Abschied zu nehmen. Ich glaubte ihr nicht. Doch sie bat mich, die Familie zusammenzutrommeln, um ein letztes Mal mit ihnen sprechen zu können. Ich tat es, und am nächsten Tag, ein paar Stunden nur, nachdem unser jüngster Sohn es geschafft hatte, einen Flug aus Paris zu bekommen, wo er arbeitete, starb sie. Es war, als hätte sie alles geplant. Ich hatte zuvor schon gehört, dass Menschen so lange durchhalten können, bis sie entschieden haben, dass sie bereit sind zu sterben, doch ich hatte es nicht geglaubt. Nicht, bis ich es mit eigenen Augen sah.«

Lizzie war fassungslos. »Aber Sie denken doch sicher nicht, dass Mrs Dallimore so bald schon sterben wird?«

Mr Sheridan sah sie unter seinen buschigen Augenbrauen hervor an. »Haben Sie keine Veränderung an ihr bemerkt? Es ist, als fiele sie buchstäblich in sich zusammen.«

Tatsache war, dass Lizzie die Veränderung durchaus bemerkt hatte und nur nicht darüber hatte nachdenken wollen. Sie wusste allerdings, dass die alte Dame von den Pflegern und Pflegerinnen inzwischen viel genauer im Auge behalten wurde und dass sie seit einer Weile sehr viel mehr als vorher schlief. Ihre Gespräche fanden weniger häufig statt und wurden oft verkürzt, weil Mrs Dallimore einnickte oder aber vergaß, wo sie sich befand.

Eine halbe Stunde später und nachdem Mr Sheridan sich wieder einmal als unschlagbarer Backgammon-Spieler erwiesen hatte, verließ Lizzie ihn und machte sich schnellstens auf den Weg zu Mrs Dallimore.

Nachdem sie zweimal angeklopft und keine Antwort erhalten hatte, drückte sie die Klinke herunter und stieß die Tür auf.

Die alte Dame saß bei den Terrassentüren, die einen Spalt offen standen und die feuchtkalte Luft hereinließen. So reglos, wie sie dasaß, den Kopf an die Rücklehne ihres Sessels gelehnt, schien sie einfach nur friedlich zu schlafen. Lizzie wollte sich schon zurückziehen, als ihr plötzlich ein Gedanke kam. Und wenn die alte Dame nun gar nicht schlief? Was, wenn sie …?

Von einem unguten Gefühl erfüllt, trat Lizzie noch weiter in den Raum. Aus der Nähe betrachtet, vergrößerte die unnatürliche Blässe von Mrs Dallimores Gesicht ihr Unbehagen noch. Lizzie wagte es kaum, die Hand der alten Dame zu berühren, und als sie es tat, schnappte sie entsetzt nach Luft. Mrs Dallimores Haut war kalt. Schnell durchquerte Lizzie wieder den Raum und wollte auf den Warnknopf drücken, um Hilfe herbeizurufen, als in Mrs Dallimores Gesicht plötzlich ein Muskel zuckte und sie die Augen öffnete.

»Sind Sie das, Lizzie?«, fragte sie mit schwacher Stimme.

»Ja, ich bin's«, antwortete Lizzie, von grenzenloser Erleichterung durchflutet. »Ich werde nur schnell die Terrassentüren schließen, weil es hier ein bisschen zu kalt für Sie ist.« Als sie das erledigt hatte, kniete sie sich vor der alten Dame auf den Boden und zog die Decke um sie zurecht. »Möchten Sie eine schöne Tasse Tee, um sich ein wenig aufzuwärmen? Vielleicht sogar eine Wärmflasche?«

Mrs Dallimore blinzelte. »Das ist nicht nötig.« Mühsam beugte sie sich vor. »Sie sind mir eine liebe Freundin gewesen in diesen letzten Wochen, Lizzie«, murmelte sie. Ihre Stimme war unerträglich schwach, und ihre blassen Lippen zitterten. »Aber jetzt müssen wir Abschied nehmen.«

Lizzie nahm Mrs Dallimores kalte, kraftlose Hände in die

ihren. »Aber es ist nur ein Abschied, bis ich nächste Woche wiederkomme. Vergessen Sie nicht, dass ich versprochen habe, wiederzukommen und Ihnen zu erzählen, wie mir mein neuer Job gefällt.«

Eine ganze Weile blickte die alte Dame Lizzie direkt in die Augen. Dann, als hätte die Anstrengung sie erschöpft, sank sie in ihren Sessel zurück und ließ die Schultern hängen. »Nein, mein Kind«, sagte sie so leise, dass Lizzie instinktiv noch näher rückte, »nächste Woche werde ich nicht mehr hier sein. Dieser Abschied … er ist ein Lebewohl für immer.«

Lizzie schossen Tränen in die Augen. »Sagen Sie das bitte nicht, Mrs Dallimore! Bitte, bitte nicht.«

Der Mund der alten Dame zitterte, und ihre Brust hob sich sichtlich, als ränge sie nach Atem. Lizzie schlug das Herz bis zum Hals, sodass auch sie kaum atmen konnte. »Soll ich einen Arzt rufen?«, gelang es ihr zu sagen. »Geht es Ihnen nicht gut?«

Sehr langsam schüttelte Mrs Dallimore den Kopf, und die Augen fielen ihr wieder zu. »Ich habe nur noch auf Sie gewartet«, murmelte sie, »um Adieu zu sagen. Aber jetzt wird es Zeit, dass wir uns trennen.«

Tränen strömten über Lizzies Wangen. »Ich wünschte, wir müssten das nicht tun«, erwiderte sie. »Ich werde Sie so sehr vermissen! Ich habe in diesem Sommer so viel von Ihnen gelernt. Sie haben mich wirklich unter Ihre Fittiche genommen, wissen Sie?«

»Sie brauchten nur eine neue Perspektive.« Die Stimme der alten Dame, die kaum mehr als ein Röcheln war, verklang, und Mrs Dallimores Atem ging noch schwerer. Dann atmete sie einmal ganz tief aus, ihre Augen schlossen sich, und ihr Kopf fiel zur Seite.

Lizzie spürte, wie das Blut aus ihrem Gesicht wich. »Mrs Dallimore?«, sagte sie leise. »Können Sie mich hören?« Aber sie wusste schon, dass sie keine Antwort mehr erhalten würde. Mit einer Gefasstheit, die sie sich selbst nicht zugetraut hätte, stand sie auf, drückte auf den Warnknopf und kniete sich dann wieder vor die alte Dame. In der Stille hielt sie Mrs Dallimores Hände und weinte leise um diese außergewöhnliche Frau, die ihr so viel bedeutet hatte.

Kapitel Zweiundsechzig

Woodside
Great Magnus Suffolk
1. September 2015

Liebe Lizzie,
Sie müssen das Formelle dieses Briefes entschuldigen, aber ich hatte ihn meinem Anwalt diktiert, der ihn dann abtippen ließ für meine Unterschrift.
Wenn meine Anweisungen richtig befolgt werden, werden Sie zu gegebener Zeit von demselben Anwalt einen Brief erhalten. Ich will jetzt nicht auf Einzelheiten eingehen. Es genügt wohl zu sagen, dass ich Ihnen etwas Geld in meinem Testament hinterlassen habe. Es ist ein bescheidenes Geschenk, um mich für Ihre erfrischende Gesellschaft in diesem Sommer zu bedanken. Das Geschenk ist nur mit dem einen Vorbehalt verbunden, dass Sie etwas »Lohnendes« damit anfangen. Etwas, das ich gutheißen würde. Und ich bin mir absolut sicher, dass Sie sich etwas einfallen lassen werden!
Verzeihen Sie einer alten Frau das Predigen, doch ich möchte, dass Sie glauben, was ich glaube – und das ist, dass Sie der Welt sehr viel mehr zu bieten haben, als Sie sich selbst zutrauen. Ja, Sie hatten eine Pechsträhne und haben in der Vergangenheit Fehler gemacht, aber das erging uns allen schon so. Also machen Sie bitte nicht den weitaus größeren Fehler,

sich von diesen Dingen definieren zu lassen. »Raff dich auf und kämpfe weiter« ist meiner Erfahrung nach ein ebenso gutes Motto wie jedes andere.

Da ich niemanden kenne, der auch nur entfernt an meinen Fotoalben oder den Bündeln von Briefen interessiert wäre, die ich in all diesen Jahren aufgehoben habe, hinterlasse ich sie Ihnen. Sollten sie zu einer Belastung für Sie werden, haben Sie meine Erlaubnis, sie zu vernichten.

Noch einmal ganz herzlichen Dank für Ihre Freundschaft und Ihre Liebenswürdigkeit, Lizzie! Ich wünsche Ihnen ein langes und erfülltes Leben.

Mit meinen liebevollsten und aufrichtigsten
besten Wünschen,
Clarissa Dallimore

Danksagung und Anmerkungen

Dank an J. P. Devlin, der mich an seinem großen Wissen über Radiosender teilhaben ließ. Und danke für den besten Weihnachtsbaum überhaupt!

Dank an Neil Bright für seine profunden Kenntnisse über die USAAF und seine unbezahlbare Hilfe.

Dank an David Deacon, meinen Experten für East Anglia. Gibt es etwas, das dieser Mann nicht weiß?

Ganz besonderen Dank an Trevor Newell, der ein universell toller Mann ist und der seinen Namen in einem Buch lesen wollte!

Ein fröhlicher Dank an meine Leserin, deren Namen ich stibitzt habe: Danke, Betty!

Zuletzt Dank an Mary und Dave und Jack für all das Gelächter und Dank an John, dem »Skylark Radio« eingefallen ist.

Es gab noch andere, die mir auf so viele Arten und Weisen bei der Entstehung dieses Buchs geholfen haben, und auch ihnen gilt mein aufrichtiger Dank.

Ich möchte noch hinzufügen, dass dies ein fiktiver Roman ist, und daher muss es der Autorin erlaubt sein, sich Dinge auszudenken oder Dinge so zu wenden, dass sie dem Zweck der Geschichte dienen. Ich möchte betonen, dass die *SS Belle Étoile* außerhalb meiner Fantasie niemals existierte. Ich habe mich von der *SS Normandie* inspirieren lassen, einem der schönsten Passagierschiffe, das jemals gebaut wurde.